개발의 문화사와
남성 주체의 행로

이 책은 2012년 정부(교육과학기술부)의 재원으로 한국연구재단의 지원을 받아 수행된 연구임 (과제 번호: 2012S1A6 A4019254)

개발의 문화사와
남성 주체의 행로

김은하 지음

국학자료원

책을 펴내며

이 책은 주로 개발 독재기의 소설을 대상으로 권위주의적인 국가에 의해 주도된 한국 근대화라는 사회적 맥락 속에서 발전 이념, 독재정치, 산업화 등의 상수와 관련을 맺으며 '남성성' 혹은 '남성 주체'[1]가 어떻게 구성되는가에 대한 고찰을 바탕으로, 개발기 문학 장을 구축하는 데 성별(gender) 문제가 어떻게 작동하고 있는지 살피고 있다. '남성성'에 대한 연구는 '불쌍한 남자'들의 상황을 돌아봄으로써 위기에 처한 가부장제를 복구하기 위한 것이 아니다. 가부장제 사회에서 '남성'은 상징 질서에 대한 순응의 압력을 요구받는 희생자인 것만이 아니라 권력 관계에서 상부에 속하는 이름이다. 따라서 '남성성 위기'론을 통해 남성성의 재구성을 기획하는 함정에 빠지기보다 '남성 주체'의 호명 메커니즘을 근본적으로 다시 검토해야 한다는 문제의식이 이 책에 실려 있다. 남성성은 매우 중요한 주제임에도 불구하고, 비교적 최근까지 사회에서만이 아니라 문학 연구에서조차 논외의 영역으로 치부되어 왔다. 이는 페미니즘 문학 연구 방법론이 부각된 이후 '젠더(gender)'가 제도적 성 규범 혹은 담론적 효과로 폭

---

1) 여기서 주체(subject)란 언어가 우리를 정체성 속으로 '불러들이는' 방식을 묘사하기 위해 알튀세르가 사용한 호명(interpellation)이라는 용어에서 비롯된 개념이다. 우리는 특정한 의미체계 속에서 자아를 인식할 수 있고 그 구조 속에 존재하는 어떤 위치를 점유하게 된다. 이러한 생각은 자율적이며 통합된 정체성을 소유하는 개인이나 의도적 저자와 같은 개념의 자명성을 회의한다. 학계에서는 개인이 사회적 정체성을 생산해내는 호명 과정에 종속되어 있음을 암시하기 위해 '개인' 보다는 '주체'라는 용어가 폭넓게 사용되고 있다.

넓게 인지되고 있는 현실에 비추어 볼 때 의아한 지점이 아닐 수 없다. 여성문학 연구자들은 사회/가정, 집단/개인, 정치·경제/일상, 공/사의 영역을 상호 분리하고 이를 성별 분리주의에 입각해 위계화한 가부장제의 문화적 논리를 비판해왔지만 남성성이 개인의 선망과 동의 그리고 반복된 학습과 수행을 통해 획득되는 주체 형성의 메커니즘이라는 점을 간과함으로써 가부장제를 주체 없는 기계 장치인 양 가정하게 했다.

이 책은 그간 드물게 학계에서 다양하게 선보인 바 있는 남성성 연구의 방법론을 수용하고 있다. 그동안 남성성 연구는 보편으로서의 남성성을 깨뜨리기 위해 남성 역시 역사적으로 구성되어왔음을 밝히는 한편으로 규범적 남성성의 구성을 위해 억압되어 왔던 것들이 그 타자로서의 여성성으로 어떻게 환치되는가를 이해함으로써 남성성과 여성성이 서로 얽혀든다는 점을 밝힌 바 있다. 구체적으로 근대 민족의 탄생과 남성성이 연관되는 양식에 대한 연구, 규범적 남성성의 이데올로기 속에서 남성이 남성으로 누리는 기득권 못지않게 육체성을 거부당해야 했던 내적 갈등과 고통에 대한 연구, 지배적 남성성의 표준에 들지 못한 주변화된 남성들의 사회적·정치적·심리적 갈등 연구, 남성적 섹슈얼리티와 남성적 위치에 대한 정신분석학적 연구 등 연구의 주제 역시 다양하다. 그러나 여러 편의 논문을 쓸 때 가장 근원적인 참고점이 된 것은 남성성 역시 여성성과 마찬가지로 퍼포먼스, 즉 사회문화적 수행을 통해 획득되는 인공적 구성물이라는 점을 일깨워 준 조운 리비에어(Joan Riviere)의 가면극(masquerade) 이론이다. 남성성 신화는 남성성의 특성으로 의지력, 목표지향성, 독립성, 비타협성, 지성을 부가하며 이것이 생득적인 것인 양 신념화하는 경향이 있지만, 남성성 역시 만들어진 것, 즉 '발명'된 것에 가깝다. 기실 가면극(masquerade) 이론은 정신분석학의 관점에서 가부장제의 사회 구조에서 여성들은 역설적으로 자신의 공격성(남성들에게만 허용된)을 터부시하며, 전통적 개념의 여성성을 과장되게 표현할 경우에만 그들의 권력을 행사할 수 있음을 핵심 골자로 삼고 있어 남성성 연구와 무관하다. 그것은 여성들의 여성스러운 행위는 특정한 사회적 지위와 권력을 획득하기 위한 전략적인 자기 재현으로서, 여성성은 여성의 본래적 자질과 무관하다는 점을 강조한다. 그러나 여성에 대한 이러한 설명 방식은 남성에 적용되어도 무방하다. 그간 남성성은 여성성과 마찬가지로 초역사적 상수(常數)로 여겨져왔다. 독립성·공격성·의지력·지성·창조성·대담성 등의 남성적 특징은 생득적 본질로 인식된다. 즉, 사회문화적 성별(gender)인 남성성이 본질적 특성으로 인지되고 있는 것이다. 그러나 최근 서구 사회에서 일각에서 등장하고 있는 남성학이 밝힌 바처럼 '남성성' '남성다움'은 지배적인 성별 규범의 코드에 의해 만들어진 이데올로기이며, 여성성과 마찬가지로 일종의 '재현'이다. 시몬느 보부아르의 "여성은 태어나는 것이 아니라 만들어지는 존재다"라는 유명한 가설을 흉내내어 말하자면, 남성성 또한 그 자체로 태어나는 게 아니라 만들어지며, 남성성이라는 성별 정체성은 여성성과의 대조적 관계 속에서 형성됨으로써 우월한 남성과 열등한 여성이라는 구도가 자연화되어 온 것이다.

그럼에도 남성성은 여성성처럼 구성된 것, 문화적 수행의 효과로 취급되지 않았다는 점에서 '문화의 금기'라고 할 수 있다. 남성 문화가 지배적 담론으로 군림해온 동안 남성은 결코 특수한 젠더로 자신을 인식하지 않았다. 남성은 늘 성별을 초월하는 보편자로 존재해왔다. 반면에 여성은 언제나 보편성에 미달하는 특수한 존재 혹은 결함이 있는 자아로 규정되어 왔다. 이는 남성성 연구가 보편으로서 남성성 신화를 해체하는데 귀중한 실마리가 될 수 있음을 뜻한다. 남성/남성성을 초월적 보편에서 특수한 젠더로 재설정하고 남성을 공론적 담화의 대상으로 삼는다는 것은 젠더 관계의 혁명적 변화를 기획하는 것이다. 더욱이 페미니스트 문학 연구자가 남성성을 연구하는 것은, 남성성에 비판적 입장을 취하면서 남성을 갈등과 모순을 지닌 하나의 특수한 젠더로 인식하는 한편으로 남성성 신화에서 벗어나 성별 규범이라는 억압없이 자유로운 개인의 출현을 도모하기 위해 불가피한 과정이다. 기실 많은 서사 텍스트들은 남성성의 성공이 아니라 실패의 서사에 해당한다. 남성성 획득의 좌절에 대한 남성의 인정, 고백, 회한은 '남성'이 성적 취향, 인종, 계층, 육체, 세대 등 제도와 권력의 담론에 영향받는 다중성임을 암시함으로써 남성을 지배 권력에 연결짓는 것이 타당하지 않다는 점을 일깨운다. 많은 서사 텍스트들은 지배적 남성성을 결여한 남성 주체들이 겪는 곤경이나 억압을 토로함으로써 남성성이 남성에게도 소외이거나 억압적 규범일 수도 있음을 암시한다. 그러나 이렇듯 '헤게모니적 남성성'에 미달하는 자기의 취약성에 대한 인식이 남성성 이념이나 규범을 해체하는 데까지 나아가지 못하는 게 현실이다. 특히 한국 문학은 남성 주체가 자신이 문화적으로 실패한 자, 즉 '여성'이 되지 않기 위해 여성들을 존엄한 인간적 권리를 가진 주체가 아니라 성녀와 창부로 이원화하거나, 이질적이고 오염된 존재로 추방화해 나가는 과정을 고백하는 증언 텍스트이다.

이 책은 한국의 남성성은 권위주의 국가와 민족주의 그리고 이러한 요소들과 결합되어 있는 가부장성을 축으로 작동한 한국 근대화의 산물이라는 가설을 바탕으로 개발기의 소설을 살펴보고 있다. 개발 독재기의 소설은 그 어느 시기보다도 더 강렬하게 남성 주체의 고통과 비애의 드라마를 보여준다. 소설 속 남성 주인공들은 수치심·분노·고통·부끄러움·무력감과 같은 우울증적 정서를 과도하리만큼 보여준다. 그렇다면 남성들에게 우울, 슬픔, 분노 같은 슬픔의 감정들을 야기함으로써 소설을 남성들의 멜로드라마로 만드는 문화의 기원과 토대는 무엇인가? 먼저, 슬픔에 사로잡힌 남성의 기원을 전통적인 남성성이 위기에 처하게 되는 산업

사회—근대 도시의 경험에서 찾을 수 있다. 근대화는 전통 사회의 주인이었던 남성들에게 불안과 혼란을 가져다 주는, 일종의 거세 위협이다. 남성들은 도시화/근대화와 함께 전통적 공동체가 붕괴함으로써 스스로 일자리를 구하기 위해 이동하는 노동력 상품이 되어 지위 경쟁에 휘말리는 한편으로 자기 존엄성이라는 천부적 권리가 불확실해지는 역설적 상황에 처해진다. 더욱이 한국 문학 속에 만연한 '비애의 남자'는 농업 중심의 봉건사회가 산업사회로 이동하면서 겪는 일반적인 증상이 아니라 식민지 체험과 한국 전쟁 이후 분단 체제 하에서 발전주의 국가가 개발의 주체로서 남성성을 호명한 데 따른 문화적 신경증의 결과이다.

김은실에 의하면 권위주의적인 국가가 주도한 한국의 근대화에는 지향으로서의 서구화, 지켜져야 하는 전통, 군사주의, 민족주의, 가부장적 성별체계와 같은 여러 이념 체계가 혼재되어 있다. 한국 사회가 추구한 근대화는 남성적으로 재현되는 생산과 발전 이미지로서의 근대성이었다. 그것은 역동적인 활동과 발전, 무한한 성장에의 욕망과 동력, 부르주아 주체의 산업 생산과 합리화, 목적의식적으로 노력하는 합리적 개인인 남성의 근대적 욕망과 남성들의 연대를 수용하고자 하는 것이었다. 반면에 근대의 또 다른 얼굴이라 할 수동적이고 비결정적인 근대적 행위와 소비 사회의 결과인 자유·쾌락·상상력 등은 한국의 근대화 프로젝트에서는 고려되지 않았다. 이 과정에서 본질적으로 다른 범주로서 남성과 여성은 분리된 채로 근대화에 통합되어 갔다. 국가 방위와 산업 현장에서의 전사로서의 남성과 사회에 기여하는 모성으로서의 여성이 분리되어 근대적 맥락 속에 위치되었다. 한국 사회가 경험한 산업화는 고도 경제 성장 위주의 압축적 근대화였고 서구에서 역사적으로 시간적 여유를 두고 경험된 근대화와는 달리 파행성이 심하게 드러난 것이었다. 이 파행성은 당연히 남성과 여성에게 그 경험의 폭을 달리 진행시켰다. 해방 이후 지금까지 성별의 구분없이 지속적으로 국가 발전에 기여해 왔지만, 해방과 전쟁 이후 본격적으로 근대화가 추진되면서 남성들에게는 국가재건의 중추적 역할이 일관되게 강조된 반면 여성들에게는 기본적으로 모성이 강조되면서 국가의 주요 변화 국면에 따라 다른 역할이 요구되었다. 남성다움의 획득과 근대화 사업은 긴밀한 관련성을 갖는다.

　이렇듯 여성이 배제되고 여성적인 것이 억압된 가운데, 남성들은 조국 근대화 사업을 이끌어 나갈 주체로 호명된다. 특히 물질적으로는 서구화를 지향하되, 정신은 전통/한국적인 것을 지향해야 한다는 근대화 논리는 '국가 민족주의'와 '유교적 남성다움'을 덕목으로 한 가부장제를 탄생시킨다. 특수한 식민지적 상황은 민족/국가/가족의 수호자로서의 남성 주체를 강력하게 부각시키는 결과를 가져와 남성 주체는 시민사회의 자유로운 개인이 아니라 민족주의적 주체를 활용한 경제 기획인 한국의 근대화 과정에서 민족의 발전과 선진 사회로의 진입에 대한 소망을 실현해야 한다는 사명을 부여받게 된다. 이는 개발기 문학의 남성 주체들의 집단적 증상으로서 우울이, 남성성이 도구화됨으로써 본래의 자기로부터 소외된 데 따른 감정적 반응임을 의미한다. 개발 독재기 하에서 남성성은 자본주의와 민족국가의 지배구조에 적합한 자질로 구성된다. 예컨대 의지력, 대담성, 목표지향성, 독립성, 폭력성, 비타협성, 지성 등 이른바 '남성적 자질'들은 공적 영역의 사회적 생산에 적합한 것으로 간주되어지며, 이는 자본주의적 재생산에 노동자 계급 남성들을 효과적으로 동원시킨다. 또한 예의 남성적 자질들은 남성을 민족 국가를 이끌어 나갈 주체로서 위치 짓는데, 이 또한 국가 간의 전쟁과 같은 민족 국가 정치에 남성들을 자발적으로 동원하는 것을 가능하게 한다.

　특히 박정희 정권의 근대화 프로젝트는 식민지 지배를 받은 아시아의 국가들에게서 나타나는 "초남성적 발전주의 국가"(hypermasculine state developmetalism)의 전형으로서 국가는 서구의 제국주의적이며 강력한 남성성을 모방하면서도, 자국의 내적 단결을 위해 반동적이면서도 강력한 남성성을 발전의 이데올로기를 삼아 시민 사회 영역의 '여성화'를 강요했다. 이로써 사회는 수동적이고 무력한 지배의 대상으로 존재한다. 사회는 가부장적 상상력에 기반하여 남성의 권력으로 대변되는 국가 질서에 복종하고 불만에 대한 공적 발언을 억제하여 '초여성화' 했다. 냉전 이데올로기와 결합된 군사주의의 공포문화는 전반적인 영역의 무력화를 유도함으로써 국가에 대한 저항을 불가능하게 만들고 남성을 경제 기획의 도구적 존재로 위치짓는다. 이는 한국 근대화 과정에서 남성성의 효과적인 구성과 통제는 현대 사회의 지배 구조가 유지되어 나가는 데 있어서 필수적인 기제임을 뜻한다. 남성성은 과잉 억압의 이데올로기인 것이다. 슬픔과 우울 같은 일련의 담즙질적 정서의 반응은 남성성 이데올로기로 봉합할 수 없는 감정적 잔여를 통해 남자로 사는 일의 소외와 공허를 폭로한다고 볼 수 있다. 그러나 남성성은 지배 규범으로부터 억눌린 피해자 담론으로만 환원하기 어려운 지배 이념이기도 하다. 남성 주체가 보여주는 우울이 이상적인 남성다움에 미달하는 자기에 대한 수치심과 연동한다면, 그것은 남성성에 대한 선망과 남성적 권력에 대한 강력한 모방 욕망을 부추길 수 있다.

여기에 실린 글들은 개발독재기의 다양한 사회적 맥락 속에서 남성 주체로 사는 일의 고달픔과 남성성 열망을 보여주고 있다. 여러 편의 글들이 개발 독재기 소설에 대한 기존의 연구와 조금은 다른 해석과 평가를 내놓고 있다. 한국 근대문학의 획기적으로 진보시켰다고 평가받는 김승옥, 최인호, 이문구, 황석영의 대표작들을 서툰 솜씨로 비판적으로 해체하는 작업을 하게 된 것은 한국문학 연구자로서 속상하고 안타까운 일이다. 예측은 하고 있었지만 그간 썼던 글을 모아 놓고 보니, 젠더 연구를 도입함으로써 순수와 참여 등 문학사의 유구한 이분법으로 포착할 수 없는 개발기 문학의 심층에 자리잡은 여성의 훼손과 죽음 같은 흔적들을 탐구하는 데 관심이 있었던 듯하다. 그간에 쓴 원고들을 살펴보니, 개발기 남성의 입사식을 다룬 소설들이 많아 1부로 묶었다. 또한 개발기의 많은 소설들이 눈물의 젠더는 여성이며 멜로드라마를 고무신 관객의 전유물이라는 식의 문화적 가정(假定)과 달리, 멜로드라마의 젠더는 남성이라는 점을 발견하게 되어 2부의 제목을 '대중성, 멜로드라마, 남성성: 남성성을 향한 선망과 좌절의 비애'로 정했다. 이렇듯 개별 원고들의 공통분모를 찾아 묶어주니, 남성성을 주제로 쓴 글이지만, 개발기라는 시기에 포함되지 않지만 모종의 연속성이 있는 글들이 남아 3부로 묶었다. 긴 시간 동안 띄엄띄엄 쓴 글들을 묶으려고 보니 겹치는 부분이 많다. 군사주의적 남성성이나, 매춘 서사로서 개발기 문학 같은 주제들은 자료만 읽다가 결국 원고를 완성하지 못했지만 더 미루면 안 될 듯해 책에 싣지 못하고 말았다. 여기 실린 글들이 남성작가들의 문학에 대한 페미니스트 연구를 활성화하는데 미미하나마 자극이 되기를 바라지만, 질식할 것 같은 자괴감을 떠안게 되었다.

90년대 이후 성별의 경계를 이분법적으로 구축하는 여타의 담론과 제도를 발전적으로 해체하자는 탈근대적 목소리와 함께 남성성은 비판적 해부의 대상이 되어 왔다. 이러한 목소리가 나올 수 있었던 것은 남성성이 일종의 억압적 지배 이념이며, 섬세하고 정의로운 개인들을 정신적으로 상처입히고 살해한 군국주의 문화의 잔여라는 데 따른 비판적 공감이 이루어졌기 때문이다. 병영이나 정계만이 아니라 우리가 생존을 꾀하는 한편으로 타인과 우애 어린 관계들을 맺고 살아가야 할 직장이나 학교 그리고 가정조차 소수의 남성들이 나르시시즘적 권위를 확인하기 위한 장소로 전락하거나, 남성 간 패거리적 연대와 진영 싸움으로 인간적 숨통조차 틔울 수 없는 불행한 곳이 되어 왔다. 명령을 소통하지 못하는 무능이 아니라 자기의 우월성을 확인하는 증거로 삼는 권력에 중독된 꼰대들과 차별에 반대한다고 하면서도 성의 기득권만큼은 챙기고 싶어하는 이들에 의해 얼마나 오랜 시간 동안, 또 깊숙이 공동체와 인간의 삶이 훼손되어 왔는가. 특히 사회에 입문한 많은 젊은이들은 자신들이 속한 곳에서 기술 문명의 빠른 변화에도 불구하고 세상을 움직이는 낡은 질서들이 상당히 완고하다는 점을 깨닫고 한숨짓는다. 권력이 없지만 인간적 삶을 갈망하는 섬세한 여자와 청소년 그리고 일부 남성들은 소수가 지배하는 세상으로부터 상처 입고 환멸을 안고 채 자발적 은둔을 선택하기조차 했다. 이 모든 일들은 결코 과거에 대한 회고가 아니라 오늘날 우리의 삶에서 일어나는 일이다. 마초, 꼰대 등의 언어들이 일상에서 운위되듯 남성성은 비판과 풍자의 대상이 되었지만, 여전히 쉽게 흔들리지 않는 매우 견고한 아성처럼 보이기조차 한다. 최근 신자유주의 시대를 맞아 남성이 더 이상 우수한 인간이 아니라 잉여로 전락하고 있는 남성성 와해의 시대를 맞아 역설적으로 남성성을 이상화하는 문화적 반동이 형성되고 있고 그 피해를 성의 약자들이 고스란히 떠안고 있다. 오늘날 신자유주의의 시장에서 남성들은 더 이상 우수한 노동력으로 대접받지 못한다. 바야흐로 넘치는 스펙을 가지고도 비정규직으로 노동시장에 편입되거나 구조조정이라는 이름으로 언제든 인간 쓰레기의 영역으로 밀려날 수 있어 불안이 영혼을 좀먹는 시대이기 때문이다.

2016년 5월 서울 강남역 인근에서 일어난 살인 사건은 여성의 시민적 자유를 의심케 할 만큼 여성에 대한 차별과 혐오 문화가 사회에 팽만해 있음을 보여 주었다. 피해자 여성은 가해자 남성과 일면식조차 없었지만 단지 젊은 여성이라는 이유만으로 범죄의 표적이 되었기 때문이다. 이 사건 이후 페미니스트로 자기 정체화하는 여성들이 늘어남으로써 사회의 감수성과 지각의 구조가 변화하고 있다. 사건이 발생하자 많은 여성들은 강남역에 모여 이름조차 모르는 여성의 죽음을 애도했다. 익명의 추모 쪽지에 적힌 "나는 우연히 살아남은 생존자입니다."라는 고백처럼 여성들은 이 사건에서 폭력의 기억에 쫓기고, 폭력에 대한 예감으로 움츠러들던 자기 자신을 보았기 때문이다. 이렇듯 거리에서 시작된 여성들의 연대는 일시적인 열기에 그치지 않아 온라인은 성폭력 가해자를 폭로하고 그 피해자를 지지하거나, 임신 중절 금지 같은 젠더 이슈에 대한 분노를 표출하는 정치적 광장이 되었다. 또한 페미니즘 도서가 잇따라 출간되어 대중적 호응을 얻고, 페미니즘 특강과 집담회 등 학술과 문화 생산의 장이 형성됨으로써 공론장에 페미니스트 군중이 탄생했다. 이러한 페미니즘 열풍을 주도하는 절대 다수는 영영 페미니스트, 메갈리언, 헬페미, 강남역 세대 등 여러 명칭으로 불리는 '젊은' 여성들로, 기성세대로부터 젊은 세대로 페미니즘 운동의 중심축이 이동하고 있다. 그간 한국 사회에서 진보적 공론장 문화를 주도해 온 것은 주로 중산층 명문대 출신의 성인 남성 주체였다는 점을 염두에 두면 이러한 현실의 변화는 분명 새로워 보인다.

강남역 페미 세대의 등장은 청년 세대 담론 내에서도 삭제된 청년 여성들의 외롭고도 소외된 현존을 보여준다. 신자유주의 시장이 형성된 이후 한국의 진보적 공론장은 청년들을 '88만원 세대'로 호명해 전사회적인 연민/공감 문화를 형성했지만, 청년 담론은 청년 여성들의 빈곤과 실업 등의 문제를 자동적으로 은폐하는 기능을 했기 때문이다. 나아가 '88만원 세대' 담론은 세대 간 착취의 증거로 청년 실업이나 청년층의 빈곤 문제를 이야기면서, 위기의 청춘을 남성 주체로, 좌절을 남성적인 것의 실패나 상실인 양 젠더화함으로써 호모소셜한 연대를 유도하고 여성 혐오 문화에 불을 지핀 원인이기도 하다. '88만원 세대' 담론은 단지 여성 청년들을 지워버리는 데 그치지 않았다. 청년/남성에 대한 전사회적인 공감 속에서 여성 청년들은 좌절한 남성/청년들을 보듬어 주기는커녕 착취하고 조롱하는 가해자로 매도되는 한편으로, 남성의 일자리를 위협하는 적대 세력으로 위치지워졌기 때문이다. 'IS 김군'의 궤변, 강남역 살인 사건을 비롯해 근래 눈에 띄게 증가한 데이트 폭력과 이별 살인 등 여성에 대한 범죄는 진보적 공론장의 청년 담론이 청년 남성들의 남성성 승인에 대한 욕망을 부추긴 결과로도 보인다. 이는 한국 사회가 여전히 남성성과 여성성을 문화적 규범이나 억압이 아니라 불변의 본질이자 바람직하고 정상적인 성취 대상으로 보고 있음을 역설한다. 20세기 후반을 통과하면서 만족스럽지는 않을지언정 페미니즘 담론이 대중 교양과 문화의 영역에서 확산된 데 비해 남성성은 비판적 해체와 재구성이 필요한 사회 문제로 여겨지지 않고 있는 것이다. 우리 시대의 여성 혐오는 남성성 와해가 이미 상당히 이루어지고 있음을 보여주는 말기적 증상이지만, 앞으로 그 어느 시대보다 격렬한 성 전쟁을 예고하고 있기도 하다. 이는 우리 사회의 지식학계와 교양 계층들이 이 문제에 대해 좀더 많은 관심과 논쟁을 필요로 함을 암시한다.

김 은 하

목 차

3부　기타

1부

남성은 태어나지 않고 만들어진다

남성의 성장과 통과제의

이동하는 모더니티와 난민의 감각

지방 출신 대학생의 도시 입사식(入社式)을 중심으로

1. 사일구와 교양 소설: 상경 대학생과 지방의식

4·19는 한국 정치사에서 개개인은 복종의 의무가 아닌 권리를 가졌으며, 권력의 정당성은 국민의 동의로부터 나온다는 정치적 자유의식을 보여준 시민 혁명이다. 4·19가 의거가 아니라 '혁명'인 것은 참된 권력을 향한 지향 속에 불의와 억압에 대한 저항을 마다하지 않는 근대적 개인이 탄생되었기 때문이다. 마산 앞 바다에 포탄에 뚫린 채 떠오른 김주열의 시체는 공동체로부터 주어지는 역할 모델과 자신의 '진정한' 욕망 사이에 괴리를 발견하고 이를 주체적으로 극복하는 개인의 출현을 부추겨 혁명의 기폭제가 된 그로테스크한 숭고였다. 그러나 4·19는 비록 그 형식은 근대 혁명이었음에도 불구하고 한국의 반자본주의적 성격으로 인한 비합리성과 지독한 빈곤으로 인해 시민사회가 형성될 수 있는 토대가 마련되어 있지 않았다. 그 결과 사일구의 정치적 자유를 향한 의지는 혁명정신의 계승을 내세워 집권한 군사 정부에 의해 억눌리고 경제발전을 통해 체제적 승리를 도모하자는 정부의 개발

계획1)과 함께 사회가 급격히 세속화함으로써 전후 등장한 속물사회화를 가속화시켰다.

김승옥의 60년대 소설은 민주주의와 근대화가 교차하는 과도기의 사회를 배경으로 지독한 빈곤으로 고통받는 한편으로 욕망의 도시 서울에서 지위경쟁에 휘말린 대학생의 경험을 서사화한다. 특히 그는 지방출신의 대학생 작가라는 자전적 경험을 토대로 "끊임없는 자기 갱신과 변형, 이동성과 불확실성, 성장과 발전에 대한 욕구 등으로 특징지어지는 역동적인 모더니티 사회"2), 즉 도시를 배경으로 한 상경 대학생의 입사식을 서사화한다. 사실 이동은 60년대 한국문학에서 그다지 새로운 주제가 아니다. 농업의 토대를 무너뜨린 50년대 외래자본(잉여농산물)이 유입되고 62년부터 2,3차 산업의 성장을 중심 골자로 한 1차 경제개발 5개년 계획이 가동됨으로써 농촌의 붕괴가 가속화됨에 따라 많은 사람들이 고향을 떠났기 때문이다. 개발의 과정에서 서울은 급속한 성장과 팽창을 거듭함으로써 재난의 흔적을 지우지 못한 멜랑콜리적인 공간에서 역동적인 발전의 도시로 변모했다는 점도 이동을 부추겼다. 수 많은 상경서사는 서울이 행정의 수도나 지리적 경계가 아니라 집단적 선망을 불러일으키는 발전의 상징이 되었음을 보여준다.3)

---

1) 4 · 19 이후 국가재건운동의 전개 과정과 그 성격에 대해서는 다음의 논문을 참조할 것. 신형기, 「혁신담론과 대중의 위치」, 『현대문학의 연구』 제47집, 한국문학연구학회, 2012, 261~293쪽.
2) 프랑코 모레티는 '교양소설'을 모더니티 사회에서 이동성과 내면성으로 요약되는 상징적인 젊음의 형식으로 정의한다. 그에 의하면 전통적 공동체주의 속에서 젊다는 것은 단지 아직 성인이 아니라는 의미로, 젊음은 기실 '보이지 않는', '하찮은' 주제였다. 그러나 촌락 공동체가 무너지고 자본주의적 개인화가 진행되면서 유동적이고 불확실하며 미결정적인 상태로 자기 형성의 도정에 있는 젊은이의 성숙은 문학의 주제가 된다. 프랑코 모레티, 성은애 역, 『세상의 이치』, 문학동네, 2005, 25~31쪽.
3) 개발은 지역 간 불균형을 야기함으로써 농촌 인구를 감소시킨 반면 도시 인구의 증가라는 결과를 야기했다. 특히 서울 인구는 1955년에 157만 명(전체 인구의 7%)이

60년대 문단의 많은 작가들은 고향을 떠나왔지만 도시 정착에 실패하고 개발의 디아스포라로 전락한 이들을 통해 근대화를 고향 상실의 드라마로 재현했다. 그러나 김승옥은 농촌 출신의 도시 뜨내기나, 여공이나 식모를 거쳐 섹스 시장으로 유입되는 하위계급 여성의 서사와 달리 신분이동의 가능성 속에 놓인 상경 대학생을 주인공으로 내세워 경계 넘기와 도시사회에 대한 적응이라는 문제를 서사화한다. 더 나은 교육 기회를 찾아 이동해온 유학생 집단의 서울 경험은 국토 공간의 재편성 속에서 출현한 수평적 사회 이동이 기실 계급적 성격을 띠는 수직운동이었음을 드러낸다. 해방 이후부터 싹튼 평등화, 평준화 바람은 동등하게 부와 지위를 획득하고자 하는 열망을 불어넣었으며, 교육은 희소재화의 획득을 위한 합법적인 수단으로 받아들여졌다.[4] 지독한 가난과 높은 실업률에도 불구하고 대학생 인구는 1950년대 후반에서 1960년대 초반 사이에 서서히 늘어나 1966년에 이르면 19~24세 전체 인구의 10% 정도를 차지할 만큼 급증했다는 점은 이러한 판단을 뒷받침한다.[5] 4·19로 인해 싹튼 민주주의와 평등의식, 경쟁주의, 자기 계발과 성취지향적 사고가 근대의식의 일환으로 확산되고, 비록 지독한 실업

었지만 개발이 시작되면서 1960년에는 245만 명(9.8%), 1970년에는 543만 명(17.6%)을 기록할 만큼 늘어 과잉도시화 현상이 발생한다. 조희연, 『박정희와 개발독재시대』, 역사비평사, 2007, 118쪽.

4) 한국인의 교육열은 일제강점기에도 높았지만, 해방과 함께 학교에서 우리말을 자유롭게 쓸 수 있게 된 후 더욱 가열되어 교육기관의 수가 급증한다. 특히 초등이나 중등 교육기관보다 대학의 급증률이 더 높았다는 점은 학벌 사회화의 징후를 보여준다. 식민지 근대 이래 교육에 대한 관심이 꾸준히 급증했음을 보여주는 데이터로 다음의 글을 참고할 것. 서중석, 「'한강 기적' 일군 한글세대 대량 탄생」, 『이승만과 제1공화국－해방에서 4월 혁명까지』, 역사비평사, 2007, 142~143쪽.

5) 김승옥, 서정인, 이청준 등 사일구 세대 작가의 새로운 지식 계급의 면모, 즉 무력감, 고립감 등 낙오자 의식에 대한 상세한 연구로 다음의 글을 참고할 것. 김건우, 「4·19세대 작가들의 초기 소설에 나타나는 '낙오자' 모티프의 의미」, 『한국근대문학연구』16, 한국근대문학회, 2007, 167~193쪽.

의 사회였지만 개발의 결과로서 물질적 성취가 나타나자 식민지기의 수양론이나 교양론6)과 구별되는 '입신출세주의'가 만연하게 된 것이다.

김승옥의 「서울 1964년 겨울」(1965)은 서울에 대한 당대인의 선망을 암시한다. 시골 출신으로 대학 입시에 실패하고 구청 병사계에서 일하는 스물다섯의 화자 '김'에게 서울은 "밤이 되면 빌딩들의 창에 켜지는 불빛 아니 그 불빛 속에서 이리저리 움직이고 있는 사람들이고 신기한 건 버스칸 속에서 일 센티미터도 안 되는 간격을 두고 자기 곁에 이쁜 아가씨가 서 있"는 일상의 풍경조차 "가장 부럽고 신기하게 비치는"7) 선망의 유토피아이다. 그러나 도시의 진짜 주인공들은 같은 스물다섯이지만 서울 출신의 부잣집 장남이자 대학원생 '안' 같은 고학력자들로, 김은 '서울'을 먼 데서 외롭게 지켜볼 수밖에 없다. 김을 사로잡은 쓸쓸한 감정은 자신보다 우월한 타인과의 비교에서 비롯된 열패감으로서, 자신이 몫 없는 자로 남을 지도 모른다는 예감을 암시한다. 그러나 고향은 긍정과 기쁨, 혹은 자신감과 용기의 원천이 되지 못한다. 고향—지방은 후진의 동의어로서 열패감을 안겨주는 곤혹스러운 긴장이다.

별다른 준비없이 산포된 채 도시에 입성한 지방출신들에게 낯선 땅에 끼어들어 어떻게 하든 살아남아야 한다는 것, 즉 생존은 정언명령이었다. 60년대의 척박한 환경 속에서 비록 대학생이라고 할지라도 상경

---

6) 식민지기 사회의 재편성 과정에서 『자조론』은 위인의 삶을 통해 '최선을 다해 노력을 한다면 누구에게나 입신출세의 길이 열려있다'는 메시지를 던져주었다. 그러나 자조론은 "학력을 갖추거나 그에 준하는 '노력'을 한 후에도 열악한 경제적 현실과 식민지 정치의 억압 상으로 엘리트들의 사회참여의 가능성이 닫히자 수양론이나 교양론과 뒤섞인다. 소영현, 「근대 인쇄 매체와 수양론 · 교양론 · 입신출세주의— 근대 주체 형성 과정에 대한 일고찰」, 『상허학보』 18, 상허학회, 2006, 207~213쪽.

7) 김승옥, 「서울 1964년 겨울」, 『무진기행』, 1995, 261쪽. 이후 인용되는 김승옥 소설은 문학동네에서 출간된 전집을 출처로 한 것으로, 이후 본문에 인용 쪽 수만 간단히 표기하겠다.

대학생이 하층민보다 더 나은 위치에 있었다고 보기 어렵다. 이들은 의식주가 열악할 뿐더러 도시에서 삶의 기반을 마련하지 못한 데 따른 불안에 시달린다는 점에서 도시 난민의 성격을 보여준다.[8] 자신이 대학 시절 "지방 출신의 외톨이"였다는 김승옥의 고백은 그의 작중인물들이 보여주는 불안의 정체가 난민으로서 지방민 의식임을 뜻한다. 그는 대학 시절에 대한 회고담인 「散文時代 이야기」[9]에서 청상 과부의 장남으로 고학을 결심했지만, 경기고 · 서울고 등 일류고 출신이나 공대 · 상대 · 의대 등 인기 과도 아닌 불문과 학생에 지방출신 설상가상으로 「하와이(전라도)」 출신까지 되고 보면 가정교사 자리 얻기도 쉽지 않았다고 고백한다. 외톨이 의식은 신입생 환영식을 계기로 더 깊어진다. 노래라면 많이 알고 있다고 자부했지만, 낯선 초청 가수의 이름을 연호하고, 팝과 재즈 송을 합창인 양 부르는 동급생들을 보며 "기가 팍 죽지 않을 수 없"(184쪽)었기 때문이다. 다수의 동급생들이 합창하는 팝송이나 재즈는 남과 다른 우월한 취향, 즉 계급적 차이를 보여주는 속물성 재화(snob goods)라는 점에서 그를 사로잡은 무기력한 감정은 명백히 정치적인 수치심이다.

대강당 안이 노래를 따라 부를 수 있는 '서울 · 부산 출신'과 따라 부를 수 없는 '지방 출신' 두 부류로 나뉘어져 있다는 발견은 지방민의 소외감을 암시한다. 이는 그가 소규모의 공동체에서 큰 도시로 이동함으

---

8) 사일구 세대 작가인 박태순은 60년대 한국의 도시문학을 난민촌 문학에 비유한다. 지방민들은 한국의 경제엘리트가 내세운 발전 계획으로 고향을 떠나 도시 난민-저임금노동자라는 수취 구조에 편입되어 다시는 고향에 돌아갈 수 없다는 현실적 인식으로 근대인으로 탈바꿈해야만 했다. 당국의 단속이 소홀해진 틈을 타 벼락같이 조성되곤 했던 난민촌은 이들 삶의 처소였다. 박태순, 「내가 보낸 서울의 60년대」, 『문화과학』 5, 문화과학사, 1994, 134~144쪽.
9) 김승옥, 「散文時代 이야기」, 『뜬 세상에 살기에』, 지식산업사, 1977, 203~243쪽.

로써 자신보다 탁월한 비교 대상들에 둘러싸임으로써 스스로가 볼품없게 여겨지는 선망/시기의 감정을 품게 되었음을 뜻한다. 60년대 시골 출신의 젊은이가 도시에서 처음으로 발견한 것은 출발선이 동등하지 않다는 사실이다. 자신이 지방출신이라는 발견은 평등의 근대에 대한 기대가 아니라 낙오나 탈락에 대한 깊은 불안을 드리우고 있다. 고향/지방은 중심에서 소외된 주변부로서 자신의 취약성을 환기시키는 메타포이다. 김승옥 문학의 지방 의식은 한낱 골수에 박힌 못난이 의식이 아니라 부조리한 사회에 대한 정치적 감각이다. 지방 의식은 국토의 불균형 개발로 인한 지방민의 소외를 뜻하는 것이기에 개인의 열등감 정도로 폄훼되어서는 안 된다. 그것은 평등에 대한 강렬한 욕구로서, 부조리를 수락하기보다 권력의 분할을 요청하는 급진적 실천 행위가 될 수 있다.

김승옥은 신입생 환영회 얼마 후에 일어난 "'4·19'에 의하며 즉 동질의 의식에 의하여 동년배 사이의 감각의 차이를 무시하게 되었고 나아가서는 의식(意識)에 의하여 「지방출신」의 감각도 어떤 자리를 차지할 수 있게 되었"으며, "「4·19」가 없었더라면 난민(難民) 감각에 의하여 지방출신의 의식은 앉을 자리를 못 찾았을 것"(215쪽)이라고 고백한다. 혁명이 가져다 준 활력은 스스로 '난민'으로 자조하던 전라도 출신의 대학생들이 기성 문단에 대항하며 동인지 ≪산문시대≫10)를 창간

10) ≪산문시대≫는 서울대 불문과 동기인 김현과 김승옥이 61년의 겨울 목포 오거리의 다방에서 니체, 발레리, 베케트에 대한 대화를 나눈 것을 계기로 친분이 형성되고, 이후 김현의 주도로 모임을 결성해 62년 6월의 창간호로 시작해 총 5호까지 간행한 문예 동인지이다. ≪산문시대≫는 서울대 문리대생, 지방(전라도) 출신, 외국문학 전공자가 주축이 된 모임으로, 이후 문학과 지성사의 실질적인 모태가 되었다. ≪산문시대≫에 대한 연구로 다음의 글을 참고할 것. 임영봉, 「동인지 ≪산문시대≫ 연구」, 『우리문학연구』 21호, 우리문학회, 2007, 397쪽; 차미령, 「≪산문시대≫ 연구」, 『한국현대문학연구』 13권, 한국현대문학회, 2003, 427~459쪽; 김

하게 했다. ≪산문시대≫의 주요 멤버인 김현, 최하림, 박태순, 이청준 등이 전라남도 출신의 지방민이라는 점은 난민 의식의 정치화를 의미한다. 특히 이들이 문단 데뷔 절차의 일반적 방식인 원로 문인 추천제를 거부했다는 것은 신분, 세대, 지역 분할의 권위에 맞서 평등, 독립의 원칙 속에서 스스로를 개별화하려는 근대적 개인의식을 보여주는 듯 보인다.11)

그러나 기실 김승옥 문학은 자유로운 개인이 아니라 가진 것이라고는 가난과 충만한 절망 밖에 없는 어둡고 궁색한 젊음을 이야기한다. 그의 문학엔 당시 공적 담론 장에서 표출되지 못한, 혹은 추상적인 서술 뒤에 숨겨진 대중의 구체적이고 현실적인 삶의 결이 담겨 있다.12) 문제는 이들이 보여주는 주변인의 열등의식은 사회의 잘못을 미워하고 나를 도덕적으로 만들어주는 계기가 되는 수오지심(羞惡之心)이 아니라, 자기 경계를 유지하고 자기 통제를 강화시키기 위해 비천한 것들에 대한 혐오로 이어진다는 것이다. 수치심은 나와 타자의 경계를 짓도록 해주는 감정이다. 정해진 테두리를 넘어 흘러넘치는 잉여들은 불결하고 더럽고 지저분하고 그래서 전염성이 강한 것으로 간주되어 자기 경계를 유지하고 자기통제를 강화시킨다. 특히 스스로가 완전체가 아니라 취약하다는 자의식은 젠더화된 수치심으로 이어져 여성에 대한

건우, 「4.19세대 작가들의 초기 소설에 나타나는 '낙오자' 모티프의 의미」, 『한국근대문학연구』 16호, 한국근대문학회, 2007, 167~193쪽.

11) 개인은 "분리할 수 없고 서로 환원되지 않으며 실제로 홀로 느끼고 행동하며 생각하는 인간"으로, 개인주의는 개인의 독립성과 자율성을 중시하는 삶의 태도와 가치관을 뜻한다. 개인주의는 근대의 신분질서의 붕괴, 계몽주의의 등장, 인권의식의 확산, 시장경제의 대두라는 사회문화사적 흐름 속에서 '나'를 운명, 권리, 계약, 판단과 실천의 주체로 보는 인간에 대한 새로운 이해의 문을 열었다. 알랭 로랑, 김용민 역, 『개인주의의 역사』, 한길사, 2001, 11쪽.

12) 송은영, 「김승옥과 60년대 청년들의 초상」, 『르네상스인 김승옥』, 앨피, 2005, 222쪽.

폭력성, 공격성으로 전이된다.13) 이 글은 그간 김승옥의 문학에서 크게 주목받지 못한 지방민 의식을 통해 주변부의 남성성이 근대─발전의 도시로 진입해가는 과정에서 어떻게 자기혐오와 수치심을 여성에게 투사하는가에 주목하겠다.

2. 문학의 탄생과 애도가 거부된 타자

「환상수첩」(1962)은 김승옥이 등단 초기에 ≪산문시대≫ 2집에 발표한 중편소설로, 미숙하고 모호한 대목이 많지만 젊음이 더 이상 아버지의 일을 배우기 위한 예견된 과정이 아닌 사회적 공간에 대한 불안한 탐색이 된 근대 사회에서 성숙의 문제를 다룬다. 상경 대학생 정우의 서울살이는 생활의 어려움과 문화적 부적응을 보여주는 한편으로14) 성장은 단순히 사회화가 아니라 내면성을 확보하는 문제임을 뜻한다. 정우의 수기를 그의 친구이자 적(敵)인 수영이 소개하는 액자형 구조는 정우와 수영 중 누구의 삶이 옳은가라는 질문을 독자에게 던진다. 이 소설은 젊은이가 재난, 질병, 죽음, 범죄 같은 불가항력적인 사건에 압도된 채 조로한 아이, 즉 성숙한 미성년으로 귀착되는 한국 교양소설의 관습을 뛰어넘어 내면성의 형식으로 문학을 획득하는 과정을 담고 있지만, 성숙은 남성적 자기 위안의 한계를 넘어서지 못한다.

---

13) 임옥희, 『젠더 감정 정치』, 도서출판 여이연, 2016, 167~168쪽.
14) 김승옥은 「환상수첩」을 발표한 후 문리대 안의 학우들, 특히 지방 출신 학우들이 마치 자신의 얘기를 대신 써준 듯하다고 공감을 표해, 태어나서 처음으로 글 쓰는 기쁨을 느꼈다고 고백한 바 있다. 이후 그가 상경민 혹은 상경 대학생을 대표해서 글을 쓴다는 의식을 가졌으리라고 추측해볼 수 있다. 김승옥, 「자작 해설」, 앞의 책, 170쪽.

정우는 전라남도 순천 출신의 서울대학교 문리대생으로, 서울/도시로 입사하는 데 어려움을 겪는다. 가난한 유학생이 자립해 생활을 꾸려가야 할 서울은 외롭고 혹독한 곳이다. 숭인동 산기슭에 한 칸짜리 방을 마련해 놓고, 추운 겨울 밤 잠이 퍼붓는 시간에 오백환짜리 야경 일을 해야 할 만큼 가난하기 때문이다. "더 견디어내기 어려운 서울이었다. 남쪽으로, 고향이 있는 남해안으로 가면 새로운 생존방법이 있을지도 모른다는 기대"(8쪽)는 고등 실업자가 넘쳐나는 60년대 현실에서 대학생을 짓누르는 낙오의 불안을 드러낸다. 그러나 생활상의 어려움보다 그를 한층 더 괴롭히는 것은 대학동기 오영빈의 위악적 삶을 모방함으로써 환상과 현실의 구분조차 어려울 만큼 주체적인 자기를 잃어버렸다는 위기감이다. 시를 쓰는 영빈은 문리대생으로 자기의 취약함을 들키지 않기 위해 유희인 양 여자들의 순결을 짓밟는 가학적인 인물이다.

정우가 자신이 싫어하는 영빈을 모방하는 것은, 자기보존만을 중시하는 속물적 욕망을 환멸하면서도 경쟁에서 뒤처지고 싶지 않기 때문이다. 살아남기 위해 도덕을 외면하고 타자를 자기 이익의 도구로 삼는 속악한 개인주의는 60년대 도시/서울을 지배하는 생존 논리이다. 영빈의 가학성은 개인의 타고난 성격이 아니라 경제적 개인주의로 압축되는 도시의 정신적 삶의 극단화된 모습이다. 짐멜은 둔감함을 대도시인의 성격으로 들고, 그것이 사람과 사물이 몰려 있기 때문에 고도의 신경전을 벌이지 않을 수 없는 도시 환경과 사물의 모든 다양성을 균등한 척도로 재고 모든 질적 차이를 양적 차이로 표현하며, 무미건조하고 무관심한 태도로 모든 가치의 공통분모를 자처하기 때문에 사물의 차이에 대한 마비증세를 일으키는 화폐 생활의 보편화에서 기인한다고 분석한다.15) 더욱이 전쟁 피난민과 무작정 상경민이 몰려든 60년대의 서울은 "생존만이 절대가치였고 생존하기 위해서는 어떠한 도덕적 가치도 양보해야 하는 사람들로 들끓"16)는 아수라로 정치 사회가 들어서기 전의 '자연상태'에 가깝다.

이렇듯 경쟁적, 공격적인 삶의 태도는 개발-근대화가 남성들에게 강요한 주체화의 한 방식임은 토끼장 에피소드를 통해 드러난다. 어린 정우는 "토끼들이 마른 풀에 몸을 부비는 바스락 소리밖엔 아무 소리도 들리지 않는 사육장"에서 행복을 경험하곤 한다. 그러나 이러한 행동은 "사내애가 기껏 그림 그리기나 좋아하고 토끼 사육장에나 드나들고"라는 선생님의 우려를 낳을 만큼 '비정상'적인 것으로 취급된다. 이후 그는 "푸른 하늘이나 바라보고 때때로 사랑이나 하고 살면 그만"(27쪽)인 초식 동물의 목가적이고 여성적인 세계에서 추방당해 "주먹을 쥐고 싸움도 해야 하"(27쪽)는 공격적인 남성성의 세계로 이동한다.17) 명문대 입학은 그가 경쟁의 대열에서 유리한 패를 움켜쥐었음을 뜻한다. "서울대학교에 합격했다고 해서 무엇을 얻었던가"라고 환멸하면서도 고 3인

---

15) 짐멜의 근대/근대성에 대한 문화사회학적 연구에 의하면, 둔감함이라는 대도시인 특유의 감정은 무수한 사람들과의 만남에 매번 내적으로 반응하여 자아가 해체되는 정신적 상태에 빠지지 않기 위한 방어벽이다. 또한 화폐는 개인과 사유 대상 사이의 결합을 끊고 둘 사이에 거리를 형성함으로써 근대인에게 전례없는 독립성과 자율성을 선사한 한편으로 가치의 평준화를 가져와 질적 가치에 둔감하게 만들었다. 게오르그 짐멜, 김덕영·윤미애 역, 「대도시와 정신적 삶」, 『짐멜의 모더니티 읽기』, 새물결, 2005, 35~53쪽.

16) 김승옥은 "가정과 학교와 교회에서 배워온 가치는 적어도 서울 바닥에서는 바보의 꿈에 지나지 않아 보였습니다."라고 고백한다. 김승옥, 「이제 나는 허무주의자가 아니다」, 『싫을 때는 싫다고 하라』, 자유문학사, 1986, 12~13쪽. 송은영의 글에서 재인용(앞의 글, 224쪽)

17) 전쟁을 배경으로 한 「건」, 「염소는 힘이 세다」 등 여러 작품에서 나타나는 폭력적 남성성과 여성의 희생이라는 구도는 김승옥 문학에 폭력에 대한 공포와 취약한 자기에 대한 불안의식이 깔려 있음을 보여준다.

동생에게 "너 이렇게 공부해가지고는 서울대학은 안 된다."(48쪽)고 위세를 부리기 때문이다. 그러나 대학은 "상대편을 어떻게 하면 꽈악 눌러버릴 수 있느냐 하는 공격 방법"(27쪽)만 가르친다는 서술에서 알 수 있듯이 경쟁의 종착지가 아니고 시작점이다. "되도록 무관심한 척하라. 할 수 있으면 쌀쌀하게 웃기까지 하여라. 그제야 적은 당황한다. 제군, 표정을 거두어라. 그리고 오직 하나 무관심한 표정만을 남겨라"(12쪽)는 대학 강의는 속악한 처세술이 교양으로 행세할 만큼 경쟁의 철학이 사회에 만연해 있음을 보여준다.

정우는 속물을 양산하는 대학교육에 실망해 대항적 가치와 삶의 방식을 갈망하지만, 기실 경쟁의 논리를 내면화하고 있다. 그의 의식의 심층에는 여성에 대한 혐오와 경쟁적 남성성이 점령하고 있다. 그는 겨울 날, 남자들도 마다하는 야경 아르바이트를 찾아다니는 지방 출신의 여대생 선애를 만난다. 선애는 "왜 그런 일자리를……"이라는 정우의 질문에 "몸 파는 것보다 낫지 않아요?"(16쪽)라는 답변을 돌려줄 만큼 생활이 어려운 고학생이다. 그러나 정우는 자신과 같은 처지임에도 선애를 "거세기 짝이 없는 여대생", "요염하도록 순진한 창녀"(17쪽)로 대상화한다. 그러나 선애와의 만남이 반복되면서 그는 선애야말로 "진짜들"이라는 "경원심"에 사로잡힌다. "끈기를 시험하는 거죠. 얼마만큼 해낼 수 있나 하고요. 우리는 뭐랄까 용감해요."(19쪽)라는 선애의 말을 통해 모방적 위악을 일삼으며 진짜의 현실을 회피하는 자신의 허위를 본 것이다. 그러나 정우는 반성적 성찰에 이르기보다 선애를 강간함으로써 수치심이라는 여성화된 감정으로 인해 위축된 남성성을 방어한다.

정우는 선애가 약해지자 그녀에게 더 큰 폭력을 행사한다. 선애는 "어쩐지 뻥 뚫린 구멍을 보아버린 것 같아요. 아무리 발버둥쳐도 별 수 없이 눈에 보이는 구멍이지요."(21쪽)라며 극기의 삶 속에 도사린 의혹을 고백한다. 그녀는 오래 전 자신을 돕는 사람들의 행위 속에 깃든 악의를 아프게 알아챈 바처럼 극기의 생활을 통해 가난을 극복할 수 있다는 미담을 의심하고 있는 것이다. 선애가 본 구멍은 "내가 여태껏 차마 입 밖에 내어 말할 수 없었던 것"(21쪽)이라는 서술이 암시하듯 서울에 대한 정우의 환멸감이기도 하다. 그러므로 선애는 기실 약해졌다기보다 "스스로 약해질 수 있는 용기"18)를 보여주었다고 볼 수 있다. 그러나 정우는 마치 이데올로기의 환상을 깨지 않으려는 듯 자신의 "창녀"와 선애를 맞교환하자는 영빈의 제안에 동의한다. 영빈과의 대결에서 승리하기 위해 자신이 가장 사랑하는 이를 가장 증오하는 적에게 증여하는 비정한 대담함, 즉 위악적 행위를 통해 남성성을 과시하는 것이다. 그것은 이데올로기의 환상을 응시하도록 명령하는 선애를 처벌하면서라도, 도시의 경쟁에서 탈락하지 않겠다는 의지이기도 하다.

정우는 모든 욕망은 기실 경쟁자의 욕망에 대한 모방, 즉 매개된 욕망이라는 지라르의 말을 상기시킬 만큼19) 영빈에 대한 강한 라이벌 의식을 품고 있다. 영빈은 욕망 주체인 정우에게 욕망 대상을 가리켜주는 욕망의 중개자이다. 욕망의 주체와 중개자의 거리가 짧다는 점에서 두 사람 사이에는 증오와 질투, 선망과 원한 같은 잠재적 폭력의 위험이 도사리고 있다. 이렇듯 두 사람은 짝패가 되어 서로를 증오하는 상황이

---

18) 곽상순, 「김승옥의 <환상수첩>에 나타난 욕망의 분열양상 연구」, 『현대소설연구』 제60호, 한국현대소설학회, 2015, 41쪽.

19) 지라르에 의하면 스탕달, 플로베르, 프루스트의 소설에 등장하는 인물들의 모방은 욕망의 대상을 직접적으로 향한다기보다 매개자의 욕망을 모방하는 형태를 취한다. 두 인물 사이에 모방욕망이 작동하게 되면 경쟁의 실체는 점점 알 수 없는 것으로 감추어지고, 경쟁 대상과의 선망과 시기가 더욱 깊어지게 된다. 르네 지라르, 김치수 역, 『낭만적 거짓과 소설적 진실』, 문학과지성사, 2001, 162쪽.

발생하자 각자의 여자를 교환해 성적 폭력을 행사함으로써 서로를 향한 증오를 잠재우려 한다. 그리고 두 남자의 교환 대상으로 선택된 선애는 영빈에게 성폭행을 당한 뒤 자살하고 만다. 두 남자는 여성—타자를 폭력의 희생물로 삼음으로써 형제애적 연대를 해치지 않고, 근대—개발 주체의 자리에 서려는 것이다. 그러나 선애의 자살로 모방적 욕망에 제동이 걸리자 정우는 막연히 구원을 갈망하며 고향으로 되돌아간다. 이는 그가 욕망의 삼각형을 벗어남으로써 자신의 욕망이 기실 허위였음을 깨닫게 될 것이라고 기대하게 만든다.

그러나 정우에게 고향은 도시의 절망을 벗어나 새로운 삶을 시작하는 장소가 되지 못한다. "저 사조(思潮)라는 맘모스와 그리고 그것이 찍고 가는 발자국에 고이는 구정물의 시간"(42쪽)이라는 서술처럼 고향은 근대화에 노출된 주변부로서 앞이 보이지 않는 순천만의 염전이나 수영의 골방처럼 음산한 죽음의 이미지로 표현된다.[20] 정우가 윤수와 함께 떠난 여행에서 본 남도는 해체되는 서커스단과 줄 타는 남자의 자살이 암시하듯이 근대화 바람에 밀려 급속히 몰락해가는 퇴락과 소멸의 장소이다. 따라서 정우에게 도시—서울은 지독한 환멸에도 불구하고 속물적인 방식을 빌어서나마 살아남아야 하는 생존의 유일한 무대이다. 이러한 비관론은 난민적 처지의 젊은이가 도시에 대해 느끼는 공포 혹은 환멸을 뜻하지만, "감색 교복에 은빛 배지를 빛내며 버스칸 같

---

20) 문재원에 의하면 로컬은 단일하고 균질화된 공간 질서에 수렴되지 않는, 혼종과 미결정의 중첩적이고 복합적인 면모를 가지고 있다. 또한 이 공간에서 발생되는 분열적인 주체는 근대 동일성에 통합된 주체에서 비켜난, 그래서 로컬의 한 가능성으로 읽어낼 수 있는 지점이 있다.(57쪽) 그러나 김승옥의 「환상수첩」은 서울의 질서가 공간적으로 점령하므로 탄생하는 로컬을 그리는 데 그치고, 이는 이동하는 주체가 유목적 주체성을 획득하는 계기가 되지 못한다. 문재원, 「고향의 발견과 서울/지방의 (탈) 구축」, 『선망과 질서의 로컬리티』, 소명출판, 2013, 57~71쪽.

은 데서 가죽가방을 무릎에 세우고 영감님처럼 점잖게 앉아 있는 국립대학생"(48쪽)으로 표현된 도시 적응에 성공한 이들에 대한 질투, 즉 경쟁의식을 암시한다. 정우는 서울을 환멸하는 만큼이나 선망하며, 자신의 실패를 두려워하고 있는 것이다.

김승옥은 정우의 고향 친구인 수영, 윤수, 형기의 암울한 젊음을 통해 지방민의 소외를 가시화하는 한편으로, 수영과 윤수의 대결을 통해 속악한 생존 논리를 넘어서는 성숙의 도덕적 비전을 제시하고자 한다. 수영과 윤수는 어두운 골방에서 춘화를 찍고, 술에 취한 채 고향의 가난과 절망을 버텨낸다. 그러나 이들은 각각 다른 인생관 혹은 삶의 방식을 보여준다. 시인인 윤수는 취약한 타자에 대한 공감과 정의에 대한 감수성을 가진 윤리적 개인을 상징한다. 그는 처녀가 아닌 줄 알면서도 서커스단의 미아를 구원하기 위해 결혼을 결심하고, 수영의 동생 진영이 수영에게 춘화를 사 간 깡패들에게 윤간을 당하자 복수에 나선다. 반면에 서울의 법대 휴학생이자 결핵환자인 수영은 약값을 번다는 명분으로 춘화 제작에 나서며, 진영이 자기로 인해 성폭행을 당하지만 죄책감을 외면한다. 정우는 윤수와 수영의 경계 사이에서 방황하지만 차츰 수영을 증오하며 취약한 것들의 보호자를 자처하는 윤수에게 이끌린다. 그러나 윤수가 진영의 복수를 하는 과정에서 죽자, 정우 역시 수기를 남긴 채 자살하고 만다.

정우의 자살은 패배의식, 좌절의 표현이 아니라 자기 규정의 도덕적 내부 공간을 가시화하는 도덕적 개인주의의 선언이다. 자살은 살고자 하는 자연의 법칙을 거스르는 심사숙고의 행위라는 점에서 인간만이 할 수 있는 선택이다. 정우가 자살 직전에 쓴 "지상에 죄가 있을 리 없다. 있는 것은 벌뿐이다. 벌은 무섭지 않다. 무서운 것은 죄다, 라고 떠들며 실상은 벌을 피하기 위해서 이리저리 도망다니던 어리석은 나여. 옛의 유물인 죄란 단어에 속아온 아무리 생각해도 가련한 위선자여."(94쪽)라는 문장은 자살이 자신의 마음 속 법정에 귀 기울이고 양심에 따라 행위할 수 있는 용기 혹은 도덕 능력을 보여주는 차원에서 이루어졌음을 뜻한다. 죄와 벌을 구별함으로써 책임으로부터 면죄 받으려 하는 이성의 기만을 비판하고 있는 것이다. 이익 추구를 인간의 교환 본능으로 탈도덕화한 자본주의가 인간을 물질적으로 풍요롭게 해준 경제혁명일지언정 윤리적으로는 몹시 나약하게 만든다는 점을 상기해보자면, 그는 자살을 통해 도덕적 개인주의를 선취한 것이다.

그러나 희생자인 선애는 단순히 과거의 오류로 취급됨으로써 정우의 수기 속에서조차 애도되지 않는다. 정우의 수기를 수영이 소개하는 액자 구조는 이 소설의 주인공이 정우가 아니라 수영이라는 의혹을 불러일으킨다. 수영이 정우의 수기를 안고 있는 소설의 형식은 정우가 수영의 또 다른 자아이며, 이 소설은 수영이 살아남기 위해 정우라는 순진한 자기를 추방, 살해할 수밖에 없음을 보여준다. "산다는 것, 우선 살아내야 한다는 것. 과연 그것이 미덕이라고 까지는 얘기하지 않겠다. 그러나 그것은 이제야 출발하는 것이다. 죽음, 그 엄청난 허망 속으로 어떻게 하면 자기를 내던질 생각이 조금이라도 난단 말인가!"(96~97쪽)는 수영의 말은 살아남기 위해 도덕을 외면할 수밖에 없음을 강변한다. 그렇다면 이 소설은 정우의 수영으로 상징되는 속악한 개인주의자들에 맞선 투쟁이 아니라, 자기의 죄와 부도덕을 숨기기보다 오히려 까발림으로써 역으로 고백하는 자의 진정성을 획득하는 자기기만적 글쓰기의 탄생을 보여주는 것이다. 영빈이 법대생임에도 시인인 윤수의 문학과 대결을 벌이듯 글을 썼다는 점을 떠올려보면, 글쓰기 주체는 윤수나 정우가 아닌 영빈으로도 볼 수 있다. 이렇듯 자기기만적 글쓰기는 의미있는 타자에게 자리를 내주지 않고 있다. 선애는 희생적 폭력의 대상에 불과하며, 고향 역시 향수나 그리움의 대상조차 되지 못하는 죽음의 동의어에 머물게 된다.

3. 오, 전라도여, 전라도여!: 환대받지 못한 이방인과 수치

황병주에 의하면 근대 이후 출세가 집단과 개인을 넘나들면서 만인의 욕망이 된 것은 사회적 유동성의 급속한 증대와 관련이 있다. 수평적 공간이동과 수직적 계층 이동이 중첩된 사회적 유동성의 증대는 동질화 현상과 인과율적으로 연결되어 강한 평등주의적 압력을 산출했다.[21] 그러나 근대화는 도시와 지방의 경계를 점차적으로 중심과 주변, 즉 계급문화로 전환하면서 지방의 몰락을 재촉하는 한편으로 도시를 가진 자들과 빈곤한 이들 간의 주체/타자 관계로 재구조화한다. 산업화가 촉발시킨 세속화는 공동체 내부의 주체들과 경계 밖의 타자들 모두에게 동등한 경쟁의 기회를 제공하고, 이에 따른 책임을 부여함으로써 열패감과 죄의식을 타자들의 몫으로 돌린다. 공정한 경쟁 부여에도 불구하고 기실 주변인들이 중산층으로 편입될 가능성은 쉽지 열리지 않기 때문에 결국 타자에게는 수치심과 우울이 실패의 벌인 양 떠맡겨지게 된다. 김승옥은 초기작에서 60년대 근대화가 구축한 중심/주변의 위계구도에 맞서는 자유로운 개인성 획득을 위한 공간을 탐색한다.

「역사(力士)」(1963)는 '중심'의 권위를 해체하고 지방(지역)적인 것

---

21) 황병주, 「박정희와 근대적 출세 욕망」, 『역사비평』 통권 89호, 역사비평사, 2009년 겨울호, 259쪽.

의 가치를 포착하려는 작가의 의욕을 보여준다. 지방 출신으로 희곡을 전공하는 '나'는 지인의 권유로 창신동 빈민가를 떠나 "퍽 가풍이 좋은 집안"으로 수식되는 양옥집으로 하숙을 옮긴다. "무궤도하고 부랑아 같은 생활태도"(88쪽)를 청산해 "창신동에 사는 사람들은 모두 개씨기들이외다"는 낙서로 압축된 주변인의 비루한 위치를 벗어나고 싶기 때문이다. 그러나 나는 양옥집을 지배하는 "규칙적인 생활 제일주의"(91쪽)가 "방향이 틀린 생활" "습관화된 생활" "빈껍데기"에 불과하다는 비판적 인식에 도달한다. 양옥집의 기상과 취침, 노동과 여가 등으로 세심하게 분절된 일과표에 따른 "정식(正式)의 생활"(92쪽) 속에서 독창적이고도 자율적인 개인은 부재하기 때문이다. 양옥집은 물질적으로 서구 근대를, 정신적으로는 가부장적 유교주의라는 창안된 전통을 기축으로 삼아, 강력한 규율과 명령으로 근대화를 주도한 통치권력을 알레고리화한다. 양옥집은 할아버지로 상징된 가부장적 통치자의 판옵티콘으로, 복종을 내면화한 중산층적 삶의 양식이다.

양옥집과 창신동 빈민가의 대비는 도시/농촌, 문명/야만 등 이분법을 통해 인간 삶의 다양성을 무시하고, 중심/주변, 우월/열등으로 위계화하는 프레임에 대한 비판의식을 보여준다. 창신동 사람들의 저녁은 "마귀할멈이 냄비 속에 알지 못할 재료를 넣고 마약을 끓여내듯이 그네들도 가지가지의 마약을 끓이고 있다"(98쪽)고 비유되듯이 창신동은 정상/비정상을 초과하는 그로테스크한 공간으로 묘사된다. '나'는 이분법을 버리고 창신동 이웃들의 진실 속으로 육박해 들어가 딸에게 매질을 일삼는 절름발이 사내에게서 표준화된 육아법과 구별되는 부성애를, 창녀 영자에게서 순수와 타락의 이분법으로 해명되지 않는 순정을 발견하고자 한다. 주변부 혹은 지방적인 것에 대한 옹호는 하숙집의 노동자 서씨에 대한 관심으로 나타난다. 중심/주변의 위계 질서가 획책하는 규율화된 삶의 문법을 벗어나 신화적 영웅으로 알레고리화된 자율적 개인의 전망을 찾고 싶은 것이다.

서씨는 비록 창신동 하숙집에 세든 빈민이지만 중국의 이름 난 역사(力士) 가문에서 태어나 상궤를 초과하는 힘을 지닌 신이한 존재이다. 서씨가 깊은 밤 동대문 성곽에 올라 돌을 들어올리는 모습은 "신비한 나라에 와서 거대한 무대 위의 장엄한 연극을 보는 듯한 감동"(103쪽)을 안겨준다. 그러나 초월적 영웅에 대한 나의 기대에도 불구하고 현실은 서씨가 그저 힘이 세기 때문에 남보다 임금을 더 많이 받는 일용노동자임을 일깨운다. 그가 밤마다 성곽 위에서 펼쳐보이는 위용은 구경꾼을 불러 모으지 못하는 무의미한 퍼포먼스일 뿐이다. 작가는 독자에게 "어느 쪽이 틀려있을까요?"라고 개방형 질문을 던지는 것으로 소설을 끝맺고 있다. 이는 양옥집과 창신동으로 표상되는 중심/주변의 이분법에 저항하는 것이지만, 기실 그가 창신동에서 근대 권력을 넘어설 이상적 가치를 발견하지 못했음을 뜻한다. "이제는 돌아갈 고향도 없이 죽는 날까지 이 서울에서 내 힘으로 살아가야 한다는 절망감"(88쪽)은 김승옥의 화자들이 정주할 곳을 찾지 못한 심리적, 정신적 디아스포라임을 뜻한다. 따라서 비루한 방식으로나마 도시에서 생존을 도모해야 한다는 비관적 인식이 형성된다.

이렇듯 귀환할 곳이 없다는 절망감을 가중시키는 것은 지방 출신의 열패감이다. 앞서 본 「산문시대」에서 김승옥은 스스로를 난민으로 표현한다. 본래 '난민'은 국가, 국민, 영토의 삼위일체에 속하지 않는 무국적자, 망명자를 가리키는 말이다. 그러나 국민이 국가에 의해 인권이나 생존권을 보장받고 귀속성과 정체성을 인정받을 수 있는데 반해 '난민'

은 거주할 장소를 가지지 못했기에 인간적 존엄 혹은 체면을 가진 사람이 될 수 없는 '벌거벗은 생명'을 은유한다. 환대받음에 의해 인간은 사회의 구성원이 되고, 권리들에 대한 권리를 갖게 되기 때문이다.22) 즉, '난민'은 사회권력이 만들어낸 위계적 이분법의 차별적 위치에 선 이들의 소외를 뜻하는 비유어이다. 얼마 전 발굴된 「더 많은 덫을」(≪주간한국≫, 1966년 8월 21일)23)은 김승옥 문학에 자리한 난민의 감각이 지방민, 특히 전라도 출신이라는 자신의 기원에 대한 수치심임을 보여준다.24)

이 소설은 전라도 순천 출신의 대학생인 '나'가 "앞으로 부딪힐 일에 대한 아무 마음의 준비도 돼 있지 않은데 그것은 갑자기 들이닥치는 것 같았다"(484쪽)며 이유모를 불안감을 호소하는 것으로 시작되어 그 정체가 밝혀지는 식으로 전개된다. 청년이 보여주는 불안은 의학적 진단을 필요로 하는 것이거나 근대 문명 속에서 인간이 주체성을 획득하기 위한 마음의 저항도 아니다. 그것은 노동의 세계에서 자신이 어느 누구에게도 선택받지 못함으로써 쓰레기, 즉 잉여가 될 지도 모른다는 공포이다. 불안은 경쟁적 자본주의 사회, 특히 일자리의 부족으로 실업자가

---

22) 김현경, 『사람 장소 환대』, 문학과지성사, 2015, 207쪽.
23) 김영찬, 「열등의식의 문학적 탐구 : 김승옥의 「더 많은 덫을」에 대하여」, 『한국근대문학연구』 제21호, 한국근대문학회, 2010, 455~502쪽.
24) 60년대 이래 경제개발과정에서 지역 간 불균형 발전이 나타난다. 60년대 이래 급속한 산업화 과정에서 전국적으로 나타난 이동의 과정에서 자기 지역 내의 이농인구를 흡수할 산업 기반이 취약한 경우에 타지역으로 인구유출이 많아지고 그 지역은 점차 주변화되어 갔다. 전라도는 인구의 자연증가를 포함해도 60년대 이래 지속적으로 인구유출의 수가 많은 지역으로, 이 중 상당수는 서울의 하위계층인 비공식 부문 노동자나 저임노동자로 편입되었다. 영호남 지역 갈등 구도가 등장하게 된 또 다른 이유로 엘리트 충원 과정에서 전라도 출신의 비율이 낮은 점을 들 수 있다. 김상태, 「지역·연고·정실주의」, 『역사비평』 1999년 여름호, 역사비평사, 1999, 370~371쪽.

넘쳐나는 60년대 사회에서 취업을 앞 둔 삼류대 경제학과 학생이 느끼는 미래—시간에 대한 감각이다. 이는 학기말 시험장에서 통계학 강사가 우리들의 시험지를 기웃거리며 뱉은 "쳇! 글씨들은 모두 잘 쓰는군."(489쪽)이라는 말이 "그렇게도 아프게 나를 때리고 지나간 소리"(489쪽)였다는 서술에서 드러난다. 비록 출세의 길이 어두운 삼류대학생이지만 강사의 말로, 노력한다면 언젠가 출세할 수 있으리라는 믿음으로 스스로를 위안해 온 심리적 방어선이 무너진 것이다. 그러므로 "글씨를 잘 쓰면 출세한다"(491쪽)는 '나'가 아침 나절 씨름했던 딱정벌레의 갑피(甲皮)를 "그놈이 짊어지고 다니던 무기"(486쪽)라고 가정했던 것처럼 나를 불안으로부터 지켜줄 보호벽이었던 것이다. 그러나 기실 그러한 믿음은 "절대자이신 아버지와 학교 담임선생님" 같은 '대타자'들의 말씀이라는 데서 알 수 있듯이 사회의 모멸과 차별 속에서 상처 입은 "우리 열등생들"을 지배 질서가 길들이는 방식이다. 나는 통계학 강사로 상징되는 지배계급을 향해 마음속에서 "무슨 핑계를 잡아서라도 평등해지고 싶다는 욕망 그것이야말로 우리 시대의 대표적인 욕망이 아니겠습니까?"라고 항변한다. 근대가 내세운 자유와 평등의 이념은 기실 환영에 불과한 것이며 우리의 "굉장한 꿈"은 기실 "가장 배반당하기 쉬운 욕망"(492쪽)이다.

그러나 이렇듯 비관적 인식의 더 깊은 심층에는 전라도 순천 출신의 상경민이라는 나의 정체성에 대한 수치의 감각이 깔려 있다. 나는 불쾌한 의식을 털어버릴 요량으로 변두리 극장과 용두동의 방둑 같은 "지저분한 곳"을 헤매며 "미용사도 좋고 여대생이라도 좋고 '미스코리아'라도 좋고 창녀라도 할 수 없다"(495쪽)는 마음으로 섹스 대상으로서 여자를 찾는다. 그리고 자신의 먹잇감으로 선택한 하위계급의 여자, 즉

'남순이'에게 수작을 건다. 그러나 그녀가 "영화 보는 친구가 뭣인데요?"라고 답하자 그는 "뭔가 결국 얽혀드는 것인가 하는 쓰디 쓴 느낌"(496쪽)에 사로잡힌다. 여자는 서울 사람의 말투를 흉내내고 있지만 "그 억양이 틀림없는 전라도투였고 '데'를 '디'로만 고쳐놓는다면 틀림없는 전라도식 의문어투"(495쪽)였기 때문이다. 여자는 마치 다른 사람들이 전라도 사람들의 정체성을 어떻게 규정하고 있는지 충분히 알고 있는 듯 사투리를 숨기지만 전라도 출신인 나는 그녀의 말투를 알아챈 것이다. 나의 당혹감은 전라도는 그 이름이나 그것을 환기시키는 사소한 뉘앙스만으로도 헤어나올 수 없는 절망과 두려움을 안겨주는 트라우마적 기원임을 뜻한다.

나를 사로잡은 불안의 정체는 단순히 열등의식이 아니라 유구한 지역차별의 역사 속에서 전라도가 모욕을 수반하는 귀속의 문화가 만들어낸 혐오/증오의 타겟이 되어왔음을 암시한다.[25] 내가 언젠가 식당에서 만난 여자의 말투를 듣고 반갑게 전라도 사람이냐고 묻자 여자는 전라도 사투리를 감추지 못하면서도 자신의 출신을 부정한다. 일상생활에서 우리는 우리 자신을 다양한 집단의 구성원으로 이해한다. 우리 각자가 소속되어 있는 각각의 집합체는 우리에게 특정한 정체성을 부여한다. 그리고 그것은 우리의 타자에 대한 연대감을 풍부하게 하고 자기중심적인 생활을 뛰어넘게도 한다.[26] 그러나 전라도 차별이 완고한 사

---

25) 장 폴 사르트르는 "유대인은 다른 사람이 그를 유대인으로 바라보기 때문에 유대인이다(……) 유대인을 '만들어내는' 것은 반유대주의자들이다."라고 함으로써 우리가 우리 자신을 어떻게 바라보느냐와 무관하게, 다른 사람의 시선에 의해 우리의 정체성이 터무니없이 제한될 수 있음을 주장한다. 특히 어떤 귀속은 모욕을 수반하는 경우가 많으며, 이는 모욕당한 사람에 대한 폭력을 유방하는 데 사용된다. 아마르티아 센, 이상환·김지현 역,『정체성과 폭력: 운명이라는 환영』, 바이북스, 2009, 44쪽.
26) 아마르티아 센, 앞의 글, 47쪽.

회에서 지배집단이 부정적으로 낙인찍은 정체성을 가진 자들은 서로에게 동질성이나 연대감보다 수치심을 느낄 뿐이다.27) 기실 전라도 출신의 상경 식모로 표상된 남순이는 내가 혐오해도 좋을 타자가 아니라 또 다른 나 자신인 것이다.

'나'가 상경 식모로 가정하는 남순이는 전라도를 비천한 하위계급 여성으로 표상화한 기호적 인물이다. 따라서 남순이는 용두동 방둑에서 지금 나와 대화를 나누는 개별자 남순이만을 뜻하지 않는다. 나는 남순이를 만나기 일주일 전 극장의 계단 맞은 편에 걸린 거울 속에서 본 "첫눈에도 어느 집의 식모"에게도 남순이라는 이름을 붙여준다. 기실 변두리 극장의 거울 속 여자가 용두동 방둑에서 만난 남순이이고, 그녀가 전라도 출신의 상경 식모라는 확실한 근거는 없다. 그러나 "나에게는 그 거울 속의 여자와 남순이의 다른 점이 생각나지 않"(493쪽)는다는 서술은 '남순이'가 특정한 개인을 지시하는 개별화된 이름이 아님을 뜻한다. 사실 거울 속 여자가 남순이인가 아닌가, 상경 식모인가 아닌가는 중요하지 않다. 남순이는 난민으로서 전라도 사람의 취약한 위치성을 환기시키는 젠더화된 표상이기 때문이다. 전라도 순천 출신의 삼류대 대학생인 나 역시 "나 같은 놈 역시 변두리극장의 훌륭한 식구들 중

---

27) 「더 많은 덫을」은 1995년 문학동네에서 발행한 김승옥 문학 전집에 실리지 않았다. 어엿한 단편소설이 전집에서 배제된 이유는 무엇일까? 먼저 이 소설이 오래 전 발표한 탓에 기억에서 지워졌을 가능성을 무시할 수 없다. 그러나 김영찬의 추론처럼 작가가 "지역차별과 편견에 대한 문제의식을 소설에서 눈에 띄게 노출한 데 대한 심리적 부담"(477쪽)을 느꼈을 가능성 역시 배제할 수 없다. 한국일보 기자의 인터뷰에서 김승옥은 "이 작품에서 이야기하려는 것은?"이라는 질문에 "어떤 경우에 있어서의 구원을 지향하는 태도를 쓰고 싶었는데 써놓고 보니까 내가 설정한 그 어떤 경우가 보편적인 것인지 하는 의문이 생겨버렸다."(5쪽)라고 답한다. 기실 차별은 인간의 기본적 권리를 침해하는 심각한 문제임에도 불구하고 마이너리티들은 타인들이 가하는 낙인의 폭력을 피하기 위해 자신에게서 타자성의 흔적을 지워야 한다는 압력에 시달리기도 한다.

의 하나임에 틀림없다"(493쪽)는 서술이 암시하듯 남순이들 중 하나이다. 영화가 끝난 후 변두리 극장의 계단을 내려오다가 맞은 편에 걸린 거울 속에서 본 '남순이'는 곧 나 자신이다. 이는 내가 전라도라는 자신의 지역적 기원을 실추된 남성성, 즉 혐오스러운 응시의 대상이 되는 이방인 여성으로 받아들이고 있음을 뜻한다.

> "남순이는 웃었다.
> 그것은 이미 나를 두려워하지 않는 웃음이었다. 남순이의 웃음소리가 나는 싫었다.
> 그 웃음소리는 해일처럼 나를 뒤엎어 버리려고 하는 웃음소리였다. 그 웃음소리의 강인한 힘을 나는 피부로 느꼈다. 전라도에 대한 얘기를 주고 받는 동안 나는 우리가 전라도를 떠나고 있음을 느꼈다. 떠나서는 어디로? 나의 성욕을 향해서였다.
> 나는 어둠 속에서 땅거죽에 붙어 있는 잡초를 한손으로 움켜쥐었다.
> 나는 한 번 걸린 적이 있는 덫에는 결코 다시는 걸리지 않고 내닫고 있을 내 자신의 모습을 눈앞에 보는 듯했다. 그 모습은 얼마든지 가능할 것 같았다. 새로운 덫에 걸려들 때까지 어디론가 내닫고 있는 가련한 모습은 얼마든지 있을 것 같았다. 슬프리라. 그러나 자꾸 자꾸 새 덫만 있어준다면…… 나는 있는 힘을 다하여 잡초를 움켜쥐며 고개를 옆으로 돌려 남순이를 노려봤다.
> "남순이, 앞으론 전라도 어떠구 하며 가까이 오는 놈은 믿지 말어."
> 나는 이젠 완전히 어둠의 밑바닥을 이루어버린 냇바닥 쪽으로 고개를 돌렸다. 나는 나야말로 참으로 훌륭한 놈인 것 같은 생각이 평생 처음으로 들기 시작했다.(502쪽)

위의 인용문은 나의 평범한 삶에 대한 동경을 짓누르는 무수한 덫들이 앞으로 계속 나타날 것이라는 씁쓸한 예감을 암시한다. 학벌이나 지역 차별만이 아니라 무수히 많은 덫들은 아무리 글씨를 잘 쓴다고 해도 나를 좌절하게 할 것이다. "자꾸 자꾸 새 덫만 있어준다면……"이라는 서술은 덫에 걸려 쉽게 포기하지 않겠다는 청년의 기백을 암시하는 듯 보인다. 그러나 그것은 어디까지나 다른 덫들이 나타날 때까지만 가능한 것이라는 점에서 무익한 희망이고, 좌절일 수밖에 없다. 차별의 덫을 넘어설 수 없다는 좌절감은 중심 담론을 위협하는 마이너리티의 대항적 정체성 구축을 불가능하게 만든다. 남순은 "전라도 사람들 중엔 좋은 사람들이 더 많은데요"(501쪽)라고 항의하며 동의를 구하지만, 나는 "땅은 좁은데 사람이 많으니까"라고 별 수 없다는 듯 차별에 대해 체념적인 태도를 취한다. 남순에 대한 나의 태도 역시 몹시도 모호하다. 나는 "남순이, 앞으론 전라도 어떠구 하며 가까이 오는 놈은 믿지 말어."라고 말함으로써 자신의 열등감을 위로하기 위해 여성―타자를 대상화하는 남성 주체의 폭력성을 비판적으로 성찰하는 듯 보인다. 그러나 "전라도에 대한 얘기를 주고 받는 동안 나는 우리가 전라도를 떠나고 있음을 느꼈다. 떠나서는 어디로? 나의 성욕을 향해서였다"는 서술은 남순이로 기호화된 차별받는 여성―타자로서 전라도에 대한 동질성과 연대가 거부되고 있음을 암시한다. 자신의 좌절과 패배에 대한 두려움은 자기 성찰을 불가능하게 만들고 있는 것이다.

4. 맺음말

김현은 「구원의 문학과 개인주의」(1966)에서 김승옥의 자의식이 풍부한 인물을 "자기 세계를 가진 사람"이라고 이름 붙이고, "어떠한 상황에 처해 있건 그것을 극복하려는 의지를 내보인다면, 그 인물은 진짜이며 자기 세계를 가지고 있는 셈"이라고 긍정한다. 이는 김승옥의 문학에 이르러 "당위에만 얽매여 생활하는 당위인이나, 혹은 수동적인 상황 속에서 아무런 저항도 없이 짓눌려 사는 행동인"으로 상징되는 50년대 문학의 구태를 넘어설 개인이 등장했음을 뜻한다. 그러나 김현은 "자기 상황을 내적인 조작을 통해 수락하여 만든 자기 세계"가 "샤르트르 유의 표현을 빌면 소위 <개 같은 놈>으로 사람이 변모해 가는 양태를 파악할 수 있게 해준다"28)고 쓴다. 이는 내면성의 글쓰기가 현실을 외면하고 부정하는 것이 아니라 자기 조작의 허위를 폭로하는 데 의의가 있음을 강조하는 것이다. 즉 자의식을 외부의 압력이나 통속적 이해관계와 외부의 압력에 맞서 내면의 진실성을 확보하는 진정성 주체가 탄생하는 공간으로 본 것이다.

분명 김승옥은 김현이 말한 바처럼 주어진 운명을 살아가는 수동적 존재였던 50년대 문학의 주체와 달리 자기 운명에 맞서는 능동적인 주체를 보여준다. 그의 문학 속 남성들은 비록 주변인이라고 할지라도 50년대 소설 속 퀴어한 육체의 남성 주체들과 구별된다. 몰락하는 고향을 등지고 도시로 나온 지방 출신의 대학생은 서울/지방의 가파른 편차 속에서 서울의 속악한 세태 앞에 경악하면서도 지방 출신이라는 자신의 약점을 일종의 극기의 원인으로 삼아 살아남기 위한 고투를 벌이기 때문이다. 그러나 이들의 지방의식, 즉 자신이 경쟁체제의 주변부에 존재하는 약자라는 인식은 기성의 사회가 강요하는 생존의 논리를 수락하는 것 외에 다른 선택의 여지가 없다는 체념을 알리바이화하는 자기기만적 요소로 작동한다. 김승옥 문학의 특징인 '자기 세계'는 자기의 기만을 용서하고 사면받게 만드는 기능을 수행하고 있어 문제적이다.29)

---

28) 김현, 「구원의 문학과 개인주의」, 『다산성』, 한겨레, 1987, 374~394쪽.
29) 고백이란 반성이나 죄의식의 토로와도 관련이 있지만 고백하는 자의 내면적 진실

특히, 자신이 지방 출신이라는 취약성에서 비롯된 수치심은 인간이 인간됨을 심문하는 감정, 즉 인간과 사회의 윤리적 가능성을 새롭게 제시하는 감정이 아니라 타자에 대한 인간의 도덕적 의무와 죄책감을 외면하는 기만의 알리바이로 기능하고 있다.

참고문헌

기본 자료

김승옥,『김승옥 소설접집 1: 무진기행』, 문학동네, 1995.

김승옥,『김승옥 소설접집 2: 환상수첩』, 문학동네, 1995.

김승옥,『뜬 세상에 살기에』, 지식산업사, 1977.

김승옥,「더 많은 덫을」,『한국근대문학연구』제21호, 2010.

참고 논저

곽상순,「김승옥의 <환상수첩>에 나타난 욕망의 분열양상 연구」,『현대소설연구』제60호, 한국현대소설학회, 2015. 12.

김건우,「4·19세대 작가들의 초기 소설에 나타나는 '낙오자' 모티프의 의미」,『한국근대문학연구』16, 한국근대문학회, 2007. 10.

김상태,「지역·연고·정실주의」,『역사비평』, 1999년 여름호, 역사비평사, 1999.

김영찬,「열등의식의 문학적 탐구 : 김승옥의「더 많은 덫을」에 대하여」,『한국근대문학연구』제21호, 한국근대문학학회, 2010.

김 현,「구원의 문학과 개인주의」,『다산성』, 한겨레, 1987.

김현경,『사람 장소 환대』, 문학과지성사, 2015.

성을 보장받기 위한 일종의 제도이자 메커니즘으로 작용한다. 장세진,「'아비 부정', 혹은 1960년대 미적 주체의 모험: 김승옥과 이제하의 텍스트에 나타난 주체 형성과 권력의 문제를 중심으로」,『상허학보』, 12집, 상허학회, 2004, 109~110쪽.

문재원, 「고향의 발견과 서울/지방의 (탈) 구축」, 『선망과 질시의 로컬리티』, 소명출판, 2013.

박태순, 「내가 보낸 서울의 60년대」, 『문화과학』 5, 문화과학사, 1994.

서중석, 『이승만과 제1공화국 – 해방에서 4월 혁명까지』, 역사비평사, 2007.

소영현, 「근대 인쇄 매체와 수양론·교양론·입신출세주의 – 근대 주체 형성 과정에 대한 일고찰」, 『상허학보』 18, 상허학회, 2006.

송은영, 「김승옥과 60년대 청년들의 초상」, 『르네상스인 김승옥』, 앨피, 2005.

신형기, 「혁신담론과 대중의 위치」, 『현대문학의 연구』 제47집, 현대문학연구학회, 2012.

임영봉, 「동인지 ≪산문시대≫ 연구」, 『우리문학연구』 21호, 우리문학회, 2007.

임옥희, 『젠더 감정 정치』, 도서출판 여이연, 2016.

장세진, 「'아비 부정', 혹은 1960년대 미적 주체의 모험: 김승옥과 이제하의 텍스트에 나타난 주체 형성과 권력의 문제를 중심으로」, 『상허학보』 12집, 상허학회, 2004.

조희연, 『박정희와 개발독재시대』, 역사비평사, 2007.

차미령, 「≪산문시대≫ 연구」, 『한국현대문학연구』 13권, 한국현대문학회, 2003.

황병주, 「박정희와 근대적 출세 욕망」, 『역사비평』 통권89호, 2009, 역사비평사.

게오르그 짐멜, 김덕영·윤미애 역, 「대도시와 정신적 삶」, 『짐멜의 모더니티 읽기』, 새물결, 2005.

르네 지라르, 김치수 역, 『낭만적 거짓과 소설적 진실』, 문학과지성사, 2001.

아마르티아 센, 이상환·김지현 역, 『정체성과 폭력: 운명이라는 환영』, 바이북스, 2009.

알랭 로랑, 김용민 역, 『개인주의의 역사』, 한길사, 2001.

프랑코 모레티, 성은애 역, 『세상의 이치』, 문학동네, 2005.

예외상태로서의 박정희 시대와 남성 주체의 형성

최인호의 초기작을 중심으로

1. 긴급조치의 통치성과 지배적 남성성

박정희 시대는 식민지 경험과 내전의 후유증에 시달리던 사회를 급격히 세속화함으로써 한국적 근대를 정초한 기원적 시간이라고 할 수 있다. 한국인들은 근대화 과정에서 이전까지 경험하지 못한 사회변화와 속도전을 겪으면서 도시에서 살기 시작했고, 영혼의 덕성을 중시하기보다 각자 이익의 코를 좇아 움직이는 '경제적 인간'이 되었으며, 국가와 재벌의 위력을 실감하게 되었다. 무엇보다 박정희 시대는 권위주의적 가부장제, 군사주의, 반공주의 등 파시즘 문화를 동력으로 삼아 한국적 근대의 특수한 역사성을 창출했다는 점에서 역사의 무거운 짐으로 남겨져 있다. 그럼에도 불구하고 개발의 성과인 경제적 진보는 개발 독재가 개인과 사회에 가한 억압과 고통을 국부의 증진을 위한 '쓰라린 선택'인 양 비호하는 구실이 되고 있다. 대규모의 사찰과 고문, 검열 등 특유의 정치공학을 통해 근대적 정치체와 개인의 탄생을 저지했음에도 불구하고 한국인들의 다수는 경제발전과 민주주의를 양립불가능한 이원성인 양 프레임화하는 데 익숙하다. 이는 단지 철학의 빈곤이 아니라 대중지배에 성공한 사례로서 총동원체제나 파시즘 등 추상적 개념이 아니라 사람들의 삶과 욕망을 통해 개발독재의 통치성을 분석할 필요를 역설한다.[1]

청년문화운동의 기수로서 6~70년대 한국문단에서 문제적인 신진 작가로 떠오른 최인호의 작품들은 그간 거의 알려지지 않았던 문화와 성정치 등 시대의 내밀한 속살을 통해 한국 근대화의 진실을 보여주는 흥미로운 사례이다. 한국 문학이 주로 박정희 시대를 기적에 가까운 생산도구의 개선을 가져왔지만 그 과정에서 자연과 인간의 삶이 근대화라는 '악마의 맷돌'(윌리엄 블레이크)에 으깨어지는 파국적 경험으로 포착한다면, 최인호는 취향, 습속, 문화의 향유를 개인의 권리로 내세움으로써 박정희 시대의 통치성과 충돌한다. 그의 소설은 개발의 압축적 공간인 도시를 무대로 하고 있으며, 비장하고 엄숙하기보다 유머러스하고 야하다. 그러나 최인호 소설의 경량감은 통치의 정동이라고 할 명랑이 아니라 반역자들에게 볼 수 있는 공허는 물론이고 우울과 퇴폐의 징후를 드리우고 있다. 악동기질이 농후하며 삶의 뚜렷한 목표없이 부유하는 인물들을 박정희 키드, 즉 개발독재가 안겨 준 풍요를 향유하는 유희적 존재로 치부할 수 없다. 이는 최인호의 문학을 상업의 도시가 탄생시킨, 이윤획득을 최고의 가치로 삼는 통속성으로 환원할 수 없음을 뜻한다. 그의 소설은 광장을 저항의 장소로 포착하는 것과 다른

---

[1] 이 글은 다음의 문장에 영향받았음을 밝혀둔다. "통치성에는 자기통치자로서 대중도 연루된다. 권력과 엘리트와는 다른 방법으로 대중 또한 근대화에 깊숙이 참여하고 자신의 경험과 인식의 지평을 변화시켰다. 해방 이후부터 지금껏 성장해온 한국 민주주의와 대중의 힘을 생각하면 어쩌면 박정희나 그 독재 같은 것은 한낱 에피소드에 불과한지도 모른다." 권보드래 외, 『1970 박정희 모더니즘』, 천년의 상상, 2015, 15~30쪽.

자리에서, 저마다 불온해짐으로써 통치권력에 역습을 가하려 한다는 점에서 정치성을 획득한다. 유신체제는 시민이 정치적 권리를 표출하는 광장만 봉쇄한 것이 아니라 개인을 권력의 작용점으로 삼은 규율 권력이었기 때문이다.

최인호의 소설은 박정희 시대 통치성의 핵심인 생명정치의 작동대상이 된 남성을 발견함으로써 그간 전체주의, 파시즘이라는 거대한 개념들에 가려져 있던 시대의 민낯을 보여준다. 최인호가 문단에 데뷔해 문제작을 선보인 60년대 말부터 1970년대까지는 긴급조치가 남발됨으로써 비상사태가 정상적 일상과 뒤섞여 사회전체가 캠프(camp), 즉 수용소화한 시기였다. 특히 70년대는 중국의 유엔 가입으로 안보가 위태롭다는 명분으로 71년 12월 6일 국가비상사태가 선포된 것을 계기로 72년 10월 유신을 거쳐 통치자가 부하의 총에 맞아 죽는 79년까지 국민의 자유를 억누르기 위한 여러 조처가 취해진 공포정치의 시기였다.[2] 유신은 초법적 명령으로서 국가권력이 법적 질서를 파괴하면서 만들어낸 예외상태로서, 사람들의 주거, 신체, 일상, 문화, 내면을 전횡적으로 통제했다. 그러나 박정희 체제는 원초적 폭력을 행사함으로써 권력에 대한 복종을 유도하는 것만이 아니라 인간의 창조 혹은 개조라는 측면에서 신체를 권력의 규율화, 통제, 감시 시스템이 작동하는 물리적 작용점으로 제시했다는 점에서 근대적이었다.[3] 국가는 예비군이

---

2) 국가비상사태란 외적의 침략이나 내란, 대규모 천재지변으로 국가의 치안질서가 큰 위협을 받아 통상적 방법으로는 공공의 안녕질서 유지가 불가능한 상황일 때 대통령이 선포하는 통치 행위를 말한다. 박정희 정권은 쿠데타로 정권을 잡은 이래 한일회담 반대 시위 등으로 대중의 반발이 계속된 것을 계기로 인혁당 사건, 동백림 사건 등 주로 저항적인 중간계급지식인을 대상으로 한 공안 사건들을 조작해냈다.

3) 푸코는 근대 권력이 개인을 주체로 생산하는 과정을 계보학적으로 분석했다. 근대 이후 작동하기 시작한 생명권력은 삶을 개별적 생명이 아니라 전체의 차원에서 생명, 즉 종으로서의 인간의 생물학적 과정을 고려하고 이것을 조절하는 기능을 수행

나 교련 등 군사훈련을 국민되기의 일환으로 제도화하는 한편으로 경제성장을 위해 산아제한을 국가정책으로 삼는 등 신체를 통치의 대상으로 삼았다. 이렇듯 개인을 개발 주체로 주조하는 훈육의 기술은 남과 여를 구분하지 않았다. 그러나 여성보다 남성이 사회의 주역으로 여겨졌다는 점에서 박정희 시대는 제도로서의 여성만이 아니라 남성, 남성성 역시 발명했다.

자본주의적 산업화, 반공, 민족 정체성 확립이라는 국가 재건의 세 가지 목표는 모두 훈련된 육체를 바탕으로 한다. 육체가 건강할 때 생산노동에 참여할 수 있고 적과 싸울 체력이 되며, 민족을 대표할 수 있다는 점에서 남성은 여성보다 우수하고 가치있는 생명으로 인정받는 한편으로 그 대가로 지배와 복종의 대상이 되었다.[4] 노동의 신성화와 함께 강도 높은 노동을 감당하는 신체는 애국하는 시민의 표상이었기 때문에 작업장의 인간관계는 군대 시스템을 방불하는 명령과 복종의 관계로 수직화되었으며 폭력과 욕설은 생산과정의 일부로 포섭되었다. 다른 한편으로 민주화를 향한 저항을 잠식시키기 위해 반공체제가 강화됨에 따라 청년들은 미성숙하고 무질서하다고 여겨짐으로써 교육과 통제의 대상으로 소환되었다.[5] 68년에는 고등학교와 대학교에 교련과

한다. 출산률과 사망률 관리, 환경 정비와 위생개력, 의료체계의 구축과 같은 삶을 조절하는 생체권력의 영역은 근대국가의 다른 면모였다. 이와 관련해서는 다음의 글을 참조할 것. 염운옥, 「전간기 영국의 남성성 담론의 재구성과 파시즘」, 『역사와 문화』 19, 문화사학회, 2010, 139쪽.

4) 루인은 사실 무엇을 하든 그것은 선진 조국 창달이라는 민족의 대의에 국민으로 헌신하는 것이기에 군인으로서의 남성성이 남성 젠더의 중핵적 자질을 구성한다고 밝힌 바 있다. 루인, 「의료 기술 기획과 근대적 남성성의 발명」, 권김현영 외, 『남성성과 젠더』, 자음과 모음, 2012, 84쪽.

5) 긴급조치는 1974년 1월 8일 1, 2호를 시작해 1975년 5월 13일 9호까지 선포되었다. 이 중 9호는 국민의 모든 자유와 권리를 잠정적으로 정지하는 '국가긴급권'을 이용하여 국민의 가장 기본적인 권리를 제약하는 극단적인 조치로 평가받고 있다. 민주

목이 도입되었으며, 71년에 위수령이 발동되어 대학 내 군인이 상주하게 되고 교련 반대시위자에 대한 강제 징집이 이루어졌다. 긴급조치 1호가 발표된 74년은 청년에 대한 억압적 조치에 대한 저항인 양 청년문화선언이 이루어진 해이기도 하다. 최인호는 이렇듯 부자유, 억압, 차별, 무권리, 무기력 등 억압적인 환경 속에서 어린아이나 가축인 양 기계장치들에 묶인 채 자유로운 개인, 즉 '저마다 마땅히 스스로 책임지는 성년'이 될 수 없었던 남성들의 이야기를 들려준다.6)

그러나 최인호 소설은 비감한 우울에 사로잡히기보다 남성성 실현의 욕망을 서사화함으로써 억압적인 규율권력으로부터 탈주하고자 한다. 헤게모니를 획득하지 못한 소설 속 주변부 남성들은 자기계발과 입신양명을 통해 지배적 남성성(헤게모니적 남성성)을 획득하기보다 파시즘적 도덕에 의해 불결한 것으로 낙인찍힌 섹슈얼리티와 규범을 초과하는 남성성에 대한 매혹을 드러낸다. 조지 모스는 독일 파시즘기를 대상으로 민족주의와 고결함(respectability)의 관념을 초점화해 남성다움(manliness)을 탈자연화함으로써 점잖고 올바른 예절과 도덕을 의미하는 '고결함'은 매너와 에티켓만이 아니라 정숙, 순결, 덕행 등 개인의 윤리적 영역에까지 영향을 미쳤으며, 이러한 고결함은 사회에 안정되고 질서있는 생활양식을 창조하기 때문에 사회질서를 수호해주는 효

화운동기념사업회 연구소 엮음, 「긴급조치 9호의 지배구조와 이데올로기」, 『한국 민주화운동사 2』, 돌베개, 2009, 179~182쪽.
6) 외부의 권위를 거부하고 스스로의 이성을 사용해 독립적으로 사고하고 행동하는 개인의 탄생은 근대성의 핵심요소이다. 근대성의 기초를 이루는 개인주의는 정치를 동등한 권리와 이성을 가진 개인들 사이의 사회계약으로 보고, 경제를 공동체의 구속에서 벗어난 자유로운 개인의 이윤 추구활동에 입각한 시장경제로 보며, 문화를 개인적 욕망과 재능의 표현으로 보는 것을 골자로 한다. 그러나 유신체제는 개인을 지도적 권위 아래에 놓음으로써 해방된 개인의 탄생을 저지했다. 개별화는 쉽게 독단, 비뚤어짐의 징후, 타락으로 치부되었다.

율적인 이데올로기로 기능[7]했다고 분석한다. 소설 속 하위계급의 불량한 남자, 건실한 삶의 목표를 갖지 못한 퇴폐청년들은 지배적 담론 권력이 만들어낸 고결함을 결여한 불온한 신체들이다. 그러나 이들은 아비 권력의 질타의 시선을 내면화해 수치심에 사로잡히는 대신 건전한 산업 전사와 그 잠재태로서 청년담론을 거스른다.[8]

최인호의 소설은 우리는 보편적 인간이기 이전에 남자와 여자라는 성별화된 주체이며, 성별은 자연적 차이가 아니라 권력의 효과임을 암시한다. 즉 성은 단지 물리적 외피가 아니라 개인의 정체성을 우리가 짐작한 것 이상으로 규정하며, 그 정체성의 성격과 함의는 지배이념과 권력의 영향력에 놓인 것으로 깊은 투시와 반성없이 결코 볼 수도 극복할 수도 없음을 암시하고 있다.[9] 남성성 연구는 남자다움, 즉 남성의

---

7) 모스에 의하면 독일 파시즘기에 섹슈얼리티는 고결함을 위한 행위 양식과 도덕 관념의 근저에 놓이게 되었다. 이렇듯 고결한 섹슈얼리티는 18세기 근대민족주의와 함께 광범위하게 확산되어 여성의 지위에 많은 영향을 미쳤을 뿐 아니라 그 사회의 규범을 받아들인 주류와 반대로 비정상적이거나 병리적으로 간주된 아웃사이더에 대한 박해를 정당화했다. 특히 남성적 이상에 미달하는 동성애자나 하위계급 남성성은 고결함을 위협하는 적대자로 생산되었다.(한민주, 「고결함을 둘러싸고 창조된 젠더의 경계」, 『여성과 사회』 16호, 창작과비평사, 2005, 323~325쪽.) 유신체제기에 청년과 하위계급 남성 등 주변부 남성성은 타락하고 퇴폐적이며 위험한 육체로 낙인찍힌 채 규율에 복종하는 건실한 청년, 생산적 노동자가 될 것을 요구받았다.

8) 한과 링은 박정희 시대의 남성성을 다음과 같이 설명한다. "식민지 근대와 해방기를 거쳐 박정희 체제에 오면 제국주의적 남성성을 모방한 초남성성이 등장한다. 이는 원조 경제를 통해 무력한 상태에 놓여있던 남성주체들을 진취적인 행위 주체이자 민족의 영웅으로 소환하는 것으로, 유교적 전통에서 남성다움으로 간주되는 도덕성, 체면, 엄격함, 책임감과 같은 관념들이 근대화 프로젝트와 결합하여 한국의 권위주의적 국가 체계를 성공시키는 데 기여했다." Jongwo Han · L. H. M Ling, "Authoritarianism in the hypermas- culinized state : Hybridity, patriarchy, and capitalism in korea", International Studies Quarterly 42(1), 1988, pp.53~78.(허윤, 「1950년대 남성 주체의 수행성 연구」, 이화여자대학교 박사학위논문, 2015, 5쪽에서 재인용).

9) 코넬은 다양하게 존재하는 남성성들이 권력 관계 속에 재배치되는 과정에서 특정한 남성성이 다른 남성성들을 배제함으로써 헤게모니적 남성성이 구성된다고 주장한

정체감 형성과 남성성이라는 관념은 생물학적 속성이나 지배와 권력의 기호가 각인되는 과정이 아니라 시대적 맥락과 흐름에 따라 늘 변동되는 문화의 산물임을 밝혀왔다. 다른 한편으로 코넬은 남성성이 단일하지 않은 복수성으로서 한 사회의 지배계급과 하위계급 남성들은 헤게모니적 남성성(지배적 남성성)과 대항적 남성성이라는 서로 다른 남성성을 발전시킨다는 점을 강조한다. 이는 양자의 갈등과 대립을 암시함으로써 주변부 남성들에게서 발견되는 거친 마초이즘, 즉 '대항적 남성성'을 남성 간 경쟁으로 읽을 필요를 뜻한다. 이 글은 먼저 초기 중단편 소설을 중심으로 최인호 문학의 미적 전략에 대한 이해를 바탕으로 남성 간 경쟁의 구도와 그 의미를 살펴보고자 한다.

2. 유머리스트의 전략과 초남성화된 주체

최인호의 초기작은 개인을 유용하고 순종적인 국민으로 만들기 위한 훈육 질서로부터 탈주하려는 유머리스트의 서사전략을 통해 한국 근대화의 파시즘적 성격을 풍자한다. 푸코에 의하면 근대성은 훈육 권력이 커지고 물리력은 점차 줄어드는 것, 즉 최소의 경제적, 정치적 비용으로 최대의 효과를 내는 정교한 형태의 권력이라는 점에서 전근대의 통치 기술과 구별된다. 훈육 권력은 개인들을 세심하게 통제하여 생산성과 유용성을 극대화하는 한편으로 저항을 최소화하려 한다.[10) 앞

다. 그는 헤게모니적 남성성의 범주로 시민/전사, 가부장, 후원자, 프로테스탄트 부르주아 이성주의 모델 등을 들고 이렇듯 백인 중산층 이성애자 남성의 남성성의 다른 한편에 동성애자의 남성 같은 종속적 남성성과 '흑인 남성성' 등 계급이나 인종이라는 변수가 개입된 '주변적 남성성'이 있었다고 분석한다. R. W. 코넬, 안상욱 · 현민 역, 『남성성/들』, 이매진, 2013.

서 보았듯이 박정희 정권은 국가안보와 산업경제 건설에 기여하는 순응적인 국민을 훈련하는 '정상화' 기술을 도입했다. 국가는 특정한 이념, 가치, 태도를 중심으로 개인이 정상적인 구성원인지 아닌지 판단을 내리는 권력으로서 개인의 태도, 행동, 움직임, 사고를 규제하기 위한 기술을 사회 각 부문에서 사용했고 그 결과 개인은 행동의 자유를 제한받을 뿐 아니라 비판적 사유의 기능마저 박탈당했다. 최인호의 소설은 이렇듯 규율 권력에 억눌린 주변인들의 우울을 전시하는 한편으로 만화적 환상성 등 하위문화적 코드를 차용해 이러한 현실을 비트는 미적 실험을 시도한다. 쾌락으로서의 유머는 신체와 마음에 활기를 불어넣음으로써 지배질서에 대한 복종을 거부하는 핵심적 전략이다.

등단작 「견습환자」(1967)는 남성의 몸을 규율권력의 작용점으로 포착함으로써 60년대 중후반의 통치성을 알레고리화한다. 불과 고등학생이었음에도 불구하고 최인호는 파시즘적 디스토피아를 연상시키는 병원을 서사의 무대에 올려 당대 통치성의 본질을 명민하게 상징화한다. 젊은 주인공이 늑막염으로 입원한 병원은 단지 질병을 치료하는 것에 머물지 않고 올바른 삶의 태도를 주입함으로써 개인을 생산성 높은 몸으로 전환하는 인간개조소를 연상시킨다. 근대는 육체의 병은 마음의 병이라는 전도된 관념을 통해 질병을 부적절한 생활, 개인의 자기관리가 제대로 이루어지지 않은 증거로 채택함으로써 병을 내면의 문제로 만들었다[11]는 점을 고려해보면, 방역원같은 간호사와 로봇처럼 무표정한 의사들이 '나'의 몸에서 애써 제거하고자 하는 '균'은 결코 생물학적인 것이 아니다. 치료의 과정에서 '나'는 영양가 높은 음식을 주입

10) 문승숙, 이현정 역, 『군사주의에 갇힌 근대』, 또 하나의 문화, 2007, 59~60쪽.
11) 권은선, 「1970년대 한국영화연구」, 중앙대학교 첨단영상대학원 박사학위논문, 2010, 82~84쪽.

받음으로써 신체를 강화하는 한편으로 격리된 채 청결하고 규칙적인 생활을 주입받기 때문에 병원은 감옥이나 훈련소를 연상시킨다. 치료 과정에서 슬픔과 우울 등 나의 감성이나 성욕 같은 원초적 욕구들마저 의료 권력의 감독 하에서 관리, 말살된다. "양순한 민물고기"(13쪽) "온상 속의 귀족식물"(17쪽) 등의 표현은 병원이 인간을 한낱 권력의 도구나 효과로 만들기 위한 파시즘 체제임을 암시한다.[12]

최인호는 권력에 의해 배양되고 관리되는 자아의 판옵티콘에서 탈주하기 위해 무거운 고뇌를 짊어진 지식인이 아니라 기쁨을 찾는 행동을 개시하는 유머리스트, 즉 익살꾼을 자신의 문학적 페르소나로 삼는다. 「견습환자」의 '나'는 삭막한 기계와 로봇처럼 냉담한 인간들 사이에서 웃음을 포기하지 않음으로써 규율권력에 의존하는 환자의 위치를 벗어난다. '나'는 환자이지만 자신을 치료하는 젊은 인턴을 "건조성 환자"로 위치 전도시키고 "사설 코미디언같은 무거운 책임의식"으로 "웃음을 불러일으킬 수 있는 소인"(17쪽)을 찾는 식으로 권력에 저항한다. 유머는 긴급조치라는 공포의 레짐을 벗어나기 위해 기쁨의 감정을 인클로저 하는 자극제이다. 유머는 주체에게 수치심을 강요하는 지배 권력에 맞서 해방감과 자유, 쾌감을 선사한다.[13] 공포는 다가올 위험에

---

12) 한나 아렌트는 나치 전범 아이히만의 법정재판을 참관한 후 아이히만이 저지른 악행의 기원으로 세 가지 무능력, 즉 타인의 관점에서 바라볼 수 있는 능력의 결여, 말하기의 무능력, 생각하기의 무능력을 들고 이를 '평범한 악'으로 이름붙인다. 아이히만은 인종청소라는 최종해결책을 수행할 임무를 부여받은 순간부터 자신은 칸트의 원칙대로 사는 것을 그만두었다고 말했다. 국가에 의해 범죄가 합법화된 시대에 인간을 목적으로 대하라는 칸트의 준칙은 무의미해지고 입법자의 행위의 원칙이 최상급의 도덕으로 화하기 때문이다. 소설 속 병원은 개인에게서 도덕의 근거로서의 감정과 성찰적 사유능력을 제거함으로써 권력과 자신을 일체화한 자동기계로 만드는 파시즘의 통치권력을 알레고리화한다. 한나 아렌트, 김선욱 역, 『예루살렘의 아이히만』, 한길사, 2006.

13) 유머는 폭력과 고문, 감시와 규제 등으로 얼어붙은 인간의 정신적 능력을 활성화함

대한 느낌으로서 보호책을 찾게 하기에 주체의 안전을 보장하는 듯 보인다. 그러나 공포를 주는 대상을 벗어나기 위해 피난처를 찾는 방식에서 피난처를 발견하기 위해 공포를 이용하는 '전도된 방식', 즉 방어책을 통해 위험요소를 가정하고 모든 활동 등을 방어의 활동으로 포획하는 과정 역시 발생[14]하기에 주체는 공포중독의 상태에 갇히게 만든다. 유머는 과도한 진지함과 심각함, 소심함과 호들갑 등으로 범벅된 공포의 상태에 급작스런 충격을 줌으로써 공포의 정동권력에 맞서는 해독제 역할을 한다.

다른 한편으로 섹스는 유머리스트가 꿈꾸는 최고의 웃음, 즉 쾌락으로 제시된다. 고결한 섹슈얼리티와 무관한, 즉 생활의 질서를 벗어난 부적절하고 과잉된 욕망과 야생의 에너지로 가득한 신체는 공포라는 통치의 정동 속에서 왜소함을 강요받는 남성 주체를 해방시키는 힘으로 발견된다. 「전람회의 그림 1-잠자는 신화」(1972)는 황당무계한 만화와 포르노그라피의 상상력을 동원해 섹스에 대한 무제한적 환타지를 표출한다. 이야기는 마치 조야한 주간잡지를 표절하듯 "키는 백사십을 겨우넘고 체중은 사십킬로도 채 못"(54쪽)되는 노총각 대학교수 김영호의 섹슈얼리티에 대한 욕망과 두려움을 서사화한다. 김영호가 한눈에 반한 이상형의 여인 오유미가 "백구십이 센티미터를 상회하고 거기에 알맞추어 몸무게는 팔십 킬로그램을 족히 넘는" "특대의 여자"(55

으로써 주체를 강인해지게 만든다는 점에서 저항성을 획득한다. 개발독재기에 적색공포증이 통치의 기술로 활용되었다는 점을 고려해보면 왜 웃음이 억압에 대한 탈주의 전략으로 발견되는지 짐작할 수 있다.
14) 진은영에 의하면 유머리스트는 공포중독에 빠진 이들을 비도덕적이라고 비난하거나 그들의 고통을 거짓된 것이라고 공격하기보다 기쁨을 생산하는 활동을 직접 개시한다.
진은영, 「감응(Affect)과 유머의 정치학」, 『시대와 철학』 제18권 2호, 한국철학사상연구회, 2007, 443~450쪽.

쪽)라는 점은 독자를 상궤를 벗어난 기괴한 몸들이 벌이는 카니발로 인도하는 듯 보인다. 특히 구혼설화의 성인버전인 양 김영호가 오유미가 준 세 가지 과제, 즉 관문을 통과해야 하는 여정은 성애적 성격을 띠고 있다. 관문을 통과한 후 그녀의 키스, 섹스, 결혼 등 성적 보상이 주어지기 때문이다.

김영호의 관문 통과하기는 단지 외로운 노총각의 섹스/결혼의 꿈을 실현하기 위한 분투가 아니다. 오유미가 준 과제는 김영호가 자신의 남성다움을 증명함으로써 통과할 수 있는 시험의 성격이 강하다. 스스로를 "트랜지스터형의 작은 남자"(65쪽)로 자조할만큼 왜소한 신체는 남성성 콤플렉스를 암시한다. 오유미가 그의 기대와 상상을 완벽하게 실현한 이상형인 것은 "임업시험장의 우량종 식물같은 느낌"(54쪽)의 거대한 체구 때문이다. "그녀의 우람진 몸뚱어리에 정육점에 매달린 정육처럼 안기고 싶은 충동"(67쪽)의 고백은 그가 여자와 섹스를 동일시하고 여자와의 성적 결합을 콤플렉스의 극복, 즉 남성성의 획득으로 간주하고 있음을 암시한다. 이는 섹스를 단순히 생산적인 것과 무관한 소비적인 것 혹은 쾌락의 추구나 규율 권력에 포섭된 신체를 해방시키기 위한 카니발리즘, 즉 지속적이며 일관된 방어기제로 형성된 권위주의적 성격에서 주체를 해방시키기 위한 전략으로만 볼 수 없음을 뜻한다.[15] 그는 단지 절제, 검약, 청결, 생산과 거리가 먼 일탈적인 섹슈얼리티를

---

15) 빌헬름 라이히는 신경증 환자들의 증상이 오르가즘의 불발, 성적인 억압 등에서 비롯된다는 임상 실험을 통해 개인의 불건강함은 권위주의적 가족문화와 관련이 있으며, 더 나아가 파시즘의 성격과 관련된 것임을 밝힌 바 있다. 그에 의하면 신경증과 히스테리는 인간의 성적 에너지를 억압함으로써 생긴 병이다. 성의 에너지를 억압할수록 주체는 무기력해져 초자연적인 힘의 존재를 믿게 된다. 라이히는 억압된 성적 에너지가 방출할 수 있는 지점에 허위로 가득 찬 민족주의, 아리안족의 우월성을 강조한 일종의 초자연적인 가치인 파시즘이 들어서 있다고 비판한다. 김영진, 『영화가 욕망하는 것들』, 책세상, 2001, 20쪽.

열망하는 것이 아니라 과잉의 남성성을 열망하고 있기 때문이다. 김영호가 자신의 친구이자 광고제작자인 김형국을 미워하는 것은 그가 "언제나 발기된 상태의 성기를 소유한"(96쪽) 마초이며, 그의 작업실은 자폐와 유희의 에너지로 가득한 포르노적 공간이기 때문이다. 김형국에 대한 질시의 시선은 나도 당신만큼 누리고 싶다는 평등주의적 감성의 왜곡된 표현, 즉 선망/시기심으로 볼 수 있다.

섹스는 파시즘에 대항하는 최고의 웃음인 양 제시된다. 그러나 그것은 파시즘에 대한 해독제라기보다 여자를 수집하듯 보유하고 성적 쾌락을 독점한 독재자에 대한 모방욕망에 가깝다. 소설 속 유머는 일반적인 기대와 실현 사이의 불일치에서 비롯된 웃음으로 지배 이데올로기의 허위를 비트는 풍자로 나아가지 못한다. 김영호는 철든 이후로 웃어본 적이 없는 오빠 오진태를 웃기라는 오유미의 두 번째 관문을 어렵게 통과한다. 산부인과 의사로 "소독용 가제처럼 정결"(80쪽)하기만 한 오진태는 근대적 규율권력이 탄생시킨 모범사례이자, 인간 몸 안의 질병을 제거함으로써 사회를 생산성있는 개인의 집합체로 만드는 지배 엘리트이기도 하다. 김영호는 "웃음이라는 것은 정상에서 약간만 비껴주면 형상화되는 상태"라는 철학을 바탕으로 고정관념의 허를 찌르는 전략을 통해 오진태를 웃기기 위해 다양한 전략을 짠다. "인간 내면 속에 자리잡고 있는 유희본능이 평소에는 인간의 무거운 체면 따위로 억눌려 있으나 그 억눌린 유희본능을 자극시켜주면 웃음이 나오는 것"(89쪽)이라는 서술은 웃음이 인간의 원초적 감정을 끌어옴으로써 규율권력과 동일시된 주체를 해방시키기 위한 전략임을 암시한다. 그러나 오진태의 웃음은 미칠듯이 웃음을 쏟아내는 마술상자에 압도된 모방 행위라는 점에서 근육의 팽창운동에 불과하다.

오유미의 과잉의 몸과 김영호의 과소의 몸은 남녀의 신체에 대한 고정관념과 배치되어 호기심을 유발하지만 이들 관계 역시 젠더질서를 뒤흔드는 전복성을 결여하고 있다. 남성성 콤플렉스는 젠더 갈등으로 전치되기도 한다. 여자와의 섹스를 거세위협으로 상징화하는 식의 서사구조는 ≪명랑≫, ≪아리랑≫, ≪선데이 서울≫ 등 6~70년대 대중지의 만화나 유머 소설이 공처가의 비애를 통해 남녀의 위계질서가 무너진 근대화를 비판하고 남성성의 쇄신을 설득하던 문법과 유사하다. 김영호는 결국 두 가지 관문을 통과해 오유미의 순결을 보상으로 받고 섹스의 절대적 쾌락에 도달하지만 그 결과 성기를 잃어버리게 된다. 김형국 역시 무절제한 쾌락추구의 대가인 양 성기능을 상실하고 만다. 김영호가 자신의 잃어버린 성기를 태고의 유물들을 모아놓은 박물관에서 발견하고 박물관 한 켠에서 오유미를 마주하는 장면은 근대화에 대한 남성 주체의 불안을 성규범을 벗어난 여성성과 연결시킴으로써 급진적 성의 상상력을 젠더 갈등으로 상투화한다. 「전람회의 그림 2」, 「타인의 방」 등에서 중년 남자들은 이웃집 요부나 아내의 음모 속에서 자신이 사물화되거나 조종되는 듯한 기이한 '환상'에 사로잡힌다. 소설의 공간인 아파트나 중산층 가정은 여성권력이 압도함으로써 남성들이 한낱 도구로 전락하는 남성성 상실의 장소로 그려진다.

터프가이로서 최인호의 소년들에게 성장은 여성화의 위험으로 가득한 현대도시와 가정에서 여성을 경멸하는 법을 배움으로써 '대항적 남성성'16)을 획득하는 마초되기의 과정이다. 「처세술 개론」(1971)은 열 살 소년이 어머니를 경멸하고 아버지를 선망함으로써 '여성화'의 위험

---

16) 코넬은 폴 윌리스의 영국노동계급 아이들이 다니는 중등학교에 관한 연구서인 『학교와 계급재생산』에서 학교라는 똑같은 환경에서도 요구에 순응하고 학업으로 경쟁하는 '모범생' 남자아이들과 자신을 구별하는 거친 '사나이들'이 '대항적 남성성'을 개발한다는 점에 착안해 남성성들 내부의 다양성을 확인하고 이들이 지배 종속관계를 맺는다고 주장한다. 앞의 책, 68쪽.

을 극복하고 남성성을 획득해가는 소년성장소설이다. 이야기는 가난한 소년의 집에 막대한 재산이 있지만 물려줄 자식이 없는 친척 할머니가 귀국하면서 시작된다. "계집같이 예쁜 얼굴"의 소년은 가족의 기대를 안고 상속의 적법자가 되기 위해 친척 소녀와 경쟁을 벌인다. 그는 독실한 종교인, 교양있는 어머니에 의해 "유약하고 신중하고 주기도문을 외우는 모범 소년"(298쪽)으로 양육되어왔기에 할머니의 마음을 쉽게 얻는다. 그러나 소년은 교활한 친척 소녀가 짠 덫에 걸려들어 소녀에게 매질과 욕설을 퍼부음으로써 할머니의 미움을 받게 되고 결국 상속 경쟁에서 배제된다. 그러나 자격 상실은 좌절이 아니라 해방, 즉 남성성 획득을 가로막는 어머니를 벗어나 아버지와 동일시함으로써 온전히 성장을 시작하는 계기로 그려진다. 소년은 아버지가 누이에게 하던 것처럼 소녀에게 폭력을 행사함으로써 '여성'을 벗어날 수 있었기 때문이다. 소년의 아버지는 '키가 크고, 거인이고, 술주정뱅이'이자 "다산용 짐승"(292쪽)에 비유될만큼 왕성한 정력을 가진 신화적 존재로 그려진다. 그러나 "술만 마시는 알부랑당" "동리 망나니"(292쪽)라는 수식어가 말해주듯이 그는 기실 변두리 동네에서조차 존경받지 못하는 하위계급 남자일 뿐이다. 이렇다 할 사회적 권력과 가정 내 권력을 갖지 못한 하위계급 남자들에게서 발견되는 초남성성은 헤게모니적 남성성(지배적 남성성)에 대한 구별짓기의 욕망, 즉 경쟁의식을 암시한다.

3. 대항적 남성성과 여성 혐오의 감정경제

유신정권은 선진조국 창달이라는 목표를 강한 추진력으로 실물화하는 가운데 남성을 개발주체로 호명했기 때문에 스스로의 군사력과 생산력을 향상시키는 것은 남성다움의 핵심이었다. 개발은 식민지와 내전으로 좌절된 남성성의 상처를 치유할 역사의 계기이자 과업으로 받아들여졌다. 애국적 국민이 된다는 것은 지배 엘리트에게는 자신의 위치를 공고화하고, 비엘리트 남성에게는 사회적으로 소외된 처지를 혁신해 세속적 행복을 거머쥘 기회로 여겨졌다. 특히 능력별 위계 서열화의 시대가 열리면서 개발주체가 된다는 것은 곧 출세의 가능성을 뜻하는 것으로 받아들여졌다. 그러나 광주대단지 사건, 부마항쟁 등 도시에서 발생한 저항운동은 개발이 입신양명과 거리가 먼 파국적 사건임을 암시한다.17) 시위의 한 가운데에 근대적 혜택으로부터 소외되고 차별에 짓눌린 하위 계급 남성들이 위치해있었다. 다른 한편으로 장발단속, 시위금지, 징병제 등 일상화된 억압과 감시의 대상이 된 청년층들은 유신의 강력한 반대자로 정치세력화하게 된다. 「2와 2분의 1」(1967), 「침묵의 소리」(1971), 「예행연습」(1971) 등은 청소년, 대학생, 청년 실업자, 하위계급 등 주변부 남성들을 중심으로 이들이 순종하는 신체의 자리를 받아들이지 못하고 대항적 남성성을 선망하거나 획득하는 이야기를 그리고 있다.

「예행연습」은 유신체제가 출세의 욕망을 자극함으로써 개발에 대한 국민의 동의를 이끌어내는 한편으로 사회건설을 위협하는 불량성향자를 적발하고 이들을 지속적으로 감시함으로써 근대적 혜택으로부터 배제시켜왔음을 보여준다. 소설은 열다섯 살의 미성년 실직노동자를 주인공으로 도시 주변인들의 소외와 사회에 미만한 분노와 반역의 기운을 포착하고 있다. 초등학교 졸업 후 노동시장에 뛰어든 최호준은 철

---

17) 광주대단지 사건과 부마항쟁에 대해서는 김원의 연구를 참고할 것. 김원, 『박정희 시대의 유령들 : 기억, 사건 그리고 정치』, 현실문화, 2011.

공소에서 일하던 중 사고로 새끼손가락을 잃고 무직자로 전락한다. 부모의 도움을 기대할 수 없는 그가 경험하는 절대적 빈곤은 개발의 혜택으로부터 소외된 도시 하위계급들의 위태로운 생존을 암시한다. 그러나 이들은 보호의 대상이 되기는커녕 오히려 사회질서를 위협하는 잠재적 위험세력으로 간주된다. 최호준에게 박애고아원의 원생 모집 공고는 기회처럼 다가온다. 겨우 이틀동안만 고용되지만 적지 않은 일당이 주어지기 때문이다. 비록 고아가 아님에도 그런 진실은 중요하게 여겨지지 않아 고용된 그는 58명의 또래 소년들과 함께 고아원 후원자인 외국인의 방문을 환영하기 위한 제식훈련을 받는다.

소설 속 제식훈련은 그 명분과 달리 소년들을 순응적인 국민의 일원으로 만들기 위한 '규율화'의 성격이 강하다. 똑같은 유니폼을 나란히 입고 사열횡대로 늘어선 채 우향우와 좌향우를 끊임없이 명령받는 훈련의 과정은 신체에 권력자에 대한 복종을 각인함으로써 권력과 나를 일체화하도록 강제하기 때문이다. 특히 이들이 학교라는 제도 바깥의 소년이라는 점은 제식훈련이 사회적 불안 세력을 근대화에 적합한 '생산적 주체'로 길러내기 위한 규율화 장치임을 암시한다. 제도 바깥의 소년들은 미성년자이지만 일거리를 찾아 도시를 부유하는 일용노동자로서 담배를 피우고 성인극장에 드나드는 등 성인과의 경계가 모호한 집단이다. 실제로 이들은 "신체건강하고 건전한 사고방식을 가지고 있어야 함"(153쪽)이라는 모집공고문 앞에서 "건전한 사고방식이 도대체 뭐냐?"(154쪽)라고 물을 만큼 규율로부터 자유롭다. 이렇듯 학교에 다니지 않고 소속이 분명한 산업노동자도 아니라는 점은 이들이 사회질서를 위협할 수 있는 불량세력으로 낙인찍힐 수 있음을 암시한다.[18]

---

18) 김원에 의하면 1950년대에는 보호의 대상이 되었던 소년들이 박정희 정치권력이
   들어서면서 잠재적 범죄자로 인식되기 시작했다. 군사쿠데타가 일어난 1961년은

그러나 땡볕 아래서 이루어지는 훈련의 고통에도 불구하고 소년들은
소속집단이 생김으로써 권력의 일부가 된 듯한 기쁨에 사로잡힌다. '나'
와 소년들은 "예속되어 있다는 잔인하고도 우울한 쾌감 속에서 발정과도
같은 발걸음을 내질러가며" "같은 제복을 입고 보조를 맞출 때 느끼는 수
상스러운 생명감, 옷깃 스치는 소리가 동일할 때 느끼는 신선한 통일
감"(176~7쪽)을 경험하며 자신들이 "영원히 고용되기를"(171쪽) 바란
다. 제도 밖 소년들의 소외감은 국가와 나를 일체화한 사병으로서의 남
성, 즉 헤게모니적 남성성을 열망하게 만든다. 그러나 외국인들의 방문이
돌연 취소되어 고용이 무산되자 소년들은 "땀과 기대를 저버린 꾸겨진 결
말"(161쪽)과 마주하게 된다. 그런데 이렇듯 헤게모니적 남성성 실현의
기대가 좌절되는 순간 소년들은 대항적 남성주체로 가시화된다. 자신들
이 철저히 이용되고 버려졌음을 깨달은 소년들은 훈련을 명한 성인 남성
들에게 폭력을 행사하며 항의한다. 작가는 찢겨진 유니폼 사이로 드러난
소년들의 몸을 "탐스러운 근육" "청동색 동상" "무슨 짐승의 성기처럼 싱
싱한 정육 냄새"(180쪽) 등 초남적 하드바디에 비유하고 있다.
　　그렇지만 터프가이들의 남성성은 사회적 억압에 맞서는 저항적 힘
으로 전환될 수 없다. 이야기는 헤게모니적 남성성 획득에 실패하고 상
처입은 최호준과 게이 소년 이문수의 섹스를 암시하는 것으로 끝이 난
다. 이문수가 좌절한 '나'를 "무어라고 변명하지 않아도 내 다 알고 있다
는 듯"(181~2쪽) "얘, 네 몸은 참 좋구나"(182쪽)라고 애무하는 것으로
서술되어 있지만 최호준에게 게이소년과의 섹스는 이성애 관계에서

　　그러한 인식이 형성되는 기점으로 소년법이 개정되면서 이들에 대한 강력한 처벌
과 훈육 시스템이 정착되기 시작했다. 특히 학교교육을 받는 소년이 보호의 대상인
것과 달리 학교 바깥의 소년은 수용-관리의 대상으로 여겨졌다.(김원, 앞의 논문,
398쪽.) 「예행연습」은 학교 바깥의 소년을 근대화에 적합한 '생산적 주체'로 길러내
기 위한 규율화 장치들이 근대화 프로젝트라는 이름으로 시행되었음을 보여준다.

강간과 유사한 성격을 갖는다.[19] 최호준의 시선 속에 이문수는 "계집 애 같은 웃음"을 짓는 이질적 젠더, "우리들의 살처럼 거무스름하고 견고한 근육질의 살이 아니라 희고 포동포동한 살"(174쪽)을 감춘 기괴한 존재로 포착된다.[20] 여인의 성기에 비유된 "차디찬 쇳덩어리"(152쪽)에 타격을 가하는 풀무질에 비유된 최호준의 성적 공상이 암시하듯이 게이 소년과의 섹스는 가학적일 가능성이 높다. 게이 소년은 좌절한 남성주체가 섹스를 통해 남성적 우월감을 획득하기 위한 열등한 몸, 즉 '여성'이다. 혐오는, 주체가 자신의 청결, 순수, 안전, 경계가 침범당할 때 느끼는 불쾌감 혹은 위협감, 즉 대상이 자신과 가깝거나 비슷하기 때문에 그것을 더욱 격렬하게 폭력적으로 배척하려는 정동[21]이라는 점은 게이나 여성에 대한 배타주의는 주체의 실추된 명예에서 기인하며 실망스러운 현실을 보상받기 위한 전략일 것이다.

코넬은 대항적 남성 주체는 결코 남성성의 특권을 포기하지 않는다고 주장한다. 주변부의 남성성들은 헤게모니적 남성성이 가진 권력을

---

19) 송은영은 이문수가 살벌한 훈육과정을 거친 후에도 교화되지 않았다는 점을 들어, 이 소설이 비시민으로 남고자 하거나 또는 비시민으로 남을 수밖에 없는 타자들의 어떤 지점을 포착하고 있다고 해석한다.(송은영, 「1970년대의 하위주체와 합법적 폭력의 문제 : 최인호의 「미개인」과 「예행연습」을 중심으로」, 『인문학연구』 제41집, 조선대학교 인문학연구원, 2011, 113~136쪽.) 이문수는 우향우 좌향좌조차 헷갈려 하는 왼손잡이, 즉 지배이념으로서 남성성에 동화될 수 없는 이질성, 즉 타자임이 분명하다. 그러나 최호준은 지배집단으로서 남성 주체가 갖는 우월감을 여성에 대한 비하의식을 통해 확보한다는 점에서 '타자'로 볼 수 없다. 더욱이 그의 이문수를 향한 혐오의 시선은 서벌탄으로서 연대가능성이 거의 없음을 암시한다.
20) 근대적 젠더는 늘 개인을 명료하게 인식할 수 있도록 한다. 분류하고 정의하여 한 개인을 교집합 없는 범주에 가두기 위해 한 개인을 단 하나의 명료한 범주로 설명할 수 있도록 한다. 그것은 언제나 남성이야 남성이 아니냐로 나뉘고, 트랜스젠더나 인터섹스 혹은 다른 어떤 젠더 범주의 개인은 남성 범주와 무관하도록 관리한다. 루인, 앞의 글, 91쪽.
21) 마사 누스바움, 조계원 역, 『혐오와 수치심』, 민음사, 2015, 201쪽.

원하지만 경제적, 문화적으로 취약하기 때문에 늘 시민적 권리를 부정당한다. 계급적 취약성으로 인해 일반적으로 여자들에 비해 가부장제 사회에서 얻는 이익들, 즉 경제적 지위, 좋은 직장 등을 쉽게 획득하지도 못한다. 이런 문제들을 국가와의 직접적인 대결로 해결할 수 없지만 권력이 없기 때문에 권리를 주장하기도 어렵다. 그들은 이토록 곤궁한 현실 앞에서 헤게모니적 남성성을 자신의 주제로 채택하지만 빈곤의 맥락에 맞추어 남성성을 손질하는 식으로 대처한다. 헤게모니적 남성성과 갈등하고 대립하기보다 남성성과의 공모를 통해 '가부장적 배당금'22), 즉 일반적으로 가부장제 사회에서 남성들이 여성에 대한 배제를 통해 얻을 수 있는 이득을 챙기는 식으로 지배질서와 협상한다. 대항적 남성성들의 노골적인 여성혐오는 코넬의 이러한 주장을 뒷받침하는 듯 보인다. 「침묵의 소리」, 「2와 2분의 1」의 주변부 남성들은 부잣집 딸, 여대생 등 중산층 여성만이 아니라 자신의 섹스를 판매하는 하위계급 여성에 대한 적대감을 노골적으로 드러내는 한편으로 이들을 착취함으로써 권력에서 소외된 박탈감을 달랜다.

「침묵의 소리」에서 실직청년인 쌍둥이 형제는 빈곤에 시달리는 한편으로 "이건 잠시도 참지 못하고 닦아세우는 거야. 머리가 기니 머리를 깎으래, 나이가 찼으니 군대에 가래"(229쪽)라고 투덜거릴 만큼 풍속정화라는 미명 하에 취향의 자유조차 짓눌린 젊은이들이다. 이들은 어떤 의미도 추구하지 않고 부도덕을 연행하는 방식으로 시대적 억압에 대한 반발감을 드러낸다. 이들을 빈곤으로 내몬 '실직'이라는 현실

---

22) 코넬은 가부장적 배당금이라는 표현을 통해 전반적인 여성 종속의 결과로 남자들이 이득을 얻는다고 주장한다. 이는 주변부 남성들이 헤게모니적 프로젝트와 공모 관계를 맺는다는 것을 뜻한다. 여성 비하, 혐오. 헤게모니 종속, 공모는 젠더 질서 내부의 관계다. 앞의 책, 127쪽.

은 절반은 자발적인 선택의 결과이다. "한푼 두푼 저축해서 송아지 산다는 얘기가 구역질이 나"(229쪽)라는 푸념은 실직이 근면과 성실이라는 근대화 이데올로기에 대한 조롱의 방식임을 암시한다. 이들은 노동 대신 신분상승을 위한 사업인 양 여자를 낚을 계획을 짜는데 몰두한다. 부유한 여대생들을 꼬시거나 강간해함으로써 한 몫 챙기는 것이 출세의 지름길이라고 여기는 것이다. 그러나 쌍둥이 동생은 정작 계획대로 부유한 여대생을 유혹하는 데 성공해 목돈을 챙기지만 새벽 거리에서 훔친 자전거를 타고 자동차에 부딪혀 자살한다. 자살은 죽음으로밖에 억압적인 시대를 빠져 나갈 방법이 없다는 절망적 인식의 소산이지만 자신의 행위가 창부의 그것과 유사하다는 남성적 자의식을 증거한다. 죽음 직전의 쌍둥이 동생을 사로잡은 "더럽고 치사한 비애감"(247쪽)은 팔리는 성, 즉 여성으로 전락한 자기에 대한 수치심의 표현이기 때문이다.

「2와 2분의 1」은 이렇듯 하위계급 남성들의 내면에 억눌린 남성성을 발산하고 마음껏 충족할 수 있는 여성 희생자가 필요로 한다는 점을 인상적으로 보여준다. 주인공 이서영은 자그마한 출판사의 직원으로 가불을 받기 위해 경리과 직원에게 머리를 조아려야 할 만큼 사소한 권력의 자원도 갖지 못한 소시민이다. 그는 성매매 여성과 하룻밤 자는 것 외에 사소한 쾌락과 권력에서도 배제당해왔다. 그러나 세들어 사는 집의 문간방 창부가 난행당한 채 살해되어 용의자로 지목되면서 그의 평범한 얼굴 너머에 잠복해있는 "스페어로 가지고 다니는 또 하나의 나"(49쪽)가 발견된다. 그것은 창녀에 대한 가학적 섹스와 살해충동을 은닉한 음습한 욕망, 즉 순치되지 못한 공격적 남성성이다.

"갑자기 나는 뜨거운 침을 꿀꺽 삼켰다. 그래, 관계야 맺고 싶었지. 시치미 떼고 있지만 남자라면 모두 그랬을 것이다. 그 작은 계집애의 슈미즈를 난폭하게 찢어내리고 유방을 이빨로 씹어버리며, 수천만개의 세포로 깔깔거리는 계집애를 태워버리고도 싶었지. 우리 모두가 그랬다. (중략) 나는 수많은 밤을 그 계집애와 정사하는 꿈을 꾸었다. 이상하게도 그 정사는 정상적인 정사는 아니었고, 언제나 강간이었다. (중략) 그 계집애의 몸에서는 평상시에도 어딘지 모르게 절박한 그 무엇이 번득이고 있었다. 말하자면 쌓고 조립하는 쾌감이 아니라, 빨랫줄에서 한 방울 두 방울이 낙수하듯 허물어져가는 썩은 향내가 물큰거리는 섹스였던 것이다."(46~7쪽)

"슈미즈가 찢어지고 목에는 브래지어가 감긴 채 탐스러운 갈색 유방이 핑크색 조명을 받아 올리브유를 바른 것처럼 번쩍"이는 시체는 긴급조치 시대의 남성성의 진실을 탐문하는 '그로테스크 쿼리'일 것이다. "그 갈색의 계집애는 지금 우리 시대, 나이 서른 이상 먹은 자식들이라면 내가 아니더라도 누구든 망가뜨리고, 학대하고, 울리고, 때리고, 죽일 수 있는 여인"라는 서술은 개발독재기 도시의 성장과 함께 팽창한 '서비스 이코노미'의 '죽음정치적 노동'[23]의 성격을 암시한다. 변두리 도시 창부는 권위주의적 시대의 질식할 듯한 억압에 노출된 가장, 산업전사, 군인, 대학생 등 남성 주체들의 억눌리고 훼손된 남성성을 위안하고 사회적 분노를 조절해주는 시대적 소비재이다. 이는 창부가 자신의 성적 육체를 자유롭게 거래하는 개인, 즉 성노동자가 아니라 개발에 박차를 가하고 지속하게 만드는 동력기계, 즉 '제도'나 '장치'였음을 뜻

---

23) 이진경은 캐슬린 배리의 '죽음정치적 노동' 개념을 빌어 성노동자가 성매수자에 의한 폭력, 살인 등 위험에 노출되어 있으며, 저개발 국가의 모더니티 프로젝트는 다양한 형태로 이루어지는 '섹스 이코노미'와 상보적으로 진행된다고 주장한다. 이진경, 나병철 역, 『서비스 이코노미』, 소명출판사, 2015, 39~45쪽.

한다. 그러므로 이들을 개발이라는 전장을 위해 가난한 농가에서 붙들려온 성노예, 즉 개발의 위안부라고 해도 무방할 것이다. 도시 변두리에서 언제든 싼값에 구매가능한 섹스는 성적 쾌락을 독점한 지배계급에 대한 모방으로서 평등주의에서 비롯되는 시기심과 분노를 잠재우는 기능을 한다. 따라서 성매매 여성은 지배적 남성성과 대항적 남성성 간의 대립을 중재하고 동맹을 유지시켜주는 영토화된 몸이다.[24]

그러나 자신이 문간방 여자를 살해한 진범일지 모른다는 두려운 깨달음은 개발독재기 희생자로서 창녀에 대한 애도로 나아가지 못한다. 타자의 죽음이 정신에 가한 내적 충격은 희생자와 자신의 관계를 추궁함으로써 타자에 대한 윤리적 책무를 발견하는 계기가 될 수 있다. 타자에 대한 죄책감은 우리를 윤리적으로 만들어주는 귀중한 감정이다. 그러나 '나'는 국가, 법이라는 초자아와의 관계에서 자신이 품은 정결하지 못한 욕망을 고백하고 아버지의 관용을 기대함으로써 희생자에 대한 죄책감을 추방한다. '나'는 반성적 자기탐문 대신 용서를 구함으로써 사회에 적합한 사회의 성원으로 거듭나겠다는 약속인 양 자신의 죄를 고백한다. '나'는 "그저 세금을 꼬박꼬박 낸다거나, 시민증을 꼭꼭 가지고 다니거나, 국민의 의무인 통행금지 시간을 엄수하고, 군복무를 필한다는 자격 이외에도, 예방주사처럼 합리화된 독소에 몸을 떨어야 했"으며, "내가 기억하는 내 인생 저 깊은 곳에서부터 나는 줄곧 부림을 당하고 있"는 듯한 분노와 피로감에 시달렸음을 고백한다. 자신이 아무

---

24) 최인호는 『별들의 고향』 등의 작품에서 개발독재기 성매매 여성의 도시위안부로서의 성격을 보여주는 한편으로 이들에 대한 죄의식을 드러낸다. 섹스가 본격적으로 산업으로서 면모를 드러낼 만큼 번창했던 6~70년대에 많은 작가들이 소설 속에서 성매매와 성매매 여성을 등장시키고 있지만 최인호만큼 성매매 여성을 언제든 죽을 수 있고 또 죽어도 큰 죄가 되지 않는 '호모 사케르'로 포착하고 그나마 그녀들에 대해 일말의 부끄러움을 토로한 작가도 흔치 않다.

런 이유없이 일제 시대에 처형된 아버지와 다를 바 없는 희생자라는 발견은 박정희 정권이 일제 치하 못지않게 서민에게 억압적이라는 비판마저 담고 있다. 그러나 '나'는 삼일운동 때 희생된 자신의 아버지처럼 기꺼이 희생을 감수하겠다고 결심한다. '나'는 이를 "아주 서민적인 퇴폐한 도덕"(42쪽)이라고 명명함으로써 순응적 국민의 자리에 기꺼이 선다.25)

4. '위수령'과 파시즘 트라우마

예외상태는 무정부상태나 혼란과 다르기 때문에 법률적 의미에서는 법질서가 아니더라도 새로운 질서를 창출하는 과정으로서 주권자를 살아있는 법률이 되게 한다.26) 그 결과 사회는 수용소화하고, 국민은 난민이나 무국적자처럼 정치적 주체의 권리를 박탈당한 채 언제든 죽을 수 있는 조에(zoe : 벌거벗은 삶)의 영역으로 추방당한다. 이는 모든 사회적 정치적 차원이 사상된, 생물학적 의미의 생명 또는 생존으로 전

---

25) 소설은 문간방 처녀 살해의 용의자가 된 남자들이 모두 심문을 피해 달아나지만 '나'는 경찰 앞에서 자신이 품은 불온한 욕망들을 고백할 것을 결심하는 것으로 끝이 난다. 개발기는 비약적인 경제성장으로 하위남성들에게도 일정한 경제적 혜택이 돌아가고 전란으로 무너진 가부장적 가족질서가 복구된 시기라는 점에서 '공모'는 매우 현실적이면서도 합리적인 선택이라고도 볼 수 있다.

26) 독일의 법학자 칼 슈미트는 정치공동체의 가치를 실현할 수 있는 것은 의회주의나 법치주의가 아니라 '주권자'라고 하고, 주권자를 예외상태에 대해서 결정하는 자라고 천명했다. 이는 주권자는 국가의 수호를 위해 신적 권위를 바탕으로 국민의 삶과 죽음까지 결정할 수 있는 무제한적인 권력을 가져야 한다는 것을 의미한다. 벤야민은 신적 권위를 가진 주권자는 신이 아닌 이상 충동과 자의에 의해 움직이는 광기의 지배자, 즉 폭군으로 전락할 것이라고 비판했다. 조르지오 아감벤, 박진우 역, 『호모사케르』, 새물결, 2008.

락한다는 것을 뜻한다. 지배의 전면화가 추구됨으로써 대중은 정치의 주체가 아니라 통치와 동원의 대상이 되기 때문이다.27) 그러나 예외상 태는 대중의 질적 쇄신을 통해 새로운 인간형을 주조하는 힘이기도 했 다. 박정희 시대가 주권적 권력과 훈육권력의 복합체로서 자유로운 개 인의 탄생을 억누르고 군사화된 개인을 국가의 유일한 성원으로 간주 했음을 보여주는 것이 예외상태로서의 유신체제이다. 박정희 정권은 국가 자체를 군대로 은유함으로써 군사화된 개인, 군인인 남성이 국가 의 유일한 성원이 되도록 강제했다. 전국토의 병영화, 전국민의 군사화 가 정권의 목표로 제시되면서 지배적 남성성의 규범이 만들어진 것이 다. 이렇듯 이상적 국민 즉 인간의 표상이 성별화되면서 남성성 혹은 남성적인 것은 획득과 도달의 대상이 되는 한편으로 결핍과 상실에 대 한 공포를 불안 혹은 공포를 야기하는 원인이 되었다. 유신체제 하의 삶을 비판적으로 그려낸 많은 작품들은, 비록 대항서사라 할지라도 지 배권력으로서 남성성 이데올로기로부터 자유롭지 않다.

최인호 소설은 권력자 아버지의 감시에 짓눌린 대항적 남성주체가 여성들을 볼모삼아 상상적인 방식으로 남성성의 균열을 봉합하는 식 의 허위를 벗어났다는 미덕을 보여준다. 즉, 그는 한국 민족주의 문학 의 관습적 문법처럼 '아프레 걸'이나 유한 마담, '양공주'의 몸을 영토삼 아 저항적 주체 구성을 시도하지 않는다. 그는 적나라하리만큼 솔직하 게 남성의 비루한 처지를 그려내 남성성을 희화화하기도 한다. 그러나 박정희에 시대와 헤게모니적 남성성에 대한 매혹을 감추지 못한다는 점에서 균열을 드러낸다. 중편소설 「무서운 복수(複數)」는 병영의 경험 이 작가 최인호와 그의 동시대 청년들의 신체에 각인된 트라우마를 보

---

27) 황병주, 「박정희 체제의 대중정치와 공안통치」, 『내일을 여는 역사』 제53호, 민족 문제연구소, 2013, 64쪽.

여준다. 자전적 고백담인 이 소설은 위수령이 선포된 후 대학가에 군인이 상주하고 교련이 필수과목으로 지정됨으로써 청년에 대한 국가의 전방위적 감시가 이루어지던 70년대 초반을 배경을 하고 있다. 유명한 소설가이지만 대학을 졸업하지 못한 '나' 최인호는 학생운동권인 오만준에게 교련 교육에 반대하는 성명서를 써달라는 요청을 받지만 거절한다. '나'는 군대에서 군위문품을 빼돌렸다는 억울한 누명을 쓰고 수사계에 끌려가 혹독한 폭력 앞에 노출된 경험이 있기 때문이다. '나'는 시위대를 심정적으로 지지하면서도 공포에 나포된 채 자신이 고문실에 끌려갈 것을 두려워한다. 그러나 군대 체험이 지독한 트라우마였음은 그가 학생 시위대에게서 지성없는 대중주의의 위험을 발견하고, 어떤 실천도 무의미할 것이라고 회의하는 데서 나타난다. 대중에 대한 경멸, 비관적 전망이야말로 파시즘 트라우마에서 기인한 전형적인 심리적 방어메커니즘이다. 소설은 데모의 결과 강제징집당한 오만준이 "모범군인이 되어볼 테요. (중략) 우리의 적은 과연 안에 있는 것일까 아니면 밖에 있는 것일까 볼 테요"(291쪽)라며 입대하는 것으로 귀결됨으로써 군사주의와 징집이라는 폭력을 내적 성숙의 문제인 양 탈맥락화한다.

징병제가 성숙의 통과제의인 양 제시되었다는 점은 병사로서의 남자, 즉 헤게모니적 남성성을 그가 승인하고 있음을 암시한다. 최인호의 불온했던 젊은이들은 군대 간 한 남자를 기다려줄 지고지순한 여인을 갈망하기 시작한다. 이는 그들이 도덕적인 가부장에 의해 통치되는 가정을 남성성 구현의 장으로 발견했음을 암시한다. 즉, 남성 가장의 주체 위치를 획득함으로써 고결한 시민, 헤게모니적 남성성이 획득된 것이다. 청춘 소설인 『바보들의 행진』(1974), 『내 마음의 풍차』(1975)에 이르면 터프 가이와 익살맞은 몽상가들은 소설의 공간에서 사라진다.

그렇지만 균열이 모두 봉합된 것은 아니다. 『바보들의 행진』의 병태와 영자는 초등학생 같은 명랑함으로 자신들의 유치함을 전시하고 자기 비하적 감정에 빠져 들기도 한다. 그러나 그들은 신문팔이 소년의 정직성 앞에 감동하고 또 이웃을 믿지 못하는 자기를 반성하는 식으로 도덕을 습득한다. 그러나 이때의 '도덕'은 개인의 자유로운 결단, 즉, 도덕적 법칙에 대한 거짓없는 존경과 그것을 지켜낼 수 있는 정신적 근력의 표현이기보다 타율적 권위 앞에서 순종하는 것이 생존을 위해 나은 선택이라는 처세술을 터득한 결과에 가깝다.28)

참고문헌

기본자료

최인호, 『타인의 방』, 문학동네, 2002.
최인호, 『황진이』, 문학동네, 2002.

참고논저

권보드래 외, 『1970 박정희 모더니즘』, 천년의 상상, 2015.
권은선, 「1970년대 한국영화연구」, 중앙대학교 첨단영상대학원 박사학위논문, 2010.
김상봉, 『호모 에티쿠스 : 윤리적 인간의 탄생』, 한길사, 1999.
김영진, 『영화가 욕망하는 것들』, 책세상, 2001.
김   원, 『박정희 시대의 유령들 : 기억, 사건 그리고 정치』, 현실문화, 2011.
문승숙, 이현정 역, 『군사주의에 갇힌 근대』, 또 하나의 문화, 2007.
민주화운동기념사업회 연구소 엮음, 「긴급조치 9호의 지배구조와 이데올로기」,

---

28) 김상봉, 『호모 에티쿠스 : 윤리적 인간의 탄생』, 한길사, 1999.

『한국민주화운동사 2』, 돌베개, 2009.

루　인, 「의료 기술 기획과 근대적 남성성의 발명」, 『남성성과 젠더』, 자음과 모
음, 2012.

송은영, 「1970년대의 하위주체와 합법적 폭력의 문제 : 최인호의 「미개인」과 「예
행연습」을 중심으로」, 『인문학연구』 제41집, 조선대학교 인문학연구원,
2011.

염운옥, 「전간기 영국의 남성성 담론의 재구성과 파시즘」, 『역사와 문화』 19, 문화
사학회, 2010.

정수복, 『한국인의 문화적 문법』, 생각의 나무, 2007.

진은영, 「감응(Affect)과 유머의 정치학」, 『시대와 철학』 제18권 2호, 한국철학사
상연구회, 2007.

한민주, 「고결함을 둘러싸고 창조된 젠더의 경계」, 『여성과 사회』 16호, 창작과비
평사, 2005.

허　윤, 『1950년대 남성 주체의 수행성 연구 논문』, 이화여자대학교 박사학위논
문, 2015.

황병주, 「박정희 체제의 대중정치와 공안통치」, 『내일을 여는 역사』 제53호, 민족
문제연구소, 2013.

마사 누스바움, 조계원 역, 『혐오와 수치심』, 민음사, 2015.

이진경, 나병철 역, 『서비스 이코노미』, 소명출판사, 2015.

조르지오 아감벤, 박진우 역, 『호모사케르』, 새물결, 2008.

조지 모스, 서강여성문학연구회 역, 『내셔널리즘과 섹슈얼리티』, 소명출판, 2004..

R. W. 코넬, 안상욱 · 현민 역, 『남성성/들』, 이매진, 2013.

한나 아렌트, 김선욱 역, 『예루살렘의 아이히만』, 한길사, 2006.

개발의 문화사와 부양자/남성성 획득의 드라마

이문구의 『장한몽長恨夢』을 중심으로

1. 개발의 시대 풍경과 이장(移葬)의 서사

이문구의 『장한몽長恨夢』[1] 은 1960년대 중반을 배경으로 서울시 서대문구 신천동의 공동 묘지를 경기도 광주군 명주리로 옮기는 과정을 담고 있는 두 권의 장편 소설이다.[2] 소설의 배경인 산 5번지는 본래 풍

---

[1] 『장한몽(長恨夢)』은 계간 『창작과비평』(통권 19호~22호)에 1970년 겨울부터 71년 가을에 걸쳐 연재된 원고지 2800 장에 이르는 대작이다. 이 글은 작가의 사후에 전집이 나온 랜덤하우스중앙 본을 연구 대상으로 삼았다. 랜덤하우스중앙 본은 작가가 『창작과비평』에 연재된 내용을 그대로 담은 삼성출판사 본(1973)이 아니라 책세상 본(1987)을 재출간한 것이다. 삼성출판사 본보다 문장이 다듬어지고 분량이 다소 적어졌을 뿐 큰 변화가 있다고 보기 어려워 작가의 의도를 존중하는 차원에서 책세상 본을 연구 대상으로 삼았다. 개작 과정에서 문장이 어떻게 달라졌는가에 대해서 다음의 논문에 밝혀 있다. 전정배, 「이문구의 '장한몽(長恨夢) 개작 연구」, 『국어국문학』24, 동아대학교 국어국문학과, 2005, 103~120쪽.

[2] 이문구는 여러 인터뷰를 통해 이 이야기의 상당 부분이 자신의 실제 경험에 토대를 둔 것임을 밝힌 바 있다. 작가의 회고를 바탕으로 볼 때 이 소설의 배경은 실제로 공동 묘지 이전 공사가 이루어진 1965년 가을로 추정된다. 작가의 가족사 등과 관련한 자전적 체험에 대해서도 다음의 글을 참고할 것. 이문구, 「남의 하늘에 붙어 살며」, 강은교 외, 『나―오늘의 작가들이 털어놓은 문학적 고백』, 청람, 1987, 92~131쪽.

광이 아름다운 산이었지만, 해방 후 서울시로 편입된 이후 "전쟁이 버린 숱한 목숨들을 함부로 내다버려"(상권, 10쪽) 저절로 생긴 공동 묘지이다. 그러나 한성학원의 미국인 원장 브라운이 공동 묘지를 혼혈아(混血兒)들을 위한 기술 학교를 세우기 위한 대지로 조성하면서 묘지를 경기도로 옮기는 공사가 시작된다. 이는 이장(移葬)이 단지 공동 묘지의 위치를 옮기는 데 머물지 않고, 한 사회의 마음을 사로잡은 전쟁의 회한에서 벗어나 개발에 매진하기 위한 근대화 기획임을 뜻한다. 근대화 프로젝트가 가동되어 개발이 공동체의 이상으로 떠오르면서 신천동 공동 묘지는 유령이 배회하는 그로테스크한 장소가 아니라 전쟁의 상흔인 혼혈아들이 유용한 노동력 혹은 어엿한 사회인으로 성장하기 위한 학교로 용도 변경되는 것이다. 즉, '이장/매장'의 플롯은 더 넓게는 울분과 침통의 나날을 벗어나 진보와 쇄신을 통해 역사의 새로운 전진을 모색하는 개발 시대의 풍경에 부응하는 문학적 상상력의 일환이다.

소설의 배경인 60년대는 62년부터 2, 3차 산업의 성장을 골자로 1차 경제 개발 5개년 계획이 시작되어 한국 사회가 농업 중심의 촌락 공동체가 아니라 산업 중심의 근대 국가로 변모하기 위해 극적인 박차를 가하던 사회 변동기이다. 비록 공동 묘지 이전은 외국인의 발의로 이루어지지만, 60년대는 '한강의 기적'으로 불리는 개발 신화 속에서 전 국토가 파헤쳐지고 용도가 변경되는 대전환의 시기였다. 그러나 60년대 근대화는 비록 그 성격과 내용은 다르지만 한국사에서 서양의 계몽주의에 대응할만한 사상혁명/정신혁명을 야기했다. 대통령 박정희의 "산업혁명에 의한 경제적 빈곤의 극복 없이는 자유니, 인권이니, 민주주의니 하는 일련의 가치체계가 결국은 공염불화하지 않을 수 없다"는 말은 개발기의 시대 정신으로[3] 노동을 숭상하며 근면 · 자조하는 개인의 탄생을 부추겼는데, 그 근간에 자리한 것은 실용주의 정신이었다. 개발은 단지 공간을 합리화하는 데 그치지 않고, 자연에 순응하며 전통적 질서 속에서 '덕(德)'의 가치를 추구해온 이들을 이익을 위해 분투하는 '경제적 인간'으로, 더 나은 미래를 기약하며 자기계발하는 개인으로 변모시킨 것이다. 즉, 산업화/개발은 민족적 재난의 기억을 떨쳐 내지 못한 우울증적 개인들을 생존을 위해 경쟁하는 경제적 개인/근대적 개인으로 쇄신시키는 과정이었다.

개발기 문학의 대표적인 작가인 이문구의 『장한몽』은 근대화가 국토의 개발 전략에 머물지 않고, 전통 사회의 문약(文弱)한 남성을 근대화 기획의 주체로 호명하는 '남성성 프로젝트'임을 보여준다. 주인공 김상배는 데릴사위로 처가의 눈칫밥을 먹는 데 따른 자괴감에도 불구하고, 한국 전쟁기에 피붙이들을 잃은 뒤 마음의 갈피를 잡지 못해 허송세월해 왔다. 그러나 김상배는 아내의 출산과 장모의 미국 이민이 임박하자, 능력을 갖춘 가장이 되기 위해 한성학원으로부터 공동 묘지 이장 사업을 불하받아 경쟁의 시장에 뛰어 들게 된다. '이장/매장' 사업은 우울증적 인물인 상배가 그늘진 마음을 벗어나 능력 있는 가장, 더 나아가 사회인으로 태어나기 위한 도전이자 실험이라는 점에서 단순히 하나의 일거리에 그치지 않는 성의 통과제의이다. 또한 『장한몽』은 하위 계급 남성들의 극한(極限) 생존기이다. 10여 명 인부들은 비록 막일꾼이지만, 공동 묘지 이장 사업에 고용되어 장기간 뚜렷한 일자리를 갖게 되자 서울에 뿌리를 내리기 위한 투쟁에 나선다. 이들은 공동 묘지 사업에서 몫 돈을 벌어 가족의 생계를 책임질 수 있는 가장이 되거나, 결혼 자금을 마련해 노총각 신세를 벗어나는 식으로 남성적 권위를 획

---

3) 황병주, 「박정희와 근대의 꿈」, 『당대비평』28호, 생각의 나무, 2004, 200쪽.

득하기 원한다. 공동 묘지 이전 사업은 가정의 구성을 통해 한 사회에 소속되는 한편으로 권위를 가진 남성이 되기 위한 남성성 프로젝트인 것이다.

김상배를 비롯한 막일꾼들은 살아남기 위해 불법 혹은 변칙적인 방법을 마다하지 않아 '악한(惡漢)'의 면모를 보여준다. 이문구는 악한으로서의 남성성을 멜로의 의장(擬裝)을 씌워 알리바이화하는 대신에 보여주는 편을 택한다. 이 작품이 이문구 문학 연구자들에게 그다지 주목받지 못한 것은 남성성의 민낯을 폭로하는 적나라한 에피소드와 사실주의적 문체때문이다. 작중 남성들은 살인만 아니라면 속임수, 협잡, 도둑질 등 어떤 방법을 동원해서라도 가난과 소외에 굴복하지 않기 위해 분투한다. 이들의 물불을 가리지 않는 막무가내식 생존 전략은 "왁살스러우면서도 대범하고, 강인하면서도 구수하며, 영악하면서도 건강한"[4] 것으로 여겨질 만큼 한국문학사에서 낯선 것이다. 한국문학사의 남성 주인공/화자들은 오랜 식민 체험과 전쟁의 시간 속에서 내상을 입은 지식인/예술가이거나, 전후 손창섭의 소설 속에서 볼 수 있는 것처럼 경쟁에서 도태되거나 전쟁 트라우마에 시달리는 등 남성성을 결핍한 존재들이기 때문이다. 사회와 불화하는 문사거나 신경증을 앓는 백수 혹은 잉여인간은 한국문학의 친숙한 남성 주인공들이다. 반면에 『장한몽』에서 남성들은 '뭐든지 하면 된다'를 외치는 행동주의자들로, 정감이 풍부하기 때문에 섬세하고 나약하기도 한 전(前)시대 문학의 남성 인물과 구별된다.

이들은 비루할 뿐 아니라 부도덕한 방식으로 삶을 꾸리고 각종 모멸적 상황에 노출되지만, 자기 자신의 행위에서 비롯된 수치심으로부터

---

4) 김병익, 「한에서 비극으로—이문구의 「장한몽」」, 『장한몽』, 책세상, 1987, 438쪽.

스스로를 방어하거나 혹은 그것을 근면과 자조의 증거로 합리화한다. 이문구는 가진 것 없는 남자들의 비루하고도 추악한 생존기를 통해 전통 사회에서 우월한 위치에 서 있던 남성들을 한낱 비천한 존재로 추락하게 만든 근대화에 대한 비판을 의도한다. 살아남기 위해서 인간적 품위나 양심 따위를 쉽게 외면하는 인물들을 통해 근대화라는 시대 정신의 공허하고도 위선적인 정체를 폭로하는 것이다. 그러나 이러한 비판적 의도에도 불구하고 부도덕한 삶의 방편보다 이들이 사회적 하위계급으로서 겪은 모멸에 찬 인생사를 전면화함으로써 가치 판단에 있어 모호한 태도를 취한다. 동시대의 비평가 김병익이, 우리의 정신사는 한(恨)의 역사였고 숙명과 윤회에 대한 도전이 거의 없었는데『장한몽』은 우리가 우리 자신의 삶을 스스로 선택하여 도전한다는 근대적 의지를 소유하게 된 증거라고 고평하는[5] 것은 작가의 무의식적 의도가 어떻게 읽히는가를 보여준다. 더 나아가 이러한 사태는 막무가내식의 무원칙하고 무도덕한 삶의 방식도 관용될만큼 빈곤의 극복은 개발기 공동체의 목표이자 절대적인 가치였음을 역설하며, 개발기 한국 문학 역시 남성적인 국가의 규율체제, 즉 개발의 정치공학으로서 남성성 이데올로기에 대한 비판적 거리를 상실하고 있음을 뜻한다.『장한몽』은 한국문학의 내밀한 이행과 변이를 매우 징후적으로 보여주는 텍스트라고 할 수 있다. 국가 주도로 산업화가 본격화되고 일정한 성과를 내면서 문학사에서 신분 이동을 위해 매진하는 남성 주인공이 등장하는 한편으로, 지식인/중산층 남성의 자질이었던 감성은 여성의 특성으로 분류되며, 도덕 감정이 아니라 한낱 사유의 무능력을 증거하는 센티멘탈리즘(sentimentalism, 감상주의)으로 전락하게 되었기 때문이다. 살아남

---

5) 김병익,「한의 세계와 비극의 발견─『야호』와『장한몽』」,『현대 한국문학의 이론』, 김병익 외 3인 공저, 민음사, 1974, 296쪽.

기 위해서 분투하는 이들에게 인간을 인간으로 만드는 도덕 감정으로서 수치심은 경쟁력을 약화시키는 불편한 감정으로 여겨져 외면되는 것이다. 수치심의 심문을 외면하기 위해서라도 남성성은 남성 인물들의 목표 혹은 시대의 이데올로기가 되어야 했던 것이다.

『장한몽』은 개발이 도시 공간을 효율적으로 재편성하는 국토의 개발 전략에 머물지 않는 남성 주체의 자기 개조 사업임을 드러내는 텍스트이다. 개발은 남성들에게 명분주의적이고 이상주의적이면서 현실 생활에서는 나약하고 상호 의존적인 전통적 남성성을 벗어나 생존 주체로서 근대적 남성성의 자질을 획득해 가도록 명령하는 인간 개조 프로젝트이다.6) 전통/근대, 농촌/도시로의 이동과 전환 속에서 남성들은 신분 상승의 열망 속에서 진취적인 행위자로서 자기 전환을 시도했다. 소설 속 하위 계급의 남성들은 경쟁의 도시 서울에서 비록 중산층 남성들에 비해 생존의 자본이 취약하지만, 현실에 순응하지 않고 제 몫을 찾기 위해 분투하는 한편으로, 여성 혐오를 통해 성의 기득권을 챙기려고 하는 남성우월주의자(대항적 남성성)들이다.7) 이문구는 명분과 의

---

6) 최원식은 송강 정철로부터 만해 한용운 등 시문학에서 남성 시인이 여성 화자의 목소리를 차용하거나 여성으로 전환하는 현상들을 분석하고 있다. 이 글은 전근대 사회와 달리 근대 문학이 남성의 체험과 각성을 중심으로 성별화된 주체성을 획득하는, 즉 생물학적 성별과 문화적 젠더를 일치시키는 상징적 장임을 암시한다. 최원식, 「여성주의와 아버지 부재의 문학적 의미」, 『여성해방의 문학: 또 하나의 문화(3)』, 평민사, 1987, 332~344쪽.

7) R. W. 코넬은 젠더를 일종의 수행이라고 전제한 후, 남성성은 단일하지 않은 복수(複數)성으로서 한 사회의 지배계급과 하위계급 남성들은 헤게모니적 남성성(지배적 남성성)과 대항적 남성성이라는 서로 다른 남성성을 발전시킨다는 점을 강조한다. 그는 헤게모니적 남성성의 범주로 시민/전사, 가부장, 후원자, 프로테스탄트 부르주아 이성주의 모델 등을 들고, 이렇듯 백인 중산층 이성애자 남성의 남성성의 다른 한편에 동성애자 남성 같은 '종속적 남성성'과 계급이나 인종이라는 변수가 개입된 '주변적 남성성'이 있었다고 분석한다. 코넬은 주변부 남성성이 남성성의 결여라는 자신들의 취약성을 지배적 남성성과의 대결을 통해 해결하는 것이 아니라 여성

리로 상징되는 중세적 선비 사회가 아니라 개발 전사들이 활보하는 시대 풍경 속에서 김승옥 소설로 대표되는 중간 계급의 '지배적 남성성'이나 최인호, 조해일 등 청년문화운동 세대의 퇴폐적이고 우울증적 남성성과 구별되는 남성성 서사의 한 유형으로서 하위계급 남자들의 전성시대를 보여준다. 도시 빈민 남성의 부양자/남성성 획득이라는 주제는 문학 장의 순수와 참여, 민중주의와 문학주의의 대립 구도가 무색하게, 문학이 기실 '지배적 남성성'을 획득하지 못한 남성들이 남성적인 것의 실패에서 오는 열등감을 토로하고 문학적 상상력의 투기를 통해 남성성 획득을 시도하는 젠더 투쟁의 장이 되어왔음을 보여준다.[8]

2. 분단 체제 하의 유령들과 금지된 애도

『장한몽』은 개발 독재의 사회에서 남성이 된다는 것은 자유롭게 이념을 선택하거나 정치 권력에 저항할 수 있는 시민적 주권을 포기함으로써 정신적 거세를 수용하는 대신에 가장/부양자의 권위를 획득하는 과정임을 보여준다. 앞서 말했듯이 김상배는 하릴없이 소일하고 술에 취해 있기 일쑤인 백수로 아내와 처가 식구들로부터 "현실을 등진 등걸 같은 위인"으로 불리며, 스스로 처가의 묘 관리자 격인 "능참봉 정도의

혐오에 가담함으로써 여성 종속을 통해 남성의 기득권을 얻고자 한다고 비판한다. R. W. 코넬, 안상욱 · 현민 역, 『남성성/들』, 이매진, 2013, 129~36쪽.

8) 이 작품에 대한 기존 연구 중 본고와 관련이 깊은 논문은 다음과 같다. 곽영희, 「자기 발견과 치유의 여정 ―이문구의 장편 장한몽 을 중심으로」, 『한중인문학연구』 27권, 한중인문학회, 2009: 임경순, 「내면화된 폭력과 서사의 분열: 이문구의 『장한몽』」, 『상허학보』 25, 상허학회, 2009, 2: 이정숙, 「'개발주의서사'의 '성―섹슈얼리티'에 대한 '혐오―연민'」, 『여성문학연구』 36권, 한국여성문학학회, 2015.

존재"(1권, 19쪽)로 조소할 만큼 열패감에 시달리는 인물이다. 그러나 그는 대학 동창인 성식의 제안으로 묘지 이장 사업에 뛰어 들게 되면서 정신적 변화를 겪는다. 그에게 새로운 사업이 단순히 경제적 수익 창출을 위한 일거리가 아님은 사업 진행 과정이 일종의 정신적 독립 혹은 성장 서사로 그려지는 데서 알 수 있다. 김상배는 시체를 만지는 일이 아이의 탄생에 화를 미칠지 모른다는 장모의 우려로 집을 나와 여관에 거처를 마련하게 된다. 가출은 강요된 것으로 데릴사위인 상배의 취약한 위치를 보여준다. 그러나 기실 상배는 가출로 인해 부유한 장모와 전문직 엘리트 처제들로 여초(女超)화된 처가를 벗어나 비로소 남자가 될 기회를 얻었다고 볼 수 있다. 가부장제 사회의 공사영역의 성별 이분법에 의하면, 가정은 여성이 법적으로 위치를 부여 받은 유일한 영역으로서 남성성을 위협하고 거세하는 공간이다. 남자다움을 실현하기 위해 가정으로부터 탈주하는 남성의 이야기는 근대 문학의 보편적인 모티프이다.

그러나 전후 박정희 정권에 의해 주도된 근대화는 반공주의를 한 축으로 삼은 것이라는 점에서 김상배의 남성성 획득의 서사는 분단 체제와의 화해 혹은 갈등 조정이라는 내면적 과정을 필요로 한다. 먼저 그는 습관화된 무기력을 안겨 줘 자신을 거세된 남성 혹은 루저로 내 몬 전쟁의 상흔과 대면하지 않으면 안 된다. 김상배는 소년 시절에 육이오 전쟁으로 단란한 가정이 풍비박산(風飛雹散) 나는 트라우마를 겪는다. 건실하나 순진하기만 한 농부였던 아버지가 만세를 잘못 부른 탓에 국군의 폭격으로 비명횡사한 것이다. 그러나 비극은 아버지의 억울한 죽음으로 그치지 않고 가족 모두를 끌어 들인다. 상배의 형은 아버지의 죽음에 대한 분노와 신여성인 약혼자의 영향으로 좌익 활동에 적극 가담한다. 그러나 하루 아침에 통치 권력이 바뀌는 불안정한 전쟁의 상황 속에서 다시 국군 치하가 되자 경찰의 고문 끝에 육신이 갈가리 찢겨 조각나 서해 바다에 수장된다. 아버지와 형의 죽음은 명민한 소년인 상배의 삶을 바꾸어 놓는다. 그는 좌익 가족의 생존자로서 다른 사람들의 눈에 띄지 않는 것을 삶의 유일한 목표로 삼은 듯 숨 죽여 살아왔다. 특히 형의 죽음은 시간이 지나도 쉬이 씻을 수 없는 아픈 기억, 즉 트라우마가 되었다. 이는 묘지 이장은 단지 경제적 이익을 얻기 위한 사업이 아니라 김상배가 자신의 마음 속을 차지하고 있는 죽은 자를 토해내 상(喪) 중의 삶을 끝장내고, 현실로 복귀하기 위한 내면적 여정의 성격을 띤다는 것을 뜻한다.

상배는 사랑하는 이를 잃고 그 주검을 떠나 보내지 못한 채 자신의 마음 속에 합체하고 있는 식인(食人) 주체, 즉 멜랑콜리아이다.9) 그는 과거에 발이 묶인 채 한 발짝도 나아가지 못하는 우울증적 인물로 처가 식구들로부터 "갑오경장 직후에나 더러 있음직한 세월 지난 인간", "요즘 세상 돼가는 푼수로 미루어보면 눈 감고 살려준대도 쓸 자리가 없는 위인"(1권, 18~19쪽)이라는 조롱의 대상이 되어 왔다.10) 상배는 애초

---

9) 프로이트의 「슬픔과 우울증」(1917)에 따르면 '애도'와 '멜랑콜리'는 모두 사랑하는 이를 상실한 후의 반응으로 '고통스러운 낙심' '세계에 대한 무관심' '사랑할 수 있는 능력의 상실' '억제'(자아가 수행할 수 있는 기능의 저하) 등의 특징을 공유하지만 시간이 지나면서 서서히 해소되는 슬픔인 애도와 달리, '멜랑콜리'는 자존감의 저하를 가져올 뿐 아니라 상실자를 영원히 끝나지 않을 슬픔 속에 가둔다는 차이가 있다. 그러나 추후 아브라함이나 멜라니 클라인은 애도와 멜랑콜리 간의 양극화된 설명 방식을 비판하며, 양자의 차이가 크지 않다고 주장한다. 지그문트 프로이트 저, 윤희기 역, 「슬픔과 우울증」, 『무의식에 관하여』, 열린책들, 1997, 243~270쪽.
10) 트라우마의 시간은 진보를 뜻하는 직선이 아니라 반복적으로 되돌아오는 나선이며, 사건의 얼굴은 동질적이다. 트라우마는 자발적 기억이 아니라 의지와 무관하게 회귀해오는 폭력이기 때문이다. 그것은 불시에 사로잡아 점령의 폭력을 행사한다는 점에서 '나'를 철저히 무력하게 만든다. 인간 생존의 가장 근원적인 추진력인 나

성식의 묘지 이장 사업을 단호하게 거절하는데, 이는 애도할 수 없는 우울증자로서 상배의 내면을 비춘다. 이장은 무덤을 파헤쳐 사자(死者)를 불러내 추방하는 행위이기 때문이다. 더우기 신천동 산 5번지는 버려지듯 매장된 시체들의 거처이다. 태어나 얼마 살지 못한 아기들, 제대로 된 장례식을 치를 수 없었던 빈민들, 신발을 신은 채 매장될 만큼 비밀을 품은 죽음들은 원한에 휩싸여 있을 수 있기에 절대적 공포를 불러 일으킨다. 그러나 상배는 "넌 매사에 지는 경우부터 계산하는 버릇이 있는데, 그따위로 마음부터 밑지고 들어가니까 물질의 가난의 면치 못하는 거여."(1권, 13쪽)라는 성식의 압박 반, 자신의 결의 반으로 묘지 이장 사업에 나선다. 그 결과 그는 을씨년스러운 공동 묘지에서 외롭게 버려진 시체들 속에서 오랜 시간 꽁꽁 싸매둔 자신의 상처와 대면하게 된다.

『장한몽』은 공동 묘지가 형성된 기원인 한국 전쟁기로 되돌아 가 공동체가 꼴깍 삼켜 버린 죽음들을 이야기한다. 김상배와 공사판의 막일꾼인 구본칠처럼 이념 전쟁에 의해 가족이 비명횡사 당하고도 애도를 금지당한 유가족의 슬픔을 통해 인간성을 억압하는 분단체제를 비판하는 것이다. 전후 국가는 현충일 등 추모 사업들을 통해 전쟁의 희생자를 기억하고 애도하는 주체가 되어 왔다. 그러나 애도의 국가주의는 민족과 국가를 위해 누가 더 헌신하고 희생했는가를 중심으로 죽음의 서열을 만들어 냄으로써 애도 역시 위계화했다. 애도되어야 할 존재와 그렇지 않은 존재를 구분하고 경계 지은 것이다. 특히, 애도가 남한 정부의 기원과 정체성을 분명히 해 줄 국가의 기념 사업이나 정치 의례가

르씨시즘을 훼손하고 세계에 대한 신뢰감을 박탈함으로써 시간이 지나도 뭉개지거나 흐릿해지지 않는다는 점에서 현재진행형의 시간이다. 오카 마리, 김병욱 역, 『기억 서사』, 소명출판사, 2004, 89쪽.

됨으로써 반공 국가의 이념적 순결성을 훼손하는 '비국민'에 대한 추모는 금지된다. 또한 반역자의 유가족은 공동체로부터 추방된 이방인, 난민과 다를 바 없는 위치에 놓인다. "국민국가는 국민과 난민, 시민과 인간 그리고 '삶의 형태'와 '벌거벗은 생명'을 상호 분리시키는 경계"[11]로 국민은 국가에 의해 인권이나 생존권을 보장받고 귀속성과 정체성을 인정받을 수 있지만, 난민은 그렇지 못한 것처럼 좌익 가족인 김상배는 조용한 삶을 강요당한 채 열등의식을 생래적 체질인 양 성격화한다. 그는 국민 국가의 일원이라면 누구에게나 주어지는 자유/권리를 갖지 못하고, 주인의 환대가 베풀어질 때만 체면을 가진 사람이 될 수 있는 노예, 즉 비국민으로 유령화된 삶을 살아온 것이다. 김상배는 실제로 국가 기구의 감시나 사찰을 받음으로써 사생활의 자유를 누리지 못했고, 연좌제로 인해 학교 교사로 평범하게 살아 가기를 바란 어머니의 소원조차 들어줄 수 없었다.

이렇듯 그와 가족이 겪은 불행이 인간의 상상력을 초과하는 것임은 형의 잔혹한 죽음 장면을 통해서 그려진다. 상배의 형은 아버지의 억울한 죽음에 복수한 대가인 양 경찰에게 잔혹한 고문을 당한다. 가족의 억울함을 호소하던 혓바닥이 뽑히고, 성기가 잘려 함께 붙들려온 약혼자의 성기 속에 삽입되는 극한의 폭력과 모멸을 겪는다. 상배의 형이 겪은 참혹한 고문은 상배가 전해 들은 이야기이기 때문에 그 진위를 확인하기 불가능하지만, 상배의 마음 속에 쉬이 시간이 지나도 지울 수 없는 상흔을 남긴다. 그 결과 사자(死者)는 그의 마음과 기억 속에서 유령으로 거주하게 된다. 죽은 이를 자신의 삶 속에 끌어 안았다는 점에서 납골함이 된 인생을 살게 되는 것이다. 김상배는 사자(死者)에게 스

11) 하용삼 · 배윤기, 「경계의 불일치와 사이 공간에서 사유하기—G. 아감벤의 국민 · 인민, 난민을 중심으로」, 『대동철학회』제62집, 대동철학회, 2013, 86쪽.

스로를 통째로 내어준 우울증자로서 그간 "보통 사람들은 제반 만사에 승리를 거듭해도 모두 눈이 벌개 가지고 법석인데, 완전히 참패해야만 안온하고 안정되던 마음"(하권, 93쪽)을 얻는 패배자로 살아온 것이다.

그러나 상배의 무기력한 삶은 부자유한 상황의 결과로만 볼 수 없는 주체의 자발적 의지이기도 하다. 반역자를 추모하지 않는 것이 국법이라면 애도는 국법보다 더 상위에 있는 것이 가족을 섬기는 것이고, 비록 적군이라고 할지라도 죽은 자에게 안식을 취하도록 허락하는 것이 정의라고 주장함으로써 국법에 저항하는 것이기 때문이다.[12] 상배가 대학 중퇴자이자 병역기피자로서 사회 속에서 어떤 유용한 노동력도 '되지' 않은 것이야말로 지극히 수동적이지만 또 생애를 건 투쟁일 수 있다. 가해자는 피해자가 쉽게 시간이 지나면 잊고 일상 속으로 돌아갈 것이라는 믿음으로 죄책감으로부터 스스로를 방어한다. 이에 맞서 피해자는 자신의 인생을 저당잡혀서라도 기억이 희미해지지 않도록 과거를 사는 것이다. 그러나 자녀의 출산을 앞둔 그는 과거의 회한에 젖는 대신에 "정신적인 손익 계산에만 전념"하는 탈이념, 탈정치의 수학적 세계 속으로 발을 내딛고자 한다. "나도 보통 사람일 수가 있을까. 그럴 가능성이 전혀 없는 것인가."(상권, 125쪽)라는 절망적 심정 속에

---

12) 소포클레스의 비극 『안티고네』는 국법에 복종하는 시민의 의무보다 인간의 정의가 더 고귀한 가치임을 확인시킨다. 안티고네는 국가의 왕인 크레온이 저지른 불의 앞에 반역자로 장례도 치르지 못하고 들판에 버려진 오빠의 죽음을 슬퍼할 권리, 즉 사랑하는 이를 애도할 가족의 권리를 내세운다. 그녀에게 사랑하는 가족을 잃은 슬픔에 충분히 침잠하는 것은 목숨을 바쳐서라도 지켜야 하는 인간의 가치이다. 이는 애도가 시민의 의무보다 더 고귀한 인간 사회의 보편적 가치임을 뜻한다(소포클레스, 천병희 역, 『오이디푸스왕 안티고네』, 문예출판사, 2006, 264~340쪽). 김상배의 무기력한 삶은 사랑하는 이를 잃은 슬픔으로부터 빠져 나오기보다 슬픔 속에 자신을 던져 넣음으로써 누구도 슬퍼할 권리를 빼앗을 수 없다고 주장하는 것으로, 애도 금지를 명하는 국가에 대한 불복종 행위라고 할 수 있다.

서 원한에 찬 마음을 버리고 자기의 이익만을 추구하는 속악한 이들만이 살아남는 생존의 전장, 즉 세상에 입사(入社)하고자 하는 것이다. 여기서 "보통 사람"은 신분이나 계급의 측면에서 평균치의 사람이 아니라 생활 감정이나 가치관의 차원에서 세속의 흐름을 충실히 좋아가는 무비판적이고 순응적인 개인을 의미한다. 즉, 그는 원망과 분노를 멈춤으로써 자신이 속한 사회와 화해하고 싶은 것이다. 구체적으로 그는 대자연에 아버지와 형의 외로운 혼을 의탁함으로써 비록 부조리한 권력이지만 난민의 처지를 면할 수 있는 국민이 되고자 한다.

> "그것을 그는 흙의 너그러움이라고 매듭지었다. 그리고 그 결론은 자기도 보통 사람의 무리에서 예외가 아니라는 증거라고 믿었다. 흙의 어질고 너그러움을 터득한 것은 흙의 생명을 깨달은 것이기도 했다.
> 흙의 생명, 그것은 수목과 뭇짐승들을 기르는 대자대비였고, 눈에 들어오는 모든 것과 너무 위대하여 보이지 않는 것에 이르기까지, 품으로 감싸안지 않는 것이 없을 정도의 큰 힘이었다.
> 그러나 김상배가 아는 어질고 너그러운 흙의 힘은 먼저 살아 간 사람들을 받아들인 그 태도에 있었다.
> 흔한 말을 흔케 쓰다보면 허텅지거리밖에 안 되지만, 실로 그가 일 나가는 현장에 가득한 것은, 사람은 한줌의 흙이라는 말이었다."(1권, 9쪽)

인용문에서 자연은 단순히 시골이나 농촌이 아니라 결코 어긋남이 없는 조화와 질서의 체계를 뜻하는 우주의 신비를 의미한다. 그것은 악한 자를 물리고 슬픔에 사로잡힌 자를 어루만진다는 점에서 인간을 구원할 초법적 정의라고 볼 수도 있다. 이 소설은 흙, 즉 자연을 인간의 마음 속에 담긴 모든 원한들을 포용함으로써 마음을 사로 잡아온 원망과 슬픔으로부터 자유롭게 해 삶을 지속해 나가게 하는 대자대비한 보살핌으로 의미화한다. 그러나 이는 상배가 반공주의 국가에서 비국민으로 낙인 찍힌 타자들의 억울한 죽음에 대한 애도가 이루어질 수 없음을 수락하는 것으로도 볼 수 있다. 이러한 판단을 뒷받침하는 것이 이장 사업에 막일꾼으로 참여하는 구본칠의 각성담이다. 구본칠은 김상배와 유사한 기억과 상처를 품고 살아온 인물이다. 그는 한국 전쟁기에 경찰인 아버지가 좌익에게 처참하게 살해당한 주검을 목격하고 아버지를 살해한 원수를 산 채로 매장함으로써 스스로 초법적 주체가 된다. 아버지와 가족의 억울함을 풀어줄 공정한 사법적 주체가 존재하지 않는다고 판단해 사회 계약을 무시하고 '자연권'[13]을 집행한 것이다. 그러나 사람이 아니라 악마를 죽였다는 확신에도 불구하고 구본칠은 죄의식에 사로잡힌 채 스스로를 벌 주듯이 험하고 궂은 일을 하며 살아왔다. 구본칠은 보복이나 복수가 정의를 바로잡는 방법일 수 없으며, 남은 자의 죄책감과 원한 역시 달래주지 못한다는 작가의 생각을 전달하고 있는 인물이다.

상배는 초자연적 정의에 대한 믿음에 기대어 과거의 원한과 상처로부터 자유로워지고자 한다. 그는 훗날 신문에서 형을 잔인하게 고문한 경찰이 자신의 아들에게 살해당했음을 알고, 우주의 치밀한 각본을 보는 듯한 충격에 휩싸인다. 그리고 모종의 깨달음 속에서 복수의 욕망으로부터 놓여난다. 소설의 제목인 '장한몽(長恨夢)', 즉 "깊이 사무쳐 오래도록 잊을 수 없는 마음"처럼 전쟁은 상배를 "한을 유산으로 상속받

---

13) 존 로크는 자연상태를 벗어나 공동체(국가)를 결성한 사람들은 모두 암묵적으로 계약에 동의한 것으로 본다. 자연상태에서 모든 개인들은 자유롭고 평등하다. 그러나 그들은 계약을 맺음으로써 자연상태에서 누렸던 자유를 일정 정도 포기하는데, 그 중의 하나가 처벌권을 그들 중에 임명된 사람이나 단체에게 위임하는 것이다. 존 로크, 조현수 역, 『통치론』, 타임기획, 2005, 152~153쪽.

은"(192쪽) 비극적 인물로 만들었다. 그러나 김상배는 자녀의 출산을 앞두고 개발의 전사가 됨으로써 자신의 내면을 사로잡고 있는 형의 망령을 추방한다. 그는 이제 자신을 괴롭히던 가족의 영령을 끌어안은 무덤지기의 삶을 내려 놓고, 생존경쟁 더 나아가 신분상승의 격전지인 사회 속으로 들어간다. 그는 묘지 이장 터에서 처음에 죽은 자에 대한 두려운 마음을 갖지만, 차차 시체를 이익을 얻기 위한 상품으로 여기게 되어 몫돈을 거머쥐게 된다. 그리고 소설의 말미에 이르면 아들의 탄생으로 아버지가 됨으로써 마음의 정처를 둘데없는 우울자가 아니라 인생의 확고한 목표를 가진 부양자/가장, 즉 '보통 사람'이 된다.

3. 민중 약전의 형식과 음담패설체의 탄생

『장한몽』은 생존 의지 외에 가진 것 없이 경쟁의 시장 속에 던져진 하위 계급 남성들에 대한 이야기이다. 이들은 자신의 터전을 떠나 서울에 흘러들어온 이산자(離散者, diaspora)로 학력, 재산, 계급, 인맥 등 생존에 유리한 자본을 갖지 못한 채 지독한 가난과 불투명한 미래 속에서 하루를 버텨온 도시 뜨내기들이다. 이름만 국민일 뿐 실상 삶에 필요한 기본적 자원도 확보하지 못한 채 공동 묘지 근처에서 불법적으로 기숙한다는 점에서 '난민(難民)'에 가까운 신세다. 이렇듯 취약한 위치에 선 이들에 대한 공감의 표현인 양 작가는 마치 무대 위 배우들에게 조명을 비추듯 각 인물들이 어떤 사연을 거쳐 신천동의 묘지까지 오게 되었는가를 공들여 서술한다. 마감록이라는 별칭으로 불리는 '십장' 마길식, 전쟁 때 아버지를 죽인 홍승로를 처단한 후 죄의식에 시달리는 구본칠,

백정 출신의 월남민으로 공사장에서 육화가 덜 된 뼈를 해체하는 일을 하는 유한득, '하면 된다' 주의자인 노총각 왕순평, 화장실 낙서로 학교를 중퇴하고 심부름을 도맡아하는 고장윤, 어린 시절 지독한 가난으로 수난과 모욕을 당한 홍호영, 교회 권사로 잘 나가는 사업가였으나 정치 폭력배에게 이권을 빼앗긴 후 반공을 내세워 사기를 치기도 했던 박 영감, 이해타산에 밝으며 공사판에서 사용자 측에 맞서는 이상필, 절에 들어가 인생의 이치를 따져보려 했으나 소녀를 강간할 뻔한 후 다비장이가 된 모일만 등은 생생한 에피소드와 뛰어난 문장과 함께 강렬한 인상을 안겨 준다. 비록 비중이 동등하지는 않지만 이들을 서사의 전개 과정에서 등장했다가 사라지는 '역할'로 환원하기 어렵다. 이문구는 일종의 작가 윤리로서 척박한 시대를 산 이들의 고단하고 참담한 삶을 숨겨둔 인생의 속내를 포착함으로써 하위계급을 향한 사회적 혐오나 비하의 시선과 맞서고자 한다.

이들의 곡절 많은 인생은 마치 요약본 형식의 민중 약전 형식을 취하고 있어 독자의 연민을 유발한다. 가령, 삼형제의 맏형인 유한득은 백정이라는 신분 상 모멸과 천대에서 벗어나 '인간'이 되고 싶어 고향을 떠난 월남민이다. 그러나 월남한 후에도 짐승을 잡는 일에서 놓여나지 못한다. "모욕감과 비굴감에 사로잡혀 젊음의 보람을 깨우치지 못하거나 고통을 고통으로 살아야 되는 고통스러움"에 시달리는 밑바닥 인생들이라는 표현은 사회적 약자로서 하위계급의 시난고난한 삶을 보여 준다. 이는 하위계급에 대한 혐오의 시선을 벗어나 고통이 무엇인지 아는 인간의 보편적 감각에 호소하는 것이지만, 독자의 도덕적 판단을 저지하는 역할을 하기도 한다.[14] 상배가 가장 신뢰하는 마길식은 공업 고

---

14) 루소는 "내가 불행한 사람을 도울 수 있는 것은 불행을 알기 때문이다"는 로마의 시인 베르길리우스의 문장을 인용해 인간은 자신도 예외가 아니라고 생각되는 불

등학교를 중퇴하고 월남전에 기술자로 참전하지만 밀주를 만들어 팔다가 걸려 강제 귀국당한 사기꾼이다. 그는 자신도 막일꾼의 처지이면서 고용주인 상배의 오른팔이 되어 막일꾼들의 권리를 빼앗을 계략을 짠다. 그러나 이렇듯 기회주의적인 면모는 제갈량의 지혜에 비유되거나 우정이라는 이름으로 미화된다. 모일만 역시 절에서 소녀를 강간하려다가 미수에 그쳤고, 홍영감은 한때 반공단체를 만들어 가가호호 회비를 뜯어 챙기는 것으로 생계를 유지해왔다. 구본칠은 사람을 죽인 살인범이기도 하다. 그러나 이러한 이력은 법과 윤리 의식의 결여를 보여주는 약점이 아니라 사회적 지위가 낮은 남자가 척박한 환경에서 살아남기 위해 불가피한 몸부림으로 그려진다.

조혜정에 의하면, 산업 사회는 전투적인 남성성, 남성 간 연대 등이 요구되는 전 시대와 달리 개인의 능력 개발과 취향 위주의 분업을 지향한다는 점에서 본래 '젠더 리스'의 성격을 갖는다. 그러나 산업 사회에서 남성다움은 위기에 처함으로써 더욱 더 강화되는 양상을 띤다. 개발기 한국인의 생활 세계를 주도해온 이데올로기는 '경제 발전'으로서, 모든 남성들은 '책임 있는 가장'이자 믿을 수 있는 '고용원'으로 새롭게 태어날 것을 요구 받았다. '남성다운 남성'은 책임 · 결단 · 독립성 · 성취주의 · 힘, 그리고 합리성을 갖춘 인간상으로 요약된다. 이는 명분주의적이고 이상주의적이면서 현실 생활에서는 상당히 나약하고 상호의존적인 전통적 남성성과 산업 사회의 남성성에 깊은 단절이 형성되어 있음을 뜻한다.[15] 산업 사회에서 남성다움은 정신적이고 도덕적인

행과 관련해서만 다른 사람을 동정한다는 점과, 타인의 불행에 대해 느끼는 동정심은 그 불행의 크고 작음에 의해서가 아니라 그것을 겪고 있는 사람에게 기울인 감정에 의해서 측정된다는 점을 강조한 바 있다. 장 자크 루소, 『에밀』, 김중현 역, 한길사, 2009, 398~401쪽.

15) 조혜정, 「'남성다움'의 구성과 재구성」, 『한국의 여성과 남성』, 문학과지성사,

의미가 아니라 경제 생활에서 진취적인 행위자의 자질을 갖는 것으로 나타난다. 구체적으로 상배의 성숙을 결정하는 것은 공동 묘지 이전 공사비로 책정된 예산 55만원에서 각종 비용을 쓰고 약 9만 2천원이라는 몫 돈을 거머쥐는 것이다. 이러한 성과를 얻기 위해 그는 점차로 교활하고 영민한 전략가로 자기 무장을 하게 된다. 만약 사업을 성공적으로 이끌지 못한다면, 사회와 가정 속에서 자신의 의미 있는 위치를 확보할 수 없다는 절박감은 그를 짓누른다.

따라서 공사장의 시신은 주체의 연민이나 공감이 금지된 사물 나아가 상품이 된다. 시체를 한 구는 얼마, 두 구는 얼마 하는 식으로 숫자로 셈하며, 시체에서 얻을 수 있는 부속의 이익을 추구하는 데 따른 죄책을 느끼지 못한다.16) 이는 근대적 남성성이 남성의 비인간화를 야기하는 '소외'임을 뜻한다. 그러나 이 소설은 부양자/남성의 권위를 갖기 위해서라면 윤리 따위는 중요하지 않다는 식의 현실론을 통해 남성을 도구화, 타자화하는 남성성 프로젝트의 한계에 대한 강력한 비판의식을 보여주지 않는다. 가령, 이들은 한 푼이라도 수입을 올리기 위해 시체에서 금니나 목걸이 같은 귀중품을 빼돌리거나 시체의 머리카락을 자른다. 심지어 이상필은 난치병의 치료약을 찾아 다니는 절박한 사람들을 이용해 간장 물을 시즙(屍汁)으로 속이려는 구체적인 계획을 세우기도 한다. 그러나 이러한 행위들은 사회 속에서 능력 있는 시민 남성성

1988, 241~251쪽.

16) 이장 공사는 철저하게 경제 논리에 의해 이루어진다. 인부들은 파낸 유골의 숫자에 따라 임금을 받는 만큼 최대한 많은 유골을 만들어내야 하며, 상배 역시 비용을 절감하기 위해 끊임없이 머리를 쓴다. 가령 그는 육탈되지 않은 시신을 이장하려면 큰 관이 필요하고, 그것은 예상 외의 비용을 지불하게 하기 때문에, 개백정이라고 불리는 유한득을 고용해 시체에서 살을 떼어 발골만 하는 식으로 비용 절감을 위해 편법을 쓴다. 이에 대한 자세한 분석으로 임경순의 글을 참고할 것. 앞의 글, 325쪽.

혹은 가장의 주체성을 획득하기 위한 안간힘으로 취급되어 연민어린 시선의 대상이 된다. 심지어 "사고와 생활방식의 건강함과 솔직함", 즉 "생활 영역의 단순성 및 일방적인 윤리관이 어느 누구의 논리보다도 고차적인 실천"(상권, 101~2쪽)으로 추켜세워지기도 한다. 이러한 서술은 풍자적인 어조를 담고 있지만, "증산 · 수출 · 건설이 이땅의 윤리로 돼 있는" 사회라는 서술은 도덕 따위를 경시하는 개발주의에 대한 비판 못지않게 부도덕의 책임을 사회에 돌림으로써 개인에게는 면책의 알리바이를 만들어준다. 상배 역시 이익을 얻기 위해서라면 다른 사람을 속일 수도 있다는 식의 태도를 취한다. 그는 성식의 조언대로 묘지 부근에 불법적으로 집을 짓고 사는 이들을 막일꾼으로 끌어 들인다. 무허가 주택의 거주자들이 반발하면 기술 학교 조성은 쉽지 않을 것이기 때문이다. 그러나 열 명의 인부들 역시 주거권 확보, 고용의 안정화, 적절한 임금 등을 약속 받고 싶어하자 국가 기구에 대한 사람들의 두려움을 이용하기 위해 개인 사업자가 아니라 서울 시청의 공무원인 양 행세한다. 또한 학식이 있고 셈이 빠른 마길식을 자신의 편으로 끌어 들여 일꾼들이 불공정한 계약의 조건을 어쩔 수 없이 받아들이게 한다.17) 그러나 이러한 과정들은 '비윤리'가 아니라 상배가 열패감에서 벗어나 '보통 사람'이 되기 위한 절차로 합리화되며, 도덕보다 자신의 이익을 챙기는 태도는 남성다운 자신감으로 미화된다.18)

---

17) 마길식은 소설의 마지막에 이르면 이상필 등 노동자들에게 집단 구타를 당하는데, 상배는 이를 마길식이 자신에게 보여준 우정으로 해석한다. 자신이 인부들의 무지와 취약한 조건을 이용하고 있다는 점을 성찰하지 않는 것이다.

18) 조지프 슘페터는 자본주의 문명은 경제활동을 통해 인간이 합리적 사고와 행동의 기본 훈련을 받게 했다고 주장한다. 경제적 패턴은 논리의 기본 기초이다. 경제활동에서 얻어진 합리적 습관을 일단 형성되기만 하면 유익한 경험이 갖는 학습 효과 때문에 인간 행동의 다른 영역으로 확산된다. 자본주의는 경제적 부문에서 규정되고 수량화된 타입의 논리, 태도는 인간의 사고와 철학, 인간의 의료활동, 우주관,

"상배는 어느 정도 자신이 서는 것 같았다. 그 자신이란 건 이 공사의 성공적인 완수나, 인부 사역에 있어 뚝심대로 밀어나갈 수 있는 계산이며 추진력을 뜻하진 않는다. 하려고 하면 할 수가 있고 따라서 뜻대로 이루기도 하겠다는 근본적인 자신이었다. (중략) 언제 어디서 어떤 일에 부닥뜨리더라도 미숙하지 않게 적응하여 나아가길 간절히 소망하였다. 장사를 하게 되면 상술商術에 필요한 양의 자신이고 싶었고, 이와 비슷한 혹은 다른 무슨 공사에 임할 때면 그 작업의 공정工程과 규모에 들어맞아주길 바랐으며, 안으로는 아내와의 애정 교류와 가정을 가꾸는 데서도 진취적이며 생활적인 활력소이어주도록, 아니 거기서 그치지 않고 늘 열패감과 좌절의 쓰디쓴 맛만 강요해온, 장모를 비롯한 세 처제들과의 공동 생활에도 전에 없는 남성다운 기세와 책임감으로 변해가도록 진정으로 빌었던 것이다."(하권, 63~64쪽)

이 소설 전체에 가득한 것은 노동의 피로를 위안해 주는 적나라한 음담패설 혹은 여성의 성적 육체를 향해 불타오르는/좌절된 욕망이다. 소설 속 인부들은 지배적 남성성을 원하지만 경제적, 문화적으로 취약하기 때문에 늘 시민적 권리를 부정당하는 하위계급 남성들이다. 이들은 사회적으로 취약한 계급적 위치로 인해 가부장제 사회에서 여자들에 비해 남자들이 쉽게 얻는 이익들, 즉 높은 경제적 지위나 좋은 직장 등을 얻지 못하고, 지배 계급에 자신의 권리를 요구할 기회조차 찾지 못한다. 그들은 이토록 곤궁한 현실 앞에서 빈곤의 맥락에 맞추어 남성성을 손질하는 식으로 대처한다. 지배 계급의 남성성에 항의하는 대신 여성 혐오를 통해 남성이라는 성적 신분을 특권화하고, 여성에 대한 차별

인생관, 미와 정의에 관한 개념, 그리고 그의 정신적 포부를 비롯해 사실상 모든 것을 자신 속에 예속시키는, 즉 합리화하는 정복자의 질주를 시작한다. 또한 자본주의는 근대과학의 정신적 태도뿐 아니라 인재와 수단도 만들어냈다는 것이다. 조지프 슘페터, 변상진 역, 『자본주의·사회주의·민주주의』, 한길사, 2011, 123쪽.

을 지지함으로써 '가부장적 배당금'을 챙기는 것이다.19) 특히 이들은 정복적인 성 행위나 음란한 언어를 동원해 남성다움을 과시하고 여성을 혐오함으로써 열등함을 상쇄하고자 한다. 김상배는 집 밖에서 여관 생활을 하며 성적 욕구를 술집의 작부를 통해 해소한다. 그가 '흘러집'의 작부와 성적 교섭을 위해 수작을 부리는 장면은 성매매를 남아의 풍류로 낭만화된다.

작중 남성들은 여성을 성적으로 대상화할 뿐 아니라 섹슈얼리티에 대한 비하 의식을 보여준다. 김상배는 묘지에서 파헤쳐진 무덤들 사이를 헤매며 무언가를 찾는 노처녀 최미실을 보며 빈번히 성적 욕망에 사로잡힌다. 노처녀인 최미실을 측은한 인생으로 비하하는 한편으로 "냅다 덤벼들어 잦뉘고 치마폭을 걷어올리고", "언제고 시간과 장소가 적당한 계제를 타면 짐짓 미친 척하고 한번 건드려보리라 마음먹"(하권, 14쪽)는다. 그것은 고되고 비천한 노동 현장에서 상배가 자신의 남성적 권위를 확인하는 방식이다. 특히 다비장이 모일만이 여고생 성폭행 사건은 명백히 성적 폭력임에도 불구하고 다분히 유미주의적으로 묘사된다. 모일만은 인간이 겪는 고통의 의미를 알기 위해 취선암에 들어가 수행의 시간을 갖지만 성적 욕망에 사로잡혀 산에서 내려오고 만다. 그가 병든 어머니와 함께 기도를 온 여고생에 대한 성폭행을 시도하는 장면은 노란 블라우스를 입은 소녀의 아름다움과 가난하고 고독한 사내의 외로움을 대비시킴으로써 가해자에 대한 연민을 유발한다.20) 소설

---

19) 코넬은 가부장적 배당금이라는 표현을 통해 전반적인 여성 종속의 결과로 남자들이 이득을 얻는다고 주장한다. 이는 '주변부 남성들'이 헤게모니적 프로젝트와 공모관계를 맺는다는 것을 뜻한다. 여성 비하, 혐오, 헤게모니 종속, 공모는 젠더 질서 내부의 관계다. 앞의 책, 127쪽.

20) 작가는 성을 인간의 문명이나 도덕을 넘어선 남성의 자연권으로 초점화함으로써 성폭력에 대해 느슨한 비판의식을 보여준다. 모일만은 인생의 의미를 알기 위해 수

속 남성들은 대개 자신의 피로와 상처를 회복하기 위해 여자의 몸이 필요하다고 여긴다. 여자와의 성적 행위는 철저하게 내면을 배제한 유희로, 이들은 여자의 몸에 자신의 울분을 토해 내고 피로를 회복하여 가족과 사회 속으로 돌아간다. 이들은 살아가면서 받은 상처와 피로에 대해 이야기하는 대신에 여자를 구하고 음담 패설을 통해 남성다움을 잃지 않으려 한다.21)

이렇듯 작중 남성들의 마초적 행위에 대해 작가가 이렇다 할 비판적 거리를 취하지 않는 것은 공사장의 인부들이 성의 자유 시장, 즉 결혼과 성매매 시장 모두에서 한 사람의 여자도 쉽게 차지할 수 없는 성적 약자라고 보기 때문이다. 노총각 왕순평의 여자 얻기의 고단한 사연이 암시하듯이 인부들을 성의 마이너리티로 표상함으로써 사회적으로 취약한 남성의 성은 충족될 권리가 있다는 식의 함정에 빠지는 것이다.22) 이로 인해 작가는 언어를 여성 혐오(misogyny)를 위한 자원으로 활용하게 된다. 한수영은 이문구의 소설에서 어휘와 문장, 또는 문체를 아우르는 '말'들은 이미 방법이나 묘사의 차원이 아니라 그것 자체로 하나의 주제이자 이념의 위치에 놓여 있다고 하면서, 소설 속 대화들은 발화자가 청자와 함께 공유하고 있는 사회적 조건들을 중층적으로 그리고 구성적으로 보여주고 있다는 점에 주목한다. 이는 대화를 주도하는 중요한 컨텍스트가 있다는 것인데23), 음담패설에 비견할 수 있는 문체는

행 생활을 시작하지만 인간은 먹어야 살며 고기 냄새를 그리워하기 마련이라는 범속한 진실을 깨닫고 산을 내려온다. 이러한 구도는 시민적 권리를 남성의 성적 권리 정도로 축소, 왜곡하는 것이다.
21) 미즈타 노리코, 서기재 역, 「창부 환상의 종언」, 오카노 유키에 외 공저, 『매매춘과 일본 문학』, 지만지, 2008, 303~304쪽.
22) 우에노 치즈코, 앞의 글, 64~65쪽.
23) 한수영, 「말을 찾아서」, 『문학동네』7권 3호, 2000, 62~63쪽.

남성을 건설의 행위자로 지칭하는 개발주의의 마초적 성격과 호모소셜한 남성 연대라는 지배 이념을 반영한다.24) 여기서 대화는 화행(話行)이 이루어지는 지배적 맥락을 비판하고 균열을 일으키는 해방적 행위가 아니라 하위계급 남성들이 여성 비하의 문화를 공유함으로써 남성적 권위를 포기하지 않으려는 호모소셜25)한 연대 행위에 가깝다. 이들이 하위계급 남자로서 겪는 소외과 고통은 정치적인 것이 아니라 마치 성적 욕망의 좌절에서 기인한 것인 듯한 착각마저 유발한다. 외로움에 몸부림치며 자위 행위를 하는 남성들은 소설의 곳곳에서 등장한다. 이 소설의 문체는 토속적인 우리 말을 구현하고 있다는 표현으로 충분하지 않을 만큼 남성의 성적 판타지와 욕망을 노골적으로 전시한다. 음담패설체는 민중 남성의 문화를 반영하는 것이 아니라 초남성적 개발주의의 지배적 남성성에 대한 동의와 선망을 암시하는 것으로 볼 수 있다.26)

---

24) 김상배는 공사장의 인부들을 사업적 이익을 내기 위한 도구로 보면서도 이들에게 "노사勞使 관계를 떠나서도 어렵잖게 있을 수 있는 우정"을 느낀다. 특히 그는 마길식이 보여준 "무상의 우정"에 감동하며, "'철저적 기초 완성'"(하권, 30쪽)을 목표로 무슨 일이든 열심히 하는 왕순평에게서 자신을 보는 것 같은 연민을 느껴, 순평이 짝사랑하는 초순이와 결합할 수 있도록 후원한다.

25) 이브 세즈윅은 아드리엔느 리치의 레즈비언 연속체 개념을 빌려와 섹슈얼리티를 억압한 남자들끼리의 유대를 호모소셜 연속체라고 명명하며. 우정이나 사제 관계 등 남성들의 사회적 유대의 배경에 동성애 혐오와 여성 혐오가 있다고 분석한다. 우에노 치즈코, 조승미 역, 『여자들의 사상』, 현실문화, 2015, 221쪽.

26) 이윤 추구와 도구적 합리성을 토대로 하는 자본주의 체제의 발달은 가족 임금 체계와 소위 동반자적 연애 결혼을 중심으로 한 남녀 관계를 형성시킨다. 개발기는남성에게 가족 부양을 책임지는 가장으로서의 역할을 부여하는 한편으로 부양을 남성의 윤리로 만들었다. 동성 간의 관계와 이성간의 관계에서 추구되는 내용도 이 시기를 통해 판이하게 달라진다. 남성 간의 관계는 목적 달성을 위한 경쟁과 단결이 강조되어 업적과 능력 위주로 흐른 데 반하여, 남녀 간의 감정적 친밀성은 전 시대의 소원함과 대조적으로 크게 강조되기 시작한다. 남성은 슬프거나 외로울 때 여성에게 위안을 구하고자 하며 연애는 인생에 있어 특별한 의미를 갖게 된다. 그러나 남녀 관계는 진정한 감정 교류에 근거한 친밀성으로 발전하지 못한다. 조혜정, 「남성다움'의 구성과 재구성」, 『한국의 여성과 남성』, 문학과지성사, 1988, 241~243쪽.

4. 결론을 대신하며

1970년대 한국 소설은 남성적 유대와 남성적 성장의 서사를 공통의 화소로 삼는다. 정부에 의해 주도된 개발은 단지 사회의 경제 질서를 산업화하고 시장체제를 본격화하는 것이 아니라 한국인들의 일상 생활과 정신문화를 지배하는 이데올로기였다. 『장한몽』은 근대화가 땅의 용도 변경 과정인 것과 마찬가지로 산업사회에서 남성 주체는 명분과 의리 등 전(前) 근대의 덕목이 아니라 책임감, 합리성, 자제력, 나아가 용의주도함마저 가진 생산적 노동자로 다시 태어날 것을 요구받는 과정임을 보여준다. 70년대 문학은 개발주의 이데올로기의 압력 속에서 개인의 자유와 취향을 포기하는 데 따르는 고통이나, '자기 진정성의 윤리'를 외면한 채 성장의 압력 속에서 속물화의 위기에 놓인 인물들을 통해 근대화에 대한 반감을 표현해왔다. 그러나 이문구는 이른바 시민적 권리를 결여한 도시 난민 혹은 하위계급들을 중심으로 이들이 사회 속에 통합되고자 하는 열망을 보여준다.

소설 속 남성들은 근대화의 무상성을 회의하기보다 '보통 사람'처럼 사회 속에서 승인받고자 고투한다. 특히 이들은 가장/부양자의 자격을 획득함으로써 남성의 권위를 누리고자 한다. 그리고 이렇다 할 사회 자본이 없다는 점을 알리바이 삼아 야비하고 불법적인 수단을 동원하는 데 거리낌이 없는 태도를 취하며, 여성에 대한 비하적 상상력과 섹슈얼리티에 대한 집요한 욕망을 통해 자신의 남성성을 충족하는 것으로 시민/국민으로서 결핍된 처지를 벗어나고자 한다. 인간의 보편적인 권리는 공공적인 정체성 속에서 지역, 재산, 이념을 막론하고 자신이 가진 특이성조차 인정받는 것을 전제로 하지만,27) 이들은 공공의 시민적 권

리를 갖지 못한 채 가부장적 가족의 가장과 여성 비하 속에서 자기의
우월성을 확인하는 마초적 남성성을 통해 권리의 결핍을 상쇄하고자
하는 것이다.

참고문헌

기본자료

이문구, 『장한몽(長恨夢)』, 랜덤하우스중앙, 2004.
이문구, 「남의 하늘에 붙어 살며」, 『나－오늘의 작가들이 털어놓은 문학적 고백』,
　　　강은교 외, 청람, 1987.

참고논저

곽영희, 「자기 발견과 치유의 여정 －이문구의 장편 장한몽을 중심으로」, 『한중인
　　　문학연구』27, 한중인문학학회, 2009.
김병익, 「한의 세계와 비극의 발견－『야호』와 『장한몽』」, 『현대 한국문학의 이론』,
　　　김병익 외 3인 저, 민음사, 1974.
김병익, 「한에서 비극으로－이문구의 『장한몽』」, 『장한몽』, 책세상, 1987.
이정숙, 「'개발주의서사'의 '성－섹슈얼리티'에 대한 '혐오－연민'」, 『여성문학연구』
　　　36, 한국여성문학학회, 2015.
임경순, 「내면화된 폭력과 서사의 분열: 이문구의 『장한몽』」, 『상허학보』25, 상
　　　허학회, 2009.
전정배, 「이문구의 '장한몽(長恨夢) 개작 연구」, 『국어국문학』24, 동아대학교 국어
　　　국문학과, 2005.
송희복, 「남의 하늘에 붙어산 삶의 뜻」, 『작가세계』4호, 작가세계, 1992. 11.

---

27) 이정숙, 앞의 글, 77쪽.

조혜정, 「'남성다움'의 구성과 재구성」, 『한국의 여성과 남성』, 문학과지성사, 1988.

최원식, 「여성주의와 아버지 부재의 문학적 의미」, 『여성해방의 문학: 또 하나의 문(3)』, 평민사, 1987.

하용삼 · 배윤기, 「경계의 불일치와 사이 공간에서 사유하기−G. 아감벤의 국민 · 인민, 난민을 중심으로」, 『대동철학회』 62, 대동철학회, 2013.

한수영, 「말을 찾아서」, 『문학동네』 7권 3호, 문학동네, 2000.

황병주, 「박정희와 근대의 꿈」, 『당대비평』 28호, 생각의 나무, 2004.

미즈타 노리코, 서기재 역, 「창부 환상의 종언」, 『매매춘과 일본 문학』, 오카노 유키에 외 공저, 지만지, 2008.

소포클레스, 천병희 역, 『오이디푸스왕 안티고네』, 문예출판사, 2006.

오카 마리, 김병욱 역, 『기억 서사』, 소명출판사, 2004.

우에노 치즈코, 조승미 역, 『여자들의 사상』, 현실문화, 2015.

장 자크 루소, 『에밀』, 김중현 역, 한길사, 2009.

조지프 슘페터, 변상진 역, 『자본주의 · 사회주의 · 민주주의』, 한길사, 2011.

존 로크, 조현수 역, 『통치론』, 타임기획, 2005.

지그문트 프로이트, 윤희기 역, 「슬픔과 우울증」, 『무의식에 관하여』, 열린책들, 1997.

코넬 저, 안상욱 · 현민 역, 『남성성/들』, 이매진, 2013.

저항 주체의 남성성과 거세 콤플렉스 모티브

황석영의 소설을 중심으로

모방적 자의식으로서 남성성 콤플렉스와 1970년대 소설

1970년대는 한국현대문학사에서 가장 풍성한 소설의 시대로 평가받는다. 출판물의 증가, 다수의 베스트셀러, 다양한 문학 매체와 역량 있는 신인의 등장 등 외적 측면만 보아도 70년대는 소설이 만개한 시대였다. 그러나 이러한 평가는 무엇보다도 70년대 소설이 반공주의와 권위주의, 그리고 성장제일주의로 요약할 수 있는 10월 유신과 경제개발의 시대를 맞아 사회적 소외계층 혹은 변두리 현실에 대한 적극적인 관심을 통해 각성된 시민·민중 주체의 등장을 선도했다는 의미를 담고 있다.[1] 70년대는 총동원체제 하에 국가 주도의 근대화 사업이 추진되는 다른 한편으로 반공주의가 극성을 부리면서 정치적 자유가 극심하게 억눌린 시대였다. 이렇듯 엄혹한 정치 상황에서 70년대 소설은 "정치 운동이 불가능한 시대의 대리적 표현"이었다.[2] 특히 사일구 체험 세대

---

1) 임규찬, 「20세기 한국소설사:1970년대」, 최원식 외 편, 『20세기 한국 소설 길라잡이』, 창비, 2006, 85쪽.
2) 가라타니 고진은 "문학은 한마디로 말하자면 영구혁명 안에 있는 사회의 주체성(주

들에 의해 주도된 70년대 소설은 민중 · 민족 주체의 부상을 선도하는 등 60년대 문학의 관념성을 극복하면서 참여적이고 급진적인 형태를 띠게 된다.[3] 본고는 70년대 소설이 제시한 저항 주체가 남성성이 과잉 된(excessive masculinity) 성별화된 주체라는 점에 주목한다.[4] 특히 진보주의 문학의 대명사인 황석영의 소설을 대상으로 1970년대 소설이 남성성을 향한 열망과 회한, 사회적 좌절과 승화의 과정을 통해 정치적으로 각성된 남성 주체의 출현을 선도하는 방식을 살펴보고자 한다.

남성성 신화는 남성성의 특성으로 의지력 · 목표지향성 · 독립성 · 비타협성 · 지성을 부가하며 이것이 생득적인 것인 양 신념화하는 경향이 있지만, 남성성은 궁극적으로 퍼포먼스를 통해 이루어진 사회적 · 문화적 구성물로 보아야 한다. 조운 리비에어(Joan Riviere)의 가면극 (masquerade) 이론은 여성에 관한 연구이지만, 남성성이 원본 없는 재현이고 문화적 가설임을 밝히는 데 유용하다. 가면극 이론은 기본적으로 정신분석학의 관점에서 여성의 사회적 행동을 설명하는데, 현재의

관성)이다"는 사르트르의 정의에서 출발해 혁명정치가 보수화되고 있을 때 문학이 야말로 영구혁명을 담당했는데, 소설을 중심으로 하는 문학이 근대에 주도권을 잡을 수 있었던 것은 사회적 책임을 상상력으로 떠맡았기 때문이라고 보았다. 가라타니 고진, 조영일 역,『근대문학의 종언』, 도서출판 b, 2006.

3) 임규찬은 "1970년대 문학은 1960년대 후반의 순수 · 참여 논쟁을 거쳐 문학의 사회성과 현실성을 한층 자각한 일군의 문인들이 앞장서고, 또 1970년대로 들어서면서 새로운 작가들이 대거 동참하여 민족문학운동으로 확대 · 발전해 나갈 수 있는 절호의 시간대를 만들어"냈다고 평가한다. 임규찬, 앞의 글, 84쪽.

4) 김성호는 로렌스 소설을 분석하는 가운데 과잉 남성성의 특징으로, 남성들만의 동질적이고 유대의식이 강한 집단, 강도 높은 육체적 활동과 고통, 모험심을 자극하는 위험, 위험과 고통을 아무렇지도 않게 감수하는 대범함을 들었는데, 황석영 소설은 이러한 과잉 남성성의 특징을 보여준다. 김성호, 「군사적 규율, 지배적 남성성, 남성 정체성의 위기: D · H.로렌스의 "The Prussian Officer", "Daughters of the Vicar", Lady Chatterley's Lover에 나타난 남성상"」,『한국로렌스학회』, 한국로렌스학회 편, 2003.

사회구조에서 여성들은 역설적으로 자신의 공격성을 터부시하며, 전통적 개념의 여성성을 과장되게 표현할 경우에만 그들의 권력을 행사할 수 있다는 지적이다. 즉 여성들의 여성스러운 행위는 특정한 사회적 지위와 권력을 획득하기 위한 전략적인 자기 재현으로서, 여성성은 여성의 본래적 자질과는 무관하다. 그러나 매스커레이드를 통해 위장된 본질은 가면을 쓴 정체성과 본질에 대한 구분이 사라지면서 그 행위 주체의 내면화된 본질이 된다. 박형지·설혜심은 가면극 이론에 대한 이러한 해석을 바탕으로 19세기 후반 서구 세계에서 전형으로 굳어졌던 강하고, 정력적이며, 냉철함으로 대표되는 '영국 남성성'은 제국주의와 더불어 성장했고, 식민통치를 영속하기 위한 식민전략으로 기능했음을 밝힌 바 있다. 특히 이들은 인도에서 나타난 영국 남성성은 인도 항쟁 이후 식민지에서 영국의 위상이 크게 흔들리고, 제국의 권위가 추락하게 된 사실에 따른 반동으로 형성되었다는 점, 즉 남성성에 대한 추구는 기실 남성 권위의 추락과 권력의 불안정성에 대한 상쇄 반응이라는 점을 밝히고 있는데 이는 박정희 시대 진보주의 문학의, 이상적인 남성다움에 대한 추구가 기실 지배자들에게 과시하기 위한 것이며 퍼포먼스 수행자 자신의 자기훈육을 목적으로 한 것임을 유추케 한다.5) 즉, 황석영 소설에 나타난 과잉 남성성에 대한 열망은 남성성이 본질이 아니라, 남성들이 거세되는 데 따른 반응이자 정치적 통제에 대한 반발의 다른 표현임을 암시한다.

한과 링(Han and Ling, 1998)은 박정희 정권의 근대화 프로젝트를 '초남성주의적 발전주의 국가'(hypermasculine state developmentalism)의 전형으로 규정하며, 식민지 지배를 받은 아시아의 국가들이 근대화

---

5) 박형지·설혜심, 『제국주의와 남성성: 19세기 영국의 젠더 형성』, 이카넷, 2004, 42~43쪽.

를 추구할 때 서구의 제국주의적이며 강력한 남성성을 모방하면서도 자국의 내적 단결을 유지하기 위해 반동적이면서 강력한 남성성을 발전의 이데올로기로 삼는다고 주장한다.6) 1970년대 국가 근대화 사업이 남성의 자발적 동의 하에 추진될 수 있었던 까닭은, 박정희 정권이 남성을 조국 상실, 분단의 경험, 궁핍한 경제 등 민족의 트라우마를 치유할 진취적이고 공격적인 행위자가 호명했기 때문에 가능했다. "근대화의 지향은 남성적인 것으로 재현되는 생산과 발전 이미지로서의 근대성"7)으로서 유토피아적 기획을 향한 불굴의 의지, 모든 일을 빈틈없이 통제하고 있는 전능함은 남성들이 갖추어야 할 덕목이 된다.8) 그런데 이러한 과정에서 남성들은 생산과 발전 혹은 전통 수호의 주체로 호명되는 다른 한편으로 수동적이고 무력한 지배의 대상으로서 "여성화"될 수밖에 없다. 초남성적인 국가는 냉전 이데올로기와 결합한 군사주의

---

6) 김현미, 「근대의 기획, 젠더화된 노동 개념」, 김영옥 엮음, 『"근대", 여성이 가지 않은 길』, 또 하나의 문화, 2001, 48쪽.

7) 김은실에 따르면 한국 사회에서 추구한 근대화는 남성적으로 재현되는 생산과 발전 이미지로서의 근대성이었다. 그것은 역동적인 활동과 발전, 무한한 성장에의 욕망과 동력, 부르주아 주체의 산업 생산과 합리화, 목적의식적으로 노력하는 합리적 개인 남성의 근대적 욕망과 남성들의 연대를 수용하고자 하는 것이었다. 김은실, 「한국 근대화 프로젝트의 문화논리와 가부장성」, 임지현 외 지음, 『우리 안의 파시즘』, 삼인, 2000.

8) 이호걸은 다음과 같이 남성성이 지배이념임을 밝힌다. "남성성은 자본주의와 민족국가의 지배구조에 적합한 자질로 구성되며, 이는 현대사회의 지배구조가 남성들을 효과적으로 동원하는 것을 가능하게 한다. 예컨대, 의지력, 대담성, 목표지향성, 독립성, 폭력성, 비타협성, 지성 등 '남성적 자질'들은 공적 영역의 사회적 생산에 적합한 것으로 간주되어지며, 이는 자본주의적 재생산에 노동자 계급 남성들을 효과적으로 동원하는 것을 가능하게 한다. 또한, 예의 남성적 자질들은 남성을 민족국가를 이끌어 나가는 주체로서 위치짓는데, 이 또한 국가 간의 전쟁과 같은 민족국가 정치에 남성들을 자발적으로 동원하는 것을 가능하게 한다. 요컨대 남성성의 효과적인 구성과 통제는 현대 사회의 지배구조가 유지되어 나가는 데 있어서 필수적인 기제인 것이다", 이호걸, 「1970년대 한국영화」, 한국영상자료원편, 『한국영화사 공부 1960-1979』, 이채, 2007.

적인 공포문화를 통해 사회 전반을 무력하게 만들기 때문이다.9) 이러한 분석은 황석영의 주인공들이 보여주는 남성다움에 대한 열망 혹은 과잉 남성성의 징후가, 정치적으로 거세되는 데 대한 반발과 거부의 표현임을 유추하게 한다.

다른 한편으로 본고는 남성성 콤플렉스와 과잉 남성성의 추구가 사일구 세대 작가들의 역사 체험에 기반을 두고 있기 때문에 70년대 저항문학의 집단적 무의식을 엿보는 데 유용하며, 그러한 한 예가 황석영의 초기 소설이라고 본다. 황석영은 등단작 「입석부근」 등 여러 편의 소설에서 현실과 불화하거나 혹은 집단의 이익을 위해 자기를 버리는 희생적 인물을 통해 역사에 대한 부채의식과 회한을 드러낸다. 사일구 세대의 회한은 사일구가 "청년학도들이 나섰고 군인들이 마무리를 한 혁명"10)이라는 것, 즉 박정희 정권의 권력 창출이 미완의 혁명에 그친 사일구 혁명의 개혁담론을 전략적으로 전유하면서 이루어졌다는 점과 관련이 있다. 신형기는 "1960년대 초 4·19로 조성된 개혁담론은 군사정권의 출현을 가능하게 한 토대가 되었다. 군사정권이 개혁의 주체임을 자임하고 나섰던 것이다"라고 전제한 후 "조국근대화를 부르짖으며 민족의 쇄신을 기획한 군사 쿠데타 세력이 다시금 주체화─위계적인 집중체계에의 귀속과 용해를 요구했"는데, 진보주의 문학의 정전으로 꼽히는 황석영의 「객지」에서도 "쇄신의 시대는 지속되고 있"다고 함으로써 70년대 진보주의 소설의 심연에 4·19 혁명 세대의 경험이 깔려 있음을 암시한다.

또한 「객지」에서 주인공이 영웅적 결단(자살)을 통해 파업이 실패한

---

9) 김현미, 「근대의 기획, 젠더화된 노동 개념」, 김영옥 엮음, 『"근대", 여성이 가지 않은 길』, 또 하나의 문화, 2001, 48쪽.
10) 박종홍, 「4·19 정신」, 『4월 혁명』, 4월 혁명동지회 출판부, 1965, 69쪽.

현실을 극복하고 미래의 승리를 선취하는 소설의 결말은 주체화의 문법을 보여주는 익숙한 본보기인데, 여기서 제시된 민중의 통합은 "계급적으로 구획될 수도 도덕적으로 규정될 수도 없는" 민중의 구체적인 얼굴을 지우는 것이라고 지적함으로써 진보주의 문학의 저항적 민중 주체의 출현의 역사적 맥락이 무엇인지 해명한다.11) 이는 별다른 각성의 계기 없이 이상적인 민중 주체로 제시된 동혁, 즉 민중이 국가 근대화 주체로 제시한 국민을 극복할 저항 주체로 발견되었음을 암시한다. 파업의 승리를 위해서라면 자기 목숨을 버려도 좋다는 동혁에게서 개인성, 쾌락, 감성 등이 소거된 비장한 희생의식, 즉 영웅의 초인성이 엿보인다. 본고는 신형기의 지적에 덧붙여 사일구 체험 세대의 체제와의 대결의지는 남성성이 과잉된 민중 남성을 이상적인 저항 주체로 제시하게 된다는 점, 즉 민중이 초인적 남성성의 면모를 지닌 성별화된 주체임을 주목하고자 한다. 황석영 소설에 나타난 역사에 대한 회한과 비장한 남성 영웅주의의 면모는 박정희 정권의 수사와 매우 닮아 있는데, 이는 황석영 소설이 박정희 혁명정부가 근대화 주체로 호명한 규범적 남성성에 대한 히스테릭한 모방적 자의식의 산물임을 암시한다. 박정희는 한 연설에서 "한국의 비극은 서구 유럽의 비극과는 근본적으로 다릅니다. 서구 유럽의 비극은 운명과 맞붙어 싸우다가 영광스럽게 죽습니다. 우리는 서구의 남성적 비극의식을 갖고 있지 못합니다. 우리는 감상적인 동정만을 원하고 있습니다. 감상적인 동정을 구하는 이 심약한 욕망은 대중 속에서 진정한 인간의 용기를 육성할 수 없으며, 인생에 있어서의 참된 개척 정신을 낳을 수도 없습니다"12)라며 한국 남성

---

11) 신형기, 「분열된 만보객—김승옥의 1960년대 소설 읽기」, 『상허학보』10집, 상허학회, 2003, 223쪽.
12) 박정희, 『우리 민족이 나아갈 길』, 동아출판사, 1962.

들이 유약함을 떨치고 국가를 위해 헌신해야 한다고 함으로써 비장한 영웅주의적 남성성을 호소하며 남성들을 총동원 체제에 편입시키고자 했는데, 서구의 남성성에 대한 모방적 자의식, 감상적 호소와 고뇌, 비장한 헌신의 촉구 등은 황석영 소설의 주된 특징과 매우 유사하다.

　다른 한편으로 남성성에 대한 이러한 열망은 여성 혹은 여성성과의 단절을 통해 확인된다. 한국의 진보주의 소설의 유별난 가정 혐오증과 여성에 대한 적의는 70년대 국가 근대화에 나타난 성별 전략과 대응하는 측면이 있다. 국가 근대화 프로젝트가 활발하게 전개된 70년대는 경제발전은 곧 남성성의 구현이라는 젠더화된 발전 전략이 추진되면서 해방과 전란으로 균열이 간 젠더 질서가 재편성된 시기였다. 사적 자아와 공적 자아의 경계가 갈수록 견고해졌으며, 그 결과 성별 차이는 명백하게 자연적이고 본질적인 특성으로 굳어졌다. 특히 국가 주도의 근대화 프로젝트가 손쉽게 대중적 동의를 이끌어낼 수 있었던 것은 물질적으로 풍요롭고도 사랑이 넘치는 중산층 가정문화의 환타지를 유발했기 때문이었는데,13) 이러한 중산층 가정 문화의 상상력에서 핵심을 차지하는 것은 자애롭고 부드러운 여성(모성)의 이미지이다. 분투하고 경쟁하는 남성성과 양육하는 가정적 여성성 간의 구별은 소수 중산층 가정만의 그럴 듯한 이상에 지나지 않는 게 아니라, 현실화되었다. 따라서 근대화의 물결에 휩쓸려 주체성을 상실하고 싶지 않은 소년—남성들에게 성장은 집—어머니와의 분리를 의미하며, 독신은 진보주의 남성의 필수적인 의장이 된다. 이렇듯 본고는 박정희 혁명 정부가 근대화 주체로 호명한 규범적 남성성에 대한 모방적 재현임을 전제하고, 황석영 소설에서 남성성에 대한 열망과 그것이 만들어내는 남성성의 내

---

13) 김예림, 「1960년대 중후반 개발 내서널리즘과 중산층 가정 판타지의 문화정치학」,
　　『현대문학의 연구』32호, 한국문학연 구학회편, 2007.

적 자질은 무엇인지 살펴봄으로써 진보주의 소설의 성별화된 문법의 특징을 밝히고자 한다.

하드 바디의 남성성과 초월적 주체성

다음에 살펴볼 황석영 소설에서 몸은 남성성이 결핍, 부족, 충분하지 않다는 것을 기록하고 비추는 거울이자 남성성을 담론의 구성물이 아닌 남성의 본질인 양 제시하는, 원초적 남성다움이 내재된 장소이다. 특히 저항적 남성의 몸은 질병, 피로, 쇠약과는 거리가 멀 뿐만 아니라, 영웅적이고 과단성 있으며 적에게 굴하지 않는 하드바디(Hard Bodies)14) 의 면모를 보여준다. 하드 바디는 남성의 내적 강인함을 보여주는 것, 즉 정신의 투영체로서의 몸을 의미한다. 강력한 남성성 혹은 저항적 주체성의 표상인 이 몸은 육체의 크기, 남성적인 몸매, 잘 다듬어진 근육 등 외적 표상에 의해서가 아니라 격렬한 전투나 암벽 등반 같은 극한 상황에서 육체의 한계나 감정을 초월한 초인적 남성성으로 드러난다. 즉, 여기서 몸은 특정 감각기관이나 성감대 등 신체의 표면 혹은 어느 일부를 지칭하지 않으며, 타자에 의해 대상화 혹은 도구화 될 수 없는 전체로서의 몸·타자에 의해 훼손되지 않은 몸이다. 그러한 남성성의

---

14) 수잔 제퍼드(Susan Jeffords)에 따르면, 미국의 레이건 시대에 몸은 두 가지 기본적인 범주로 나누어진다. 성병, 부도덕성, 불법 화학품, 게으름, 위험에 빠진 태아 등을 담고 있는 잘못된 몸, 즉 '소프트 바디'와 힘, 노동, 결단력, 충성심, 용기를 감싸고 있는 표준적인 몸, 즉 '하드바디'인데 이것은 레이건 철학·정치·경제의 상징이 되었다. 인종과 젠더로 구분되는 이런 사고체계에서 소프트 바디는 영락없이 여성/혹은 유색인의 것이고, 레이건의 몸과 같은 하드 바디는 남성과 백인의 것이었다. 하드바디는 단지 개인이 아니라 국가적 정체성의 표상이었다. 수잔 제퍼드, 이형식 역,『하드바디: 레이건 시대 할리우드 영화에 나타난 남성성』, 동문선, 2001.

몸은 여성만이 아니라 남성들의 선망을 이끌어낼만큼 에로틱한 육체이기도 하다.

「장사의 꿈」은 주인공 일봉의 전락담을 통해 인간과 사물의 관계가 전도된 산업화의 억압성을 비판하는 듯 보인다. 일봉은 거구의 육체를 밑천 삼아 도시에서의 성공을 꿈꾸지만 목욕탕 때밀이, 포르노배우, 차력사를 거쳐 급기야 남창으로 전락하면서 성기능을 상실하기 때문이다. 모든 사람들이 탐내고 찬사를 퍼붓는 그의 육체는 소비되는 상품, 즉 "몇 근의 살덩어리"(28쪽)에 불과한 것이다. 이렇듯 소비사회의 메카니즘 속에서 남성성이 훼손되는 현실은 비감하게 환기된다. 그러나 전락의 비극성보다 더 주목해야 하는 것이 일봉의 초현실적인 가문의 전설이다. 여기에는 초월적 남성성에 대한 동경 혹은 그것을 복원하고자 하는 열망이 담겨 있기 때문이다. 특히, 전설 속의 에피소드는 극도로 과잉된 남성성을 재현함으로써 그러한 소망의 강렬함을 암시한다. 일봉의 할아버지는 일찍이 멧돼지를 맨손으로 때려잡고 묘심사 칠성각의 기둥 하나를 뽑을 정도로 괴력의 소유자였다. 아버지 또한 "철도 레일을 한손으로 서너 번씩 꼬늘 수" 있었을 뿐 아니라, 바람막이 돌담을 무너뜨리고 "후련하다"(10쪽)는 말을 남겼을 만큼 전설적인 인물이다. 일봉 역시 "잔치의 함성과 자랑스러운 승리와 늠름한 황소를 끌고 가던 지난날의 영광"(15쪽)의 기억을 가진 장사이다. 이들 삼대의 거인성은 거대한 체구, 전설의 괴력, 만족을 모르는 식욕 등과 같은 초과의 형태로 제시되면서 남성성에 초인성의 이미지를 부여한다.

일봉의 육체 혹은 '남근 phallus'[15]은 지배와 저항, 주체와 객체의 역

---

15) penis와 phallus 둘 다 남성의 성기를 지칭하는 말이지만 페니스가 해부학적인 용어인 반면 팰러스는 주로 상징적인 의미로 사용된다. 즉 팰러스는 권력의 상징으로서의 페니스의 이미지나 표상을 의미한다.

학 관계를 표상하는 상징적 기호이다. 이로써 남성의 몸은 우월한 인간임을 증명하거나 주체를 대표하는 단수가 된다. 그리고 열등한 집단은 기형과 불균형으로 표상되고, 그런 표상은 곧 여성적인 것과 중첩된다. 균형 잡힌 남성성의 이상은 타자의 몸과의 대타성을 통해 창출된다. 따루마 감독은 알록달록한 홈스펀 저고리와 빨간 구두, 긴 머리카락, "푸른빛이 날 정도로 흰 얼굴이며 흐릿한 눈깔", k

으로 둘러싸인 통통한 손목과 발목, "보드랍고 새하얀 살결"(15쪽) 등 여성화된 육체의 소유자로 묘사된다. 특히 남근은 남성성의 유무를 증명해가는 상징적 의미를 부여받는다. "터진 풍선같은 살의 주름살이랑 손가락 한 개만큼의 상처 자리가 있"(16쪽)는 모습이 남성성 결핍의 결정적인 증거로 제시되기 때문이다. 남성 성기가 훼손된 혹은 여성화된 그의 육체는 성별의 경계가 뚜렷하지 않음으로써 기형 혹은 오염의 그로데스크한 이미지로 재현된다. 포르노 제작자라는 직업적 특색과도 부합하는 그의 몸은 부도덕하고 퇴폐적이며 질병의 은유인 소프트 바디에 해당한다. 이렇듯 「장사의 꿈」은 남근에 적나라한 즉물성과 야생적인 신비를 부여함으로써 남성성을 본질화한다. 소설은 인간의 주체성을 발기한 남근으로 은유함으로써 남근숭배주의의 경향을 드러낸다. 일봉이 눈물을 흘리며 도시를 떠나는 순간, 일봉의 성기는 "호랑이 앞발처럼 억세게 일어"(29쪽)난다. 남성성의 복원 혹은 실현에 대한 갈망은 남성성을 과도하게 재현하고 있는 육체의 메타포를 통해서 드러나고 있는 것이다.

사실주의적 기율에 충실한 황석영의 문학 세계에서 이단에 속하리만큼, 이 작품은 거대한 거짓말 혹은 황당무계한 성인용 만화를 닮았지만, 남성의 육체를 극사실적으로 재현한 작품들과 다르다고 할 수 없다. 치밀한 묘사의 유무, 엄숙성과 유희성 등 양식상의 차이에도 불구하고 두 계열 모두 과잉의 남성성을 담지한 육체를 재현하기 때문이다. 「입석부근」(1962) 「탑」(1970) 「객지」(1971)는 각각 허공 중의 암벽, 베트남 전장, 척박한 노동현장 등 극한 상황 속에 놓인 육체를 통해 고립된 영웅적 남성과 육체적 투쟁의 서사를 긴박감 넘치게 보여준다. 특히 육체는 하나의 사물처럼 취급되는데, 이는 육체에 대한 극도의 사실주의적 재현으로 드러난다. 일례로, 암벽등반을 제재로 한 「입석부근」은 찢어진 살갗, 물집이 잡히고 상처투성이인 손, 부러진 손가락, 피가 배어 나오는 얼굴 등은 물론이고, 허공 중에 대롱거리거나, 젖은 이끼에 미끄러지는 등 위기상황에 놓인 육체를 치밀하게 묘사하지만, 이 육체들은 감정을 갖지 못하고 있다. 신체의 고통은 일반적으로 공포와 두려움, 후회와 절망, 슬픔과 무력감 등 다양한 감정을 동반하지만, 이들 육체들은 고통에 초연하다.

바위에 붙어선 자세로 오른손 끝을 어깨보다 좀더 위쪽에 있는 클랙 사이에 넣고, 그 한쪽을 잡았다. 오른발로 뒷벽을 버티고 있을 뿐 몸을 완전히 확보할 위치는 없다. 손끝은 바위 틈을 힘주어 잡은 채 몸을 왼쪽으로 내몰았다. 왼발이 재빨리 암벽 위를 더듬어 갔다. 허리에 맨 자일이 몸의 이동에 따라 흔들거렸다. 한참 동안 왼발이 허공을 지나고 있는 것 같았다. 왼발이 멈췄다. 바위 벽에 불쑥 나온 홀드를 짚은 것이다. 손끝은 아직 클랙을 꼭 잡은 채 간간이 떨고 있다. 바위의 돌출부는 비스듬해서 그 위에 간신히 얹힌 왼발 끝에 힘이 빠지기 시작한다. 자세가 어지러워서 전에 다음 자세를 확보해야 한다. 왼발을 뒷벽으로 밀면서 오른발로 홀드를 바꿔 짚는다. 오른손으로 클랙을 잡은 채 왼손을 위로 올린다. 뛰어올라 공을 잡으려는 동작으로 몸을 솟구친다. 왼손 끝이 뱀처럼 꾸물거리며 바위벽 위를 더듬어 올라간다. 손가락 끝에 홀드의 끝이 스친다. 간신히 얹혔던 왼발이 힘을 잃고 밑으로 미끄러진다.

몇 초 허공이다.

두 손 끝이 바위를 긁는다.

훑으며 내려온다.

손가락에 무엇이 걸린다.

두 팔이 무거워진다. 몸은 천천히 흔들거리며 멈춰 있다. 얼굴 정면에 발을 짚었던 홀드가 보인다. 그 위에 손끝이 나란히 걸려 있는 것을 알았다. 목 언저리가 따끔따끔하고 아랫배가 새큰한 이상한 쾌감이 지나갔다. 바람이 절벽 사이를 거슬러 올라간다. 주위는 머릿속의 맥박이 뛰는 소리를 크게 들을 수 있을 정도로 고요하다. (「입석부근」, 358~359쪽)

일인칭 주인공 시점임에도 불구하고, '나'는 극한 상황 속에 놓인 자신의 육체를 마치 사물의 일부인 양 묘사한다. 육체는 감정을 갖지 않는 기계처럼 움직인다. 자일 하나에 의지해 경사진 암벽을 타는 작중인물들은 피로나 신체적 고통을 호소하지 않는다. 이렇듯 기계 인간을 연상시키는 육체의 동작들은 생생한 긴박감을 유발할 뿐 아니라 경탄을 자아내는데, 인간의 죽음에 대한 공포와 불멸을 향한 집념의 역사가 보여주듯이 육체는 영원히 극복할 수 없는 이성의 외부, 즉 문명의 타자이기 때문이다. 따라서 역설적으로 죽음만이 유약한 인간의 한계를 극복할 수 있는 유일한 길, 궁극적인 평화일 수가 있다. 이를 증명하듯 화자의 암벽 타기는 에로티시즘의 제의를 연상시킨다. "목 언저리가 따끔따끔하고 아랫배가 새큰한 이상한 쾌감이 지나갔다"는 서술은 죽음 충동을 노골적으로 드러낸다. 화자는 자주 한없이 추락하고 싶거나 절벽의 끝에 서 있는 친구의 등을 밀어버리고픈 충동에 사로잡힌다.

몸 사회학에 따르면 후기 근대사회의 사람들은 몸에 그 어느 때보다도 중요성을 부여하는 경향이 있는데, 이는 종교와 정치적 서사에 대한 믿음을 상실하고, 또한 개인을 초월한 의미구조로부터 명확한 세계관이나 자아 정체성을 제공받지 못하고 있음을 보여주는 증거이다. 개인의 존재론적 실존적인 확실성을 구성해 주고 지탱해주는 세계가 부재할 때 자신의 몸이 신뢰할만한 자아감(自我感)을 재구성할 수 있는 탄탄한 토대를 제공하는 것처럼 보이게 되는 것이다.16). 실제로 「입석 부근」의 화자는 "내게는 자신을 잊을 정도의 강렬한 몸짓만이 평온한 마음을 가져다 주는 것이었다. 자, 열등감이여 물러가라. 다시 움직이자"(358쪽)고 함으로써, 위험한 산행이 열등감에서 비롯된다는 사실을 고백한다. 이러한 고백은 사일구 혁명이 실패로 돌아가고, 성난 군중들이 각자의 세계로 흩어져 버린 이후, 혁명 세대 남성의 고립감을 암시한다. "기관총 소리, 벚꽃의 흩날림. 검은 교복 위에 흠씬 젖어 흐르던 피. 환희의 거리, 밀려오고 밀려오는 시민들. 소녀들의 해맑은 이마. 저 모든 것은 벌써 오래 전에 지나갔다"(368쪽)는 회한어린 탄식이 그러한 판단의 증거이다. 고립에 대한 의식은 "나 밖에 믿을 곳이 없다는 불안감"과 "초조"(358쪽)를 유발하고, 이는 자신이 길들여져 유순해질지도 모른다는 두려움을 유발한다. 과거의 화자가 산 속으로 가출을 감행한 이유 역시 "나는 길들여지지 않는 자가 되어 집과 학교를 떠났다" (369쪽)는 서술이 암시하듯 무력해지는 것에 대한 두려움 때문이었다.

극한의 위험을 끊임없이 맞닥뜨리는 암벽등반은 두려움과 무력감에 시달리는 유약한 자기를 극복함으로써 강인한 주체가 되기 위한 방법인 것이다. 따라서 극도의 공포의 순간이 극도의 쾌락의 순간이 되는 역설이 발생하며, 죽음은 비장한 숭고미를 불러 일으키는 제의가 된다. 「입석부근」, 「탑」, 「객지」에는 공히 집단의 가치 혹은 동료의 안위를

---

16) 크리스 쉴링, 임인숙 역, 『몸의 사회학』, 나남출판, 1999, 21쪽.

위해 스스로 죽음을 선택하거나 사지(死地)를 향하는 희생제의 모티프가 등장한다. 70년대 참여 문학의 대표작으로 꼽히는 「객지」는 각성된 노동자의 희생제의를 통해 노동 착취는 물론이고 노동자—민중에 대한 지배 질서의 억압과 폭력을 부각시킨다. 동혁의 자살은 사회적 약자의 극단적인 저항을 통해 지배질서를 고발하고 있다고 볼 수도 있다. 그러나 이는 벼랑 끝에 내몰린 자의 어쩔 수 없는 선택이라기보다, 쟁의 상황에 대한 치밀한 분석 끝에 도출된 전략적 행위에 가깝다. 동혁이 이상적 노동자인 까닭은 정신 / 육체, 집단 / 개인을 분리하고 전자에 절대적인 우위를 부여하는, 근대적 남성의 세계관을 내면화했기 때문이다. 그의 이성적 전략가로서의 면모는 육체에 대한 태도로 드러난다. 동혁이 남포를 입에 물로 자결을 결심하는 장면은 숭고미가 분출하는 절정에 해당한다.

> 「만일 나와 생각을 같이하는 인부가 한 사람이라도 있다면 나는 함께 행동하겠소.」
> 「내일까지 기다릴 작정이요?」
> 동혁은 그에게 대답하지 않고 바위가 우뚝 선, 보다 높은 쪽으로 올라갔다. 그는 앞으로 어떻게 될지는 알 수 없었으니, 이젠 이미 마음을 내일로 활짝 열고 있었으므로 자기에게 맞서올 어떠한 조건에 대해서도 자유로이 응할 수 있을 것 같았다.
> 그의 발길에 뭔가 채여서 굴러갔다. 동혁은 무심결에 그것을 주워 올렸다. 붉은 종이로 포장된 한 개의 남포였다. 그는 어제 한도이가 지껄이던 농담을 생각해 냈고. 그것을 심지가 바깥쪽으로 가도록 입에 물어보았다. 꺼끌꺼끌하고 두터운 종이 포장 때문에 입 안이 건조해졌다.
> (중략)
> 그는 자기의 결의가 헛되지 않으리라는 것을 믿었으며, 거의 텅

비어 버린 듯한 마음에 스스로 놀랐다. 알 수 없는 강렬한 희망이 어디선가 솟아올라 그를 가득 채우는 것 같았다. 동혁은 상대편 사람들과 동료 인부들 모두에게 알려 주고 싶었다.

「꼭 내일이 아니라도 좋다.」

그는 혼자서 다짐했다. (「객지」, 89쪽)

동혁은 손익분기점을 정확히 헤아리고, 목적 중심적으로 행동하는 전형적인 근대적 전략가로서 '사사로운' 정에 이끌리지 않는다. '운지'의 마을 장터에서 풋과일의 향기에 "화끈한 감각이 눈시울을 덮는 것을 느끼는"(39쪽) 순간만이 그가 감정을 가진 인간임을 보여준다. 자폭을 결심하는 장면에서조차도 그는 감정적으로 동요하지 않는다. 죽음이 불러일으키는 공포, 어쩔 수 없는 자기보존의 욕구는 완벽하게 배제되어 있다. 이렇듯 생명에 대한 기계적 태도는 사물 혹은 자기 자신마저도 지배하고 소유하고자 하는 근대 남성성의 정신 구조를 보여준다. 자기 자신마저 사물로 삼는 희생제의는 영웅적 남성이 되고자 하는 욕망을 암시한다. 죽음에 대한 탐미적 감각은 「탑」에서 '택'이 동료를 위해, 등반의 성공을 위해 자살하는 장면을 통해서도 드러나는데, 자일의 줄을 끊고 추락하던 '택'의 입가에는 웃음기가 비친다. 그리고 화자 역시 '택'을 떠올리며 고립된 동료를 구하기 위해 나선다. 이러한 자기희생은 동료에 대한 인간적 친밀함의 표현이라기보다는 집단의 가치가 사사로운 개인적 감정에 우선한다는 인식에서 비롯된다. 집단을 위한 순교는 미완으로 종결된 사일구 혁명 주체들의 두려움과 이로 인한 자기 구원의 의지를 보여준다.[17] "남의 피값으로 살고 있다는 것은, 또 우리

---

17) 희생제의 모티프는 「야근」(1973)에서도 나타난다. 이 소설의 주인공인 각성된 남성 노동자 역시 노동 쟁의를 승리로 이끌기 위해 고압전선에 뛰어든다. 자기 육체에 대한 초연함은 각성된 남성들의 숭고한 의지를 보여주는 객관적 상관물이다.

가 그런 행위들을 자기의 안락을 위해서 은근히 기대하고 있다는 것은 얼마나 참지 못할 일인가"(「탑」, 385쪽)라는 서술은 이러한 판단을 증명한다.

형제들의 공동체와 민중 남성성에 대한 선망

황석영 소설에서 주체되기는 여성적인 것과 분리 혹은 독립함으로써 남성성을 획득하는, 성별화된 여정이다. 남성성을 구축하기 위해 "고향(혹은 집)은 떠나야 하는 공간이다. 그곳은 여성적 공간이고, 진정한 남성이 되기 위해서는 그곳에서 분리되어 남성적 공간으로 나가야"[18]하는 것이다. 작가의 자전 소설인 「잡초」는 학령기 사내 아이의 거세 불안을 극화한다. 여기서 집―여성은 남성의 자율성에 대한 위협으로 가정된다. 소년의 불안은 어머니의 세계에 짓눌려 '남자'가 되지 못하는 데 있다. 소년은 자신이 집―중산층 어머니의 세계에 갇힌 채, 바깥 세계로 나아가지도 또래 집단과 섞이지도 못하고 있다고 두려워한다. 공장지대의 영단주택(문화주택)에 사는 소년은 "누나들의 원피스를 고친 셔츠나 모직의 윗도리를 입었고 반바지에 긴 양말을 신"은 "계집아이 꼴"의 "꼬락서니가 창피해서 견딜 수가 없"(184쪽)기만하다. 이렇듯 집이 남성성이 부인되는 곳이라면, 집밖의 세계는 "철도청 영등포 공작창의 찬란한 용광로의 불똥과 거뭇거뭇한 사내들의 벗은 몸집이 분주하게 불빛 앞에 어른거리는"(182쪽), 거칠고 역동적인 남성의 세계이다. 소년은 식모 태금이의 손에 이끌려 바깥 세계로 나아가고, 역사적

---

18) 박형지·설혜심, 『제국주의와 남성성: 19세기 영국의 젠더 형성』, 이카넷, 2004, 198쪽

격변을 목도하고 체험함으로써 집─어머니의 세계를 벗어난다. 특히 태금을 한솥밥 먹는 식구 혹은 자신의 첫사랑이 아니라, 역사적 수난자의 표상으로 인지하는 순간 소년은 성장하게 된다. 소설은 해방과 전란의 소용돌이 속에서 미치광이가 된 태금을 소년이 '그 미친 여자'로 3인칭화하는 것으로 끝이 난다. 이는 그가 마음을 감추고 의젓하고 냉정한 사내를 연기할 준비가 되었음을 암시한다. 감정의 분리와 독립은 남성다움의 증표이기 때문이다.

남성성으로 충일한 바깥 세계에 대한 동경은, 소년이 무기력한 아버지─남성와의 동일시를 거부하고 있음을 의미한다. "아버지는 해방이 되자마자 생활에 무능해져버렸고, 대신에 어머니가 살림을 억척으로 꾸려갈 수밖에 없었다"(183쪽)는 서술이 암시하듯이, 소년의 가족은 가부장권이 약화된 과도기 사회 특유의 모습을 보여준다. 식민지 근대, 내전을 거치면서 무력해진 남성 주체와 그로 인해 무너진 젠더 경계에 대한 불안의식은 어머니─여성에 대한 노골적인 반감으로도 표현된다. 이러한 상상력의 도식은 한국의 근대화 담론에서 자주 등장하는데, 한국의 남성은 역사라는 공적 장에서 좌절했을 뿐 아니라 가정 안에서도 전통적 위상을 박탈당한 무기력한 존재로 재현됨으로써 남성성의 위기가 선언되어왔다. 미학적 재현물들은 남성을 역사적 트라우마로 고통받을 뿐만 아니라, 여성화된 모더니티의 사회에서 과거로 돌아갈 수도 미래로 나아갈 수도 없어 부유하는 존재로 묘사한다. 황석영은 일련의 베트남 소설(「탑」(70), 「돌아온 사람」(71), 「낙타누깔」(72), 「몰개월의 새」(76)에서 역사의 트라우마에 시달리는 남성들의 희생자로서의 위치를 보여주는 한편으로, 역사의 주체가 됨으로써 훼손된 주체성을 봉합하려는 시도를 보여준다. 다음 장에서 논하겠지만, 이러한 주체 획득의 과정은 여성성에 대한 향수에 시달리면서도 여성으로부터 탈주하는 양상을 보인다.

사일구 체험 세대의 역사적 회한이 잔뜩 묻어나는 「입석부근」 역시 여성-집으로부터의 탈주를 이상적 남성성 획득을 위한 성장의 절차로 제시한다. 특히 소년-남성들이 꿈꾸는 남성 형제들의 수평적 공동체는 게이 로맨스의 징후를 엿보이기도 한다.

「택이야!」
밑에서 조그맣게 그의 대답하는 소리가 들려왔다. 나는 산길 아래로 그의 뒤를 따라 내려가다가 도중에 멈추고 말았다. 굴을 비우고 싶지 않은 것이다. 소나무에 기대어 섰다. 녀석은 아버지처럼 돌아올 것이다. 굳센 남자인 아버지로써 나 혼자 지키는 우리들의 굴에 돌아올 것이다. 그때까지는 나는 어머니같이 가슴을 두근거리며 기다려야 한다. 웬일인지 눈물이 나왔다. "내가 학교와 여자뿐인 집안의 폐쇄적인 훈련소에서 그리워했던 것은 야성이었다. 들짐승 같은 놓여난 활기였다. 사내의 긍지였다. 나는 울고 있었다."(「입석부근」, 368쪽)

가출은 소년이 어머니와 분리되고, 남성형제들과 결합함으로써 길들여지지 않은 사내다움 즉 저항적 주체성을 획득하기 위한 통과제의로 제시된다. 고등학교 휴학생인 소년은 가출 후 친구 '택'과 함께 위태롭게 경사진 산 속의 동굴에 자기들만의 집을 꾸려 생활해 왔다. 그러던 중 '택'이 떠남으로써 혼자 남겨진 소년은 두려움 속에서 눈물을 흘린다. 여기서 이상적 남성으로 상정된 '택'을 향한 화자의 선망과 동경의 시선은 로맨스적 요소를 띠고 있다. 이는 비단 '택'이 남성으로, 화자가 그를 기다리는 수동적인 여성인 양 표상되어 있기 때문만은 아니다. 벼랑 끝에서 서로의 상처를 어루만지는 두 사람은 완벽하게 교감하는 연인을 연상시킨다. 두 사람은 위태로운 암벽 위의 어둠 속에서 상처난 몸을 어루만진다. "내 손을 그가 만지게 했다. 내 손바닥은 껍질이 벗겨져 피가 말라붙어 있었고, 손가락 마디마디 커다란 물집들이 밀려나 있었던 것이다. 택은 이빨을 내밀고 씽긋 웃었다. 나도 어이없이 픽 웃고 말았다. 어떠한 말로써도 그때의 두 사람을 표현할 수는 없을 것이다. 우리는 서로 알고 있었으므로 가볍게 웃어버렸을 뿐이었다"(361~362쪽)는 서술은 극한의 상황 속의 밀도높은 정서적 교감을 보여준다.

이 장면은 비록 게이 섹슈얼리티적인 측면은 강하지 않지만, 강인한 남성적 육체에 대한 남성의 매혹을 보여준다는 점에서 동성사회적이다. 특히 남성성의 모델로 제시된 '택'은 다른 남성의 존경과 동경을 유발한다. 이렇듯 게이 문화적 요소는 남성성이 여성적인 것과 뒤섞이면서 남성이 여성화되는 것에 대한 극도의 불안을 암시한다. 화자를 시종일관 두렵게 하는 것은 여성으로 전락할 지도 모른다는 두려움이다. '택'과의 관계에서 자신을 어머니—여성으로 가정하는 화자에게서, 거세불안을 읽을 수 있다. 특히 행복한 가정의 풍경과 사일구의 이미지를 오버랩함으로써 안락한 가정문화로 표상된 70년대 경제성장에 대한 거부감과 사일구의 혁명정신이 망각되는 것에 대한 두려움을 보여준다. 이렇듯 소년들의 염오의 대상인 세상이 남성들의 저항성을 거세시키는 유혹자 여성의 표상을 띰으로써 형제들의 공동체는 거세위협을 극복하기 위한 안전한 장소가 된다. 거세 불안은 남성 형제들의 공동체에 대한 지향으로 나타난다.

「기념 사진」(1972)은 삼십대 초반의 남자 고등학교 동창생들이 사일구 때 불구가 된 곰치를 찾아가는 여정을 담은 후일담 소설이다. 소설은 자조어린 시선으로 생활에 안주하거나 속물로 변해버린 친구들의 모습과 "언제나 적의의 직전에서 맴돌고 있는 것 같은" 우리들의 "알량한 우정"(148쪽)을 병치시킴으로써 혁명의 기억이 희미해진 현실을 우울하게 환기시킨다. 이들은 죽은 은사의 "사람이 개인은 참 초라하다"(157쪽)는 말을 떠올리고, "아무리 작은 구멍을 파기 위해서라도 헤아릴 수 없는 물방울들의 낙하가 필요하지 않는가. 한 목숨이란 얼마나 귀하고 한편 하잘것없는 것이랴"(157~158쪽)고 함으로써 연대의 필요성을 아쉬워한다. 「이웃 사람」은 지난 밤 정을 느낀 "창녀"를 찾아간 월남전 제대군인이 여자가 자신을 모른다고 하자 방법대원을 여러 번 칼로 찔러 살해한다는 충격적인 스토리에도 불구하고 남자에게 공감과 연민의 시선을 보인다. 소설은 스스로를 "당신네가 싸지른 똥"(162쪽)으로 지칭하는 남자의 독백 혹은 항의의 서술 구조를 취함으로써 세태의 비정함을 폭로한다. 그런데, 살인을 저지른 남자가 가장 안타까워하는 것은 자신이 죽인 방법대원이 자신과 다를 바 없는 하위계급 남자라는 것이다. "우리는 언제까지 우리끼리 이래야 하는 건지 답답합니다"(181쪽)는 남자의 항변은 하위 계급 남자들이 연대하지 못하고 가해와 피해를 반복하는 데 대한 안타까움을 드러낸다.

남성형제들의 연대의식은 「돼지꿈」(1973)에서 빈민가 개고기 잔치의 넉넉함과 유쾌함으로도 표현된다. 마치 개고기가 남성의 양기를 돋우는 음식인 것처럼 이 잔치는 가난에 짓눌리고 가장 대접조차 받지 못하는 남성형제들에 대한 작가의 연민과 위로의 표현이다. 소설은 "쓰레깃 더미와 이곳저곳에 어른 키만큼 자란 잡초가 불빛에 드러났고, 불 주위에 모인 마을 남자들의 법석대는 소리와 낄낄대는 웃음, 콧노래들이 들려"(241쪽)오는 벌판의 잔치를 중심에 두고, 미순이네 가족 이야기와 포장마차 장면을 통해 '시시한' 사내들의 애환을 들려준다. 특히 늦은 밤의 포장마차 장면은 가난한 칼갈이 노인, 실성기 있는 부인을 칼로 찔렀다는 전과자 출신의 행상, 아내에게 눌려 사는 포장마차 주인 덕배, 손가락이 잘린 목공 노동자 근호 등 초라한 사내들 간의 이해와 공감을 보여준다. 이들은 재건대장, 노조를 회유하는 중간관리자, 전과자 등 각자의 이력과 세대적 차이를 뛰어넘어 소통한다. 반면에 포장마차에서 음식 값을 떼먹고 도망치는 여공들은 도시 하층민들임에도 불구하고 시종일관 성애적으로만 묘사되는데, 이는 벌판 위의 축제가 남성 형제들의 것임을 암시한다.

특히 「객지」나 「야근」에서 강인한 노동자 남성은 이상적인 남성의 표상으로 제시된다. 또한 「기념사진」에서 비겁한 우리들을 부끄럽게 만드는 곰치는 대학에 진학하지 못하고 어려운 살림에 시달리는 것으로 제시된다. 이렇듯 초라한 형편이나 낮은 사회적 위치에도 불구하고 이들 민중 남성들은 부조리한 현실의 개혁자이자, 왜소해지지 않은 초월적 존재로 계급적으로 각성되었을 뿐 아니라 도덕적으로 순결한 인물로 제시된다. 「섬섬옥수」(1973)는 비록 주인공인 상수를 거칠고 영리한 인물로 그림으로써 도덕적으로 순결한 민중 형상화의 전형을 극복하지만 민중 남성에 대한 작가의 매혹된 시선을 드러내고 있기는 마찬가지다. 부잣집 딸이자 여대생인 미리가 아파트 관리실 공인(工人)인 상수에게 호기심을 보이는 것은 계급적 우월감을 확인하기 위해서가 아니라, 허위 가득한 중산층 문화에 대한 환멸 때문이다. 상류사회의 엘리트인 만오는 그럴듯한 예의의 이면에 자리한 차갑고 속악한 중산층 문화의 허위를 표상한다. 그는 미리를 혼인이라는 시장에서 교환가치가 높은 상품으로 인지한다. 반면에 하층의 저학력자인 상수는 예의나 격식을 차리기보다는 미리의 성적 육체에 관심을 엿보이는 저돌적인 남성이다. 노동자 남성성에 대한 작가의 매혹은 상수를 커다랗고 강인해 보이는 육체, 성애적 저돌성 등 원시적이면서도 활기찬 에로티시즘의 이미지로 표상하는 데서 드러난다. 상수는 비록 "못생기고 안경을 쓰구 뚱뚱해두……뺏지만 달면 기가 죽는다 그겁니다"(333쪽)라며 여대생에 대한 선망과 열등감을 드러내지만, 결코 미리의 연애 게임의 놀이감이 되지 않는다. 또한 작가는 미리로 상징되는 상류사회에 편입되고 싶은 시골출신 장환의 욕망과 좌절감을 공감과 연민의 어조로 감싼다. 그의 미리를 향한 열렬한 구애는 신분상승의 저열한 욕망이나 계급적 선망이 유발한 집착이 아니라, 사랑이라고 가정된다.

신분이 다른 남녀의 연애 게임을 통해 계층 갈등을 문제적으로 포착한 이 작품에서 여성은 하위 계급 남성의 욕망의 대상이지만, 남성들은 자기의 욕망을 성찰하기 보다는 여성을 처벌함으로써 자기 분열을 은폐 혹은 수습한다. 상수는 비록 무지한 공인이지만 미리와의 연애 게임에서 승리하며 부르주아 여대생으로 상징된 중산층의 허위와 기만을 깨뜨리는 역할을 한다. 결국 미리는 "나는 자기가 정말 볼품없는 여자라는 걸 깨달았다"(351쪽)고 자인한다. 그러나 미리의 자백은 기실 남성 주체의 자기분열에 대한 은폐물로, 미리로 상징된 풍요로운 근대문화에 대한 서술자의 매혹을 역설할 뿐이다. 이 소설에서 상수의 미리에 대한 노골적이고도 은유적인 성적 유혹 혹은 강간위협은 주목할만한데, 여기서 섹슈얼리티 혹은 강간은 "관능의 입구를 활짝 열어놓고" "여태껏 잘못 길들여왔던 세상의 찌꺼기를 씻어내"(351쪽)는 행위로 제시된다. 섹슈얼리티는 남성 주체의 여성의 성적 육체로 표상된 중산층적 풍요에 대한 매혹과 적의의 분열적 감정을 함축한다. 민중 남성에 대한 서술 주체의 매혹은 선망의 이면에 70년대의 물질적 번영과 성장

신화에 대한 매혹과 공포가 자리하고 있음을 암시한다.

남성 주체의 알리바이: 멜러적 감수성과 여성의 의미

그간 황석영은 부당한 사회현실을 날카롭게 파헤친 리얼리스트로, 그의 소설은 강렬한 남성성의 세계를 담은 것으로 여겨져 왔다. 그렇지만 황석영의 소설은 기실 슬픔과 고통, 상실감과 향수 충동, 무기력과 죄책감 등 비극적인 감수성이 분출하는 멜러 드라마이기도 하다. 특히 그의 초기 소설의 주인공들은 수치심, 부끄러움, 무력감 등 우울한 감정에 시달리고 전신 쇠약, 발기불능, 발육부진 등 육체적 병리현상을 호소하는 젊은 남성들이나, 쇠약한 육체의 유약하고 회한 가득한 늙은 남자들로서 노골적으로 혹은 은유적으로 거세 불안을 호소한다.[19] 남성인물들의 과도한 감상성과 고뇌에 찬 내면은 남성성이 균열이 난 증거 혹은 남성성에 미달할 지도 모른다는 불안과 공포의 징후로 볼 수 있다. 그러나 이 감정의 극장에서는 여성의 그것과는 달리 회한, 수치심, 분노 등이 압도한다. 이 멜러적 정서는 고통과 슬픔을 소환함으로써 근대화 이데올로기의 유포와 강화에 기여하는 방식[20]과 다를뿐더

---

19) 황석영의 초기 소설은 거세 강박증에 빠져 있다. 우울, 회한, 수치심, 무력감, 슬픔 등 여성화된 감정의 범람, 쇠잔한 육체의 유약하고 늙은 남자 주인공들, 아내의 불륜과 가출 · 성기능 상실 · 남성의 무능을 보여주는 가난의 모티프 등을 주요 특징으로 들 수 있다.

20) 이호걸은 근대화 이데올로기가 강력한 동의를 얻어낸 방식의 하나로 대중영화에 대한 나타난 신파의 정치학을 분석한 바 있다. 그는 1970년대 파시즘 정권의 근대화 이데올로기는 신파성을 주요 속성으로 하고 있었다고 전제한 후, 70년대 대중영화의 "강렬한 고통의 내러티브"는 근대화 과정에서의 노동계급의 고난, 가부장 남성의 고난, 억압적인 파시즘의 초래한 고통을 암시적으로 드러내나, 신파성의 기능은 모순의 인식과 이에 대한 공감의 확인에 그치는 게 아니라, "그러한 고통에도 불구하고 반드시 '그것'은 성취해야 한다. '그것'을 성취함으로써 반드시 이 고통은 극복되어야 한다"는 메시지를 전함으로써 근대화에 대한 동의를 유도한다고 본다.

러, 산업화 사회에서 남성들이 어떻게 소모되고 착취되는가에 대한 생생한 비판의 성격을 띤다고 볼 수 없다. 한 예로 이문구는 일련의 도시 세태소설에서 빌딩 관리자나 삼류 문화 잡지 기자인 주인공들이, 유곽을 순례하는 것으로 자신이 거세되지 않았음을 확인하거나 보양 음식에 받친 희화화된 모습을 통해 산업 사회에서 왜소해진 남성의 위치를 드러내는 한편으로 남성성 획득을 위한 이들의 시도를 풍자 혹은 조소한다. 반면 황석영의 소설은 일상적이고 사실적인 경험과는 달리, 수치심, 회한, 분노에 시달리는 남성 인물의 감정 세계를 통해 남성성의 위기를 암시하고 남성다움을 강렬히 열망한다.

70년대의 대표적인 단편인 「삼포 가는 길」(1973)은 근대적 개발의 폐해를 해부하기보다는 남성성의 훼손 혹은 위기로써 근대화에 대한 반감을 표현하는데, 이러한 상실의식은 단순히 감상적인 토로가 아니라 저항적 주체 되기에 대한 강렬한 소망을 응축하고 있다. 「삼포가는 길」은 부랑의 우울을 시대의 정서구조로 담아냄으로써, 산업화에 대한 회의와 절망적 미래 인식을 표현해낸다. 작가에 따르면, 산업화시대의 우리들은 비옥한 땅과 풍어의 장소인 삼포, 즉 낙원으로부터 추방당한 이산자들이다. 고향을 잃어버린 두 남자의 모습은, 낙원으로 제시된 고향의 이미지와 맞물려 지독한 상실감을 일깨운다. 겨울의 매서운 추위, 시난고난한 처지의 세 사람이 나누는 인정, 그리고 뜨내기들의 정처 없는 방랑이 환기하는 슬픔과 고통의 정서가 압도한다. 특히 낙원의 시절로 되돌아 가기에는 너무 늦었다는 깨달음은 비통한 감정을 자아낸다. 삼포의 훼손이 고해지는 순간, 상대적으로 안정적인 지위에 처한 듯 보였던 정가가 영달과 같은 뜨내기 신세로 전락하기 때문이다. 즉, 삼포

이호걸, 「1970년대 한국영화」, 한국영상자료원편, 『한국영화사 공부 1960-1979』, 이채, 2007, 132~133쪽.

의 상실과 남성의 훼손이 동일시되고 있는 것이다.

생생한 체험에 기반을 둔 이문구 소설의 고향과 달리, 황석영 소설에서 낙원의 시절은 신화처럼 부풀려진 상상의 소산에 가깝다. 이를 간파한 듯 김윤식은 "미화는 그들 삶의 남루함을 선명하게 부각시키는 역광으로 기능"[21]한다고 해석한 바 있는데, 이렇듯 과거를 충만한 시간으로 가정함으로써 근대화의 억압성과 모순이 환기된다. 낙원의 시절에 대한 향수는 산업화라는 가공할만한 충격이 낳은 환상의 위안물도, 단순한 퇴행적 회고도 아닌 것이다. 그런데, 이러한 멜러드라마적 정서는 죄의식에 시달리는 인물들에게 면죄부를 주는 역할을 하기도 한다. 멜러드라마적 파토스는 "'분한' 감정과 '희생적 무의식'"에서 비롯된다.[22] 일련의 베트남 연작 소설에서 주인공들은 불면증, 두통, 피해망상에 시달리는데, 이들의 고통은 순결한 자신이 역사의 더러운 소용돌이에 휘말려 더럽혀졌다는 .억울함과 희생자의식에서 비롯된다. 국가라는 공적 기구에 의해 전장으로 간 용병들의 희생자 의식은 멜러드라마적 정서로 분출된다. 이로 인해 근대화에 남성들이 어떻게 협력하고 참여했는지는 은폐된다. 일련의 베트남 소설은 베트남에서 남성들이 저지른 과오에 주목하기보다는, 그러한 과오를 저지를 수밖에 없었던 자기에 대한 연민과 억울함을 호소함으로써 지배담론으로서의 남성성의 허위에 대해서는 침묵한다.

이렇듯 위장으로서의 과잉 감정과 마찬가지로 황석영 소설에서 여성은 남성 주체의 욕망의 알리바이이다.[23] 앞서 살펴보았듯이 황석영

---

21) 김윤식, 『한국현대소설사』, 일지사, 1994, 132쪽.
22) 멜로드라마에 담긴 구원의지와 희생자의식에 대해 논의는 문재철의 논문을 참고할 것. 문재철, 「상실과 구원의 플래시백─「박하사탕」에 나타난 멜로드라마적 역사」, 『박하사탕』, 삼인, 2003, 42~55쪽.
23) 1970년대 소설의 남성성을 향한 열망과 회한, 사회적 좌절과 승화과정에서 "창녀"

문학의 상상력의 근저에는, 집과 바깥 세계를 여성성과 남성성의 공간으로 이분화하는 성의 도식과 집을 떠남으로써만이 거세 불안을 극복될 수 있다는 믿음이 깔려 있다. 이는 국가 근대화에 대한 반감과 지배질서와의 대결의지를 함축한다. 그러나 다른 한편으로 이러한 반감의 이면에는 비약적인 물질적 번영을 안겨준 근대화에 대한 놀람과 황홀감 혹은 편입에의 유혹 등이 자리 잡고 있다. 그러나 작중 남성인물들은 그러한 자신의 내적 분열을 성찰하는 대신 여성들에게 전가한다. 근대성의 성의 이원체계에 의하면, 여성—어머니가 아이의 양육을 전담하기 때문에 남자건 여자건 사회적 관습과 책임, 의무를 여성을 통해 경험하게 되고, 정서적으로 어머니에게 크게 의존한다. 따라서 소년—남성들은 어머니—여성의 요람을 벗어나 남성으로 사회화되는 과정에서 극심한 심리적 고통을 겪는다. 내면 깊은 곳의 애착이 여성을 향하기 때문에 사회에 순응하고 싶은 유혹에 시달리기 쉽다. 이에 따라 여성들은 사회적 권력을 가지고 있지 않음에도 불구하고 권력을 가진 것처럼 경험된다. 자신이 느끼는 매혹을 여성에게 투사하고 유혹자, 적대자, 장애물 등 멜로드라마적 역할을 부여한다.[24]

앞서도 살펴보았던 「기념사진」에서 스스로를 "회한이 많은 잡놈" (149쪽)이라고 지칭하는 사일구 세대 남성의 소외감은 여성에 대한 적의로 표출된다. 가난한 과외선생인 주인공은 학생의 누나인 부잣집 외동딸을 칠년 간이나 짝사랑한 적이 있다. 크리스마스 무렵, 여자가 약혼했다는 소식을 듣고 상심한 주인공은 휴지를 고급포장지로 묶어 지

"양공주" "여대생" 표상이 가지는 의미에 대해서는 필자의 글을 참고할 것. 김은하, 「남성성의 형성과 여성의 몸—1970년대 소설을 대상으로」, 작가회의 출판부, 『내일을 여는 작가』 37호, 작가회의 출판부, 2004.

24) 니나 베임, 변용란 외 역, 「갇힌 남성성의 멜로드라마」, 『페미니스트 비평과 여성문학』, 이화여자대학교출판부, 2004, 97쪽.

인들에게 내 연인이라고 소개하는 '싱거운 망상'에 빠져든다. 크리스마스 무렵 대도시의 백화점을 무대로 펼쳐지는 남자의 망상은 풍요로운 자본주의 사회에 편입되는 싶은 욕망을 암시한다. 소외감이야 말로 갈망의 다른 표현이기 때문이다. 그러나 남성의 분열은 "여자가 휴지뭉치라면 좋겠단 말야"(149쪽)라는 남자의 소망을 손쉽게 실현함으로써 성찰되지 않는다. 여기서 여자는 남자의 분열을 투사·은폐하는 알리바이이다. 이 소설은 대도시 백화점을 무대로 하고 있음에도 불구하고 백화점의 화려함에 대해 묘사조차 하지 않음으로써 역설적으로 자본이 주는 매혹감이 크다는 것을 암시한다. 남성 인물은 유혹의 악덕을 여자에게 전가하고 여자를 구겨버림으로써 자신의 분열을 은폐한다. 마찬가지로 여러 작품에서 남성 인물들은 여성―집에 대한 향수에 시달리면서도 그들의 주체성이 붕괴될까 두려워 기억을 떠올리는 것조차 거부한다. 「탑」의 주인공은 베트남의 전장에서 고향에서의 추억을 떠올리는 동료들과 달리 고향―여자에 대한 기억을 아예 봉쇄한다. 「몰개월의 새」(1976)의 주인공은 베트남전 출국을 앞둔 밤 어머니―집을 찾아가지만, 멀리서 지켜보기만 할 뿐이다.[25]

다른 한편으로, 베트남 소설을 비롯한 여러 작품들은 황석영 소설의 근저에 자리한 여성거부 혹은 혐오증은 남성 주체성이 훼손된 데 따른 반응임을 암시한다. 베트남 참전 병사의 우울한 귀국담인 「낙타누깔」

---

[25] 이렇듯 가족을 떠난 고독한 단독자의 이야기를 선택한 것은 당시 가족이 국가 권력의 통제를 직간접적으로 받는 순응의 장이었기 때문인 듯 보인다. 당시 박정희 정권은 "대중에게 가장 친숙했던 유교적 가족주의와 가부장주의를 활용하여 체계화한 지배 이데올로기로 산업화를 위한 국민동원과 노동통제를 효과적으로 이루어낼 수 있었다. 한국의 노동자들이 그렇게 열심히 일하면서 엄청난 고통과 학대를 참으려 한 것은 자기 가족을 위한 것이었다. 구해근, 신광영 역, 『한국 노동계급의 형성』, 창작과비평사, 2002, 98쪽.

(1972)은 남성의 여성 혐오가 자기의 창부성을 발견한 데서 비롯됨을 암시한다. 주인공은 베트남인으로부터 "너는 네 형제들이 미워하는 정부의 체면을 지키러 여기 온 것이고, 또 너는 그 나라의 체면을 몸값으로 치러주려고 왔다. 둘 다 가엾은 자들이다. 우리는 원하지 않으니 모두 네 형편없는 고장으로 돌아가라"(122쪽)라는 말을 들은 후 무력감을 동반한 신경증적 우울에 시달린다. 이 말은 "군인의 명예란 국가가 추구하는 옳은 가치를 위해서 목숨을 거는 데 있다"(117쪽)는 그의 신념을 하찮고 어리석은 것으로 만든다. 귀국한 참전 병사들은 '개선 용사'가 아니라, "한몫잡은 치들"(113쪽)로 조롱되는 것이다. 식민 국가의 순응적인 국민이었던 그는 한국인 출입금지 구역인 사창가 '텍사스촌'에서 훼손된 자기주체성을 고통스럽게 대면한다. 그와 동료는 "미국을 떠다 옮겨논 거 그대루"의 "엽전 남자들은 쳐다보지두 않"는, 늘씬한 "양공주"들의 몸을 구매함으로써 "십팔개월 동안 팔아 조"(127쪽)진 열등한 위치에서 벗어나려 한다. 즉 서구 남성의 위치를 모방함으로써 자신들을 괴롭히는 진실로부터 놓여나고자 하는 것이다. 그러나 그는 결국 "흡뜬 사자(死者)의 썩어문드러진 눈"(133쪽), 즉 '낙타누깔'의 응시를 피하지 못한 채 자신이 제국과 식민국가의 사이에서 교환된 용병, 즉 전쟁 기계 혹은 상품에 불과함을 깨닫는다. 낙타의 눈썹을 잘라 만들었다는 성교 도구인 '낙타누깔'은 그가 자기를 창부화된 존재로 인지하고 있음을 의미한다. 「몰개월의 새」의 베트남 참전을 앞 둔 남성 주인공은 "나는 빠꿈이를 먹지 못했다. 낯을 씻길 때부터 먹지 못하게 무관한 사이가 되어버린 것이다. 식구를 먹어주는 놈이 어디 있겠는가"(189쪽)라고 함으로써 은연중에 식민지 병사로서의 자기 위치를 "창녀"와 동일시하고 있음을 암시한다.

이렇듯 황석영 소설에서 창녀는 사회의 구조적 모순의 피해자가 아니라, 소외된 남성들의 훼손된 주체성의 등가물 혹은 은유적 표상이다.[26] 그런데 바로 이 동일시가 그들을 곤경에 빠뜨리는 일종의 거울 역할을 하기 때문에 창녀는 악녀로 처벌되거나 성녀로 순치된다. 여성은 자본주의적 유혹 혹은 인간의 이성을 마비시키고 주체성을 상실하게 하는 유혹자로 그려진다. 「가화」(1971) 「심판의 집」(1975) 「한등」(1976)은 고독하고 소외된 남성들의 여성에 대한 갈망과 적의의 양가 감정을 보여준다. 마치 세상에는 나와 여자밖에 없는 양, 이들은 여자를 갈망하지만 여자는 이들을 떠나버리거나 불행에 빠뜨린다. 중편 『심판의 집』은 폭우로 고립된 산장의 연쇄살인 사건을 다루는데, 이 재앙의 씨앗은 여성의 창부성으로 지목된다. 산장지기 노파 역시 호남의 갑부였으나 바람기를 참지 못한 아내 탓에 몰락한 뒤 세상을 버린 인물로 그려진다. 황석영 소설에서 여성은 상품의 메타포이기 때문에 주체성을 갖지 못한다. 매리 앤 도앤은 "여성의 객체화, 물신화 과정에 물들기 쉬운 성격, 전시, 이윤과 손실, 잉여가치 생산 등 이 모든 것은 여성을 상품 형식과 유사한 관계에 놓는다"고 한 바 있는데, 자본주의 사회에서 여성이 차지하는 위치를 기술하는 데 사용되었던 가장 일반적인 경제적 메타포는 상품의 메타포이며, 창녀는 근대 문학의 상상력

---

26) 임규찬에 따르면 1970년대의 작품에서 "창녀"는 "사회적으로 뿌리 뽑힌 삶이 개인적 실패에 의해서가 아니라 구조적 모순에 의해 생산되어 집단화되고 있음을 말해"주는 존재이기 때문에 "이들은 윤리적 수치감을 전혀 드러내지도 않고 자기 운명을 슬퍼하지도 않는다"(임규찬, 「20세기 한국소설사: 1970년대」, 최원식 외 편, 『20세기 한국 소설 길라잡이』, 창비, 2006, 87~88쪽.) 그러나 본고는 70년대 소설에서 창녀는 단지 사회적 모순을 환기시키는 하위계급이 아닌 성스러운 누이라고 본다. 특히 황석영 문학에서 "성창녀"는 최근작 『심청, 연꽃의 길』에서 창녀로 분한 심청의 이야기에서도 엿볼 수 있듯이 훼손되고 오염된 세상의 구원자이자, 삶과 죽음의 주재자 '바리데기'이다(『바리데기』).

에서 핵심을 차지하는 미적 상품이다.[27] 반면에 창녀는 단순히 육체를 거래하지 않고 어머니의 마음으로 남자를 위로할 때 성녀가 된다. 「몰개월의 새」의 미자, 「삼포가는 길」의 백화는 고독한 하위계급 남자들이 함부로 짓밟아도 그들에 대한 사랑을 버리지 않는 "성창녀"들이다.

결론

남성성 논의는 한국 문학 담론에 존재하는 성별에 대한 위계화된 이분법을 극복하기 위해서도 긴요하다. 그간 한국 현대문학에서 여성 혹은 가정성은 근대적 남성 주체가 자신의 아이덴티티를 찾기 위해 벗어나야 할 영역, 즉 근대적 개인이 주체가 되기 위해 도망쳐야 할 순응적 공간으로 규정되어왔다. 가정성은 길들여진 공간으로, 여성은 기존 질서와 규범을 고수하며 대중의 감상적 취향에 영합하는 체제 순응자로 표상된다. 한국문학사에는 순응 / 개혁, 가정 / 시장, 사적영역 / 공적 영역, 감정 / 이성, 여성 / 남성 등 일련의 대립상이 존재하며, 이 영역은 각각 여성 / 남성의 영역으로 성별화·위계화되어 있는 게 사실이다. 국문학계는 대체로 이런 여성적 보수성과 감상성을 거부한 남자의 이야기를 정전으로 삼음으로써 여성의 경험에 바탕을 둔 글쓰기를 주변부화 해왔다. 그리고 이러한 과정에서 여성 혹은 여성적인 것은 남성들의 자율성에 대한 위협으로 치부되어 소설의 공간 밖으로 추방되어 왔다. 지난 1990년대 여성작가의 창작활동이 활발해지고, 이른바 "미시서사"로 간주된, 개인, 일상, 성과 사랑, 가족, 욕망 등이 소설의 주된 제

---

27) 리타 펠스키, 김영찬·심진경 역, 『근대성과 페미니즘』, 거름, 1998, 109쪽.

재로 등장하자 소설의 연성화에 대한 우려 혹은 소설(서사) 위기론이 불거진 바 있는데, 이는 젠더 규범해 의거해 소설 양식이 구축되어 왔으며, 특히 소설이 정치의 대리자였던 한국현대소설사에서 문학성의 평가 역시 성별 표상에 의존해 왔음을 암시한다. 현대 소설을 지배하는 서사적 문법의 형성 경로와 정치적 무의식에 대한 성찰은 소설 양식과 젠더 규범의 관련성에 대한 논의를 활성화할 수 있을 것이다.

황석영 소설은 남성 주체성 획득의 문법의 전형을 보여준다고 판단된다. 앞서 살펴보았듯이 황석영 소설의 주인공들은 훼손된 자기 주체성을 복구하기 위해 고향을 떠나는 자발적 이산자들이다. 따라서 이동은 단순히 지리적 경계 넘기가 아니라, 식민지적 근대화의 허위와 모순을 성찰하고 이에 대응하는 역사 주체가 되겠다는 의지의 표현이다. 그런 의미에서 「객지」의 동혁이 척박한 노동현장에 도착해 손거울을 세워두는 행위는 의미심장하다. 거울은 자기 발견 혹은 자기 확인의 도구이기 때문이다. 「탑」의 주인공인 '나'는 베트남 전장을 향한 배 위에서 "약간의 기대와 설레는 가슴을 진정하며" "미지의 대륙의 아우성과 고통"을 감지한다. 이는 그가 발견하고 성장하기 위해 길을 떠난 사람임을 암시한다. 주인공들은 비감한 자기발견의 고통만이 아니라 무한한 성장에의 의지, 도저한 모험의식, 타락한 세상과의 대결의지로도 뒤척댄다.

그런데 이러한 주체되기는 여성적인 것과 분리 혹은 독립함으로써 남성성을 획득하는, 성별화된 여정이다. 소설은 고독한 남성적 주체들의 내적 곤경과 영적 구원의 내러티브로 구성된다. 남성의 고통이 환기되면서, 남성성 복원을 향한 내면적인 여정이 시작된다. 반면에 여성은 공적 생활의 엄격한 요구와 자본주의 경제의 비인간적인 구조의 바깥에 놓인 까닭에 소외되지 않은, 따라서 비근대적인 정체성의 상징이 되었다. 70년대 한국 소설에서 여성은 남성보다 덜 분화되고 덜 자의식적이며 근원적인 통일에 더 깊이 뿌리내리고 있기 때문에 근대의 성찰적 주체가 되지 못한다. 뿐만 아니라 남성다움이 저항적 주체의 표상이 되는 가운데 여성, 여성적인 것은 부정적으로 기호화되면서 남성 멜로드라마의 문법을 갖추게 된다. 이는 결과적으로 지배적 남성성에 면죄부를 줄 뿐 아니라, 저항 주체의 자기분열을 은폐한다.

참고문헌

기본자료

황석영,『객지』, 창작과비평사, 1974.
황석영,『황석영 중단편 전집 1 객지』, 창작과비평사, 2000.
황석영,『황석영 중단편 전집 2 삼포가는 길』, 창작과비평사, 2000.
황석영,『황석영 중단편 전집 3 몰개월의 새』, 창작과비평사, 2000.

참고논저

구해근, 신광영 역,『한국 노동계급의 형성』, 창작과비평사, 2002.
김성호,「군사적 규율, 지배적 남성성, 남성 정체성의 위기: D·H.로렌스의 "The Prussian Officer", "Daughters of the Vicar", Lady Chatterley's Lover에 나타난 남성상"」,『한국로렌스학회』, 한국로렌스학회 편, 2003.
김은실,「한국 근대화 프로젝트의 문화논리와 가부장성」, 임지현 외 지음,『우리 안의 파시즘』, 삼인, 2000.
김은하,「남성성의 형성과 여성의 몸 — 1970년대 소설을 대상으로」,『내일을 여는 작가』 37호, 작가회의 출판부, 2004.

김예림, 「1960년대 중후반 개발 내셔널리즘과 중산층 가정 판타지의 문화정치학」, 『현대문학의 연구』32호, 한국문학연구학회, 2007.

김윤식, 『한국현대소설사』, 일지사, 1994.

김현미, 「근대의 기획, 젠더화된 노동 개념」, 김영옥 엮음, 『"근대", 여성이 가지 않은 길』, 또 하나의 문화, 2001.

문재철, 「상실과 구원의 플래시백―「박하사탕」에 나타난 멜로드라마적 역사」, 『박하사탕』, 삼인, 2003.

박종홍, 「4·19 정신」, 『4월 혁명』, 4월 혁명동지회 출판부, 1965.

박정희, 『우리 민족이 나아갈 길』, 동아출판사, 1962.

박형지·설혜심, 『제국주의와 남성성: 19세기 영국의 젠더 형성』, 이카넷, 2004.

신형기, 「분열된 만보객―김승옥의 1960년대 소설 읽기」, 『상허학보』10집, 상허학회, 2003.

이호걸, 「식민지 남성성과 70년대 한국 활극 영화」, 『필름연구』, 출처 미상, 2000.

이호걸, 「1970년대 한국영화」, 한국영상자료원 편, 『한국영화사 공부 1960―1979』, 이채, 2007.

임규찬, 「20세기 한국소설사: 1970년대」, 최원식 외 편, 『20세기 한국 소설 길라잡이』, 창비, 2006.

가라타니 고진, 조영일 역, 『근대문학의 종언』, 도서출판 b, 2006.

니나 베임, 변용란 외 역, 「갇힌 남성성의 멜로드라마」, 『페미니스트 비평과 여성문학』, 이화여자대학교출판부, 2004.

리타 펠스키, 김영찬·심진경 역, 『근대성과 페미니즘』, 거름, 1998.

수잔 제퍼드, 이형식 역, 『하드바디: 레이건 시대 할리우드 영화에 나타난 남성성』, 동문선, 2001.

크리스 쉴링, 임인숙 역, 『몸의 사회학』, 나남출판, 1999.

탈식민 주체로서의 남성성

탈식민 서사와 양공주의 섹슈얼리티 읽기

1. 민족 이야기와 영토화된 여성

여성은 자기동일적 주체로 상정되는 남성과 남성성의 반대인 열등성의 지표 속에 종속되어 왔다. 여성을 결핍 혹은 부재로 규정해 온 젠더와 섹슈얼리티는 남성중심의 언어나 담론 체계를 통해 '생산'된다. 따라서 문제는 생물학적인 성차가 아니라 그 육체를 하나의 기호로 읽는 것 즉, 육체에 젠더의 의미를 부여해서 그 육체를 읽기 가능하게 만드는 언어와 재현체계이다[1]. 한국현대문학에서 여성의 젠더와 섹슈얼리티는 가부장적인 민족 서사 속에서 남성이 정치적 대표성을 가진 주체로 표상되는 가운데 소비되어 왔다. 민족서사는 종종 여성을 회복되어야 할 성스러운 민족의 땅인 어머니로, 제국주의에 의해 더럽혀진 조국으로서 은유화하는 경향이 있다. 성스럽거나 더럽혀졌거나 간에 민족의 역사가 기입되는 공간이 된 육체는 자신의 언어를 강탈당할 수밖에

---

1) 김선아, 「여성주의자, 그 불순한 이름에 대하여」, 『여/성 이론』1호, 여성문화이론연구소, 1999, 58쪽 참조.

없다.[2] 표상이나 상징이 된다는 것은 타자로 호명되는 것이기 때문이다. 이로써 여성은 열등하며, 여성의 육체는 보호와 규제의 대상이 되어야 한다는 문화적 신념은 자연화된다.

민족 이야기가 희생자로서의 어머니나 누이의 육체에 민족의 현실을 기의하던 방식은 전후 개발독재와 유신체제기에 오면 일정한 변화를 보인다. 양공주는 1960~70년대의 개발독재와 유신체제기의 민족주의 서사에서 민족의 식민화된 현실을 환기시키는 표상으로 위치지어진다. 김은실에 따르면 우리의 근대화에는 지향으로서의 서구화와 군사주의, 지켜져야 하는 전통, 민족주의, 가부장적 성별체계와 같은 여러 이념 체계가 혼재되어 있다. '국가 재건'이라는 슬로건을 내걸고 전제된 박정희의 조국근대화는 자본주의적 산업화, 북한에 대한 방위, 민족 정체성의 확립을 골자로 한 것이었다. 특히, 한국인이라는 동일한 민족 정체성의 확립은 경제 개발 과정에서 중요한 이데올로기였고, 이 민족 정체성이야말로 서구 지향의 근대화 프로젝트가 한국 사회에서 만들어내는 숱한 사회관계의 갈등을 합리화하고 통합하고 또 반대자를 타자화하여 배제하는 수단이었다.[3] 양공주가 탈식민 민족의 담론 속에서 위치지어 지게 된 것은 이러한 당대의 지배 이념 속에서다. 이는 전시와 50년대 문학에서 양공주가 민족의 치욕스러운 현실의 기호만이 아닌 부르주아 남성의 부도덕한 성의 희생자, 당당한 생활인,

---

2) 민족 담론 속에서 여성의 몸이 수난의 역사가 기의되는 공간으로 재현되는 방식의 문제점은 다음의 논문에 자세히 나타나 있다. 김은실, 「민족담론과 여성:문화, 권력, 주체에 관한 비판적 읽기를 위하여」, 『한국여성학』 제 10호, 한국여성학회, 1994. : 권명아, 「수난사 이야기로 다시 만들어진 민족 이야기」, 「여성 수난사 이야기와 파시즘의 젠더 정치학」, 김철 · 신형기 외, 『문학 속의 파시즘』, 삼인, 2001.
3) 김은실, 「한국 근대화 프로젝트의 문화 논리와 가부장성」, 『우리 안의 파시즘』, 삼인, 2000, 115쪽.

가부장제에 맞서는 주체적인 여성, 남성을 파멸시키는 매혹적인 팜므 파탈 등으로 다양하게 재현되는 것과 대조된다[4].

민족주의는 제국에 맞서 국가를 방위한다는 점에서 저항담론이지만 여성의 섹슈얼리티를 여성 자신에게 속하는 것이 아니라 민족의 소유로 정의함으로써 여성의 성적 주체성을 부인하는 한계를 갖는다. 비서구의 민족주의는 외세에 대한 방어 차원에서 "혈연에 기반한 계보학적 유대, 대중적 동원, 언어, 풍습, 전통 등으로 민족에 대한 종족적 개념을 구성"(김은실)한다. 단일함에 대한 요청은 토착적인 것과 외래적인 것이 뒤섞이는 지점으로서 양공주의 섹슈얼리티를 재현한다. 또한 유신 체제기의 민족서사는 민족의 주체인 남성의 훼손된 주체성을 확립해야 한다는 시대적 강박 속에 양공주의 섹슈얼리티를 위치시킨다. 196~70년대에 쓰여진 소설[5]들은 대체로 남성 서술자의 수치심, 분노, 고통, 부끄러움, 무력감의 정서와 함께 민족의 부정적 현실을 극복해가고자 하는 고통과 열망의 재현을 이루어낸다. 이러한 과정 속에서 양공주는 민족의 현실을 가리켜 보이는 부정적인 표상이 됨으로써 여성의 몸은 민족 남성의 소유 속에 종속된다.

민족·민중 문학론이 활발하게 전개되면서 80년대에는 반미를 소재

---

4) 1950년대에 발표된 작품은 다음과 같다. 강신재의 「관용」(51), 「해결책」(56), 「해방 촌 가는길」(57), 김말봉의 「전락의 기록」(53), 한말숙의 「별빛 속의 계절」(56), 송병 수의 「쇼리 킴」(57), 선우휘의 「깃발없는 기수」(59), 오상원의 「난영」(56), 「보수」 (59).

5) 양공주가 비중있는 인물로 등장하는 작품은 다음과 같다. 오상원의 「황선지대」(60), 정연희의 「천딸라 이야기」(60), 이범선의「오발탄」(60), 오영수의 「안나의 유서」 (63), 하근찬의 「왕릉과 주둔군」(63), 남정현의 「분지」(65), 박순녀의 「엘리제 抄」 (65), 박완서의 『나목』(70), 조해일의 「아메리카」(72), 황석영의 「낙타누깔」(72), 천 승세의 「황구의 비명」(73), 조정래의 「황토」(74), 「미운오리새끼」(78), 오정희의 「중 국인 거리」(79) 등.

로 한 여러 편의 소설이 발표되지만, 양공주가 재현의 중심에 놓인 경우는 강석경의 「밤과 요람」, 「낮과 꿈」, 박석수의 「철조망 속 휘파람」 연작, 윤정모의 『고삐』 등으로 회소하다. 이 시기는 작품 수가 적어 문학 생산의 구조와 양공주 재현의 관계를 발견해 내기 어렵다. 강석경의 「낮과 꿈」은 여성주의적 시선으로 양공주의 일상과 내면에 접근하고 있어 민족 이야기 속의 양공주 형상화 방식과 일정한 차이를 보여준다. 몸이 권력과 정체성 간의 관계를 나타내는 지도라면 양공주의 섹슈얼리티는 성, 계급, 민족이라는 코드가 중첩되어 작동하는 지점을 가리켜 보인다. 전쟁의 참혹한 기억 속에 본격적으로 근대화가 추진되기 시작한 시대에서 양공주의 섹슈얼리티가 어떻게 재현되는가에 대한 논의는 근대성과 여성의 관계, 한국문학의 재현체계의 성별성을 살펴볼 실마리가 될 것이다.

뒤섞임에 대한 공포와 오염된 몸

모든 것을 파괴시켜 버리는 전쟁의 가차없는 폭력성은 훼손되지 않은 세계에 대한 향수와 동경을 극대화한다. 폭력과 죽음의 체험은 과거를 화해로웠던 모성적 시간으로 허구화하면서 붕괴된 세계의 회복을 긴급한 과제로 제시한다. 특히 타의에 의해 유기적 공동체를 파괴당한 나라들은 피압박의 상처를 치유하지 못한 채 민족이라는 상상적 공동체의 경계를 더욱 공고히 하고자 한다. 민족이라는 상상체로 설정되는 것은 외세에 오염되지 않은 순수한 가부장적 공동체이고 이것은 유린되지 않은 순결한 몸으로 상징된다. 민족주의는 이 순결함의 상실을 은

유적 동정의 상실이라는 비유로 애도해왔다.6) 외래적인 것의 침투로 인한 토착적 세계의 붕괴는 민족주의 서사에서 뒤섞임에 대한 공포로 표현된다. 양공주의 섹슈얼리티가 부정적으로 재현되는 것은 훼손되지 않은 어머니 조국에 대한 열망때문이다.

「왕릉과 주둔군」에서 여성의 몸은 민족의 순수한 혈통을 재생산하는 도구로 간주된다. 이 작품의 주인공 박첨지는 자랑스런 왕족의 혈통을 물려주는 게 유일한 꿈인 봉건적 가부장이다. 아들이 없는 그는 데릴사위를 얻어 외손자를 보아 대를 잇고자 한다. 그러나 이방인 주둔군과 양공주가 벌이는 문란한 성에 이끌린 금례는 마을을 떠나 양공주가 된다. 여기서 외래 문화는 성의 문란으로, 이민족의 침투는 여성의 정조 상실로 표상된다. 각성된 여성의 성적 욕망에 대한 불안, 외래 문화의 유입에 대한 공포는 금례가 혼혈아를 낳아 귀향하는 것으로 실제화된다. 순수한 단일 혈통의 깨어짐, 불순물의 침입은 양공주의 섹슈얼리티에 대한 민족담론의 공포를 보여준다. 혼혈아 철이가 신성한 왕릉에 올라 노란 눈으로 생긋거리는 장면은 박첨지의 죽음과 겹쳐짐으로써 서구의 유입으로 인한 성적 문란에 대한 혐오와 피의 뒤섞임에 대한 공포를 극대화하며, 봉건적 가부장제의 몰락을 조상케 한다. 이로써 양공주의 섹슈얼리티는 혼돈, 불결, 오염으로 재현된다.

「엘리제 초(抄)」역시 기지촌, 혼혈아 엘리제, 양공주의 섹슈얼리티를 통해 외래적인 것과 뒤섞여 버림으로써 상실한 민족의 순결성을 애도한다. 이야기는 남성 주인공인 영배의 눈으로 향수와 재생의 원천으로서의 '고향'이 사라진 현실을 현시하는 것으로 시작된다. 전쟁의 비통과 절망을 보상해 줄 듯 영배가 우연히 들른 시골은 폭격에 다치지

---

6) 최정무, 「민족과 여성;혁명의 주변」, 『실천문학』제 69호, 실천문학사, 2003, 26쪽.

않은 초가집들과 텃밭에 콩을 심고 김을 매고 있는 처녀가 있는, 훼손되지 않은 곳이다. 그러나 일년 후 정착을 결심하고 찾아 든 땅은 이국 병사의 미시시피로, 콩밭 매던 처녀는 병사의 향수를 달래주는 양공주가 되어 있다. 이국 병사와 양공주가 달러와 성을 매매하는 기지촌의 거리는 벌거벗은 아담과 이브가 춘화도로 현신한 연옥으로 이미지화된다. 기지촌은 외래문화와 토착문화가 뒤섞인 무질서의 공간이다. 혼혈아 엘리제와 양녀를 닮은 양공주는 정체성 부재의 잡종성의 표상이다. 특히 "캘린더 금발의 양녀(洋女)의 나체에 비해서 조금도 손색이 없"는 양공주들의 "풍만한 육체"는 과감하게 신체를 노출한 과잉의 섹슈얼리티와 함께 민족·전통적인 여성성의 경계를 벗어난다. 양공주의 섹슈얼리티는 민족적 정체성이 불분명해진 오염된 현실의 표상이다.

이때 오염된 민족의 현재를 우울하게 애도하는 것은 여자가 아니라 남자이다. 왜냐하면 남성은 몸으로 표상되지 않기 때문이다. 남성이 사유와 애도의 권한을 부여받지만 여성이 훼손과 상실의 은유인 것처럼 기지촌을 부정하고 거역할 수 있는 주체는 남성이다. 기지촌에서 장사를 하고 있지만 영배는 외객이며 관찰자이다. 이로써 남녀의 권력관계는 형성되어, 영배는 양공주들의 몸을 안지만 마음을 주지 않으며, 양공주들은 경쟁적으로 영배를 유혹함으로써 고독한 현재에서 구원받고자 한다. 마담은 자신의 풍만한 몸을 내보여 유혹하면서도 라일락꽃을 보며 눈물을 흘렸던 소녀시절을 영배에게 각인시키려 한다. 이러한 양공주의 모습은 민족의 경계 안에서 배제된 자의 존재 증명의 어려움을 보여준다. 그러나 언제든 떠날 수 있는 영배에게 양공주의 몸은 "아무 의미도 없는" "캘린더의 양녀의 나체 같은 것"이어서 관음할 수는 있지만, 진정한 욕망의 대상이 될 수 없다.

훼손된 민족의 현실은 「황토」에서 혈통의 순수성이 파괴된 가족을 통해 표상된다. 이 작품은 여성의 몸에 수난으로서의 역사를 기입한다. 일제 치하에서는 일본인의 첩으로, 해방공간에서는 좌파민족주의자의 아내로, 미군정기에는 프랜더스의 첩으로 사는 점례의 몸은 역사의 국면마다 매번 소유자가 바뀌는 민족의 파란한 궤적을 상징한다. 점례의, 각각의 인종이 다른 아이들 중 첫째 태수와 셋째 동익은 대립과 반목을 일삼으면서 가족을 불화에 빠뜨린다. 이 작품은 뒤섞임에 대한 공포를 혈연을 정신화, 본질화하는 것으로 표현한다. 자식들의 성품은 각각의 아버지 국적에 대한 호오의 민족 감정을 대변한다. 둘째 딸 세연이 온화하고 정의로운 성격의 소유자인 것은 그녀 속에 아버지의 혈액이 흐르고 있음의 증거이다. 세연이 딸임에도 불구하고 일순위로 유산을 상속 받는 것은 혈통이 최고 선이기 때문이다. 금례가 정조를 상실했음에도 불구하고 숭고한 여성으로 긍정될 수 있는 것 역시 가부장제의 혈통을 지켜서이다. 죽음에 처한 아버지를 살리기 위해 일본인의 첩이 되고, 동족 남편인 박항구의 핏줄을 지키기 위해 프랜더스의 첩이 된 금례의 몸은 가부장적 국가와 가족 속에 종속되어 있다.

아버지의 혈통이 민족 공동체를 대표하는 발상법 속에서 여성은 사회적 행위의 주체자가 될 수 없다. "예쁜 얼굴을 지키는 주인이 없"으면 "여편네고 딸자식이고 다 빼앗"긴다는 등장인물의 말은 이 작품의 진정한 주제라 할만하다. 여성의 몸을 민족 남성의 자산으로 규정하는 이러한 방식은 점례의 몸이 거칠고 단선적인 가부장적 서사가 일방통행하는 배경이 되게 한다. 점례는 인고와 순응의 자세로 일관되게 시련을 받아들이는 평면적 인물로서 폭력적인 서사의 순조로운 진행을 돕는다. 그녀는 이방의 가부장제와 내국의 가부장제 속에서 교환되며, 제 몸의 소유권을 결코 주장하지 않는다. 가부장적 서사의 사디즘적 관음증은 외세의 부정성 폭로라는 그럴듯한 미명 하에 여성의 몸을 능욕한다. 이를 증명해 주는 것이 점례가 강간당하는 장면을 관음하는 서술자의 시선이다. 프랜더스가 점례를 겁탈하기 전에 서술자는 샤워하는 점례의 몸을 감싸는 따뜻한 물줄기와 남편의 품에 대한 그리움으로 야릇해진 기분을 서술함으로써 점례의 몸을 에로틱하게 현시하지만 강간의 고통은 "아물거리는 흐린 의식"으로 추상화한다. 외세를 변태성욕자나, 성욕과다자로 표상하는 방식의 조악함과 함께 폭로라기보다는 관음에 가까운 서술 전략은 민족주의 서사 속에서 여성의 몸이 재식민화되고 있음을 보여주다. 여성의 몸에 대한 남성 독자의 소유의 욕망을 한껏 자극하는 이러한 서술은 타민족에 대한 분노와 거부 속에 동족 여성의 몸에 대한 소유의 욕망을 강박적으로 새겨넣는다.

남성 주체성 회복의 서사와 양공주

1970년대에는 정권에 맞선 사회적, 정치적 저항들이 숱하게 존재했지만, 근대화란 언설은 강력한 지향적 가치를 지님으로써 개인을 국가 담론 안으로 소구하였다. 과거와의 단절, 미래지향성, 변화의 추구로 요약되는 발전의 이데올로기는 민족/국가를 중흥시켜 신식민지였던 가난한 과거와 단절해야 한다는 국가적 목표를 개인의 사명이 되게 한다. 특히 남성은 산업 발달과 민족의 수호자로 규정됨으로써 근대화를 이끌어 나갈 주체가 된다.[7] 이 시기에 발표된 작품의 남성 주인공들은

---

7) 개발독재기의 근대화 프로젝트의 남성중심적 성격과 주체 문제는 김은실의 논문을 참고하였다.

수치심, 분노, 고통, 부끄러움, 무력감과 같은 정서의 과잉상태를 보여준다. 남자답지 못한 정서의 과잉은 강압적인 발전 이데올로기에 대한 무자각적인 불만과 '남성적인 것'에 미달되는 자아에 대한 불안의 징후이다. 양공주의 섹슈얼리티는 '불만'과 '불안'이 드러내 보이는 남성의 균열된 주체성이 봉합되는 매개이다.

「황구의 비명」은 무력한 남성이 민족의 식민화된 현주소를 자각함으로써 자신의 주체성을 회복해가는 과정을 서사화한다. "깡마른 허벅지", "허연 살비듬", "청승맞은 하품"의 처량한 주인공의 형상은 거칠고 사나운 속물로 재현된 아내와 대조되며 무기력한 현실부적응자의 이미지를 전달한다. 그러나 담비 킴에게 빚을 받아오라는 아내의 재촉에 못이겨 기지촌 용주골의 문지방을 넘으며 그는 남성다움의 주체 위치를 구축하고 현실과의 불화도 종결짓는다. 용주골은 남성다움의 회복을 자극하는 서러운 민족 현실의 공간이다. 왜냐하면 기지촌은 민족의 여자들이 미군 병사에게 능욕당하는 수탈의 땅으로서 남성의 무능함에 대한 자각을 수치스럽게 일깨우기 때문이다. "밑도 끝도 없는 설움의 벼랑", "성급한 아픔", "슬픔의 자질구레한 응어리"는 결손된 자기에 대한 자의식적 성찰이 이루어지는 징후이다.

미국과 한국의 관계는 거대한 체구의 수캐와 자그마한 토종견 암캐의 "처절한 비명" 속의 교미로, 여인숙 신발대 위의 "하얀 고무신 곁으로 두 뼘이 다 되는 워커"와 같은 선정적이고 폭력적인 이미지로 표상된다. 약소국의 처지를 토종견 암캐─양공주의 수난으로 유비함으로써 남성 인물은 민족 현실에 대한 나름의 인식을 확보한다. 이로써 담비 킴의 섹슈얼리티는, 지도를 갖게 됨으로써 우월한 자가 된 남성에 의해, 질척거리는 "공사장의 하수도"로, "메쓰꺼움"을 불러일으키는 "부조화"로 판정받는다. 담비 킴에게 전세계약금을 주며 "고향 앞으로 가"를 외치는 그는 탈식민화라는 신성한 사명의 주체이지만 양공주는 병균처럼 감시되고 격퇴되어야 할 대상이 된다. 회복된 그는 자신이 돌아가야 할 공간―"골목 안을 채운 아이들의 함성, 개구쟁이 자식을 부르러 나온 머리가 부숭한 아낙의 화장하지 않은 얼굴, 정결한 여인의 긴 치마, 조강지처의 촌스런 팔자걸음"―의 소중함을 발견한다. 이러한 일상의 그림은 드센 아내와 무기력한 가장이라는 실제 현실을 위조한 것으로, 근대 여성들에게 전통적이고 순응적인 여성성으로의 재귀가 명령되고 있음을 보여준다.

  기지촌 공간이 남성성 회복을 추동하는 부정적 현실로 작용하는 가운데 양공주들의 항의는 묵살된다. 양공주들은 희롱 섞인 유혹으로 그를 냉소한다. 특히 '똥개'로 전락한 담비 킴은 "임질, 바이도꾸, 굼바리 쌍두균, 이런 거 터가 세서 못 살아", "내 풀냄비 그렇게 더럽지 않아요"라며 자신의 섹슈얼리티에 대한 타자화에 저항한다. 또한 "유산이라고는 씨팔놈의 이것뿐인데"라는 말로써 매춘으로 내몰릴 수밖에 없었던 고향의 가난, 성억압의 현실에 대한 분노를 표출한다. 그러나 "황구는 황구끼리"를 외치며, 고향 앞으로 가라고 명령하는 사육사―남성의 자기도취 속에서 양공주의 저항은 무시된다.

  중편소설 「아메리카」는 기지촌 양공주의 생활상, 미군에 의한 기지촌 관리와 군표 소동으로 나타나는 미군의 권력 행사 등의 에피소드를 통해 기지촌을 다양한 측면에서 살펴볼 기회를 제공한다. 그러나 민족 현실의 발견을 통해 자기 정체성을 구축해가는 남성의 담화 속에서 양공주는 여타의 작품에서처럼 역사의 상징으로 수동화된다. 또한 양공주의 몸을 팔아서라도 살아남아야 했던 아버지들에 대한 연민과 연대는 권력의 중심에 있는 억압적이고 타락한 아버지의 부정성을 은폐하는 방식으로도 작용한다.

크럽을 운영하는 당숙을 찾아 기지촌에 들어온 주인공은 부실시공으로 아파트가 무너져 육친의 아버지를, 군제대와 함께 정신의 아버지를 잃은 상태이다. 아버지 없는 아들은 기지촌을 "온갖 일락(逸樂)"이 깃든 공간으로 여기며 양공주들과의 지불없는 섹스에 탐닉한다. 그는 발전이나 진보를 향한 성장 의지보다는 젊음과 생을 낭비하고 싶은 자이다. 그에게 군대는 억압의 기억이며, 대학은 백치들의 장소이다. 엄격한 아버지에 대한 냉소, 부실시공된 아파트로 인한 가족의 죽음은 현실의 부정성을 환기시키며 지주없이 훼손된 그의 내면을 보여준다. 그러나 그는 양공주 기옥이 흑인에게 살해당하자, 그녀의 죽음을 방치했다는 자괴감에 휩싸이면서 여러 가지 변화를 겪는다. 섹스불능, 일락이 아닌 설움의 공간으로서의 기지촌 인식, 기지촌의 외객이 될 수 없게 하는 민족의식의 생성 등이 그것이다. 이러한 변화는 쾌락과 무질서를 탐하던 방종한 자아가 교정되고 있음의 증거다.

양공주의 섹슈얼리티는 탈식민적 남성주체가 구축되는 통과의례의 장소이다. 기옥의 죽음으로 인해 식민화된 현실은 죽음의 공간으로 유비되며 새로운 자아의 생성을 요청한다. 무덤의 현실은 자기 발견을 재촉하고 '아버지'와의 연대의 계기를 주선한다. 그는 양공주들의 무덤가를 걷는 자신을 "커다란 미아"에 비유함으로써 아버지의 품에서 좀더 양육될 필요성을 자인한다. 미아가 된 그의 모습에는 "껑충한 키, 검은 피부, 고등학생 교복을 단정히 입고 있던" 양공주의 아들이 겹쳐져 있다. 그는 민족을 정체성이 훼손된 혼혈의 국가로, 스스로를 길 잃은 혼혈 아이로 직면하고 있는 것이다. 또한 몸 파는 누이들의 몸을 욕망해

온 자로써 그는 무덤 속 "잠들어 누운 여자에게 창피라도 당한" 사람처럼 부끄럽기만하다. 수치심의 늪 속에 빠진 채, 균열된 남성성으로 인해 진통 중인 그를 구조해 내는 것은 새로운 아버지인 당숙이다.

유례없는 홍수가 퍼붓는 재난 속에서 당숙은 지독한 홍수 속에서도 끝내 목숨을 건졌던 젊은 날의 체험을 들려주며, 주인공을 위로하고 격려한다.

"……사실 사람처럼 끈질기게 살아 남아 온 동물이 어디 있겠니? 난 사람이라는 동물의 장래를 믿는다. 최소한 어떤 경우에도 멸종해 버리진 않으리라는 걸 믿는다. 그렇게 믿구 나두 아직 살아 남아 왔다. 그 많은 사람들이 여러 가지 이유 때문에 죽어 간, 얼핏 보기에 절망 이외엔 아무것도 남아 있지 않은 것으로 보이기 쉬웠던 시대들을 겪어 오면서. 물론 용기 있게 죽음을 맞아들인 사람들을 나는 존경한다. 그런 사람들에 비하면 나는 천하게 비겁하게 살아 남았다구 해야 옳겠지. 하지만 그렇게 살아 남은 사람들의 몫두 있다구 생각한다. 뭐라고 할까.……아마 ㄷ에 사는 사람들 대부분이 그렇게 살아 온 사람들이겠지.

당숙의 말은 수치스러움에 대한 감각보다도 생존의 욕구가 더욱 절박했던 민중의 역사를 옹호하며, 기지촌을 오염의 공간으로 규정하고 멸시하는 시선에 저항한다. '천하게 비겁하게' 살아남았지만, 그것도 삶으로서 존중받아야 한다는 당숙의 말은 기지촌 사람들의 절절한 체험에서 우러나온 당당한 항의이다. 미국과 한국의 외교적 완충지대 역할을 해왔음에도 병균이나 이물질로 모욕당해온 기지촌은 민족의 알레고리이다. 그러나 기지촌의 역사는 남성의 체험을 통해 사유되고 있어, 기지촌 내부의 식민지라 할만한 양공주들의 젠더 체험은 침묵된다.

남성동성간의 연대 속에서 양공주는 무력하게 죽거나, 가족에게 착취 당하며, 화폐에 집착하고, 내국 남자와의 소통을 갈구하는 수동적·즉 물적 존재로 재현되기 때문이다. 또한 당숙, 당숙모, 양공주는 갈등없 는 가족관계로 재현되며, 사업가 남성과 창녀의 계층적 차이를 은폐한 다. 양공주의 현실은 아버지는 누이의 몸을 팔고, 아들은 몸파는 누이 의 몸을 욕망하며 살아온 수치스러운 역사를 봉합해내기 위해 말해지 지 않는 것이다. 또한 비록 일제때는 국경을 넘나들며 아편 장사를, 지 금은 미군을 상대로 홀을 운영하지만 당숙은 개척정신이 강하고 합리 적인 부르주아 사업가의 모습을 취하고 있어 진취적인 남성상의 획득 이라는 당대의 이념에 부합된다.

동맹의 침상 속의 양공주

양공주를 '징후'나 '표상'으로 재현할 때 여성의 섹슈얼리티는 민족 남성의 소유로 규정됨으로써 여성의 성적 주체성을 부정하는 효과를 갖는다. 민족주의 담론에서 양공주는 여러 남성들 사이를 경계없이 떠 도는 기표가 되고 전쟁, 분단, 냉전체제, 서구화의 외양을 띤 근대화에 대한 불안감을 환기시키고, 서구적인 것에 매혹되거나 종속된 남성의 부인과 투사가 이루어지는 타자다. 강석경의 「밤과 요람」(83), 「낮과 꿈」(89)은 이러한 지배적인 재현방식을 벗어나 기지촌 여성의 일상과 내면에 가까이 간 유일한 작품이다. 이야기는 온갖 물신으로 치장된 여 성의 육체와 더더욱 비천한 여성 섹슈얼리티라는 함의를 벗어나 양공 주를 제국주의적인 군사 매춘과 이에 공모하는 신식민지의 가부장적 질서에 의해 여성들이 이중으로 착취받고 재식민화되는 존재로 포착한다[8].

「낮과 꿈」은 양공주 '백'과 백인 병사 오브튼의 연애담을 중심서사로 놓는 가운데 기지촌 여성들의 일상과 내면을 고단한 인생 이력과 함께 담아낸다. 주인공 '백'의 지속적인 사랑에 대한 욕망은 순정과 위악 그리고 지나친 쾌활함과 극단적인 행동으로 드러나는 황폐한 내면을 통해 재현됨으로써 희생자나 타락자라는 양공주 형상화의 도식을 벗어난다. '백'이외의 양공주들 역시 사랑과 소통에 대한 갈망, 세상과 관계 속에 뿌리내리고자 하는 욕망을 가진 주체로써 권위적인 시선 속에 비천한 존재로 점령되기를 거부한다. 특히, 감성적인 인물인 '백'과 바람둥이 오브튼의 관계는 매혹―연애―이별―재결합―이별이라는 구도를 취해 매매음 관계로만 규정되지 않는다. 오브튼을 붙잡아두기 위한 백의 위장된 자살 사건, 유혹과 질투, 애착과 상처 등은 사랑에 대한 갈망과 버림받음에 대한 공포 속에 불안하게 동요하는 여성형 연애담의 범주를 크게 벗어나지 않는다. 그러나 이 작품은 연애서사 가운데 양공주 미라와 기순의 죽음을 겹쳐 놓음으로써 '백'의 사랑이 온전한 연애담 안에 통합될 수 없는 복잡한 지점을 그려낸다.

미라와 기순의 '존재하고자 하는 욕구' 역시 사랑과 결혼에 대한 갈망으로 드러난다. 사랑과 결혼은 강고한 가부장제 사회에서 여성이 존재를 얻는 유일한 방식이다. 미라는 성을 팔아 기둥서방을 부양하며, 레이쓰 뜨는 여자인 서른 넷의 기순은 한국을 벗어나기 위해 국제 결혼을 욕망한다. 사랑과 결혼은 "한국과 미국 사이에 떠 있는 섬"과도 같은 국적불명의, 한국 여성도 미국 여성도 아닌 정체성 부재의 기지촌 양공

---

8) 주유신, 「<자유부인>과 <지옥화>:1950년대 근대성과 매혹의 기표로서의 여성 섹슈얼리티」, 『한국영화와 근대성』, 소도, 2001, 37쪽.

주들이 세상에 "뿌리를 내"릴 수 있는 구원의 동앗줄로 소망된다. 국적, 인종, 성별 정체성이 배타적으로 경계지어지는 가부장적 민족 국가 안에서 양공주는 어디에도 속할 수 없는 "뿌리가 없는 섬"이기 때문이다. 해일 속에 표류하는 섬의 운명 속에 익사하지 않는 유일한 길은 섬을 벗어나는 것이다. 그러나 미라와 순자의 비극적 죽음이 보여주듯이 섬은 양공주들을 떠날 수 없게 한다. 이 섬은 사회적으로는 불명예지만 국가안보라는 목적 아래 미군을 주둔시키기 위해 '아우'가 지불한 대가이기 때문이다. 제국의 가부장제와 한국의 가부장제의 "동맹 속의 섹스"[9]는 양공주의 섹슈얼리티를 이중으로 식민화한다.

이 작품은 양공주의 죽음을 제국의 부도덕을 표상하는 방식으로 서사화함으로써 내부의 부도덕을 은폐하는, 가부장적 서사의 알리바이 전략을 넘어선다. 미라가 이국병사가 아닌 기둥서방에게 "그 년은 양놈 찌꺼기만 내게 갖다 주었다"는 이유로 살해당하고, 식모였던 순자는 주인에게 강간당해 두 아이를 낳고도 주인집의 노예로 살다 기지촌으로 흘러왔기 때문이다. 이로써 양공주의 매춘은 민족, 성. 계급이라는 중첩된 코드 속에 위치지어진다. 그러나 이러한 다중의 코드들이 어떻게 결합하는지, 무엇이 더 우세한지에 대해 이 작품은 다소 불분명한 입장을 보여준다. 이는 백이 미라의 살인자에게 "죄는 밉지만 자존심은 있네"라고 반응하는 것으로 나타난다. 이러한 관점은 양공주의 매춘을 민족의 열등한 지위 탓으로 돌림으로써 민족 내 계급 모순과 성억압을 부차적인 문제가 되게 할 수 있다. 다른 한편으로 이 작품은 한국 양공주와 소통을 원하는 흑인 레즈비언 병사 바바라를 등장시킴으로써 백인/유색인종, 남성/여성, 이성애/동성애 등의 위계적 이분법 속에 타자화

---

9) 캐서린 문, 이정주 역, 『동맹 속의 섹스』, 삼인, 2003.

된 하위주체들의 위치를 부각시킨다. 한국의 양공주들은 동족 남성에 대한 분노의 경험을 통해 흑인남성을 거부하는 바바라에 공감함으로써 인종과 지역의 경계를 뛰어넘어 가부장제의 하위주체들로써 동일화된다.

그러나 국제결혼을 앞둔 순자의 죽음으로 자매들의 결합은 불가능해진다. 순자의 죽음은 논란의 대상일 수 있다. 왜냐하면 항거하는 인물의 죽음은 인물의 반항을 무력화시킴으로써 가부장적 질서를 인준해주는 효과를 갖을 수 있기 때문이다. 그러나 둘의 결합 불가능성은 여러 가지로 해석이 가능하다. 레즈비언 정체성을 갖지 못한 순자에게 바바라는 애정의 대상이 아니라는 점을 들 수 있다. 그러나 무엇보다도 탈출하려는 인물의 욕망은 기지촌의 비극적 현실을 좀더 엄정하게 드러내려는 작가의 의도 속에 제압된다. 여기에는 제국의 군대매춘을 가부장제와 민족 문제가 착종되어 작용하는 문제로 보려는 작가의 고민이 담겨 있다. 양공주는 한국여자도 미국여자도 아니지만 또 한국여자이면서 미국여자이기도 하기 때문이다. 가부장제만으로도 민족문제만으로도 제국주의 군대 매춘문제를 풀 수 없다는 시각은 양공주의 섹슈얼리티가 제기하는 문제의 복잡한 국면을 보여준다.

김현숙[10]은 강석경이 기지촌 여성을 다루는 방식은 여성을 희생된 성 노동자, 곧 한국의 미국에 대한 종속을 상징하는 공간표시물이나 소재로 상정"함으로써 "그들(양공주-필자) 자신의 행위성과 주체성을 말살시켰다"고 비판한다. 그러나 이러한 평가는 한국의 운동권들이 "군대 매춘 문제를 오로지 미제국주의와 군국주의라는 시각에서만 분석하고, 미국인들에게 기지촌에서 일하는 한국 여성에 대한 착취의 책

---

10) 김현숙, 「민족의 상징, '양공주':진보적 또는 대중 문화 텍스트 속의 노동계급 여성의 재현」, 일레인 김 외, 『위험한 여성』, 삼인, 2001.

임을 묻는 것에만 집중하고 있"다는 점을 비판해내려는 목적에 치우침으로써 발생한 해석의 오류이다. 양공주가 섬으로 비유되고 있는 것은 사실이지만, 이는 여성 서술자 자신이 스스로의 주체 위치를 객관화하는 가운데 얻어진 성찰이어서 가부장적 서사의 여성 대상화 방식과는 구분될 필요가 있다. 김현숙의 지적대로 제국주의 군대 매춘은 한국인들은 미국이라는 억압자의 희생자라는 단일화된 주체로 범주화함으로써 민족 내부의 이질적인 차이를 은폐 혹은 억압할 수 있다. 그러나 양공주에 대한 착취가 젠더의 문제로만 초점화될 때 제국주의의 문제는 간과될 위험이 있다. 이 작품은 이러한 복잡하고도 난해한 지점에 위치해 있다.

이제 살아남은 유일한 사람인 '백'에게로 다시 돌아가 보자. 미라와 순자의 죽음은 '백'으로 하여금 순정을 버리고 위악을 택하게 한다. 그녀는 오브튼의 본국 귀대 날짜가 가까워오자 그의 물건을 훔치고, 구타하는 그를 경찰에 고발하며, 서신교환의 제의를 뿌리치고 돈을 요구한다. 스스로를 비즈니스 걸로, 둘 사이를 매매음 관계로 규정하는 것이다. 이는 반어적인 "사랑의 방법"인 동시에, '백'이 한낮의 몽상에서 깨어났음을 의미한다. '백'은 미라의 죽음을 계기로 미군의 원조물자에 매혹되었던 기억을 떠올리고, 가난에 대한 보상심리로 미국을 선망해왔음을 성찰한다. 이로써 이야기는 '백'의 자기발견담의 성격을 갖는다. 떠나갈 오브튼에게 싸움을 걸어 때리고 맞는 백의 모습은 황폐한 나날을 버티게 해준 사랑의 몽상이 깨지고 난 후의 고통과 혼란을 적나라하게 보여준다. 자신의 주체 위치를 자각한 '백'이 앞으로 어떻게 살아갈지 작품은 아무 것도 말하지 않는다. '백'은 제국과 민족의 동맹의 섹스지대 속에서 아무 곳에도 속하지 않는 동시에 모두에게 속해 있는 자기의 위치를 자각할 뿐이다.

양공주와 근대 여성의 섹슈얼리티

한 남근주의자의 정신분열적 모노드라마인 남정현의 『분지』에서 주인공의, 미군장교의 아내 강간은 남성다움의 구축이 제국이라는 지배자를 모방하고 있음을 보여준다. 이러한 사실은 저항을 통한 주체 세우기가 왜 타자에 대한 점유를 경유해 이루어져야 하는가를 질문하게 한다. 주인공의 "'우월한 백인' 여성의 몸"을 소유했다는 환희가 보여주듯이 '강간'은 미국의 경제적 · 정치적 원조 속에서 자존감을 훼손당해오고도 실상 미국적인 것에 매혹되어버린 자의 자기부인과 다르지 않음을 보여준다. 수난의 민족체험은 국가로부터 부여받은 신성하고도 엄숙한 탈식민의 과제와 결합해 정직한 자기대면 이전에 자기 부인의 알리바이 만들기에 몰두하게 한다. 이때 서구를 모방한 '양공주'는 서구에 매혹된 당대 남성의 불안과 죄의식이 투사되는 장소이다.

그런데 흥미롭게도 황석영의 「낙타누깔」, 오정희의 「중국인 거리」등 몇몇 작품을 제외하고 개발독재기의 대부분의 작품들은 50년대 문학에서와 달리 '양공주'의 화려하게 치장된 육체가 가져다 줄법한 성적 호기심조차 말하지 않는다. 소설이 묘사의 문학이며, 욕망과 모랄이 충돌하는 지점을 비추어내는 장르라고 할 때 침묵은 고의적인 삭제라고도 볼 수 있다. '양공주'가 가부장제 서사에서 연민 이전에 부정적 표상이 되고, 남성주체성 회복의 매개로 작용하는 것은 창녀의 섹슈얼리티가 남성에게 가져다 주는 불안과 관련이 있다. 창녀는 "여성의 잠재적인 익명성을 가시적으로 일깨우는 존재이자 가족적 · 공동체적인 속박으로부터" 벗어난 "여성 성욕의 어두운 심연을 표상"[11]한다. 화장과 패

---

11) 리타 펠스키, 김영찬 · 심진경 역, 『근대성과 페미니즘』, 거름, 1998, 47쪽.

션으로 자신의 육체를 섹슈얼하게 치장한 창녀는 비록 비천하지만 여성의 성욕을 가시화한다. 따라서 '양공주'의 섹슈얼한 육체에 대한 침묵은 휘장을 벗은 여성의 성이 불러일으키는 가부장제의 두려움의 표현일 수도 있다. 국가재건의 근대화는 한 여성의 성과 자아의 지배자인 가부장 남성 주체들이 연대한 사업이었기 때문이다.

　가부장제 서사는 여성의 몸을 민족 현실이 은유되는 지도로 상정함으로써 여성의 성적 주체성을 부인한다. 주체가 성과 권력 그리고 독립적인 자아의 소유자라고 할 때 순결 콤플렉스와 같은 성적 억압은 근대 여성들의 사회 참여, 성장과 자기 발견을 어렵게 하는 막강한 이데올로기 장치이다. 부정적인 여성이 대체로 성적으로 각성된 여성으로 표상되고, 남성 주체성의 결손됨과 회복이 여성의 성적 육체에 대한 부정적인 의미화를 통해 이루어지는 것은 개발독재기 문학의 특징이다. 남성적인 권위를 위협하는 세력은 민족에 해를 끼친다는 생각은 전상국의 『아베의 가족』에서처럼 무력감과 분노에 시달리는 남성집단이 섹슈얼한 치장의 여성을 창녀로 규정하며, 강간하는 것으로 나타난다. 민족 이야기 속에 재현된 '양공주'의 섹슈얼리티는 탈식민화가 국가 층위에서 작동했던 개발독재기 문학의 가부장성에 대한 연구에서 핵심적인 위치를 차지한다.

참고문헌

참고논저

권명아, 「수난사 이야기로 다시 만들어진 민족 이야기」, 김철 · 신형기 외, 『문학 속의 파시즘』, 삼인, 2001.

김선아, 「여성주의자, 그 불순한 이름에 대하여」, 『여/성이론』1호, 도서출판여이연, 1999.

김은실, 「민족담론과 여성:문화, 권력, 주체에 관한 비판적 읽기를 위하여」, 『한국 여성학』 제 10호, 한국여성학회, 1994.

김은실, 「한국 근대화 프로젝트의 문화논리와 가부장성」, 임지현 외 지음. 『우리 안의 파시즘』, 삼인, 2000.

김현숙, 「민족의 상징, '양공주' : 진보적 또는 대중 문화 텍스트 속의 노동계급여성 의 재현」, 일레인 외, 『위험한 여성』, 삼인, 2001.

주유신. 『『자유부인』과 『지옥화』: 1950년대 근대성과 매혹의 기표로서의 여성 섹 슈얼리티」. 『한국영화와 근대성』, 소도, 2001.

최정무, 「민족과 여성; 혁명의 주변」, 『실천문학』제 69호, 실천문학사, 2003.

리타 펠스키, 김영찬 · 심진경 역, 『근대성과 페미니즘』, 거름, 1998.

캐서린 문, 이정주 역, 『동맹 속의 섹스』, 삼인, 2002.

2부

대중 서사, 멜로드라마, 남성성

남성성을 향한 선망과 좌절

개발기 모랄의 위기 서사와 건전한 속물의 탄생

김승옥의 대중적 장편소설을 중심으로

1. 대중 서사의 선정성과 속물들의 전성시대

『보통여자』(≪주간여성≫,1969. 7. 9.~12. 3)와 『강변부인』(≪일요신문≫, 1977. 4. 3~9. 4)은 상업적 매체에 연재된 대중소설로 『60년대식』(≪선데이 서울≫, 1968. 9. 22~69. 1. 19)과 함께 그간 김승옥 문학이 쌓아올린 명예를 해치는 예외로 여겨져 왔다. 김승옥도 문단의 이러한 비판적 평가를 의식한 듯 1995년에 문학동네에서 전집을 발간하면서 『강변부인』은 '소설이란 재미있는 이야기이다'라는 공식에 충실히 부응하려는 의도로 쓴 홍미 위주의 통속소설로, 소설이 천박한 한 토막 이야기여서는 안 된다는 문학적 신념을 훼손한 듯해 스스로 견딜 수 없었다고 곤혹스러운 심경을 내비친 바 있다.[1] 대중문화는 대중의 생활

---

[1] 김승옥은 이 소설에 대한 부끄러움을 토로하면서도 '소설은 이야기'라는 것을 결코 부끄러워해서는 안 된다는 생각에 변함이 없으며, 다만 이야기를 어떤 구성과 말투로 들려주는가에 따라 소설의 묘미와 성패가 따른다고 할 때 이 소설이 그 나름의 의미를 지닌다는 점을 강조한다. 위에서 인용한 대목은 『강변부인』에 대한 것이지만, 특정 텍스트에 한정하지 않고 통속소설 창작에 대한 변명으로 보아도 무리가 없으리라고 판단된다. 김승옥, 「작가의 말: 나와 소설 쓰기」, 『강변부인』, 문학동네,

세계로부터 자연스럽게 발생하고 발전해 생명력을 유지해온 민속예술이나 민중예술과 달리 교환 가치를 추구하기 위해 관람자 또는 소비자 자체를 기획하고 창조하면서 그들의 욕망을 충족시키기 위한 상품의 성격을 갖는다. 그것은 고유한 미적 가치가 아니라 외적으로 부과된 환상의 내러티브를 향유하기 위한 물리적 계기로서 진지함과 심오함을 결여하고 있다.[2] 비정상적인 성관계와 잦은 성적 묘사, 호기심을 불러일으키는 야릇한 비밀과 추리적 요소, 직설적이고 적나라한 문체 등 통속적 모티프는 대중 독자의 지루함을 달래 주기 위한 것으로, 이 소설이 '감수성의 혁명'으로 상찬되어온 김승옥 문학 세계의 파국을 보여주는 불행한 사례임을 뜻한다.[3]

송태욱은 이 매체소설들을 김승옥이 소설에서 영화로, 소수의 문학 독자에서 다수의 대중 관객으로 나아가는 과정에서 생산된 중간 형태의 산물로 분류하고, 이러한 변이는 「환상수첩」의 자살을 꿈꾸던 '문리대의 환상'에 「무진기행」의 윤희중의 세계를 거쳐 속물인 세무서장 조의 세계로 들어선 것과 일치하는 것으로, 그의 문학적 특질이 대중 속으로 사라지는 모습을 볼 수 있다고 쓴 바 있다.[4] 그러나 송태욱이 암시하듯이 이 대중적 장편소설들은 김승옥 문학 세계에서 '전향' 혹은

1995, 13~15쪽.

2) 대중적 내러티브는 일종의 도덕적, 문화적 퇴행성, 즉 자유로운 무도덕 상태를 즐기려는 욕구를 충족시키는 데 목적이 있기 때문에 의도적으로 저급한 내용과 표현 방식을 택한다. 즉, 그것은 대중 독자에게 더 많은 쾌락을 안겨주기 위해 고안된 것으로 진지함과 심오함을 결여하고 있다. 김혜련, 『아름다운 가짜, 대중문화와 센티멘탈리즘』, 책세상, 2005, 67~95쪽.

3) 많은 대중의 사랑을 받은 베스트셀러는 공히 종교적 호소력, 선정주의, 자기 향상의 동기, 개인의 모험, 발랄성, 민주주의, 적시성 또는 시사적인 관심, 유머, 환상, 섹스어필, 이국성 등 여러 특징을 공유한다. 앨리스 페인 해케트, 이임자 역, 『베스트셀러의 진실』, 경인문화사, 1998, 93~103쪽.

4) 송태욱, 「김승옥 소설의 독자를 찾아서」, 『르네상스인 김승옥』, 엘피, 2005, 71~74쪽.

'전회'라고 할 만큼 이질적인 것이지만 어떤 일관된 흐름을 보여주는 것이기도 하다. 김승옥의 소설은 4·19 세대가 혁명 이후 급속한 세속화의 흐름 속에서 자기보존과 욕망을 최우선시하는 속물로 변모해감으로써 자기 환멸에 휩싸이는 고백 서사로서 한국 문학에 '진정성' 주체가 출현했음을 보여주는 사건이다. 그의 문학적 페르소나인 지방 출신의 상경 청년들에게 서울은 고통스러운 선망/시기를 안겨주는 욕망/소외의 장소였다.5) 서울로 상징되는 근대로 입사(入社)하는 과정에서 발생하는 무수한 망설임과 자기 혐오는 이들이 '진정성 윤리'에 추궁당하는 양심을 가진 자들임을 역설했다.6) 반면에 이 대중적 장편소설은 서울과 지방의 경계에 선 이방인이 아니라 서울의 중산층 계급을 주인공으로 내세워 그간 김승옥 소설의 중핵적 표상임에도 불구하고 흐릿하기만 했던 서울에 일상성과 육체성을 부여하고 있다.

『보통여자』와 『강변부인』은 각각 창작의 시기, 내러티브가 상이하지만, 공히 도시 중산층의 이상(異狀)적인 성적 행동 혹은 스캔들에 대한 서울판 킨제이 보고서7)로서 한국 근대성의 은밀한 속살을 들추어낸다는 점에서 대중서사의 문법을 적극적으로 차용하고 있다.8) 일반적으

---

5) 졸고, 「이동하는 모더니티와 난민의 감각― 김승옥 소설에 나타난 지방 출신 대학생의 도시 입사식(入社式)을 중심으로」, 『한국학연구』 60, 고려대학교 한국학연구소, 2017, 309~335쪽.

6) 김홍중, 「삶의 동물/속물화와 참을 수 없는 귀여움」, 『마음의 사회학』, 문학동네, 2009, 55쪽.

7) 알프레드 C. 킨제이는 「인간 남성의 성생활」(1948)과 「인간 여성의 성생활」(1953)을 통해 사회적 억압과 종교적 금기 때문에 감춰져 있던 성의 실상을 만인 앞에 드러냈다고 평가받는다. 조은, 조주현, 김은실, 『성 해방과 성정치』, 서울대학교 출판부, 1996, 39쪽.

8) 김승옥 문학의 통속성을 압축근대기의 문화적 징후로 다룬 글로 다음을 참고할 것. 김경연, 「통속의 정치학 : 1960년대 후반 김승옥 '주간지 소설' 재독(再讀)」, 『어문론집』 제62집, 중앙어문학회, 2015, 373~420쪽.

로 부유층이나 특권 계층의 음란하고 일탈적인 이야기는 도덕 과잉의 파시즘 사회가 가하는 무력감과 긴장을 상쇄해준다. 다른 한편으로 그것은 현실에 엄연히 존재하는 계급적 격차에서 비롯된 열패감을 위안해 심리주의적인 평등감을 충족시켜주거나, 도덕적 우월감을 안겨준다.[9] 그러나 이 매체소설들은 자극적인 내러티브를 통해 대중적 황홀을 자아내는 한편으로 위선적 성도덕으로 무장한 중산층 계급에 대한 탐구적 성격을 띠고 있어 흥행 코드로서 외설의 상상력을 초과하는 측면이 있다. 특히 『강변부인』의 강력한 선정성은 개발 국가의 통치 이데올로기가 구축되는 방식으로 활용된 모랄의 위기론을 차용해 건전과 근면 같은 중산층적 가치에 대한 반감을 보여주는 한편으로 '고결한 섹슈얼리티'에 대한 동의를 통해 중산층 속물 주체가 탄생하는 지점을 포착하고 있다.

일반적으로 속물은 맹목적으로 이익을 추구하는 화폐의 노예이거나 음흉하고 시기심이 많은 악인으로서, 사회의 보편적 도덕관념 혹은 정상 규범을 초과하는 예외적 개인으로 가정되기 쉽다. 그러나 속물은 모든 사람은 여러 종류의 위계 속에 등급별로 놓이며, 위계에서 차지하는 위치가 그 사람의 본질적 가치를 결정한다고 믿으며, 돈과 권력이라는 세속적 가치에 함몰된 존재라고 할 때[10] 고정된 신분제가 폐지되어 상호 비교를 통한 지위 경쟁이 본격화된 근대 사회에서 개인은 언제든지 속물로 전락할 위험을 안고 있다. 본래 개인주의는 "자신의 생각과 행동을 기존의 전통 규범에 맞추지 말고 모든 결정적인 상황에서 스스로

---

9) 김혜련, 앞의 책, 67~95쪽.

10) 속물은 화폐중심의 경제생활 속에서 욕망 중심의 삶을 살기 때문에 이상적인 것과 탁월한 것(arete)을 음미할 능력을 결여하고 있다. 이 한, 『삶은 왜 의미 있는가: 속물사회를 살아가는 자유인의 나침반』, 미지북스, 2016, 17쪽.

생각하고 보다 '더 자유롭고', '보다 덜 편협하고, 보다 진보적인 새로운 규범을 발전시키라"11)는 철학적 의미를 갖는다. 그러나 한국사회에서 해방과 전후를 계기로 싹튼 개인주의는 입신출세의 욕망으로 변질됨으로써 압축 성장을 이끈 동력이 된 한편으로 내면적 도덕을 자기 행위의 근거로 삼는 진정성 주체의 탄생을 유도하지 못했다.12) 김승옥의 소설은 신분 이동을 향한 열망을 현실화할 수 있는 중산층 계급을 통해 이상적인 것을 상실한 지리멸렬한 삶 속에 도사린 일탈적이고 불온한 충동을 그리는 한편으로 이들이 뛰어난 계산감각으로 건전한 속물로 거듭나는 과정을 담아낸다.

다른 한편으로 김승옥의 대중 소설은 남성 주체가 자기의 허위를 일깨워주는 '여성'이라는 '의미 있는 타자'를 상실하고 부권중심적인 가정 영역을 중심으로 구축된 지배적 남성성을 획득해가는 과정을 보여준다.13)『보통여자』,『강변부인』은 그 제목이 암시하듯이 여성이 중심이 된 이야기이다.14) 그러나 여성은 이전 김승옥 소설이 보여준 바처럼 남

---

11) 리하르트 반 뒬멘, 최윤영 역,『개인의 발견』, 현실문화연구, 2005, 252쪽.

12) 소영현에 의하면 한국사회의 속물성은 근대 일반의 속성으로서 세속화 과정에서 점차 확대되어간 중심과 주변들의 격차를 사회의 일원들 각자가 의미화하는 과정에서 형성되고, 그 격차를 극복하고자 한 노력들 가운데에서 안착되었다. 소영현,「전쟁 경험의 역사화, 한국 사회의 속물화: 헝그리 정신과 시민사회의 불가능성」,『한국학연구』제 32집, 고려대학교 한국학연구소, 2014, 306쪽.

13) 김승옥 소설이 한국문학사에서 의미 있는 탄생으로 기억되는 것은 자기 자신과의 진실한 접촉을 시도하는 자의식적 개인을 통해 자기 자신을 심판할 자기 나름의 법정으로 유비할 수 있는 '내면성'을 가시화했기 때문이다. 자기 진정성의 이념은 '나'는 자기 본연의 독자적인 어떤 것을 가지고 있고, 공동체가 부여한 의무가 아니라 이런 본연의 내면과 접촉할 때에만 나의 삶을 진실한 것이라는 근대적 이상을 함축한다. 찰스 테일러, 송영배 역,『불안한 현대사회』, 이학사, 2001, 134쪽.

14) 김승옥의 후기 소설이 여성의 개인, 주체, 자아의 문제에 대한 관심으로 전환되고 있음을 보여주는 연구로 다음을 참고할 것. 이은영,「김승옥 소설에 나타난 여성 주체 연구:「야행」과「보통여자」를 중심으로」,『한민족어문학』제 62호, 한민족어문학회, 2012, 427~450쪽.

성 주체가 속악한 도시—서울에서 살아남기 위해 짓밟거나 외면하는 희생자로, 수치심이나 죄의식 같은 도덕 감정을 일깨우는 원인이 되지 못한다. 최인호의 『별들의 고향』 등 개발기 대중소설이 여성 희생자를 통해 고결한 가치들의 상실이라는 근대화의 위기를 가시화하는 한편으로 자신만 살아남았다는 죄책감을 호소했다. 그러나 김승옥 소설에서 여성들은 도덕적이고 신화적인 의미를 상실하고, 지극히 평범한 속물이거나 제어되지 않는 성적 욕망에 사로잡힘으로써 가정을 위기에 빠뜨리는 위험으로 표상된다.15) 신화의 세계에서 추방된 여성은 물질적, 성적 육체를 획득함으로써 일말의 자유를 얻기는커녕 발전주의 국가의 헤게모니적 남성 주체가 통치하는 가정 속에 편입된다. 그리고 김승옥 문학의 남성 주체들은 도덕적 지평으로서 여성성과 여성적인 것을 상실함으로써 통속적 이해관계에 맞서 자기 진실성을 확보하기보다 가부장적 통치 주체로 태어난다.16) 어디까지나 기성의 사회가 허락하는 규범 혹은 질서 내에서 이른바 자기 이익을 추구하는 데 탐닉하는 속물이 탄생하는 것이다.17)

---

15) 권보드래 · 천정환에 의하면, '호스티스물'의 범람과 ≪선데이 서울≫류의 관음증이 상징하는 것처럼 누구도 순결하지 않다는 난폭한 의식은 1970년대의 특징이다. 그 의식을 스스로 과장하면서 폭력적 유린의 과정을 거친 후 찾아드는 한 켠의 죄의식, 또 한 켠으로 비로소 생성되는 남성적 유대와 남성적 성장의 서사—이것이 1970년대 대중서사를 특징짓는 공통의 화소이다.(권보드래 · 천정환, 『1960년대』, 천년의 상상, 2015, 79쪽.) 그러나 김승옥 소설은 대중서사물임에도 선악의 이분법과 도덕적 구원에 대한 감상주의적 비전 등으로 요약되는 멜로드라마의 문법과 거리가 멀다.

16) 김승옥은 소설 쓰기의 전통윤리 또는 절대 가치가 붕괴되는 시대에는 모럴리스트들이 할 말이 많아지는 법이라면서, 『강변부인』은 가정이 붕괴되는 시대의 치유할 수 없는 고통을 그린 것이며, 사회윤리적인 지평에서 이루어진 실험임을 강조한다. 김승옥, 앞의 책, 14쪽.

17) 김상봉에 의하면, 도덕(윤리)은 어떤 타자적 원인에 의해 떠밀려 생겨나는 것이 아닌 선 자신이 원인이 된 자발성 혹은 자유의지라는 점에서 밖에서 주어지는 타율적

2. 속물(snob)의 성숙과 결혼의 통과제의:『보통여자』(1969)

『보통여자』는 여성이 주된 독자층인 ≪주간여성≫에 연재된 소설로 중매를 통해 만난 중산층 계급의 남녀가 자신들의 결합을 가로막는 장애물을 극복하고 결혼에 이르는 과정을 담고 있다. 중매는 각자에게 결핍된 것을 채우기 위해 서로가 가진 것을 교환하는 거래로서 합리적이지만 서로를 향한 순수한 전념을 결여하고 있기 때문에 혼인의 장애물이 된다. 이 소설은 주인공 남녀가 혼인 소동을 겪는 한편으로, 의식적 조작 혹은 계산을 통해 서로를 향한 애착마저 발명함으로써 결혼이라는 자신들의 욕구(wants)를 실현하는 과정을 그린다. 이러한 사태는 경제적 이익을 위해 합리적으로 사고와 행동하는 자본주의적 개인의 출현을 함축한다.[18] 감정이나 열정마저 차갑게 관리하는 호모 센티멘탈리스트들은 중산층의 약삭빠른 현실감각을 보여준다.[19] 결혼은 엘리

강제의 체계인 당위적 규범과 구별된다. 그러나 한국 사회에서 도덕이나 당위적 규범의 근본 관심은 인간의 자유의 실현이 아니라, 언제나 가정이나 사회 또는 국가의 통합과 획일적 질서 유지를 핑계 삼아 개인의 자유를 억압하는 데 사용되어 왔다. 김상봉, 『호모 에티쿠스: 윤리적 인간의 탄생』, 한길사, 1999, 125쪽.

18) 조지프 슘페터는 쉴 새 없이 내부로부터 경제구조의 혁명을 일으키고, 끊임없이 오래된 것을 부수며, 멈추지 않고 새로운 것을 만들어내는 '창조적 파괴'가 자본주의의 본질이라고 설명한다. 자본주의 문명은 일상생활에서 경제활동을 통해 합리적 사고와 행동의 기본 훈련을 받는다. 모든 논리를 경제적 결정 패턴에서 도출된다. 다시 말해 경제적 패턴은 논리의 기본 기초이다. 경제활동에서 얻어진 합리적 습관을 일단 형성되기만 하면 유익한 경험이 갖는 학습 효과 때문에 인간 행동의 다른 영역으로 확산된다. 자본주의는 경제적 부문에서 규정되고 수량화된 타입의 논리, 태도는 인간의 사고와 철학, 인간의 의료 활동, 우주관, 인생관, 미와 정의에 관한 개념, 그리고 그의 정신적 포부를 비롯해 사실상 모든 것을 자신 속에 예속시키는, 즉 합리화하는 정복자의 질주를 시작한다. 또한 자본주의는 근대 과학의 정신적 태도뿐 아니라 인재와 수단도 만들어냈다는 것이다. 조지프 슘페터, 변상진 역, 『자본주의·사회주의·민주주의』, 한길사, 2011, 123쪽.

19) 감정사회학자인 엘바 일루즈는 "감정은 사회 이전 문화 이전의 어떤 것이 아니라,

트 청년 정명훈과 순진한 처녀 수정이 속물로 거듭나기 위한 속화된 성숙의 제의인 것이다.

주인공인 명훈은 이렇다 할 정치적 신념이나 문화적 이상이 없이 안락과 편리를 추구하는 젊은이로, 60년대 후반 경제 성장의 과실 속에 출현한 속물 세대를 대표한다. 그는 경기고와 서울대 상대를 거쳐 유수한 무역 회사에 다니는 28세의 젊은이임에도, "남아다운 야심"을 품기는커녕 초등학교 동창생인 종숙과 점심을 먹고 여관에 가는 생활을 통해 서울살이의 소소한 재미, 즉 도락(道樂)을 향유하는 데 몰두한다. 그러나 이렇듯 퇴폐 청년의 면모는 그가 인정과 존경이라는 속물적 욕망으로부터 자유로운 증거가 아니다. 그는 피 말리는 경쟁과 사회적 투쟁을 치르지 않고 쉽고 안전하게 부와 명예를 거머쥐고자 할 만큼 영악하다. 그는 자신이 속물임을 결코 부끄러워하지 않는 즉자적 속물로 중매 시장에서 자신의 뛰어난 스펙을 물질적인 풍요와 안락한 삶과 교환해 줄 부잣집 딸과 결혼해 실속을 챙기려고 한다. 맞선녀인 수정은 판사였던 남편이 죽자 사업을 경영하며 상당한 자산을 거머쥔 어머니를 두었다는 점에서 상품 가치가 높은 배우자이다. 이처럼 의미 있는 이상이 부재함에도 불구하고 그는 결코 부끄러움이나 수치심을 느끼지 못한다.

> "야망? 국가의 권력을 쥐고 흔들고 싶고 삼군을 호령하고 싶고 역
> 사의 물줄기를 바꾸어 흐르게 하고 싶단 말이지? 농담하지마. 우리
> 같은 전형적인 서울내기는 그런 거 할 수도 없지만 그럴 필요도 없

극도로 압축되어 있는 문화 의미들과 사회관계들 바로 그것이다."(15쪽)라고 주장한다. 우리의 감정은 다양한 경로를 통해 자아와 정체성을 제도화해왔다. 감정은 순치되지 않은 야생적 활기로 생동하기보다 이성적으로 그것을 적절히 관리 및 활용하는 새로운 주체를 만들어내는 근대적 양식이고 구조이다. 특히 그녀는 자본주의의 형성과정은 감정문화가 형성된 과정과 궤를 같이 한다고 주장한다. 에바 일루즈, 김정아 역, 『감정 자본주의』, 돌베개, 2010, 123쪽.

어. 그런 건 촌놈들한테나 맡겨둬. 염치불구, 뻔뻔스럽게 들이대는 배짱, 그 오기만큼, 치기만큼, 쥐뿔만하게 아는 걸 가지고 저만 옳다고 들이대는 촌놈들이나 할 일이야. (중략) 사실 사는 재미로야 우리나라에선 서울만큼 재미나게 살 만한 데가 어디 있니? 하지만 서울 사람 아니면 서울에서 사는 재미를 모르거든. 얼핏 보면 촌놈들이 온통 서울을 차지하고 설치는 것 같지만 따지고 보면 제 이름 석자나 날려보려고, 그게 아니면 일확천금할 백일몽이나 꾸며 고향 선배니 뭐니 찾아다니느라고 알짜 재미는 도무지 모르고 지내거든. 헛거야. 너 엉뚱한 꿈은 아예 꾸지도 말고 좀더 구체적이고 현실적으로 살아갈 생각을 해. 위대하다면 차라리 그 편이 위대한 거야."(24쪽)

명훈의 '야심 없는 속물'의 면모는 철들 무렵 일간지의 사회부 기자인 형의 조언을 듣고 난 이후로 형성된다. "사는 재미로야 우리나라에선 서울만큼 재미나게 살 만한 데가 어디 있니"라는 형의 말은 서울은 당대인이 욕망하는 모든 좋은 것들이 몰려있는 선망의 장소이며 "전형적인 서울내기"는 촌놈처럼 야심을 품을 필요가 없는 기득권임을 암시한다. '야심'은 출세나 성공의 바탕이 되어 줄 이렇다 할 사회 자본을 갖지 못했을 뿐더러 거대한 명분이나 이념에 사로잡힌 주변부인들, 즉 '촌놈'의 어휘이다. 즉 그것은 남성성 결핍에 시달리는 하위계급 남성 주체의 열등감을 역설할 뿐이다. 따라서 서울내기들은 "촌놈"들처럼 어리석게 행동하지 않도록 철두철미하게 현실 감각을 길러야 한다. 야심 없는 삶은 "역사의 물줄기를 바꾸어 흐르게 하고 싶단 말이지"라는 표현에서 짐작할 수 있듯이 사랑이나 정의 같은 이상적 가치가 아니라 손 안에 잡을 수 있는 구체적인 이익을 추구하는 탈정치적이고 탈역사적인 처세술로, '서울내기'들의 인생의 가치 판단에 대한 인식이 왜곡되었음을 암시한다.

기자인 형의 말은 60년대 후반의 한국 사회가 물질적 번영을 이룩했지만, 개인이 '자기 진정성' 같은 도덕 철학을 외면한 채 빗나간 인정투쟁에 사로잡혀 있음을 뜻한다. 촌놈들 역시 제 이름 석자나 날려보거나, 일확천금에 대한 백일몽으로 협잡을 마다 않는 속물에 불과하다는 비판은 이러한 판단을 뒷받침한다. 그러나 그것은 비지니스로 전락한 정치에 대한 준열한 비판이라기보다 진짜와 가짜, 진정성과 속물성 따위를 구별짓는 것 자체가 무의미하다는 냉소적 판단을 함축한다는 점에서 문제가 있다. 기성세대인 형에게서 비롯되어 명훈을 통해 확고해진 처세술은 현실 추수적인 것으로, 이상적이고 탁월한 것을 음미할 능력의 부재라는 속물의 한계를 역설한다. 전형적인 서울내기들의 삶을 인도하는 두 가지 좌표인 '실속'과 '재미'는 속물에게는 '좋은 삶(eudaemonia)'의 지평이 아예 존재하지 않음을 뜻한다. "촌놈들은 자기 자신이 꾸며낸 드라마가 아니면 도통 믿으려 들지 않"(25쪽)는다는 서술이 보여주듯 인간의 성찰적 내면은 한낱 기만적인 몽상이나 환상으로 치부되기 때문이다. 이렇듯 진실과 허위를 구분하는 도덕의 기준조차 폐기될 때 부와 권력을 향한 날 것의 욕망만이 오롯이 남을 수밖에 없다. 삶을 인도할 이상이 없음에도 불구하고 부끄러움이나 수치심조차 느낄 수 없다는 것은 주체의 동물화를 반증한다.

명훈은 이렇듯 철들 무렵 완성된 세속 철학을 바탕으로 냉철하게 실속과 재미를 추구해간다. 손해 보지 않고 이익을 챙기려는 합리적 삶의 태도는, 낭만적 사랑에 빠지기보다 중매로 결혼하겠다는 계획으로 나타난다. 그는 춘천에서 장교로 근무하던 무렵, 사귀던 여교사가 자신을 좇아 서울까지 오고, 자신에게 실연을 당하자 스스로를 망가뜨리려는 듯 다른 남자와 결혼하자 "부담감 또는 죄의식"을 느낀 후로 합리적인 거래로서 중매혼을 선택한다. 그럼에도 그가 종숙과 은밀한 관계를 반년이나 지속해온 것은 그녀가 "야심 같은 건 외면해버리고 서울 사회가 줄 수 있는 사소하지만 구체적이고 현실적인 재미"(31쪽)를 즐기는 자기와 유사한 부류라고 판단했기 때문이다. 그러나 계획한 대로 수월하게 이익을 거머쥐어 왔던 명훈의 인생이 꼬이기 시작한다. 수정이 사설탐정을 통해 종숙의 존재를 알고 명훈에 대해 실망하자 결혼 계획이 위기에 처하며, 종숙은 명훈의 아이를 임신하고 낙태하는 일련의 과정에서 심리적으로 취약해짐으로써 그에게 부담으로 다가오는 것이다. 그러나 이 소설은 두 여자를 기만했음에도 불구하고 명훈에게 이렇다 할 서사적 처벌을 내리지 않는다. 종숙은 제 욕망을 위해 순진한 명훈을 더럽혔다는 죄책감으로 그를 떠날 것을 결심하고, 수정은 순진함의 몽상에서 깨어나 종숙과의 대결에서 명훈을 빼앗기 위해 전략을 짤 만큼 속악해진다. 그리고 명훈은 성적 방종 혹은 무책임에 대한 반성을 바탕으로 좀더 건전하게 살아가겠다고 결심하게 된다.

종숙은 병리적인 취향을 가진 요부로 형상화되지만, 한국인의 물질주의적인 인정의 문화에서 상처입고 모욕당한 자이다.[20] 그녀는 막대한 재산가인 아버지 덕분에 물질적으로 풍요로운 어린 시절을 보냈지만, 중학교에 들어간 후 집안이 망하면서 계층 하락을 경험한다. 그녀는 과거의 영화를 되찾기 위해 어떤 일도 마다하지 않는 속물적 태도를 체화하지만, 현실의 장벽에 막혀 꿈을 좌절당한다. 이 후 그녀는 초등학교 동창생인 명훈과의 관계를 통해 부유했기 때문에 인생에서 가장 행복했던 어린 시절로 되돌아가고자 한다. 명훈은 어린 시절 학예회에서 함께 춤을 춘 짝으로 그녀의 "병적인 향수"벽을 만족시켜주는 대상

---

20) 장은주, 「상처 입은 삶의 빗나간 인정투쟁」, 『사회비평』, 통권 39호, 나남출판사, 2008, 29쪽.

인 것이다. "병적으로 자기의 어린 시절에 집착하는"(163쪽) 성향은 그녀가 남들과 자신을 구별짓고 우월감을 느낄 수 있는 인정과 존경의 자원으로부터 소외되어 있음을 드러낸다. 인간은 모두 사람이라는 이유만으로 존중받아야 한다는 것이 근대의 기본적 선언임에도 불구하고, 현실의 차원에서 재산이나 사회적 지위 같은 서열화된 가치들로 인해 인간의 등급이 매겨지고, 존중 혹은 모욕이 주어지는 차별의 기제가 작동하고 있는 것이다.

종숙의 이야기를 유별나다고만 할 수 없다. 한국의 근대화는 존엄한 사람으로 인정받기 위해서 신분상승을 경주해온 근면하고 성실한 개인들이 이룩한 성취의 총합이기 때문이다. 김승옥은 사회에 만연된 속물성의 논리를 비판적으로 극복하기보다 어떤 전략을 사용해서라도 성취하라는 경쟁주의적 가치관에 대해 무도덕한 태도를 취한다. 수정이 종숙의 존재를 알고 난 후 영리한 요부로 변모하는 과정은 일종의 성숙으로 의미화된다. 수정은 명훈의 음란한 사생활을 알고 분노하지만 이내 빌딩가의 직장 여성들을 보며 자신이 자립해 살아갈 능력이 없으며, 자신의 집안 역시 "남자가 정략결혼을 해올 만큼, 별나게 가진 게 없다."(201쪽)는 냉철한 판단에 도달한다. 그녀는 결혼을 가장 실질적이고 합리적인 대안으로 인지한 후 "사랑하는 사람들은 자기들의 사랑을 방해하는 것을 적으로 삼고 두 사람이 힘을 합해 싸운다"(145쪽)라는 의식의 조작을 통해 명훈에게서 종숙을 떼어버리겠다는 의지를 다진다. 수정은 순진함을 벗고 현실 속에서 이익을 계산할 줄 아는 보통 여자, 즉 속물이 된다. 수정의 처녀다운 순진함은 현실의 변화를 따라잡지 못하는 무능력의 증거에 불과한 것으로 취급된다.

수정은 자신의 처녀성을 던지는 과감한 투기를 통해 명훈을 유혹하는데, 이는 성적 자유주의와 무관한 것으로 영리하게 처신하지 않는다면 좋은 기회를 놓칠 뿐이라는 속물적 메시지를 담고 있다. 각성한 수정은 자신에게서 가장 값나가는 가치를 걸어 결혼이라는 투기의 전장에서 승리의 깃발을 움켜쥐려는 것이다. 처녀성의 가치는 수정의 돌발적인 유혹에 명훈이 묘한 감동을 느끼는 데서 증명된다. 그는 수정의 순결한 도발을 통해 자신이 "나무랄 데 없는 청년", 즉 "예의바르고 셈이 깨끗하고 책임감도 강하고 약속을 잘 지키는 청년", "세상의 체면, 관습을 존중하는 사람"이지만, "일단 자기만의 문제를 앞에 대하면 그는 도덕·부도덕을 무시하는 이기주의자"라는 점을 반성한다. "수정의 육체를 과거에 다른 여자들의 그것에 대해서와는 다르게 단순한 하나의 여체로서 본 것이 아니라 하나의 사회로 본 것은 아닐까?"(238쪽)라는 서술은 그가 수정을 통해 기성 사회가 요구하는 규범을 습득함으로써 건전한 성인으로 거듭날 것임을 암시한다. 즉, 그녀는 종숙에게서 찾을 수 없는 수정의 처녀다운 깨끗함을 통해 무절제한 욕망을 반성하고 '건전한' 삶의 미덕을 깨달은 것이다.

그러나 기실 명훈을 쟁취하기 위한 수정의 변화는 처녀다운 순결함에 대한 조롱어린 시선을 보여준다는 점에서 이 소설은 균열적이다. 수정은 대학에 다녔지만 연애 한 번 해본 적이 없으며, 가부장제 사회의 '여성성' 규범을 극도로 의식하는 수동적인 여자이다. 그러나 자신의 무능력한 위치를 깨달은 그녀는 눈치보기, 애원과 갈망, 기다림 같은 여성적 수동성의 상태를 벗어난다. "현실적인 태도로 처리해갈 생각을 해야지, 네가 무슨 철학자라구 발등에 불이 떨어진 형편에서 그런 한가한 생각을 하구 있니 그래?"(203쪽)라며 수정의 낡은 도덕률을 비웃는 주변인들의 조언에 따라 현실주의자로 변모한 것이다. 수정은 호텔에서 명훈과 깊은 스킨십을 나눈 후 "전 그 여자(종숙을 뜻함—필자)가 명훈씨를 사랑하고 있으면 좋겠어요." "제가 승리자가 되고 싶어서요."(242쪽)라고 말한다. 이는 그녀가 처녀다운 순결함으로 명훈을 구원한 것이 아니라 이익을 위해 스스로를 내던질 만큼 속악해졌음을 뜻한다. 처녀성은 어떤 정신적, 추상적 의미를 갖기보다 남성적 만족을 안겨주는 부가가치가 높은 자산일 뿐이다. 속물로 전락한 여성은 김승옥의 문학 세계에서 부끄러움을 일깨워주던 의미 있는 타자가 사라져버렸음을 뜻한다. 모든 것은 이익을 차지하기 위한 경쟁이 됨으로써 누가 선하고 누가 악한가라는 질문은 불가능해진다. 이렇듯 도덕/부도덕을 따지지 않는 무도덕한 태도는 속물의 알리바이이다.

3. 건전한 도덕의 토대인 가정과 바람난 주부의 섹슈얼리티: 『강변부인』(1977)

『강변부인』은 B급 매체인 ≪일요신문≫에 연재된 장편 소설로 히스테리적이라고 할 만큼 외설적인 상상력을 보여준다. 중산층 전업주부인 민희는 남편의 직장이 있는 성동구청 근처 호텔에서 혼외정사 중 남편의 외도 사실을 알게 된다. 맞은 편 방에 투숙한 남편이 출장 성매매 여성에게 폭력을 행사해 경찰에 체포되기 때문이다. 부부의 혼외정사라는 엽기적인 설정과 노골적인 성 묘사는 70년대 한국판 ≪플레이보이≫를 자처한 ≪선데이서울≫[21] 등을 통해 선보인 포르노적 내러티

---

21) 이성욱은 "'60년대 말에 창간된 ≪선데이 서울≫은 한국 대중문화사에 있어 하나의 사건이라고 해도 좋다. 출판 허가 받은 정기간행물, 그래서 검열 필터를 거친 것임에도 불구하고 기사 내용과 구성 그리고 소재의 화끈함 그리고 선정성은 당대 최고라 할만 했다. 사람들은 '한국의 ≪플레이보이≫'지'라고도 했다."라고 쓴 바 있다. 이성욱, 『쇼쇼쇼—김추자, 선데이서울 게다가 긴급조치』, 생각의 나무, 2004, 86쪽.

브의 전형이라고 할 만하다. 그것은 근대화가 요구하는 긴장과 억압에 대응하기 위해 도시인에게 성적 쾌락을 안겨주는 소비 상품으로서 대중소설의 기능을 암시한다. 즉, 사회 전반에 만연된 성적 엄숙주의와 경제 성장에 의해 조장된 정직, 성실, 근면의 근대화 이데올로기에 대한 대중의 반감과 불온한 욕망을 보여주는 한편으로[22] 건전한 도덕적 가치로 표방된 중산층 계급의 위선과 기만을 폭로하는 것이다.

국가 기구의 하부 단위인 성동구청의 주변에 위치한 호텔은 혼외정사, 성매매 등 반사회적 행위가 정상 사회를 지탱하고 있는 동력임을 역설한다. 민희는 단골 의상실의 윤여사로부터 남진을 소개받아 서로의 사생활을 함구한 채 관계를 맺는다. 그녀는 자신의 가정을 소중하게 여기기 때문에 남진이 "경멸스러운 놈팡이"이기를 바란다. "전문가적인 눈치"로 자기의 비밀을 지켜주기 바라는 것이다. 그러나 그에게서 "집 밖에서 남편이나 남편처럼 존경할 만한 남자들만이 풍기고 다닐 냄새"(248~249쪽)를 맡고 "뭔가 배신당하고 버림받은 듯 비참한 기분"에 사로잡힌다. "남자끼리의 규범있는 사회의 그 싸아한 쇳냄새"는 민희가 자신의 일탈적인 욕망에 대해 죄책감과 절망적 심경을 품게 만드는 중산층의 아비투스이자 가부장적 규범의 감각이다. 남진은 나이트클럽 주변을 어슬렁거리고 상스러운 말을 아무렇지 않게 지껄이지만, 백수나 제비가 아니라 성동구청 같은 관공서에 주로 출입하는 점잖은 직업 계층으로 사업이 방해받지 않도록 자투리 시간을 이용해 쾌락을 챙길 만큼 '건전'하다. 아내와 섹스 파트너, 사랑과 성을 별개로 분리하고 실속과 재미를 모두 추구하는 영리한 속물인 것이다.

민희가 남편 영준이나 섹스 파트너 남진에게서 감지하는 "싸아한 쇳

---

22) 임종수 · 박세현, 「『선데이서울』에 나타난 여성, 섹슈얼리티 그리고 1970년대」, 『한국문학연구』 44집, 동국대학교 한국문학연구소, 2013, 95쪽.

냄새"는 냉혹함, 계산적 이성, 폭력성 등 개발 주체의 남성성을 환유한다. 영준은 38세의 중년으로 대학에서 건축과를 졸업하고 재벌급의 건설회사의 현장 감독으로 일해오다가 현재는 건축설계사 사무소를 운영하는 건축가이다. 그는 전국토가 몸살 중인 건설 붐의 시대를 맞아 승승장구하는 중산층 계급의 전형으로 영동지구에서 아파트 건설에 매진하며 국가의 권위를 드높여 줄 강남개발사업에 참여한다. 그러나 그는 이렇다 할 사회적 책임 의식이나 도덕감 없이 "음성수입도 있고 자유시간도 있고 고분고분 말 잘 듣는 사람도 많아서 좋"(253쪽)다는 이유로 현장 근무를 선택할 만큼 부와 권력을 추구하는 속물이다. 또한 사회에서 자리를 잡은 후 늙은이가 되어버린 서글픈 감정을 성매매 여성을 "물건 취급"(252쪽)하는 가학적 섹스를 통해 보상받고자 할 만큼 도착적 성욕의 소유자이다. 흥미로운 것은 그가 아내를 포함해 사람들에게 보여주는 공식적인 얼굴과 맨 얼굴이 매우 다르다는 것이다. "몸에 밴 어리광 같은 태도가 섞여 상대방은 대체로 그의 주장에 말려들고 나서도 그를 미워할 수가 없다"(252~253쪽)는 서술은 무의식에 자리 잡은 유아적 나르시시즘과 반사회적인 욕망을 암시한다.

소설 속 모든 인물들은 점잖고 심지어 수줍어 보이는 모습 뒤에 속물적 욕망을 은닉하고 있다. 영준이 사업을 번창시킬 목적으로 인맥을 맺고 싶어하는 강의원은 현재 국회의원도 아니지만 '강의원'이라고 불리기 좋아하고, 그의 후처는 저명한 남편의 권력을 이용해 어린 남자 연예인의 성 상납을 받을 만큼 탐욕스러운 섹스광이다. 소설 속 인물들은 마치 모든 인간은 신분, 성별, 지위 고하를 떠나 욕망 앞에 평등하다고 주장하는 양 탐욕스러움을 드러낸다. 민희네의 식모인 순자는 아파트의 유행에 뒤처지지 않기 위해 강아지를 키워야 한다고 주장하며, 바람

난 민희에 대한 선망/시기인 양 운전사 김씨와 성적인 관계를 유지한
다. 운전사 김씨는 "탕아였다는 말이 믿어지지 않을 만큼 성실해뵈는
인상의 사내"(273쪽)이지만 부부의 비밀을 미끼 삼아 영준에게서 몫 돈
을 뜯어내는 한편으로, 민희를 능욕하기 위해 납치를 계획하고 실행한
다. 부끄러움을 잃어버린 채 저마다 자기 몫을 챙기기 위해 물질적, 성
적 욕망을 추구하는 탐욕스러움은 한국 근대성의 상징적 장소인 서울
사람들의 집단 심성으로 그려진다.

   김승옥은 개발기 한국인의 속물의식과 도덕의 부재를 중산층 가정
부인인 민희의 탈선으로 젠더화한다. 그리고 부권을 중심으로 한 가정
의 정화라는 가부장적 상상력의 상투성에 기댐으로써 파시즘 국가의
젠더 정치와 공모한다.23) 70년대 들어 사회 각 영역이 보수화되면서 서
구화, 현대화의 한 축도로서 중산층 핵가족과 사인화(私人化)한 존재로
서 주부에 대한 규제적 시선이 증가한다. 60년대와 달리 핵가족은 한국
의 전통 질서에 부합하지 않는 것으로 의미화되며, 중산층 주부는 권태
로울 만큼 한가한 유한 계급으로, 탈선에 빠지거나 우울증에 사로잡히
기 쉬운 불안한 존재로 포착된다. 이러한 비판 여론은 여성의 고학력화
와 가족법 개정운동을 통해 성장한 권리의식으로 인해 부계적이고 전
통적인 가족 질서나 고정된 젠더 역할이 흔들리는 데 따른 사회의 불안
을 보여준다. 나아가 그것은 부계(부권)중심의 가족 담론을 통해 여성
들을 재배치하는 한편으로 사회 전체를 도덕화하려는 정치 권력의 의

---

23) 김승옥은 "전통윤리 또는 절대 가치가 붕괴되는 시대에는 모럴리스트들이 할 말이
   많아지는 법이다."라고 전제하고『강변부인』은 불륜과 섹스라는 통속적 요소를 다
   루고 있지만 사회의 비윤리적 사태를 포착하려는 리얼리스트의 의욕을 담은 것으
   로, "쓴웃음 한 번 웃고 외면할 수밖에 없는 코미디─그것이 모든 비윤리적인 사태
   의 형상인 것 같다─"적 요소를 통해 "인간의 비리와 약점"을 보이고 싶었다고 밝
   히고 있다. 앞의 책, 14~15쪽.

도를 담고 있다.24) 국가는 여성의 섹슈얼리티를 여성 자신의 선택권이 아니라 국가가 주도하는 경제 근대화의 물결 속에서 공리적 이익을 위해 조절, 통제해야 할 대상으로 포착한다. 한 예로 근대화와 경제 개발 정책의 일환인 가족계획 사업은 여성의 섹슈얼리티와 몸을 근대성, 경제적 부(富), 행복, 능률, 복지와 연결지어 국가 발전에 기여하는 사회적 생산력의 요소로 만들었다.25) 이는 생식의 목적과 분리된 성적 쾌락에 대한 죄의식을 사회 전반에 유포하는 한편으로 여성을 현모양처 관념과 연결지어 성적 주체성을 부정하고 억압하는 효과를 가져왔다.

민희는 도덕적 정화를 명분 삼아 개인의 사생활을 통제하고자 하는 권력이 통치의 표적으로 삼은 유한마담의 전형이다. 삼십대 중후반으로 대졸 출신인 그녀는 시부모로부터 독립해 아이 하나를 둔 전업주부이자, 신흥 부유층의 주거 공간인 한강변의 60평 아파트에서 식모와 운전기사를 거느릴 만큼 생활의 여유를 누린다. 국가 프로젝트로서 근대화의 기치가 울려 퍼지는 서울에서 민희는 이렇다 할 의미 있는 생산 노동에 참여하기는커녕 호텔에 드나들며 외간 남자와 정을 통하고 서

---

24) 60년대 사회에서 가족은 사회발전, 경제발전의 명분과 결합해 근대화의 지표로 재구성되었다. 이로 인해 소가족적, 부부 중심적 핵가족론이 긍정적 차원에서 부상하게 된다. 그러나 70년대 이후 효와 노인 문제가 부상하고, 여성의 사회참여가 높아짐에 따라 여성−주부들을 재가정화하려는 비판의 목소리가 높아지게 되면서 핵가족 비판론이 등장하게 된다. 핵가족 비판론은 정치적으로는 60년대 말 이후 가속화된 정치 권력의 보수화 및 민주주의의 후퇴와 관련성이 깊다. 김혜경, 「논쟁의 장으로서의 "가족"」, 『조국 근대화의 젠더 정치−가족·노동·섹슈얼리티』, 아르케, 2015, 42~54쪽.

25) 출산율이 국가의 경제성장을 가로막는 요인으로 주목되면서 가임기 여성의 섹슈얼리티는 통제, 관리의 대상이 된다. 가족계획사업은 자연적이고 생물학적인 여성의 성을 정치, 경제 담론의 주요 대상으로 만들었다. 그 결과 여성의 성적 쾌락과 임신의 연결 고리는 분리되고, 여성에게 자녀교육에 헌신하고 가정에 정신적 안식을 제공하는 존재로서 근대적 모성의 역할이 부여된다. 이성숙, 『여성, 섹슈얼리티, 국가』, 책세상, 2009, 172~176쪽.

양 물건에 현혹된다. 개발주의의 이념에 부응하지 못하는 비국민으로서 민희의 퇴폐성은 특히 과잉 성욕과 혼외정사 같은 성적 일탈에서 극에 달한다. 그러나 민희는 보수적인 성도덕의 기만 혹은 허위를 폭로하는 위반적 인물이기도 하다는 점에서 '고결한 섹슈얼리티'에 대한 작가의 시선은 균열적이다. 대중소설 속의 악녀가 통상적으로 이렇다 할 서사적 맥락을 결여한 채 타고난 색정광으로 묘사되는 것과 달리, 민희는 모랄의 위선적 측면에 대한 반감 내지 저항감으로 일탈을 시도하기 때문이다.

민희에게 불륜의 파트너인 남진은 오로지 정사를 위해 필요한 익명적 신체로 둘 사이는 인격적 관계를 결여하고 있어 외도는 낭만적 사랑과 구별된다. 그것은 "체념이나 규범으로부터 해방된 시간"(246쪽)을 향유하기 위한 '탈주'로서 정상과 비정상에 대한 이분법을 통해 사회 전체를 도덕화하려는 정치 권력에 대한 위반의 욕망의 충동을 담고 있다. 그녀는 호텔에서 남편의 변태적 취향을 발견한 후 "그것이 왜 난잡하단 말인가! 그것은 '난잡하다'고 표현되어서는 안 된다. 아마도 '다양하게'라고 표현되어야 마땅할 것이다."(262쪽)라고 항변한다. 이는 성 본능이 사회 관계와 규범에 의해 제재를 받는 데 따른 반발감을 뜻한다. 민희는 대학 시절 동창생인 기일이에게 강간당한 후 성적 욕망에 눈 뜬다. 그러나 그녀가 자기의 욕망을 드러낼수록 기일이 자신을 "수치심을 내던져버린 한 마리 암컷"(308쪽)으로 취급하자 품위 있는 여성으로 대접받기 위해 욕망을 숨기는 한편으로 자위 행위에 몰두한다. 이는 여성의 섹슈얼리티가 공리적 대상이 됨으로써 극도로 순결하고 전통적인 성녀와 사회 불안을 조성하는 악녀라는 가부장제의 이분법이 공고화되었음을 암시한다. 그러나 이 소설은 여성 섹슈얼리티에 가해지는 억압보다 사회에 만연한 엄숙주의와 성의 보수화에 대한 반발감을 그려내기 위해 여성 인물을 도구화한다.

> "가정에서의 섹스란 엄하게 다스려 조그맣게 가둬두면 둘수록 가정의 다른 부분들, 즉 육아라든가, 문화적 취미생활이라든가, 친척들과의 보다 활발한 왕래라든가, 재산을 불려나간다든가 하는 일에 전념할 수 있다고 생각해왔다.
> 질펀하고 시뻘건 낯짝을 한 자극적인 섹스란 놈은 어디까지나 가정 밖으로 몰아내놓고 있어야 하는 것이었다.
> 그 시뻘건 낯짝을 하고 있는 녀석과의 교섭이란, 내 가정이 제대로 잘 굴러나가고 있는 것을 확인한 다음에 때때로 영화 구경을 가거나 보석반지를 사듯, 자신에게 속해 있는 죄스러운 욕망을 달래주는 정도로 슬그머니 가져야 하는 것이었다."(261쪽)

위의 인용문은 혼외정사의 근저에 뜻밖에도 "섹스에 대한 근원적인 경멸감 내지 죄의식"(261쪽)이 깔려 있음을 보여준다. 이는 신성한 가정의 이데올로기를 중심으로 정상적인 것과 비정상적인 것, 건전과 외설의 이분법이 형성됨으로써 생식이나 혼인 관계로부터 벗어난 섹슈얼리티가 불온한 것으로 의미화되고 있음을 뜻한다. 개발기 가정은 자유로운 개인이 도덕적 삶을 꾸려가는 공간이 아니라 근대화 프로젝트라는 신성한 과제를 수행하기 위해 국가로부터 호명된 장소이고, 부부는 국가의 번영과 가족의 신분상승을 위해 협력해야 할 동반자인 것이다. "남편이란 아무래도 신성한 의식에 함께 참여하고 있는 동반자"(309쪽)이기에 "시뻘건 낯짝"으로 표현된 일탈적인 욕망을 보여주어서는 안 된다는 민희 나름의 도덕 의식은 고결한 섹슈얼리티 규범에 대한 자의식을 의미한다. 그러므로 혼외정사는 반사회적인 욕망으로부터 신성한 가치로서 가정을 지키기 위한 자구책이 되는 기괴한 논리가 성립된다.

소설의 후반부에 이르면 민희의 성적 모험은 파국적 결과를 맞는다. 민희는 부부 동반으로 남편의 사업차 방문한 강의원의 별장에서 강의원 후처의 외도를 목격한 것을 계기로 강의원의 조카인 최양일과 반강제적으로 성관계를 맺게 됨으로써 "이른바 상류사회 사람들이 음침하게 숨기고 있는 그 용의주도한 비밀주의와 복수심의 희생물"(337쪽)이 된다. 그리고 민희는 제어할 수 없는 욕망에 사로잡힘으로써 성적 쾌락을 생활의 구분 일로 한정해오던 자기 나름의 균형 감각을 잃어버리고 최양일과의 관계에 탐닉하게 된다. 결국 이야기는 바람 난 민희가 혼외정사의 현장을 영준에게 발각 당해 매질을 당하며 부덕을 어긴 욕망을 심문, 처벌당하는 것으로 끝이 난다. 그녀는 남편이 자신을 성재엄마라고 부르자, "사회적 관계 속에서라야만 비로소 존재할 수 있는 자여. 네 이름은 병신이다"(385쪽)라는 체념적 인식을 통해 부계 사회에서 여성의 성적 자기결정권과 행위의 주체성은 용인될 수 없으며, 여성에게 주어진 유일한 정체성은 모성임을 확인한다.

민희와 영준은 현실적인 감각을 통해 가정의 위기를 수습한다. 민희는 강의원 부인의 계략에 의해 어쩔 수 없이 불륜을 저지른 것이라고 방어함으로써 자신 속에 타오르고 있는 욕망의 실체를 숨긴다. 그리고 "그 집안에 무슨 일이 생긴다면 우리라고 편할 것 같아요?"(391쪽)라며 영준이 강의원이 속한 상류사회 사람들을 통해 얻게 될 사업적 이익을 환기시켜 갈등을 수습한다. 영준은 민희의 말에 암묵적으로 동의함으로써 속물의 계산 감각을 회복하고, 민희에게 아이들을 위해서 살겠다는 다짐을 받음으로써 가족의 엄격한 통치자로서 권위를 획득한다. 그러나 부권 중심의 가족 질서는 분별없는 욕망과 이기주의를 넘어선 양심과 도덕의 회복이라는 의미를 갖지 못한다. 민희는 교사에게 아부하는 교육 엄마들과 돈 봉투를 받는 선생님들에게 실망하고 자신이 아이들을 어떻게 키워야 하는지 혼란스럽다고 고백한다. 그러나 영준은 "그것도 다 경쟁"이라며 극성스러운 교육 엄마들의 행위를 추켜 세워 사태의 참된 진실을 외면하고 불공정한 이익 추구 행위를 "좋은 취미"(294쪽), 즉 도덕인 양 기만한다. 진실은 그다지 중요하지 않다는 식의 태도는 타율적 권위 앞에 순종하거나 세상의 흐름을 따라가는 것이 생존을 위해 가장 영리한 선택이라는 속물의 철학을 들려주는 한편으로 가족이 숭고한 도덕적 가치라기보다 신분 이동을 위한 집합체임을 암시한다.

4. 결론

일반적으로 대중소설은 현실의 타락성을 환기시키는 막장적 요소의 다른 한편에 삶과 사회에 대한 의혹을 잠재우는 모랄을 제시하는 서사적 관습을 공유한다. 막장적 요소의 다른 한편에 물질적, 성적 욕망 추구를 부끄럽게 만드는 숭고한 희생자를 중심으로 사회의 타락을 정화하기 위한 도덕적 비전이 제시되는 것이다. 그러나 김승옥의 소설은 센티멘탈한 도덕의 자취를 찾을 수 없는 하드보일드한 통속으로 이렇다 할 이상적 목표를 갖지 못한 채 오로지 자기보존과 쾌락을 추구하는 서울 중산층을 통해 속물/동물화된 삶을 그려낸다.

이들 작품은 개발독재기의 많은 소설이 그러하듯이 주체성이 극도로 억눌림으로써 좌절한 지식인이나 예술가나, 타락한 사회에서 살아남기 위해 자기진정성의 이념을 외면하고 자괴감에 사로잡힌 우울증적 남성 주체는 존재하지 않는다. 개발 주체인 남성들은 더 이상 개인의 성장과 국가의 발전론적 도식을 겹쳐서 사유하지 않을 만큼 불온하고, 때로 근면과 성실이라는 근대화 이데올로기를 조롱하는 듯 일탈적인 욕망을 드러낸다. 그러나 남성 주체들은 개인주의적, 반국가주의적이며 성장—발전을 거부한 위험한 여성들의 자유와 욕망을 비판하고 통제하는 부권의 주체가 됨으로써 파시즘 국가의 일원이 되기를 마다하지 않는다.

참고문헌

기본자료

김승옥, 『김승옥 소설전집 1: 무진기행』, 문학동네, 1995.
김승옥, 『김승옥 소설전집 4: 강변부인』, 문학동네, 1995.

참고논저

권보드래 · 천정환, 『1960년대』, 천년의 상상, 2015.
김경연, 「통속의 정치학 : 1960년대 후반 김승옥 '주간지 소설' 재독(再讀)」, 『어문론집』 제62집, 중앙어문학회, 2015.
김상봉, 『호모 에티쿠스: 윤리적 인간의 탄생』, 한길사, 1999.
김은하, 「이동하는 모더니티와 난민의 감각 — 김승옥 소설에 나타난 지방 출신 대학생의 도시 입사식(入社式)을 중심으로」, 『한국학연구』 60, 고려대학교 한국학연구소, 2017. 3. 30.
김혜경, 「논쟁의 장으로서의 "가족"」, 『조국 근대화의 젠더 정치—가족 · 노동 · 섹슈얼리티』, 아르케, 2015.
김혜련, 『아름다운 가짜, 대중문화와 센티멘탈리즘』, 책세상, 2005.

김홍중, 「삶의 동물/속물화와 참을 수 없는 귀여움」, 『마음의 사회학』, 문학동네, 2009.

소영현, 「전쟁 경험의 역사화, 한국 사회의 속물화 '헝그리정신과 시민사회의 불가능성」, 『한국학연구』제 32집, 고려대학교 한국학연구소, 2014.

송태욱, 「김승옥 소설의 독자를 찾아서」, 『르네상스인 김승옥』, 엘피, 2005.

이성숙, 『여성, 섹슈얼리티, 국가』, 책세상, 2009.

이성욱, 『쇼쇼쇼─김추자, 선데이서울 게다가 긴급조치』, 생각의 나무, 2004.

이은영, 「김승옥 소설에 나타난 여성 주체 연구 :「야행」과「보통여자」를 중심으로」, 『한민족어문학』제62호, 한민족어문학회, 2012.

이 한, 『삶은 왜 의미 있는가: 속물사회를 살아가는 자유인의 나침반』, 미지북스, 2016.

임종수 · 박세현, 「『선데이서울』에 나타난 여성, 섹슈얼리티 그리고 1970년대」, 『한국문학연구』44집, 동국대학교 한국문학연구소, 2013.

장은주, 「상처 입은 삶의 빗나간 인정투쟁」, 『사회비평』, 통권 39호, 나남출판사, 2008.

조은, 조주현, 김은실, 『성 해방과 성정치』, 서울대학교 출판부, 1996.

리하르트 반 뒐멘, 최윤영 역, 『개인의 발견』, 현실문화연구, 2005.

앨리스 페인 해케트, 이임자 역, 『베스트셀러의 진실』, 경인문화사, 1998.

에바 일루즈, 김정아 역, 『감정 자본주의』, 돌베개, 2010.

조지프 슘페터, 변상진 역, 『자본주의 · 사회주의 · 민주주의』, 한길사, 2011.

찰스 테일러, 송영배 역, 『불안한 현대사회』, 이학사, 2001.

호스테스 멜로드라마 속의 청년들

최인호의『별들의 고향』을 중심으로

남성의 입사식(入社式) 구조와 거세 콤플렉스의 무의식

최인호의『별들의 고향』[1]은 1972년 9월부터 이듬해 9월까지 조선
일보에 연재되고 1973년 예문관에서 단행본으로 출간되어 출판 사상
초유의 100만 부의 벽에 도전한 화제작이다. 이 작품은 호스티스 소설
의 원조나 상업주의 문학으로 비판받기도 하였다.[2] 그러나 "상업주의
소설의 대명사처럼 여겨진 작품이지만 작품의 내용으로 보면 70년대
의 상황을 변증하는 작품적 가치를 지닌다"[3]거나, 여주인공인 '경아'는

---

1) 본고는『별들의 고향』(상·하), 동화출판공사, 1985년 판을 텍스트로 한다.
2) 김종철은 "독자에게 건강한 오락과 생활정보를 제공한다는 구실 아래, 소비를 조장
   하고 건강한 비판의식을 마비시키는 상업주의 문화"(93쪽)의 한 지류로 상업주의
   소설을 지목하며 경아라는 인물을 내세워 "지배계층과 소외계층의 문제를 다루고
   있다고 평가하는 것은, 이 사회의 인간다운 삶과 진실을 반영하기는커녕 허망한 사
   랑의 유희를 벌이는 인물들을 내세워 독자의 인기를 노리는 상업주의 소설의 기만
   성과 허위를 은폐하고 조장하는 일"(110쪽)이 될 수 있다고 비판한다. 이 글은 이데
   올로기 통제 수단이 되는 상업주의 문학의 문제점을 적절히 논하고 있으나 작품에
   대한 실제 비평에는 소홀하다는 한계가 있다. 김종철,「상업주의 소설론」,『한국문
   학의 현단계 II』, 창작과비평사, 1983.

산업화로 인한 이농 인구의 도시 노동자화, 서비스업 종사자의 등장이라는 당대 상황을 반영한 "현실의 적극적인 축도"[4]라는 점에서 1970년대 사회상을 반영한 작품으로 평가되기도 한다. 한 시대를 풍미한 텍스트에는 당대 사회의 시대적 에피스테메(episteme)가 투영되어 있다는 점에서 『별들의 고향』은 집중적인 연구가 이루어질 자격이 충분하다.[5] 『별들의 고향』은 1970년대의 경제 부흥으로 발생한 소비주의의 활기와 도시인의 우울을 가볍고 감각적인 글쓰기 스타일을 통해 보여준다. 그러나 무엇보다 『별들의 고향』에서 주목할 부분은 현실에 대한 부적응과 도태에 대한 불안 속에서 갈팡질팡하는 한 남성의 성애적 경험과 이를 통해 이루어지는 입사(入社)다. 아직 사회적 남성성을 획득하지 못한 주인공이 한 여자의 성적 육체에 대한 매혹과 거부의 양가감정을 통해 통합적 자아를 형성해 나가는 과정은 개발독재기 남성의

---

3) 전영태, 「소설적 인식의 전환과 다양성의 확보－1960년대와 1970년대의 소설」, 권영민 편저, 『한국문학 50년』, 문학사상사, 1995, 172쪽.

4) 김주연, 「산업화와 문화충격－대중문화의 경우－」, 『김주연평론문학선』, 문학사상사, 1992.

5) 『별들의 고향』에 대한 기존의 논의가 "텍스트 자체의 내적 논리와 '인기'의 형태로 존재하는 텍스트의 사회적 맥락에 대해 함구"하고 있음을 비판하는 차혜영의 글(「'종합선물셋트'로서의 문학, 1970년대 대중 소설의 존재 양상－최인호의 『별들의 고향』을 중심으로」, 『한국문학평론』17호, 아래ㅇ, 2001.)은 주목할 만하다. 그는 이 작품의 인기의 근저에 자리한 "시대적 에피스테메의 문제－근대화, 산업화의 본질이자 그 본질이 전제하는 사유구조이고, 동시에 그것을 집단적 심리적으로 드러내면서 동시에 은폐하는 어떤 핵심적 지점"을 분석해 낼 필요성을 제기한다. 그는 당대 독자들이 "솔직하고 경쾌한 새로운 사랑이 주는 정서적 해방감에 흠뻑 빠져 들었고, 그 새로운 사랑은 당대에 부상하는 소비재로서의 상품의 패러다임 속에 안착된 것이었기에 자연스럽고 당연한 것으로 받아 들여"졌음을 주목한다. 그리고 "남자의 성공과 성장의 신화라는 1970년대 한국사회가 이룩한 그 숨가쁜 성장의 드라마와 그것이 필수적으로 요구하고 은폐시킨 폭력"이 자리하고 있다고 본다. 이러한 지적은 이 작품의 성공의 이유를 상업소설의 몇 가지 공식에 근거에 평하는 기존의 논의를 뛰어넘는다는 미덕이 있다. 그러나 그는 왜 그러한 시대적 희생제의가 경아라는 여성을 통해 이루어지고 있는가에 대해서는 관심을 기울이지 않고 있다.

주체성의 성격이 무엇인가를 보여준다.

본고는 『별들의 고향』이 근대 문학의 상징적 형식인 성장소설의 구조를 빌어 개발독재기 남성의 입사 과정을 담아내고 있음을 강조하고자 한다. 이는 이 작품을 오경아가 아닌 서술자 김문오가 주인공인 일인칭 시점의 자기 고백담으로 보아야 함을 의미한다. "주인공의 이름이 기억되어 마치 자신의 첫사랑이나 친근하게 느껴져 이름을 부를 수 있을 만큼 자연스럽게 기억되어질 것"[6]이라는 작가의 계획대로, 경아는 독자의 기억 속에 깊이 각인된 인물이다. 영원히 나이를 먹지 않을 듯한 탄력 있는 육체와 백치에 가까울 만큼의 순수성에 대한 독자의 숭배는 수난에 대한 연민과 합체되어 경아를 매우 인상적인 인물이 되게 하였다. 작가에 따르면 전국의 술집 여급들이 이름을 경아로 바꾸고, 남자들은 경아가 불쌍하다며 저녁마다 술을 마시는 진풍경을 벌일 정도였다고 한다. 이는 유신 선포 직전의 억압적인 상황 속에서 당대 독자들이 선함에도 불구하고 환경에 의해 철저히 파손되는 경아와 정치적 폭력 앞에 무력한 스스로를 동일시했으리라는 추측 역시 가능케 한다. 그만큼 오경아는 동일시의 대상이자, 만인의 연인으로 존재해 왔다.[7] 오경아는 『별들의 고향』의 환유인 것이다. 이로 인해 텍스트 자체를 경아 이야기로 치환시켜 읽는 독법은 관행처럼 평단에서도 횡행해 왔다. 다음과 같은 경우는 이러한 예다.

> 『별들의 고향』은 다 아는 바대로, '오경아'라는 '순수하고 아름다우며 멋진 육체를 가진 처녀'가 각양의 남자를 만나 사랑하다가 버

---

6) 「작가의 말」, 『별들의 고향』(상), 샘터사, 1994, 15쪽.
7) 이형기, 「'별들의 고향' 호스티스 삶 통해 도시 비정 고발」, 《한국일보》, 1991년 8월 31일.

림받고, 다시 사랑하고 버림받다가 마침내 수면제 과다 복용으로 횡사하게 되는 '슬픈' 여인의 이야기이다.[8]

　그러나 이 작품을 "다 아는 바대로", 오경아의 이야기라고 할 경우, 하권의 대부분을 차지하는 문오의 이야기는 해석의 그물망 속에 아예 들어오지 못하는 문제가 발생한다. 경아가 근대 소설의 주인공이 되기에는 독자적인 내면의식과 행위자로서의 능동성이 부재한 수동적 인물인 반면 문오는 나레이터만으로 볼 수 없을 정도로 내면과 생활 세계를 지속적으로 노출하며 결국 자기를 정립해 가는 능동적 인물이다. 이러한 측면을 간과할 때 "경아가 도시의 신기루를 쫓다가 오히려 그 도시에 의해 희생된 인물의 전형이라면, 문오를 비롯한 남자들은 남성 이데올로기가 지배하는 도시의 유혹에 스스로를 내던진 인물"[9]이라는 식의 부적절한 독해가 이루어진다. 경아의 욕망의 대상은 딱히 '도시적인 것'이라기보다 현모양처의 삶이며, 파멸의 원인은 가부장제의 가족 질서 속으로 들어갈 자격을 상실했음을 보여주는 징표인, 순결을 훼손당한 육체의 '불구성' 탓이기 때문이다. 반면 문오는 사이렌의 유혹을 물리치고 끝내 고향으로 귀환하는 오디세우스처럼 경아를 타자화함으로써 시민 남성의 세계에 입문하는, 살아남은 주인공이며 경아를 기록하는 회고적 서술의 주체이다.

　경아를 막연히 타락한 사회 관계 속에서 소외된 타자로 읽는 독법도 소설 전체의 플롯을 간과한 채 경아 이야기만을 뚝 떼어 읽는 절반의 독서가 되기 쉽다. 문제는 이렇듯 경아만을 절취해 읽는 독법이 오독은

---

8) 정덕준, 「1970년대 대중소설의 성격에 관한 연구—도시의 생태학, 그 좌절과 희망」, 『한국문학이론과 비평』제16집, 한국문학이론과 비평학회, 예림, 2003, 75쪽.
9) 앞의 책, 79쪽.

물론이고, 작품에 대한 과잉 평가로 연결되면서 텍스트의 의미의 구조를 은폐한다는 데 있다. 김현주는 대중소설에 적극적으로 의미를 부여하는 가운데, 『별들의 고향』을 "현실에 대한 저항과 순응 사이를 끊임없이 교차하는 계열체"의 소설로 분류한다.[10] 이 글에서 특기할 만한 점은 경아를 "남성의 타자"이자 "당대의 타자인 일반 대중의 모습"으로 확대해 보는 것이다. 이러한 해석을 바탕으로 이 글은 경아의 수난 위에 부각된 숭고한 희생자 이미지를 염두에 둔 듯 "창녀의 사회적 의미가 성처녀 이미지로 이중화되면서 지배 이데올로기의 힘이 확연하게 표면으로 도출"된다고 평가한다. 그러나 이러한 해석은 비평적 객관성이 부족한 다소 감상적인 고평이 될 가능성이 크다. 경아는 소외된 일반 대중으로 치환시키기에 전형적인 여성 전락의 길을 걸어가는 창녀이다. 순결을 상실하고, 불임을 선고받게 됨으로써 어머니와 아내가 될 수 없었던 경아를 바라보는 당대적 정서가 비록 안타까움과 공감이라고 할지라도, 호스티스 경아를 소외된 대중과 동일시하는 것은 성맹(sex-blind)적 독해에 해당한다.

이러한 측면에서 볼 때 "서술자이자 또 다른 주인공인 '나'에게도 해석의 초점이 맞추어져야"[11]한다는 강상희의 지적은 귀 기울일 만하다. 그러나 주인공을 오경아, 김문오 두 사람으로 내세우고 있는 이 글은 주인공 확정에 대한 애초의 문제 의식을 다소 성급한 절충안으로 마무리한 듯한 인상을 준다. 이 글은 『별들의 고향』을 "소재와 구성이 의미심장하고, 예리한 주제의식"의 작품, 단순한 상업주의 소설이 아니라

---

10) 김현주, 「1970년대 대중소설 연구」, 민족문학사연구소 현대문학분과 편, 『1970년대 문학연구』, 소명출판사, 2000.
11) 강상희, 「현대의 비극 혹은 천사와 창녀의 이중창─통속이 아닌 예리한 주제의식의 소설 『별들의 고향』」, 『문학사상』 2000년 3월호, 문학사상사.

"산업개발자 파우스트의 논리를 거부하는 내적 저항이 음각되어 있는" "대단히 불온한 소설"로 격상시킨다. 또한 "서술자 '나'는 어떤 남성 인물과의 동일시도 꾀하지 않고 오직 여성만을 자아 구성의 거울로 삼는다"는 준거를 통해 이 작품이 "1970년대의 현대화 방식, 산업화, 도시화, 물화에 대한 염증과 비관이 남성적 자아와 남성성을 탈피하여 대안적인 자아로서 여성화된 남성을 내세우게 한 것"이라고 고평한다. 문오가 경아와 혜정을 자아 구성의 거울로 삼는다는 지적은 타당하다. 그러나 다음 장에서 본격적으로 논의하겠지만, 이 때의 거울은 근대의 부정적 남성성을 반사하는 반성적 거울이 아닌, 일종의 사회적 무능력자인 문오가 자신의 초라함을 확인하고 남성적 주체성을 정립하게 하는 타자로서의 여성—거울이라는 점은 간과된다. 또한 이야기의 끝에서 문오가 획득한 주체성의 성격은 여성화된 남성성이라기 보다는 초남성성에 가깝다. 또한 "경아로 형상화된 이 훼손된 여성성은 파행적·남성적인 현대화의 도상에서 경험했던 피로와 권태와 좌절감이 그 어디에서도 위로받지 못하였음을 반증하는 것일지도 모른다"는 진단은 경아가 문오의 타자라는 점을 무자각적으로 지적해 내는 것이지만, 근대의 주체를 남성으로 여성을 남성의 위안자로 설정하는 독법을 벗어나지 못한다.

이러한 연구의 한계를 극복하고 만인의 연인이자, 가엾은 희생자인 경아의 이야기를 온전히 해석해 내기 위해서도 소설의 주인공을 김문오로 확정해야 한다. 이를 위해 조금 지리하지만, 각 장의 스토리를 간추려 볼 필요가 있다. 상·하권 총 열 개의 장으로 구성된 이 작품은 미술대학 강사 김문오가 새벽녘 경찰의 전화를 받고 경아의 주검을 확인하는 것으로 시작되어(1장과 2장 전반부) 경아를 화장(火葬)하고 일상으로 복귀해 출근하는 장면으로 끝맺음된다(10장). 이 사이에 경아와, 김문오 자신에 대한 회고담이 각각 비슷한 비율로 서술된다. 문오의 회상이 시작되는 2장 후반부부터 3, 4, 5, 6장에서는 약전 형식을 빌어 경아의 출생, 아버지의 죽음으로 인한 가계곤란, 대학 일학년 중퇴, 경리 생활, 영석과의 연애와 낙태 그리고 버려짐, 중소기업 사장 만준과의 결혼과 이혼, 호스티스로의 전락과 '나'와의 동거 생활이 그려진다. 그러나 7, 8, 9장에서 경아는 배면으로 물러나고 "이제 내 얘기를 해야 겠다"는 서술을 필두로 김문오의 일상과 내면에 이야기의 초점이 맞추어진다. 경아와의 만남, 동거생활, 그림 그리기와 경제 활동의 시작, 경아와의 이별과 서울 벗어나기, 귀향과 화가로서의 데뷔, 대학 강사가 되어 서울 입성, 환도 후 도시 부적응 상황 등이 대략의 스토리로 등장한다. 그러므로 실상 시간 순으로 보면 1장은 9장 다음에 위치하는 게 자연스럽다. 그런데 현재─과거─현재의 시간 구조를 취하게 되면, 김문오가 오경아의 죽음을 계기로 자기를 정립하며 사회로 입사하는 과정을 담아내기에 적합한 형식이 된다. 김문오가 "철부지같은" 젊은 날과 작별하고 자기를 정립해 가는 가운데 중심적인 역할을 담당하는 것이 경아이다. "내가 네(경아─인용자) 곁을 떠난다는 것은 이젠 영원히 젊음과의 이별이야"라는 서술이 말해주듯이 이야기는 김문오가 성인으로서의 자기 정체성을 확립하는 과정에서 경아라는 매혹적이지만 궁극적으로 거부해야 할 대상과 이별하는 과정을 담게 된다. 경아는 때에 따라 나의 연인·분신·젊음으로 호칭되지만, 궁극적으로는 내가 넘어서야 할 문지방이다. 이 때 경아의 성적 육체는 사회화를 거부하는 퇴행의 욕망과 거세에 대한 공포 속에서 이루어지는 '나'의 성장의 이야기에서 매우 중요한 의미를 갖는다.

일반적으로 이야기가 진척되어 나가는 맨 처음의 장면에는 "소설 전체의 주제 및 성격을 예시할 수 있는 암시성이 내포"[12]되어 있다. 1장 <돌연한 사건>에서 문오가 경찰의 난데없는 호출을 받고 마주한 빛바랜 사진은 이 소설이 육체[13]에 관한 이야기가 될 것임을 암시한다.

"나는 그가 내준 사진을 받아서 들여다 보았다.
굉장히 낡은 사진이었다. 부우옇게 빛이 바래 있었고, 더욱이 물기에 젖어 함부로 꾸겨져 있었다.
나는 자세히 사진을 들여다 보았다.
「여자 사진이군요?」
나는 방형사를 올려 보았다.
「그렇소, 여자 사진이오.」
방 형사는 매우 의미심장한 웃음을 얼굴 위에 띠어 올렸다.
「보다시피 훌륭한 육체를 가진 여인이오.」
사진 속의 여자는 해수욕복을 입고 바다인지 강인지 물가를 배경으로 서 있었는데, 방형사의 말마따나 매우 선정적인 몸가짐을 하고 있었다. 그러나 사진이 너무 낡았으므로 그 여자가 누구인가 분간하기엔 곤란하였다." (15쪽)

두 남자의 시선에 의해 경아는 매우 에로틱한 성적 대상으로 위치지어 진다. 이는 "매우 선정적인 몸가짐", "훌륭한 육체를 가진 여인"이라는 표현이 거듭 강조되고 있는 데서 알 수 있다. 독자의 시선을 붙들어두기에 충분한, 경아의 아름다운 육체는 욕망의 대상으로서 시선의 초점이 되는 것이다. 서술자는 시체안치소 사내의 입을 빌어 "그 예쁜 여

---

12) 정한숙, 『현대소설창작법』, 웅동, 2000, 103쪽.
13) 피터 부룩스, 앞의 책. 부룩스는 "육체는 의미 생성의 장소, 즉 이야기가 각인되는 장소가 되며 동시에 그 자체가 하나의 기표, 즉 서술적 플롯과 의미 산출에 있어 일차적 요소가 된다"(30쪽)고 밝히고 있다.

자", "참 깨끗한 여자", "아주 예쁜 얼굴"이라고 상찬하며 경아의 육체를 이야기가 시작되는 고정점이 되게 한다. 이는 『별들의 고향』이 에로틱한 서사물이 될 것임을 암시하는 것이기도 하다. 경아의 옷은 벗겨지고, 서술자의 시선은 그녀의 성적 육체를 하나하나 쫓아갈 것임이 예고된다고 볼 수 있다. 이렇듯 사진 속 경아가 보여지는 수동적 존재라면 시체안치소 사내나 김문오는 보는 자로서 능동적인 위치를 갖는다. 이는 여성은 언술의 차원에서나 이야기의 차원에서도 권위 있는 시선을 가질 수 없음을 의미한다. 여성은 남성의 관음증적 시선을 모으는 스펙타클의 역할을 하는 동시에 상징 질서를 구조화하는 결핍으로서 기능한다.14)

쉽게 "분간"하지 못할 만큼 빛이 바래고 구겨진 사진 속의 경아의 육체는 서술자 문오의 무의식에 관한 이야기가 시작되는 관문 역할을 한다. 그런데 김문오는 경아의 사진을 알아보지 못할 뿐만 아니라 경아의 시신을 확인하기 두려워 한다. 시체안치소 사내는 "고통이 없는 듯한 표정이 의심스러울 정도"로 "깨끗한" 시체라며 거듭 안심시키는데도 불구하고 끝내 문오는 사체 확인을 거부한다. 문오가 경아의 사체를 확인하기 거부하는 것은 친숙한 이의 죽음이 안겨 준 슬픔이나 시신이 불

---

14) 수잔나 D. 월터스, 김현미 역, 『이미지와 현실 사이의 여성들』, 또 하나의 문화, 1999, 72~76쪽 참조. 여성주의 비평은 성별과 시선의 문제에 대해 깊은 관심을 기울여 왔다. 여성이 성적 스펙타클로서, 남성에게 "보여지기" 위해 재현된다면 과연 어떤 과정을 거치는지를 밝히기 위해 시각 메커니즘에 대한 연구가 이루어져 왔다. 이러한 연구의 포문을 열어준 존 버거는 성별화된 시각 양식 개념을 도입해 여성의 몸이 어떻게 대상화되어 보여주는 가운데, "응시"에 관한 여성주의 이론을 전개했다. 또한 로라 멀비는 여성의 대상화는 눈길을 끌기 위해 "끼워진" 것이 아니라 이미지 구성 자체에 본질적으로 내재한 것이며, 특히 영화보기에는 관음증과 물신주의라는 두 가지 기본 쾌락이 존재한다고 보았다. 『별들의 고향』에서 여성의 육체는 독자의 시선을 잡아둠으로써 상업주의적 효과를 높이기 위한 도구적 장치만이 아닌 상징 질서를 구조화하는 물신주의적 메커니즘 속에 위치해 있다.

러 일으키는 두려움 때문이 아닌 '나'의 생명을 위협해 오는 느낌 때문
이다. "알지 못할 공포감이 엄습해 오는 것을 느꼈다. 그것은 그녀의 죽
음에 대한 공포감에서라기보다는 오히려 내가 살아 있다라는 외경스
러운 느낌 때문이었다"는 서술은 이를 증명한다. 다시 말해, 경아의 죽
음이 '나'의 소멸에 대한 공포를 일깨우는 것을 사체가 살아 있는 이에
게 주는 일반적인 반응으로 해석할 수 없다. 왜냐하면 경아의 죽음은
유순한 죽음인 자연사가 아닌 사회적 거세 혹은 축출의 결과로 이루어
진 자살이기 때문이다. 무서운 아버지의 율법은 경아의 사체 속에 새겨
져 있다. 상징계[15]의 질서를 위반한 몸에 가해진 죽음은 무서운 '아버
지'의 처벌이 된다. 경아는 '나'와 마찬가지로 술과 잠과 섹스 그리고 무
위와 같은 도피의 나날을 살며 현실의 질서에 순응하지 못한 '나'의 쌍
둥이 영혼이다. 경아의 죽음은 '아버지'의 처벌의 위협이 허구가 아님
을 보여주는, '아버지'의 메시지이다.

'아버지'에 대한 거부와 그 만큼의 두려움이 교차하는 '나'의 무의식
은 경아의 벌거벗은 몸을 바라보는 시선 속에서 떠오른다. 여성의 벌거

---

15) 자끄 라깡(Jacques Lacan)은 프로이트의 외디푸스적 과정에 대한 개념에 '상징
계'(The symbolic)에 대한 자신의 개념을 그려넣었다. 상징계로의 접근은, 어머니와
자식의 이자적 세계인 '상상계'(The imaginary)에서 나와, 아버지의 이름과 아버지
의 법에 대한 인식으로, 경계선을 건넘으로써 성취된다. 이것은 신체를 기반으로
하던 물질적 관계에서 사회적 교환, 문화 그리고 금기에 의해 만들어진 관계로 들
어간 것을 말한다. 이것은 레비−스트로스의 관심사이기도 했다. 레비−스트로스
는 사회란 상징적 체계들의 결합으로 간주되어야 하며, 그 첫 등급은 언어, 혼인규
칙, 경제관계, 예술 그리고 종교가 될 것이라는 점을 주장했다. 라깡은 인간 사회
의 토대인 이러한 혼인 관계의 법칙이 언어의 법칙과 동일하다고 지적하며, 자신
의 상징계라고 하는, 어린 아이는 언어의 습득을 통해 그리고 어머니와 결합하려
는 근친상간적 욕망의 포기를 통해서만 받아들여질 수 있는 문화의 차원에 대한
이론을 다듬어 놓았다.−마단 사럽, 김해수 역,『알기 쉬운 자끄 라깡』, 백의, 1994,
82~83쪽 참조.

벗은 몸은 남성에게 성적 쾌락만이 아닌 거세 콤플렉스를 일깨워 주기 때문이다. 여성의 옷을 벗기는 시선이 궁극적으로 가 닿는 여성의 성기는 텅 빈 결여로서 남성의 거세 공포를 일깨워 주기에 응시의 쾌락은 위험한 것이 될 수 있다.[16] 경아의 이야기가 시작되는 2장의 초반부에서는 약 네 페이지에 걸쳐 경아의 나신에 대한 세밀한 관찰이 이루어진다. 이 장면은 독자의 관음적 쾌락을 만족시키기 위한 것이지만 동시에 응시가 일깨우는 거세 공포를 암시적으로 보여준다. "여자 중엔 이상하게도 보면, 키를 재고 몸무게를 달아보고 싶은 여자가 있다"라는 서술로 시작되는 2장의 도입부에서 경아의 나신에 대한 기억이 하나씩 회고된다. '나'의 경아에 대한 최초의 기억은 경아의 나신인 것이다. 기억의 장면 속에서 '나'는 목욕을 끝내고 화장이 지워진 채 "봄 상에 오른 야채 샐러드처럼 싱싱"한 경아의 육체를 응시한다. 그리고 줄자를 이용해 모델대 위에 세워진 경아의 몸을 '재단사처럼' 재어 "키는 155cm를 넘지 못하였고, 가슴둘레는 78cm가량, 몸무게는 44kg"인 '작은 몸'을 확인한다. 그러나 "내 몸 중엔 남보다 큰 것이 있어요"라는 경아의 난데없는 말은 문오를 혼란스럽게 한다. 왜냐하면 그녀의 누드를 그려본 적이 있는 화가인 '나'는 "어깨 뒤에 남보다 큰 점이 하나 있다는 것도, 그

---

16) 응시를 통해 얻는 쾌락에 대한 논의는 로라 멀비의 논문 「시작적 쾌락과 내러티브 영화」에 잘 나타나 있다. 멀비는 라캉의 정신분석과 페미니즘 영화 이론의 관계에 대한 중요한 발언을 했다. 그녀는 페티시즘이라는 정신분석 개념에 의지하여 영화에서 주로 페티시화되는 것은 여성의 육체이며, 여성의 육체는 여성으로 표상되는 거세 위협을 부정하는 신비로움의 극치의 이미지로 변모된다고 주장한다. 능동적인 남성 응시(male gaze)는 여성의 형상을 소유할 수 있게 한다. 정신분석의 용어로 말하면 보는 사람에게 성적 차이를 나타내는 여성의 육체는 남성의 무의식에 거세 위협을 불러 일으킨다. 가부장적 텍스트에서 남성의 훔쳐보기는 거세 위협을 저지하기 위해서 그 위협이 고발을 요하는 추문이며, 여성은 불안을 일으키는 죄의 당사자가 된다. 로라 멀비, 서인숙 역, 「시각적 쾌락과 내러티브 영화」, 유지나 · 변재란 엮음, 『페미니즘/영화/여성』, 1993.

녀의 엉덩이 부근에 찢긴 조그마한 상처가 있는 것도, 팔뚝에 조그마한 청색 잉크로 그어진 하트 무늬의 문신(文身)이 있는 것"까지 잘 알고 있기 때문이다. 경아의 질문과 함께 응시는 탐구의 성격을 획득하게 된다. 경아의 몸에 내가 모르는 부분이 있다는 것은 "금시초문"이라며 경아의 나신을 밝은 스탠드 옆에 세워둔 채 이루어지는 관찰은 쾌락을 향유하는 자의 것이 아니다. "현미경을 들여다보는 생물학도처럼", "보물찾기하는 아동처럼" 본다는 표현이 말해주듯이 응시는 다른 목적을 향해 나아간다. 피터 부룩스는 발가벗은 몸을 본다는 것은 곧 자기의 본질에 대한 탐구이기도 하다고 지적한다.[17] 특히 발가 벗겨져 전시되는 여성의 성적 육체의 가장 핵심적인 장소인 성기는 세상의 기원이며 나의 기원이기 때문이다. 따라서 보려는 시도는 자기를 인식하려는 지적인 시도가 된다. 물론 이 장면 어디에서도 문오의 시선이 경아의 성기를 본다는 진술은 없다. 성기에 대한 묘사는 금기이기 때문이다. 그러나 서둘러 경아의 몸을 분절하며 손, 발, 유방, 젖꼭지, 하이힐 위로 미끄러지는 문오의 시선과 "안에서부터 팽팽히 밖으로 솟구치는 긴장감으로 온몸이 비늘 돋힌 생선" 같은 경아의 몸이라는 비유는 경아의 신체 일부와 부속품, 혹은 몸 전체를 남근화하는 남성의 페티시즘[18]을 보

---

17) 지식애적 충동이 궁극적으로는 성과 연관되어 있다고 보는 것은 정신분석학에 기반을 둔 시각 이론에서 비롯되었다. 브룩스는 어린 아이가 무엇보다도 자주 묻는 질문은 "애기는 어디서 오는 거야?"라는 것임을 주목한다. 알고자 하는 충동은 아이가 자신의 육체를 탐색하는 자기 발정적 행동 및 남녀 간의 해부학적 차이에 관한 관심과 밀접한 연관성을 가진다. 그러나 아이는 그들의 육체 발달 단계로서는 이 질문에 대한 답을 얻을 수 없다. 남녀의 서로 다른 성기의 역할을 알고자 하는 아이의 호기심을 좌절된다. 아이가 후에 갖게 되는 소유에의 충동 또한 앎의 충동과 밀접히 관련되어 있으며 이것은 보려는 욕구와도 연관되어 있다. 하나의 개념으로서의 응시는 모든 인식론적 시도의 기본 요소이다.(피터 부룩스, 앞의 책 35~37쪽 참조.)

18) 물신주의로 번역되는 페티시즘은 프로이트의 정신분석학에서 중요한 개념으로 물

여준다. 페티시즘은 문오의 시선이 경아의 성기에서 느낀 거세 공포를 부인하는 기제이다. 경아와, 나에 관한 본격적인 회고의 도입 부분에 이와 같은 장면이 놓여 있다는 것은 문오의 회고담이 거세 공포를 극복해 나가는 과정이 될 것임을 의미한다.

훼손되고 성화(聖化)되는 여성의 육체

경아를 만나기 전까지 김문오는 뚜렷한 직업 없이 시골 지주인 부모에게서 올라오는 생활비에 의존해 살아간다. 그는 미술대학을 졸업했지만, 창작욕을 상실한 화가로서 자신의 아파트에서 고립되고 권태로운 생활을 영위해 나간다. 술과 잠 그리고 무위로 채워진 그의 일상은 권태롭고 고독하며 병리적이기만 하다. "나는 아무 것도 하질 않았다. 나의 젊음은 이끼가 끼여 있었다"는 고백대로 젊음은 성장을 멈추어 있다. 그러던 어느 날 경아를 만나게 되면서 그는 고독한 나날에서 벗어나게 된다. 발전의 도시 서울의 분주하기 만한 거리에서 자신과 마찬가

신을 통해 부재를 부정하는 심리적 경향을 가리킨다. 프로이트는 물신숭배현상이 어머니에게 음경이 존재하지 않는다는 것을 인식하는 것을 거부하려는 데서 유래한다고 본다. 아이는 어머니 혹은 여자에게 음경이 없다는 사실을 인식하고 싶어하지 않으면서도, 여성에게 음경이 없는 것이 거세당한 것이라 생각하게 되어 자신의 음경도 거세 위험에 처할 수 있다는 결론에 이르게 된다. 따라서 음경이 없는 사람도 있다는 경험적 확인과 그것을 부정하려는 소망 사이에 갈등이 발생하고, 물론 이 갈등과 거세공포를 무마하려는 타협이 있게 된다. 물신이란 거세의 부정("여성에게도 여전히 음경이 있다")과 동시에 거세의 인정("아버지가 여성을 거세했다")에 의해서 구성된다. 여러 학자들은 물신의 대상은 여성의 성기가 있는 곳과 가까이 위치해 있는, 예컨대 벨트, 스타킹, 구두 등의 물건일 수도, 육체의 일부 혹은 육체 전체일 수도 있다고 설명된다. 물신숭배에 대한 이론은 다음의 자료를 통해 알 수 있다. 「물신숭배」, 『여/성 이론』 3호, 여성문화이론연구소, 2000.

지로 "무너져 있고 허물어져 있고 부서져 있는" 경아를 만났기 때문이다. 이 '훼손되어 있음'은 문오가 경아에게서 거세 공포를 엿보게 될 것임을 예고하는 것이기도 하다. 처음에 경아의 육체는 "몸을 도사리고 있는" 혜정의 획득 불가능한 육체와는 달리 쉽게 개방됨으로써 그의 훼손된 주체성을 위로해준다. "발작과 같은 흥분이 치솟아 오르"게 하는 경아의 육체는, "생동하는 물고기"와 같은 남근 유사물에 비유되는 데서도 알 수 있듯이 "한 손에 들어 올 만큼 작"아 소유했다는 만족감을 주는 팔루스이다. 그러나 이러한 안도감의 이면에는 실은 거세 공포가 잠재해 있다. 그가 "경아에게서 느끼는 동질감"의 주된 이유는 경아의 어린 아이다움의 징후, 즉 순수성에 있기 때문이다. 문오의 분신이라 할만한 경아를 수식하는 말들은 대개가 어린 아이다움의 표식을 달고 있다. "우유 먹고 잠든 아가의 입에서 따뜻한 내음이 나듯, 아침에 그녀의 몸에서 나는 숙면하고 난 후에 맡을 수 있는 밀 익는 달착지근한 냄새", "예쁘고 착하고 유아 같은 여인", "나이만 먹고 키가 큰 미성년자" 등의 표현은 이러한 예다. 아무 것도 생산하지 못한 채 술, 잠, 섹스로 채워진 이들의 게으르고 불건강하기까지한 생활은 '정상적인' 성인의 그것과는 거리가 먼 것이다. 그런데 실상 성장하지 못한 키가 만 어린 아이는 문오의 자기 규정이기도 하다. 경아를 만날 무렵 문오가 겪는 심한 무력감과 수치감은 자신의 주체성이 훼손되어 있다는 자의식의 표현이다. 그리고 자신이 성장하지 못한 채 어린아이 상태에 머물러 있다는 발견은 거세 공포가 실제화 될 수도 있음을 예감하는 것이기도 하다.

경아의 몸을 소유하게 되자 "사지가 멀쩡한 청년이 이럴 수가 없다"는 그의 자기 비난은 자기 정립의 필요성을 무의식적으로 추동해 내는 에너지가 된다. 이 때 주변부 존재인 경아의 성적 육체는 현실 부적응자인 문오의 결손된 남성 주체성을 위로하고 극복하게 해준다. 이는 그가 경아의 육체를 통해 주체성이 심각하게 손상당한 채 거세 불안에 시달리는 자기 시대의 남성성을 발견하는 것으로 나타난다. 즉, 그는 경아의 몸을 소유함으로써 자기를 객관화하는 것이다. 이는 그가 주체의 지위를 복구해 가고 있음을 의미한다.

> "눈으로 보아서는 알 수 없는 경아의 웃음 뒤에 감춰진 슬픔, 빛나는 아름다운 경아의 육체 뒤에 숨어있는 절망감, 우리가 우리의 집요한 헛된 욕망으로 학대하는 죽음과도 같은 정욕, 이런 감추어진 모든 물건들이 부분부분 엿보이고 있었다.
> 아아, 그것은 …… 우리가, 아직 새파랗게 젊은 우리가 늘 느끼곤 하는 참담하게 감추어진 동질의 우울함이었던 것이다.
> 그것이, 그런 모든 것이 경아의 몸 위에서 녹아 흐르고 있었다. 남자의 헛된 욕망, 한숨, 성욕, 술, 이런 것들이 경아의 부분부분에서 참월하게 빛나고 있었다. 남자의 이기주의로 떠나가 버린 뒤에 송두리째 물들어 남아 있는 경아의 흔적이 비로소 눈 앞에 떠오르기 시작하였다."(429쪽)

문오가 경아의 나신을 그리며 발견한 것은 동시대 남성들의 욕망과 좌절이다. 따라서 그가 경아에게서 느낀 동질감은 실상 경아가 아닌 그녀의 몸에 새겨진 '우리', 즉 동시대 '남성'들의 우울에 대한 것이다. 문오가 경아를 차례로 소유했다가 버린 영석, 만준, 동혁이 악인이 아니며 그들에게도 일면의 진실은 있다고 말하는 것은 어디에서도 위안을 받을 수 없었던 "새파랗게 젊은 우리" 남자 형제들에 대한 공감 때문이다. 이러한 공감은 유신체제가 선포되기 직전의 억압적인 시대 분위기와 현기증 나는 발전의 가속도 속에서 주변부 남성이 겪는 불안을 보여준다. 이 작품에서 희미하게 드러나는 도시의 모습은 이러한 판단의 근거이다. 경찰서 벽과, 대도시 한복판의 네거리에 걸린 "우리는 싸우면서 건설한다"라는 구호를 눈여겨 볼 필요가 있다. 이는 경제 개발기의 당대 사회가 산업 전사로서의 남성 주체성을 강박적으로 요구하고 있었음을 보여준다. 또한 극장 선전판에서는 아랑 들롱이 미녀와 키스를 나누고 있지만, "영화에 그런 장면이 이미 잘려 나오지 않"는 억압적 상황은 "사회 각 영역에서 갖가지 기제와 방식으로 심한 통제"[19]가 이루어지는 개발독재기의 일면을 보여준다. 그러나 난폭한 '아버지'가 지배하는 사회 속에서 저항의 출구를 쉬이 찾을 수 없는 닫힌 사회 환경은 주체의 무력감을, 남근의 상실을 우울하게 체감하게 한다. 특히나 급격한 사회 변동으로 인해 도시가 미로와도 같은 공간이 될 때 남성의 주체성이 겪는 위기는 증폭된다. 당대의 근대성을 체현한 거대 도시 서울에 대한 거부의식은 그가 자신을 서울로 데려가 달라는 동생의 편지를 찢어버리는 데서도 나타난다. 당시 서울이 시골 젊은이들의 '집단 소망 이미지'[20]였다는 사실을 고려한다면, 문오의 이러한 반응은 도시에 대한 깊은 환멸을 보여준다. "버스는 상한 짐승들처럼 거리를 쏟아져 흐르고", "푸줏간에 정육이 매달리듯 버스의 손잡이를 붙들고 거리를 내다보고 있는 지친 사람들의 얼굴" 속에 포착된 도시는 암울하고 기괴하다. 즉, 억압적인 정치 현실과 미로와도 같은 도시 속에서 문오들은 남근 상실의 위기에 직면해 있다. 이들은 자율적 주체로서의 자기를 정립하지 못한 무력한 남성들이다. 어떤 사상적 거점이나 지표도 부재한 채

---

19) 조혜정, 「'남성다움'의 구성과 재구성」, 『한국의 여성과 남성』, 문학과지성사, 1988, 250쪽.
20) 김영옥, 「70년대 근대화의 전개와 여성의 몸」, 『여성학 논집』제 18집, 한국여성학회, 2001, 31쪽.

아버지에 반발하면서도 아무 것도 할 수 없는 문오들의 자의식은 분열적이다. 이럴 때 경아의 몸은 현실에 대한 절망적 반발감과 도태에 대한 불안 속에 형성된 당대 남성의 멜랑콜리를 해소하는 장소가 된다.[21]

여기서 비록 문오가 경아의 육체에서 '남자의 이기주의'를 자각하고 있다고 할지라도 경아가 남성을 위로하는 타자로 소외되고 있음은 적극적으로 성찰되지 않는다. '남자의 이기주의'로 훼손된 경아에 대한 연민과 죄의식보다는 형제들에 대한 공감이 더욱 절절하기 때문이다. 이러한 사실은 경아의 육체가 경아 자신의 능동적이고 적극적인 욕망을 실현시키는 장소일 수 없음을 뜻하는 것이기도 하다. 경아의 육체는 소외된 남성 주체성을 위로하는 타자이기 때문이다. 위축된 남성인 문오는 경아의 육체를 통해 위로 받으며 자기 주체성의 회복을 꾀한다. 이는 그가 경아의 육체를 소유함으로써 창작욕이 솟구쳐 다시 그림을 그리기 시작하는 데서 나타난다. 특히 이 창작 활동의 재개가 갖는 의미는 그림을 그리지 못하게 된 연유와 관련시켜 볼 때 명료해진다. 전도 유망한 미술학도였던 문오가 그림을 그릴 수 없게 된 것은 군대에서 사병 생활을 보낸 후반부부터이다. 그는 사병 생활에 몰두한 이후 사물에 대한 경이의 시선을 잃었다고 말한다. 그러나 실상 문오가 그림을

---

21) 이렇듯 여성 육체의 타자화는 1970년대 소설에 빈번하게 드러나는 경향이다. 김영옥은 「70년대 근대화의 전개와 여성의 몸」에서 근대화가 가장 집약적으로 추진되었던 70년대에 여성의 육체가 노동 및 산업화, 도시화와 어떻게 접합되고 변화되어 왔는가를 사회·경제적 맥락과 재현 간의 상호관련성을 통해 살펴보고 있다. 분석 대상이 된 작품은 영화 ≪겨울여자≫(원작자: 조해일), 『별들의 고향』(원작자: 최인호), 『영자의 전성시대』(원작자: 조선작)이다. 이 글에 따르면 70년대의 경제적 정치적 문화적 맥락 속에서 "여성의 몸은 노동력으로, 제국주의적, 식민적 남성 주체의 성적 욕망이 배설되는 성매매의 장소로, 도시적 근대를 채현하는 알레고리로, 그리고 체제저항적 남성지식인의 고통을 감싸 안은 모성적 장소로 호명되고 재현"된다.

그리지 못한 이유는 그의 진정한 욕망의 대상인, "늘 도망 갈 준비를 완료하고 있는", "깍정이" 혜정 때문이다. 가난한 미술대생과의 결혼이 가져올 어두운 미래를 예감하는 혜정은 눈길을 뚫고 먼 전방에 찾아와 약혼 사실을 통보한다. 혜정을 옆방에 둔 채 자위행위에 몰입하는 그의 모습이 말해주듯이 획득할 수 없는 혜정의 육체는 그의 남성 주체성에 상처를 입힌 것이다. 더 이상 '오브제'를 소유할 수 없을 때 그림 그리기는 불가능해진다. 반면에 혜정과 달리 누구에게나 개방된 경아의 육체는 남성다움을 회복시켜 주며, 창작욕을 가져다 준다.

그러나 아이러니하게도 창녀는 누구에게나 개방되어 있기 때문에 궁극적으로 소유할 수 없는 대상이다. "경아는 같이 살면 살수록 완전한 타인이었다", "경아는 많은 사람의 것이었지만 단 한 사람 그녀 자신의 것이기도 하였다"는 서술은 이러한 판단을 뒷받침해 준다. 경아와의 정상적인 생활을 위해 문오는 미술 지도를 하는 등 경제 활동을 시작한다. 그러나 늘상 취해 있는 경아를 멍하니 바라보는 시선에는 절망감이 가득하다. 타락한 사회에서 순결한 여성과의 사랑을 통해 훼손된 세계를 복구하려는 것은 남성들의 자기 주체성 회복의 서사에서 반복되는 모티프이다. 따라서 경아를 소유할 수 없다는 사실은 타락하고 훼손된 '아버지'의 세계에서 탈피할 출구의 부재, 즉 "구원"의 불가능성을 의미한다. 이를 증명하듯 이제 그는 불현듯 경아의, 쾌락으로 "녹아 흐르는 몸 위에 갈피진 손길들", 즉 다른 남성들의 흔적을 기억해 낸다. 그를 환호케 하던 경아의 어린아이 같은 순수는 이제 "속을 벗기고 천천히 드러나는 천편일률적인 생활, 와이 샤쓰 칼라에 묻는 때[垢], 이런 모든 것을 어찌지는 못"하는 무력한 것이 되고 마는 것이다. 경아의 육체는 이미 훼손되어 있는 것이다.

그는 불안 때문에 맨 몸을 껴안지만 "경아의 몸이 비등점을 향해 달아 오"를수록, "너무나 명료하게 벌거벗은 자신의 육체가 객관화되어 환히 눈앞에 보여"져 고통스럽기만 하다. 경아의 육체가 훼손되었음을 자각하는 순간, 거세의 위협에 직면하는 것이다. 여기서 주목할 것은 거세 공포의 극복이 거세를 위협하는 실질적인 권력의 소유자인 '아버지'가 아닌, 여성을 향한다는 사실이다. 여성을 소유함으로써 거세공포를 부인하려는 남성의 전략은 이제 거세 공포를 일깨우는 여성에 대한 가학적 태도로 변모한다. "네가 과연 경아의 육신 위에서 얻을 수 있는 것은 무엇인가"라는 회의 섞인 질문은 강간과 유사한 난폭한 섹스로 이어지며 내러티브는 사디즘적 성격을 엿보인다. 그리고 이와 동시에 경아의 육체는 점점 더 비대해지고 미워져 욕망의 대상이 될 자격을 상실한다. 이제 그는 경아를 버리고, 서둘러 서울을 벗어나 순수성이 훼손되지 않은 고향으로 향한다. 이는 경아의 육체가 하나의 소비재에 불과하다는 점을 암시하기도 한다. 실제로 경아는 영석, 만준, 동혁, 문오 사이에서 교환되며, 소유자의 관심이 떠날 때마다 버려지는 상품이다. 즉, 경아의 육체는 욕망의 대상이지만, 경아는 욕망의 주체가 될 자격을 박탈 당해 있는 것이다. "난 말이에요, 남자가 없으면 말이에요, 곧 죽어버릴 여자인 모양이죠?"란 말은 경아 자신의 상품성을 정확히 지적해낸다. 남성─소유자의 처분에 따라 자기의 운명이 결정되는 무력한 타자성은 여성─상품의 운명이기 때문이다.

경아의 몸은 이제 문오에게 경아를 만나기 전보다 더 큰 불안의 심연으로 떠오른다. 이로 인해 서울을 벗어난 문오는 원형적 모성성이 훼손되지 않은 고향에서 죽음과 재생을 경험하며 화가로 데뷔함으로써 자기를 복구한다. 그러나 화가가, 대학강사가 되어 복귀한 서울에서 다시 무력해지자 내러티브는 급격하게 경아의 육체에 사디즘적 폭력을 행사한다. 로라 멀비에 따르면 남성의 무의식은 거세 공포를 극복하는 두 가지 경로를 갖고 있다. "첫 번째는 원래의 상처를 다시 환원하여(여성을 조사해서 여성의 탈신비화) 평가절하하거나 처벌하기, 그리고 죄 지은 대상을 구원함으로써 상처를 상쇄시키는 방법이다. 두 번째는 거세 공포를 완전히 부정하거나 표현된 인물 자체를 물신적 대상으로 변화시켜 여성을 위험스럽기보다는 안심할 수 있는 대상이 되게 하는 것"[22]이다. 첫 번째 방법이 죄를 확인하면서 처벌과 용서를 통해 죄지은 사람을 지배하고 통제하는 가학적인 것이라면, 두 번째 방법은 대상을 그 자체로 만족할 만한 어떤 존재로 변화시킴으로써 대상을 숭배하는 것이다. 『별들의 고향』에는 이러한 '강간에서 숭배까지'라는 남성중심적 텍스트의 재현의 구조가 무의식적으로 관철되고 있다.

영석, 만준, 동혁, 문오 등에게서 차례로 버려지며 경아는 결국 죽음에 이른다. 즉, 내러티브는 궁극적으로 경아의 죽어가는 과정과 상응한다. 경아의 어린 아이 같은 순수와 아름다운 육체는, 순결이 훼손되고 추해져 버린 육체로 재규정되어 평가절하된다. 즉, 경아의 부도덕성은 부각되어 그녀의 천진난만함, 낙천성, 모성애적 자질, 아름다움은 부인되는 것이다. 이렇듯 경아의 육체에 가해지는 비난은 아버지의 거세 위협을 극복하기 어려운 현실에서 아버지를 모방함으로써 살아남기 위한 남아의 전략이다. 폭력의 포위망을 벗어나기 어려운 아들은 스스로 가해자가 됨으로써 아버지의 이름으로 자기의 주체성을 지켜내고자 한다. 이럴 때 여성은 폭력의 희생제물이 된다. 남성의 주체성의 위기에 대한 불안이 투사된 경아의 육체는 죄를 뒤집어 쓴 채 아버지의 이

---

22) 로라 멀비, 앞의 책, 60쪽.

름으로 처벌된다. 서울 입성 후 문오와 경아의 우연한 만남에서 이루어진 마지막 섹스는 이를 정확히 보여준다. "무엇인가 자주자주 내 가슴 속으로는 분노와 절망감, 슬픔이 치솟아 나는 난폭하게 경아를 다루었다"는 서술에서처럼 '나'는 경아의 육체에 시대적 무력감과 절망감을 사정한다. "찢어진 경아의 몸"은 텍스트의 사디즘적 성격을 보여준다.

그리하여 경아는 문오와의 마지막 섹스에서 마치 더 이상 방법이 없다는 듯 자인한다. "내 몸은 병신이예요"라고. 이러한 경아의 말은 "남자의 몸은 참 아름다워요, 이상하게 안심을 시켜줘요, 세상은 참 이상하게 만들어져 있어요"라는 말과 관련해 읽혀져야 한다. 육체가 인간의 주체성에 대한 상징적 표상이라고 볼 때 여성의 육체—불구성, 남성의 육체—아름다움('완전함'의 다른 표현으로 읽을 수 있다—필자)의 도식은 엥겔스를 패러디해 말하자면 근대 여성의 패배 선언이라 할 수 있다. 여성을 육체 혹은 물질적 객체, 남성을 정신 혹은 정신적/초월적 주체로 의미화해온 가부장적 근대의 위계적 이분법이 승인되고 있기 때문이다. 텍스트는 경아의 육체에 폭력을 행사함으로써 공공의 영역에 진출한 근대 여성들에 대한 남성의 두려움을 무마하고, 남성성의 균열된 지점을 봉합해 낸다. 결국 경아는 자살함으로써 근대의 주인이 될수 없는 자신의 육체의 불구성을 입증한다. 그리고 이와 동시에 경아의 파손된 육체는 복구된다. 경아에 대한 처벌이 강도가 높아질수록, 즉 죽음이 임박할수록 경아는 마술처럼 과거의 아름다움을 회복한다. 앞서 말했듯이 경아의 육체는 번화가의 호스티스에서 변두리 선술집의 작부로 급기야 밤거리의 싸구려 창녀로 전락해 가는 과정에서 미워져갔다. 뚱뚱하고 늙어 보이는 알콜중독자 경아는 술집에서도 문제 거리일 정도였다. 그러나 죽기 전 몸을 팔기 위해 마지막으로 벌거벗은 그녀의 육체를 서술자는 "뛰어나게 아름다운 몸이 불꺼진 어둠 속에 드러나 보였다"라고 보고한다. 경아의 육체는 죽음으로써 다시금 숭배의 대상이 될 자격을 획득하는 것이다. 이를 입증하듯 경아의 시신을 접한 경찰과 시체 안치소 사내는 입을 모아 그녀의 아름다움과 '깨끗함', 즉 순결함을 칭송하기 시작한다. 이제 그녀는 '요정', '천사', '성처녀'로 격상된다. 이렇듯 아름답게 복구된 미적 육체는 가해의 폭력성을 은폐시킴으로써 남성 독자의 무거운 죄의식을 덜어내 안심시킨다. 특히 경아의 자살 장면은 경아에 대한 죄의식을 감상적인 애도로 변환시키는 탐미주의의 절정을 보여준다.

> "눈이, 흰 눈이, 춤추는 발레리나의 치마폭과 같은 흰 눈이, 눈이, 서물서물 온 하늘이 무너져 내릴 듯한 흰 눈이, 까마득한 어두운 하늘 끝에서부터 내려오는 눈이 온 거리를 하얗게 뒤덮고 있었다. 아무도 걸어다닌 흔적이 없었으므로 땅에 깔린 흰 눈은 미지의 세계로 들어가는 카펫처럼 정결스러웠다." (591쪽)

> "일어나야해, 일어나야지.
> 여인은 자꾸자꾸 꼬이는 자신의 몸을 향해 엄격하게 명령하였다. 그러나 이상하게도 안이한 체념 같은 평온한 기분이 여인의 가슴 속에 스며들고 있었다. 거리에 쌓인 눈이 타인의 체온처럼 따스하였다. 제 풀에 눈이 감겼다. 잠의 무게가 여인을 압박하기 시작하였다. 마치 그 여인의 추위를 덮어주려는 것처럼 흰 눈이 쓰러진 그녀 위에 함부로 쌓이기 시작하였다. 일순간에 아는 이들의 얼굴이 떠올랐다 사라졌다.
> 그래, 내일이면 편안할 거야, 피로가 풀릴 거야.
> 아직 어딘가에 한 가닥 남아 있는 의식을 보면서 여인은 흰 눈과 같은 체념을 하였다. 그러자 일체의 저항감이 사라져 버리고 깊은 잠이, 그리고 황홀한 꿈이 여인의 의식을 향해 젖어 들고 있었다"(596쪽)

눈을 움켜 수면제를 하나씩 삼키며 죽어가는 경아는 추억을 떠올리며 '안온한 평화'속에서 "일체의 저항감이 사라져" 버려, "황홀한 꿈"에 의식이 젖어들면서 죽음을 맞는다. 거기에는 죽어가는 자의 서글픔이나 분노를 생생히 현시하는, 죽어가는 육체의 경련과 분비물의 흔적은 보이지 않는다. 폭력성의 흔적을 지워버린 채 경아의 몸은 유순한 시신으로 치환된다. 이는 대상을 찬미하고 애도함으로써 죄의 흔적을 씻어버리는 희생제의의 폭력성을 보여준다. 남근의 결손이나 부재를 보장받기 위한 목적을 위해 폭력이 행사된다. 경아는 그러한 폭력의 제의의 희생양이다. 폭력의 단폭성을 은폐하기 위해 희생자를 미화하는 것은 폭력의 제의의 법칙이다. 그것은 경아의 육체에서 가해자의 흔적을 지우는 것만이 아니라, 희생자 자체를 삭제해버리는 것이기도 하다.

이제 문오는 경아를 삭제시킨 후 일상성을 획득한다. 일찍 일어나 씻고, 아침을 먹고, 신문을 보고, 넥타이를 메고 머리는 기름을 발라 넘기고, 간장약을 먹고, 옷을 단정히 입고, 강의 내용을 점검하고, 강의 노트를 끼고 출근하는 일상의 아침은 이를 증명한다. 그러나 이는 다른 한편으로는 문오의 육체가 권력의 훈육과 통제가 새겨지는 장소가 되었음을 뜻하는 것이기도 하다. 그는 근대 도시의 남성다운 단정한 외관을 갖추고 휘파람을 불며 분주히 출근길에 나선다. 출근 장면을 묘사하는 "사관학교 생도처럼 어깨를 펴고 걸었다", "육상 선수처럼 뛰어서 버스에 올라" 탔다는 서술은 문오가 경아 살해를 대가로 획득한 남성 주체성의 성격이 무엇인지 암시한다. '사관학교 생도'와 '육상 선수'라는 메타포는 발전 이데올로기와 군사주의가 합체된 개발독재기의 남성주체성을 표상한다. 그러나 경아의 죽음을 삼켜 버린 문오의 출근 장면에는 멜랑콜리의 흔적 역시 여전하다. 그가 신문에서 우연히 본, "중앙청 앞

길에서 사슴이 한 마리 잡혔다"[23]는 토막 기사는 문오의 무력함과 입사의 불완전성을 보여준다. '탈출한 사슴' 모티브는 부자유한 구속의 세계로 입사하는 문오의 쾌활함의 이면에 자리한 멜랑콜리를 보여준다. 그러나 이러한 멜랑콜리는 남성의 나르씨시즘에 가깝다. 『별들의 고향』은 산업화 시기의 자기위안적인 남성의 입사의 드라마인 것이다. 다시 한번 이 소설의 도입부로 되돌아가 두 개의 장면에 대한 기억을 되살려 낼 필요가 있다. 경찰의 호출을 받고 달려온 문오가 마주한 것은 경찰서 벽에 붙은 "우리는 싸우면서 건설한다"라는 개발독재기의 모토와 '경아의 죽음' 이다. 이는 산업화 시기 남성의 주체성이 여성에 대한 거세, 즉 여성의 주체성의 지위의 박탈을 통해 구축되어 있음을 암시한다. 이럴 때 여성의 성적 육체는 여성성에 대한 재규정이 이루어지는 장소가 된다.

산업 자본주의와 여성 주체성

문오가 서울을 떠나는 장면은 다리 없는 소년이 구걸을 하고, 사람들이 푸줏간의 고기처럼 버스 손잡이에 매달린 기괴한 모습만이 아니라

---

23) 기사와 관련한 서술 내용은 다음과 같다.
　　"간밤엔 아무런 일도 없었지만 사회면에는 아주 흥미로운 기사가 하나 나와 있었다. /중앙청 앞 길에서 사슴이 한 마리 잡혔다는 것이다. 도대체 어디서 나온 사슴인지 처음에는 사람만 보면 피해 달아나서 혹 도둑이 아닌가 새벽에 경찰들이 뛰어다녔다는 것이다. /잡아 놓고보니 사슴 한 마리인데 창경원에서 도망쳐 나온 것인지, 혹은 근처 집에서 관상용으로 사육하던 사슴이 뛰쳐나온 것인지 하여튼 조그마한 화제거리라고 사회면에 나와 있었다. /거참 우습군. 나는 식사를 하다 말고 웃었다. /사슴이 이 아스팔트의 숲 사이를 뛰어다니다니. 거참 우스운 사건이군. 식사를 마치고 나서 나는 커피를 마셨다."

도시의 밤 거리 특유의 퇴폐적이면서도 활기찬 분위기를 보여준다. 네온이 반짝이고 영화관, 금은방, 음식점, 양품점이 즐비한 화려한 도시는 북적대는 군중으로 소란스럽다. 누군가 광고 전단을 나누어 주고, 뚱뚱한 사내가 여인을 껴안고 가고, 술집 안에는 사람들이 그득하다. 또한 청년과 여인이 서로를 유혹하고, 가게에는 상품들이 수북하게 쌓여 있고, 악기점에서는 음악이 흘러 나오고, 술집에 고용된 소년들은 호객하고, 봉투를 든 사내들이 주머니를 털고 술을 먹을 것인지를 의논하는 서울의 밤은 소비주의와 성적 개방으로 느슨하면서도 활기차게 흥청댄다. 그러나 이러한 퇴폐적 분위기는 네거리에 걸린 "우리는 싸우면서 건설한다"는 구호와 이질적으로 대조되며 유신 선포 직전의 불안과 긴장을 암시하기도 한다. 소비주의와 성의 개방은 한편으로는 독재 정부의 우민화 장치이지만 다른 한편으로는 문오처럼 사회와 불화하는 이들이 숨쉴 토양이자, 정치적 통제에 대항하는 방식이다. 따라서 속박에서 벗어난 자유감이 무질서와 관능의 감각으로 넘치는 도시의 풍경은 한국의 근대화 프로젝트가 예기치 못한 혼란으로서, 선진 조국 건설을 위해 청산해야 할 장애물이 된다. 봄비가 뜨거운 불빛을 촉촉히 뿌리는 거리에서 "서울이여, 안녕"이라고 이별을 고하는 문오의 내면에는 애상이 가득하다. 이는 문오가 획득한 남성 주체성이 감각, 쾌락, 상상력과 거리가 먼 것임을, 당시의 근대화가 남성적인 것으로 재현되는 생산과 발전 이미지로서의 근대성임을 의미한다.[24]

---

24) "우리 사회에서 추구하는 근대화의 지향은 남성적인 것으로 재현되는 생산과 발전 이미지로서의 근대성이었다. 그것은 역동적인 활동과 발전, 목적의식적으로 노력하는 합리적 개인인 남성의 근대적 욕망과 남성들의 연대를 수용하고자 하는 것이었다. 반면에 근대의 또 다른 얼굴이라고 알려져 있는 수동적이고 비결정적인 근대적 행위와 소비 가치의 결과인 자유, 쾌락, 상상력 등은 한국의 근대화 프로젝트에서는 고려되지 않았다." 김은실, 「한국 근대화 프로젝트의 문화논리와 가부장성」,

한국의 근대성은 생산은 남성으로, 소비는 여성으로 상징하며 여성을 주변화 시키는 성별(gender) 위계적인 구도를 보여준다. 즉, 여성은 생산과 발전 같은 긍정적 가치가 아닌 소비와 쾌락 같은 부정적인 가치를 대변하는 존재로 표상된다. 특히 여성의 공공 영역으로의 진출은 남성들에게 불안감을 주면서 여성의 성을 위험스러운 것으로, 여성성을 근대의 부정성으로 재현하게 한다. 이때 성애의 상품화를 보여주는 상징인 창녀는 "근대 도시의 오염, 질병, 사회적 위계질서의 붕괴 등과 연결된 위험한 여성 성욕의 어두운 심연을 표상"한다. 창녀는 "정부 규제, 문서 관리, 감시의 형식 등에 점점 더 예속되었음에도 불구하고, 근대 사회에서 여성의 잠재적인 익명성을 가시적으로 일깨우는 존재이자 가족적·공동체적인 속박으로부터 성욕을 해방시키는 존재"25)이기도 하다. 도시의 인구 집중 현상이 심각해진 사회에서 직업 선택의 폭이 좁은 당대 여성의 대다수는 창녀로 내몰릴 수밖에 없었다. 창녀는 근대 안에서 소외된 여성의 위치를 보여준다고 할 수 있다. 그러나 화장과 패션으로 자신의 육체를 섹슈얼하게 치장한 창녀는 전통 사회에서 욕망이 없는 존재로 표상되었던 여성의 섹슈얼리티를 가시화하는 존재라는 점을 무시할 수 없다. 즉, 창녀는 전통적 여성성의 규범을 파괴하면서 가부장제를 위협하는 존재가 되는 것이다.

욕망을 가진 여성에 대한 통제와 처벌은 근대화된 세계에서 남성적 주체성이 겪는 위기와도 관련이 있다. 근대 도시에서 주변화된 남성의 불안은 남성성의 위기를 가중시키면서 여성의 근대 경험에 직접적인 영향을 미친다. 이로 인해 "도시화와 근대화 과정 속에서 여성은 남성성의 회복을 위해 이중적인 의미에서 위치 지어 지게"26) 되며, 이는 여

임지현 외, 『우리 안의 파시즘』, 삼인, 2000, 117쪽.
25) 리타 펠스키, 김영찬·심진경 역, 『근대성과 페미니즘』, 거름, 1998, 47쪽.

성의 섹슈얼리티를 둘러싸고 일어난다.

여성의 섹슈얼리티에 대한 남성의 불안은 근대화와 함께 여성성이 재구축되는 과정을 통해 드러난다. 경아와 혜정은 모두 전통적인 여성의 역할 범주를 벗어난 존재라는 점에서 '위험한' 여성들이다. 앞서 말했듯이 경아는 여성의 성욕을 가시화하는 창녀이며, 혜정은 낭만적 사랑보다 현실적인 중매 결혼을 중요하게 여기는, 직업적 성실함과 계산된 합리주의로 무장한 전문직 여성이다. 두 사람 모두 남성이 소유할 수 없는 여성인 것이다. 경아와 혜정의 차이 속에 구축된 여성의 이분화 전략은 여성의 육체를 탈성화시킴으로써 궁극적으로 여성을 공공의 영역에서 배제해 버리는 동일한 효과를 생산한다. 경아와 혜정은 각각 육체의, 훼손됨/순결함 혹은 개방성/폐쇄성으로 차이 지어진다. 경아는 창녀이고 혜정은 약국을 운영하는 전문직 여성이다. 그리고 순결하지 않은 경아는 죽고, 순결한 혜정은 끝까지 살아 남는다. 그러나 두 사람의 육체는 여성의 성은 가부장적 가족질서의 경계 안에 있을 때만 가치 있다는 일종의 자동화된 신념 체계인 순결 이데올로기를 동일하게 재생산하는 장소이다. 순결 이데올로기는 성적 욕망을 박탈함으로써 여성을 공적 영역에서 축출하고 근대의 타자로 위치짓는 방식이다. 1970년대는 한국의 자본주의가 급격하게 발전하면서 전쟁 이후 경제적 주체로서 등장했던 여성들이 다시 가정으로 복귀할 것을 요구받았

---

26) 박현선, 「밀실에서 거리로?:1960년대 한국영화의 공간과 여성」, 『한국영화와 근대성』, 소도, 2001, 151쪽 참조. 이 글에 따르면 근대 도시에서 주변화된 남성의 불안은 여성의 근대 경험에 직접적인 영향을 미친다. 왜냐하면 근대성의 한 가운데서 남성 주체가 어디에 서 있어야 할지를 잘 모른다는 사실로 인해서 남성성의 구축 자체가 더 중요해졌기 때문이다. 특히 도시화와 근대화 과정 속에서 여성은 남성성의 회복을 위해 이중적인 의미에서 위치지어 진다. 근대 도시 국가의 형성 과정에 있어서 여성에 대한 통제와 섹슈얼리티의 문제는 매우 밀접한 관련을 갖는다.

던 시대이다. 공적 영역에서의 남성의 역할과 사적 영역에서의 여성의 역할이라는 이분법적 성별 역할이 강화되면서 전통적인 여성상이 강조되기 시작한다. 이러한 여성성으로의 재귀라는 당대적 명령은 공공의 영역에 진출하면서 남성들의 주체성을 위협해 들어오는 여성들을 삭제함으로써 이루어진다. 여성의 성이 가부장적 가족 질서를 바탕으로 재구축됨으로써 여성은 근대의 사적 장소에 위치지어 진다.27)

여성의 성적 주체성이 부인되고 있음은 경아를 통해 명확히 드러난다. 가부장제 사회에서 육체의 순결과 여성의 성이 재생산 기능에 종속되어 있는가는 여성이 긍정되거나 부인되는 준거가 된다. 경아는 처녀성 상실과 함께 불법 낙태로 인해 재생산 기능에 손상을 입는다. 순결을 상실된 육체는 경아가 남자들에게 버려지며 결국 호스티스로 전락해 죽음에 이르게 하는 주홍글씨이다. 경아는 점차로 자신의 성욕을 발견해 가는 인물이기에 위험한 존재가 된다. 영석과의 성관계 이후 경아의 변화는 경아가 성적으로 각성되고 있음을 보여준다. 립스틱을 사서 바르고 성적 쾌락에 탐닉하는 경아의 섹슈얼리티는 더 이상 수동적이

---

27) 주디스 메인은 『사적 소설/공적 영화』(강수영·류제홍 역, 시각과 언어, 1994.)에서 서구 문화에서 공·사의 분리가 내러티브 예술들에서 주된 관심의 대상이 되고 있다고 주장한다. 이 책에 따르면 "'사적'(private)이라는 말이 개인과 연결되고 '공적'(public)이라는 말이 사회와 연결되는 것은 일터와 가정 생활이 분리되는 자본주의가 도래한 이후에야 가능했다. 이 분리는 산업 사회라고 하는 우리 시대의 삶을 규정해 왔던 가정과 사업, 여성과 남성, 그리고 휴식과 노동의 근본적인 대립을 만들어냈다."(237쪽) 사적 삶의 선취는 여자에게 속하고 공적 영역의 구성은 남자에게 속한다. 이는 공간이 남성과 여성의 정체성을 생성하는 장소일 수 있음을 보여준다. 그런데 실상 사적 영역과 공적 영역 간의 경계들이 항상 분명하게 나타나거나 말끔하게 분리되지 않는 것이 근대성의 특징이기도 하다. 따라서 여성과 남성의 차이를 좀더 단호하게 확정하는 것이 중요한 문제가 된다. 타락한 여성을 처벌하고 모성적인 여성성을 강조하는 것은 『별들의 고향』이 침범된 남성의 영역—공적 공간을 재구축하는 것이기도 하다.

지 않다.[28] "자기가 아직 쓸만하게 생겼기 때문에 남자들이 자기에게 말을 붙여주었다는 기묘한 기쁨으로 마음을 부풀리면서" 낯선 사내들과 동석하고, 거리에서 불현듯 "무서운 식욕"을 느끼는 경아는 근대 도시의 산책자이다. 자신의 육체가 욕망의 대상이라는 자각은 욕망의 주체로서의 자기발견을 의미한다. 바라보는 자로서의 욕망의 주인되기는 보여지는 대상으로서의 자기발견을 통해 형성되기 때문이다.[29] 그러나 경아가 가족을, 모성적 자아의 실현을 욕망해도 가부장제의 문은 열리지 않는다. 상상임신을 한 경아가 트레머리에 한복을 입고 전통적인 여성성을 연행할 때 산부인과 의사는 영구 불임을 선고한다.[30]

또한 혜정은 문오의 각성을 유도하고, 궁극적으로 자신을 소유하게 함으로써 재기를 돕는다. 문오를 타락한 서울에서 고향으로 돌려 보내고 서울로 다시 돌아와 주체성을 수립하도록 보조하는 역할을 수행하는 것이다. 특히 문오의 남성성이 복구되는 상징적 제의가 이루어지는 장소인 동굴에서 혜정은 폐쇄해 왔던 육체를 개방함으로써 문오의 자

---

28) 경아는 『겨울여자』의 '이화'나 「영자의 전성시대」(조선작)의 '영자'와 달리 성적 욕망을 가진 인물이다. 그러나 내러티브의 전 과정을 통해 보면 경아는 무력하게 타의에 의해 처분되는 상품과 같은 수동적 인물이라고 할 수 있다. 여성의 성적 욕망이 주체적인 자기 수립으로 연결되지 못하고 무화되는 것은 가부장적 텍스트의 특징이다.

29) "욕망이 낳는 중요한 효과는 주체를 객체가 되게 하며, 주체가 자신을 타인의 욕망이나 관점에 의해 파악하게 하거나, 억지로 그런 식으로 파악하게 한다"(피터 브룩스, 앞의 책, 492쪽)

30) 70년대 '창녀 소설'에서 남성작가는 억눌린 피해자로서 창녀와 스스로를 동일시하지만, 다른 한편으로는 그녀들을 순결을 상실함으로써 사랑스러운 여자, 현모양처가 되는데 실패한 여자로 인식하고 처벌하는 가해자이기도 하다. 이 작품 역시 순결 상실을 경아가 가정주부, 어머니가 될 수 없는 근원적 죄로 상정한다는 점에서 단란한 핵가족, 현모양처 이데올로기, 순결 이데올로기를 바탕으로 한 가부장적 시각을 벗어나지 못한다. 경아가 영구불임을 '선고'받는 장면은 혼전 임신, 섹슈얼리티 자체에 대한 공포를 유발하기에 충분하다.

신을 향한 수치심을 씻어내 주고 위축된 남성을 회복시켜 '바람직한 여성'이 된다. 그러나 동굴에서의 사랑이 스킨쉽 정도였는지, 성관계였는지는 불투명하게 서술됨으로써 가부장적 내러티브는 혜정의 육체를 소유하는 동시에 순결 이데올로기를 규범화하는 모순을 보여준다. 창녀의 옷은 벗겨도 여염집 여성의 옷은 함부로 벗길 수 없다는 구분법은 가부장제 사회가 여성을 대하는 모순적인 태도를 보여준다. "깍정이" 혜정의 폐쇄된 육체가 결국 문오의 성장을 보조하는 장소로 전환될 때 혜정의 주체성은 부인된다. 혜정이 남성의 공간인 공공 영역에 진출한 전문직 여성이라는 점을 주목해 볼 때 문오와의 관계 속에서 타자화된 혜정의 육체는 근대 여성에 대한 남성의 불안을 보여준다. 결국 혜정은 '동굴' 장면 이후에 결혼을 위해 미국에 감으로써 텍스트의 공간에서 사라진다. 이로써 한국의 근대는 위험한 여성들이 사라져 버린 남성들만의 '동성사회적' 공간이 된다.

이렇듯 '여성성' 재구축화가 일어나는 저변에는 근대화 프로젝트가 가져온 결과에 대한 당혹과 불안이 자리해 있다. 근대화 프로젝트는 극단적 빈곤을 극복하게 하였지만, 서구화의 경도로 인한 전통의 상실과 국가의 신식민화 그리고 수다한 부정적 사회상을 야기시킨다. 이때 여성은 그러한 근대적 병폐를 극복하고 위기에 처한 민족의 주체성을 복구해 내기 위한 개발독재기의 근대화 논리 속에서 상징적인 위상을 갖는다. "소외되지 않고 파편화하지 않은 정체성의 표상으로서의 여성적인 것에 대한 동경은 근대성의 본질을 드러내는 문화적 재현의 역사에서 결정적으로 중요한 모티프"[31]이다. "견고한 모든 것은 대기 속에 녹아버리는"[32] 가공할 만한 근대성의 혁신, 덧없음, 혼돈의 감각은 안정

---

31) 리타 펠스키, 앞의 책, 73쪽.
32) 마샬 버먼, 윤호병·이만식 역,『현대성의 경험』, 현대미학사, 1994, 12쪽.

성과 연속성을 희구하며, 남성의 직선적 시간이 아닌 여성의 원환적 시간 속에서 구원의 가능성을 찾으려는 시도를 발생시킨다. 이로써 여성성[33]은 근대 이전의 미분화된 시간에 대한 낭만적 향수의 상징이 된다. 그러나 이러한 여성성 신비주의는 역설적으로 여성성을 부정성으로 의미화하는 모순을 보여준다. 여성성은 생산과 대립하는 관능성, 무절제, 소비 등과 같은 부정적 가치를 표상하는 위협으로 상징화되는 것이다. 숭배의 이면은 낙인과 처벌이다. 따라서 여성성은 근대적 주체가 극복해야 할 지점이 된다. 이렇게 볼 때 경아의 죽음은 문오 속의 여성성의 죽음으로, 문오의 이야기는 자기 안의 여성성 극복의 이야기가 된다. 이를 암시하듯 문오는 경아를 자신의 분신, 쌍둥이 영혼으로, 이웃 아파트의 여인들을 "나의 귀여운 친구들"로 명명한다. 이는 그가 수치스럽고 무능한 자아를 여성과 동일시하고 있음을 보여준다. 또한 그의 자기 정립의 의지가 성병에 걸리면서 극심해진다는 점은 관능에 대한 추구, 자기 방기적인 생활, 소비와 무위의 일상과 같은 생산적이지 못한 생활에 대한 죄의식을 보여주며, 여성성을 즉물화되고 소비주의적인 감각성으로 의미화한다. 따라서 경아의 죽음은 문오 안의 여성성의 죽음이 되며, 문오가 쾌락에 대한 징벌과 함께 스스로를 생산의 주체로 규정하게 되었음을 의미한다. 성별 정체성은 다른 성과의 차이 속에서 구축되며, 여성은 우월과 열등이라는 위계화의 논리 속에서 폄하된다. (수정)

---

33) "여성성은 추상적이고 일방적인 이성의 전회에 저항하는 감각적인 실체의 유토피아적인 구현체로서 미적인 것과 마찬가지로 부분과 전체의 완전한 통합을 보여준다. 그러나 그 결과 여성적인 것은 남성 규정적인 객관문화의 바깥에 남아 있어야만 그것의 독특한 특성을 보유할 수 있다." 여성성에 대한 낭만적 숭배 풍조가 발생하는 이유에 대해서는 리타 펠스키의 저작을 참조하였다. 앞의 책, 69~104쪽 참조.

"안녕, 안녕히, 사랑하는 경아여, 안녕히, 누군가 대문간에 서서 이쪽을 바라다 보고 있었다. 경아가, 옷을 온통 벗어버린 경아가 흰 눈을 맞으면서 얼굴에 미소를 띠고 서 있었다. 알몸의 경아 몸 위로 눈이 고이고 있었다.

경아의 손이 나를 향해 어지럽게 흔들렸다.

나는 언덕길을 구르기 시작했다. 미친 듯이 뛰어내리기 시작했다. 미끄러운 탓도 있었지만 한시 바삐 그곳에서 도망쳐야 한다고 생각했기 때문에 마음이 급한 것처럼 나는 뛰고 있었다.

몇 번이고 나는 넘어졌다. 그럴 때면 이를 악물고 일어섰다.

돌아봐서는 안돼, 돌아봐서는 안돼. 나는 돌아보면 마치 선 자리에서 돌이 되어버리는 듯한 느낌을 받아 언덕길을 허이허이 뛰어 내려갔다"(585쪽)

신화의 한 장면을 연상시키는 이 장면에서 문오는 경아와 마지막 섹스를 한 뒤 그녀의 집으로부터 황급히 도망치고 있다. 서울을 벗어나 고향에서 자아를 복귀한 문오가 마주한 괴물은 무엇보다도 서울이다. 왜냐하면 서울은 경아가 "마술사처럼 보이지 않는 기체로 모든 것에 녹아", "기회만 있으면 나타나 나를 놀라게 할 요량인지 도시와 도시 그늘 속에 숨어서 지쳐 돌아가는 나를 엿보고 있"는 곳이기 때문이다. 여기서 서울이라는 도시는 매혹적인 경아의 육체 속에 무서운 아버지의 처벌의 위협이 중첩되어 있는 공간이 된다. 그래서 경아에 대한 매혹이 커질수록 두려움도 증가한다. 아버지에 대해 반발하면서도 아버지의 처벌에 대한 공포를 벗어날 수 없기 때문이다. 경아를 떠나는 문오의 의식은 상실감과 공포 모두를 보여준다. 경아를 잃고 싶지 않은 마음과 경아를 버리라는 초자아의 명령이 경합하고 있는 것이다. 경아의 하얀 육체는 '나'를 부르고 '나'는 그 육체가 마치 '나'를 포위해 오는 것처럼 느끼며 도망치는 이 장면에서 경아의 흰 몸은 거세 공포를 현실화해주는 어머니의 몸이다. "돌아보면 마치 선 자리에서 돌이 되어버리는 듯한 느낌"은 근대 국가의 시민이 되라고 압박해오는 아버지의 폭력성을 보여준다. 또한 동시에 이 장면은 거대 구조에 정공법으로 대응하는 대신, 가벼운 글쓰기 방식과 무질서한 감수성으로 정치적 통제를 극복하려는 이 작품의 무의식적 시도가 현실에 대한 인준으로 귀결되고 있음을 보여 주는 것이기도 하다. "내 몸을 흐르는 도시적인 기질 속에 용해된 도시의 그림자"이자 내 안의 여성인 경아는 제거되며, 도시는 발기한 남근과 같은 마천루가 옹립한 남성의 공간이 된다.

이 작품 전체를 지배하는 문오의 멜랑콜리는 이렇듯 타락한 아버지의 세계 속으로 들어가며 삭제해 버린 쾌락과 자유의 상실에 대한 서글픔을, 그러한 과정 속에서 우리들이 소유했다가 버린 경아에 대한 죄의식을 보여주며, 궁극적으로 아버지의 질서를 부인하는 효과를 갖기도 한다. 이러한 점이 『별들의 고향』이 한 시대의 대중 독자들에게 매혹적인 작품이 될 수 있었던 근거이며, 단순한 상업주의 소설로 치부할 수 없게 하는 측면이다. 그러나 경아를 삼켜 버릴 수밖에 없었던? 남성의 죄의식과 시대에 대한 반발이 지속되지 않는다.

"그래, 경아는 실제로 존재하지 않았던 여자인지도 몰라. 밤이 되면 서울 거리에 밝혀지는 형광등의 불빛과 네온의 번뜩임, 땅콩 장수의 가스등처럼 한때 피었다 스러지는 서울의 밤, 조그만 요정인지도 모르지. 그래, 그녀가 죽었다는 것은 바로 우리가 죽인 것이야, 무책임하게 골목골목마다에 방뇨를 하는 우리가 죽인 여자이지. 그녀가 한때 살아있었다는 것은 거짓말인지도 몰라. 그것은 자그마한 우연이었어. 그녀는 마치 광화문 지하도에서 내일 아침 조간 신문을 외치는 소년에게서 십 원을 주면 살 수 있는 조간 신문일지도 몰라. 잠깐

보고 버리면 그만이었어. 그래, 그녀가 살아 있었다는 것은 조그만 불빛이었어. 서울의 거리에서 흔히 볼 수 있는 불빛이었지."(34쪽)

"그녀가 죽었다는 것은 바로 우리가 죽인 것이야"라는 서술은 근대의 시민의 자격을 얻는 대가로 남성—우리들이 살해한 경아 즉 우리들의 여성성과 그에 대한 죄의식을 보여준다. 그러나 이러한 죄의식은 자기 위안적인 것이다. 경아의 존재는 궁극적으로 지워져 버리기 때문이다. 경아는 여기서 형광등의 불빛 · 네온 · 가스등과 같은 매혹적이지만 휘발성의 이미지로, 거짓말 · 자그마한 우연과 같은 희미한 존재로, 조간신문과 같은 일회용 상품으로 비유된다. 이는 이 작품이 경아의 존재를 궁극적으로 부인하고 있음을 의미한다. 불빛, 우연, 상품 등은 온전한 주체로서의 자격을 가지지 못한 덧없는 사물성의 표상이다. 이는 경아의 존재상태를 정확히 기록하는 것인 동시에 경아의 주체성을 삭제해 버리는 것이다. 이렇듯 남성의 자기 재현의 서사는 주체성 구성이 결코 성별(gender)의 역학 관계에서 자유로울 수 없음을 시사한다. 이때 여성의 육체는 서술의 무의식적 토대가 된다. 여성의 육체는 바로 남성의 주체성이 구축되는 대상이지만, 여성에게는 욕망의 주체가 될 자격이 박탈되는 장소이다.[34] 왜냐하면 여성의 육체는 남성의 거세 콤플렉스를 안정하게 방전시키면서 주체성 구성의 매개가 되는 대상이기 때문이다. 이 작품은 자기 안의 여성성을 삭제함으로써 근대화 프로젝트의 전사로서 참여하게 되는 한 남성이 거부와 두려움을 통해 당대적 압박감의 정서를 생생하게 표현해낸다. 그러나 그러한 역사의 불안과 절망을 여성의 육체에 폭력적으로 투사함으로써 자기 위안적인 남성의 이야기가 되고 만다.

---

34) 노승희, 「아리아드네를 찾아서」, 『여/성 이론』제 1호, 앞의 책, 161쪽.

결론

70년대 문학의 화제작인 최인호의 『별들의 고향』은 산업화와 군사주의가 결합된 개발독재기 근대화 과정 속에서 한 남성의 입사의 과정을 담아낸다. 이러한 과정은 여성의 능동적인 힘과 욕망의 말소 위에 근대성이 구축되어 왔음을 보여준다. 화제의 여성인물인 '경아'의 수난사는 이러한 사실을 증명한다. 특히 경아가 순결을 상실하고, 호스티스로 전락해 결국 죽음에 이르는 내러티브는 여성의 육체가 가부장적 텍스트의 무의식적 토대가 된다는 점을 의미한다. 따라서 본고는 먼저 이 작품의 주인공을 오경아가 아닌 김문오로 읽어야 할 필요성을 제기한다. 문오는 끝까지 살아남은 주인공이며, 경아는 그가 '아버지'에 대한 반발과 처벌의 공포 속에서 동일시하는 부서진 육체이자, 궁극적으로 부인되는 인물이다. 경아의 육체는 남근 상실의 위협에 직면한 문오가 자기 시대의 손상된 남성성을 읽거나, 아버지의 처벌의 공포를 실물화해주는 증거로, 아버지와 동일한 지위를 차지하기 위해 살해하는 희생양으로 재현된다. 여성의 몸을 토대로 이루어지는 이러한 서술의 구조는 이 작품을 문오가 남성 주체성을 획득하기 위해 여성을 타자화하는 이야기로 읽게 한다.

경아의 육체에 대한 매혹과 거부의 양가감정은 이 작품의 재현의 구조 속에서 경아가 어떻게 위치하고 있는 지를 보여준다. 타락한 사회에서 순결한 여성과의 사랑을 통해 훼손된 세계를 복구하려는 것은 남성의 주체성 회복의 서사에서 반복적으로 나타나는 모티브다. 문오는 경아를 소유함으로써 이러한 목적을 향해 나아가는 듯 보인다. 그러나 창녀인 경아는 누구에게나 개방되어 있기 때문에 소유할 수 없는 대상이 된다. 경아는 이미 거세된 존재이기 때문이다. 이로 인해 아버지의 포위망을 벗어날 수 없게 되자 내러티브는 경아를 가학적으로 징벌한다. 그리고 처벌당함과 함께 경아는 성화됨으로써, 희생제의의 폭력성은 은폐된다. 이러한 과정에서 여성의 몸은 남성 주인공의 욕망이 투사되는 대상이 된다. 여성의 타자화는 여성성을 재구축함으로써 한국의 근대화가 당면한 혼란을 잠재우려는 당대의 무의식을 보여준다. 70년대는 전후 공공 영역으로 진출한 여성들이 가정으로의 귀환을 명령받았던 때이기도 하다. 이는 순결 이데올로기 속에 가두어둠으로써 여성의 육체를 탈성화하는 것으로 나타난다. 이와 함께 여성성은 생산, 발전과 같은 긍정적 가치와 대립하는 쾌락, 소비 등 근대의 부정성으로 의미화된다.

본고는 한국의 근대화가 집약적으로 이루어진 1970년대의 가부장성이 여성을 타자화함으로써 주체성을 확립해나가는 남성의 자기고백담 속에서 드러난다고 보았다. 이러한 고백의 과정은 산업전사로서의 남성의 성장에 대한 당대의 압력을 드러내는 한편으로 아버지의 이름으로 여성의 주체성을 말소하는 재현의 구조를 보여준다. 70년대 문학은 '경아', '영자', '이화' 등 여성 인물들의 육체 개방 혹은 육체 훼손의 이야기를 유난히 많이 보유하고 있다. 본고는 이 작품에 대한 페미니스트 독해를 바탕으로 70년대 문학의 재현의 무의식이 되는 여성의 몸에 대한 본격적인 조망이 이루어질 필요성을 제기한다.

참고문헌

기본자료

최인호, 『별들의 고향』(상 · 하), 동화출판공사, 1985.

참고논저

강상희, 「현대의 비극 혹은 천사와 창녀의 이중창-통속이 아닌 예리한 주제의식
　　　의 소설『별들의 고향』」, 『문학사상』 2000년 3월호, 문학사상사.

김영옥, 「70년대 근대화의 전개와 여성의 몸」, 『여성학 논집』제 18집, 한국여성학
　　　회, 2001.

김은실, 「한국 근대화 프로젝트의 문화논리와 가부장성」, 임지현 외, 『우리 안의
　　　파시즘』, 삼인, 2000.

김주연, 「산업화와 문화충격 대중문화의 경우」, 『김주연평론문학선』, 문학사상
　　　사, 1992.

김종철, 「상업주의 소설론」, 『한국문학의 현단계 II』, 창작과비평사, 1983.

김현주, 「1970년대 대중소설 연구」, 민족문학사연구소 현대문학분과, 『1970년대
　　　문학연구』, 소명출판사, 2000.

박현선, 「밀실에서 거리로?:1960년대 한국영화의 공간과 여성」, 『한국영화와 근
　　　대성』, 소도, 2001.

이형기, 「'별들의 고향' 호스티스 삶 통해 도시 비정 고발」, 《한국일보》, 1991년
　　　8월 31일.

전영태, 「소설적 인식의 전환과 다양성의 확보-1960년대와 1970년대의 소설」,
　　　권영민 편저, 『한국문학 50년』, 문학사상사, 1995.

정덕준, 「1970년대 대중소설의 성격에 관한 연구-도시의 생태학, 그 좌절과 희망」,
　　　『한국문학이론과 비평』제16집, 한국문학이론과 비평학회, 예림, 2003.

정한숙, 『현대소설창작법』, 웅동, 2000.

조혜정, 「'남성다움'의 구성과 재구성」, 『한국의 여성과 남성』, 문학과지성사, 1988.

차혜영, 「'종합선물셋트'로서의 문학, 1970년대 대중 소설의 존재 양상-최인호의
　　　『별들의 고향』을 중심으로」, 『한국문학평론』17, 아래으, 2001

로라 멀비, 「시각적 쾌락과 내러티브 영화」, 유지나 · 변재란 엮음/서인숙 옮김,

『페미니즘/영화/여성』, 여성사, 1993.

리타 펠스키, 김영찬 · 심진경 역,『근대성과 페미니즘』, 거름, 1998.

마단 사럽, 김해수 역,『알기 쉬운 자끄 라깡』, 백의, 1994.

마샬 버먼, 윤호병 · 이만식 역,『현대성의 경험』, 현대미학사, 1994.

수잔나 D. 윌터스, 김현미 역,『이미지와 현실 사이의 여성들』, 또 하나의 문화, 1999.

주디스 메인, 강수영 · 류제홍 역,『사적 소설/공적 영화』, 시각과 언어, 1994.

피터 부룩스, 한애경 역,『예술과 육체』, 문학과 지성사, 2000.

남성적 '파토스(pathos)'로서의 대중소설과 청년들의 反 성장서사

박범신의 70년대 후반 소설을 중심으로

불온한 감정의 양식과 센티멘탈한 남자들

눈물을 흘리는 남자는 아마도 문화적으로 가장 금기된 이미지일 것이다. 남자의 눈물은 가부장권의 문화에서는 아버지의 알몸처럼 보는 것만으로도 죄책감을 불러일으키기 쉬운데, 눈물은 정신분석학적인 의미에서 '거세' 즉 남성성의 좌절을 의미하는 기호이기 때문이다. 눈물은 욕망이 성취되지 못한 증거인 것이다. 반면에 여자의 눈물은 대체로 금기나 비난의 대상이 되지 않는다. 그것은 희생자의 도덕성을 암시하는 것이기에 숭고한 것으로 추앙받기도 한다. 눈물은 무디어진 양심을 일깨우고 살아가야 할 이유와 방향을 제시하며, 우리가 잃어버리지 않아야 할 초월적 가치가 무엇인지를 묻는 미덕의 계기로 받아들여진다. 통상적으로 눈물은 여성 젠더의 표상이다. 그러나 70년대는 우울증에 시달리는 남자들이 집합적으로 출몰했지만 남자의 눈물을 패배로 규정하기는커녕 오히려 신성화했다. 그것은 현실적으로는 좌절했으나 정신적으로는 승리했음을 역설하는 센티멘탈한 영웅주의의 증거로 간주된다. 70년대는 남자의 눈물이 순수와 구원의 증거로 간주된, 즉 슬픔과 비애에 대한 탐닉 혹은 옹호에 경도된 남성 멜로드라마의 시대다. 이는 주정주의, 환희, 순수 등 통속적 숭고미의 자질들이 여성성 혹은 여성문화로 간주될 수 없음을 암시한다.

이 연구는 한국 대중영화사에서 지배적 위상을 차지하고 있는 멜로적 상상력을 70년대 대중소설의 문법으로 제시하는 한편으로 눈물과 비탄은 여성이 아니라 남성의 고뇌 혹은 저항의 표식이라는 점에 주목한다. 박범신, 최인호, 조해일, 조선작 등 당대 청년문화세대의 대중소설은 '압축 근대' 혹은 '터보(turbo) 자본주의'로 불리는 한국적 근대화가 개인의 내밀한 삶에 드리운 혼돈과 무력감을 담고 있다. 젊은 주인공들은 박정희 정부가 주도하는 발전주의 프로젝트에 대해 회의적이지만 비판적 '시민'의 위치를 확보하지 못한 채 소극적인 방식으로 사회와 불화한다. 슬픔과 비애의 감정을 표출하는 한편으로 사회로의 편입을 거부하듯 퇴행적 나르시시즘과 죽음충동 등 병리적 징후도 엿보인다. 70년대 대중소설은 우울의 감각을 내세워 개발 프로젝트의 수행을 거부하지만 통속극의 구태를 벗지 못해 문학사적으로 그다지 주목받지 못했다. 그러나 '사회성 멜로드라마'[1]로서 반공주의와 권위주의 그리고 성장제일주의로 요약되는 10월 유신과 경제개발계획 등 70년대의 급변하는 현실을 포착하려는 새로운 지각양식이자 미적 대응이

---

1) 강영희에 따르면, '사회성 멜로드라마'는 "그 개념에 대한 명확한 합의조차 마련되어 있지 않은 저널리즘적인 용어에 불과하지만 실제로 대중문화의 극장르 가운데서 무시할 수 없는 비중을 차지하고 있"는데 "대중문화 극장르의 주류는 멜로드라마가 직간접적으로 사회역사적 현실과의 관련을 갖고자 할 때는 대체로 사회성 멜로드라마의 형식을 빌게"(240쪽) 된다. 강영희, 「10월 유신, 청년문화, 사회성 멜로드라마」, 한국여성연구회 편, 『여성과 사회』 제3호, 창작과비평사, 1992.

었음을 부인할 수는 없다. 70년대는 발전과 진보로 지칭되던 근대화에 대한 대중의 선망이 깨어지기 시작하지만, 고향—반근대적 공동체로 되돌아갈 길을 찾을 수 없어 집단적 우울감에 시달리는 시기였다. 또한 4·19 혁명으로 형성된 시민사회의 활력이 이미 소진하고 권위주의적 정치 풍토, 즉 파시즘적 일상세계가 등장한 억압의 시기이기도 하다. 멜로의 내러티브는 발전주의 시대에 대한 청년 혹은 시민들의 의혹과 불신이 함축된 불온한 감정의 양식이었다.2)

'멜로'는 일반적으로 알려져 있듯이 남녀의 격정적인 연애에 관한 이야기가 아니라, 격렬하고도 과잉적인 재현의 양식을 통해 가혹하고 부조리한 힘에 짓눌린 희생자들의 미덕을 상연함으로써 우리의 마음 속에 격정이 끓어오르게 하는 장르이다.3) 그런데 여기서 '과잉'은 단순히 슬픔을 표현하기 위한 것이 아니라, 긍정적 가치를 추구하는 탓에 시련을 겪는 인물에 대한 존경과 연민을 유발하는 역할을 한다. 관객 혹은 독자가 경험하는 정서적 효과인 감동과 '파토스(pathos)'는 주인공이 가혹하리만큼 수난을 겪을수록 커지는데, 이는 멜로드라마가 도덕적 가치를 옹호하고 전파하는 양식임을 암시한다. 피터 브룩스는 멜로드라마를 '도덕적 비학(moral ocullt)'의 장르로 정의하고 '숭고한 슬픔'이 출현한 역사적 근거를 '근대의 탈마법화'로 제시함으로써 멜로드라마 논의의 새 지평을 열었다. 그는 멜로드라마를 서구의 과학혁명 이후 이루

2) 유신정권기의 대표적인 대중서사물인 최인호의 『별들의 고향』(1974), 박범신의 『죽음보다 깊은 잠』(1979), 조해일의 『겨울여자』(1975), 하길종의 장편 영화 『바보들의 행진』(1975) 등 당대의 대표적인 베스트셀러 혹은 문제작들은 급성장한 도시의 소비자본주의 문화 속에서 진정한 삶의 방향을 찾지 못한 채 입사(入社)를 거부하며 방탕하게 생활하거나 죽음충동에 사로잡힌 젊은이의 초상을 그린 '퇴폐 멜로' 장르에 속한다.
3) 벤 싱어 저, 이위정 역, 「멜로드라마와 모더니티, 그 멜로드라마적 계보학」, 『멜로드라마와 모더니티』, 문학동네, 2010, 18쪽.

어진 세속화 혹은 합리화로 인해 초월적 가치들이 사라져버리자 정신적 공허를 보상받기 위한 예술적 대응으로 재해석한다.[4] 그런데 멜로드라마 장르에서 '도덕적 비학'이라고 명기한, 즉 현실의 표면 아래 감춰져 있는 고귀한 정신적인 가치영역을 드러내는 역할을 하는 사람은 주로 여성들이었다. 이를테면 '가정 멜로드라마'들은 주로 착한 여자가 겪는 시련 혹은 수난의 플롯을 취하는데, 순결한 여성들은 자기규율, 절제, 주체성 등 전통적으로 부르주아지의 윤리였던 가치들을 환기시키면서 급속한 근대화와 함께 등장한 쾌락주의, 부, 소비주의 간의 충돌을 조절하고 봉합하는 중간자였다. 그러므로 순결, 즉 성적·물질적 욕망으로부터 초연함은 이상적인 여성 주인공이 갖춰야 할 자질이었다. 70년대 대중소설들이 이렇듯 '고무신 관객', 즉 여성들을 위한 장르로 알려진 멜로드라마를 남성들의 플롯으로 재의미화한다.

이 장르의 계급적 속성에 대해서는 별도의 논의가 필요하지만, 멜로드라마가 여성이 남성보다 도덕적으로 우월하다는 것을 서사적으로 증명했다는 것은 분명하다. 멜로드라마는 여성적 미덕과 악덕이라는 이중적 도식을 만들어놓고 성적, 물질적 욕망의 시험대를 통과하지 못한 여자들을 비난하거나 처벌해왔다.[5] 그것은 여성들을 관능과 도덕이라는 이분법 안에 가두어버리고 말았지만 순결하기 때문에 시련을 겪는 여성들의 숭고한 아름다움이 전시되는 세계로, 센티멘탈리즘의 젠더가 여성이었음을 증명해왔다. 그러나 70년대 대중소설은 가정 멜로드라마를 독재정부의 주도 하에 개발이 급격하게 진행되는 도시를 무대로 힘겹게 개인성 혹은 개인주의를 획득하기 위해 고투를 벌이는 청년-남성들의 반문화적 저항의 서사, 즉 사회성 멜로드라마로 재구성

---

4) 벤 싱어, 앞의 책, 312쪽.
5) 리타 펠스키 저, 김영찬·심진경 역, 『근대성과 페미니즘』, 거름출판사, 1998, 235쪽.

했다.[6] 혹자는 멜로드라마를 특정한 시대에 나타난 고유한 형식이라기보다 지역과 시기를 가리지 않고 근대적 시공간에서 다양한 방식으로 등장한, 즉 유동적이면서도 긴 생명력을 지닌 '양식'이라고 한 바 있는데, 70년대 남성 멜로드라마들은 그러한 정의를 다시금 확인시켜준다. 70년대 멜로드라마들은 신성함이 사라져버리고 물신의 법칙이 지배하는 가짜 낙원에서 타락하거나 지배당하지 않기 위해 비장하고도 고독하게 투쟁하며 개인성을 쟁취하려는 청년의 이야기로 재의미화된다.

이 글에서 살펴볼 박범신의 『죽음보다 깊은 잠1,2』(1979), 『풀잎처럼 눕다1, 2』(1980)는 70년대 말에 신문에 연재, 발간되어 상업적 흥행을 이룬 화제작들이다. 이 작품들은 초월적 가치가 존재하지 않는다는 것을 거부하는 한편으로 신성한 것을 개인적인 차원으로 이동시키는 멜로드라마의 법칙에 충실하다. 부조리하고 억압적인 세계에 맞서 외롭고도 비장하게 투쟁하는 남성들의 이야기는 독자의 격정을 끓어오르게 할 만큼 수난으로 가득하다. 흥미로운 것은 남성 멜로드라마들에서 수난은 여성의 그것과 달리 비범한 개인이 겪는 고립되고 비장한 모험의 성격을 띤다는 것이다. 출세나 자본축적에 대한 욕망, 사랑과 가족에 대한 인간적 애착, 살고자 하는 의지마저 버리면서 오로지 맨 몸으로 고독하고 비장하게 세계의 악과 맞서는 남자들의 이야기는 반사회적이다. 그리고 사랑과 가족, 즉 여성적인 세계로부터 벗어나는 것은

---

6) 그간 남성 멜로에 관한 연구는 주로 IMF 이후 등장한 최근 서사물에 집중되어 조명되었다. 그러나 기실 남성 멜로드라마는 한국대중서사물의 주요한 흐름을 형성하고 있다고 할 수 있는데, 이러한 흐름의 원인과 그것이 만들어낸 서사 문법의 특징과 의미를 파악해 볼 필요가 있다. 남성 멜로에 관한 대표적 연구로 다음의 글을 들 수 있다. 문재철, 「상실과 구원의 플래시백─'박하사탕'에 나타난 멜로드라마적 역사」, 연세대 미디어 아트연구소 엮음, 『박하사탕』, 삼인, 2003; 이현경, 「한국 멜로영화의 다양한 분화 양상─1990년대 후반 이후 한국 남성 멜로영화」, 대중서사장르연구회 지음, 『대중서사장르의 모든 것: 1. 멜로드라마』, 이론과 실천, 2007.

가부장제 사회에서 남아—남성이 남성성을 획득하기 위한 보편적 법칙이라는 점에서 이 소설은 남성적 여정을 보여준다. 70년대는 한국문화사 속에서 그 어떤 시기보다, 군인 출신의 대통령과 군사주의 문화의 부상, 아버지를 중심으로 한 가족 구조 재편성, 일상에 만연한 폭력과 그것에 대한 숭배 등 매우 남성적인 시대였기 때문에 이러한 특징은 매우 흥미로워 보인다.

데카당스한 주체와 욕망의 최소주의:『죽음보다 깊은 잠』

『죽음보다 깊은 잠 1,2』은 '진보'의 미명 하에 개발이 진행되고 있지만 기실 모든 것이 사고 팔리는 상품이 됨으로써 신성이 사라져버린 욕망의 도시를 비판적으로 성찰하는 대중소설이다. 맑스와 엥겔스는『공산당 선언』에서 근대성을 "인간과 인간 사이에 적나라한 이해관계, 무정한 '현금 지불' 외에 다른 어떤 끈도 남겨두지 않"고, "신앙심에서 우러나오는 경건한 광신, 기사의 열광, 세속적 감성의 성스러운 전율을 이기적 타산이라는 얼음같이 차가운 물 속에 익사시"[7]킨, 즉 삶에 드리워진 "감동적이고 감상적인 베일"을 찢어버린 '파괴'라고 질타한 바 있는데, 이 소설은 70년대 고속 성장의 도시인 서울을 배경으로 순결한 가치와 정신적 삶을 파괴시키는 물신주의의 마성적 본질을 드러내는 한편으로 타락한 사회의 정화하려는 서사적 욕망을 드러낸다. 소설 속 영훈은 다희에게 버림받고도 지순한 사랑을 포기하지 않는 순애보의 주인공이다. 그간 통속극 속에서 돈에 눈이 멀어 사랑의 가치를 외면하

---

7) 카를 마르크스 · 프리드리히 엥겔스, 이진우 역,『공산당 선언』, 책세상, 2001, 221쪽.

는 것은 야망을 가진 남자들이었던 데 반해, 영훈은 다희를 향한 순결한 사랑을 멈추지 않는다. 그런데 사랑은 그간 사회에 대한 소극적인 무관심으로 자유를 누려왔던 영훈이 욕망의 도시 한 복판에 뛰어들어 통과의례를 치르게 되기에 중요한 사건이기도 하다. 그러므로 연애 플롯 이면의 입사(入社)식에 주목한다면, 이 소설을 발전주의 시대를 통과하는 청년의 성장담으로 볼 수 있을 것이다.

영훈은 본래 데카당스(Decadance)[8]한 기질의 젊은이다. 발전주의 시대의 '에토스(ethos)'인 '출세' '성공' 같은 세속적 가치는 물론이고 살아가기 위한 최소한의 욕구 이상의 것을 위해 어떤 노력도 하지 않기 때문이다. '고속 출세'와 '한탕주의의 신화'가 만연한 70년대 사회 속에서 야망없는 젊은이는 청춘의 정수를 잃어버린 탕아, 즉 퇴폐적 인간으로 분류될만하다. 그는 부도덕한 방식으로 치부하고 카바레에서 춤꾼으로 이름을 날리며 방탕하게 인생을 꾸려온 아버지를 혐오하지만 피의 유전인 양 타고난 춤솜씨로 어린 시절을 난봉꾼으로 보낸다. 그리고 그 후 "어떤 여자도 안을 수 없게 되"는데, '불감증'의 원인이 생리적인지 혹은 심리적인 것인지는 불분명하다. 다만 '불감증'을 치료하기 위해 그가 어떤 노력도 하지 않으며, "불감증은 평화구나"라는 다희의 말에 동조하는 것으로 보아 그것에 다소간 우호적이라는 점을 알 수 있다. 심지어 그는 사회적 남성성을 획득하는 일을 회피하고 거부한다. 출세하거나 학문에 뜻이 있어서가 아니라 다만 불심검문으로 군대에

---

8) 원래 데카당스는 몰락, 가을, 황혼, 노쇠, 퇴폐, 조락, 상처. 염세관, 퇴폐적 포즈. 인공적이고 추악한 것 속에서 오히려 새로움을 발견. 현실 부정의 전위적 문학활동. 진부한 현실의 거부, 유미주의, 반항적 정신, 이국취향, 감각주의, 사회생활의 단절 등을 가리킨다. 인습에 반항하고 권위에 굴복하지 않고 날카로운 개성을 발휘해 거리낌이 없고 인생에 대한 열렬한 애모의 정보다는 환멸에 이끌리며 깊은 절망, 비애에 빠지는 것은 데카당스한 주체의 특징이다.

끌려가지 않기 위해 행정대학원에 적을 두었기 때문이다. 그는 제도화된 남성성 혹은 사회적 남성성을 획득하는 통과의례의 형식인 군대를 거부하는 병역기피자이기 때문이다. 음악을 연주하는 것으로 생계를 꾸리고 자신이 되고 싶은 것은 은행 강도일 뿐이라는 반사회적 발언을 일삼는 꿈이 없는 젊은이 혹은 탕자인 것이다. 그러나 이렇듯 무위(無爲)의 인간상은 깊이있는 경험의 결여, 즉 의미의 부재에서 비롯되는 현대인의 전형적인 심리이자 모더니티의 근본적 정조인 '권태'[9]를 연상시키지만, 세계에 대한 참여의 거부라는 점에서 반항의식을 담고 있다.

영훈에게 다희와의 만남과 이별은 그간 출세하지 않을 자유를 통해 누려온 평화를 포기하고 사회 속으로 나아가는 계기이다. 그는 우연히 사회적 관습과 전통의 규범으로부터 자유로운 여대생 다희를 만나 동거를 하며 소박하지만 따뜻한 집을 일구어가기 소망한다. 그러나 헌신적인 사랑에도 불구하고 다희가 떠나버려 치명적인 상처를 입게 된다. 다희는 아름다운 외모 덕에 대양재벌의 2세인 경민의 눈에 들어 여성 패션사업의 모델로 발탁되자, 연애를 초고속 신분상승이 가능한 엘리베이터로, 자신의 육체를 투자가치가 높은 상품으로 여기며 영훈을 떠난다. 목사 출신의 가난한 아버지를 둔 그녀는, 발전과 진보가 모두에게 공평하게 분배되는 세상이 오지 않으리라는 것을 알고 있기 때문에 계층질서의 맨 밑바닥에서 높은 자리로 데려다 줄 초고속 엘리베이터인 경민의 유혹을 뿌리치지 못한다. 다희는 급행열차를 탄 듯 재빨리 벤츠와 강변 아파트로 상징되는 호화스러운 삶 속으로 진입한다. "내가 내 사랑을 배신했더라도 그것은 나의 죄가 아니다. 이 시대가, 나에게 달려가라고 가르치는걸. 뒤처지지 말라고, 엘리베이터에 타라고 내 등

---

9) 김종갑, 「권태와 쾌락주의: 오스카 와일드의 『도리언 그레이의 초상』」, 『현대영미소설』제19권 2호, 한국현대영미소설학회, 2012, 6~7쪽.

덜미를 밀어대는걸. 유신이 뭔데? 산업화가 뭔데? 달려가라는 거야. 규칙도 뭣도 없어. 나는 갈 거야."(1편, 115쪽)라는 그녀의 말은 단지 배신에 대한 변명이 아니라 70년대 서울의 왜곡된 근대성을 비판적으로 가시화한다.

소설은 이렇듯 외모자본을 밑천 삼아 신분상승의 사다리에 올라탄 다희와 그녀의 주변 인물을 중심으로 욕망에 미혹되어 서서히 파괴와 죽음을 향해 가는 사람들과 그러한 맹목적 열정의 무대인 서울, 즉 모더니티의 정체를 탐구한다. 다희와 경민 그리고 다희의 남편인 현우는 모두 도시에서 도약과 비상을 꿈꾸지만 결과적으로 자기 삶의 평화로운 근거를 파괴하며 몰락을 거듭해간다. 한때 시인을 꿈꾸었던 경민은 첩의 자식으로 어머니를 외면해 온 재벌 아버지에게 복수하기 위해 성공을 꿈꾸지만 결국 좌절해 죽고, 다희는 경민의 아이를 임신한 채 무일푼으로 남겨진다. 그리고 오래도록 짝사랑해 다희 모녀를 거둔 현우는 다희와 시골생활을 시작하지만 의처증에 시달리고, 도시 입성 후 사업에 실패해 점점 졸렬한 인격이 되어간다. 그러나 다른 한편으로 허영의 시장에 뛰어든 영훈을 중심으로 근대성에 대한 대항적 내러티브가 펼쳐진다. 다희가 떠난 후 실의에 젖어있던 영훈은 가수로 성공하기 위한 치밀한 각본을 짜고 수련의 시간을 거친 뒤 모든 것이 사고 팔리는 시장사회로 나아간다. 그는 자신의 말라빠진 몸을 유혹한 원천이 되도록 미적으로 가공하고 무쇠같은 여자의 마음도 녹일 정도의 매너를 습득한다. 또, 포르노와 창부를 통해 탁월한 성적 테크닉을 연마함으로써 잃어버린 남성성을 회복해 유혹적인 상품으로서의 탁월성을 획득한다. 그리고 마침내 영훈은 자신을 가수로 데뷔시켜 줄 스폰서인 과부 영실 여사의 환심을 사 그녀의 남자가 된다. 영훈을 허영의 시장에서 매혹적인 상품으로 만들어 줄 사육사인 경섭은 "여잔 암내가 나면 붙으려 한다. 탄탄하고 아름다운 근육과 새벽의 댓잎처럼 풋풋한 힘이 필요한 것은 그 때문"이라며 그에게 유혹의 기술을 전수한다.

영훈이 타락한 세계 속으로 나아가기 위한 '수련'의 과정은 얼핏 다회의 그것과 상당히 흡사해보인다. 두 사람은 마치 샴쌍둥이처럼 감정의 진실을 숨기고 육체와 섹슈얼리티 등 개인성의 내밀한 영역을 거래한다. 그러나 서술자는 영훈과 다회의 욕망이 다르다고 주장한다. 다회가 욕망에 눈이 어두워 자신을 파멸로 몰고간다면, 영훈은 욕망의 허위를 조롱하고 폭로하기 위해 스스로를 미적으로 가공하고 전시하는 전략적인 행위자, 즉 물신적 모더니티에 대항하는 미적 주체인 "당디(dandy)"로 제시된다. "아름다운 목소리와 연약하고 화사한 빛깔로 치장을 하고도 거미나 파리를 잡아먹는 동물성의 황금새. 나는 이제 황금새가 된다"(2편, 36쪽)라는 독백은 그가 보들레르의 페르소나인 '댄디', 즉 물질을 혐오하고 아름다움을 추구하는 예술가임을 암시한다. "수직이동이 정상적으로 이루어지지 않는 사회"에서 이러한 선택은 선하지는 않지만 불가피하다고 여겨진다. 이렇듯 영훈은 모든 것을 중심으로 끌어당기는 욕망의 도시에서 영혼을 잃어버리지 않은, 즉 분별력 있는 성찰적 주체이다.

그러나 욕망의 도시를 희롱해보고자 했던 영훈은 결과적으로 다회와 마찬가지로 좌절하고 만다. 영실 여사의 마음을 얻어 한순간 유명한 가수로 부와 명성을 거머쥐는 듯 보이지만 별장지기의 딸을 성폭행함으로써 출세의 사다리에서 추락하기 때문이다. 그렇지만 패배는 무능의 증거가 아니라 그가 순결한 인간임을 역설한다. 그는 영실여사를 자신을 출세시켜 줄 도구, 즉 수단으로 여기지 못하고 인간적인 소통을 원한 탓에 게임에서 지기 때문이다. 애초 영훈은 황금에 눈 멀어 인간적 감성이 메마른 불감증 환자인 영실여사를 혐오하지만 차차 그녀의 내면에서 순수의 흔적을 발견하고 그녀를 연민한다. 그러자 "비애는 섹스의 적"(2편, 18쪽)이라고 여기던 '남창'의 불문율이 무너지고 그의 심연에 자리하고 있던 "늙은 스핑크스", 즉 멜랑콜리가 얼굴을 내민다. 그는 다시 "이제부터 너는, 오! 물질이여./ 어렴풋한 공포에 싸여, 안개 낀 사하라 사막/ 저 안쪽에 졸고 있는 화강암에 지나지 않는다./ 무심한 세상 사람 아랑곳없고, 지도에서 버림받고/ 그 사나운 심사, 오직 저무는 햇빛에만/ 노래부르는 늙은 스핑크스에 지나지 않는다."(보들레르, 「76 · 우울」)라고 읊조리는 조로한 젊은이로 되돌아간 것이다.

"늙은 스핑크스"는 열정을 잃어버린 채 세계의 허무를 응시하는 늙은 현자, 즉 잿빛 멜랑콜리의 표상이다. 욕망을 달성하는 데 좌절한 패배자가 아니라 욕망의 허위적 본성을 꿰뚫은 사람, 즉 모든 것이 덧없다는 사실을 알기 때문에 오류를 저지르지 않는 현자인 것이다.[10] 스핑크스의 멜랑콜리는 영훈의 성적 불감증, 축적에 대한 혐오, 최소주의적 삶을 연상시킨다. 그러므로 영훈의 좌절은 그가 대도시의 욕망으로부터 초연한 근대의 반항자임을 뜻한다. 가수로 데뷔한 후 영훈은 명성을 얻지만 음악을 상품화하는 엔터테인먼트 산업과 주인과 노예를 벗어나지 못하는 영실여사와의 비인간적인 관계를 환멸하게 된다. 그는 마치 자신의 파멸을 재촉하려는 듯 영실 여사의 감시에도 불구하고 경제적 어려움에 처한 다희를 돕는다. 그리고 결정적으로 여고생 인혜를 성폭행함으로서 여사로부터 완전하게 버려져 가수 생활도 그만두게 된다. "하얀 도화지의 여백에, 무조건, 아무것이 됐든, 흉한 낙서를 하고

---

10) 김홍중, 「멜랑콜리와 모더니티−문화적 모더니티와 세계감(世界感) 분석」, 『한국사회학』제40집 3호, 한국사회학회, 2006, 12~13쪽.

싶어지는, 그런 파괴본능"(2편, 236쪽)에 대한 고백은 강간이 자신이 이룩한 부와 명성에 깊은 수치심과 죄책감을 느끼는 민감한 자의식과 순결한 소녀—여성을 통해 구원받고자 하는 왜곡된 욕망에서 비롯된 것임을 암시한다. 파리한 얼굴의 병약한 소녀인 은혜는 영훈의 허위와 기만 그리고 타락으로 가득한 삶을 적나라하게 비추는 거울, 즉 수치의 증인인 것이다. 파국의 완성인 양 그는 영실여사에게서 온정과 용서를 기대하는 대신에 욕망의 사다리에서 내려와 자멸을 선택한다.

> 꿈에 그는 카나리아 군도를 보았다.
> 풀과 나무들이 꿈같이 우거진 그곳엔 저 포악한 군주 같았던 개발독재의 70년대 한복판, 사악한 소비구호, 소비가 미덕이던, 황량한 비인간화의 중심인 서울에서 굶어죽은 카나리아 한 쌍도 다시 부활, 그곳에서 살고 있었다. 어찌 한 쌍뿐이랴. 얼마나 많은 카나리아들이 그 질주의 관성에 찢겨 죽어갔던가. (중략) 죽은 카나리아의 영혼들은 어디로 갈까. 그래그래. 멀고먼 빛의 나라, 아프리카 꿈같은 신천지 카나리아 제도, 카나리아는 그곳에서 부활, 햇빛과 물과 바람만으로도 얼마든지 행복해질 수 있을 것이다. (중략) 카나리아 섬 한복판에서 갑자기 그는 심한 성욕을 느꼈다. 억압이 사라졌다고 그는 생각했다. 그가 있는 곳은 이 땅이 아니라 억압이 없는 질주의 관성이 없는 사육사도 채찍도 없는 신천지였다, 신천지에서 막힘 없이 힘차게 불의 기둥처럼 소리치며 일어서는 것을 그는 보았다.(2편, 305쪽)

작가는 물질적 축적이 세속적 행복의 미덕이 된 욕망의 도시에서 순수를 추구했기 때문에 살아남을 수 없었던 남자의 죽음을 이야기한다. 영훈은 스스로 음식을 먹기 거부함으로써 언젠가 그가 목격한 새장 속에서 굶어죽은 카나리아가 된다. 근대화의 반생명성, 비인간성을 상징하는 '카나리아'는 그가 타락한 세계에 의해 짓밟힌 순결한 희생자임을 암시한다. '카나리아'는 근대가 가져다 준 물질적 이기를 탐하느라 잃어버린 자유와 인간성을 직시하게 만든다. 가부좌를 튼 채 아사(餓死)한 주검은 다희에 의해 발견되어 그녀를 부끄럽게 만드는데, 이는 자살이 가속도 붙은 개발에 제동을 걸기 위한 희생제의임을 암시한다. 그러므로 죽음은 단지 패배의 증거가 아니라 진정한 자유를 되찾기 위한 역설적 행위, 즉 저항적 주체가 되기 위한 의지적 선택으로 해석되어야 한다. 영훈은 살아가기 위한 기본적인 욕구의 시중을 드는 것조차 거부함으로써 완전한 자유를 향유하고자 한다. 그것은 존재의 영도(zero), 즉 죽음을 통해서만 도달할 수 있다. 자신의 진정성을 속이고 타자를 착취하지 않는 사회적 존재 양식을 발견할 수 없기 때문에 죽음만이 개인의 순결을 증명하는 유일한 방식인 것이다. 그의 죽음은 비장한 결의 혹은 저항으로서 숭고한 슬픔을 자아내며 불온한 청년의 탄생을 알린다.

홍미롭게도 총동원체제 하에서 비판적 주체위치를 허락받지 못한 청년들의 억눌린 현실과 저항 충동은 남성성이라는 기표를 중심으로 재현된다. 뒤에서 다시 논의하겠지만 남성성은 대항적 주체성과 동일한 의미로 사용된다. 영훈은 애초 남성성을 상실한 불감증 환자로 그려지지만 마치 『고리오 영감』(발자크)에서 야망을 가진 청년 라스티냐처럼 허영의 시장에 들어설 때 남성성을 회복한다. 그리고 그 자신처럼 불감증인 영실여사에게 감각을 되찾아주지만 그녀의 마음을 점령하지는 못해 주종관계를 면하자 영훈은 다시 남성성을 잃어버린다. 그리고 자기혐오에 빠져 인혜를 강간하고, 욕망의 미로를 빠져 나올 방법을 찾지 못해 급진적 저항의 방식으로 아사(餓死)를 결심할 때 그는 다시 '남성'이 된다. 반면에 여성은 저항의 주체가 될 수 없다. 서술자는 다희, 즉 여성은 욕망으로부터 초연한 '당디'(dandy)가 될 수 없는 일차원적 존재로 규정된다. 다희의 남자들인 영훈과 현우는 "……그러므로 혐오감을 일으키지 않을 수 없다. 여잔 배고프면 먹으려 하고 목마르면 마시려 한다. 여자는 암내가 나면 붙으려 한다. 희한한 장점이다……"(1편, 51쪽)라는 『파리의 우울』의 한 대목을 곧잘 읊조리는데, 이는 여성은 성찰적 주체가 될 수 없음을 암시한다. 이렇듯 이 소설은 남성성의 상실과 회복이라는 성차화된 내러티브를 통해 가부장적 아버지들의 시대를 사는 아들-청년 세대의 남성성을 향한 혐오와 열망을 모두 보여준다. 사회적으로 주체성을 허락받지 못한 청년들은 여성-소녀들을 통해 남성성을 획득하려 하기 때문에 여성에게 과도하게 매달리는 경향이 있다. 그들은 남성성이라는 고뇌에 찬 기표를 갖지 않은 여성들을 질투하기도 하고 혐오하기도 하는 복잡하고 분열적인 감정생활을 보여준다.

하드보일드 액션 바디와 폭력의 미학: 『풀잎처럼 눕다』

『풀잎처럼 눕다』는 유신 말기의 광기어린 폭정과 그로 인한 대중의 울분을 암시하듯 폭력의 욕망을 보여준다. 스물 한 살의 도엽은 영훈만큼이나 반사회적인 젊은이다. 그는 법대를 다녔지만 결코 법을 신뢰하지 않는다. 이복형의 금고를 털어 서울로 도주할 뿐 아니라 조직폭력배인 오주호를 '형님'으로 모시기도 한다. 그는 누군가의 공격을 받고 또 방어의 차원이나마 폭력을 사용하면서 전쟁 같은 삶을 산다. 집 대신 이곳저곳을 떠돌고, 늘 긴장한 채 주변을 감시하기 때문에 평화나 무심한 휴식을 누리지 못한다. 피가 튀고 살이 찢기는 강도 높은 폭력,

다리가 부러져 '불구'가 될 지 모르는 공포에 시달린다. 가해와 피해가 맞물려 순환함으로써 폭력의 강도는 더욱 세지고 끝내 누군가가 죽어야만 종결이 날 듯 파국을 향해 가는 것이다. 얼핏 도엽은 선량한 자들이 안심하고 살 수 있는 공동체를 만들기 위해 규제든 추방이든 처벌해야 할 일탈자인 양 보인다. 그러나 소설은 그를 여리고 섬세한 감수성의 소유자로, 가해자가 아니라 희생자로 재현함으로서 선과 악에 대한 정의를 교란시키기조차 한다. 또한 폭력은 법과 정의가 작동하지 않고, 오히려 악을 옹호하고 후원해주는 사회에 대한 대항의 성격조차 획득한다.

주인공 도엽은 염세적 기질의 젊은이로 첩의 자식으로 태어나 행복한 가족을 갖지 못한 상처를 안고 있다. 고독을 술로 달래며 살아온 어머니, 자신을 증오하던 배다른 형, 손님인 양 가끔씩 찾아오던 아버지가 그가 가진 기억의 전부이다. 분노와 소외의 경험 탓에 그의 내면에는 고독만큼이나 폭력의 욕망이 가득하다. 그는 악해서가 아니라 상처입고 고독하기 때문에 주먹을 날리고 피를 쏟는다. 그러나 복잡한 가족사로 인해 도엽이 겪은 슬픔이 생생하게 표현되지만 가정은 소설의 중심 무대가 아니다. 이 소설은 행복한 유년기를 누리지도 못한 채 성인이 되었지만 공동체의 이상적 목표와 자기 정체성을 찾을 수 없어 부조리한 사회 속에 던져진 청년의 비루한 처지와 절망적 심경을 담는다. 더 나아가 타락한 기성세대가 주도하는 개발독재에 짓눌린 젊은이들과, 폭력의 위계질서 속에서 짓눌린 하위계급들의 억눌린 경험과 사회에 대한 공격의 욕망을 담는다. 청년문화세대의 소설과 영화가 범세대적인 호소력을 가질 수 있었던 것은 청년/하위 계급이 공유하는 좌절감 때문이었다. 60~70년대는 대표적인 대중 서사장르로서 대도시 뒷골

목의 영화관에서 권격영화들이 상영되어 큰 인기를 끌었는데[11], 이 소설은 남성 하위계급들의 정서적 동맹의 형식이었던 이 하드 바디 장르들로부터 상당히 영향받은 것으로 보인다.

도엽은 유신 말기 청년들의 절망적인 심경과 사회를 향한 급진적인 공격의 욕망을 체현한 인물이다. 앞에서 살펴본 영훈의 이야기와 마찬가지로 도엽에게서도 개인적 욕망과 사회적인 것의 조화 혹은 통합을 통해 어른이 되는 성숙의 통과제의는 일어나지 않는다. 어른이 된다는 것은 과격하고 급진적으로 자신을 파괴할 수 있는 권리의 획득인 양 보인다. 도엽이 진심으로 욕망하는 것은 파괴, 궁극적으로 자기의 죽음뿐이기 때문이다. 그는 채 성숙하기도 전에 이미 세계에 대한 호기심과 열정을 잃어버린 젊은이인 것이다. 이는 젊은이에게 '좋은 삶(eudaimonia)'을 보여주고 탁월성(arete)을 발휘하도록 이끌어 줄 정신적 가치가 부재하다는 것을 암시한다. 주호의 말을 빌면 70년대는 "인간적으로 살고 싶으나 개인이 가진 숨은 꿈들을 차압당"한 시대이고, 도엽은 자기실현이라는 청춘의 과업을 실현할 길이 막혀버린 시대의 불운한 젊은이인 것이다. 악한들의 세계에서 사회적 성숙이란 타락한 가치와의 공모 혹은 협상을 은폐하는 이데올로기에 불과하다. 그러므로 진실한 삶을 추구하는 젊은이에게 진정성은 거부 혹은 반항과 같은 부정적인 방식으로만 지켜질 수 있다. 이 소설은 '폭력'을 통해 진정성의 실현이 불가능한 사회에 내던져진 청년의 슬픔과 부조리한 사회에 대한 급진적인 공격과 해체의 욕망을 드러낸다.

---

11) 이영재, 「강철은 어떻게 단련되는가―중공업적 하이모던 시대의 아시아적 신체」, 『≪사상계≫의 시대와 젠더』, 한국여성문학학회 학술대회(2013년 4월 20일, 숙명여대) 미발표 논문, 81쪽.

마치, 투명인간이 칼질을 하는 것과 같지. 얼마나 많은 사람이 지금 이 순간에도 제 집에서 내쫓기거나 제 일터에서 쫓겨나 뿌리 뽑히는지 아니. 제가 생각하는 걸 말하는 죄만으로도 고문받고 옥에 갇히는 세상이야. 그래도 가해자는 없다. 그들은 눈에 보이지 않고 그물 밖에 있거든. 피를 흘리는 사람은 있어도 가해자가 분명하지 않으니 무섭다. 우리가 배우는 법은 무용지물이야. 우리는 잔인한 폭력 속에 살고 있어, 가해자 없는, 눈에 안 보이는 폭력 속에. 게다가 … (중략) …

우리들이 그런 비인간적 폭력에 아무런 대책도 세울 수 없다는 점이다. 프랭크처럼 주먹이 앞서는 폭력이라면 얼마든 막을 방법이 있지. 칼이라면 칼, 주먹이라면 주먹, 적을 알면 대비가 가능해. 그렇지만 우리들의 옆구리를, 등을, 뒤통수를 치는 보이지 않는 흉기엔 속수무책이야. 연약한 보통 사람들은 절대로 자신을 방어하지 못해."(『풀잎처럼 눕다 2』, 66쪽)

위의 인용문에서 폭력배 보스인 오주호는 상대 조직에 대한 공격을 결심하며 폭력이 사회적 약자가 살아남기 위한 정당방위라고 주장한다. 이렇듯 폭력에 대한 합리화 혹은 옹호의 이면에는 정당한 이유없이 폭력이 행사될 뿐 아니라, 법이 차별없이 모두에게 공평하게 행사되어 사회 정의를 실현하는 기초가 되기는커녕 부조리를 합리화하거나 양산하는 그릇된 현실에 대한 반감이 깔려 있다. 이는 도엽이 저지르는 폭력이 악을 응징하고 정의를 바로잡으려는 '협(俠)'의 일종일 수 있음을 암시한다. 앞서 말했듯 이 소설은 개발독재기 남성 하위문화인 '협객' '갱스터', '건달' 등이 등장하는 남성 '하드 바디' 장르 영화들과 양식적인 특이성을 공유하는데 여기서 '폭력'은 남성성의 회복 혹은 증명을 위한 수단이다. 주지하다시피 박정희 개발 독재는 남성들을 조국 근대화 기수 혹은 막중한 책임을 짊어진 가장으로 호명함으로써 성찰적 시민의 탄생을 가로막았다. 시장경제와 정치적 민주주의의 기초인 개인의 발견없이 파시즘적 총동원체제의 위계화된 명령—지배 구조를 통해 근대화에 대한 동의와 협력을 강요했다. 논쟁과 비판이 허용되는 시민적 공론장이 형성되지 않고 폭력이 질서잡힌 사회를 만들어가기 위한 합리적이고 효율적인 방법인 양 호도되었다. 그 결과 군대, 학교, 직장을 가리지 않고 폭력은 규율 권력으로 작동하며, 피해자가 가해자를 모방 혹은 선망함으로써 폭력은 인플루엔자처럼 퍼져나가 사회의 법칙이 된 것이다. 폭력의 미학은 이러한 현실의 반영이자 시대적 정서의 징후로서 대중문화 속으로 들어오게 된다.

폭력의 서사는 계층 구조의 가장 아래 쪽에 놓여 있었던 하위계급 남성들의 억눌린 근대 체험을 반영하고 있다. 폭력은 인간관계의 위계화와 불가분하게 연결되어 있기 때문에 계층질서의 가장 밑바닥에 놓인 사회적 약자의 생명과 삶은 늘 위험에 노출되어 있을 수밖에 없다. 오주호의 "연약한 보통 사람들은 절대로 자신을 방어하지 못해"라는 말은 도시 하위계급 남성들이 왜 폭력 영화에 열광적으로 반응했는지를 암시한다. 이들은 폭력의 피해자로서 고통받는 주인공과 무력한 자기를 동일시했기 때문에, 무너진 자존감을 상상적으로나마 복구해주는 영웅서사와 폭력의 스펙타클이 필요했던 것이다.[12] 이러한 맥락에서 도엽의 고향 후배인 동호는 이 소설의 또 다른 주인공으로 보인다. 동호는 시골의 빈곤 가정의 장남으로 학력, 육체 등 차별의 사회 속에서 자신을 지킬 만한 생존 자본을 어느 것 하나 소유하지 못했다. 세상에

---

12) 그런 점에서 6~70년대 하위 계급 남성들을 극장으로 불러 모으던 스타였던 이소룡의 인기는 왜소한 몸, 주변을 살피는 긴장어린 태도, 언어를 박탈당한 채 꼭 다문 입 등 하위계급의 여러 특질을 보유하고 있는 것과 무관하지 않을 것이다. 실제로 이소룡은 동양의 작은 남자의 날렵한 몸에서 나오는 호쾌한 액션을 통해 하위계급 남자들의 열렬한 지지를 받으며 글로벌 스타로 떠오르기도 했다.

서 받은 차가운 멸시, 해소하지 못한 슬픔은 늘 그의 내면에 자리해 있다. 특히 공장에서 일하다 손을 잘려 제대로 된 사과나 물질적 보상을 받지 못한 채 장애인이 된 어머니는 그에게 그리움만큼이나 우울을 유발한다. 그는 자신이 세상으로부터 받은 상처와 남성성의 결핍을 상쇄하려는 듯 늘 재크 나이프를 신체 일부인 양 몸에 지닌다. 그는 마음 속으로 좋아하지만 결정적인 순간에 질투 때문에 신분, 학력, 육체 자본 모두를 소유한 도엽을 배신해 곤경에 빠뜨리는데 도엽은 이런 동호를 결코 미워하지 않는다. 둘은 서로를 향해 칼을 겨눈 서로 다른 조직원이지만 소외된 자들끼리만 통하는 연대의 감정으로 서로를 보듬는다. 이는 이 소설에 남자들끼리의 연대감이 깔려 있음을 암시한다.

그런데 이 소설은 하드 바디 장르이지만 이소룡 같은 승리한 영웅들의 이야기보다 처절하게 패배함으로써 비감어린 정서를 고조시키는 느와르와 친연성이 더 많다.[13] 도엽은 끝내 최장군으로 불리는 타락한 국회위원과 그들과 결탁한 프랭크 파와의 대결에서 처절하게 패배한다. 보스인 오주호는 적의 칼에 맞아 숨지고, 도엽은 그를 살해한 자들에게 복수하지 못한 채 경찰을 피해 도주하던 중 총상을 입고 비감한 최후를 맞는다. 동호 역시 오주호를 죽인 살인범으로 몰린 채 어머니의 고향으로 금의환향하지 못한다. 이렇듯 주요한 남성 인물들의 반항은 수포로 돌아감으로써 독자는 사회적 약자가 맨주먹으로 부조리한 세력들을 응징함으로써 권력관계가 역전되는 쾌락을 향유하지 못한다. 이러한 결말은 장애물로 둘러싸인 세계에서 초월적 영웅의 재림이 불가능한 현실을 반영하는 것으로 모더니티의 비극적 성격은 물론이고 유신체제의 공포에 짓눌려 아무런 저항도 할 수 없었던 비루한 위치를

---

13) 6~70년대 액션영화의 계보와 '적룡'식의 느와르 영화의 특징에 대해서는 오승욱의 글을 참고할 것. 오승욱, 『한국 액션영화』, 살림, 2003.

폭로한다. 개발독재는 전통적 공동체 하에서 남성들이 누렸던 주체 위치를 잃어버린 채 개발 프로젝트를 수행하는 도구적 존재 혹은 호명된 국민으로 만들었다.

그러나 이 소설은 도엽의 좌절과 패배에 영웅적 비장미를 부여함으로써 환상으로부터 깨어나 현실을 응시하기보다 남성성의 상실을 은폐하듯 정서적인 보상을 꾀한다. 작가는 부지불식 간에 폭력의 비루한 진실을 고백한다. 도엽이와 프랭크네가 주고받는 폭력은 결코 사회 정의를 바로잡기 위해 미적 혹은 대항 폭력이 될 수 없다. 그것은 사회적 약자의 몸을 다치게 하고 삶을 파괴하는 무소불위의 권력과 그것을 지탱해주는 시스템을 붕괴시키기 위한 것이 아니라 비루한 우리들 간의 다툼이기 때문이다. 오주호의 말처럼 도엽의 주먹은 결코 조직폭력배인 프랭크보다 훨씬 더 무서운 권력의 실세들 즉 국회의원인 최장군을 향하지 못하고, 우리들은 아무런 대책없이 못난 서로를 향해 주먹질을 해대고 있는 것이다. 그렇기 때문에 이들은 설령 싸움에서 이기더라도 결과적으로 패배할 수밖에 없다. 프랭크의 보이는 폭력이 아니라 보이지 않는 폭력에 대항할 수 없다면 여전히 패자의 자리를 벗어날 수 없기 때문이다. 그렇다면 그것은 폭력의 계층구조를 해체하는 게 아니라 그것을 모방하고 재생산할 뿐이다. 아버지−가장에게 초법적 권위를 이양하고 사회 전체를 수직구조화함으로써 수평적 연대나 협력보다 차이짓고 진급하는 파시즘적 문화의 가부장성은 극복되지 못한 것이다.

이 소설은 위기 상황에 내몰려 찢기고 상처입은 몸을 스펙터클하게 전시할 뿐 아니라 회복될 수 없을 만큼 고독하고 우울한 내면을 초점화함으로써 남성들이 겪은 좌절을 극화하는 가운데 주로 여성들을 관찰자의 자리에 위치시키고 연민 혹은 죄책감을 요구한다. 도엽의 애인인

은지는 늘 그의 곁을 맴돌며 수난을 목격하고 연민하며 자신의 몸과 여성성을 증여한다. 소설 속 남성들은 타락한 세계와 맞서 혁명을 일으키고 새로운 시대의 주인 자리를 차지할 수는 없지만 자신들이 거세되지 않았다는 알리바이로서 좌절을 수난으로 치환시킨다. 서술자는 도엽이 "큰 키와 말의 등처럼 단단한 가슴과 탄력있게 오르내리는 배"의 남성미가 빼어날 뿐 아니라 죽음을 두려워하지 않은 용맹한 남자라는 것을 반복적으로 서술하고 순결한 여자와 '창부'를 가리지 않고 여성들은 모두 도엽에게 매혹되게 함으로써 스스로 남성성을 숭배하고 있음을 보여준다. 오주호는 주로 두목이나 범죄자를 연기한 영화배우였지만 시대가 바뀌어 대중의 기호가 바뀌자 "물찬 제비처럼 차려입고 계집애하고 눈이나 맞추"지는 않겠다며 배우를 그만두고 폭력배가 된다. 이는 이들이 자신들의 무기력을 상쇄할 수 있는 가상의 이미지 혹은 헛것에 매달려 실재의 진실을 인정하지 못하고 있음을 암시한다.

남성성의 형성과 '신'여성의 모험

두 편의 소설은 "멜로드라마는 자본주의 이익사회와 근대 사회의 '선험적 실향'에 대한 보상성 반응 모두의 알레고리", 즉 근대적 자본주의의 격변하는 삶에 대한 미적 대응의 소산이라는 피터 브룩스의 정의를 연상시킨다. 근대성의 총화이자 상징인 도시를 무대 삼아 근대 자본주의의 출현으로 인해 주체가 겪는 도덕적, 문화적, 사회경제적 혼란과 그로 인한 불안에 관해 이야기하기 때문이다.14) 시골 출신인 주인공들

---

14) 멜로드라마는 대혁명기 파리의 극장에서 출현해 부패한 귀족들을 악마화하고 공공연하게 지탄함으로써 자유민주주의라는 대중주의 이데올로기를 표현하는 역할

은 이미 이촌향도 현상이 상당히 진행된 사회적 흐름을 반영하듯 고향—자연을 떠나 서울에서 살아가는데, 소설의 주된 배경인 도시는 무분별한 욕망이 압도해 서정적인 관계들이 파괴되고 사회적 약자의 생명을 위협하는 폭력의 장소이다. 『죽음보다 깊은 잠 1,2』에서 서울은 신분상승과 출세라는 근대화 이데올로기가 마법의 지팡이인 양 물질에 대한 욕망을 불어넣음으로써 삶의 소중한 가치는 물론이고 타자의 생명마저 짓밟게 하는 어두운 유혹이다. 다른 한편으로 『풀잎처럼 눕다1,2』에서 서울은 신사복을 입은 악한 무리들이 가난하고 힘없는 자들에게 칼을 휘두르지만 악덕을 규제해 줄 법이 존재하지 않는 부정의한 곳이다. 아래의 인용문이 보여주듯 도시는 무자비한 식욕을 채우기 위해 작고 여린 생명마저도 제물로 삼는데, "시멘트 콘크리트 빌딩"은 근대성, 즉 개발의 폭력성을 암시한다. 서울은 마치 "사람들을 죽기 위해 도시로 온다"는 릴케의 전언을 연상시키듯이 작중 인물들의 삶을 파괴한다. 그러나 통상적으로 멜로드라마가 선악의 이분법과 권선징악이라는 주제를 통해 신성 법률이 사라져버린 시대를 대신할 도덕의 가치를 호소하는 데 반해 이 작품들은 도시적 욕망의 구조를 비판적으로 성찰함으로써 근대화에 무분별하게 휩쓸리지 않고 비판적 개인으로 자기주체화하는 청년들의 모험을 이야기한다.

을 했다. 그러나 다른 한편으로 봉건적 권위의 침식과 자본주의의 발흥이라는 근대적 격변을 맞아 어느 곳에도 기댈 것 없이 도덕적, 문화적, 사회적 혼란을 경험하는 사회의 불안에 관한 것이기도 하다. 구체적으로 그것은 실업, 빈곤, 계급, 착취 등 예측불가능한 근대 자본주의의 물질적 삶을 통해 개인의 무능력함을 표현한다. 그러나 멜로드라마는 앞서 말했듯이 단순히 근대의 냉혹성을 반영하는 데 머물지 않고 우주로부터 고차원적인 도덕적 힘이 여전히 지상을 내려다보고 있으며 궁극적으로 그 정의로운 손이 세계를 다스린다는 믿음을 준다는 점에서 중세의 권위 혹은 종교의 역할을 대신하는 정서적 보상물이다. 벤 싱어, 앞의 책, 199쪽.

서울은, 괴물같은 도시는, 강 건너에서 막 밤화장을 끝내고 있는
중이었다. 그러나 도엽은 알고 있었다. 그 치장 뒤의 완강한 배타성
을, 뭐든지 먹어치우고도 표정 하나 달라지지 않는 탐욕스런 식욕
과, 피투성이가 되지 않으면 시멘트 콘크리트 숲에서 이끼처럼 말라
죽을 수밖에 없는 비리, 그리고 사철 소음과 매연을 묻히며 도시의
구석구석을 날아다니는 피 냄새를…… 자, 저 괴물 속에 난 뛰어들
어야 한다.(『풀잎처럼 눕다 1』, 62쪽)

이 소설들은 도시를 무대로 하고 있지만 시골 출신 여성이나 하위 계
급 남자들이 비인간적인 도시에서 겪는 전형적 수난담들과 그 성격이
다르다. 소설 속 주인공들은 자연 혹은 주변부를 파괴시키는 산업화의
무자비한 힘에 떠밀리거나 모든 것을 중심으로 끌어당기는 근대성의
매혹에 눈멀어 서울로 온 게 아니다. 이들은 도시에 성공적으로 뿌리를
내리지 못한다. 이들은 모두 고향에 대한 회한어린 기억으로 고통을 받
으면서도 뜨내기 혹은 유랑자인 양 서울에 마음을 붙이거나 생활의 뿌
리를 내리지 못한 채 비극적인 죽음을 맞는다. 특히 도엽은 총상을 입은
몸으로 경찰의 추적을 피해 고향을 향해 도주하지만 끝내 도달하지 못
하고 마을을 내다보며 숨을 거둔다. 고향은 죽어서만이 돌아갈 수 있는
곳으로 제시된다. 이는 고향─자연이 실재라기보다 근대의 비인간화,
반생명성이 반추되는 상상력의 공간, 즉 이념적 이상임을 암시한다. 즉
이 소설은 타락한 도시에서 진정한 가치를 찾기 위해 투쟁하는 젊은이
의 모험을 서사화하고 있는 것이다. 젊은 주인공들은 자신의 목숨을 담
보로까지 내세우면서 타락한 세계에 편입되지 않기 위해 투쟁한다.

그러나 이러한 저항의 서사는 앞서도 말했듯이 남성적인 나르씨시
즘의 성격을 띤다. 유신체제의 말기에 쓰여진 탓인지 이 작품들에서 사
회적 갈등 요소들이 조정되고 해소되는 결말을 찾아볼 수 없다. 순결한

남성 주인공들은 파국을 맞는다. 그러나 이들이 겪는 수난은 좌절한 자의 슬픔보다 용기, 비타협성, 의지, 헌신 등 남성성의 가치를 확인시켜 준다. 남성들이 겪는 수난의 동기와 목적에 늘 여성—어머니에 대한 그리움과 죄책감 그리고 향수가 깔려 있다는 점은 이 남성 멜로 플롯의 또 다른 특징이다. 이 소설들은 겉보기에 도시, 즉 근대 속에서 거세당하지 않으려는 남자들의 투쟁담이면서 다른 한편으로는 불운한 가족사로 인해 모성 결핍의 트라우마를 안고 있고, 그 결과 구원의 여성성을 갈망하는 남자들의 연애담이기도 하다. 이들이 도시에서의 삶을 못견뎌하고, 죽어서라도 고향으로 돌아가고자 하는 것은 농촌—자연이 반근대의 장소라기보다 여성—어머니의 땅이기 때문이다. 박범신의 작중 인물들에게는 동세대 작가인 이문구 소설에서와 같은 '필리아(philia)'적 공동체에 대한 구체적인 체험의 기억이 없다. 이러한 탓에 실제로 이들이 그리워하는 고향—자연과 실제적인 경험 간의 충돌이 발생한다. 즉, 주인공은 시골—자연이 그립다고 말할 때 그것은 따뜻한 기억 때문이 아니라 오히려 그러한 기억의 부재에서 비롯된 회한 때문인 것이다.

앞서도 말했듯이 이들의 출분은 이촌향도의 시대사를 반영하기보다 개인사적 성격을 띤다. 도엽은 서자의 아들이라는 출생의 트라우마로 인해 상처받았으며 영훈은 부도덕한 방식으로 치부하고 방탕한 삶을 사는 것이 전부인 아버지를 증오하며 고향을 떠났다. 고향—자연은 생생한 행복의 체험 혹은 고독과 소외가 끼어들 틈이 없는 목가적 삶의 완전성을 은유하지 않는다. 이들이 고향을 떠올릴 때, 혹은 고향이 돌연히 떠오를 때 그 기억의 한복판에는 평생을 불우하게 살다 간 어머니가 자리하고 있기 때문이다. 영훈의 어머니는 바람둥이 남편을 둔 탓에 고독했으며 도엽의 어머니는 첩으로 살아온 죄의식에 짓눌려 끝내 강에 투신한다. 이렇듯 불우한 가족 체험은 이들에게 여성성 혹은 여성적인 것에 대한 강렬한 향수를 품게 한다. 여성은 신비한 구원자로 가정된다. 그러나 다른 한편으로 이들은 충족되지 못한 사랑 때문인지 여성–어머니에 대한 증오조차 숨기지 않는다. "이젠 생각할 능력도 없는 여자야. 난 울 엄마를 증오해"(1편, 31쪽)라는 영훈의 고백은 여성성에 대한 갈망이 혐오의 다른 얼굴일 가능성을 암시한다. 이들은 여성 혹은 여성적인 것에 영원히 도달할 수 없다는 절망감과 다른 한편으로 거부당했다는 좌절의 상처에 시달린다. 소설 속 주인공들은 돌아갈 곳, 즉 뚜렷한 이념적 지향과 연대할 동지도 없이 고독하게 자폭하듯 세상에 부딪히는데, 이러한 과정에서 여성은 남성들의 상처이자 욕망의 대상으로 등장한다.

멜로소설들의 여성 표상은 권위주의적인 국가에 의해 주도된 한국 근대화라는 사회적 맥락 속에서 '남성성' 혹은 '남성 주체'가 어떻게 구성되고 재현되는가, 즉 남성의 주체성 획득 과정에서 성별(gender)이라는 변수가 어떻게 작용하는가를 보여주고 있어 문제적이다. 앞서도 말했듯이 70년대 멜로소설은 반항적인(주류사회로부터 이탈해있는) 젊은이가 일련의 통과제의적 경험을 거쳐 자아를 형성해가는 성장담의 구조를 취하고 있다. 주류질서에 대한 타협이든 거부이든 이들의 성장담은 남성성 획득의 드라마이며, 이러한 과정에서 여성은 매개자 혹은 대립항의 의미를 갖는다. 멜로는 근대적 상상력을 통해 여성성에 대한 새로운 개념을 탐색했다. 특히 유난히 씩씩하고 활기찬 여성들의 등장에 주목할 필요가 있다. 70년대 멜로의 여주인공들은 더 이상 순종적이고 청순가련하기보다 말괄량이에 가깝다. 이는 전 시대의 청순가련한 여주인공이 등장하는 멜로 서사물과 다른 점이다. 멜로드라마 속의 여성들은 5~60년대의 이상적 여성상인 가정여성의 부덕과 거리가 먼 말괄량이들이다. 다희는 스스로를 욕망의 주체로 가정하며 성적 자유와 물질적 욕망을 추구하는데, 70년대가 순결에 대한 광신적 숭배의 시대였음에도 불구하고 육체에 대한 자기감시로부터 완전히 자유롭다. 남장을 한 채 산속에서 나타나 도엽의 정신적 보호처 혹은 관찰자가 되는 은지 역시 소극적이고 보수적인 구시대 여성성의 전형을 벗어나 있다. 케런 호니는 우리 문화가 남성적인 것으로 여기는 특성 및 특권들, 가령 힘, 용기, 독립심, 성공, 성적 자유, 배우자 선택의 권리 등이라고 했는데, 이 말을 참조하자면 70년대 남성 멜로 소설 속의 여성들은 전통적인 젠더규범 바깥에 선 남성화된 여성, 즉 '신'여성이라고 할 수 있다.

멜로드라마는 근대의 모순적 체험을 개인적 욕망의 언어로 풀어내는 기계-장치, 혹은 이데올로기적 효과를 발생시키는 중층의 텍스트이다. 이를 테면, 갖가지 위험이 도사리는 낯선 도시에서 온갖 재난에 맞서 고군분투하는 여주인공과 그녀의 안위를 위협하는 악한의 대립 구도는 자기주도적인 새로운 여성상을 등장시키는 한편으로 가부장적 이데올로기를 새롭게 재편하는 효과를 발생시키는데, 그 이면에는 변화에 대한 욕망과 그에 대한 불안이 뒤섞여 있다. 이렇게 보자면 멜로 소설 속의 여성들을 자기주도적인 삶을 살고자 한 신여성들로 읽어내는 한편으로 사회가 여성에게 가하는 억압을 짚어낼 수 있다. 이들 소설들은 '신'여성들의 모험과 그러한 과정에서 이들을 둘러싼 위험을 보여준다. 그러나 모험에 나선 여성들의 이야기는 남자들의 그것과 달리 비장미를 결여하고 있는데, 이는 이들이 겪는 수난에 열정이 결여되어 있음을, 즉 그것이 다소 우발적 충동이나 수동적인 욕망의 부산물임을 의미한다. 여성인물들에게서 성숙한 주체의 표지를 찾을 수 없는데, 예를 들어 다희는 천진한 어린아이를 연상시키는 명랑한 처녀이다. 70년대 대중소설의 문법에서 상당수의 여성들은 모두 성인의 나이에도 불구하고 비성숙한 소녀—아이의 표지를 보여주는데 이 작품에서도 그러한 표상은 반복된다. 그녀는 유혹에 약하기 때문에 쉽게 욕망에 이끌리는데, 아이가 그러하듯이 쉽게 상처도 회복한다. 미성숙한 아동이 저지르는 오류에 책임을 물을 수 없기 때문에 다희의 방탕한 성적 궤적과 무수한 오류들에 대해 서술자는 관대하다. 이는 여성의 육체와 성을 여성 자신의 주권의 장소로 인정하기보다 여성이 비판 이성을 사용할 능력이 부족한 미성숙한 존재임을 의미하는 것이다. 다른 한편으로 여성은 세계와 개인의 대립과 갈등이 발생하기 이전의 신화적 시간 속에 거주하는 것으로 가정된다. 도엽의 애인은 은지는 시종일관 '햇볕', '풀잎', '천사', '요정' 등 서정적이고 신화적인 이미지로 재현된다. 그래서 그녀들에게 고뇌가 깃들 틈이 없고, 상처가 없기 때문에 이들은 좌절을 모르고 누군가를 구원해 줄 에너지를 잃지 않는다. 이러한 여성에 대한 상투화된 상상력은 산업화의 주체가 남성으로 호명된 데서 비롯된 것이지만, 여성에게 근대적 주체의 위치를 부여하지 않으려는 보수주의적 입장도 깔려 있다고 보아야 할 것이다.

결론

70년대 남성 멜로는 남성성의 위기를 '고(告)'하는 것이 아니라, 그것을 통해 남성성을 복구하려는 기획으로서, 주로 여성—어머니에 대한 정서적 갈망을 바탕으로 남성적 권위를 획득하려 한다. 이렇듯 성차화된 내러티브가 등장하는 이유를 식민지 체험과 전후 군사주의적 개발로 인해 근대화 과정에서 보편적으로 시민—남성들이 보편적으로 획득한 정치적 주권을 한국의 남성들이 획득하지 못했다는 데서 찾을 수 있다. 앞서 보았지만 도시, 즉 근대는 공동체의 가치있는 집합적 이념을 발견할 수 없는 타락한 곳이고, 낡은 사회적 질서에 맞서면서 자기의 욕망을 실현하는 젊은이의 도전을 허락하지 않는다. 그러므로 이들에게 주체성은 사회로부터 자발적으로 탈락하거나 사회로의 편입을 거부하는 부정적인 방식으로만 성취될 수 있게 된다.『죽음보다 깊은 잠』은 70년대 서울의 신분상승 혹은 출세로 등치되는 집단판타지의 장소이며, 그것이 근대화에 대한 무성찰적 동의를 낳는다는 점을 의식한 듯 욕망의 폐기를 윤리적이고도 저항적인 삶의 방식으로 제시한다.[15] 다른 한편으로『풀잎처럼 눕다』(1,2)는 시민—남성들을 부당한 처지에 놓여도 정의의 집행권을 갖지 못한 소시민으로 비유한다. 그에게 도시는 야생성을 잃어버린 가여운 남자들의 도시이다. 이는 도시, 즉 근대화가 주체성을 억누르는 방식으로 전개되고 있음을 암시한다.

이들은 자신들에게 허락된 유일한 세계인 여자—어머니를 대상으로 주체성을 획득하고 증명하기 위해 매달린다. 그리고 이러한 과정에서

---

15) '청년'은 한국 근현대 문화사 속에서 늘 시대적 위기 국면마다 등장해 민족 혹은 국가를 구원할 신성한 사명을 짊어진 존재로 호명되어 왔고, 박정희 시대 역시 예외는 아니다. 그러나 70년대 청년문화세대의 주인공들은 그간 한국문학이 보여준 비분강개의 지사형이나 적극적인 행동형 인물에 비하면 무기력하고 퇴폐적인 인물군이다.『별들의 고향』, 「아메리카」의 젊은 주인공은 생산과 건설의 도구가 되기를 거부하듯 소비와 탕진에 몰입한다. 백수건달, 우울자, 히스테릭한 냉소꾼, 병약한 육신, 욕망과 패기의 결핍이라는 불건강성의 징표를 잔뜩 드리우고 있다. 그것은 단지 육체적 질병이나 한계가 아니라 열정의 부재에서 발생한 것인데, 이 무기력한 정서의 바닥에는 국민의 소명이자 시대의 과제인 근대화 프로젝트에 대한 불신과 냉소가 깔려있다. 꿈을 잃은 혹은 빼앗긴 젊은이들은 사회적 부적격자들, 즉 창녀, 백치들과 정서적 연대감을 갖기도 한다.

남성 멜로는 여성 재현의 공식을 만들어간다. 멜로 소설은 새로운 사회적 현상이자 문학적 소재인 여성에 매료되었다. 모더니티의 출현은 여성들의 삶을 가장 크게 바꾸어 놓기 때문에 여성에 대한 응시는 근대성에 대한 탐구도 된다. 이들은 매혹적이면서 위태로운 욕망의 도시에 스스로 뛰어드는 대신 여성 모험자들을 내세워, 도시에 대한 비판적 성찰의 거리를 확보한다. 『죽음보다 깊은 잠』의 주인공 영훈은 보들레르의 시를 빌어 여성이 물질에 초연한 '댄디', 즉 도덕적 판단의 주체가 되지 못하는 욕망의 노예라고 말한다. 영훈의 말을 증명하듯이 다희는 자본주의의 '욕망의 엘리베이터'에 올라탄다. 반면에 영훈은 욕망의 체제를 거부하는데, 자살은 그가 욕망을 초월할 수 있는 비판적 지식인 혹은 저항적 개인임을 증명한다. 다른 한편으로 남성 주체의 성립과정에서 여성이라는 존재는 구체적이고 물질적인 존재이기도 하지만 동시에 허구화와 상상화의 과정을 통해 재현된다. 여성들은 요정, 천사 등 극단적으로 비인격적인, 비역사적인 존재로 재현되며, 남성들은 자신들의 좌절을 상쇄시켜 줄 '여성'을 갈망한다. 이는 이들이 급진적 니힐리즘 혹은 극단적 순결주의에 대한 병적으로 애착감을 느낀다는 것과도 관련이 있다. "잠자고 싶을 때 잠잘 수 있는 자유, 전자 오르간이 치고 싶지 않을 때 안 칠 수 있는 자유, 돈 없음 자유도 없지. 배가 고파도 라면 끓일 생각조차 안 하고 정오가 넘도록 그저 골방 속에 누워 있는 자유……."(1편, 32쪽)라는 서술은 자유의 궁극적인 실현이 불가능하다는 극단적 인식을 담고 있다. 이들은 더러운 참여나 순결한 폭사 식의 이분법에 매달리며 순결을 극단적으로 숭배하는데, 이는 정치적 폭압의 시대인 유신 말기를 살아가는 남성 주체들의 극도의 좌절과 무력감을 암시한다.

참고문헌

기본자료

박범신, 『죽음보다 깊은 잠1,2』, 세계사, 2000.
박범신, 『풀잎처럼 눕다 1,2』, 세계사, 2001.

참고논저

강영희, 「10월 유신, 청년문화, 사회성 멜로드라마」, 한국여성연구회편, 『여성과
　　　사회』 제3호, 창작과비평사, 1992.
김은하, 「남성성의 형성과 여성의 몸－1970년대 소설을 대상으로」, 『내일을 여는
　　　작가』, 작가회의출판부, 2004 겨울.
김종갑, 「권태와 쾌락주의: 오스타 와일드의 『도리언 그레이의 초상』」, 『현대영미
　　　소설』 제19권 2호, 한국현대영미소설학회, 2012.
김혜련, 『아름다운 가짜, 대중문화와 센티멘털리즘』, 책세상, 2005.
김홍중, 「멜랑콜리와 모더니티－문화적 모더니티와 세계감(世界感) 분석」, 『한국
　　　사회학』 제40집 3호, 한국사회학회, 2006.
대중서사장르연구회, 『대중서사장르의 모든 것』, 이론과실천, 2007.
문재철, 「상실과 구원의 플래시백－'박하사탕'에 나타난 멜로드라마적 역사」, 연
　　　세대 미디어 아트연구소 엮음, 『박하사탕』, 삼인, 2003.
오승욱, 『한국 액션영화』, 살림, 2003.
이영재, 「강철은 어떻게 단련되는가－중공업적 하이모던 시대의 아시아적 신체」,
　　　『≪사상계≫의 시대와 젠더』, 한국여성문학학회 학술대회(2013년 4월
　　　20일, 숙명여대) 미발표 논문.
이위정, 「멜로드라마와 모더니티, 그 멜로드라마적 계보학」, 『멜로드라마와 모더
　　　니티』, 문학동네, 2010.
이현경, 「한국 멜로영화의 다양한 분화 양상－1990년대 후반기 이후 한국 남성 멜
　　　로영화」, 대중서사장르연구회 지음, 『대중서사장르의 모든 것: 1. 멜로드
　　　라마』, 이론과 실천, 2007.

리타 펠스키, 김영찬·심진경 옮김, 『근대성과 페미니즘』, 거름, 1998.
벤 싱어, 이위정 역, 『멜로드라마와 모더니티』, 문학동네, 2009.

안 뱅상 뷔포, 이자경 역,『눈물의 역사』, 동문선, 2000.
카를 마르크스 · 프리드리히 엥겔스, 이진우 역,『공산당 선언』, 책세상, 2001.

남성성 획득의 로망스와 용병의 멜랑콜리아

개발 독재기 베트남전 소설을 중심으로

1. 잊혀진 전쟁과 거부된 애도

20세기 국가는 전쟁 희생자들의 죽음을 영웅적이고 의지적인 것으로 미화함으로써 정치권력에 정당성을 부여해왔다. 이를테면, '추념식'은 국가 권력을 공고화하기 위한 대표적인 이벤트이다. 그러나 인간의 생명을 빼앗고 존엄을 모욕하는 폭력이 '사건'의 외부에 있는 사람들에 의해 숭고한 영웅서사로 재현되는 것은 희생자에 대한 애도이기는커녕 모욕 혹은 기만이다. '애도'는 '사건'을 직접 겪은 당사자들을 포함해 공동체가 겪은 고통과 슬픔의 치유를 위한 윤리적 의례이지만[1] 국가가

---

1) 애도는 죽음이라는 낯선 타자를 수용하고 극복하는 활동이며, 살아남은 자들이 이 같은 관행을 통해서 망자를 기억의 영역에 안치하고 일상세계로 복귀를 돕는 감정의 의례이다. 그러나 자연사의 은덕을 입지 못하고 인위적인 어떤 힘에 의해 희생된 죽음에 대한 애도는 단지 사적인 것이 아니라 공적이고 정치적인 의미를 획득하며, 역사는 이 같은 죽음들에 대한 의미 부여나 기억 혹은 망각을 통해 구성되어왔다. 즉, 애도는 희생자가 겪은 고통을 위무하는 한편으로 희생의 의미를 기억함으로써 공동체를 재구성하는 공공의 의례이다. 그러므로 '애도'는 개인의 슬픔이 아닌 사회 집단의 의무, 즉 상실로 상처받은 사적인 개인의 감정이 아니 라 공동체가 짊어진 과제인 것이다.

애도를 독점하고 희생자의 죽음을 미화함으로써 왜곡되어온 것이다. 사건의 외부에 있는 이들 역시 재난이 언제 어디서든 '나/우리'에게도 발생할 수 있다는 불안 때문에 그것의 원인을 파고드는 대신에 서둘러 '봉합'해 버린다. 이러한 맥락에서 볼 때 전쟁이 발발한지 약 50년이 지났지만 베트남 전쟁은 애도되지 못했다고 할 수 있다. 한국은 이른바 미국의 '우방'중 가장 많은 병사를 베트남에 파견하고 미국을 제외하면 실제 전투를 치른 유일한 국가로 참전 군인의 상당수가 실제 전투에서 사망하는 고통을 겪기도 했지만 베트남의 수많은 인명을 살상한 가해국이다.[2] 그럼에도 불구하고 한국은 그간 범죄에 대한 죄책만이 아니라 전쟁 희생자에 대한 광의의 책임으로부터 상당히 자유로웠다.

한국군의 베트남 참전은 '달러'를 벌어 경제도약의 발판을 마련하고, 군사적 강대국인 미국과 이른바 '선린우호' 관계를 맺음으로써 안보상의 이익을 꾀하기 위한 근대 기획의 일환으로 이루어졌기 때문에 상당히 오랫동안 침묵에 부쳐져왔다.[3] 그러나 1990년대 이후 전 세계적으

[2] 최정기에 따르면 한국은 1964년 9월 11일의 베트남 1차 파병을 시작으로 휴전협정이 조인된 1973년까지 국군을 파병하였다. 전쟁 기간 동안 매년 5만 명 정도의 병력을 유지해 8년 6개월 동안 연병력 33만 명 정도가 베트남에 주둔했으며, 전투에서 5천 명 이상이 사망했다. 최정기, 「한국군의 베트남전 참전, 어떻게 기억되고 있는가?」, 『민주주의와 인권』 제9권 제1호, 전남대학교 5 · 18연구소, 2009.

[3] 여러 연구에 의하면 베트남 전쟁은 한국의 근대화를 진척시킨 기폭제 역할을 했다. 그것은 약소 민족의 평화를 위해 싸운다는 심리적 자부심을 주는 한편으로, 참전의 대가로 받은 달러를 통해 경제상의 이득을 얻는 등 공업화를 위한 전진단계로서의 위치를 갖는다. 그러나 이와 다소 다른 맥락에서 문부식(2002)은 참전행위를 '한강의 기적'으로 불리는 한국 근대화가 지닌 내면의 실체를 드러내 보여주는 사건으로 설명한다. 박정희의 초기 발전 전략은 그다지 성공적인 것이 못되었는데 한국 자본주의의 축적 토대를 마련해 준 것은 전후 미국의 대한 원조였으며, 기간 산업의 수입 대체와 1차 신품의 수출에 중점을 둔 박정희 정권의 제1차 경제 개발 5개년 계획(1962년~1966년)은 외환부족과 인플레이션으로 난관에 봉착하기 때문이다. 한국 경제가 이러한 애로를 극복하고 1960년대 중반 이후 급속 발전하게 된 것은 이른바 '베트남 특수'와 '한 · 일 국교'의 재개였다(300~301쪽). 그는 베트남 참전은 결국 한

로 탈냉전의 시대가 열리고 문민정부의 등장으로 사회가 민주화함에 따라 한국군이 베트남의 여러 지역에서 악행과 죄악을 저질렀다는 사실이 밝혀지기 시작했다. 이는 정의로운 한국 군대가 베트남인들의 자유를 지켜주기 위해 자기 희생을 무릅썼다는 '공식적인 기억'이 '허위'임을 암시한다.[4] 그런데 가해의 뚜렷한 증거에도 불구하고 참전 병사들을 전쟁의 가해자로 규정하는 것은 결코 쉽지 않은 일이다. 당대 한국의 동원 체제하에서 참전은 '애국'의 이름으로 '국민'에게 강요되었으며, 참전 병사에게 주어지는 '달러'는 빈곤에 시달리는 하위 계층 남성들이 중산층 남성들을 대신해 베트남행을 결정한 동기였기 때문이다. 다른 한편으로 참전 군인들은 점령국인 미국의 용병이라는 종속적 위치로 인해 물리적·정신적인 불평등을 감수했으며 전쟁이 끝난 후에 자국민으로부터 "월남에서 한몫 잡은 치들(황석영, 「낙타누깔」)"이라는 식의 조소에 시달리는 등 제국과 모국으로부터 이중으로 소외된다.

무엇보다 권위주의적인 국가와의 관계에서 비판적 시민공론장이 형성되지 못함으로써 참전의 행위 주체인 국가가 아니라 병사 개개인들이 민족적 수치의 수인이 되어야 했다는 점을 간과할 수 없다. 이들은

국인에게 다수의 이익을 위해서 소수가 희생되어도 된다는 윤리적 감각의 황폐화, 즉 '성장의 열매'와 폭력이 공존하는 현실에 적응하는 법을 배우는 계기(302쪽)가 되었다고 비판한다. 문부식, 「'광주' 20년 후―역사의 기억과 인간의 기억: 끼엔, 나디야, 그리고 윤상원을 위하여」, 『기억과 역사의 투쟁』(당대비평 특별호), 삼인, 2002.

4) 베트남 마을에 세워진 한국군에 대한 '증오비'는 한국군이 저지른 베트남 민간학살의 죄악상을 증언하고 있다. 한 예로 1966년 11월 9일부터 11월 27일까지 청룡여단 1, 2, 3대대는 번갈아가며 꾸앙응아이성 선면현에서 벌인 베트콩 소탕작전에서 남베트남민족해방전선(베트콩)만이 아니라 다수의 베트남 민간인들을 학살했다. 베트남에서는 지금도 마을의 평범한 주부였던 응옥이 베트콩의 아내로 오인받아 한국군에 의해 집단 윤간과 폭력을 당한 장면을 기억하는 이들이 있다. 이에 대해서는 김현아(2004)의 연구를 참고할 것. 또한 베트남 참전 군인의 기억투쟁에 관해서는 강유인화(2013)의 연구를 참고할 것.

식민 의 슬픈 기억을 가지고 있지만 어떤 민족이나 국민을 억압한 적이 없는 한국인의 순결한 삶에 생채기를 남기는, 즉 가난과 식민의 기억을 소환함으로써 민족의 외상(trauma)을 환기시키는 불편한 존재들인 것이다. 참전 병사들의 다수는 모국으로 귀환한 후 사회에 적응하지 못하는데, 이는 사회적 갈등의 원인이 되기도 했다. 베트남참전군인회는 최근에도 체제저항적인 집회 현장에 군복을 입고 나타나 시위를 벌이는데, 이는 1990년대 이후 민주화 세력에 의해 베트남 민간인 학살의 진실이 알려짐으로써 자신들이 전쟁의 가해자로 낙인찍혔다는 분노와 2000년대 이후 정부로부터 국가유공자로 인정을 받은 데 대한 충성심의 표현이다. 그러나 이러한 반민주적인 행위의 심층에서는 가해자가 짊어진 죄책과 자신들을 비체화(廢棄, abjection)하는 세상에 대한 원망에서 비롯된 공격욕 등 심리적 무의식이 깔려 있다고 보아야 한다.

그런데 가해자가 아니라 전쟁 영웅으로 인정받기 위한 이들의 기억 투쟁은 비록 현실에서 성공한다고 해도 심리적으로는 실패할 수밖에 없다. 기억 조작은 베트남전쟁이라는 사건의 실재가 귀환해오는 고통으로 부터 놓여나기 위한 전략이지만, 사회적 인정 여부와 무관하게 자신이 옳지 못한 일을 했다는 '죄책감'과 부끄러움을 일깨우며 희생자는 귀환해 오기 마련이기 때문이다. 즉, 애도하지 않는다면 전쟁의 악몽은 심리적-정신적 삶에서 고통스럽게 지속될 수밖에 없다. 타가하시 테츠야는 이차 대전 참전 병사에 대한 국가적 애도의 필요성이 논의되자, 피해자와의 관계가 빠진 상태에서 '우리들 일본인' 안에서만 완결되는 전쟁의 기억을 만드는 것은 윤리적으로 바람직하지도 않고 희생자와 대면하지 않고 일본의 죽은 자를 애도한다는 것은 불가능하다고 비판한다.[5] 그는 더 나아가 전쟁 가해자라는 오욕의 기억, 수치스러운 기억이 '영광을 찾아서' 버려지는 것에 반대하며, 오히려 그 기억을 지키고 계속 수치스러워할 때 국가와 시민사회에 윤리적 지평이 열릴 것이라고 강조한다.[6]

이러한 맥락에서 참전 작가들에 의해 쓰여진 베트남전 소설은 공적 역사가 지워버린 전쟁의 기억을 복원해 논의의 장을 마련했다고 볼 수 있다. 특히 베트남전 소설은 국가 주도의 공식기억에 의해 형성된 희생적 영웅담에 균열을 냄으로써 성찰적 개인 주체의 탄생을 유도했다. 무기력, 슬픔, 우울 등 병사의 멜랑콜리를 통해 과거사의 부인은 그 사회에 기실 심대한 상흔을 남길 수 있음을 암시하는 한편으로 한국군의 참전행위를 영웅서사로 봉합되는 것을 가로막기 때문이다. 베트남전 소설은 과거의 부인은 그 사회에 상흔을 남긴다는 것을 증명하는 듯 병리적 징후로 가득하다. 그러나 참전 병사의 국가로부터 버려졌다는 분노와 가해자임을 부인하는 자기방어의 욕망은 윤리적 애도와 정치적 애도 모두를 불가능하게 만들고 있다는 점도 기억해야 한다.

2. 남성성 획득의 로망스와 용병의 멜랑콜리아

베트남전 소설은 국민 혹은 민족문학의 정체성에 균열을 내는 계기

---

5) 타카하시 테츠야, 김경운 역, 『단절의 세기 증언의 시대: 전쟁의 기억을 둘러싼 대화』, 삼인, 2002, 68쪽.

6) 타카하시 테츠야의 말을 직접 인용하면 다음과 같다. "일본의 전사자는 그야말로 타자와 전쟁을 벌이던 중에 죽어갔던 것이며, 따라서 그 타자와의 관계를 생각하는 일 없이는 자국의 죽은 자에 대한 퍼블릭한 애도란 있을 수 없습니다. 자국의 죽은 자들에게 어떠한 애도가 적절한지, 침략의 피해자와 마주하지 않고도 그것을 생각하는 일마저도 불가능한 거지요." 타카하시 테츠야, 앞의 책, 107쪽.

로 작용했다. 국가에 의해 명분없는 전쟁에 휘말려들었다는 분노는 애국주의 혹은 국가주의로부터 이탈함으로써 개인 혹은 개인의식을 형성하는데 작용한 것이다.[7] 또한 미국의 용병이 된 경험은 해방과 한국전쟁으로 싹튼 반미, 반제국주의 정서를 고취해 탈식민 민족주의가 한국문학의 중심 이념과 지향으로 자리 잡는 계기가 되었다.[8] 이는 베트남전 소설이 체제순응적인 국민문학의 형성을 거부하는 비판적 논의의 공간을 마련했음을 암시한다.

그러나 베트남전 소설이 그간 귀환자에게 멍에처럼 주어진 수치심과 국가에 대한 분노에 초점을 맞춤으로써 전쟁의 희생자에 대한 애도작업을 불가능하게 한 것은 아닌지 질문할 필요가 있다. 황석영, 박영한, 안정효 등 베트남전 소설을 창작한 작가군들 대다수가 실제로 참전경험을 가진 병사였다는 점은 한국군의 참전행위에 대한 비판적 거리가 온전히 확보되기 어렵다는 것을 암시한다. 기실 애도는 희생자의 억

---

7) 베네딕트 앤더슨에 의하면 소설 장르의 부상은 국어의 성립, 국민의 형성 등을 중심으로 한 근대 국민국가 건설의 요청과 불가분의 관계를 맺고 있다. 소설이 반드시 내셔널리즘과 공범관계에 놓였다고 할 수는 없지만, 제국주의 흥기에 의해 일어난 전쟁과 그것이 가져다준 격렬한 체험은 소설 형식의 탄생이나 정전의 확립 과정에 내셔널한 경험이 자리 잡고 있음을 암시한다(베네딕트 앤더슨, 윤형숙 역, 『상상의 공동체: 민족주의의 기원과 전파에 대한 성찰』, 나남, 2004, 43~63쪽). 식민주의의 침략에 의해 국권을 잃고 모국어를 박탈당하는 등 피식민자가 겪은 부조리한 체험을 대신 말해야 하는 소명이 소설에 주어졌기 때문이다. 즉, '사건'의 진실을 말하라는 시대적 요청이 소설 형식의 탄생에 깊은 영향을 미치고있다. 6·25전쟁 이후에도 소설은 한국전쟁이라는 외상(trauma)을 나누어 갖기 위한 기능을 부여받고 또 그러한 역할을 함으로써 대표적인 예술 장르로 부상한다.
8) 그간 베트남전과 소설의 의미와 가치를 묻는 연구가 다양하게 이루어졌다. 그러나 '애도'에 초점을 두어 논의되지는 못했다. 본 연구와 관련한 선행연구는 김미란, 「베트남전 재현 양상을 통해 본 한국 남성성의 (재)구성: '아오자이'와 '베트콩', 그리고 '기적을 낳는 맹호부대'의 표상 분석」, 『역사문화연구』 제36집, 한국외국어대학교 역사문화연구소, 2010. 193~228쪽; 신형기, 「베트남 파병과 월남 이야기」, 『동방학지』 157권, 연세대학교 국학연구소, 2012를 참조하기 바란다.

울한 죽음에 접근할 수 없게 만드는 정치·사회적 조건에 맞서 진실을 밝힐 것을 요청한다는 점에서 정치적인 행위이다. 정원옥에 따르면 그 것은 희생자의 죽음이 야기된 원인에 접근하지 못하게 만드는 정치적·사회적조건을 비판하며 사회정의를 실현하도록 국가와 사회에 호소하고 촉구하고 압박을 가함으로써 죽은 자에 대한 충실을 다하려고 하는 남은 자들의 모든 실천적 행동을 함축한다.9) 그런데 이들의 작품은 자신의 욕된 청춘의 상처를 연민하고, 스스로를 피해자화함으로써 자기정당화의 유혹으로부터 자유롭지 못하다.

쁘리모 레비가 말한 바처럼 애도는 자신의 수치를 망각하지 않고 기억하려는 윤리적 주체의 의지적 표현이다.10) 그렇지만 남성성이 선망과 모방이 된 개발독재기 사회 속에서 '수치'는 희생자를 애도하고, 더 나은 정치사회적 삶을 시작하기 위한 도덕 감정이 되지 못했다. '수치'는 남성적인 힘의 시대에서 무기력하고 좌절된 여성의 징표로 간주되었기 때문이다. 이는 이들이 종군작가가 아니라 박정희 독재 정치로 이어지는 억압적인 현실에서 벗어나기 위해 베트남행을 감행했던 것과 무관하지 않다. 1960년대~1970년대 전체주의하에서 청년, 지식인들은 독재자 대통령의 공포정치로 인해 비판 이성을 사용하지 못하고, 표현의 자유가 억눌림으로써 수치심에 사로잡힌다. 주체성이 극도로 억눌린 상황하에 베트남이 수치의 감정을 벗어날 수 있는 탈출구로 다가

---

9) 정원옥, 「국가폭력에 의한 의문사 사건과 애도의 정치」, 『중앙대 대학원 문화연구학과 박사학위 논문』, 2014, 5~40쪽.

10) 서경식은 "왜 아우슈비츠 생존자가 '인간이라는 수치'에 시달려야 했을까? 수치스러움을 모르는 가해자의 수치까지도 피해자가 고스란히 받아서 시달려야 하는, 이 부조리한 전도가 일어나는 것은 왜일까?"라고 질문하고, 이들에게는 "자신들이 '유대인은 인간 이하'라는 사상에 희생된 까닭에, 그 사상을 '인간은 모두 평등하다'는 사상으로 대치해야 하는 의무와 책임이 부여된다"고 강조한다. 서경식, 『시대의 증언자 쁘리모 레비를 찾아서』, 창비, 2006. 181쪽.

왔으리라고 추정해볼 수 있다. 베트남은 자유를 추구하는 젊은이들에게 억압적인 정치공간을 빠져나갈 탈출구, 즉 정치적 해방구이자 좌절한 남성성을 복원할 성별화된 여정이었던 것이다. 전쟁은 가장 남성적인 형식이며, 군인은 남성성의 이상적 표상이기 때문이다.

> 베트남 특유의 평화롭고도 낭만적인 멋을 풍겨주는 <아오자이>를 날리며 십자가 언덕을 향하여 올라오고 있는 <꽁가이>(아가씨)들이다. 정글과 늪과 동굴과 산악에서 베트남에 평화를 되찾아주기 위하여 싸우는 한국군 장병을 위로하고자 온 이 아가씨들은 지난 날 베트콩의 아성이요, 저 유명한 맹호 제6호작전의 격전지였던 해발 874m의 바(BA)산 즉 여인봉이 가까이 바라보이는 맹호 제1연대의 십자가 언덕 위에서 한국의 용사들과 함께 머리 숙여 어서 베트남에 폭음과 포성이 가시게 하옵시고 그리스도의 평화가 임하시도록 기도하였다.11)

이러한 판단을 증명하듯 당대의 미디어들은 베트남을 남성영웅―국가의 구원을 요청하는 여성으로 표상하고 참전행위를 남성적인 국가의 정의롭고 용감한 여정으로 성별화한다. 물론 참전의 동기에 급료로 받는 달러를 통해 하위계급 남성성의 취약한 위치를 벗어날 수 있다는 현실적인 기대가 작용했지만 베트남의 전장이 영웅적인 남성성의 무대로 제시함으로써 참전행위는 강인하고 용맹한 남성성을 선취할 수 있는 통과제의적 사건으로 오인된 것이다. 이러한 판단을 암시하듯 베트남전쟁은 밀림을 누비며 베트콩과 싸우는 맹호부대 등 초남성적인 이미지로 국내에 소개되고, 베트남은 아오자이를 입은 아름다운 여성의 땅, 즉 여성의 공간으로 은유된다. 위의 인용문은 『새가정』(1968. 6)

---

11) 손인화, 「월남전과 <아이자이>와 십자가」, 『새가정』6월호, 1968, 356쪽.

에 실린 표지 사진에 대한 편집자의 글로, 전쟁이 한창 벌어지고 있음에도 불구하고 베트남을 "정글과 늪과 동굴과 산악" 지대, 즉 원시적이면서도 아오자이를 입은 아름다운 아가씨들이 있는 로맨틱한 모험의 장소로 재현하고 있다. 베트남은 원시적 열정을 불러일으키는 기호로 표상되고, 참전은 베트남 이라는 여성화된 타자를 구원하는 남성적 행위로 의미화되고 있는 것이다. 여기서 낭만성은 제국주의자들이 일종의 원초적인 자연인 식민지에 대해 갖는 근원적인 감정을 의미한다.

주월 한국군 사령관이 밝혔듯이 베트남 전쟁은 우리의 생명까지 내던지며 탈취할 목표가 없는 전쟁이었고, 전쟁 비용도 전적으로 미군에 의존한 것이었으며, 전선도 한국과 공간적으로 분리된 그야말로 머나먼 남쪽나라의 전쟁이었다.[12] 그럼에도 불구하고 한국인들이 열렬하게 싸운 것은 세계적으로 가장 강한 나라인 미국의 우방 자격으로 위기에 처한 베트남인들을 구원한다는 자부심과 반공 이데올로기 때문이었다. 더욱이 개발독재기는 반공주의적이고 개발주의자의 야망을 가진 남성을 이상적인 국민의 표상으로 제시했다. 한국전쟁 이후 전란으로 인한 여성들의 사회진출로 전통적인 성의 질서가 무너졌다는 비판이 이루어지면서 부계질서의 복원 혹은 강화가 사회적 의제로 부상하게 되었기 때문에 베트남 참전행위에 더욱 긍정적 의미가 부여되었다. 즉, 참전행위는 개발주의자의 욕망과 그 속에 숨은 제국에 대한 동경과 국제화의 집단적 충동 그리고 그것을 가능하게 만들어 줄 병사로서의 남성, 즉 남성성 획득에 대한 욕망 속에서 이루어졌다. 그런데 실제로 베트남 전쟁은 전란과 친미 근대화 그리고 개발 독재로 인해 무기력해진 남성들이 선진 조국의 창달의 이상을 실현함으로써 국익을 위해 기

---

12) 채명신, 『베트남 전쟁과 나』, 팔복원, 2013.

여하는 이상적 국민이 될 수 있는 통과제의적 무대로 제시되었던 것과 달리 남성성에 치명적인 상처를 입혔다. 이러한 판단을 증명하듯 베트남전 소설은 청춘과 젊음의 회고의 형식을 빌어오는 한편으로 씻을 수 없는 죄에 연루된 개인의 멜랑콜리한 의식을 드러냄으로써 남성성의 훼손을 가시화한다. 그리고 이렇듯 자신의 훼손된 남성성과 마주한 이들의 수치는 비판적 개인을 탄생시킴으로써 국민으로부터의 이탈로 귀결된다. 그러나 다른 한편으로 죄의 멍에를 뒤집어 쓴 참전 군인의 자기방어와 그로 인한 국가주의에 대한 협력의 양상을 띤다. 베트남전을 소재로 개발독재기 한국인의 사회적 심성을 드러내는 대표적인 작가인 황석영과 박영한의 소설은 참전 병사의 마음과 무의식을 점령한 망령, 즉 베트남 전쟁의 기억 작업의 의미를 엿보게 한다.

3. 참전 병사의 수치와 '이방인' 의식: 황석영

박정희 정권은 전사로서의 남성성을 주입함으로써 국민을 개발독재의 적극적인 수행자로 호명했다. 그러나 베트남전 소설을 통해 이러한 상징조작들을 무력화시키는 남성성의 균열 혹은 상처가 드러난다. 특히 황석영은 전사로서의 위용을 드러내기는커녕 전쟁의 한복판에서 무의미에 짓눌리고, 귀환 후에 두통, 무기력, 전신쇠약, 소외감, 피해망상 등 육체적·정신적으로 병리적인 증상들에 시달리는 참전 병사의 심연을 소설의 무대로 올려 베트남전을 공론화했다. 그리고 베트남전을 국민으로 호명되는 것을 거부하고 저항적 주체성을 획득하는 계기로 의미화한다. 참전은 '국가'와 동일시함으로써 조국 근대화에 동원되기 거부하고 비판적이고도 성찰적인 주체 위치를 획득하는 결정적인 전환점으로서, 이는 '이방인' 의식으로 나타난다. 그런데 소설 속 참전 병사들이 보여주는 병리적 증상들은 "정상적인" 남성성의 결여를 암시하는 한편으로 참전의 트라우마를 가시화하는데, 이들의 몸은 치유하지 못한 상실이 남긴 고통이 전시되는 장소이며, 멜랑콜리는 치명적인 상실이 발생했음에도 불구하고 개인이나 공동체의 차원에서 애도 작업이 이루어지고 못했음을 암시한다.

황석영의 「탑」(1970)에서 오상병은 사회 속에서 참다운 자신의 자리를 찾지 못하자 월남에 자원 입대하지만 "탑조등과 조명탄과 작렬하는 포탄, 그리고 끊임없이 오르내리는 헬리콥터의 불빛"을 바라보며 막연히 "미지의 대륙의 아우성과 고통을 감지(感知)"함에도 불구하고 입대 첫 날 함상 위에서 밤을 지새며 "약간의 기대와 설레는 가슴을(326쪽)" 느낄 정도로 전쟁의 성격에 무지하다. 그러나 R·POINT 전투는 그에게 여행객의 여유를 박탈하는 계기가 된다. 그의 부대는 "지방민의 사랑과 애착의 대상(332쪽)"인 사원(寺院)을 지키던 중 '적'이 다리를 폭파해 소충수마저 포로가 되어 고립되지만 미군 측은 전투 병력을 보충해주지 않기 때문이다. 적군이 진주해오는 한복판에 버려진 병사들과 함께 '나'는 "그들의 고요한 마을에 침입한 것은 바로 우리들"이라는 것을 깨닫는다. 베트남인들의 우리를 향한 두려움과 적의는 "여긴 우리의 고향이 아니었다(345쪽)"는 것, 즉, 자신이 환대받을 수 없는 '이방인'이라는 진실을 발견한다.

여기서 마을의 평화를 위협하는 '적'은 우리 자신이라는 발견, 즉 이방인 의식은 "이 놈의 전쟁은 시작부터가 전략적(332쪽)"이라는 작중 인물의 말이 암시하듯이 베트남전이 휴머니티라는 최소한의 명분마저 결여하고 있으며, 한국군은 전쟁에 동원된 용병이라는 성찰로 이어진다. '떠돌이 의식'은 귀국병사에게서 더 극명하게 드러난다. 「낙타누깔」(1972), 「몰개월의 새」(1976)의 베트남 참전 군인들은 전쟁이 끝나고 고향으로 되돌아오지만 안도와 행복을 느끼지 못하고 가족이나 친구들과 영원히 공유불가능한 상실감과 고독에 휩싸인다. 이들은 영원히 집과 고향으로 귀환할 수 없는 비극적 운명을 선고받은 이방인이 되어버린 것이다. 이는 전쟁의 수치스러운 진실을 은폐하는 국가에 대한 반감과 그로 인한 국민으로부터의 이탈 가능성을 암시한다. 「낙타누깔」의 조기 귀국병인 '나'는 군가가 소리 높여 울려퍼지는 개선식의 웅장한 분위기와 달리 미열과 두통에 시달린다. 이러한 신체적 증상은 그가 자신의 참전행위에서 수치를 느끼고 있음을 암시한다.

> "군인의 명예란 언제나 국가가 추구하는 옳은 가치를 위해서 목숨을 거는 데 있다고 나는 믿어왔다. 그런데 전장에서 돌아온 나는 내 땅에 발을 디디면서 조금도 자랑스러운 느낌을 갖지 못하였다. 나는 갑자기, 국가가 요구하는 바는 언제나 옳은 가치인가를 스스로에게 묻고 싶어졌다. 자신이 이 거리를 본의 아니게 방문하고 보니, 마치 침입한 꼴로 되어버린 불청객인 듯 여겨졌고, 같은 기분이 들었던 그곳 도시에서의 휴양 첫날이 생각났다. 술집 안에 가득 찬 민간인들의 잡담소리가 어쩐지 낯선 이국어처럼 들려오는 것 같았다 (「낙타누깔」, 117쪽)."

'나'는 전장에서 돌아왔지만 환대받기는커녕 자신이 "침입자"가 된 서글픔과, 모국어가 이국어인 양 낯설기만 경험을 하며 수치심에 휩싸인다. 한국인들은 미제는 좋지만 참전 군인들을 "한몫 잡은 치들(181쪽)"로 가정하고 이들을 환멸함으로써 자신들의 수치를 은폐하려 하기 때문이다. 참전 병사들은 개발 독재라는 항진과 충동의 시대가 부인한 전쟁의 죄악을 들춤으로써 수치심을 자극하는 존재인 것이다. 따라서 이들은 반(半)식민의 국가에서 가장 오염된 존재로 여겨지는 "양공주"에게조차 받아들여지지 못한다. 귀환병사들은 자신의 무너진 남성성을 복원하기라도 하듯 미군들만 들어가도록 허용된 특권의 장소인 '텍사스촌'에서 여성의 몸과 성을 구매하려 하지만 텍사스촌의 양공주들은 "도둑놈들끼리는 도둑질을 금한다(132쪽)"며 성매매를 거부한다. 성보조기구의 일종인 '낙타누깔'은 베트남 참전행위가 미국의 쾌락에 봉사하기 위한 식민지의 '매춘'과도 같은 수치스러운 것이었음을 암시한다.

참전 병사의 수치심은 세상의 중심으로부터 버려진 것들, 즉 주변부에 대한 사랑과 연민을 싹틔우는 계기가 됨으로써 이후 「객지」 등 여러 작품에서 민중에 대한 연대감으로 표현된다. 「몰개월의 새」(1976)의 화자는 월남으로 떠나기 전의 시간으로 되돌아가는데, 이는 향수어린 회상이라기보다 월남에서 돌아온 지 많은 시간이 흘렀음에도 불구하고 여전히 이방인의식을 벗어나지 못하고 있음을 암시한다. 그가 월남을 향한 것은 "어깨를 늘어뜨리고 싸돌아다니던 골목에는 아직도 같은 또래의 젊은이들이 어두운 얼굴로 서 있었다. 나도 언제나 끼고 싶어하던, 머리좋은 치들의 비밀결사는 여전히 토론을 벌이고 있었다. 그들은 성공한 신사들 같았다(176쪽)"는 서술이 암시하듯 모종의 소외감 때문이었다. 계급적 박탈감은 남성성의 결핍으로도 이어져 화자는 자신이 사랑하던 여자에게 전화를 걸었다가 그냥 끊어버리는 행위를 반복한다. 월남행은 이러한 계급적 소외감을 해소하기보다 오히려 가중시킨 것으로 보이지만, 역설적으로 수치감은 소외된 이웃에 대한 동일시의 감정, 즉 연대감을 일깨운다는 점에서 내면적 · 정신적 성숙의 일면을 보여주기도 한다.

수치심에 사로잡힌 귀국병사인 '나'는 입대를 앞두고 전투훈련을 받던 시절 '몰개월'에서 있었던 일들을 회상한다. 이 회상은 "몰개월의 똥까이"로 불리던 미자에 대한 회상에 집중되는데, 여자는 교전이 있던 날마치 어머니나 누이인 양 한복을 입고 음식을 준비해 오지만, '나'는 그녀의 사랑과 호의를 외면한다. 창부인 미자는 계급적 열패감에 시달리는 '나'의 거세불안을 가중시키는 존재이기에 '나'는 우리가 떠나던 날, 몰개월의 창녀들이 한복을 입고 나와 지극정성으로 우리를 배웅하는 행위를 조롱하듯 미자가 이별의 선물로 준 오뚜기 인형을 남지나해에 버린다. 그리고 오랜 시간이 지난 후 우울한 귀국병사가 되어 미자의 행위에 깃든 고귀한 감정을 비로소 깨닫고 회한어린 감정에 사로잡힌다. "미자는 우리들 모두를 제 것으로 간직한 것이다(192쪽)"라는 서술은 공동체로부터 잊혀지고 추방된 참전 병사의 트라우마를 감지하게 한다.[13]

그러나 참전 병사의 수치는 자신이 전쟁에서 저지른 과오 혹은 죄의 인정과 그로 인한 희생자의 애도를 가로막고 있는 것은 아닌지 살펴볼 필요가 있다. 지금까지 살펴본 황석영의 소설에서 참전 병사의 수치심은 희생자를 기억하는 윤리적 정서의 토대가 되기보다 멜랑콜리의 심상으로 퇴각함으로써 과거를 부인하거나 자신의 죄를 은폐 혹은 방어하는 구실을 해왔다. 이러한 맥락에서 「탑」 이후에 발표된 「돌아온 사

---

13) 황석영은 베트남 참전 병사의 소외감, 즉 계급적 박탈감을 섬세하게 재현하고 있지만 이러한 과정에서 성매매를 낭만화하고 성매매여성을 성모화한다. 김은하, 「1970년대 소설과 저항 주체의 남성성: 황석영의 70년대 소설을 중심으로」, 『페미니즘연구』 통권7권 2호, 한국여성연구소, 2007.

람」(1970)은 개발독재기에 발표된 베트남전 소설 중 유일하게 참전 병사의 가해자로서의 위치를 그렸을 뿐 아니라 단순히 트라우마에 사로잡힌 이의 벗어날 수 없는 고통이 아니라 과거와의 화해를 위한 '기억의 의지'를 보여주고 있다.

작가는 참전 병사의 무의식으로 독자를 안내함으로써 언어적 재현이 불가능한 트라우마의 도저한 깊이를 엿보게 만든다. 주인공은 "이웃나라의 전장(戰場)(95쪽)"에서 돌아온 후 헛소리, 고열, 불면증에 시달리던중 가족의 권유를 받아 시골로 요양을 떠난다. 그러나 이 여정은 단순히 휴식과 재활을 위한 '요양'이 아니라 전쟁이 은닉한 진실의 소환을 추적하는 탐문의 성격을 띤다. 서술자는 자신이 몸이 낫고 예전의 정서를 회복해가고 있다는 데서 더 큰 두려움을 느끼기 때문이다. "사실 전선에서의 '우리'라는 말로써 이루어진 여러 행위나 감정들은 거의 믿을 수 없는것들일지도 몰랐다. 나는 '우리들' 속에 잠적해서 편안히 잠들어 있던 것은 아니었는지 …… (96쪽)"라는 서술은 '우리들' 즉 전투부대원 더 나아가 국가의 구성원의 입장을 벗어나 전쟁의 진실을 직시하겠다는 의지를 담고 있다.

이야기는 다소 엉뚱한 방향으로 흘러가는 듯 보인다. 고향으로 내려간 주인공은 시골 건달인 만수와 어울리면서 그의 잔인한 복수의 계획을 알게 되고, 끝내 잔혹한 보복극의 목격자가 되기 때문이다. 만수는 이웃사람의 잔혹한 폭력에 의해 큰 형이 실성을 하고 유복했던 자신의 가문이 철저히 훼손되자 폭력의 가해자를 찾아내어 '자연상태'에서 자연권의 형태로서 가지고 있었던 처벌의 권력을 행사하려 한다. "저들은 사회가 입은 사실적인 해악에 관해서만 응징하려 할 따름(103쪽)"이라는 서술은 국가가 자신의 가족을 능멸한 가해자의 죄를 처벌해주지 않는다는데 따른 반감을 담고 있다.14) 만수의 보복극은 언뜻 주인공, 즉 참전 병사로서 '나'가 겪은 트라우마에 따른 분노의 다른 표현처럼 보인다. 베트남 참전 병사들은 넓게 보면 국가폭력의 희생자이기 때문이다. 그러나 만수 가족의 상처와 보복의 드라마를 목도하는 과정에서 오랫동안 주인공을 괴롭히던 불면의 실체, 즉 "입을 가로 찢어젖히고 싱글거리며 웃고 있는" "검은 얼굴(108쪽)"은 베트남인 '탐'임이 밝혀진다. '나'는 어둠 속에서 마주한 만수 형의 실성한 얼굴에서 '탐'의 얼굴이 오버랩되어 오는 것을 경험하는데, 이는 탐이 그가 은폐한 죄의 얼굴이며, 불면은 가해의 죄책감에서 비롯된 것임을 암시한다. 그리고 그는 실성한 만수형의 얼굴에서 "그 광인이 자기의 과거에 가깝고 굳게 이어져 있을 거라는 느낌"에 사로잡히는 한편으로 "그는(광인-필자) 짓밟혀진 바로 그 순간 에 멈춰 있(108쪽)"음을 발견한다. 이는 트라우마는 피해자에게 영원히 지워버릴 수 없는 충격을 남기는 한편으로 가해자 역시 상처없는 승리자가 아님을 암시하는데, 가해자와 피해자의 얼굴은 서로 분리할 수 없을 정도로 뒤엉켜버리기 때문이다.

이야기가 진행됨에 따라 마치 망각의 주문이 더 이상 작동하지 못하는 듯 '나'와 탐의 얼굴이 불쑥 튀어나오고 이로 인해 묻어두었던 폭력의 기억과 대면하게 된다. 베트남에서 '나'는 "전장의 엄격한 율(律) (116쪽)"이라는 방어막에 숨어 자신의 용기와 전쟁의 허무가 뒤범벅이 된 상태에서 적, 즉 베트남인들을 사살한다. '나'의 내면 깊숙이 숨어 있는 "타락한 증오"를 의식하면서도 "불귀순 지역(106쪽)"을 과잉 공격해

---

14) 만수네 가족이 겪은 사건이 무엇인지 소설은 함구하고 있지만 실성한 형님이 지식인 출신이고, 마을 사람들의 테러로 인해 문전옥답을 잃었다는 서술은 해방공간과 한국전쟁으로 이어지는 이념대립의 현대사 속에서 민족의 가장 순결한 주체로 권력화한 우익 세력에 의해 집단폭력이 이루어졌을 것으로 짐작된다.

'우리'를 피해 몸을 숨긴 소녀, 나뭇가지 같이 마른 노인, 독 속에 숨은 발가벗은 아이를 안은 소년 등을 향해 총격을 가한 것이다. 급기야 '나'를 비롯해 네 명의 병사들의 피로와 분노는 마을에서 생포한 '탐'을 향한 집단적 폭력으로 급전화한다. 우리는 그에게 쥐잡기, 원산폭격, 한강철교 등 상상 해낼 수 있는 모든 고문을 시도하면서 광란의 쾌락을 즐기는데, 그 이유는 한국군 참전 병사를 향한 베트남인들의 따가운 눈초리와 포로로 잡힌 상황 속에서도 '탐'이 "품위를 지키려고 노력하는 것(119쪽)"이 두려웠기 때문이다. 결국 그를 죽이려는 의도는 없었지만 우리는 비방 게릴라라는 이유 하나만으로 중학교 교원이며 평범한 양민이자 가장인 '탐'을 잔혹한 고문 끝에 살해한다.

「돌아온 사람」은 참전 병사의 의식 저 편에 우리 자신을 인간으로온전히 돌아오게 할 수 없는 전쟁 희생자의 뭉개진 얼굴과 처참한 주검들이 아무리 내쫓아도 다시 돌아오는 유령으로 거주하고 있으며, 헛소리, 신음, 고열, 불면증은 유령의 귀환을 알리는 징후임을 보여준다. 이 작품은 한국인의 참전행위가 은닉하고 부인한 죄를 가시화하고, 희생자의 존재를 부각시켰다는 점에서 의미가 크지만 "우리도 전쟁의 피해자다"라는 식의 자기방어에 몰두함으로써 유령과 그의 애도하라는 명령의 존재를 엑소시스트한다. 황석영의 이후 베트남 소설에서 전쟁 희생자들은 자취를 감추어버린다. 이렇게 볼 때 「돌아온 사람」의 마지막 장면은 인상적이다. 주인공은 '나'를 쫓아오던 거뭇한 형상이 "거울 속에서 익은 자신의 얼굴(122쪽)"이라는 것, 즉 '탐'과 '나'가 한 몸으로 살아갈 수밖에 없음을 알아채지만 그를 떨쳐내기 위해 군중 속으로 뛰어들어간다. 즉, 황석영의 주인공들은 애도하라는 유령의 명령과 그 압박을 견디지 못하고 거부하고 있는 것이다. 그러나 끝내 유령을 추방할 수 없다는 것을 황석영의 이후 소설은 역설한다. 그의 주인공들은 자신의 고향에서마저 이방인이며, 그러한 숙명의 선고인 양 집과 고향에 정착하지 못하고 낯선 곳을 떠돌기 때문이다.

4. 원시적 타자의 발견과 식민 지배자의 로망스: 박영한

『머나먼 쏭바강』(1978)은 70년대에 발간된 베트남전쟁을 소재로 한 유일한 장편소설로, 낭만적인 성향의 젊은이인 황일천 일병이 베트남전쟁에 참전함으로써 일련의 부조리한 체험을 겪으며 정신적·내면적 성숙에 도달하는 성장소설의 형식을 띠고 있다. 대학 재학 중 전쟁에 자원입대한 황일천 병장은 베트남전쟁의 한복판에서 자신이 "예전 학교시절 다방 구석에 죽치고 앉아 공상하던, 아귀가 착착 맞아 돌아가는 그런 합리적인 세상"에서 살고 있지 않다는 것을 깨닫는다. "월남전은 세상이 우습게 돼먹었다는 걸 내게 가르쳐주었다 …… 재미있지 않느냐(25쪽)"라고 냉소하리만큼 환멸어린 진실들을 마주하게 된 것이다. 냉소는 베트남전의 부조리한 성격에 대한 발견에서 비롯된다. 앞서 살펴본 황석영의 작품과 마찬가지로 작가는 황일천의 시선을 통해 베트남전이 베트남 인민해방전선에 맞서 민간인들의 생명을 지키고 공동체의 평화를 수호한다는 정당한 명분을 결여하고 있으며, 세계에 대한 패권을 장악하고 얼마간의 경제적 이득을 얻고 싶은 미국의 욕망이 연출한 '게임'임을 성찰한다.

전쟁에 대한 회의주의적 시선은 "미국은 이 거대한 공장의 10층이나 15층의 관리실에 점잖게 앉아 있"는 상급자, 한국군은 "그들이 만지는 버턴의 지시에 따라 얌전하게 움직이지 않으면 안되"는 피식민자, 즉, "월남전이라는 공장에서 나사 끼우는 작업만 배당받는 한 기능공(94쪽)"의 비유로 나타난다. 황일병은 그 자신을 포함해 자기의 동료들이 기실 미국이 고용한 용병, 즉 전쟁의 소모품임을 깨닫고, "용감무쌍한 청룡·맹호의 일원으로 정글에 왔노라(54쪽)"는 친구의 편지가 허위 혹은 거짓임을 깨닫는다. 그는 "그 때 전쟁은 비참하고 엿같기는커녕, 무언가 용감하고 영웅적이고 근사한 것(55쪽)"이라고 여겼지만 지금은 자기 존재의 무의미성에 시달리고 있는 것이다. 다른 한편으로 그는 자신이 지켜주러 온 월남인들이 "뻔뻔스럽고 태평하며 한편 퇴폐적인 족속들(63)"이라고 환멸하며 "맹방으로서의 자유 수호임무(63쪽)"라는 참전의 테제를 조롱한다. "삶이 맹목이듯, 전쟁이 맹목이면 어떤가(65쪽)" 하는 허무주의로 황일천의 내면은 공허하다. 명분을 잃어버린 전쟁은 참전 병사의 영혼과 실존을 한없이 비루하게 만든다.

그렇지만 이러한 발견은 이야기가 진행됨에 따라 국민이라는 이데올로기에 균열을 냄으로써 성찰적 개인과 시민의 탄생으로 이어지는 게 아니라 오히려 조국에 대한 연민의 마음을 불어넣음으로써 참전행위의 허위를 봉합하는 구실을 한다. 황일천은 "너의 입장보다 하등 나을 것도 없는 네 나라의 입장을 이해한다면 불평만 해서는 안 될 것(95쪽)"이라는 돌연한 깨달음으로 교과서처럼 단순하지 않은 세계에서 선악에 대한 도덕적 판단을 유보함으로써 한국군의 참전과 자신의 존재방식을 용인하고, 급기야 자신을 괴롭히는 폭군이자 전쟁을 사적인 재산증식의 수단으로 여기는 올챙이 상사를 처음에 증오하지만 차차 연민하고 이해하게 될 정도로 도덕적 판단능력을 잃어버린다. 그러므로 주인공은 일종의 혹독한 입사(入社)체험을 통해 한국사회를 이끌어가기에 적합한 사회적 어른으로 재탄생되는 '제도적 통과제의'를 겪었다고 할 수 있을 것이다. 이는 '성숙'이 이성을 자유롭게 사용하는 계몽된 주체의식이 아니라 국민의 정체성을 획득함으로써 국민국가의 적법한 성원으로 거듭나고 정치적으로 보수화하는 식으로 왜곡되었음을 암시한다.

박영한은 전쟁의 이러한 불편한 진실을 은폐하고 억압하기 위해 전쟁 서사를 베트남 여성과 한국군 병사의 로맨스의 플롯으로 치환한다. 황일천과 베트남 처녀 빅 뚜이의 연애는 사랑을 가로막는 전쟁이라는 장애물 속에서 애틋하게 피어나며 전쟁의 진실을 회피하고자 하는 독자들에게 쾌락을 선사한다. 그러나 로맨스 플롯은 역설적으로 선진조국 창달이라는 한국인의 집단적 욕망과 제국에 대한 선망과 동경 그리고 모방의식을 적나라하게 드러내는 역할을 한다. 한국의 지식인 출신인 황일천 병사의 베트남 처녀와의 로맨스는 여성과 남성, 베트남과 한국, 식민주체와 피식자, 야만과 문명, 후진과 진보 등 근대 기획의 이질적인 경계들을 확정하고 강화하고 있기 때문이다. 귀국을 앞둔 어느 날 황일천은 부대원들과 함께 이동하던 중 반미트의 초라한 음식점에서 응웬 티 빅 뚜이라는 깨끗하고 우아한 인상의 여대생을 만난다. 그녀의 기품어린 아름다움에 매혹된 황일천은 비로소 베트남의 오욕된 역사와 그들이 겪은 고통을 연민하게 된다. 그에게 베트남은 그간 알몸으로도 수치를 모르는 원시족 처녀의 무지와 야만으로 간주된[15] 것과 달리

---

15) 제국주의는 인종주의뿐만 아니라 민족주의, 성 차별주의, 계급차별주의들이 교차하고 중첩하면서 몸에 대한 인식을 만들어내는 터전이다. 비록 물리적인 제국주의에는 반대한다고 할지라도 모든 정복과 지배를 육체적, 정신적으로 열등한 이들이 겪을 수밖에 없는 인종적 운명으로 풀이하기 때문이다. 제국주의는 인종적으로 열등하다고 규정한 타자의 몸을 기형적인 그로테스크한 것으로 묘사하거나, 진화가 덜 된 원숭이에 비유하는데(박형지·설혜심, 『제국주의와 남성성』, 아카넷, 2004,

카뮈를 읽고 수준급의 영어를 하는 빅 뚜이는 "야만국의 처녀(17쪽)"가 아니기 때문이다. 그녀는 베트남에 대한 그의 편견을 수정하며 일종의 책임감마저 갖게 된다. 그러나 빅 뚜이에게서 "점령국의 돈 많은 사내가, 이를테면 속국의 가난한 미녀한테나 가질 수 있는 약간의 미안한 감정(19쪽)"을 느낀다는 서술은 그가 베트남을 빈곤국의 처녀로, 자신을 문명국의 신사로 무의식적으로 가정하고 있음을 암시한다. 귀국을 앞두고 비로소 참전이 갖는 생기로운 의미 지평이 열리기 시작한 것이다.

그러나 그가 베트남에서 얻고자 하는 의미는 기실 전쟁의 죄를 부인함으로써 자신의 나르시시즘을 유지하거나 혹은 남성성의 훼손을 인정하고 싶지 않아서이다. 황일천은 그의 동료들이 한결같이 베트남의 사창가에서 성매매에 열을 올리는 것과 대조적으로 성매매 여성의 몸을 구매하지 않는데, 이는 남성성 결여의 증거가 아니다. "황은 로마의 투사처럼 근육이 씰룩이는 아랫도리에 타올을 감고 뜨근거리는 복도를 지나갔다(27쪽)"는 서술이 보여주듯 작가는 황일천을 큰 키와 건장한 체구, 미국인마저 감탄하게 만드는 영어회화 능력과 분석적 지성 등을 고루 갖춘 이상적 남성으로 묘사한다. 그가 혈기왕성한 젊은 남자이며 성매매에 대한 비판적 인식이 없음에도 불구하고 싼 값의 성을 구매하지 않는 것은 베트남 여성이 미군이 먹다 버린 찌꺼기를 떠올리게 하기 때문이다. 즉, 베트남의 성매매 여성들은 용병으로서의 위치를 떠올리게 만드는 것이다. 다른 한편으로 그의 심연에서는 어느 전투지에서 아군에 의해 강간당하고 죽은 베트남 여성의 음부를 목격한 트라우마가 지속되고 있다. 참혹하게 학살당한 베트남 여성은 애도되지 못한 채 유령처럼 내면 속에 거주하며 그를 멜랑콜리하게 만드는데, 이 희생자

79쪽), 황일청의 베트남인을 바라보는 시선은 제국주의자의 것과 매우 유사하다.

야말로 참전을 수치스럽게 만드는 사건의 얼굴이다.

빅 뚜이와의 만남은, 그간 언제든 본국으로 돌아갈 준비가 된 여행자처럼 살아온 황일천의 베트남에 대한 매혹-책임을 유발함으로써 더이상 관광객의 자리에 머물 수 없게 만든다. 연애는 황일천이 베트남을깊이 이해하고 책임을 느끼는 것으로 발전하는 듯 보인다. 그는 그녀의 아버지와 오빠가 베트남 민족해방을 위해 자신의 삶을 기꺼이 희생했으며, 베트남인들의 억눌린 역사와 해방에 대한 꿈을 이해함으로써 그들을 연민하지만 강대국 용병으로서 무기력하고 왜곡된 주체 위치를 벗어나지 못한다. 베트남전쟁의 희생자를 애도함으로써 미국의 용병의 위치를 벗어나는 한편으로 국가주의 이데올로기의 바깥으로 나오지 못하기 때문이다. 황일천은 의료 기록이 바꿔치기 됨으로써 성병환자로 오인되어 일명 '성병부대'에 배치되고 새로 부임한 올챙이 상사의 반복되는 가해 행위로 인해 정신적 무기력에 시달리지만, 저항의 계기를 찾지 못한 채 음악 속에 도피해 자신의 수치스러운 현실을 외면한다. 그리고 빅 뚜이가 두 사람의 피식민지 동양인이라는 동질적인 주체 위치를 강조하면서 결혼을 원하자 그녀를 다시 야만국의 처녀로 되돌려 놓음으로써 자신의 주체위치가 오염되지 않도록 방어한다.

이 소설의 후반부는 베트남전쟁이 제국과 식민, 즉 미국과 아시아의 약소국의 불평등한 관계라는 국제지리적 환경에 대한 비판적 인식에도 불구하고 이러한 성찰이 단일 민족 정체성에 뿌리박은 국가만들기 프로젝트 속에서 무화되고 있음을 보여준다. 황일천은 빅 뚜이와 결혼할 수 없는 명분을 찾던 중 "베트남에 여러 가지 분쟁이 심한 건, 여러 다른종족이 살고 있(216쪽)"다는 논리를 발견한다. 소설의 후반부에 해당하는 7장에 이르면 초점 화자인 황일청이 이야기의 후면으로 물러나고 기수가 등장하는 식으로 구성적으로 불안정해지는데, 이는 성적으로 자유분방 한 기수의 연애담을 통해 민족적 정체성을 잃어버린 베트남인들의 현실을 비판해내기 위한 작가의 의도를 담고 있다. 기수는 사랑과 성에 대한 가벼운 태도를 가진 대학생 출신의 병사로 베트남 전쟁 미망인 마담 린느와 연애를 하며 베트남의 중산층 혹은 지식인 계급의 민낯을 보게 된다. 기수는 마담 린느가 제공하는 육체적 쾌락을 즐기면서도 마단 린느가 베트남의 엘리트임에도 불구하고 국산품을 쓰지 않았다고 비판하면서 민족주의자로 거듭난다. 작가는 기수와 황일천의 눈을 빌어 오랜 식민의 잔재로 서구화의 흔적이 고스란히 베인 베트남의 거리를 보며 베트남을 오염의 도시, 짬뽕의 거리(250쪽)로 정의한다. 결과적으로 베트남 참전 체험은 낭만적이고 무절제한 젊은이들을 민족주의자로 탄생시켰다고 볼 수 있다.

이렇듯 베트남 혐오는 베트남 점령의 원인이 미국의 점령의지가 아니라 식민지 여성의 성적 타락으로 은유되어 왜곡, 축소됨으로써 애국주의적이면서 가부장적인 남성성의 회복으로 이어진다. 마담 린느는 그저고독하기 때문에 연애 대상을 찾는 미망인이 아니라 서구라는 마리화나와 섹스에 중독된 베트남 민족의 기표로 표상되기 때문이다. 다른 한편으로 빅 뚜이의 부유한 친척인 로이의 집에서 이루어진 크리스마스 파티장면은 "이따위 지저분한 것들의 몰락(303쪽)"이라는 표현이 암시하듯 베트남에 대한 혐오에 쐐기를 박는 서사적 계기로 제시된다. 베트남의 상류층인사인 로이는 전쟁 상황과 무관하게 호화롭게 살며, 그의 두 아들은 각기 서로 다른 이념으로 반목하고 갈등한다. 특히 베트남의 부패는 로이의 셋째 부인인 랑과 둘째 아들인 대위가 밀회를 나누는 데서 극화된다. 작가 박영한은 "뚜이와 그미의 국민들에게 참으로 미안한 일이 아닐수 없다"라는 유보 조건을 달지만 "한국이든 미국이든, 누가 이 전쟁을 월남 자체 내의 입장에서 보려 할 것인가(217쪽)"라고 질문하며, 베트남의 불행은 그들의 민족주의가 철저하지 못한 데서 비롯된다고 비판한다.

이렇듯 전쟁의 책임을 가해자가 아니라 피해자에게 돌리는 것은 약육강식, 자유경쟁 등 자유주의와 사회진화론의 아이디어를 지지하며 국민총단결과 총력전의 정치 이데올로기에 힘을 실어줄 것을 암시한다. 이러한 판단을 뒷받침하듯 황일천은 서구인을 능가하는 육체적 크기와 뛰어난 영어능력 등을 내세워 자신이 열등하지 않다고 거듭 강조하고, 그의 동료들은 더 많은 비용을 지불하더라도 베트남 여성이 아닌 프랑스와 베트남 혼혈 여성의 몸을 구매하는 데서 성적 쾌락 이상의 만족감을 얻고자 하는 등 제국의 위치에 대한 선망을 드러낸다. 결국 황일천은 베트남 전쟁의 희생자에 대한 애도를 외면하면서 오히려 타자-희생자에게 전쟁의 책임을 전가한다. 그는 "난 사람이 죽어 나자빠지는 꼴을, 죽어서 국부가 덜렁 달아나고, 죽어 개미떼나 새까맣게 몰려드는 꼴을 보아 왔단말이야. 이 여자의 매끈거리는 몸에서, 썩은 향기를 맡지 못한다면 너는바보다(211쪽)"라고 함으로써 빅 뚜이와의 이별을 결심한다. 이는 강간당하고 내던져진 베트남 여성이라는 그의 멜랑콜리의 원인이 애도의 거부와 함께 추방되었음을 암시한다.

귀국선 장면은 그가 용병이라는 수치를 어떻게 봉합하려 하는지 보여준다. 귀국선에 올라탄 황일천은 자신의 참전행위에서 이렇다 할 의미를 찾을 수 없어 공허하고 멜랑콜리한 마음으로 쉬이 잠들지 못한다. 그러나 귀국선에서 만난 늙은 병사인 손중사는 그의 죄를 부인하고 그의 마음 깊은 곳에서 언제든 귀환해오는 강간당한 여자의 시신, 즉 전쟁 희생자를 엑소시스트하게 만든다. 황일천과 마찬가지로 전쟁의 무의미에 사로잡힌 손중사는 심리적 균열을 봉합하기라도 하듯 자신이 베트콩 소녀를 사살하라는 군의 명령을 어기고 그녀를 살려주었으며, 훈장 따위는 중요하지 않다고 말한다. 또 "사격행위 그 자체엔 증오와 더러움을 탈여지가 없었어(361쪽)"라고 함으로써 자신의 가해 행위를 '비정치적인 것'으로 재의미화한다. 그와의 대화 후 황일천은 베트남에서 삶의 의미와 가치를 찾은 듯 "이제 네가 고국에 가거던, 할 일이 없고 권태한 나머지 살아남기 위해 발버둥치다가 죽어간 저 동료들에게, <자살>보다 더한 모욕이 어디 있겠는가. (중략) 지금은 다만 살아돌아간다는 것, 이것만큼 중요한 게 어디 있느냐(363쪽)"라고 함으로써 생명의 의지를 다지려 한다. 그러나 이러한 임시적 봉합을 통해 베트남전쟁의 실재의 귀환을 가로막을 수 없다는 듯 환각에 사로잡혀 발작을 일으킨다. 이는 '부인된 죄'는 쉽게 사라지기는커녕 흔적을 남기며, 유령은 추방된 것이 아니라 우리의 내면에서 잠자고 있을 뿐임을 암시한다.

5. 맺음말

베트남전은 이른바 선진국 도약이라는 한국인의 집단 콤플렉스를 자극하는 사건이었다. 일제 식민지기부터 세계의 정치적·사회적 동향에 대한 지식 대중의 관심은 높았지만 한국전쟁 후 분단체제가 자리 잡으면서 한국의 지정학적 위치의 민감성으로 인한 촉발된 정세 불안은 한국인의 국제화에 대한 충동을 일깨웠다. 제국의 영향력 속에서 짓눌려온 한국인들에게 노동이민자가 아니라 미국의 우방국가로 해외에 진출한다는 것은 특별한 만족감을 선사했을 것이다. 이는 참전이 1950년대 이후 팽창해온 글로벌 담론 속에서 피원조국의 수치스러운 위치를 벗어나 선진국으로 도약하기 위한 과정에서 이루어진 국가 프로젝트였음을 암시한다. 에릭 홉스봄은 제국주의는 한편으로 세계 팽창의 욕망이면서 다른 한편으로 국민의 대동단결을 유도하고 내부의 불평등과 갈등을 해소하는 이데올로기적 응고제의 기능을 한다고 한 바 있는데, 베트남전은 그간 한국인이 짓눌려온 열등을 상쇄시켜 줄 해방적 경험으로 떠올랐다는 점에서 '의사 제국주의'의 성격을 띠었다고 볼 수 있다.16) 이는 베트남전쟁의 정당성과 한국군의 참전이 갖는 정치적 의미에 대한 질문이 이루어질 수 없었음을 암시한다. 베트남전이 종료된 1970년대 당시 고도성장기의 한국인은 선진조국 창달을 위한 공격주의와 물질적 풍요에 대한 속물주의적 기대로 인해 참전행위로 인해 한국인이 짊어지게 된 죄를 부인해왔는데, 자신의 공동체가 죄없는 인간을 수많이 살상했다는 것을 알고 있는 국민의 내면생활과 심성이 온전할 리가 없음17)을 베트남전 소설은 역설적으로 드러내고 있다.

이야기 혹은 문학은 상실을 애도하는 전통적이고도 집합적인 수단이다. 그것은 트라우마에 시달리는 피해자들이 자살의 유혹을 이겨내고 삶을 지속하게 만드는 '구원'이다. 생존자들은 바로 자신이 살아 있다는 사실에서 수치심을 느낀다. 자신이 구원의 손길을 내미는 것에 소홀했으며, 자신보다 교활하지 못하고 너무 어린 이들을 방치했다는

---

16) 에릭 홉스봄, 김동택 역, 『제국의 시대』, 한길사, 1998.

17) 일본의 정신과 의사인 노다 마사아키는 패전 후 일본인들이 항진과 충동의 시대 분위기 속에서 죄의식을 억압함에 따라 전쟁 가해자와 그 2세대 역시 애도의 무능력에서 기인하는 감정마비나 우울증 등 여러 심인성 증상에 시달려왔다고 밝히며, 가해자를 자유롭게 하는 것으로서 "귀중한 죄의식"의 가치와 의미를 밝힌다. 노다 마사아키, 서혜영 역, 『전쟁과 인간: 군국주의 일본의 정신분석』, 길, 2000, 11~23쪽.

죄책감이 수치의 고통을 안겨주는 것이다. 이토록 기억으로 고통받으면서도 이들이 자살하지 않는 것은 자신이 경험한 것을 '증언'해야 한다는 책임의식 때문이다. 이는 '사건'의 기억은 타자와 나누어가짐으로써만 애도될 수 있음을 의미한다.[18] 그러므로 그것은 전달되어 타자와 공유되어야 하는 것이다. 인간의 인식의 지평을 넘어서는 사건, 이해할 수 없는 사건에 대한 증언은 체험자만이 아니라 그것을 겪지 않은 사람들의 영혼마저 트라우마를 입히며 애도를 공동의 과제로 받아들이도록 만든다. 그러므로 이야기는 트라우마를 우리 모두의 집합적 과제로 만든다고 볼 수 있다.

그러나 '사건'을 타자와 공유한다는 것은 생각만큼 쉽지 않은 일이다. 기억을 말한다는 행위는 화자와 청자 사이가 주종관계로 이루어진 게 아니라 화자와 청자가 공동으로 만들어 가는 것을 뜻한다. 왜냐하면 사건의 기억을 그저 말하는 것만으로는 아무 것도 일어나지 않기 때문이다. 오카 마리는 사건의 리얼리티가 타자에게 확실하게 받아들여지지 않으면 안 된다고 지적하며 그러나 말로는 이야기할 수 없는 사건의 잉여, 또는 그러한 잉여를 잉태하는 것으로서의 '사건', 바로 그와 같은 '사건'을 타자와 나누어 갖기 위해서 어떻게 해야 하는지, 아니 그와 같은 사건의 나누어 갖기는 도대체 어떻게 가능한 것인가라고 질문한다. 만약 사건이 체험되지 않는다면 '사건'은 없었던 일이 되어버리기 때문이다.[19] 우리는 저마다 애도에 관한 이러저러한 착각에 빠짐으로써 사건을 왜곡하고 타자를 추방하기도 한다. 사건의 진실은 살아남은 자들에게 다소 무력하게 양도되어 있다고 볼 수 있다. 죽은 자는 사자이기 때문에 이미 자신이 당한 그 폭력, 그 사건을 증언할 수 없다. 바로 그런 이유로

18) 서경식, 『시대의 증언자 쁘리모 레비를 찾아서』, 창비, 2006, 181쪽.
19) 오카 마리, 김병구 역, 『기억. 서사』, 소명출판, 2004, 50~57쪽.

타자가 사건에 대해 증언할 수밖에 없다. 타자가—'사건'의 외부에 있었던 제 삼자에게 증언의 책임이 주어지는 것이다. 그러나 우리가 무엇인가를 증언하려는 순간 우리는 사건을 배반하게 될 것이다. 이는 애도로서의 기억서사가 격렬한 쟁론의 대상이 될 수밖에 없음을 암시한다.

참고문헌

기본자료

박영한, 『머나먼 쏭바강』, 민음사, 1978.
황석영, 「낙타누깔」, 『객지』, 창작과비평사, 1974.
황석영, 「탑」, 『객지』, 창작과비평사, 1974.
황석영, 「돌아온 사람」, 『객지』, 창작과비평사, 2000.
황석영, 「몰개월의 새」, 『몰개월의 새』, 창작과비평사, 2000.

참고논저

강유인화, 「한국사회의 베트남전쟁 기억과 참전군인의 기억투쟁」, 『사회와 역사』 97, 한국사회사학회, 2013.
김미란, 「베트남전 재현 양상을 통해 본 한국 남성성의 (재)구성: '아오자이'와 '베트콩', 그리고 '기적을 낳는 맹호부대'의 표상 분석」, 『역사문화연구』 제 36집, 한국외국어대학교 역사문화연구소, 2010.
김은하, 「1970년대 소설과 저항 주체의 남성성: 황석영의 70년대 소설을 중심으로」, 『페미니즘연구』 통권7권 2호, 한국여성연구소, 2007.
문부식, 「'광주' 20년 후―역사의 기억과 인간의 기억: 끼엔, 나디야, 그리고 윤상원을 위하여」, 『기억과 역사의 투쟁』(당대비평 특별호), 삼인, 2002.
박형지·설혜심, 『제국주의와 남성성』, 아카넷, 2004.
서경식, 『시대의 증언자 쁘리모 레비를 찾아서』, 창비, 2006.

신형기, 「베트남 파병과 월남 이야기」, 『동방학지』 157권, 연세대학교 국학연구
소, 2012.
윤충로, 「베트남전쟁 시기 한·미·월 관계에서 한국의 '정체성 만들기': 식민지적
무의식과 식민주의를 향한 열망 사이에서」, 『담론 201』 9(4), 한국사회역
사학회, 2006.
정원옥, 「국가폭력에 의한 의문사 사건과 애도의 정치」, 『중앙대 대학원 문화연구
학과 박사학위 논문』, 2014.
채명신, 『베트남전쟁과 나』, 팔복원, 2013.
최정기, 「한국군의 베트남전 참전, 어떻게 기억되고 있는가?」, 『민주주의와 인권』
제9권 제1호, 전남대학교 5·18연구소, 2009.

노다 마사아키, 서혜영 역, 『전쟁과 인간: 군국주의 일본의 정신분석』, 길, 2000.
베네딕트 앤더슨, 윤형숙 역, 『상상의 공동체: 민족주의의 기원과 전파에 대한 성
찰』, 나남, 2004.
에릭 홉스봄, 김동택 역, 『제국의 시대』, 한길사, 1998.
오카 마리, 김병구 역, 『기억. 서사』, 소명출판, 2004.
타카하시 테츠야, 김경운 역, 『단절의 세기 증언의 시대: 전쟁의 기억을 둘러싼 대
화』, 삼인, 2002.

남성성의 형성과 여성의 몸

서론

근대성과 여성에 관한 상투적인 가정 중의 하나는 여성/여성성을 자연과 동일시하거나 근대적 시간의 바깥에 존재하는 무시간성으로 규정하는 것이다. 반면에 산업, 소비주의, 근대 도시, 대중 매체, 테크놀로지와 같은 현상은 근본적으로 남성적인 것으로 여겨진다. 그러나 근대성의 상징적 공간인 도시의 모습은 이러한 이분법이 실제 현실과는 거리가 멀다는 것을 보여준다. 전후 급격히 전개된 한국의 근대화 과정에서 여성들은 이촌향도 현상과 함께 전통사회와 사적 영역에서 분리되어 대량생산과 산업 노동으로 대거 유입되었을 뿐만 아니라 상품 미학과 소비주의의 등장은 중산층 주부들을 공적 공간으로 이동시킴으로써 공사영역의 완고한 성별 체계는 무너지기 시작했기 때문이다. 비록 여성의 사회적 공간의 확장이 남성/여성 간의 위계적 질서를 무너뜨릴 만큼 충분히 이루어지지 못한 것은 사실이지만, 도시가 여성들의 사회적 경험이 확장되고 물질적·성적 욕망이 현시됨으로써 남성의 문화를 위협하는 공간이 된 것은 사실이다.[1] 도시의 여성화는 전통 사회에서 가부장적 공동체의 중심에 있었던 남성들을 주변화함으로써 남성성의 위기를 야기한다[2]. "대도시의 통제불가능성을 어떻게 지배할 것인가라는 근대성의 위협이 바로 거세의 위협일 뿐만 아니라 대도시의 불확실성과 경계없음이 여성성과 반복적으로 관련되어 있"[3]기 때문에 근대사회에서 여성들은 남성들이 자율성을 확보하기 위함 매개적 · 대립적 존재로 위치지어진다.

1970년대 소설은 그 어느 시기보다 수치심, 부끄러움, 무력감 등 우울증적 징후나 전신 쇠약, 발기불능, 발육부진 등 육체적 병리현상을 통해 남성성의 위기를 보여준다. 이는 대도시에서 경험하는 위기감의 표현이기도 하지만, 다른 한편으로 박정희 정권이라는 초남성적인 국가의 근대화 프로젝트(1961~1979)가 추진되는 과정에서 남성이 조국

---

1) 김소영에 따르면 1970년대 대중 영화의 상상력 속에서 급격히 현대 도시로서의 면모를 갖추어가는 서울은 여성이라는 성을 가지면서 소비의 공간, 욕망의 공간으로 제시된다. 이는 도시를 남성의 공적 공간으로 규정해 온 지배적 관습에 의문을 가하는 것이다. 흔히 도시는 남성성의 공간으로 여겨지기 쉽다. 하늘에 도전하는 마천루와 도심 내 대로들 그리고 도시를 둘러싸고 있는 고속도로들은 남성적인 이미지를 가진 메트로폴리스의 상징이다. 그러나 국제적인 대도시를 의미하는 메트로폴리스가 그리스어로 '어머니의 도시'라는 뜻을 지니고 있다는 점이 암시하듯이 도시의 지하세계와 골목들은 어머니의 자궁, 어머니의 몸의 형상을 취하는데, 이러한 어머니의 몸으로부터 파괴적인 여성들이 탄생한다. 김소영, 『테크노 문화의 푸른 꽃』, 열화당, 1999, 216~217쪽.
2) 조혜정에 따르면 산업화 사회는 남성다움에 대한 새로운 정의를 요구하게 되는데, 이는 역설적으로 산업사회에서 남성다움이 위기에 처하기 때문이다. "현대 사회는 전투적이고 도전적인 남성을 필요로 하는 대면적 전투 위주의 원시 경작 사회도 아니고 여성을 제외한 남성간의 유대만이 중요한 집약 농경 사회도 아니다. 이는 개인의 능력 개발과 취향 위주의 분업을 지향하는 사회인 것이다. 이런 면에서 공업 사회는 '남성다움'이란 것이 크게 문제되지 않는 방향으로 나아가야 함을 알게 된다." 조혜정, 『한국의 여성과 남성』, 문학과지성사, 1988, 242쪽.
3) 베아트리츠 꼴로미냐, 박훈태 · 송영일 역, 『프라이버시와 공공성』, 문화과학사, 2000, 291쪽.

상실, 분단의 경험, 궁핍의 경제라는 트라우마를 치유할 진취적이고 공격적인 행위자가 되도록 요구받는다는 점과 관련이 있다. 한과 링Han and Ling은 박정희 정권의 근대화 프로젝트를 "초남성주의적 발전주의 국가"(hypermasculine state developmentalism)의 전형으로 규정하며, 식민지 지배를 받은 아시아의 국가들이 근대화 과정을 추구할 때 서구의 제국주의적이며 강력한 남성성을 모방하면서도 자국의 내적 단결을 유지하기 위해 반동적이면서 강력한 남성성4)을 발전의 이데올로기로 삼는다5)고 본다. "근대화의 지향은 남성적인 것으로 재현되는 생산과 발전 이미지로서의 근대성"6)으로서 유토피아적 기획을 향한 불굴의 의지, 모든 일을 빈틈없이 통제하고 있는 전능함은 남성들이 갖추어야 할 덕목이 된다. 특히 서구를 모델로 한 개발이 신식민화와 정체성의 위기로 나타나면서 남성성은 한국적 전통을 수호하고 국가를 방위할 민족주의적 주체가 되라는 암묵적 동의 속에서 형성된다. 이는 이 시기 소설의 남성인물들이 보여주는 과도한 감상성과 고뇌의 수사가 기실 남성성의 균열의 증거라기보다 근대화 주체라는 이데올로기가 형성한 남성성에 대한 열망의 표현이자 남성다움에 미달하지 모른다는 불안

---

4) 순수하고 본질적이며 영원한 남성성이라는 널리 퍼진 신화는 남성성의 특성으로 의지력, 목표지향성, 독립성, 비타협성, 지성을 부가하며 이것이 생득적인 것인 양 신념화하는 경향이 있지만, 남성성 역시 하나의 가설이다. 성의 역사는 자연적 성(sex)의 수평적 차이에 대한 생물학의 담론을 문화적 성(gender)의 수직적 차이에 대한 지배 담론으로 활용하는데, 이러한 변화의 이면에는 민족국가의 발전 전략이 도사리고 있다. 민족국가는 민중의 자발적 동원을 확보하기 위해 젠더에 대한 특정한 고정관념을 만들어 내고 위계화한다. 임지현, 「'남성'의 발명」, 토마스 퀴네 외, 조경식·박은주 역, 『남성의 역사』, 솔출판사, 2001, 9~12쪽.
5) 김현미, 「근대의 기획, 젠더화된 노동 개념」, 김영옥 엮음, 『"근대", 여성이 가지 않은 길』, 또 하나의 문화, 2001, 48쪽에서 재인용.
6) 김은실, 「한국 근대화 프로젝트의 문화논리와 가부장성」, 임지현 외, 『우리 안의 파시즘』, 삼인, 2000.

의 징후임을 의미한다. 역동적인 활동과 발전, 무한한 성장에의 의지는 남성성이 남성 주체가 도달해야 할 이상적 가치이며, 남성의 고뇌란 자아의 새디즘으로 화한 발전의 욕구임을 암시한다. 그런데 다른 한편으로 남성 주체는 초남성적 국가와의 관계에서 이중적인 위치를 점하게 된다. 즉 남성들은 생산과 발전의 주체지만 다른 한편으로 관료주의적 근대화 과정에서 수동적이고 무력한 지배의 대상으로서 "여성화"될 수밖에 없었기 때문이다. 초남성적인 국가는 냉전 이데올로기와 결합한 군사주의적인 공포문화를 통해 사회전반의 무력화를 낳는다. 남성들 역시 자신들을 총력전의 시대 분위기 속에서 국가의 이해관계에 종속시켜 생계부양자라는 고단한 가장의 역할에 억눌릴 뿐만 아니라 타락한 체제에 의해 고통받는 것이다.

이렇듯 남성성을 향한 열망과 회한, 사회적 좌절과 승화 과정에서 여성들은 근대화 과정 자체나 식민지의 상처로 재현되는 동시에, 그 과정 안에 존재하는 역학과 모순을 표현하고 협상하는 가운데 허구화된다. 특히 "창녀", "양공주", 여대생 등 1970년대 소설의 상상력에서 중심을 차지하는 여성들의 몸은 남성 주체성의 확립을 공고히 해주는 매개로 존재한다. 근대성의 여주인공인 이들의 성적 육체는 남근적 욕망의 구조 속에서 여성이 주변화되면서 성의 정치가 이루어지는 장소가 된다. 따라서 남성의 몸이 공공연하게 문제성이 없는 것으로, 호기심과 재현의 대상에서 제외되는 동시에 완전히 감추어지는 데 반해 여성의 몸이 응시와 재현의 대상이 되는 것은 당연한 과정이기도 하다. 왜냐하면 남성의 몸은 모든 것의 기준이 된다는 사실 때문에 탐구의 대상이 될 필요가 없기 때문이다.7) 푸코에 따르면 몸은 근대적 개인의 정체성 확립

---

7) "남성의 육체는 그것이 모든 것의 기준이 된다는 바로 그 사실 때문에 결코 탐구의 대상이 되지 않는다. 왜냐하면 그것은 탐구의 주체이지 대상이 아니기 때문이다. 그

과 직접적으로 연결됨으로써 근대 문화의 조건이 된다. 즉, 섹슈얼리티가 권력으로 전개됨으로써 '성'은 신비로울 뿐만 아니라 바람직한 어떤 것으로 구성되며, 자신의 개별성을 확립하는 자아 진리의 핵심이 되는데, 이는 '도착적인 것'의 발명을 통한 주변적 섹슈얼리티의 고립, 강화, 고착화를 통해서 이루어진다. 근대 사회에서 성애적 육체는 여성, 아이, 동성애자 등의 주변부 존재들의 성욕을 병리화하면서 동시에 그것을 창조함으로써 권력의 작용점이 되는 것이다. 이는 몸이 자아의 지형학을 새롭게 구축하는데 요구되는 중요한 요소 중 하나이며, 더불어 성적 욕망 및 그것과 필연적으로 결부되어 있는 제반 사회, 심리적 조건은 근대적 주체의 내면을 형성하는 불가결한 요소로 간주되어야 함을 의미한다.[8] 도시문화의 부정성, 남성지식인의 위안부, 식민화의 표상이 되는 여성의 이야기는 1970년대 소설의 재현 구조의 심층에서 여성의 몸에 대한 남성의 응시/ 감시가 작동하고 있음을 보여준다.

근대화의 부정적 기표로서 과잉 성애화된 여성의 몸 : 『별들의 고향』

최인호의 『별들의 고향』(1973)은 주인공 경아의 전락 과정을 통해 여성의 성과 육체가 통제되고 억압받는 과정을 보여줌으로써 희생자로서의 여성의 이미지를 부각시키는 한편으로 여성의 육체에 대한 남

러므로 응시행위 자체는 '남근숭배적'이지만 그 대상은 결코 '남근 숭배적'이 아니다." 피터 브룩스, 이봉지 · 한애경 역, 『육체와 예술』, 문학과 지성사, 2002, 49쪽.
8) 심진경, 『1930년대 후반 장편소설의 여성 섹슈얼리티 연구』, 서강대 대학원 박사학위논문, 2001, 2쪽.

성적 응시를 통해 순치되지 않은 여성의 섹슈얼리티를 처벌하는 이중적 내러티브를 보여준다. 70년대 소설이 남긴 가장 인상적인 "창녀"인 경아는 타의에 의해 철저히 훼손되는 희생자로서 독자의 연민을 자아내는 한편으로, 남자들 사이를 전전하다가 순결을 잃은 타락녀, 즉 쾌락을 탐하는 사회적 오염의 증거이기도 하다. 이렇듯 희생자와 타락자라는 이중적인 위치는 경아/여성의 몸이 권위주의적인 근대화에 대한 남성의 불만과 거세의 공포가 표출되고 협상됨으로써 남성 주체성이 확립되는 장소임을 보여준다. 이는 이 작품을 기존의 독법과 달리 오경아가 아닌 서술자 김문오가 주인공인 자기고백담으로 읽어야 할 필요가 있음을 의미한다.『별들의 고향』은 근대문학의 상징적 형식인 빌둥스 로망의 구조를 빌어 현실에 대한 부적응과 도태에 대한 불안 속에서 갈팡질팡하는 남성 인물의 입사(入社) 과정을 담아낸다. 그리고 이 과정에서 성애의 상품화를 보여주는 근대성의 여주인공인 경아의 육체는 남성의 매혹과 거부의 이중적 시선 속에 여성의 섹슈얼리티가 어떻게 소비되고 처벌되는가를 보여준다.

상 하권 총 열개의 장으로 구성된 이 작품은 미술대학 강사 김문오가 새벽녘 경찰의 전화를 받고 경아의 죽음 소식을 접하는 것으로 시작해 (1, 2장), 경아를 화장하고 일상으로 복귀해 출근하는 장면으로 끝맺음된다(10장). 이 사이에 경아의 전락의 과정(3,4,5,6장), 경아와 김문오의 동거생활과 이별, 문오의 귀향과 서울로의 재입성 과정, 문오의 서울에 대한 부적응과 경아와의 재이별 과정(7.8,9장)이 서술된다. 그러므로 실상 시간 순으로 보면 1, 2장은 7,8,9장 다음에 위치해 있는 게 자연스럽다. 그런데 현재-과거-현재의 시간구조를 취하면 김문오가 오경아의 죽음을 계기로 "철부지 같은" 젊음과 작별하며 입사하는 과정을 보여주기에 적절한 형식이 된다. 문오의 "내가 네(경아―인용자) 곁을 떠난다는 것은 이젠 영원히 젊음과의 이별이야"라는 말은 경아가 문오의 젊음의 은유며, 이 작품이 젊음의 시간과 작별하는 문오의 통과의례담임을 뜻한다. 그런데 실상 문오의 성인식은 경아의 죽음이라는 일회적 사건을 통해 급격히 이루어지고 있지 않다. 경아와의 동거생활과 이별 과정이 그려진 7,8,9장에서 문오의 일차 성인식이 이루어지고 있기 때문이다. 즉, 이 작품에서 문오의 성인식은 완만히 이루어지고 있는데, 이는 남자들 사이에서 소비되다가 결국 죽음을 통해 사회에서 완전히 축출되는 경아의 소멸 과정과 일치한다. 그리고 이때 경아의 육체는 남아가 "정상적인" 남성다움을 확립하는 과정에서 겪게 되는 거세공포를 무마하는 타협 속에 위치한 '물신'이 된다.

문오는 대학을 졸업하고도 직업 없이 시골의 부모가 주는 생활비에 의존해 술, 잠, 섹스로 이루어진 퇴폐적이고 무의미한 생활을 영위한다. 이는 현실과의 불화의 증거인데, 비록 흐릿한 배경이지만 극장 선전판에는 아랑 들롱이 미녀와 키스를 나누고 있지만 "영화에 그런 장면은 나오지 않는"다는 서술과 네거리 한복판에 걸린 "우리는 싸우면서 건설한다"는 구호는 사회 각 영역에서 독재자 아버지에 의해 심한 통제가 이루어지고 있음을 암시한다. 그러나 『별들의 고향』은 개인성과 자유를 저당잡힌 채 이루어진 권위주의적 근대화에 대한 진지한 탐색을 보여주지 않는다. 대신에 문오들은 여성/여성적인 것을 생산이나 발전과는 대립되는 개인화, 관능, 무절제, 소비, 쾌락 등 근대화의 부정성으로 규정하며, 국가에 편입되어 간다. 비록 징후적인 것이지만 경아를 화장한 후 "사관학교 생도처럼 어깨를 펴고" "육상선수처럼 뛰어" 출근하는 문오의 모습은 이를 증명한다. 이는 문오의 남성주체성 획득이 감각, 쾌락, 상상력이라는 도시적인 것과 단절한 것임을, 당시의 근대화가 남성적인 것으로 재현되는 생산과 발전 이미지로서의 근대성임을 의미한다. 그리고 이렇듯 문오의 입사 과정 속에서 경아의 육체는 거세 공포에 시달리는 남성의 관음증적 시선 속에서 물신화된다. 즉, 경아는 남성의 주체성을 위협하는 도시의 유혹자인 창녀로 규정되어 근대 공간으로부터 축출 당함으로써 여성의 육체를 둘러싸고 젠더 위계는 다시금 구조화된다.

무기력한 젊은이인 문오는 경아를 만나면서 점차로 생기를 회복한다. "발작과도 같은 흥분이 치솟아 오르"게 하는 경아의 몸은 "생동하는 물고기"에 비유되는 데서 알 수 있듯이 결손된 남성 주체성을 복구시켜 주는 유사 남근, 즉 팔루스Phallus이다. 이는 경아의 몸이 거세공포를 부정하는 남성의 무의식적 응시 대상으로 놓여 있음을 의미한다. 경아와의 성교 후 문오는 "사지가 멀쩡한 청년이 이럴 수는 없다"고 각성하게 되는데, 이는 초자아의 형성의 증거이다. 문오는 비로소 그림을 그릴 수 있게 되고, 경제활동을 시작하며 사회로 나아간다. 여기서 문오가 그리는 그림이 경아의 나체라는 점은 여성의 육체에 대한 상징적인 소유가 남성다움의 정립으로 이어지고 있음을 의미한다. 본다는 것이 쾌락의 근원이 될 수 있는 것은 타인을 하나의 대상으로 취급하면서 통제적이고 호기심 어린 시선으로 지배/소유할 수 있기 때문이다. 문오가 더 이상 그림을 그릴 수 없었던 이유가 그의 사랑의 대상인 혜정의 육체를 소유할 수 없기 때문이라는 점을 고려해 볼 때 개방된 육체의 "창녀"/경아는 매매음이 번성한 70년대에서 성의 시장에서 권위주의적인 근대화 과정에 동원된 무력한 남성 주체들이 사회적 불만을 배설하고 가짜 주체감을 획득하게 한 시대적 알레고리임을 엿보게 한다.

그러나 "창녀"는 누구에게나 개방되어 있기 때문에 궁극적으로 소유할 수 없는 존재이기도 하다. 문오가 사회로의 복귀를 서두르면서 경아는 매혹적인 육체라는 외관 아래 남성을 파멸시키는 치명적인 여성으로 규정된다. 문오의 시선 속에서 경아는 벌거벗은 채 공들여 화장을 하고, 거리에 나가 남성들을 유혹하며, 중독적으로 섹스를 탐하는 타락한 여성으로 재규정된다. 경아의 매매음은 젠더나 계급의 차원에서 문제화되지 않으며, 성의 타락이라는 측면에서만 접근된다. 서술자의 시선은 경아의 몸을 부단히 성애화함으로써 과잉성애자의 이미지를 덧씌우는데, 이는 가부장제 서사가 전통적인 남성 고유의 영역 혹은 남근권력을 향해 다가선 여성을 처벌하는 재현전략이기도 하다. 현실의 창녀는 비록 피해자지만, "창녀"의 육체는 가족적 공동체적 속박으로부터 벗어난 여성의 섹슈얼리티를 보여줌으로써 가부장제의 상징질서를 무너뜨리는 존재이기도 하기 때문이다.9)

로라 멀비Laura Melvey에 따르면 남성의 무의식은 거세 공포를 극복하는 두 가지 경로를 갖고 있다. 첫 번째 방법이 죄를 확인하면서 처벌과 용서를 통해 죄지은 사람을 지배하고 통제하는, 가학적인 것이라면, 두 번째 방법은 대상을 그 자체로 만족할만한 어떤 것으로 변화시킴으로써 대상을 숭배하는 것이다.10) 『별들의 고향』에는 이러한 '학대에서

---

9) 리타 펠스키Rita Felski는 19세기 서구의 모더니즘 예술 속에서 "창녀"가 "경제와 성욕, 합리적인 것과 비합리적인 것, 도구적인 것과 미적인 것 간의 모호한 경계를 교란시키는 대표적 예"로서 근대성의 상징이었다고 본다. 이러는 "창녀"가 보여주는 성이 상품화된 형태의 예이기도 하고, "근대 사회에서 여성의 잠재적인 익명성을 가시적으로 일깨우는 존재이자 가족적·공동체적 속박으로부터 성욕을 해방시키는 존재"였기 때문이다. 리타 펠스키, 김영찬·심진경 역, 『근대성과 페미니즘』, 거름, 1998, 47쪽.

10) "첫 번째는 원래의 상처(거세의 위협-인용자)를 다시 환원하여(여성을 조사해서 여성의 탈신비화) 평가절하, 처벌, 죄 지은 대상의 구원으로 이 상처를 상쇄시키는

2부 _ 남성성의 형성과 여성의 몸 | 287

숭배까지'라는 남성중심적 텍스트의 재현의 구조가 관철되고 있다. 서울을 벗어난 문오는 원형적 모성성이 훼손되지 않은 고향에서 죽음과 재생을 경험하며 화가로 데뷔함으로써 자기를 복구한다. 그러나 어엿한 화가이자 대학강사가 되어 재입성한 서울에서 문오가 다시금 무의미와 무력감에 시달리자 내러티브는 급격하게 경아의 몸에 사디즘적 폭력을 행사한다. 내러티브는 궁극적으로 경아의 죽어가는 과정과 상응한다. 경아의 어린 아이같은 순수와 아름다운 육체는 순결이 훼손된 몸으로, 추해져 버린 육체로 재규정되며 평가절하된다. 그리고 경아에 대한 처벌의 강도가 높아질수록, 즉 죽음이 임박할수록 뚱뚱하고 미워진 알콜중독자 경아는 마술처럼 과거의 아름다움을 회복한다. 이제 그녀는 '요정', '천사', '성처녀'로 격상된다. 이렇듯 아름답게 복구된 육체는 가해의 폭력성을 은폐시킴으로써 남성 독자의 무거운 죄의식을 덜어내 안심시킨다. 경아의 눈 내리는 날의 자살 장면은 경아에 대한 죄의식을 감상적인 애도로 변환시키는 탐미주의의 절정을 보여준다.

앞서 말했듯이 여성의 공공 영역으로의 진출은 남성들에게 불안감을 주면서 여성의 성은 위험스러운 것으로, 여성성은 근대의 부정성으로 재현된다. 근대 도시에서 주변화된 남성의 불안이 남성성의 위기를 가중시키면서 여성의 근대 경험에 직접적인 영향을 미치는데, 이는 여성의 섹슈얼리티를 둘러싸고 일어난다. 성별의 경계가 무너지는 데 따른 남성의 불안은 여성의 섹슈얼리티에 대한 통제로 나타난다. 경아는 점차로 자신의 성욕을 발견해 가는 인물이기에 위험한 존재가 된다. 첫

방법이다. 두 번째는 거세공포에 대한 완전 부정 또는 표현된 인물 자체를 물신적 대상으로 변화시켜 여성이 위험스럽기보다는 안심할 수 있는 대상이 되게 하는 것"이다. 로라 멀비, 서인숙 역, 「시각적 쾌락과 내러티브 영화」, 『페미니즘/영화/여성』, 1993, 60쪽.

번째 남자인 영석과의 성관계 이후 경아는 성적으로 각성된다. 립스틱을 사서 바르고 성적 쾌락에 탐닉하는 경아의 섹슈얼리티는 더 이상 수동적이지 않다. "자기가 아직 쓸만하게 생겼기 때문에 남자들이 자기에게 말을 붙여주었다는 기묘한 기쁨으로 마음을 부풀리면서" 낯선 사내들과 동석하고, 거리에서 불현듯 "무서운 식욕"을 느끼고 상품을 소비하는 경아는 근대 도시의 여성 플라네르이다. 이렇듯 욕망을 가진 여성에 대한 처벌은 혼전 성관계로 인해 임신을 하고 불법낙태 끝에 불임이된 경아의 몸을 통해 나타난다. 경아가 가족을, 모성적 자아의 실현을욕망해도 가부장제의 문은 열리지 않는다. 상상임신을 한 경아가 트레머리에 한복을 입고 전통적인 여성성을 '연행'할 때 산부인과 의사는영구불임을 선포한다. 또한 "깍쟁이"이자 약사인 혜정은 문오에게 자신의 육체를 개방함으로써 그의 균열된 남성성을 복구시키는 데 자신의 섹슈얼리티를 종속시킨다.

> "안녕, 안녕히, 사랑하는 경아여, 안녕히, 누군가 대문간에 서서
> 이쪽을 바라다 보고 있었다. 경아가, 옷을 온통 벗어버린 경아가 흰
> 눈을 맞으면서 얼굴에 미소를 띠고 서 있었다. 알몸의 경아 몸 위로
> 눈이 고이고 있었다.
> 경아의 손이 나를 향해 어지럽게 흔들렸다.
> 나는 언덕길을 구르기 시작했다. 미친 듯이 뛰어내리기 시작했다.
> 미끄러운 탓도 있었지만 한시 바삐 그곳에서 도망쳐야 한다고 생각
> 했기 때문에 마음이 급한 것처럼 나는 뛰고 있었다.
> 몇 번이고 나는 넘어졌다. 그럴 때면 이를 악물고 일어섰다.
> 돌아봐서는 안돼, 돌아봐서는 안돼. 나는 돌아보면 마치 선 자리
> 에서 돌이 되어버리는 듯한 느낌을 받아 언덕길을 허이허이 뛰어 내
> 려갔다"(동화출판공사, 1985, 585쪽.)

문오는 경아와 마지막 섹스를 한 뒤 그녀의 집으로부터 황급히 도망치고 있다. 앞서도 말했듯이 서울을 벗어나 고향에서 자아를 복귀한 문오가 마주한 괴물은 무엇보다도 서울이다. 근대 도시 서울은 경아가 "마술사처럼 보이지 않는 기체로 모든 것에 녹아" "기회만 있으면 나타나 나를 놀라게 할 요량인지 도시와 도시 그늘 속에 숨어서 지쳐 돌아가는 나를 엿보고 있"는 유혹의 공간이자 무서운 아버지의 처벌의 위협이 중첩되어 있는 공간이 된다. 그래서 경아에 대한 매혹이 커질수록 두려움도 증가한다. 경아를 떠나는 문오의 의식은 상실감과 공포 모두를 보여준다. 경아를 잃고 싶지 않는 마음과 경아를 떠나라는 초자아의 명령이 경합하고 있는 것이다. 결국 "내 몸을 흐르는 도시적인 기질 속에 용해된 도시의 그림자", 내 안의 여성인 경아는 살해당하며, 도시는 남근과 같은 마천루가 옹립한 남성의 공간이 된다.

3. 민족의 식민화된 현실의 기표인 여성의 몸 : 「낙타누깔」, 「황구의 비명」, 「아베의 가족」

한국 사회에서 강력한 지향적 가치를 가졌던 근대화라는 언설은 일종의 지상명령으로서 조국상실의 치욕, 분단의 상처, 가난의 기억으로 점철된 과거를 극복하고 새로운 역사를 창출하려는 변화에의 의지로 표명된다. 열정적 몰입 혹은 일종의 신들림 상태에서 근대화가 진행됨으로써 근대/서구/도시/서울은 세대와 지역을 막론하고 당대인의 집단 소망의 이미지로 자리잡았다. 그러나 근대화라는 새로운 사회적 질서가 과거의 상징질서를 대체하는 과정은 두려움과 불안을 불러일으키기도 했는데, 이는 자기의 땅으로부터 추방된 채 미로와도 같은 근대 공간을 떠도는 거세된 남성의 이미지를 중심에 놓고 과거를 순수와 충만으로, 현재를 상실과 소외로 등치시키는 재현 구조로 나타난다. 황석영의 『삼포가는 길』이 보여주듯이 근대화/개발의 부정성은 삼포/농촌/전근대/여성적인 것의 훼손된 모습과 정주할 곳을 잃어버린 거세된 남성의 현실로 나타난다. 그런데 이러한 상실된 남성 주체성을 허구적으로나마 재정립시켜주는 것이 외세에 의해 오염되었거나 무력하게 굴종당하는 한국의 신식민지 현실이다. 한국의 근대화는 미국의 경제적 군사적 원조를 받으며 이루어졌기 때문에, 서구 지향과 자신을 정체화하는 것 사이에서 모순과 갈등이 야기된다. 여성의 육체는 이러한 갈등과 모순, 긴장을 매개하고 해소하는 복합적인 의미작용의 기표가 됨으로써 국가 민족주의와 가부장제가 결탁하고, 무력해진 남성이 반식민 남성 주체성을 회복하는 장소가 된다.

민족 이야기는 여성의 수난 혹은 타락을 민족과 민중의 수난사로 서사화해 왔다.[11] 70년대 소설 역시 민족의 식민화된 현실을 이민족에게 강간 당한 여성의 훼손된 몸에 비유함으로써 민족의 수난을 애도하는 익숙한 재현의 구조를 보여주는데, 이는 전쟁과 식민화의 과정에서 여성들이 실제로 강간이나 매춘의 형식으로 성적 수탈을 경험한다는 점에서 현실의 반영으로 여겨지기 쉽다. 그러나 수난사로서의 역사 이야기는 여성들의 피해자로서의 경험에 초점을 두기 보다는 어머니나 누이를 지키지 못했다는 남성 화자의 자책과 치욕감을 부각시킴으로써 여성의 육체를 약탈자로서의 제국주의와 이에 대항하는 남성 주체 간

---

11) 권명아, 「여성 수난사 이야기와 파시즘의 젠더 정치학」, 『문학 속의 파시즘』, 삼인, 2001.

의 대결 구도 속에 위치시킨다. 따라서 여성은 고뇌하거나 항거하는 주체라기보다는 언어를 갖지 못한 표상이 된다. 민족의 식민화된 현실을 표상하는 유린당한 육체들로서 여성들은 수많은 텍스트 속에서 자기의 경험을 객관화하지 못한 채 상처입고 넋이 나가 있거나 (전상국, 「아베의 가족」), 미군에 의해 죽임을 당한 비천한 물질(조해일의 「아메리카」)로 존재한다.

침탈당한 여성의 육체는 남성 주체가 식민화된 조국과 무력한 자신을 발견하는 계기가 된다. 이는 남성들과 여성들의 주체 위치가 결코 평등하지 않음을 의미한다. 황석영의 「낙타누깔」(1972)에서 베트남 전쟁 참전 용사인 주인공이 반식민 남성 주체성을 회복하는 것은 기지촌 텍사스의 서양여성처럼 금발로 머리를 물들이고, 반나체로 이국 남성의 팔짱을 낀 채 흐느적대는 "젤 늘씬하고" "굉장한 미인"인 '양공주'들을 통해서이다. '양공주'들은 "도둑놈끼리는 도둑질을 금한다"며 한국인 사병의 위안부 노릇을 거부한다. "끼리끼리 끼리끼리"나 "서로 간에 자존심을 지켜야지"라는 말은 베트남 참전 용병과 '양공주'인 자신들이 제국주의와 식민지 국가 사이에서 교환되는 소모품, 즉 물화된 상품이라는 점에서 동일하다는 것을 지적하며 남자들의 자신들을 향한 경멸의 시선을 냉소하는 것이라 볼 수 있다. 그러나 토악질이 암시하듯이 주인공은 '양공주'를 대상화함으로써 주체 위치를 회복한다. 즉, 침략당한 육체, 이민족에게 빼앗긴 육체로서 여성들은 단순히 민족의 굴욕적인 현실을 드러내는 수단에서 머물지 않고, 남성이 타락한 식민지 현실을 객관화함으로써 보는 자, 사유하는 자라는 우월한 주체 위치를 갖는 계기인 것이다. 그런데 이러한 식민지 현실에 대한 발견은 가장 아름다운 여자들을 미군에게 빼앗겼다는 식의 박탈감을 통해 이루어지기 때문에 반식민주의 의식에는 가부장적 관념이 기입된다. 한국인의 출입이 금해진 텍사스촌에서 한국 남자가 흑인보다 열등하게 대접받는다는 것, 서구적으로 치장한 채 "옆구리에 두 팔을 착 올려붙인 굉장한 미인"들에 대한 "위축되는 기분"이 강조되는 것은 이러한 판단을 증거한다. 이로 인해 남자의 용병으로서의 베트남 전쟁 체험과 맞물린 질문, "국가가 요구하는 바는 언제나 옳은 가치인가"라는 국가주의의 폭력에 대한 성찰은 더 이상 지속되지 않는다. 주인공은 국가와의 관계 속에서 무력한 사병이지만, 여자와의 관계 속에서 식민지 현실을 사유하는 주체이기 때문에 민족을 호명함으로써 개인을 식민지 근대화에 동원하는 국가주의의 억압성에 대한 성찰은 불가능해진다.

남성의 시선은 마리화나 때문에 사지를 흐느적대며 침대에 누워 있는 '양공주'를 물화된 존재로 규정한다. 이는 식민 권력에 의해 타자화된 남성이 마찬가지로 식민권력에 의해 강간당하고 매매음을 강요당하는 여성들을 타락한 여성으로 규정하고, 처벌할 수 있음을 암시하기도 한다. 천승세의 「황구의 비명」(1973)은 이렇듯 여성들이 식민 지배자에 의해, 민족주의자 남성에 의해 이중으로 식민화될 수 있으며, 이는 반식민주의 소설에서 여성의 육체가 남성의 주체성을 견고하게 하기 위한 매개적 장소임을 보여주는 것이다. 이 작품은 무력한 남성이 민족의 식민화된 현주소를 자각함으로써 자신의 주체성을 회복해가는 과정을 서사화한다. "깡마른 허벅지", "허연 살비듬", "청승맞은 하품"의 처량한 주인공의 형상은 거칠고 사나운 속물로 재현된 아내와 대조되며 무기력한 현실부적응자의 이미지를 전달한다. 그러나 '양공주' 담비 킴에게 빚을 받아오라는 아내의 재촉에 못 이겨 기지촌 용주골의 문지방을 넘으며 그는 남성다움의 주체 위치를 구축하고 현실과의 불화도 종결짓는다. 용주골은 남성다움의 회복을 자극하는 서러운 민족 현실의 공간이다. 왜냐하면 기지촌은 민족의 여자들이 미군 병사에게 능욕당하는 수탈의 땅으로서 남성의 무능함에 대한 자각을 수치스럽게 일깨우기 때문이다. "밑도 끝도 없는 설움의 벼랑", "성급한 아픔", "슬픔의 자질구레한 웅어리"는 결손된 자기에 대한 자의식의 징후이다.

미국과 한국의 관계는 거대한 체구의 수캐와 자그마한 토종견 암캐의 "처절한 비명" 속의 교미나, 여인숙 신발대 위의 "하얀 고무신 곁으로 두 뼘이 다 되는 워커" 등 성애화된 이미지로 표상된다. 약소국의 처지를 토종견 암캐―'양공주'의 수난으로 유비함으로써 남성 인물은 민족 현실에 대한 나름의 인식을 확보한다. 이로써 지도를 갖게 됨으로써 우월한 자가 된 남성에 의해, 담비 킴의 섹슈얼리티는 질척거리는 "공사장의 하수도"로, "메쓰꺼움"을 불러일으키는 "부조화"로 판정받는다. 담비 킴에게 전세계약금을 주며 "고향 앞으로 가"를 외치는 그는 반식민화의 저항적 주체이지만 '양공주'는 병균처럼 감시되고 격퇴되어야 할 대상이 된다. 기지촌 공간이 남성성 회복을 추동하는 부정적 현실로 작용하는 가운데 '양공주'들의 항의는 묵살된다. '양공주'들은 회롱 섞인 유혹으로 그를 냉소한다. 특히 '똥개'로 전락한 담비 킴은 "임질, 바이도꾸, 굼바리쌍두균, 이런 거 터가 세서 못 살아", "내 풀냄비 그렇게 더럽지 않아요"라며 자신의 육체를 불결, 오염, 타락으로 규정하는 남성의 시선에 저항한다. 또한 "유산이라고는 씨팔놈의 이것뿐인데"라는 말로써 매매음으로 내몰릴 수밖에 없었던 고향의 가난, 성억압의 현실에 대한 분노를 표출한다. 그러나 "황구는 황구끼리"를 외치며, 고향 앞으로 가라고 명령하는 남성/영웅의 자기도취 속에서 '양공주'의 저항은 무시된다.

이렇듯 강간/매매음이라는 원색적인 코드를 통해 피식민지로서의 민족 현실을 표현해 내기 때문에 남성 주체는 이 작품의 주인공처럼 강간과 구출의 환타지[12)에 매달림으로써 반식민 영웅으로서의 나르씨시즘에 갇힌다. 또한 여성에 대한 능욕을 일삼는 제국주의의 시선을 모방함으로써 여성의 성적 주체성을 인정하지 않는다. 이들은 거세되고 유아화된 자기 이미지를 떨쳐 버리고 자신의 남성다움을 과시하기 위해 여성에 대한 과도한 지배력을 행사하려 한다.[13) 특히 그러한 억압은 여성의 성적 육체를 감시하는 시선을 통해 드러난다. 전상국의「아베의 가족」은 반식민 남성 주체성의 정립과 내국 여성의 육체에 대한 감시가 동시적으로 이루어지고 있음을 보여준다. 주인공 진호의 시선은 여성의 풍만한 젖가슴이나 아름다운 육체를 유혹의 미끼나 "창녀"의 징표로 규정지을 뿐만 아니라 마을 처녀를 집단 강간하고도 "현란한 옷차림"을 했다는 이유를 들어 합리화하며, 누이가 흑인에게 집단 성폭행당하자 평소 조신하지 않았다는 이유로 환멸한다. 진호가 긍정하는 유일

---

12) 엘렌 쇼하는 강간과 구출의 환타지가 반식민주의 지식인의 글쓰기에도 나타나고 있음을 지적한다. 예컨대 자르와 파농은 모두 식민주의 패러다임을 바꿔 식민주의 자체를 강간에 비유한다. 이들 민족주의 지식인들은 실제 역사에서 제3세계 여성에 대해 행해진 성적 폭력과 박탈에 호소함으로써 식민주의자들의 영웅담에 간섭한다. 그러나 민족을 "우리" 여성들의 피난터로 위치지움으로써 반식민주의 담론은 남성중심적 구출의 환타지에 매달린다는 것이다. 남인영, 「민족적 알레고리로서 "양공주":<은마는 오지 않는다>를 중심으로」, www.filmjournal.cau.ac.kr에서 재인용.

13) 최정무는 "피식민지국 여성들이 지배국에 의해, 또 같은 종족의 남성들에 의해 이중으로 식민화된다"는 견해를 전제로 피식민지 남성들이 자신의 남성성을 회복하기 위해 식민지배자의 입장을 취하며 이는 여성적 주체성의 부정으로 이어진다고 지적한다. 여성에 대한 과도한 지배력의 행사가 그 증거인데, 이러한 측면에서 식민지 남성과 식민 지배자는 식민지 여성을 억압하는 동지적 관계를 이룬다고 본다. 최정무의 지적은 민족 국가 내부에서 여성은 또 다른 피지배자이며, 소외된 타자임을 의미한다. 최정무, 「한국의 민족주의와 성(차)별구조,『위험한 여성』, 삼인, 2001, 30쪽.

한 여성인 이씨의 딸은 소아마비라는 불구의 육체와 빈약한 젖가슴을 가졌기에 순결하다고 판정된다. 여성의 육체를 민족과 등치시켜온 민족주의 담론의 어법에 비춰볼 때 이씨 딸의 결핍된 몸은 트라우마로서의 역사를 표상한다. 이는 여성의 몸이 민족을 상상하는 표상이 될 때 여성들의 성적 능동성은 부정적으로 규정되어 궁극적으로는 여성들의 사회 참여, 성장과 자기 발견을 어렵게 하는 강력한 성차별 이데올로기로 작용할 수 있음을 의미한다. 진호의 시선 속에 여대생과 직업 여성은 "창녀"와 동일한 존재로 간주되는데, 진호의 고뇌에 서술의 초점이 가 있기 때문에 반식민 주체로서의 남성성의 가부장성은 은폐된다.

「황구의 비명」에서 남성성을 회복한 주인공은 "골목 안을 채운 아이들의 함성, 개구쟁이 자식을 부르러 나온 머리가 부숭한 아낙의 화장하지 않은 얼굴, 정결한 여인의 긴치마, 조강지처의 촌스런 팔자걸음"을 떠올리며 집으로의 귀환을 서두른다. 이러한 그림은 드센 아내와 무기력한 실업자 가장이라는 실제 현실에 대한 위조일 뿐만 아니라 교정이기도 하다. 반식민주의 담론은 유교주의적 가부장성을 전통으로 발명하며, 공공의 거리로 나온 여성들을 타락한 여성으로 규정하고 전통적이고 순응적인 여성성으로의 재귀를 명령한다. 이는 반식민주의의 언설이 근대화 과정에서 무력해진 남성 주체성을 여성의 몸의 주인이 되게 하는 방식을 통해 상상적으로 봉합하는데 기여하고 있음을 암시한다. 여성들은 근대화와 함께 가족적, 봉건적 공동체로부터 벗어나려 하지만, 가부장적 민족 국가에서 어머니. 누이, 아내라는 남성들과의 관계 속에서 호명된다.

저항적 지식인 사이에서 교환되는 여성의 몸 : 『겨울여자』

앞서 보았듯이 1970년대의 여성 몸의 장르들은 과잉의 여성 섹슈얼리티와 극단적인 성적 타락담을 통해 모성에서 벗어난 여성의 몸을 타락한 욕망을 추구하는 '창녀'의 것으로 규정하고 처벌해 왔다. 그런데 『겨울여자』(1976)는 이러한 전형적인 팜므 파탈femme fatal 내러티브와는 별개의 차원을 보여준다. 이화의 몸은, "자기의 육체"가 "그렇게 아끼고 도사릴 만한 특별히 소중한 물건"은 아니라고 생각하며, 육체를 필요로 하는 모든 남성에게 아낌없이 증여하는 성적 여정이 반복될수록 신성화라는 외피를 입기 때문이다. 가부장제 서사가 일관되게 모성과 섹슈얼리티를 분리해왔다는 점을 고려해 본다면 모성을 벗어난 이화의 몸은 사회의 경계를 무너뜨리는 무질서, 오염, 악덕으로 규정되어 마땅하다. 그럼에도 불구하고 전통적인 성적 규범을 벗어난 이화의 몸이 "모든 것을 포용하는 여성적인 것의 힘"(김현)의 지극한 표현으로 받아들여질 수 있었던 것은 무엇인가? 그것은 그녀의 몸이 지식인 남성의 현실에 대한 분노와 비애가 배설되고, 타락한 아버지와 맞설 남자 형제들의 동성사회적 homosocial 연대를 공고히 하는 매개의 장소로서 존재하기 때문이다. 이는 이화/당대 여성의 몸이 독재정권/아버지들과 이에 억눌린 남성/아들 세대의 대치구도 속에서 위치지어지고 있음을 의미한다.

비평가 김현은『겨울여자』가 ""우리에게는 가족이 없다. 그것이 우리의 근대 선언이다"라는 최인훈의 소설에 나오는 한 인물의 독백을 생각케 한다"고 전제하고, 가족 이기주의를 거부하는 이화가 "거짓의 벽 속에 갇혀 자신을 들여다보지 못하고, 가족이라는 울타리 안에 편히 앉아 자기 몸 밖에는 생각하지 못하는 사람들을" "따뜻하게 찌른다"라고 쓴 바 있다.14) "우리에게는 가족이 없다"는 선언이 역사의 전환기에서 형제들의 국가를 세우고자 한 근대적 남성 주체들에 의해 간헐적으로 터져 나왔던 점을 염두에 둔다면, 가족에 대한 부정은 기성 사회, 봉건적 영주와도 같은 권력자 아버지와의 대결과 극복의 욕망을 보여준다. 이를 증명하는 것이 민요섭과 김광준의 아버지인데, 이들은 각각 악덕 정치인과 건설업자로서 아들들의 성장을 억누르거나, 유토피아적 기획을 훼방한다. 아버지/아들의 지배·피지배관계는 강제 징집당하고 의문사한 운동권 대학생인 우석기에게서 드러나듯이 혈연가족의 범주를 벗어나 국가권력, 사회적 상징질서로까지 확대된다. 이들 무소불위의 권력자 아버지들의 억압성은 타락한 아버지의 아들임이 고통스러워 끝내 자살하는 민요섭이나 건설업자인 아버지에 의해 야학의 터전을 훼손당하는 빈민운동가 김광준을 통해서도 드러난다. 아버지와 아들을 각각 악덕과 숭고로 표상되는데, 이는 이 작품이 혁명세대 아들들의 아버지 부정의 욕망을 담고 있음을 의미한다.

그러나 『겨울 여자』는 아버지의 외투를 벗기고 날것의 알몸을 들추어내기 보다는 남자 형제들의 고통을 드러내고 상호연대를 호소한다는 특징이 있다. 이화의 성적 육체는 텍스트 바깥의 남성 작가와 남성 독자를 연결해주는 매개자 역할을 하기 때문이다. 이화가 이들의 몸(내면)을 "거창한 슬픔","거대한 슬픔의 물결"으로 경험하고, 발열의 육체에서 흐르는 땀을 눈물로 착각하는 데서 알 수 있듯이 이화의 몸은 아버지에게 억눌린 남성 형제들의 고통과 고뇌가 표출되는 매개이다. 또한 이화의 몸은 이들을 고뇌로 내몬 현실의 문제점들, 즉 가족이기주의

---

14) 김현, 「연애소설과 도덕주의」, 『뿌리 깊은 나무』, 뿌리 깊은 나무, 1976년 4월호.

의 병폐, 한국의 현대사의 폭력성, 타락한 정권의 억압성이 고발되고, 이를 넘어설 대안적 유토피아가 모색되는 언설의 장소이다. 이 육체의 학교에서 이화는 충실한 학생으로서 저항적 남성 지식인의 가치와 지향점을 각인할 뿐만 아니라 억눌린 남자들에게 몸의 개방을 다짐함으로써 텍스트 밖 독자들의 연인도 되어준다. 이화의 아름다운 몸에 대한 응시는 관음증적인데, 여기에는 작가, 등장 인물, 독자의 응시가 겹쳐져 있다. 이화는 결국 자신의 안락을 포기하고 빈민운동가의 파트너가 됨으로써 소외된 남성, 도시 빈민, 민중을 감싸안은 '성처녀'가 된다. "거짓의 벽 속에 갇혀 자신을 들여다보지 못하고, 가족이라는 울타리 안에 편히 앉아 자기 몸 밖에는 생각하지 못하는 사람들을 이화는 따뜻하게 찌른다. 그래서 자신이 얼마나 개새끼인가를 확인시킨다"라는 김현의 자책 섞인 고백은 실은 이 작품의 발신자와 수신자 모두가 지식인 남성이며, 이화/여성의 몸은 수신자와 발신자가 상호소통하고 연대를 약속하는 매개의 장소임을 보여주는 것이다.

이화는 텍스트 바깥에서만이 아닌 텍스트 안의 작중 인물들 사이에서도 교환된다. 이화의 몸을 소유하는 다섯 남성 중 특히 우석기, 오수환, 김광준은 서로 직간접적으로 연결되어 있다. 우석기와 오수환은 친구이며, 오수환과 김광준은 군의 선후배 관계로서 이들은 서로에게 이화를 소개해주며, 이화는 이후 각각 이들 남성들의 연인이 된다. 이는 이들이 서로 동지인 한편으로 연적의 관계를 맺고 있음을 의미한다. 그런데 이들의 관계에서 연적 간에 있을 법한 질투와 적의를 찾아보기란 불가능하다. 물론 미약하나마 수환은 죽은 석기에 대한 죄의식을 엿보이며, 이화가 김광준과 연인이 되자 우울의 징후를 보여주기도 하지만 이는 이들 사이의 동지적 관계를 깨뜨리기에는 얼룩처럼 미미한 동요

일 뿐이다. 오히려 이들은 이화를 통해 동지애적 우의를 다진다고 볼 수 있다. 김광준에게 이화를 소개한 오수환은 마지막 편지에서 "광준이란 친구는 아무리 깎아 내려서 얘기해도 역시 훌륭한 친구입니다. 그리고 그의 일은 도울만한 일이지요"라고 씀으로써 이화에게 그의 곁에 머물 것을 당부한다. 이는 이화를 중심으로 남성들이 교환되는 게 아닌, 남성들을 중심으로 이화가 교환되고 있음을 보여준다.

그렇다면 이 교환의 이유와 목적은 무엇인가? 지라르Rene Gerade의 욕망이론에 따르면 이들 남성인물들은 서로의 욕망을 모방하는 '더블'(짝패)/라이벌이며, 이화는 이들 사이에 발생할 폭력을 막는 방어막이 된다. 욕망의 삼각형 이론은 욕망은 실체가 있는 것이 아니라 타인의 욕망을 매개로 한다는 점에서 언제나 타자의 욕망이라고 본다. 그런데 욕망의 주체와 대상 사이의 거리가 멀면 모방대상이 분명해지고 경쟁과 질투가 강하게 나타나지 않지만, 반대의 경우 모방 대상은 사랑의 대상임과 동시에 치열한 경쟁관계가 되어 폭력이 발생할 위험이 커진다. 이는 개인의 차이가 점차로 무화되어 가는 현대의 민주주의 사회일수록 폭력의 위험은 커질 수 있음을 암시한다.[15] 이렇게 볼 때 남성 인물들의 이화/여성의 교환은 역설적으로 모든 부와 가치, 권위의 이름인

---

15) "끝없는 욕망 모방은 그 모델(중개자)이 욕망 주체와 가까운 사이에 있을 때 주체와 중개자 사이에는 은연중에 경쟁관계가 생겨나면서 질투, 원한, 선망과 같은 미묘한 감정을 낳게 한다. 이렇게 너무나 가까워서 욕망 주체와 거의 같은, 그래서 그의 분신과도 같은 중개자를 지라르는 <짝패double>이라고 부른다. 이 짝패는 그러므로 욕망 주체의 욕망을 생겨나게 하는 욕망의 유발자인 동시에 그 실현을 막는 경쟁자 혹은 방해자로 여겨지게 된다. 모델/장애물인 이 짝패 때문에 인간 사이의 갈등이 빚어지게 되는 것이다. 현대사회에서처럼 개인 사이의 차이가 점점 더 없어져 가는 상황에서는 숨은 원한, 질투, 숨겨져 있는 선망, 시기 등의 짝패 갈등은 더 심해지게 된다."르네 지라르 · 김진식 · 박무호 역,『폭력과 성스러움』, 민음사, 1997, 495쪽.

아버지를 상징적으로 살해하고 자식들의 수평적 공동체를 이루려는 4 ·
19 혁명세대들의 불안을 암시한다.16) 프로이트의 토템과 타부에 따르
면 아버지를 죽이고 먹어 치워버린 남아들은 죄의식 때문에 아버지를
대신할 토템 동물에 대한 금기와, 형제들의 다툼을 막기 위해 아버지에
게서 풀려난 여성을 부족 내에서 소유하지 못하게 하는 근친상간 금기
를 만들어낸다. 이 두 번째 금기는 남성 인물들 사이에서 이화의 몸이
교환되지만 어느 누구도 궁극적으로 이화를 소유할 수 없는 것으로 나
타난다. 모든 남성에게 속해 있기 때문에 역설적으로 이화는 어느 누구
에게도 속하지 않는 것이다. 이는 이화가 이들 인물과의 결혼을 거부하
는 독신주의자라는 것을 상기해 보면 명확해진다. 즉, 이화의 몸은 주
체와 대상의 거리가 좁아져 남성들의 연대가 무너질 위험을 줄이기 위
해 필요한 방어벽으로서, 교환 행위의 이면에는 불안과 공포가 자리잡
고 있는 것이다. 석기가 죽기 전에 이화에게 남긴 말은 "이화는 되도록
이면 많은 우리나라 사람들을 사랑해줘. 그 사람들의 연인이 되줘"이
며, 이화는 자신의 몸을 모두에게 개방함으로써, 즉 어느 누구도 소유
하지 못하게 함으로써 이를 실천한다.

이렇듯 교환의 중심에서 남성들을 연결해주는 매개자라는 점에서
이화는 문화의 조건이지 교환의 주체가 되지 못한다. 그녀는 남성들의
우정의 증거품으로서 교환되는 도구적 존재, 즉 상품이기에 성적으로
개방되어 있음에도 불구하고 욕망하는 주체가 아니다. 이화는 세명의
체제저항적 지식인 인물 외에도 애정결핍을 겪는 대학교수 허민을 위

---

16) 수환은 석기가 죽자 "우리가 사오십대가 됐을 땐, 그래서 지도 세력이 됐을 때 한
　 번 본때 있게 멋지게 해보자"는 약속을 떠올리는데, 이는 이들의 유토피아적 미래
　 가 저항적 지식인 형제들을 중심으로 빈민/민중에 대한 사랑을 실천하는 세상임을
　 의미한다.

로하기 위해, 엘리트 지식인의 허영심을 일깨우기 위해 자신의 몸을 개방한다. 그러나 이화는 언제든 나체가 될 준비가 되어있지만 욕망이 없을 뿐더러 희열을 모르는 불감증적 존재이다. 즉, 그녀는 "자기무화自己無化"적인 인물인데, 이렇듯 욕망의 부재와 육체의 자유주의라는 부조리는 이화의 몸이 지식인 남성들의 고뇌를 감싸 안는 여성/어머니의 몸으로 호명되고 있음을 의미한다. 이름이 의미하듯이 순결한 흰빛으로 비유되는 이화는 남자들을 끌어안는 벌거벗은 동정녀로서 남성들의 성적 환타지가 만들어낸 기형적 존재이다.

> "오랜 입맞춤 후 그들은 그의 간이침대로 갔다. 그가 말없이 그녀의 옷을 벗겼다. 그리고 잠시 후 그의 맨몸이 그녀의 몸에 닿았다.
> 뜨겁고 억센 몸이었다. 그녀는 커다란 슬픔이라도 껴안 듯 그의 몸을 안았다. 한 순간 석시의 모습이 떠올랐다. 이어 수환과 허민의 모습도 떠올랐다. 그리고 안세혁의 모습도 떠올랐다.
> 한결같이 슬픈 몸짓들을 하고 있는 모습이었다. 그녀는 그 모든 사람들을 껴안 듯 그의 몸을 껴안았다.
> 그의 몸이 그녀의 몸 안으로 들어왔다. 동시에 커다란 슬픔의 물결도 그녀의 몸 안으로 들어왔다.
> 그가 서럽게 움직이고 있었다. 마치 끝없는 되풀이의 파도처럼. 그리고 한 순간 그 파도가 높은 바위에 부딪쳐 공중에 머무는 순간 그녀의 몸은 마침내 슬픔으로 가득찼다."(문학과 지성사, 1976, 588쪽)

이화의 성적 육체는 타자에게 자신을 증여할 이타적인 것으로 규정되기 때문에 자신의 욕망이 표현되고 충족되는 장소가 되지 못한다. 이는 남자형제들의 공동체의 모토인 박애와 평등 속에 여성이 배제된 자임을 의미한다. 즉, 이화/여성들은 실상 형제들의 공동체를 공고히 하기 위해 배제되고 추방당함으로써 훼손된 존재들인 것이다. 희생양

pharmakos은 공동체를 하나로 묶는 정체성의 기준을 제공하여, 누가 우리에 속하고 누가 배제되는가에 대한 기본적인 의미를 부여하기 위해 상궤를 벗어난 괴물, 아웃사이더, 에이리언이 되어야 하기 때문이다. 그녀들은 근대적 기획을 완수하기 위해 유토피아적 공동체를 상상하고 건설하는 주체가 되지 못한 채 이상화되거나 처벌된다. 따라서 그녀들의 몸은 실제로 상처 입거나 우울증과 히스테리를 앓는 몸일 가능성이 크다. 그럼에도 이 작품에서 이화의 몸은 지극히 순결하고 아름다운 성모의 것으로 이상화된다. 이러한 과잉된 신성화의 외피는 역설적으로 이화/여성들이 희생양임을 암시한다. 성스러움은 희생제의에 수반되는 폭력의 또 다른 겉모습이기 때문이다. 그러나 겨울여자는 『별들의 고향』과도 달리 단 한순간도 이 가부장적 봉합, 위장, 은폐를 스스로 배반하는 묘사의 진실성을 보여주지 않는다.

나가며

성별이 관계의 범주라는 것은 근대사회에 들어 양극화하는 성차의 체계를 통해 알 수 있다. 이를테면 자연/문화, 영혼/정신, 감정/이성, 수동성/능동성 등의 범주는 여성과 남성의 성 대립의 구조에 조응하며, 여기에 남성성의 본질적 특성으로 의지력, 목표지향성, 독립성, 비타협성, 지성이, 여성성의 본질적 특성으로 허약함, 겸손함, 의지 박약, 종속성, 관용, 순종과 감정 등의 자질이 덧붙여진다. 그런데 남성의 우월이 여성적 결핍과 대치되는 데서 알 수 있듯이 남성성과 여성성은 병렬관계가 아닌 종속적인 상하관계를 형성한다. 이는 성별은 고정된 자연적 소여라기보다 사회정치적, 심리적 변수에 의해 구성되는 수행적인 것이며, 보편적 인간의 대표로 가정된 남성/남성성은 여성/여성성의 흡수, 배제하는 과정을 통해 구축된 사회적 정체성임을 암시한다. 특히 소설은 은밀하거나 노골적인 방식으로 여성의 몸에 결핍, 부재, 충분히 선하지 않다는 느낌과 확신을 기록함으로써 여성을 근대적 주체가 될 수 없는 타자로 규정하고 가부장적 상징질서를 구축해 왔다. 이는 비단 대중주의 소설만이 아닌 진보주의로 평가된 작품들의 상당수 역시 가부장적 응시를 통해 여성의 육체를 재현하고 있어 성의 이원화/위계화된 범주가 공적 영역과 사적 영역을 성별화하는 데서 그치지 않고 모든 삶과 사유를 관통하는 대립의 질서를 구조화하고 있음을 보여준다.

1970년대 소설의 지형 속에서 여성의 몸은 남성을 근대적 주체로 세우고 서양과 동양, 현대와 전통, 남성과 여성 등의 대립 구조를 통해 한국적인 것의 발전모델을 구성해 나가는 가운데, 당대적 욕망과 불안감을 표현해주는 증후적 기호이거나 근대화라는 언설 속에서 강제된 남성다움에 대한 열망과 그것에 대한 갈등이 표출되고 협상되는 장소가 된다. 위의 세 작품은 자본주의화 과정, 반식민 관제 민족주의, 파시즘적 총력전을 매개로 해서 형성되어 갔던 한국의 근대화 과정이 여성의 섹슈얼리티를 어떤 방식으로 규정짓고 통제를 행사하는 가를 보여준다. 여성들은 남성주체성의 허구적 정립 과정에서 타락한 "창녀", 어머니와 누이의 더럽혀진 몸, 창녀이자 성녀로 규정되면서 자신의 언어를 갖지 못한 타자가 되는데, 특히 여성의 성적 육체는 소설적 감시의 시선 속에서 여성의 운명을 결정해 버리는 계기가 된다. 여성의 몸에 대한 규제와 통제는 경제성장과 조국 근대화 논리가 여성을 사적 영역에서 공적 영역으로 호출하였음에도 불구하고 이러한 변화가 젠더 관계의 실질적인 변화로 이어지지 못하고 근대 공간에서 성차가 재의미화되고 있음을 암시한다. 여성은 한국 사회 내부의 '타자성'을 의미한다. 성차를 재구조화함으로써 구축된 조국 근대화 사업의, 현대 소설의 알레고리로서 여성들은 근대화의 이면을 엿보게 한다.

참고문헌

참고논저

김소영, 『테크노 문화의 푸른 꽃』, 열화당, 1999.

김은실, 「한국 근대화 프로젝트의 문화논리와 가부장성」, 임지현 외, 『우리 안의 파시즘』, 삼인, 2000.

김 현, 「연애소설과 도덕주의」, 『뿌리 깊은 나무』, 뿌리 깊은 나무, 1976년 4월호.

김현미, 「근대의 기획, 젠더화된 노동 개념」, 김영옥 엮음, 『"근대", 여성이 가지 않은 길』, 또 하나의 문화, 2001.

남인영, 「민족적 알레고리로서 "양공주":<은마는 오지 않는다>를 중심으로」, www.filmjournal.cau.ac.kr

심진경, 『1930년대 후반 장편소설의 여성 섹슈얼리티 연구』, 서강대 대학원 박사학위논문, 2001.

임지현, 「'남성'의 발명」, 토마스 퀴네 외, 조경식 · 박은주 역, 『남성의 역사』, 솔출판사, 2001.

조혜정, 『한국의 여성과 남성』, 문학과지성사, 1988.

최정무, 「한국의 민족주의와 성(차)별구조, 『위험한 여성』, 삼인, 2001.

르네 지라르, 김진식 · 박무호 역, 『폭력과 성스러움』, 민음사, 1997.

국가 재건의 시대와 근대적 여성주체의
재구조화
70년대 멜로 서사의 남성성과 여성의 호명을 중심으로

1. 머리말

이 글은 임권택의 영화 ≪상록수≫(1978)를 대상으로 70년대 멜로드
라마에 나타난 감정의 구조에서 여성이 차지하는 의미 혹은 위상을 남
성성 이데올로기와의 관련성 속에서 밝혀보고자 한다. 영화 ≪상록수≫
는 "강렬한 고통의 내러티브"가 주를 이룸으로써 비통한 감정을 자아
내 관객의 눈시울을 뜨겁게 만드는 대중적 멜로 장르로서 특히 남성성
의 위기를 보여준다. 이는 박정희가 주도하는 초남성적인 국가의 국가
재건 프로젝트(1961~1980)가 추진되는 과정에서 남성이 조국상실, 분
단의 경험, 궁핍의 경제라는 트라우마(外傷, Trauma)[1]를 치유할 진취
적이고 공격적인 행위자가 되도록 요구받았다는 점과 관련이 있다. 70

---

1) 트라우마란 전쟁이나 재앙, 사고 등과 같이 극단적 충격을 낳음으로써 정상적인 의
　식으로부터 분열되어 무의식에 억압되어 있으면서 끊임없이 환각, 악몽, 플래시백
　(flashback) 등의 형태로 돌발적으로 재귀하는 체험의 양상을 가리킨다. 주디스 허
　먼, 최현정 역, 『트라우마』, 플래닛, 2007.

년대의 문학과 영화는 남성성을 향한 열망과 회한, 사회적 좌절과 승화의 과정을 보여주는데, 이때 여성들은 남성주체성을 확립을 공고히 해주는 매개로 존재한다. 남성 멜로드라마의 보수성은 여성을 남성성 구축을 위한 희생양으로 수단화하는 것과 관련이 있다. 본고는 식민지시기 대표 소설『상록수』가 70년대 사회정치적 흐름 속에서 남성들의 멜로드라마로 재구성되는 과정에 초점에 두고, 내러티브 구축에 작용하고 있는 젠더(gender) 정치의 함의를 살펴보겠다.

멜로드라마는 대중들의 근대 체험, 즉 급속한 산업화와 파시즘적 일상정치로 대변되는 한국 사회의 실감을 담아낸다는 점에서 70년대 지배적인 대중서사장르 꼽을 만하다. 70년대에 멜로드라마가 부상한 까닭은 당시가 발전에 대한 집단의 희망 혹은 열정보다 짙은 상실감과 무력감이 개인의 일상과 사회에 무겁게 드리운 시기였기 때문이다. 공적 역사는 1970년대를 근대적 발전이 본격화됨으로써 한국사회가 확고하게 산업국가의 기반을 구축한 시기로 기억한다. 70년대는 서방 세계의 정치적·경제적 원조에 기대어 있지만, 비로소 전후의 극단적인 기아와 빈곤 상태를 벗어나 생활이 안정되고 경제적 활력이 넘치는 시대였다. 그러나 70년대는 근대화 프로젝트의 결과 초래된 여러 문제들―도시, 노동, 빈부격차 등 사회 각 영역에서 산업화의 병폐가 본격적으로 가시화되었으며, 유신 정권 이후 한국의 사회와 생활 세계를 점령한 권위주의적 문화풍토가 더해져 4·19이후 등장한 시민사회의 활력이 퇴조함과 동시에 파시즘적 일상세계가 등장한 억압의 시기이기도 하다. 70년대는 발전과 진보로 지칭되던 근대화에 대한 대중의 선망이 깨어졌지만, 화해로웠던 고향으로 돌아갈 길을 찾을 수 없어 집단적 우울감에 시달리는 시기였던 것이다. 상실감 혹은 우울은 당대 사회의 지배적 정조이다. 이러한 시대적 분위기를 잘 보여주는 것이 과잉 감정의 신파적 내러티브 혹은 멜로드라마이다.

최근 유신정권기 대중서사물 연구에서 밝혀지고 있듯이 최인호의 『별들의 고향』(1974), 박범신의 『죽음보다 깊은 잠』(1979), 조해일의 『겨울여자』(1975), 하길종의 장편 영화 ≪바보들의 행진≫(1975) 등 당대의 대표적인 베스트셀러 혹은 문제작들은 급성장한 도시의 소비자본주의 문화 속에서 진정한 삶의 방향을 찾지 못한 채 입사(入社)를 거부하며 방탕하게 생활하거나 죽음충동에 사로잡힌 젊은이의 초상을 그린 '퇴폐 멜로' 장르에 속한다. 이들 작품에서 젊은 주인공들은 박정희 정부의 발전주의 기획에 주도적으로 참여하거나 이에 대한 비판적 목소리를 내는 '시민'의 위치를 확보하지도 못한 채 소극적인 방식으로 사회와 불화한다. 길을 잃은 자의 막막한 슬픔과 비애의 감정, 퇴행적 나르시시즘과 죽음충동에 이끌리는 도착적 쾌락의 병리학이 우세하다. 이들 작품들은 통속물로 불린 데서 알 수 있듯이 우울의 감각을 내세워 사회비판적 의식을 징후적 차원에서 보여주는데 머무는 등 사회현실에 대해 본격적으로 저항하지 못했으며 참신한 실험의식도 아쉽다. 그러나 '사회성 멜로드라마'[2]로서 당대사회의 진실을 정서적으로 포착했다는 점을 간과할 수 없다. 멜로드라마는 대중미학적 재현의 양식으로 당대의 정서적 현실을 담고 있는 70년대 대표적 서사 양식의 위상을 확보한다. 이호걸에 따르면 신파성은 "근대의 한국인들이 대중미학적 재

---

2) 강영희에 따르면, '사회성 멜로드라마'는 "그 개념에 대한 명확한 합의조차 마련되어 있지 않은 저널리즘적인 용어에 불과하지만 실제로 대중문화의 극장르 가운데서 무시할 수 없는 비중을 차지하고 있"는데 "대중문화 극장르의 주류는 멜로드라마가 직간접적으로 사회역사적 현실과의 관련을 갖고자 할 때는 대체로 사회성 멜로드라마의 형식을 빌게"(240쪽) 된다. 강영희, 「10월 유신, 청년문화, 사회성 멜로드라마」, 『여성과 사회』제3호, 한국여성연구회 편, 창작과비평사, 1992.

현의 차원에서 자신의 삶과 그것이 속한 세계를 이해하고 느끼기 위해서 창안한—혹은—도입한—통속적인 인식의 한 방식"으로서 "근대 세계에 대한 한국인들의 근대적 인식의 한 부분을 구성"[3]한다.

이러한 맥락에서 볼 때 멜로드라마란 진보적인 장르이다. 앞서 말했듯이, 70년대 대중서사물의 주요 모티프인 선한 주인공의 자살, 즉『별들의 고향』의 경아와 같이 착하고 순수한 인물들의 희생적 죽음은 사회의 억압성을 환기시킨다. 또한 자살이라는 극단적 방식으로 스스로를 사회로부터 탈락시키거나 혹은 패배자 정서를 의식적으로 내세우는 것은 억압적인 체제로 통합되는 것을 스스로 거부하는 것이기에 저항의 의미를 띤다. 이를 테면, ≪바보들의 행진≫의 영철은 동해바다의 고래, 즉 거세되지 않은 자아를 찾기 위해 여행을 떠나고 그 길의 끝에서 자살한다. 그는 자유에 대한 억압과 규제에 반발하듯이 장발단속에 나선 경찰을 피해 자전거를 타고 억압적인 도시—서울을 벗어난다. 이 여정은 파시즘적 정치와 일상으로부터 탈주를 의미한다.

그러나 멜로드라마의 슬픔의 의미는 이중적이다. 멜로드라마는 고난을 제시하는 환경과 그것을 극복해갈 때 고통은 완전히 극복 가능한 것으로 제시하기 때문에 보수성을 면치 못한다. 멜로드라마가 재현하

---

3) 이호걸에 따르면 신파적 요소는 단순히 모순을 확인하는데 그치지 않고 정치적 기능을 수행할 수 있다. "내러티브의 고통이 만들어내는 슬픔을 표현하는—종종 서사적 완결성을 위협하는—'신파적 과잉'의 지점은 이와 같은 모순에 대한 공감을 확인하기 위한 서사적 장치이다. 모순이 초래하는 고통과 슬픔을 드러내는 것, 그것을 공감하는 것은 언어적으로 발화될 수 없는 것이기 때문에 강렬한 음향, 클로즈업을 통해 포착된 인물의 표정 등과 같은 시청각적인 스타일적 과잉을 통해서 암시된다. 이러한 맥락에서는 그 신파성이 그와 같은 삶의 모순에 대해 암시적으로 문제제기하고 있는 것으로 볼 수도 있다. (중략) 엄청난 고통에도 불구하고 이를 극복하라는 명령은 이성적으로 용납될 수 없는 모순을 내포하기 때문이다. 이 모순은 감정적으로만 극복할 수 있으며 그것이 바로 신파적 과잉이 불가피한 이유이다."「1970년대 한국영화」, 이효인 외,『한국영화사공부 1960—1979』, 이채, 2004, 130~134쪽.

는 세계는 선한 주인공과 그러한 주인공의 목적성취를 가로막는 장애물이 선과 악의 구도로 나누어지는데, 이렇듯 선악의 구도 속에서 주인공은 고난을 겪지만 결국 그것을 극복해가기 때문에 관객의 공감과 지지를 끌어내게 된다. 즉, 멜로드라마는 엄청난 고통에도 불구하고 그것을 극복하기 위해 장애물을 넘어서거나 결핍된 것을 성취해야 한다는 메시지를 들려주기 때문에, 현실의 부정의와 모순에 깊이 천착하기보다 부당한 조건을 감내하고 극복해야 한다는 세속적 명령을 전달한다. 신파성은 모순에 대해 제기하는 것이라기보다 그것을 해결하고자 하는 것이기 때문에 지배 이데올로기와 친연성을 맺게 되는 것이다. 멜로드라마는 당대의 지배적 명령에 복속되어 있다. 이렇게 본다면, 70년대 멜로드라마는 한편으로 현실의 부조리함을 감상주의적으로 환기시킴으로써 현실의 부조리한 실상을 담아내지만, 다른 한편으로 부조리한 사회의 모순을 은폐하는 것을 넘어 그러한 모순을 받아들이도록 설득할 수 있다.

멜로드라마, 특히 70년대 멜로드라마의 보수성은 지배 이념으로서의 남성성 구축을 중심으로 이야기가 진행되고 있는데서 드러난다.[4] 1970년대 서사적 재현물은 그 어느 시기보다 수치심, 부끄러움, 무력감 등 우울증적 징후나 전신쇠약, 원인모를 피로, 발기불능, 발육부진 등

---

4) 물론 모든 멜로드라마들이 남성성의 와해와 구축이라는 스토리를 축으로 전개되는 것은 아니다. 이를 테면, 『바보들의 행진』은 무기력한 청춘의 초상을 통해 억압적인 사회상을 환기시키는 멜로드라마이지만 이러한 슬픔이 남성성의 구축으로 극복되지 않는다. 주인공들은 자신들의 무력한 주체성을 끊임없이 조소하고 부끄러워하지만, 그러한 자신들의 초상을 오히려 희화화한다. 이렇듯 자기조롱의 유희는 기묘한 페이소스를 안겨준다. 즉, 이들은 자신들의 깨어진 주체성, 훼손된 남성성을 인정하고 그것을 바라볼 뿐이다. 주인공이 권위주의적인 사회로부터 자기를 지키는 유일한 길은 자살, 즉 사회로부터 자신을 스스로 탈락시키는 방법밖에 없다. 영철은 서울을 벗어나 바다―자연 속으로 투신함으로써 스스로를 소멸시킨다.

육체적 병리현상을 통해 남성성의 위기를 가시화한다. 이는 전통적 공동체가 급격히 붕괴된 사회에서 개인이 겪는 분열과 혼란의 표현이기도 하지만 박정희 혁명 정부의 초남성적인 국가재건 프로젝트(1961~1980)가 추진되는 과정에서 남성이 조국상실, 분단의 경험, 궁핍의 경제라는 외상을 치유할 진취적이고 공격적인 행위자가 되도록 요구받았다는 점과 관련이 있다. 이 시기 소설의 남성인물들이 보여주는 과도한 감상과 우울한 심정은 파시즘적 국가로부터 억눌린 당대 남성들의 왜소해진 주체성에 대한 자의식이자, 근대화 주체로서 획득해야 할 남성성에 대한 열망의 표현 혹은 남성다움에 미달할지도 모른다는 불안의 징후임을 암시한다.[5]

문제적인 것은 여성은 남성성을 향한 열망과 회한, 사회적 좌절과 승화의 과정에서 남성주체성 확립을 공고히 해주는 매개라는 점이다. 한국사회에서 남성성은 지배 이념의 다른 이름이다. 개발자 남성을 국가재건의 주체로 호명한 당대 국가는 공격적이고 의지적인 남성성, 애국전사로서의 남성성을 훈육하고 강제한다. 다른 한편으로 한국사회의 근대화는 남성의 권위를 세우고, 여성들을 남성사회의 보조자로 위치시키는 젠더(gender)의 위계화된 재배치 과정이다. 가부장을 중심으로 가(家)를 재배치하는 식으로 가족 등 일상 영역을 재구조화함으로써 남성들을 일으켜 세우는 동시에 현모양처론 · 내조론 등을 통해 여성들을 가정 안으로 돌려보내려는 사회적 움직임은 전후에서부터 시작된다. 해방 이후 근대화는 성별의 질서가 무너뜨렸는데, 전후의 남성은 역사적 트라우마로 고통 받을 뿐만 아니라 여성화된 모더니티 사회에서 과거로 돌아갈 수도 미래로 나아갈 수도 없어 부유하는 존재였다.

---

5) 김은하, 「남성성의 형성과 여성의 몸－1970년대 소설을 대상으로」, 『내일을 여는 작가』37, 작가회의 출판부, 2004, 17~18쪽.

반면 남자들이 부재한 전시하의 후방에서 여성들은 유능한 근대적 주체로 성장했다. 먹고 살기의 욕망을 최대의 과제로 던져준 전쟁은 여성에게 생계 담당자의 지위를 부여함으로써 공사영역의 완고한 경계를 무너뜨렸다. 이는 젠더를 탈안정화시키는 효과를 발생시킴으로써 봉건적 가부장제에 균열을 냈다. 국가재건기의 담론은 여성의 득세를 통해 남성성 상실의 위기감을 환기시키는데, 이는 전형적인 가부장제의 수사학으로서 영웅적 남성이 주도하는 가부장적 근대화의 필요성을 역설한다. 남자의 멜랑콜리한 감수성은 거세의 징후로 단순 환원되기 어려우며, 위기론은 기실 남성성 구축을 선동 혹은 설득하는 전략이다. 이러한 남성 주체 세우기의 과정을 여성인물을 통해 보는 것은, 70년대 멜로드라마에 나타난 감상주의의 정치적 힘과 가부장성을 엿보는 기회가 될 것이다.

2. 남성성의 위기와 슬픔의 내러티브

영화 ≪상록수≫는 식민지시기 계몽문학의 대표작이자 국정교과서에 실릴 정도로 문학사의 정전인 심훈의 소설 『상록수』의 각색작이다. 소설의 주인공인 채영신은 식민지시기 기독교계 계몽운동가였던 최용신을 모델로 한 인물로서 이 작품을 대중적 베스트셀러로 만든 핵심 요소이다. 『상록수』는 채영신에 관한 이야기인 것이다. 식민지기 소설의 주인공 채영신은 조국근대화와 민족중흥을 내세우면서 정권의 정당성을 확보하는데 골몰했을 박정희 집권기에 식민지의 과거 속에서 호출되어 영화 속에 다시 등장한다. 그녀는 암울했던 과거를 회고하는 한편으로 미래의 청사진을 제공하면서 대중들을 근대화에 대한 기대와 희망을 전해주기 위한 근대적 여성모델이다. 검약한 생활로 가정과 사회를 잘 돌보는 현모양처이자 특유의 부지런함과 명랑함을 잃지 않는 노동으로 당당히 국민의 임무를 수행하는 근대적 여성모델로 재구조화되면서 발전주의국가의 근대화 사업에 적극 협력하는 계몽주체로 등장하게 된다. 그리고 이러한 과정에서 원작은 급격히 변형되어 영화화된다.

영화 ≪상록수≫는 원작소설의 주요한 스토리의 골격을 유지하되 이를 고통의 내러티브가 강렬히 전개됨으로써 비장하고 슬픈 감정을 자아내는 멜로드라마로 재서술한다. 동지이자 연인인 박동혁과 채영신이 학업을 접고 농촌계몽운동에 투신하며 민족계몽사업을 펼치지만, 채영신이 청석골 사업의 과정에서 병을 얻어 사망하고, 동혁이 그녀의 죽음을 계기로 농촌사업에 더욱 적극적으로 뛰어든다는 내용은 크게 다르지 않은 것이다. 그러나 주요 모티프가 동일하다 할지라도 그것이 서사적으로 배치되는 방식은 다르다. 원작과 달리 영화 ≪상록수≫는 남성 주인공에게 이야기의 초점이 맞춰져 있다. 소설『상록수』는 채영신과 박동혁 이인의 이중성장담화의 구도로 두 주인공의 비중에 큰 차이가 없지만, 영화 ≪상록수≫의 주인공은 동혁이고 여주인공 영신은 부차적 인물에 가깝다. 이는 소설과 영화의 첫 장면 그리고 장의 배치구조가 다른데서 확인할 수 있다. 소설의 첫 장면은 수원고등농림학교 박동혁과 여자 신학교 학생 채영신이 여름방학을 이용해서 농촌계몽운동에 참여했다가 ○○일보사에서 주최한 보고회 겸 위로회 석상에서 만나 동지가 되는 것으로 시작된다. 동지가 된 두 사람은 각각 한곡리와 청석골에서 농촌계몽사업을 펼쳐가는데, 소설은 각각의 장을 통해 이들의 활동 과정을 교차 서술해가는 등 두 사람을 비교적 균질적으로 조명한다. 그러나 영화 ≪상록수≫에서 동혁이 이야기를 주도하는 제 1의 주인공인 데 반해, 영신은 보조자에 불과하다.

이후 전개될 이야기의 실마리를 암시하는 첫 장면은 요양차 한곡리를 방문하는 채영신을 기다리는 동혁을 이야기의 중심에 세워두고 식민치하를 살아가는 남성의 시련과 고뇌를 부각시킨다. 첫 장면에서 동혁은 오래도록 마음 속에 담아둔 연인의 방문을 기다리지만, 연애하는 남성다운 설렘을 드러내지 않는다. 동혁의 시선, 즉 카메라의 눈이 보여주는 장면은 늙은 아버지를 고향에 두고, 먹고 살 땅을 찾아 만주나 간도로 떠나는 아들과 그가 올망졸망 거느린 가족의 풍경, 즉 식민지 디아스포라(離散, diaspora)의 현실이 슬픔의 감정을 자아내는 신파조의 음악과 흑백의 스산한 시골 풍경과 함께 그려진다. 시간이 조금 흐른 후 채영신을 마중나온 동혁의 동생 동화 그리고 한곡리 농우회 청년들이 동혁을 중심으로 배치되고, 난데없이 일본인 경찰이 등장해 농우회가 요주의 감시대상임을 경고한다. 동혁과 한곡리의 청년들은 일경의 위압적인 감시와 통제 속에서 얼굴이 어두워진다. 일인 경찰에 반항하던 동화가 뺨을 맞지만 이들은 그러한 상황을 지켜보는 것외에, 어떠한 저항의 행위도 할 수 없다. 동혁의 이마는 고뇌와 슬픔으로 주름이 질 뿐이다. 이러한 무기력한 모습은 피식민지 남성성의 거세되고 유약한 위치를 가시화한다. 이렇듯 영화는 주인공을 동혁으로 삼아 식민지 남성성의 위기와 그것의 회복과정에 초점을 두어 이야기를 전개시켜간다.

소설『상록수』가 식민지시기 기독교계 농촌계몽운동가인 최용신을 모델로 삼아 여성주인공을 비중있게 다루고 있는데 비해, 영화 ≪상록수≫의 채영신은 동혁의 보조자이다. 영신은 끝내 자신의 꿈을 실현하지 못한 채 죽지만 완전한 헌신을 통해 농촌계몽사업에 대한 강한 의지를 보여준 인물이다. 그녀의 죽음은 정신의 숭고함을 보여주며, 동혁은 그러한 채영신의 숭고한 의지를 이어받게 된다. 그러나 영화는 강인한 의지의 동혁이 농촌계몽사업을 펼쳐가지만, 일제의 방해에 의해 꿈이 좌절되는 과정을 남성성의 좌절과 훼손을 통해 표현한다. 영신은 동혁의 남성적 위엄과 그것의 훼손과정을 때로는 경이로 때로는 깊은 슬픔으로 바라보는 관찰자의 위치에 가깝다. 이러한 과정에서 소설 원작의 변형이 급격하게 이루어진다. 시련의 주체가 영신이 아닌 동혁으로 변이된다. 소설에서 영신은 일경의 압력을 받아 청석골의 교육계몽 사업으로 고초를 겪을 뿐 아니라 청석학원을 건립하기 위해 밤낮없이 헌신한 끝에 사망하고 만다. 그러나 영화에서는 소설에 없는 내용을 상당부분 발견할 수 있다. 스토리의 말미에서 동혁은 일제의 고문을 받고 정신을 놓아버린다. 악질 지주 강기천을 죽이고 농우회관에 불을 지른 동생의 죄를 뒤집어 쓴 동혁은 일경의 강도 높은 폭력에도 불구하고 저항하지만 결국 과잉의 폭력, 즉 목숨을 건 저항 끝에 패배한다. 동혁은 정신적 육체적 고문을 당한 후 사물조차 분간하지 못할 정도의 무기력한 모습으로 한곡리로 돌아온다. 동혁의 아무 것도 담지 않은 텅 빈 눈빛은 주체성의 훼손을 상징한다. 농우회관이 불타고 더 이상 기상나팔 소리가 들려오지 않는 한곡리 역시 희망을 잃어버린 죽은 공간일 뿐이다. 그러나 소설의 마지막 장면은 동혁이 영신의 죽음과 장례를 계기로 강인한 자아를 되찾을 가능성을 암시한다. 이는 이 영화가 위기와 복구, 상실과 전유의 구조를 축으로 전개되는 남성성의 드라마임을 암시한다.

이러한 과정에서 식민지 시기에 출간된 원작 소설의 멜로적 모티프가 과잉된 형식으로 재서술된다. 소설 『상록수』에서 멜로적 요소가 전무하다고 할 수 없다. 이야기가 전개될수록 채영신이 겪는 고통이 가중되고, 결국 선한 주인공인 그녀는 억압적이고 폭력적인 일제에 의해 죽음을 맞이하게 된다. 영신의 죽음은 희생자의 수난에 대한 슬픔을 넘어 공분(公憤)을 일으킨다. 그러나 채영신의 비극적 죽음에 담긴 숭고한 뜻이 궁극적으로 동혁에 의해 완성되기 때문에 소설 『상록수』의 멜로적 요소는 그리 강하지 않다. 하지만 영화 속의 동혁은 원작 소설 속의 의지적이고 강인한 동혁의 모습을 완전히 회복하지 못한다. 물론 동혁이 재생가능성이 암시되고 있지만 영화는 마치 슬픔의 쾌락을 소비하려는 양 비장한 음악을 반복적으로 들려주며 관객의 고통을 일깨우려 한다. 이렇듯 영화는 멜로드라마의 수사학을 통해 사회의 모순을 정서적으로 포착하려고 하고 있다. 즉, 영화는 비극적이고 암울한 현실 하에서 남성인물들이 자신들의 땅을 지키기-재건을 실현함으로써 남성성을 회복하려 하지만, 그러한 시도가 일제 치하라는 사회적 장애물을 만나 훼손되고 무너지는 스토리, 즉 남성들의 자기주체화의 위기-복구-잠정적 실패로 귀결되는 남성들의 멜로드라마로 다시 태어나게 된다.

그렇다면 영화 ≪상록수≫에서 멜로드라마 양식의 효과는 무엇인가? 앞서 말했듯이 멜로드라마는 드라마를 구성하는 모든 요소들, 즉 플롯, 인물, 대사, 음악, 그리고 미장센의 요소들이 관객의 감정을 뒤흔드는 데 목적이 있다. 특히 멜로드라마가 관객에게 불러일으키는 정서적 효과는 감동과 파토스이며 눈물은 바로 그것의 직접적인 표명에 다름 아니다. 여기서 눈물이 관객에서 주는 감동이란 장애물로 둘러싸인 세상에서 긍정적 가치를 추구하지만 그 대가로 시련을 겪는 인물에 대한 존경과 연민일 것이다. 그러므로 관객의 눈물은 기실 주인공의 시련에 대한 연민과 그가 선한 인물이라는 확신의 다른 표현이다. 그리고 희생이 가혹할수록 주인공은 숭고해지기 마련이다. 피터 브룩스는 멜로드라마적 상상력이 작동하는 그러한 세계를 '도덕적 비학'이란 용어를 사용해 설명한다. 도덕적 비학이란 현실의 표면 아래 감춰져 있으나 끊임없이 현실을 환기시키면서 작동하는 어떤 정신적인 가치영역인데 이러한 '숨겨진 도덕적 명료함'이 모든 멜로드라마에 있어서 결정적이라고 말한다. 린다 윌리암스 역시 "우리가 정서적이고 도덕적인 소리를 듣는다면, 우리로 하여금 기꺼이 포위당한 희생자의 미덕에 동정심을 느끼게끔 한다면, 그리고 내러티브의 궤적이 동기나 행위의 심리적 원인보다는 궁극적으로 순결을 보상하고 무대화하는 것에 더 깊이 관여한다면, 그러한 작동이 바로 멜로드라마"6)라고 한 바 있다. 이는 멜로드라마가 기실은 결과적으로 사회가 선하다고 믿는 어떤 가치, 특히나 도덕적 가치를 옹호하고 전파하는 양식임을 암시한다. ≪상록수≫는 그러한 멜로의 내러티브에 내셔널리즘 정치학과 남성성 신화가 작동하고 있음을 보여준다.

3. 트라우마로서의 역사와 발전주의 국가의 내셔널리즘

영화 ≪상록수≫는 식민지시기의 민족의 역사적 슬픔이 70년대 박정희 정권의 발전주의 국가 전략 속에서 어떻게 정치적으로 이용되는가를 보여준다. 박정희는 조국근대화에 대한 대중적 동의를 이끌어내기 위해 식민지 시기 민족의 슬픔을 전략적으로 활용하기 위해 민족의

---

6) Linda Williams, 'Revised Melodrama', in Refiguring American Film Genres: History and Theory, Nick Browne(ed), University of California Press, 1988. 권은선, 「멜로드라마: 눈물과 시대의 이야기」, 문재철 외 지음, 『대중영화와 현대사회』, 2005, 소도, 52쪽에서 재인용.

슬픔을 치유하기 위한 진정으로 애도하기보다 경제 재건에 열정적으로 매달린 것을 종용함으로써 '애도의 무능력'을 보여준다. '애도(mourning)'는 트라우마의 희생자들을 위무하면서 그들을 과거의 미망에서 탈주하도록 도와주는 일종의 씻김굿이다. 애도는 고통스러운 기억으로 짓눌리는 삶에 새로운 질서를 부여하고 새로운 자기와 세계에 대한 체험을 이루게 하는 감정의 의례로서 단순히 상처받은 개인의 치유책이 아니라, 인간의 취약성과 세상의 악의 가능성을 성찰함으로써 폭력을 종식시키려는 윤리적 질문이자, 상실을 인정하고 붕괴된 삶을 복구하기 위한 집단적 성숙의례이다. 남성들은 한국전쟁, 산업화, 분단, 파시즘 정치 등 현대사의 억눌린 시간들을 통과하면서 자신들이 겪은 상실을 인정하고 애도하기보다는 그러한 아픔을 보상받기 위해 경제발전을 위한 개인의 헌신을 강요받아왔다. 영화는 박정희 시대에 민족의 슬픔이 정치적으로 어떻게 이용되는지를 암시적으로 보여준다.

영화에서 슬픔의 원인은 식민지의 주체들을 무기력하게 만드는 일제의 정치적 억압과 가난으로 제시된다. 이 영화는 이산자들의 슬픈 초상에서부터 이야기를 시작하고 있듯이 상처받은 민족에 대한 연민과 강한 조국에 대한 염원을 일깨운다. 마지막 장면에서 자아를 망실한 동혁을 일깨우는 종소리, 즉 죽은 영신이 치는 각성의 종은 지난 역사 속에서 끊임없이 외부의 침입으로 상처를 입어온 민족/국가를 어떤 시련 속에서도 번영시켜야 한다는 국가 내셔널리즘에 기반을 둔 발전 이데올로기의 명령이다. 이미 잘 알려져왔듯이 해방이후 정권은 국가 재건의 과정에서 민족주의를 정치 이데올로기로 채택하였고 독재지배를 정당화하기 위해 대중의 민족주의 감정을 이용하고자 했다. 이승만 정권이 반공과 반일을 정권의 정당성을 증거하는 수사학으로 동원했다면,

박정희는 자립 경제, 자주국방이라는 슬로건을 내걸고 국가내셔널리즘을 정치 이데올로기로 내세운다. 문승숙에 따르면, 박정희식 민족주의의 주제들은 근대 전환기, 즉 식민지 초기의 민족주의의 주제와 매우 유사한데, 한편으로 민족의 정수로서 역사와 전통을 복원하며 다른 한편으로 개신교 민족주의자들의 계몽의 슬로건인 '재건'과 '자립'을 빌려온다.[7] 한국인들은 모두 "민족/국가를 중흥시켜야 한다는 사명감을 가져야 했고 식민지였던 과거와 단절해야 한다는 사명감을 부여받았다. 그러면서 국가와 사회에 기여하지 않는 것은 무가치한 삶이라는 사회 윤리를 각인하며 민족적 정체성을 획득하게 된다. "민족주의는 대중의 정서적이고 감정적인 동의를 창출하는 데 매우 유용한 문화적 구성물인 것이다. 모든 국가가 민족주의를 활용하지만 그 중에서도 전체주의 국가가 더 적극적이고 공세적인 이유는 '민족을 결여한 국가' 또는 민족=국가 등가관계가 부실하거나 부재한 국가이기 때문에 민족을 국민 정체성의 한 구성축으로 제시하고, 이를 통해 국가에 대한 감정적 애착과 정치적 소속감을 형성하여 체제를 정상화할 필요가 있기 때문이다."[8]

이러한 맥락은 식민지시기에 발표된 원작이 70년대 후반의 공간에 왜 다시 쓰여졌는지 설명해준다. 그러나 앞서도 말했듯이 이 영화는 원작을 충실히 재현하기보다 70년대 관제 민족주의 담론을 결합시키고 있다고 보아야 한다. 임권택 감독은 70년대에 새마을 영화, 반공영화 혹은 전쟁 영화, 문예영화 세 가지 장르를 번갈아 넘나드는데, 영화 ≪상록수≫는 박정희 정부의 관제 근대화 사업, 즉 새마을운동을 연상

---

7) 문승숙, 「민족 공동체 만들기」, 일레인 김·최정무 편저/ 박은미 옮김, 『위험한 여성』, 삼인, 2001, 56~57쪽.
8) 유선영, 「동원체제의 과민족화 프로젝트와 섹스영화」, 『언론과 사회』, 2007년 여름 15권 2호, 사단법인 언론과 사회, 4쪽.

시키는 요소들이 두드러진다. 한곡리 농우회의 핵심인물인 동혁과 건배의 의복은 새마을 사업을 주도하는 공무원 복장을 연상시킨다. 특히, 농촌 근대화 사업을 지도하는 리더인 동혁은 다른 농우회 청년들이 농가의 가난한 농민으로서 전통적인 복식, 즉 한복을 입고 있는데 반해 재건복을 입고 있다. 동혁의 기상나팔 소리로 마을이 깨어나고 한곡리 사람들이 회관 앞에 모여 체조와 함께 하루를 시작하는 것은 동읍면을 중심으로 펼쳐지는 새마을 사업의 일과를, 더욱이 이들의 체조는 박정희 정부가 1977년 국민 계몽 사업으로 적극 보급한 국민체조와 동일하다. 자조와 단결을 핵심 메시지로 내세운 농우회와 이들의 생산성 증가를 위한 농우회원들의 금주, 금연 등 금욕주의적이고 건실한 생활은 퇴폐적이고 자유주의적인 개성을 경계한 70년대 파시즘 사회의 일상문화와 유사하다.9)

무엇보다 70년대 관제 민족주의 담론의 흔적은 "역동적인 활동과 발

---

9) 정성일은 임권택 감독과의 인터뷰에서 "새마을 계몽을 빚대야 할 이야기를 ≪상록수≫는 패배와 좌절의 드라마로 만들고 있습니다. 보기에 따라서 그 시기에 대한 아주 불순한 시선을 담고 있는 영화라고 할까요"(352쪽)라며, ≪상록수≫에 담긴 체제 저항적 목소리를 적극적으로 찾아내 새마을영화라는 오명으로부터 구출하려 한다. 그러나 임권택 감독은 "『상록수』 원작소설을 영화로 옮기면서 가장 관심이 갔던 대목은 무엇이었습니까?(348~349쪽)라는 정성일의 질문에 "식민 치하, 나로서는 그 가난이 언제까지 고여있는 그런 시골을 잘 보고 알았던 세대 아니오. 조금도 안 달라지고 십 년 전이나 십 년 후에나, 좌우간 새마을운동이 있기까지 전혀 안 달라졌다고, 또 전혀 살 길이 통 안 보이고 가난이 고인 그런 데를 언제까지나 살 수밖에 없는 그런 사람들이 어떤 지도자에 의해 꿈틀꿈틀 눈을 떠간다는 것에 매력을 느낀 거지."(349쪽)라는 발언함으로써 새마을운동과 그러한 개혁을 주도하는 정부에 대해 동조했음을 암시한다. 독재정치에는 반대하지만 국가재건사업에는 동조하는 분열적 시선은 슬픔과 절망 속에서도 그것─새마을 사업을 포기해서는 안 된다는 것, 즉 국가재건사업에 대한 동의로 귀결된다. 영화의 마지막 장면에서 절망의 시간을 벗어나 동혁이 영신의 사업을 이어받을 것임이 암시되는 것이다. 임권택, 정성일 대담, 『임권택이 임권택을 말하다 1』, 현실문화연구, 2003.

전, 무한한 성장에의 욕망과 동력, 부르주아 주체의 산업 생산과 합리화, 목적의식적으로 노력하는 합리적 개인인 남성의 근대적 욕망과 남성들의 연대를 수용하"[10]려는 목소리이다. 70년대 억압적 민족주의 담론은 동혁을 중심으로 한 한곡리 농우회의 의젓한 자립과정을 부각시키고, 특히 동혁을 인간적 약점을 극복한 초인적 영웅으로 형성화한 데서도 드러난다. 동혁은 출세가 보장된 수원농고 출신의 지식인인데, 그 자신의 가정적 형편이 어려운데도 불구하고 한곡리의 발전을 위해 헌신한다. 그는 패배주의와 숙명론적 운명관에 사로잡힌 한곡리에 일대 개혁의 바람을 일으키는 강인하고 의지적인 남성의 전형이다. 시각적으로도 적당한 키에 살집이 좋은 체형으로, 무엇보다 끈질긴 의지력과 지성 그리고 실천력을 가진 남성다운 이미지로 등장한다. 영화는 이렇듯 동혁이 의지적이고 냉철한 리더로서의 자질을 발휘하여 한곡리에서 패배주의적 정서를 몰아내고, 농우회를 비판하는 마을 어른들의 생각마저 변화시키며 농촌경제에 활력을 가져오는 과정을 그려낸다. 이렇듯 동혁은 금욕주의적인 의지력을 발휘하고 합리적으로 생산성을 증대시키고 목적 실현을 위해 냉정하게 사고하는, 산업사회의 남성성을 연상시킨다. 한곡리의 자립의 근거였던 농우회관을 친일지주 강기천에게 넘겨줄 수밖에 없게 되자, 과감하게 협상을 시도해 농우회원을 빚을 탕감해준다는 약속을 받아낸 사건은 이러한 판단의 근거이다. 이는 동생 동화가 비분강개형의 인물로서 충동적인 것과 대조된다. 농우회 회원들에게 술이나 담배 등 건실한 생활을 위협하는 소비물품을 금지하고 낙담과 우울을 경계하는 등 동혁은 개인적 욕망을 극복하고 민족이라는 신성한 명분을 위해 헌신하는 이상적 남성성의 수행자인 것이다.

---

10) 김은실, 「한국 근대화 프로젝트의 문화논리와 가부장성」, 임지현 외, 『우리 안의 파시즘』, 삼인, 2000, 117쪽.

다른 한편으로 영화는 식민지의 부자유와 가난을 짊어진 남성들의 우울한 현실을 상기시킴으로써 남성들 간의 공감과 연대를 독려한다. 농우회원인 건배는 원작에서 그다지 주요한 인물이 아니지만 영화에서 당대 가장인 남성들의 고뇌를 보여주는 대표적 인물로 부상한다. 그는 한곡리의 몇 안 되는 지식청년이자 동혁의 벗이고 동지지만, 결국 친일 지주 강기천과 야합해 일제에게 농우회와 농우회관을 넘겨주는 등 동혁을 배반하고 군서기가 되어 마을을 떠난다. 흥미롭게도 그는 동료와 마을의 꿈을 짓밟고 훼손한 인물임에도 불구하고, 처벌해야 할 악인이 아니라, 동정과 연민 혹은 용서의 대상으로 제시함으로써 건배를 통해 식민지의 가난하고 무기력한 남성의 고뇌와 슬픔을 보여준다. 영화는 비장한 신파조의 음악과 함께 영양 부족으로 인한 건배의 아이의 죽음과 배곯는 아이를 지켜볼 수밖에 없는 무기력한 아버지-남성의 초상을 보여준다. 건배는 강기천과 야합한 결과 군서기가 되어 기아를 면했지만 수치심과 자기환멸로 고뇌한다. 가족 부양을 위해 동우회를 버린 건배의 이야기는 슬픔의 원인을 식민지의 가난으로 제시한다. 영화의 후반부에 동혁과 건배가 서로를 끌어 안고 눈물을 흘리는 장면은 식민지의 여성화되고 무기력한 남성의 현실을 보여줌으로써 자립을 통한 가난 극복, 즉 민족/국가 재건을 위한 발전주의 기획의 필요성을 역설한다. 건배의 이야기는 역설적으로 남성의 역할을 가족부양을 책임지는 가장, 즉 부양자의 윤리로 제시하는 것이다. 산업사회의 가족임금체계는 남성노동자가 여성을 경제적으로 부양하고 보호하는, 새로운 남녀관계와 결혼 제도를 낳았다. 남성은 아내를 포함한 자녀들을 부양하는 가장으로서의 막중한 책임과 권한을 부여받게 되었기 때문에 남성다움은 책임감, 보호자로서의 건실함 등의 요소들을 포함한다. 즉,

건배의 배신은 한편으로 산업사회에서 가장들에게 주어진 책무를 확신시킴으로써 남성다움을 재규정하는 것으로 볼 수 있다. 이는 원작소설과 달리 영화 상록수가 70년대 사회적 상상력의 소산이라는 것을 의미한다.

이렇듯 ≪상록수≫에서 역사의 아픔은 남성성의 트라우마, 즉 치명적으로 상처입고 훼손된 남성성 혹은 통합적인 남성 주체성의 위기로 표현된다. 민족주의는 남성주의적 담론의 정수라는 조지 모스의 주장처럼, 탈식민지적인 노력의 핵심은 유아화하거나 거세된 남성성을 회복시키는 일에 있다. 무엇보다 동혁이 겪는 시련은 국가를 잃어버린 혹은 한없이 약한 국가의 일원인 식민지 남성의 고뇌를 보여주는 것인데, 이는 당대 정부가 발전주의 프로젝트에 대한 대중의 동의와 협력을 호소하는 수사학이다. 식민지의 압제의 결과 의지적이고 강인했던 동혁은 연인인 영신이 스러지는데도 아무런 도움을 주지 못한 무기력한 인물로 변모한다. 그의 허물어진 모습은 피식민지의 무력함을 통해 민족의 슬픈 현실을 가시화한다. 거세된 동혁은 영화에서 처음으로 전통의 복인 한복을 입고 있는데, 이는 동혁이 겪는 시련이 민족의 위기, 더 나아가 무력한 남성성으로 은유화되고 있음을 암시한다. 즉, 민족의 슬픈 현실이 남성성의 트라우마로 의미화된다.

그러나 이 영화가 비극적이라고 할 수 없다. 영화의 마지막 장면에서 정신을 잃은, 즉 통합적 남성 주체성이 거세되어버린 동혁이 다시 깨어날 것임이 암시되기 때문이다. 영신의 무덤 앞에서도 무기력하던 동혁은 마침내 청석학원의 종소리를 듣자 환각 속에서 영신을 본다. 마지막 장면에서 그는 청석골의 사업을 외면하지 말라는 영신의 유언, 즉 민족의 계몽과 발전을 위해 헌신해가라는 발전국가의 명령을 듣는다. 따라서 그것은 패배의식에 사로잡힌 자의 비관이라기보다, 역사의 상처를 치유하고 개선을 요구하는 재건의 목소리인 것이다. 그렇기 때문에 이 영화는 단순히 과거에 대한 비극적 이야기가 아니라, 역사의 힘찬 재건을 설득하는 계몽영화로서의 성격이 강하다. 발전한 민족국가의 건설에 대한 대중적 설득 혹은 동원의 수사학은 이렇듯 무기력하게 눈물 흘리는 남성의 표상으로 제시된다. 눈물은 탈식민의 완전한 국가를 세우기 위해 국가에 대한 협력과 희생을 감수할 수밖에 없었던 남성들의 우울을 암시하기도 한다. 그러나 영화는 남성의 억눌림과 희생을 가하는 파시즘 사회의 구조를 드러내 지배 이념과 갈등하기보다 그것을 받아들일 수 없다며 관객을 설득하고 있는 것이다.

4. "순결한 처녀"와 여성 계몽의 가부장성

앞서도 말했듯이 영화 속 채영신은 70년대 국가재건의 기획 혹은 국가 내셔널리즘의 사명을 담고 식민지 시간 속에서 재소환된 인물이다. 식민지시기 심훈이 기독교계 여성 계몽운동가 최용신을 모델로 창조한 채영신은 70년대의 문화사회적 맥락 속에서 재창조된다. 영신은 마치 당대의 지배적 여성담론인 내조론이나 현모양처론의 이상적 여성처럼 공적 영역을 담당하는 사회적 행위자인 남성의 보조자로 위치지어진다. 흥미로운 것은, 국가근대화 프로젝트가 진행되던 6~70년대에 식민지 여성지식인 최용신을 모델로 한 이야기가 여러 차례 다양한 형식으로 재현되었다는 것이다. 류달영이 실존인물 최용신의 장례이후 쓴 『최용신 소전』(1939, 성서조선사 발행)은 1939년에 발간되었지만

60년대에 들어 본격적으로 읽히기 시작했는데, 주로 여고를 중심으로 여성교육의 이상적 모델로 제시된다. 당대의 스타감독인 신상옥은 영화 ≪상록수≫(1961)를 발표해 관객동원에 성공했는데, 훗날 자서전에서 이 영화를 본 박정희 대통령이 감동에 겨워 눈물 흘렸으며 이를 계기로 박정희 부부와 가까워졌고, 전국적으로 농촌운동 붐을 일으키는 등 시대적 반향이 컸다고 회고한다.[11] 또한 1964년에는 한국여성단체협의회 주최로 '용신봉사상'이 제정되어 여성들의 근대적 국가재건에 대한 적극적인 참여를 유도했다. 여러 재현적 텍스트나 용신봉사상은 최용신을 여성 계몽의 이상적 모델로 택해 여성들의 계몽을 꾀한다. 여성의 일―노동을 예찬하고 격려함으로써 일을 통해 여성이 집안의 부엌데기가 아니라 국민이 될 수 있다는 믿음을 전파한다.

최용신은 검약한 생활로 가정과 사회를 잘 돌보는 현모양처이자 특유의 부지런함과 명랑함을 잃지 않는 노동으로 당당히 국민의 임무를 수행하는 근대적 여성모델이었다. 그런데 이러한 재현물 속의 최용신은 가부장적 민족국가의 욕망에 의해 의도적으로 왜곡되었다고 할 수 있다. 조국근대화와 민족중흥을 내세우면서 정권의 정당성을 확보하는데 골몰했을 박정희 집권기에 식민지라는 과거의 시간 속에서 호출되어 온 최용신은 암울했던 과거를 회고하는 한편으로 미래의 청사진을 제공하면서 대중들을 근대화에 대한 기대와 희망을 전해주기 위한 근대적 여성모델이었던 것이다. 특히 새마을 운동은 애초 농어촌 근대화의 방편으로 출발했지만 점차 '유신정치운동'의 성격을 띠고 성장제일주의와 반공주의, 국가내셔널리즘을 주입하는 장이 되었는데, 여성들에게 현모양처이면서 동시에 국가와 사회를 위해 봉사하는 여성이

---

11) 신상옥, 『난 영화였다』, 랜덤하우스코리아, 2007, 77~78쪽.

되어야 한다는 의식을 주입시킴으로써 가존의존적이고 여성희생적인 산업화가 여성들에게 부과한 과중한 노동과 종속적 지위를 감내하도록 했다.12) 즉, 국가근대화기는 여성들은 국가 근대화의 참여 주체로 호명되는 등 국민의 자격을 부여받았지만, 유교적 가부장제가 여성에게 주어진 부녀의 규범에 갇힌 채 타자로서 위치지워진 것이다.

영화 속 채영신은 70년대 국가재건의 기획 혹은 국가 내셔널리즘의 사명을 담고 식민지 시간 속에서 재소환된 인물이다. 식민지시기 심훈이 기독교계 여성 계몽운동가 최용신을 모델로 창조한 채영신은 70년대의 문화사회적 맥락 속에서 재창조된다. 물론 원작에서와 마찬가지로 영화 속 영신은 민족의 계몽을 위해 청석골에 헌신한다. 그러나 원작에서 영신의 계몽사업이 기독교계 지식인의 종교적 신념 혹은 지식의 실천을 위한 것인데 비해 영화에서 헌신에 담긴 신념은 부각되지 못한다. 영신이 계몽사업에 나서는 혹은 여러 가지 강도 높은 시련 속에서도 끝까지 청석골을 떠나지 않는 이유가 밝혀지지 않을 뿐 더러 사업을 완수해 가는 과정에서의 내적 갈등과 고뇌 역시 흐릿해졌다. 영신은 개성을 잃어버린 채 당대 가부장제 사회의 지배 이념이 여성에게 기대하는 바를 수행하는 수동적인 캐릭터가 되고 말았다. 특히 영화 속 영신은 일제의 압박이 가혹해질수록 수동적이고 무력해지며 동혁에게 의존적으로 변모해간다. 한곡리로 돌아가려는 동혁에게 자신을 떠나지 말라며 투정 섞인 부탁을 하거나 정숙하지만 세련된 서구식 의복으로 치장한 채 동혁이 올 버스를 무작정 기다리는 영신에게서 청석골 사업을 완성해온 대범하고도 의지적인 계몽운동가의 면모를 찾기 어렵다. 물론 계몽운동가 여성을 금욕주의적이거나 탈성화된 여성으로 그리는

---

12) 한국의 70년대 산업화과정에서 민족주의와 가족주의가 결합하는 방식은 다음을 참고할 것. 김수영, 「근대화와 가족의 변화」, 『한국현대여성사』, 한울, 2004, 154쪽.

것 역시 온당하지 않다. 문제는 영화가 근대전환기를 산 여성지식인 채영신의 갈등과 고뇌를 전혀 담고 있지 못한 데 있다. 원작에서 영신은 동혁과의 결혼이냐 청석골에서 하나님의 사업을 펼칠 것이냐로 끊임없이 고민하지만 영화 속 영신은 인간적인 욕망과 고뇌를 모두 소거당한 채 청석학원을 짓는데 매진하다 스러져가는 수동적인 인물이다.

원작 소설에서 채영신은 비록 계몽사업을 위해 제 한 몸을 바치지만 성격이 제거된 채 희생적 천사로 그려지지 않았다. 몰인정한 지주를 찾아가 청석학원을 지을 기부금을 얻어내려는 장면은 영신이 부당한 현실에 저항하는 고집스러운 성격의 인물임을 암시한다. 소설의 첫 장면, 즉 신문사가 농촌 계몽 운동에 참여했던 열성적인 학생들을 불러 베푼 위로회 겸 보고회 석상에서 영신은 활동을 보고해달라고 요청받지만, "이런 자리에까지 남자와 여자를 구별하는지는 몰르지만, 남이 다 말을 허구난 맨 끄트머리에 언권을 주는 것이 몹시 불쾌합니다"라고 거절하리만큼 여성으로서의 자의식이 강하다. 비록 원작 소설 역시 채영신과 박동혁의 관계는 지도받는자─지도하는 자의 구도를 면하지 못한 부분도 있지만, 영신에게 동혁은 연인일 뿐 아니라 자신을 성찰하고 고무하는 경쟁적 동지이기도 하다.13) 동혁에게 지고 싶지 않다는 독백은 영신의 계몽사업이 식민지 지식인 여성의 준엄한 자기 결단의 방식임을 암시한다. 그러나 영화 속 영신의 일─계몽 사업에서 지식인 혹은 종교인

---

13) 이혜령은 심훈의 『상록수』가 계급적 주체의 리더가 되는 박동혁과 아동과 여성을 가르치는 다소 개량주의적 운동의 주체인 채영신의 일이 리터러시의 위계질서(문맹이라는 인구를 발견하고 학생들을 문자보급운동의 주체로 호명하는 등 학교교육에 기초해 새로이 구축된 서열화된 관계)의 반영이라고 지적하는 가운데, 모더니티의 주체기획이란 여성에게 끊임없는 시간적 지체를 동반하고 있다는 점을 읽어낸다. 이혜령, 「신문·브나로드·소설」, 『한국근대문학연구』 제15호, 한국근대문학회, 2007.

으로서의 신념은 엿보이지 않는 것이다. 당대의 국가민족주의와 결합한 가부장제는 여성의 일을 근대적 개인의 자아의식에 기반한 노동인 직업으로서가 아니라 국가의 경제 발전에 대한 공헌으로 그 의미를 새롭게 정의된다. 이는 국가를 근대화하기 위한 사회적 헌신이라는 도덕적 의미를 부여함으로써 여성들의 일－노동을 부당하게 착취하는 결과를 가져오기도 하였는데, 영신의 일－노동은 민족에의 헌신이라는 차원의, 규범적 윤리적 의미가 강조되고 있는 듯 보인다.

　자신의 죽음을 통해 남성성을 상실한 동혁을 일깨우려는 채영신의 이야기는 오빠나 남동생의 학비를 마련하기 위해 일찌감치 노동현장과 성매매 시장으로 내몰린 여공이나 성노동자 여성들의 경험과 유사한데, 이들 여성하위주체들은 집안 혹은 민족을 일으키기 위해 자신의 희생을 받아들여야만 했다. 이는 어린 여자근로자는 국난에 대처할 힘이 없지만 남아는 발전주의적 기획의 주체로 받아들여졌기 때문이다. 이러한 맥락에서 볼 때 영신의 죽음을 계기로 동혁이 남성성을 회복한다는 설정은 70년대 사회가 여성들의 희생을 발전주의 기획의 전제로 받아들였던 것과 유사하다. 식민지기의 영신과 마찬가지로 70년대의 여성들 역시 근대적 주체의 기획이란 여전히 지체되고 있는 것이다. 영신은 남성의 구원을 위한 희생적 제물이지만, 희생의 억압성을 은폐하듯 영신에게는 "순결한 처녀"라는 이름이 주어진다.

　채영신의 영결식 장에서 영신은 "순결한 처녀"라는 이름을 부여받음으로써 민족의 장래를 걱정했던 기독교계 여성 지식인의 주체성은 훼손된다. "순결한 처녀"는 결과적으로 여성을 성녀와 악녀로 이분화함으로써 여성들의 능동적 욕망을 부정적으로 의미화하면서 감시의 대상으로 남겨둔다. 소설 속 채영신이 신념에 넘치면서 성깔있는 개성적

인물인데 비해 영화 속 영신의 헌신은 수동성을 면치 못하는 것은 이러한 이유 때문이다.

5. 결론

주체가 호소하는 슬픔의 감정이라는 것은 정치적 책략으로서의 의미도 있다. 눈물을 흘리는 자는 자신을 피해자화함으로써 기실 그가 획득한 기득권이나 자신이 저지른 잘못마저 은폐할 수 있기 때문이다. 흥미로운 것은 한국의 문화사 속에서 지배적 장르인 멜로드라마는 기실 남성들의 이야기라는 것이다. 그간 멜로드라마는 여성의 장르로 치부되어왔다. 눈물이 여성젠더의 문화적 특징인 것처럼, 멜로드라마의 주인공과 관객 모두 여성으로 치부되어 왔다. 그러나 기실 김동인의 「약한 자의 슬픔」으로부터 시작해서 한국의 멜로드라마 속의 다수는 남성이다.[14] 이는 멜로드라마 양식과 남성 정체성의 상관성, 그리고 그러한 서사양식을 구축한 한국적 근대의 사회문화적 현실을 고찰할 필요를 암시한다.

남성들의 멜로드라마는 남성들의 주체성 역시 불안한 것임을 암시하기에 솔직하다. 남성들은 흔들리는 존재이고, 그들의 남성성은 굳건

---

14) 그간 남성멜로에 관한 연구는 주로 IMF 이후 등장한 최근 서사물에 집중되어 조명되었다. 그러나 기실 남성 멜로드라마는 한국대중서사물의 주요한 흐름을 형성하고 있다고 할 수 있는데, 이러한 흐름의 원인과 그것이 만들어낸 서사 문법의 특징과 의미를 파악해 볼 필요가 있다. 남성 멜로드라마에 관한 대표적 연구로 다음의 글을 들 수 있다. 문재철, 「상실과 구원의 플래시백 – '박하사탕'에 나타난 멜로드라마적 역사」, 연세대 미디어아트연구소 엮음, 『박하사탕』, 삼인, 2003: 이현경, 「한국 멜로영화의 다양한 분화 양상 – 1990년대 후반기 이후 한국 남성 멜로영화」, 대중서사장르연구회, 『대중서사장르의 모든 것: 1. 멜로드라마』, 이론과 실천, 2007.

하지 못하다. 즉, 남성에 대한 본질주의화된 세속적 믿음은 말 그대로 발명된 것임이 폭로되는 것이다. 그러나 남성 멜로드라마는 여성의 더 많은 헌신을 요구함으로써 남성의 위기를 봉합한다는 점에서 억압적이다. 여기에는 양처론, 내조론 등 여성의 헌신을 요구하는 세속적 규범 혹은 가치들이 겹쳐있다. 남성 멜로드라마는 결과적으로 남성성의 위기를 '고(告)'하는 것이 아니라, 그것을 통해 남성성을 복구하려는 기획이다. 이러한 남성성 복원의 과정에서 여성들은 희생의 제물이 됨으로써 순결한 처녀─여성의 이름을 부여받는다. 남성들의 멜로드라마에서는 희생적 여성에 관한 환상이 두드러진다. 남성들은 자신의 재능을 알아보는 영민함이 있으면서도 자신을 전폭적으로 지지해주는 모성적 여성을 최고의 이상형으로 삼는 경향이 있다.15) 특히 70년대 사회는 여성들을 산업적 발전의 기획을 이끌어 갈 주체로서 받아들이는 다른 한편으로 권리를 추구하기보다 남성에 대한 헌신을 유도한다. 여성들을 파트너로 받아들이면서도 남성의 보조적 자리를 망각하지 않는, 부덕을 갖춘 여성이 되라는 제한을 두는 것이다. 이렇듯 가부장제 사회의 이중적인 욕망은 70년대 근대화 담론 속의 이상적 여성의 전형인 채영신을 통해 드러난다. 영신은 70년대 한국의 정치 문화 속에서 가부장제 사회가 기대하는 이상적 여성으로 왜곡되어 제시된다.

성별은 고정된 자연적 소여라기보다 사회정치적, 심리적 변수에 의해 구성되는 수행적인 것이며, 보편적 인간의 대표로 가정된 남성/남성성은 여성/여성성의 흡수, 배제하는 과정을 통해 구축된 사회적 정체성임을 암시한다. 서사 장르는 은밀하거나 노골적인 방식으로 여성성을 결핍, 부재로 규정함으로써 여성을 근대적 주체가 될 수 없는 타자로

---

15) 박유희, 「멜로드라마는 어떻게 형성되었는가」, 『대중서사장르의 모든 것: 1. 멜로드라마』, 앞의 책, 19쪽.

규정하고 가부장적 상징질서를 구축해 왔다. 성의 이원화/위계화된 범주는 공적 영역과 사적 영역을 성별화하는 데서 그치지 않고 모든 삶과 사유를 관통하는 대립의 질서를 구조화한다. 특히, 자본주의화 과정, 반식민 관제 민족주의, 파시즘적 총력전을 매개로 해서 형성되어 갔던 한국의 근대화 과정은 여성을 모더니티의 주체로서 인정하지 않는데, 이를 증명하듯 여성주인공은 '성녀'나 혹은 '창녀'라는 이름으로 죽는다. 이는 경제성장과 조국 근대화 논리가 여성을 사적 영역에서 공적 영역으로 호출하였음에도 불구하고 이러한 변화가 젠더 관계의 실질적인 변화로 이어지지 못하고 근대 공간에서 성차가 재의미화되고 있음을 암시한다. 여성은 한국 사회 내부의 '타자성'을 의미한다. 성차를 재구조화함으로써 구축된 조국 근대화 사업 혹은 현대 소설의 알레고리이다.

참고문헌

기본자료

류달영, 『최용신 소전』, 성서조선사, 1939.
심 훈, 『상록수』(1935), 문학과지성사, 2005.
임권택, ≪상록수≫, 화천영화공사, 1978.

참고논저

강영희, 「10월 유신, 청년문화, 사회성 멜로드라마」, 한국여성연구회 편, 『여성과 사회』제3호, 창작과비평사, 1992.
김수영, 「근대화와 가족의 변화」, 『한국현대여성사』, 한울, 2004,

김영옥 편, 『'근대' 여성이 가지 않은 길』, 또 하나의 문화, 2001.

김은실, 「한국 근대화 프로젝트의 문화논리와 가부장성」, 임지현 외, 『우리 안의 파시즘』, 삼인, 2000,

김은하, 「남성성의 형성과 여성의 몸―1970년대 소설을 대상으로」, 『내일을 여는 작가』37, 작가회의 출판부, 2004.

대중서사장르연구회 지음, 『대중서사장르의 모든 것: 1. 멜로드라마』, 이론과 실천, 2007.

문승숙, 「민족 공동체 만들기」, 일레인 김 · 최정무 편저/ 박은미 옮김, 『위험한 여성』, 삼인, 2001.

문재철 외 지음, 『대중영화와 현대사회』, 소도, 2005.

박유희, 「멜로드라마는 어떻게 형성되었는가」, 『대중서사장르의 모든 것: 1. 멜로드라마』, 이론과 실천, 2007.

신상옥, 『난 영화였다』, 랜덤하우스코리아, 2007.

안산문화원, 『최용신 기념관 건립에 따른 제의』, 2004.

안주승, 『상록수와 최용신의 생애』, 홍익재, 1992.

연세대 미디어아트연구소 엮음, 『박하사탕』, 삼인, 2003.

이현경, 「한국 멜로영화의 다양한 분화 양상―1990년대 후반기 이후 한국 남성 멜로영화」, 대중서사장르연구회 지음, 『대중서사장르의 모든 것: 1. 멜로드라마』, 이론과 실천, 2007.

이혜령, 「신문 · 브나르도 · 소설」, 『한국근대문학연구』제15호, 한국근대문학회 2007.

일레인 김 · 최정무, 박은미 역, 『위험한 여성』, 삼인, 2001.

임권택 · 정성일, 『임권택이 임권택을 말하다』, 현실문화연구, 2003.

유선영, 「동원체제의 과민족화 프로젝트와 섹스영화」, 『언론과 사회』15권 2호, 사단법인 언론과사회, 2007.

전경옥 외, 『한국여성문화사2: 1945―1980』, 숙명여대출판국, 2005.

주디스 허먼, 최현정 역, 『트라우마』, 플래닛, 2007.

한국영상자료원 편, 『한국영화사 공부: 1960―1979』, 이채, 2007.

3부

기타

근대 소설의 형성과 우울한 남자

염상섭의 『만세전』을 대상으로

1. '개성의 자각'과 감성적인 남자의 출현

이글의 목적은 염상섭의 『만세전』(1924)을 대상으로 문화적 개인주의자들이 주도한 1920년대 문학 장에서 감성적 남자의 출현이 갖는 의미를 살펴보는 데 있다. 근대문학 초창기의 남성 인물들은 슬프고 고동학 감정과잉의 존재들이다. 한국의 문화적 관습 속에서 눈물, 애상, 우울은 여성·여성성의 표지이기 때문에 남성의 슬픔은 주체성 형성이 실패했다는 예증으로 받아들여지기 쉽다. 이는 고전 문학에서 절절한 연군의 정과 상실감을 드러내는 시적 화자가 작가의 성별과 달리 여성이며,[1] 여자의 목소리는 감정의 깊이와 진실성을 확보하는 시적 장치

---

[1] 문혜원·황현산·고미숙, 「소월과 만해 시에 나타난 여성화자의 문제」, 『파라 21』, 이수출판사, 2004, 268쪽. 감정이 여성의 표상일 수 있었던 것은 여성들의 낮은 신분 때문이다. 남성은 처첩제도 속에서 어떤 대상을 마음대로 취할 수 있었기 때문에 그리움과 상실감이 깊어질 수가 없었지만, 여성은 자기가 사랑하는 대상을 마음대로 취할 수 없었기 때문에 절절한 연가를 읊조릴 수밖에 없다. 한 예로 조선후기 중인층 남성 가객들의 시는 애절한 감정을 드러내는데, 이는 사대부처럼 여성을 쉽게 획득할 수 없는, 그들의 낮은 신분과 관련이 있다. 그들은 구애를 위해 성적 매력이

로 여겨져 왔다는 데서 짐작할 수 있다. 특히, 눈물은 공허와 실패, 그리고 몰락과 파국을 의미한다. 즉, 그것은 이미 거세된 여성의 표지인 것이다. 근대문학 초창기 남성들의 비애감은 문화적 주변부에 선 남자들의 위기를 가시화해 주는 게 분명하다. 실제로 식민화란 남성들을 그들이 속해 있던 공동체로부터 강제적으로 추방함으로써 이루어지는데, 이때 남성들은 그들이 전통적으로 누려온 지위와 역할을 박탈당하고, 제국과의 관계에서 주체성을 부인당하기 때문이다. 그러나 근대문학 초창기의 남성인물들이 보여주는 우울은 거세를 부인하는 것으로서, 예외적 개인 · 고독한 영웅의 징표로 제시된다. 그것은 특히 개성의 자각을 모토로 내걸고, 전통 사회의 가치와 관습을 거부한 개인주의자의 징표이기도 하다. 우울은 기실 그들이 미개하고 타락한 조선과 대립되는 가치의 소유자임을 증명하는 것이면서, 동시에 트라우마로 조선에 대한 사랑을 보유하는 방식이기도 하다.

슬픔은 비장한 영웅주의의 징표이다. 슬픔과 결부된 고독의 감정은 사회로부터 강제적으로 추방당한 결과가 아니라 그 스스로가 자신을 집단과 분리함으로써 얻은 고립에 따른 것이다. 그렇다면 그것은 고독한 영웅이라는 증표가 되는 것이다. 즉, 고독은 '나'는 진정한 삶을 추구하고 있다는 표지이며, 자유의사로 인한 방랑자라는 의미마저 가지고 있는 것이다.[2] 고미숙에 따르면 감성은 여성 젠더에 귀속되는 생물학

나 예술적 취향 같은 다른 자질들을 개발할 숫밖에 없었는데, 절절한 감정은 그러한 구애의 한 표현이다.
2) 이언 와트, 이시연 · 강유나 역, 「르네상스 개인주의와 반종교개혁」, 『근대 개인주의 신화』, 문학동네, 2004, 81~82쪽. 이언 와트는 개인주의자의 첫 번째 정의가 "원칙으로서의 자기중심적 감정 또는 행동, 자유롭고 독립적인 개인의 행동 또는 생각, 자기 본위"를 구현하고 있다는 것임을 밝히고, 이들의 "터무니없이 과대한 자아"와 "혈혈단신의 유목민"적 방랑 등에 주목한다.

적 자질이 아닌 사회적 권력관계를 반영한 것인데, 이는 감성이 단순히 감상적인 패배주의나 소극적 체념을 의미하는 게 아니라 능동적인 자기 표현의 의지마저 담고 있음을 유추하게 한다. 염상섭의 「암야」의 주인공 'X'는 아리시마 다케오의 단편집 『출생의 고뇌』를 읽으며 "자기 자신도 알 수 없는 눈물"을 흘린다. 이 눈물은 자신과 벗들이 실은 "가련하고 고적한 병신 소년"과 같은 "작고 약하고 추한" 존재라는 자각을 담고 있을 뿐만 아니라, 자기 통합의 강렬한 회원을 피력하는 것이기도 하다.[3] 따라서 눈물은 감정의 배출이라는 의미보다 비탄의 감각을 통한 자기 자신의 향유의 의미마저 담고 있다. 슬픔은 감수성이 풍부한 개인주의자의 자기 위안의 방식이었다. 이는 근대문학 초창기에 등장한 감수성 풍부한 남자의 출현을 국가 상실로 인한 슬픔으로 환원시킬 수만은 없음을 의미한다. 감정은 권력관계를 반영한 것에 머물지 않고, 주체성의 파탄을 봉합하려는 자기 주체화의 전략일 수 있다.

1920년대는 개성과 자각이라는 시대적 모토 속에서 사적 삶을 중심으로 근대적 사회 개량이 이루어진 시기이다. 근대적 부르주아지들은 전통 사회의 가치, 제도와 관습을 경멸하며 가족과 유리되기를 두려워하지 않았다. 가족이나 제도는 더 이상 자신의 정당성을 증명해 줄 외적 지표가 될 수 없었다. 그 결과 매 순간 자신의 정당성을 조회하고 탐문하는 자아가 수립된다. 개인의 자아는, 도덕의 근원이 전통이나 부권 등 외부적 권위에서 비롯되는 것이 아니고 인간의 내면에서 비롯되는

---

3) 안 뱅상 뷔포, 이자경 역, 『눈물의 역사: 18−19세기』, 동문선, 2000. 저자에 따르면 성별에 따라 눈물의 의미는 다른데, 여성의 눈물은 "여성적 자질인 헌신과 순수함"(223쪽)을, 남성의 눈물은 "존재의 완전성을 위협하는 내면의 상처"(250쪽)를 암시한다. 염상섭의 소설에는 남성 화자가 눈물을 흘리는 장면이 종종 등장하는데, 눈물은 일차원적으로 자존감의 추락을 의미하지만, 우월한 자아를 확인하는 계기이기도 하다.

것임을 의미해주는 것이자 사물의 진위를 가르는 최종심급이었다. 이렇듯 자아의 구축이 근대적 개인의 일대 과업이 되면서 감정 역시 억압적이고 인위적인 제도에 맞설 수 있는 진실의 저장고이자, 신념을 북돋우고 정당화함으로써 심리적 견고함을 느끼게 해주는 지침으로 발견된다. 기실 근대적 개인이 된다는 것은 불확실한 자아의 공포와 매혹을 나날의 경험으로 안고 사는 것이기도 하다. 개인의 내면은 불안 · 고독 · 슬픔 등이 출현하는 감정의 극장이기도 하다. 전통적인 환경에 의해 제공되었던 심리적 지주와 안정감이 사라져버렸기 때문이다. 근대문학 초창기 소설의 한 유형은 이렇듯 삶의 외적 전범이 사라진 시대에서 예술을 통해 개인적 자아의 구축을 시도했던 예술가 주인공들인데, 이들은 가족을 낯설어하거나 역겨워하고, 친구들과도 제대로 소통하지 못하는 고독한 존재들이자 이유를 알 수 없는 슬픔에 휩싸이는, 감정과잉의 인물들이다. 그러나 이들의 특유한 성격인 정서적 격렬함이 어떤 선험적인 믿음도 없이 부유하며 자아를 구축해야 하는 근대인의 고투를 의미하지 않는다. 이는 식민지라는 부정적 현실을 신문화운동으로 극복하고자 했던 부르주아 주체가 봉착할 수밖에 없는 세계였다.

2. 자기 비하의 식민지적 병리현상과 『만세전』

주지하다시피 1910년대가 실력 양성을 통한 국권회복을 꾀하면서 국가 개념을 강조한 시기였다면, 1920년대에는 10년대 중반부터 일본 유학생을 중심으로 펼쳐진 개인주의 이념이 확산되면서 자유나 개성이 강조되었다. 주로 유학파 출신의 문인들은 동인지 『창조』, 『백조』,

『폐허』를 통해 자신들의 새로운 문학론을 정립하면서 조선을 미래로의 역동적인 기투가 불가능한 죽음의 공간으로 선언했다.4) 염상섭과 함께『폐허』를 주도한 오상순은 "우리의 朝鮮은 荒凉한 廢墟의 朝鮮이요, 우리 時代는 悲痛한 煩悶의 時代"라고 절규하며, 기꺼이 신생을 위해 "인습적 노예적 생활의 양식"을 타파할 것을 주장하고, 그러한 시대적 오뇌를 짊어지고 나갈 청년들의 사명을 고독한 자기희생이라고 함으로써, 자기세대에 비장한 영웅주의의 색채마저 부여했다.

> 우리 싸움의 제일선의 대상은, 위선 파괴에 잇다. 세우기 젼에 먼저 깨드려야 하겠다. 우리의 칼과 창끝은 먼저, 우리의 일절 내적 외적의, 퇴패하고 부패하고 고루하고 편협하고 침체하고 잔인하고 악독한 모든 인습적 노예적 생활의 양식—그 구각으로 향해야 할 것이다.
>
> …(중략)…
>
> 우리는 시대의 희생이 되는 것을 두려워할 필요는 업다. 또 구태여, 남으로 하야금 피하게 할 것도 없다. 희생은 본래부터 비극일다. 그러나 영원한 내적 세계에서는 그것은 가장 숭고하고 장엄한 부활이다. 아모리 적은 희생이라도, 아모리 정익(精益)한 침묵에 파뭇친 희생일지라도 영생의 빗속에 들어오지 안을 것은 업다. 그는 우리의 시대를 뇌(惱)케 하고 잇는 영원한 생명의 세계에서는 여하한 존재라도 축복 아니 되며, 영생화되지 안코 소멸하는 것은 절대로 업슬 것임으로. 이것의 우리 청년의 열정적 신앙일다.
>
> —오상순,「時代苦와 그 犧牲」,『폐허』, 창간호, 1920. 7.5)

---

4) 차승기,「『폐허』의 시간」,『1920년대 동인지 문학과 근대성 연구—상허학보 제2집』, 깊은샘, 2000. 이 글은 동인지문학이 성격을 동인지 작가들과 그들의 문학이 놓여 있었던 역사적 시간—공간을 통해 고찰함으로써 동인지 문학의 생성 조건을 밝히고 있다.

5) 권영민 편,『한국현대문학비평사 자료I』, 태극출판사, 1981, 149~157쪽.

1920년대의 개인주의 이념은 정치적 독립이 이루어지지 못한 상태에서도 사회적인 부분의 성취를 가능한 것으로 제시했지만, 실제적으로 개인은 식민지 권력이 갖는 국가적 속성으로부터 자유로울 수 없었다. 그 결과 이들이 강조한 "개인주의적 생활양식은 일제의 헤게모니 지배의 틀 속에 편입되어 식민 지배를 승인하는 결과를 낳았으며, 다른 한편으로 정치적 자유주의가 불가능한 상황에서 내면의 인격수양을 강조하는 인격주의나 퇴폐적인 자유에 탐닉하는 딜레탕티슴으로 귀결되기 쉬웠다."6) 그것은 우승열패의 진화론을 내면화한 지식인들이 봉착할 수밖에 없는 세계이기도 했다. 이 시기 소설에 나타난 인물들의 무기력하고 빈곤한 생활, 그것과 결부된 슬픔의 감정은 세상과의 불화의 증거로 그들의 순수함과 정신적 고결함을 환기시키는 측면이 있다. 그러나 그것은 식민지적 예속상태를 고려하지 않은 자율적 개인의 무책임한 낭만적 환영, 즉 개인주의 이념의 실패를 보여주는 증거이기도 하다.

염상섭은 「표본실의 청개구리」, 「암야」의 무기력한 지식인의 내면 풍경을 거쳐 『만세전』에 이르러 개인주의자의 영광과 비참, 열망과 허위를 생생하게 담아낸다. 그가 포착한 침울한 나르시시스트의 내면은, 각성한 개인에 기반해 근대적 문화 공동체를 건설하고, 이로써 국권상실의 비극을 초극하고자 했던 개인주의 이념이 창조한 문학의 심부를 엿보게 한다. 김동인은 그의 첫 단편인 「표본실의 청개구리」가 발표되자, "강적이 나타났다는 것을 직각(直覺)했다"고 고백하며, 이 작품에

---

6) 박명규, 「1920년대 '사회' 인식과 개인주의」, 『한국사회사상사연구』, 나남출판, 2003, 285쪽. 이 논문에 의하면 1919년의 3·1운동 이후 '사회'에 대한 관심이 고조되면서 다양한 사회단체가 출현하고 조직적 사회운동이 활발하게 전개되었으며, 이러한 변화 속에서 국가나 민족 못지않게 개인과 사회에 대한 폭넓은 관심이 등장했다.

나타난 "침울과 다민(多悶)"의 감각에 "선망과 경이의 눈을 던"졌다. 그에 의하면 "침울과 다민(多悶)"은 한국문학사에서 전범을 찾을 수 없는 이례적인 감각이다. "원래 역사적으로 많은 학대와 냉시 앞에 고통을 겪어온 조선 사람들은 생활이나 생에 대한 번민을 그다지 느끼지 않"고, "모든 것을 팔자라 하는 무형물에 넘겨버리"기 때문에, "햄릿식 다민다한(多悶多恨)"이 출현한 적이 없다. 그는 이 낯선 감각에 주목해 염상섭을 자신의 적수가 될만한 작가로 인정했다. 그러나 이 낯선 감각의 출현을 "이는 '이렇게 짓겠다'는 노력 아래에 될 것이 아니고 저절로 여기에 도달할 것"[7]이라고 함으로써, 그것이 시대적 정서 구조의 산물임을 암시했다.

3. 죽어가는 아내의 급전(急電)과 귀국의 의미

『만세전』은 동경 유학생 이인화가, 조혼한 아내가 해산 후 더침으로 위독하다는 '급전'을 받고 귀국해 아내의 장례를 치른 후 다시 일본으로 돌아가기까지의 시간을 담고 있다. 일반적으로 여로의 플롯은 각성 혹은 발견을 뜻하는데, 이인화의 여정 역시 그러한 의미를 담고 있다. 동경―신호―하관―부산―김천―대전―서울―동경으로 이어지는 여정에서 그는 일인들의 조선 침탈이 얼마나 심각한지를 목도하고, 헌병에 수시로 검문을 당하면서 그 자신이 '구속'의 상태에 놓였음을 '자각'한다. 이러한 점 때문에 이 작품은 식민지 지식인이 개인적 자아에서 사회적 자아로 성숙해 가는 과정을 그린 여행기로, 특히 지식인의

---

7) 김동인, 「조선근대소설고」, 『김동인전집 16』, 조선일보사, 1988, 25쪽.

민족주의적 주체로 자기를 정립해 가는 이야기로 읽혀왔다. 분명 이인화는 여정을 통해 사회적 자아로 다시 태어난다. 조국에 대해 무관심하던 그는 여행 중 자신이 "스물 두셋쯤 된 책상 도련님"(56쪽)에 불과함을 자각한다. 그리고 여정의 끝에서 급기야 자신이 "발길과 채찍 밑에 부대끼면서도 숨이 죽어 엎디어 있는 거세된 존재"(170쪽)라고 자인하며, "문학의 도(徒)"를 통해 "자유롭고 진실된 생활을 찾아가고, 이것을 세우"겠다고 다짐한다.

> …이제는 歐洲의 천지는 그 참혹한 살육의 피비린내가 걷히고 휴전조약이 성립되었다 하지 않습니까. 부질없는 총탈을 거두고 제법 인류의 신생을 생각하려는 것 같습니다. 그러나 이 땅의 소학교 교원의 허리에서 그 장난감칼을 떼어놓을 날은 언제일지? 숨이 막힙니다……
> 우리 문학의 徒는 자유롭고 진실된 생활을 찾아가고, 이것을 세우는 것이 그 본령인가 합니다. 우리의 교유, 우리의 우정이 이것으로 맺어지지 않는다면 거짓말입니다. 이 나라의 백성의, 그리고 당신의 동포의, 진실된 생활을 찾아나가는 자각과 발분을 위하여 싸우는 신념 없이는 우리의 우정도 헛소리입니다……(170~171쪽)

그는 제국의 폭력을 넘어설 대안으로 문학을 상정하고 있으며, 이때 문학의 본령은 "자유롭고 진실된 생활을 찾아가고, 이것을 세우는 것", 즉 신문화 건설로 제시된다. 앞서 살펴보았지만, 신문화란 곧 개성의 자각을 의미한다. 실상 식민지하의 개성자각론은 스스로를 자신이 속한 문화적 전통으로부터 떼어냄으로써, 혈혈단신의 단독자가 되는 것과 다를 바 없었다. 즉, 그것은 부득이 자신의 조국과 민족을 모욕하는 것이며, 한때 쏟아 부었던 사랑의 감정을 철회하는 것이다. 이후 살펴보겠지만, 그는 여정의 끝에 다다르면서 조국에 대한 환멸의 감정을 토하듯 쏟아낸다. 이러한 개성 자각의 여정은, 조혼한 아내의 죽음이라는 모티브로 시작되는데, 이는 매우 암시적인 설정이라 할 수 있다. 조혼한 아내야말로, 근대적 지식인들을 그토록 진저리치게 한 혐오스러운 조선이자, 신여성과의 열정적 사랑을 가로막는 걸림돌이자, 댄디가 될 수 없게 만드는, 상처의 낙인이었기 때문이다. 『만세전』은 지식인 남성이 개성을 자각하는 과정과 구식 아내가 죽어가는 과정을 병치시켜 놓고 있다. 이는 이 작품이 세간의 지배적인 해석과 달리, 오리엔탈리즘을 내면화한 지식인의 자아정립기임을 의미한다.8)

그런데 아내로 상징되는 조선과의 작별이 처음부터 쉽게 이루어지지 않고 있으며, 기실 아내에 대한 혐오의 이면에는 아내에 대한 애정과 죄의식이 자리잡고 있다는 점도 고려되어야 한다. 그는 "급전(急電)"을 받고도 조선으로 가져갈 물건을 산다는 핑계로 쇼핑을 하고, 다듬을 필요 없는 머리손질을 위해 이발소에 들르고, 카페 여급을 희롱하는 등 귀국을 지연시킨다. 그는 '아직 죽지 않은 게로군!'(7쪽)이라며 조선에서 온 전보에 위악적이리 만큼 냉소적으로 반응한다. 그러나 다른 한편으로는 "총총걸음"으로 일인 교수를 찾아가 시험을 미루고, "허둥허둥" 동경 역으로 나선다. 이렇듯 그가 한편으로는 아내를 근심하면서도 귀국을 미루는 이유는 무엇일까? 이는 아내의 죽음으로 촉발된 혹은 촉발될 그 무엇인가와 마주하기를 두려워하고 있음을 암시한다. 그는 왜 애정도 없는 아내와의 이별 앞에서 당황해하며, 다른 한편으로는 그녀가

---

8) 『만세전』은 근대적 식민 주체의 탄생 과정을 담고 있음에도, 저항적 리얼리스트의 작품으로 평가받아 왔다. 한편, 최근에는 『만세전』을 탈식민주의적 관점에서 재해석하려는 시도가 늘고 있다. 이와 관련된 대표적인 논문으로 다음을 참고할 것. 오윤호, 「한국 근대 소설의 식민지 경험과 서사 전략 연구-염상섭과 최인훈을 중심으로」, 서강대대학원 박사논문, 2003.

죽기를 바라는가? 이 양가감정을 축으로 서사가 어떻게 진척되는 가는지를 살펴볼 필요가 있는데, 먼저 이별이 지연되는 이유가 밖에 있지 않고, 이인화 자신의 내부에서 비롯된다는 것을 주목할 필요가 있다. 이인화는 카페여급을 한껏 희롱하고 유쾌해하기보다는 슬픔에 사로잡힌다. 그는 "터무니없는 울분이 가슴속에서 용심지같이 치밀어 올라"와 "컴컴한 속에서 열병에나 띄운 놈 모양으로" 서성대며, "별안간 눈물이 비집어 나올 만큼 지향할 수 없는 애처로운 생각이 물밀듯하고 참을 수 없이 허전하고 외로운 생각에 긴 한숨을 뿜"(24쪽)는다. 이렇듯 울분과 눈물 그리고 한숨은 아내의 죽음이라는 예고된 사건에서 발생한 우울증적9) 감정의 격한 반응이다. 그의 우울한 감정은 근대를 지향하는 식민지 지식인의 조국과의 관계와, 그러한 관계가 그의 주체성 정립에 어떻게 작용하는지를 살펴볼 매개가 될만하다.

이인화의 슬픔의 근저에는 아내로 상징되는 조선이 있으며, 조선은 자애심을 급격하게 추락시켜 버리는 트라우마와 모종의 관련성이 있다. 냉소주의자인 이인화에게도 아내에 대한 희미한 사랑의 기억이 있지만, 그는 모종의 사건을 계기로 아내에 대한 애정의 감정을 철회한 듯 보인다. 그리고 이 애정의 철회는 조선에 대한 다분히 의도적인 무관심으로 드러난다. 그는 비록 조혼한 탓에 아내에게 "어려서부터 정이 들지 않"았다고 말하지만, 아내의 "뼈가 앙상한 손"에서 "이(이인화 자

---

9) 임옥희, 「동성애 금지와 젠더 우울증」, 『젠더의 조롱과 우울의 철학: 주디스 버틀러 읽기』, 여이연, 2006, 107~108쪽. 프로이트는 「애도와 우울증」에서 대상애 대 나르시시즘의 관계를 애도 대 우울증으로 연결시키면서, 그것이 자아 형성에 어떤 영향을 미치는지를 밝혔다. 애도는 상실과 대면하면서 주체가 보이는 정상적인 반응인데 비해 우울증은 심인성 질병이다. 애도의 경우 시간이 경과하면 슬픔은 극복되고 치유된다. 반면 우울증의 경우 상실은 무의식적이므로 충분한 애도가 될 수 없다. 우울증은 자존의식의 급격한 저하를 초래한다. 그러므로 애도의 경우 세계가 빈곤하고 공허해진다면, 우울증의 경우 자아가 빈곤해진다.

신: 필자) 몸에 닿던 포동포동하고 제일 귀여워 보이던 그 손"(137쪽)을 떠올린다. 그런데 무엇 때문에 그는 아내에 대한 환멸의 감정을 토하는 것인가? 이인화의 회고에 따르면 그는 현재 7년이나 일본에 있으면서 마음껏 자유를 누리며 살았고, 이로 인해 "민족관념"을 의식하지 않았지만 소학교 시절에는 "애국심이 열렬"(50쪽)했었다. 일본 교사와 충돌을 일으켜 퇴학을 당하고, 조선 역사를 가리킨다는 사립학교로 전학을 하려고 했을 정도였다. 그러나 그는 모종의 사건을 계기로 일본으로 떠나고, 조선의 실정에 무관심한 동경 유학생으로 살아간다. 그가 유학을 가고 조선에 대한 의도적으로 무관심한 태도를 갖게 한 계기가 김의관 사건이다.

조선으로 가는 열차 안에서 그는 김의관과 관련한 일화를 떠올리는데, 이 사건은 소년인 그가 조선에 대한 애정을 억누르게 된 계기로 제시된다. 그는 김의관이 위생비와 청결비를 안 냈다는 이유로, 그가 "세상에서 제일 무서운 사람으로 알"던 순검에게 끌려가면서도 소리를 지르고 교번소에서도 호통을 치던 장면을 기억해낸다. 그 사건은 갓 중학에 입학한 그에게 "제일 우습던 김의관이 제일 잘나 보였다"(113쪽)라고 말할 만큼 경이로운 것이었다. 그러나 재차 끌려간 김의관은 "올가미 쓴 개새끼처럼 유순해진" 이후 그는 일본으로 유학을 간다. 이는 그의 일본행이 조선에 대한 외면의 의미를 담고 있으며, 그 행동의 근저에 수치심이 자리잡고 있음을 암시한다. 그가 급전을 받고 우울해진 까닭은, 그것이 "급격한 자애심의 하락과 상당량의 자아의 빈곤"[10]을 유발한 상처를 환기시켜 주었기 때문일 것이다. 이 붕괴된 자존심의 상처 때문에 그는 조선에 대한 의도적인 무관심으로 자신의 정체를 묻지 않

---

10) 조현순, 「애도와 우울증」, 『페미니즘과 정신분석』, 여이연, 2004, 59쪽.

은 채 일인도 아니고 조선인도 아닌 상태로 살아왔다. 따라서 아내의 죽음이 임박했음을 알리는 전보는 그의 정체성에 대한 질문이 이루어지게 될 것임을 암시한다.

여정의 초입에서 그는 일인의 조선 침탈의 심각성에 대해 분노하는 등 저항적 지식인으로서의 주체 위치를 확립하는 듯 보인다. 그러나 수차례 일인의 검문을 받는 등 피식민자로서의 열등한 위치가 폭로되면서 그의 귀국은 거듭 지연되고, 결국 그는 조선을 아무런 희망이 없는 무덤으로 선언하며 조선에 대한 사랑을 철회한다. 조선은 죽어가는 아내의 이미지와 무덤으로 '비체화'된다. 귀국 과정에서 그는 '을라'를 만나는데, 그녀가 음악회를 보고 며칠 후 귀국하자는 말에 "송장을 뻐듯 드려놓과, 음악회란 다 뭐예요"라고 대꾸한다. 여기서 송장은 어리석은 관객만이 아니라 아내를 가리킨다. 또, 그는 조선의 열차 안에서 조선을 "구더기가 우글우글하는 무덤"(132쪽)이라고 선언한다. 그리고 아내의 장례를 치른 후 동경으로 떠나면서 "내년 봄에 나오면, 어떻게 다시 성례를 해야 하지 않니?"라는 큰집 형님의 말에 "겨우 무덤 속에서 빠져나가는데요? 따뜻한 봄이나 만나서 별장이나 하나 장만하고 거드럭거릴 때가 되거든요……!"(167~168쪽)라고 대답한다. 이렇듯 조선과 아내는 죽음의 이미지로 결합된다. 조선에 도착해 그가 가족과 열차 승객과 나눈 대화 역시 공동묘지법에 관한 것이다. 이는 '조선은 폐허고 죽음이다'라는 『폐허』의 선언을 연상시킨다.

> …(전략)… 나는 한번 휙 돌려다본 뒤에,
> '공동묘지다! 구더기가 우글우글하는 공동묘지다!'
> 라고 속으로 생각하였다.
> '이 방 안부터 여부없는 공동묘지다. 공동묘지에 있으니까 공동묘

지에 들어가기를 싫어하는 것이다. 구더기가 득시글득시글하는 무덤 속이다. 모두가 구더기다. 너도 구더기, 나도 구더기다. 그 속에서도 진화론적인 모든 조건은 한 초 동안도 거르지 않고 진행되겠지! 생존 경쟁이 있고 자연도태가 있고 네가 잘났느니 내가 잘났느니 하고 으르렁댈 것이다. 그러나 조만간 구더기의 낱낱이 해체가 되어서 원소가 되고 흙이 되어서 내 입으로 들어가고 네 코로 들어갔다가, 네나 내나 거꾸러지면 미궁 또 구더기가 되어서 원소가 되거나 흙이 될 것이다. 에잇! 뒈져라! 움도 싹도 없어져버려라! 망할 대로 망해버려라! 사태가 나든지 망해버리든지 양단간에 끝장이 나고 보면 그 중에서도 혹은 조금이라도 쓸모 있는 나은 놈이 생길지도 모를 것이다.'(127쪽)

급기야 이인화는 죽어가는 아내가 있는 집으로 가기 전, 공포와 혐오의 감정 속에서 조선을 향한 저주를 퍼붓는다. 그러나 그러한 조선이 곧 자신의 일부임은 그가 자신을 "발길과 채찍 밑에서 부대끼면서도 숨이 죽어 엎디어 있는 거세된 존재"라고 자인하는 데서 드러난다. 즉, 그의 초자아는 한편으로는 자아를 학대하고 징벌한다. 이때 학대의 대상이 된 조선은 그의 자아의 일부인 것이다. 그런데 이때 주목할 것은 조선에 대한 지독한 학대의 말을 퍼붓게 하는 그의 초자아가 바로 제국이라는 것이다. 즉, 자신의 거세를 폭로하는 용기는 조선의 전통과 제도를 야만으로 규정한 서구적 이분법의 승리를 암시하는 것이기도 하다.

4. 문화적 혼종성과 주체 형성의 문제

식민화란 새로운 제도가 부식되고 생산양식이 중첩되며 문화적인 위계가 강제적으로 조정되는 과정이기 때문에 서로 다른 시간이 뒤섞이며 갖가지 기이한 결합에 의해 문화적 혼종성을 피할 수 없는 상황이 초래되기 마련이다.[11] 이러한 상황에서 변두리 피식민지 출신의 지식인은 낙후한 자신을 돌아보면서 비애감을 느끼고, 열렬히 중심을 동경하게 된다. 실제로 그는 모방적 인간으로서 중심부 인간이 되기 위해 온갖 흉내를 낼 것이다. 서구는 문명과 야만의 위계적 이분법을 통해 스스로를 우월한 중심으로 선언하고, 자신을 따라 배우도록 유도하기 때문이다. 이로써 피식민지의 전통 문화나 주체성은 부인당하게 된다. 그러나 피식민자가 낡은 것을 버리고 새 것을 취하려 할 때, 식민 지배자의 주체성 역시 위태로워질 수밖에 없다. 왜냐면 피식민자가 중심을 욕망할 때, 식민지적 권위의 나르시시즘을 유지하기 위한 '차이'가 사라져버리기 때문이다. 『만세전』은 이렇듯 제국과 식민의 긴장관계를 피식민지인의 식민자에 대한 모방과 그러한 모방을 허용하지 않는 시선의 권력(검문)을 통해 담아낸다.

"네에, 나요? 왜 그러우?"
나는 궐자의 앞으로 두어 발짝 나서며 이렇게 대답을 하였다. 궐자는 한참 찾아다니다가 겨우 만난 것이 반갑다는 듯 빙글빙글 웃으며, 문을 활짝 열어젖히고 서서 이리 좀 나오라고 명령하듯이 소리를 친다. 학생복에 망토를 두른 체격이며, 제딴은 유창하게 한답시는 일어의 어조가, 묻지 않아도 조선 사람이 분명하다. 그래도 짓궂게 일어를 사용하고 도리어 자기의 본색이 탄로될까 봐 염려하는 듯한 침착지 못한 행색이, 나의 눈에는 더욱 수상쩍기도 하고, 근질근질해 보이기도 하였다. 나의 성명과 그 사람의 어조를 듣고, 우리가 조선 사람인 것을 짐작한 여러 일인의 시선은, 나에게서 그자에게,

---

11) 신형기, 「한국문학과 이분법의 시대」, 『파라 21』 3호, 이수출판사, 2003, 28쪽.

그자에게서 나에게로 오지 갈지하는 모양이었다. 말하자면 우리 두 사람은, 일본 사람 앞에서 희극을 연작(演作)하는 앵무새의 격이었다. …(중략)…

　여러 사람의 경멸하는 듯한 시선은 여전히 내 얼굴에 어리는 것을 깨달았다. 더구나 아까 노동자를 모집할 의논을 하던 세 사람은, 힐끔힐끔 곁눈질을 하는 것이 분명하였으나, 나는 도리어 그 시선을 피하였다. 불쾌한 생각이 목구멍 밑까지 치밀어오는 것 같을 뿐 아니라, 어쩐지 기운이 줄고 어깨가 처지는 것 같았다.(58~59쪽)

　위의 인용 장면은 피식민주체의 흉내내기의 전복성을 기대하게 한다.12) 이인화는 지금 선상의 욕실에서 일인들과 목욕을 마치고 옷을 입고 있는 중이다. 그는 욕실에서 일인들이 조선인을 유순한 '요보'(야만인)라고 칭하며, 조선은 한몫 잡기 좋은 곳이라고 말하는 것을 뿌연 수증기 속에서 듣고 있었다. 갑자기 '궐자'가 나타나기 전까지, 이인화가 조선인이라는 사실은 드러나지 않는다. 특히 의복은 그가 조선인이라는 사실을 감출 수 있다. 조선의 열차에서 만난 갓장수가 "일본 갔다 오시는 분은 모두 그런 양복을 입습디다 그려"라며 부러운 시선으로 자꾸 쳐다볼 만한, 좋은 일본식 외투를 입었을 뿐만 아니라, 그 외투 위로 금

---

12) 이상미, 「호미 바바의 혼종성과 자아 정체성의 문제: 『광활한 싸가쏘 바다』의 경우」, 이화여대대학원 석사논문, 2003, 2~4쪽. 호미 바바는 식민담론에서 '나를 닮아라. 그러나 같아서는 안 된다'는 지배 주체의 양가적 요구가 지배자를 부분적으로 닮게 만듦으로써 피지배자를 '혼종'으로 만든다고 설명한다. 이러한 양가적 요구는 지배 주체가 피지배주체에 자신의 가치를 강요함으로써 잘 지배할 수 있는 대상으로 만들고자 하는 의도에서 발생한다. 그러나 완전히 같아지면 지배자가 피지배자라는 경계가 없어질 수 있고 통제하는 권력의 힘이 도전받게 되므로 완전한 재현은 금지를 하게 된다. 이러한 모순적 요구가 내포하는 금지는 모델이 되는 지배자의 '부분적인 모방'만을 허용하기 때문에 피지배자로 하여금 '흉내내기'를 유발한다. 이 흉내내기를 통한 혼종은 항상 원형과 차이가 난다. 바바는 차이의 균열된 공간에서 지배주체의 권력을 해체하는 저항의 공간이 형성된다고 보았다.

글자가 박힌 학생복 깃이 보이며, 경의를 표해도 좋을만한 명문대학의 제모를 쓰고 있기 때문이다. 일어를 유창하게 구사하는 한, 그는 조선인으로 보이지 않을 것이다. 이는 제국과 식민의 경계가 뚜렷하지 않음을 의미한다. 이 소설에는 '궐자'만이 아니라, '인버네스'를 입고, 일어를 구사하며, 아예 조선어를 모르는 척하는 조선인 역부나, 일본인보다 더 혹독하게 조선인들 다루는 조선인 헌병보조원이 등장한다. 일인인양 행세하거나 일인의 옷차림을 한 피식민지들의 정체는 그들이 조선식 억양을 드러내지 않는 한 드러나지 않는다. 이는 피식민지인의 제국에 대한 모방이 일상적으로 이루어지고 있고, 식민지배자의 권력이 위협받을 수 있음을 암시한다.

그러나 『만세전』에서 모방을 통해 식민지 권력에 균열을 내는, 즉 원본이란 하나의 가상임을 폭로하고 조롱하는 패러디극은 등장하지 않는다. 거기에는 공포스러운 제국과, 점차로 "어쩐지 기운이 줄고 어깨가 처지는" 위축된 피식민지인만이 존재할 뿐이다. 일제의 검문은 이인화의 저항적 주체성을 완전히 무력화시키리만큼 공포스러운 것으로 그려져 있다. 그는 헌병 보조원이 가까이 오자 일인처럼 보이기 원하지만, 이러한 소망은 대부분 이루어지지 않는다. 이렇듯 제국의 감시의 시선을 빠져나갈 수 없다는 것은 저항의 불가능성을 의미한다. 그의 제국에 대한 두려움은 3·1운동 직전의 엄혹한 시대 상황을 반영한 것으로 볼 수도 있다. 이 작품은 일제의 수탈이 한층 가혹했던 3·1운동 직전의 조선을 시간적 무대로 삼고 있으며, 어떻게 수탈이 이루어지는지를 비교적 상세히 드러낸다. "도처에 순사요 헌병이라" 일인들이 조선에서 한 밑천 잡기가 수월하다는 것, 조선의 제일 관문인 부산에 일인의 이층집이 즐비하고 국토 곳곳이 일인의 소유가 되고 있다는 점 등이 거론된다. 그러나 이 소설이 다른 한편으로 공들여 폭로하는 것은 일제의 수탈의 가혹함이 아니라 혐오스러운 조선인의 미개함이다. 이인화의 여행담은 오만한 서구인이 쓴 기행문을 방불케 한다. 그의 여행기의 일람표에는 주색잡기 · 노름 · 축첩제 · 남아선호풍조 · 조상숭배풍습 · 미개한 의료기술 · 협잡하는 정치꾼 · 경제적 무능 등이 조선인의 미개함의 증거로 올라와 있다. 식민지라는 부정적 현실을 극복하고자 하는 갈망이 역설적으로 피식민지 조선에 대한 혐오를 불러일으킨다는 점에서 그의 비판에 일말의 진정성이 없지는 않다. 그의 부친이나 김의관처럼 사회적 혼란기를 틈 타 권력을 꿰차려 하는 구시대의 양반들이나, 큰형처럼 시대의 아픔과 무관하게 제몫만 챙기려드는 개화한 속물 등에 대한 비판은 정당하기조차 하다. 그러나 조선에 대한 혐오는 문명과 야만의 위계화된 이분법을 내면화한 것이자, 약육강식의 진화론을 승인한 것이기에 식민지배의 부당성을 용인하는 것이 된다.

나는 이런 생각을 하며 난로 옆을 흘끗 보려니까 결박을 지은 범인이 댓 사람이나 오르르 떨며 나무의자에 걸터앉고, 그 옆에는 순사가 셋이서 지키고 있는 것이 눈에 띄었다. 나는 무심코 외면을 하였다. 그중에는 머리를 파발을 하고 땟덩이가 된 치마저고리의 매무시까지 흘러내린 젊은 여편네도 역시 포승을 지어서 앉아 있다. 부끄럽지도 않은지 나를 부러워하는 듯한 눈으로 물끄러미 치어다보다가 고개를 숙인다. 자세히 보니 등뒤에는 쌕쌕 자는 아이가 매달렸다. 여자의 이런 꼴을 처음 보는 나는 가심이 선뜻하여 멀거니 얼이 빠져 섰었다. 나는 흉악한 꿈을 꾸며 가위에 눌린 것 같은 어리둥절한 눈으로 한참 바라보다가 발길을 돌렸다.

…(중략)…

나는 까닭 없이 처량한 생각이 가슴에 복받쳐 오르면서 한편으로는 무시무시한 공기에 몸이 떨린다.

　젊은 사람들의 얼굴까지 시든 배춧잎같이 주눅이 들어서 멀거니 앉았거나, 그렇지 않으면 빌붙는 듯한 천한 웃음이나 '헤에' 하고 싱겁게 웃는 그 표정을 보면 가엾기도 하고, 문이 치밀어 올라와서 소리라도 버럭 질렀으면 시원할 것 같다.

　'이게 산다는 꼴인가?' 모두 뒈져버려라!'

　찻간 안으로 들어오며 나는 혼자 속으로 외쳤다.

　'무덤이다! 구더기가 끓는 무덤이다!'(131~132쪽)

　위의 기다란 인용문에서 알 수 있듯이 역전된 오리엔탈리즘은 제국에 대한 공포와 결합해 그의 조선에 대한 혐오 감정을 부추긴다. 대전의 대합실에서 그는 권총 찬 헌병과 조선인 청년이 웃으며 속살거리는 것이 분명함에도 불구하고 "청년들의 어설프게 웃는 미소와 입술이 경련적으로 위로 뒤틀린 것은 공포 그 자체 같았다"(130쪽)고 착각하는데, 공포감은 결박이 지어진 여자의 모습을 본 후 더욱 증폭되고, 급기야 그는 조선에 대한 저주를 퍼붓는다. 자신의 주체를 보존하기 위해 그는 조선을 추방한다. 조선이 유령 같은 여자, 무덤, 구더기에 비유되고 있는데, 이는 그가 근대적 주체로 거듭나기 위해 사랑의 대상을 비체화하고 있음을 의미한다. 이제 그의 감정은 우울하다기보다 냉정하고 잔혹하다. 그리고 이것은 타자로부터 주체를 분리함으로써 '온전한' 자신을 상상하는 제국을 모방한 것이다. 그는 중심이 속임수일지도 모른다고 회의하지 않는다. 그래서 그에게는 끝없는 모방의 길만이 주어져 있다. 그러나 모방이 결코 제국과 식민의 거리를 좁힐 수 없다는 것을 알아차릴 수밖에 없다. 비록 조선과 자신을 분리하며, "정말 자유는 공허와 고독에 있지 않은가"라고 자위해도 그는 우울한 감정을 벗어날 수 없다.

최정무는 "식민지 조선의 남성작가들이 조선인의 삶 속에 존재하는 일본인들을 보면서 어떤 생각을 했으며 무엇을 내면화시켰는지, 식민지에서 식민 종주국의 지배자들과 한 공간 속에, 주인이 아닌 노예로서 살면서, 어떤 문학적 주제들을 발전시켰는가?"라고 질문을 던지면서, 남성작가들이 서술한 문학의 특징 중 하나는 당시 조선 내 일인의 수가 상당히 많았음에도 불구하고 일본인이 지워져 있다는 점이라고 말한다. 그리고 『만세전』은 드물게도 일본인을 출현시키고 있지만 일본식민주의자들은 시각적 이미지로만 그려져 있고, 그나마 소설의 무대에서 곧 사라져버리는데, 이렇듯 식민지하의 문학에서 일인 지배자가 등장하지 않는 것은 단순히 검열 탓이 아니라 가학적인 식민적 근대성과 한국인의 멜랑콜리적 자기 투사와 관련이 있다고 강조한다.[13] 이인화는 여정의 초기에 일제의 식민지 수탈에 대해 서술하지만 이후 조선에 대한 지독한 혐오의 감정을 토로하고, 결국 아내의 장례를 치르자마자 서둘러 조선을 빠져나온다. 그가 자신의 주체성을 회복할 수 있었던 것은 조선을 "구더기가 우글우글하는 공동묘지"로 치부했기 때문이다. 조선과 분리된 개체가 되는 것은 이 문화적 개인주의가 자신의 거세 사실을 은폐하는 방식이다. 염상섭은 추후 개작(수선사본, 1948) 과정에서 이인화가 정자에게 쓴 편지에 이인화 자신이 기실 "발길과 채찍 밑에 부대끼면서도 숨이 죽어 엎디어 있는 거세된 존재"라고 고백을 끼워 넣는다. 염상섭의 나이 52세에 이루어진 이 고백은 지식 청년의 오만한 우월의식이 자기비하적 자의식을 감추려는 것이었음을 암시한다. 소설의 초반부에 이인화는 조선에 대한 우울증적 애착의 감정을 보여주는 듯하나 후반부에 갈수록 눈물을 흘리거나 위축된 자의 한숨을 내보

---

13) 최정무, 「경이로운 식민주의와 매혹된 관객들」, 『문화 읽기: 삐라에서 사이버 문화까지』, 현실문화연구, 2000, 82~92쪽.

이지 않기 때문에 우울한 감정은 사라진 듯 보이지만 기실 냉소와 환멸
은 우울한 감정의 다른 표현이다.

5. 아내 찾기 플롯과 '문학'의 의미

『만세전』은 지식 청년의 사회적 자아 정립기인 동시에 곧 홀아비가
될 남자가 짝을 찾는, 즉 아내 찾기 플롯의 연애담이다. 이러한 판단을
증명해 줄 근거들은 무수히 많은데, 소설은 이인화의 아내의 죽음을 예
고하면서 시작하며, 그는 농담 삼아 아내가 죽게 되었으니 새장가를 들
어야겠다고 말한다. 그리고 주변 인물들 역시 그가 다시 신붓감을 구해
야 한다고 조언한다. 실제로 그는 동경―하관―부산―서울로 이어지는
여정에서 다양한 여성을 만나며 애정의 대상을 찾는데, 이는 이인화의
자기 정립 과정에서 애정과 여성이 각별한 의미를 갖고 있음을 암시한
다. 그간 문학사가들은 이 작품의 애정 갈등에 별다른 주의를 기울이지
않았는데, 실제 제국과 식민의 관계 속에서 균열이 난 이인화의 주체성
을 복구시켜주는 인물은 여성이다. 이후에 논하겠지만, 동경에서 서울
에 이르는 이인화의 여정은 여성을 찾아가는 과정, 즉 여성을 소유하는
한편으로 배제함으로써 자기 주체성을 세우는 남성적 주체 형성의 과
정이다. 이는 그가 여성(애정)을 청산한 후 얻은 '문학'의 성격을 짐작하
게 한다.

이인화는 실제로 끝없이 애정을 갈망하는 인물이지만, 그의 여로는
애정 청산의 과정이라 할만하다. 그는 실연의 고독을 안은 상처받은 남
자이며, "제일 순진하고 아름다운 것은 전차 속에서나 거리에서 청춘

남녀가 본능적으로 이성의 미(美)를 부산히 찾으면서도 담담히 지나치는 것"(26쪽)이라고 할 만큼 사랑지상주의이기도 하다. 그런데 이렇듯 애정에 굶주린 고독한 남자는 조선으로 가는 여행의 도정에서 일인 카페여급 정자, 을라, 혼혈의 창부를 만나 한편으로는 진지하고 다른 한편으로는 유희적으로 자신의 짝이 될 여자를 찾는 듯 보이지만, 결국 어느 누구도 자신의 짝으로 삼지 않는다. "공연히 자기의 생활에 파란을 일으키고, 공연한 고생을 벌여가며, 안가(安価)한 눈물과 환멸의 비애를 사고 싶은 생각이 없"기 때문이다. 이는 그가 연애를 자기의 생활에서 파란을 일으키는 위협, 즉 "유형무형한 모든 기반, 모든 모순, 모든 계루에서, 자기를 구원해내지 않으면 질식하겠다는 자각이 분명한"(25쪽) 개인주의자의 정체성에 대한 침범으로 받아들이고 있음을 암시한다. '개성의 자각'이란 기실 사회와의 절연과 고립을 통해 얻어지는 것이기 때문에 애정과 여성은 자아의 경계선을 침범해 오는 위협이 되는 것이다.

　이인화는 여성들을 한껏 희롱하고 경멸하는 것으로, 사랑에 대한 열망과 두려움의 양가감정을 처리한다. 특히나 신여성은 그의 열망이 열렬할수록 환멸의 대상이 되는데, 왜냐하면 구여성과 달리 자신의 욕망에 충실한 그녀들은 남성의 나르시시즘을 유지시켜 줄 수가 없기 때문이다. 먼저, 카페 여급 정자와 이인화의 관계를 살펴볼 필요가 있는데, 정자는 분신이라 할 만큼 이인화와 닮은꼴의 인물이다. 두 사람은 공히 실연한 상처를 안고 있으며, 인습보다도 자아를 중시하고, 문학적 기질이 농후하며 지적이다. 인화는 정자의 시선과 미소 속에서 "남성이란 남성을 못 믿고 저주하면서도 그래도 내버리고 단념할 수 없는 인간다운 애착이며 성적 요구에서 일어나는 답답한 심정"(16쪽)을 읽는데,

이러한 해석이야말로 여성을 저주하면서도 사랑에 대한 갈망을 잠재울 수 없는 이인화 자신의 내면을 투사한 것이다. 또한 그는 정자에게서 "자기의 목소리에서까지, 자기를 억제하고 은휘하려" 하는 자의식적 가장(仮裝)을 읽는데, 이 역시 타자와의 위악적 관계 맺기에 익숙한 이인화 자신의 특징이기도 하다. 무엇보다, 정자는 가출한 카페 여급으로서 전통적 가족적 속박으로부터 벗어나 자율적 개체가 되기를 지향하는 이인화 자신과 꼭 닮았다. 『만세전』은 이인화와 여급 정자의 이중성장담이라고도 할 수 있을 만큼 인화와 정자의 자아 형성의 여정은 유사하다.

다른 한편으로는 정자는 이인화로 하여금 모방의 욕망을 자아냄으로써 성장을 이끄는 인물이다. 그녀는 이인화에게 두 번의 편지를 보내는데, 첫 편지에서, 그에게 구애의 감정을 표현하며 자신은 이제 카페를 그만두고 떠날 것이며, 새 삶을 찾기 위한 모색을 시작하겠다고 밝힌다. 이 편지는 이인화의 무정형의 여행이 어디로 흘러갈 것인지를 암시하는 서막과 같다. 이후 그 역시 정자처럼 개성의 자각을 향한 도정을 내딛기 때문이다. 여정의 막바지에 정자는 편지 한 통을 또 보내오는데, 이 편지는 고뇌하는 당신이 일본 남자들보다 멋있다는 말과 함께, 자신은 대학에 들어갔으며 청춘의 모색이 일단락되었음을 알리고 있다. 정자의 두 번째 편지를 받은 후, 그는 구애를 거절하는 말과 함께 자신은 문학의 도를 찾아갈 것이라고 밝힌다. 이는 이인화의 편지가 정자의 편지의 흉내내기이며, 그가 정자에 대한 기묘한 열등감 혹은 경쟁심을 갖고 있음을 암시하는 것이기도 하다. 거기에는 민족적 열등감도 개입되어 있는데, 이는 정자가 자신을 사랑하는 것은 일인 남자에게 실연당한 감정을 유희적으로 위안하기 위한 것일지 모른다는 그의 의심을 통해서도 드러난다. 그는 정자에게 값비싼 목도리를 희롱하듯 선물하는 것으로 정자와의 관계를 희화한다. 그가 정자의 진지하고도 적극적인 구애를 거절하는 것은 "세상이 경멸하는 조선 청년"(35쪽)의 자의식, 즉 식민지 남성의 콤플렉스 때문인 것이다. 이러한 판단을 증명하는 것이 부산의 국수집의 혼혈 기생과의 에피소드이다. 조선인과 일본인 사이에서 태어난 혼혈 기생에게 그는 모종의 연대감을 느낀다. 일본인 아버지에게 버림받았으면서도 어머니의 피를 수치스러워하는 그녀는, 곧 조선 사람이면서도 조선임을 수치스러워하는 자기의 또 다른 얼굴이기 때문일 것이다. 그는 장난스럽게 구애하지만, 조선인은 싫다는 기생의 말에 깊이 상처받는다.

다음으로 을라와의 관계를 살펴볼 필요가 있다. 『만세전』은 새로운 세대를 이끌 문화의 주도권을 남성에게 넘겨주고 있으며, 여성의 주체 형성의 욕망을 허영심이나 창부성의 징후로 규정한다. 여성은 제국과 식민의 불균등한 관계 속에서 열등한 위치에 처한 남성이 자기 주체성을 봉합하려는 과정에서 타자화된다. 소유하지 못한 여성이 남성 주체성의 위협으로 간주되고 있음은 을라와의 사생활이 이인화의 상상과 추정 속에서 스캔들화 되고 있음을 통해 알 수 있다. 지난해 그는 을라에게 구애를 했지만, 사랑을 거절당한 상처를 안고 있다. 그는 실연의 아픔이 아물지 않은 듯 지속적으로 을라와 친척형 병화의 관계를 의심한다. 서울에 도착한 후 그는 을라와 병화의 관계를 예의 주시하면서 두 사람이 관계가 부적절하리라는 물증 없는 의심을 굳히고, 두 사람을 경멸하며 조선을 떠난다. 그는 을라에 대한 소유의 욕망과 좌절감 때문에 그녀를 흠집 내려한다. 사실 소설의 어느 대목에도 을라가 방종하며 물욕에 넘치는 신여성이라는 객관적 증거는 없다. 다만 끝내 진위 여부를 알 수 없는 이인화의 추정과 풍문만이 존재할 뿐이다. 인화는 끝내 자신과 을라의 관계에 대한 이인화의 생각은 오해라는 병화의 말과 당신에게 들려줄 게 있다는 을라의 말을 들으려 하지 않은 채, 그녀를 성적으로 방탕하며 물욕에 빠진 여성으로 규정하며 조선을 떠난다.

그 자신의 고백대로 "원래가 이지적, 타산적으로 생긴"(32쪽) 그는 사랑을 욕망해도 사랑할 수 없다. 프로이트는 여성은 나르시시즘적이기 때문에 대상애가 불가능하다고 했지만, 기실 이인화야말로 사랑이 불가능한 지독한 나르시시스트다. 신여성은 염상섭의 문학 세계에서 남성의 나르시시즘적 권위를 유지시키기 위해 선택된 인물이다. 「표본실의 청개구리」와 「암야」의 침울하며 과잉된 자의식의 주인공은 『만세전』에 와서야 탐미주의적인 죽음 충동, 무기력한 침체의 시간을 벗어나 적극적으로 자기 분열의 고통을 벗어나려고 한다. 「암야」에서 소설가 주인공은 원고지에 "진리의 탐구자여"로 썼다가, 다시 이를 "소위 진리의 탐구자여"로 수정하고 끝내, 원고를 찢어버린 바 있었다. 식민지하의 무력해진 문학과 초라한 '병신소년'으로 전락한 문학인의 위기를 고민하던 작가는 이제 더 이상 문면에 눈물을 흘리며 자신의 병신스러움을 수치스러운 하는 맨 얼굴을 드러내지 않는다. 그는 냉정한 관찰자의 시선으로 사물의 진위를 들추어내며, 감정을 추방했다. 염상섭 소설에는 더 이상 감정 조절이 안 되리만큼 우울한 화자는 등자하지 않는데, 이렇듯 그가 객관적인 관찰자의 시선을 획득함으로써 작가의 권위를 세울 수 있었던 것은 신여성을 소설적 무대의 한가운데에 세웠기 때문이다.

『만세전』 이후 염상섭은 『너희들은 무엇을 얻었느냐』, 『이심』 등 일련의 신여성 소설을 소설의 무데로 불러내었고, 더 이상 고뇌에 빠진 자아를 노출하지 않는다. 기실 염상섭은 『만세전』 이전에 이미 방종한 신여성의 고백을 다룬 「제야」를 발표한 바 있는데, 여기서 '고백'이란 주체가 갖고 있지만 인식하지 못하는 진리를 가정함으로써 개인을 '계측 가능하도록' 지배하려는 시도이다(호미 바바). 고백의 제도는 식민지가 원주민을 동화시키는 대표적인 방식이다. 마치 식민 지배자가 원주민을 진리의 도덕화된 타자인 식민지적 권력의 대상으로 고착시키려는 듯, 그는 신여성으로 하여금 스스로의 죄를 인정하고 자살함으로써 스스로를 처벌하게 한다. 자기의 분신이기도 한 신여성의 진실과 허위를 치밀하게 서술함으로써 그는 이른바 '개성의 자각'에 담긴 진실과 허위를 꿰뚫어볼 수 있었고, 이를 통해 남성 지식인 주체의 신문화운동을 특권화할 수 있었다. 『만세전』의 아내 찾기 플롯은 염상섭의 소설에 갑자기 왜 신여성이 소설의 주인공으로 등장하는가를 설명해주는데, 이는 여성을 기호화함으로써 초창기 근대 '문학'이 형성되는 맥락을 보여주는 것이기도 하다. 이후 염상섭 소설에는 감정 과잉의 인물은 사라지게 되는데, 이는 그가 제국과의 관계 속에서 열등한 자기 주체를 응시하는 대신에, 자신의 깨어진 주체성을 봉합할 매개적 존재인 '여성'을 발견했음을 암시한다.

6. 결론

이 연구는 감성을 육체와 관련된 수동적인 심리상태로 규정하거나, 이성에 미달하는 열등한 것으로 취급해온 관습에 의문을 제기하는 것이다. 또한 감성을 사적인 것이 아닌 시대와 그 구성원들의 가치관과 무의식이 드러나는 장소로 본 것이다. 레이몬드 윌리엄즈에 의하면 '정서 구조'란 고정된 제도나 구성체, 혹은 형식적 개념이 아니라, 기존의 의미체계로는 제대로 파악할 수 없는, 그럼에도 실제로 체험되고 활동에 관여하며 또한 물질적 성격을 부인할 수 없는, 개인적 사회적 경험이 담겨진 것이다. 이는 감성의 구조란 하나의 문화적 가설로서 한 세대나 시대의 현재적 경험과 그 경험적 요소들의 연관관계를 보여주는 것임[14]을 암시한다. 근대 초창기 문학에 등장하는 감성적인 남자는 문화적 개인주의자들이었다. 이들의 눈물과 한숨은 한편으로는 남성들의 자기동일성이 깨어진 징후이지만, 동시에 비장한 영웅주의의 다른 표현이다. 『만세전』은 우울한 성격의 사람인 이인화의 주체 형성의 과정을 눈물에서 냉소로 가는, 감정의 서사로 담아낸다. 본고는 이 우울한 감정을 통해 제국과 식민의 지배 피지배 관계 속에서 하위주체의 위치에 놓인 식민지 남성의 자율적 주체성 회복의 서사에 담긴 열망과 허위를 살펴보았다. 염상섭의 탁월함은 '문화적 혼종성'에 의해 발생한 자기동일성의 위기와 관련해 1920년대 개인주의자들의 우월의식과 자기모멸감을 생생하게 드러낸다는데 있다. 하위 주체적 환경 속에서 청년의 고뇌는 염상섭 초기 문학의 핵심적 주제이다. 그는 식민지 청년의 우울한 내면세계를 소설적 무대로 삼고, 자기동일성이 깨져버린 분열적 삶의 고통을 어떻게 벗어나올 것인가라는 질문을 던지며 문단에 등장했는데, 이는 근대적 서사를 촉발시키는 심층적 질문이라 할 수 있다. 『만세전』의 주인공인 동경유학생 이인화는 식민지 주변부의 모방적 인간으로서 중심부 인간이 되기 위해 온갖 흉내를 낸다. 제국은 문명과 야만의 위계적 이분법을 통해 스스로를 우월한 중심으로 선언하고, 피식민지의 전통 문화나 주체성은 부인한다. 명문대학의 유학생 이

---

14) 레이몬드 윌리암스, 이일환 역, 「정서의 구조들」, 『이념과 문학』, 문학과지성사, 1982, 160~169쪽.

인화는 식민지 조국에 대한 의도적 무관심을 통해 자기 정체와 직면하기를 거부 혹은 지연시킨다. 그러나 조혼한 아내가 위독하다는 편지를 받고 귀국길에 오름으로써 그의 주변성이 폭로된다. 조선으로 향하는 과정에서 그는 반복적으로 일인의 검문을 받는데, 여기서 검문은 피식민자의 지배주체에 대한 모방이 허위임을 폭로하는 역할을 한다.

이인화는 여정이 시작되자 조선에 대한 우울한 애착의 감정을 보여주기도 한다. 그러나 검문이 반복되고, 식민지 조선의 절망적인 심부를 엿보면서 조선을 비체화한다. 죽어가는 아내이기도 한 조선은 구더기가 우글거리는 공동묘지로 선언되며, 이인화는 다시금 조선과 무연한 개체가 되고자 한다.『만세전』은 다른 한편으로 곧 독신자가 될 남자의 아내 찾기 플롯을 취하고 있는데, 애정의 서사는 그의 트라우마인 조선과의 화해가 가능한가 아닌가를 압축적으로 보여준다.『만세전』은 궁극적으로 애정 청산의 서사이며, 특히 여성을 타락하고 물화된 존재로 규정함으로써 고독하기에 우위한 자아를 세우는 가부장적 남성의 자기정립기이다. 그는 일본인 카페 여급과의 애정관계를 청산함으로써 제국과의 거리를 유지하되, 조선인 신여성을 타락한 존재로 규정함으로써 조선과도 결합하지 않는다. 그는 여정의 끝에서 여성 대신에 '문학'을 발견한다. 「만세전」은 자기 비하의 식민지적 병리현상과 연관시켜 20년대 식민지 지식 청년이 '여성'을 경유함으로써 작가로서 자기 위치를 발견해나가는 과정을 담고 있다.

참고문헌

기본자료

염상섭, 『만세전』, 창작과비평사, 1987.

참고논저

권영민 편, 『한국현대문학비평사 자료 I』, 태극출판사, 1981.

김동인, 「조선근대소설고」, 『김동인전집 16』, 조선일보사, 1988.

박명규, 「1920년대 '사회' 인식과 개인주의」, 『한국사회사상사연구』, 나남출판, 2003.

문혜원·황현산·고미숙(대담), 「소월과 만해 시에 나타난 여성화자 문제」, 『파라 21』, 이수출판사, 2004.

신형기, 「한국문학과 이분법의 시대」, 『파라 21』3, 이수출판사, 2003.

오윤호, 「한국 근대 소설의 식민지 경험과 서사 전략 연구-염상섭과 최인훈을 중심으로」, 서강대대학원 박사논문, 2003.

이상미, 「호미 바바의 혼종성과 자아정체성 문제: 『광활한 싸가쏘 바다』의 경우」, 이화여대대학원 석사논문, 2003.

임옥희, 「동성애 금지와 젠더 우울증」, 『젠드의 조롱과 우울의 철학: 주디스 버틀러 읽기』, 여이연, 2006.

조현순, 「애도와 우울증」, 『페미니즘과 정신분석』, 여이연, 2004.

차승기, 「『폐허』의 시간」, 『1920년대 동인지 문학과 근대성 연구-상허학보』 제2집, 깊은샘, 2000.

최정무, 「경이로운 식민주의와 매혹된 관객들」, 『문화 읽기: 뻐라에서 사이버 문화가지』, 현실문화연구, 2000.

레이몬드 윌리엄즈, 이일환 역, 「정서의 구조들」, 『이념과 문학』, 문학과지성서, 1982.

안 뱅상 뷔포, 이자경 역, 『눈물의 역사: 18-19세기』, 동문선, 2000.

이언 와트, 이시연·강유나 역, 「르네상스 개인주의와 반종교개혁」, 『근대 개인주의 신화』, 문학동네, 2004.

상실의 시대 체험과 멜랑콜리의 미적 전략

집의 사회학과 가장의 서사

열정의 불능 뒤에 숨은 '토성'의 그림자

이동하 소설의 주인공들은 이렇다 할 오점을 남기지 않았을 뿐 아니라 "기름진 고기 토막같은 것을 놓고 남과 강팔지게 다투어 본 적도 없다"(「앙앙불락」, 62쪽)고 자부할만큼, 건실하고 결백하게 살아온 중산층들이다. 주로 퇴직 교사나 교수 혹은 중장년의 직장인들인 이들은 해방 직후에 태어나 격동의 현대사를 통과해왔지만, 집과 가정을 오가는 단조로운 궤적 속에서 생존의 의무를 다해왔다. 이들은 이념이나 열정에 이끌리기보다 세속적 질서에 순응할만큼 '성숙한 어른'들이다. 그러나 세속적 건실함의 이면에는 일상 세계를 고독과 피로로 체감하거나 공허한 것으로 만드는 압도적인 무력감이 깔려 있다. 이들은 열정의 결여, 감정을 느낄 수 있는 능력의 쇠락, 즉 감정의 불가능성의 징후를 공유한다. 1990년대 이후 발간된 『문 앞에서』[1](1997), 『우렁 각시는 알까』[2](2007)는 성공적인 인생을 살아온 중장년의 황폐한 내면과 강렬

---

1) 이동하, 『문 앞에서』, 세계사, 1997.

한 허무의 정조를 서사의 무대 전면에 배치한다. '열정의 불능' 뒤에 숨은 슬픔, 무기력, 허무감, 우수, 황폐함 등 점성술에 의해 '토성'의 감정이라 일컬어져 온 멜랑콜리(Melancholy)의 그림자가 가시화되는 것이다.

피타고라스 학파의 정의에 의하면 우울증은 '검은 담즙'(atra bilis/ melas khole)의 체액에서 기원하며 지형적으로는 대지와, 계절로서는 가을과, 색채로서는 흑색과 그리고 연령으로는 노년과 그 상징성을 공유한다. 그것은 대지처럼 차고 메마르며 가을처럼 침잠하고 음울하며 흑색처럼 모든 것을 삼키고, 늘 소심하고 무기력하게 만들고 이로부터 근심과 걱정을 유발한다.3) 아랍의 천문학자들은 태양에서 가장 멀리 떨어진 외곽을 돌고 있는 토성의 차갑고 건조한 속성을 찬바람을 맞아 차갑고 건조해진 담즙과 연관짓는데, 토성의 운을 안고 태어난 아이는 행동이 굼뜨고 비활동적이어서 자라서도 사람을 사귀기를 기피한 채 골똘한 사색에 잠기거나 우울한 예술가가 되기 쉽다.4) 이렇듯 멜랑콜리는 사랑과 열정을 불가능하게 만들고 만성적인 피로와 무력감을 안겨주는 숙명론적 질병, 즉 정신에 대한 육체의 지배로 의미화된다. 그러나 우울자는 체질적이고 우주적인 구조가 결정하는 치명적인 정조를 벗어날 수 없는 존재인 동시에 이 구조와 '문화적'으로 투쟁하는 존재이다. 그의 명상과 고독과 침잠은 단순한 무기력이 아니라 사물들의 깊이와 내면을 꿰뚫어보는 통찰력을 암시한다. 이들이 생래적으로 가

---

2) 이동하, 『우렁 각시는 알까』, 현대문학, 2007.
3) 고대 그리스의 피타고라스 학파로부터 유래하는 체액설은 인간의 체질을 체액에 근거하여 네 가지, 즉 다혈질, 황담즙이 많은 담즙질, 점액이 많은 점액질, 흑담즙이 많은 우울질로 구분한 것으로 이들에게는 각각의 성격 유형, 색깔, 계절 등의 속성이 부여되었다.
4) 김길웅, 「이상과 우울, 그리고 현실―18세기 말과 19세기 초 독일 시민계층의 내면세계와 그 예술적 표현으로서의 멜랑콜리」, 『독일문학』제 79집, 한국독어독문학회, 2001, 287쪽.

지고 있는 위험이 이들이 문화를 창조할 수 있는 가능성의 원천이다.5)

 이동하의 소설은 멜랑콜리가 전후 성장일변도의 삶을 살아온 근대 한국 사회에 대한 정서적 반응이자 비판적 통찰일 수 있음을 보여준다. 그의 주인공들은 해방 직후 태어나 전후 총동원 체제 하의 국가 재건 프로젝트에 동원되어온 남성 주체들이다. 혹독한 가난과 상실을 통과제의처럼 겪은 뒤 산업화의 충격 속에서 생존의 의무를 다해온 이들에게 삶은 '홀로코스트(Holocaust)'의 전장(戰場)으로 체감된다. 이동하는 그간 성실한 가장 노릇 뒤에 숨은 어둡고 음울한 감정들을 한국적 근대 체험의 양식으로 제시해 왔다. 그리고 90년대 이후 작품에서 이제 이동하의 주인공들은 음울한 노년의 시간에 도달해 덧없는 현존과 치명적인 고독에 대해 말한다. 그들은 슬픔으로 무거워진 몸을 기울여 오래도록 고여 있던 눈물을 토해낸다. 이들의 무분별하게 비어져 나온 눈물과 허물어진 모습은 '아버지'의 알몸을 엿본 것처럼 깨림칙하고 당혹스럽게 다가온다. '아버지'는 현실원칙의 상부구조에 속하는 이름으로서 법, 도덕, 이념을 상징하기 때문이다. 그러나 이동하 소설은 아버지들도 울 수 있는 존재이며 이러한 아버지의 눈물이 억압되어서는 안 된다고 말한다. 우리의 취약성을 충분히 슬퍼함으로써 새로운 공동체의 모

---

5) 김홍중, 「멜랑콜리와 모더니티─문화적 모더니티와 세계감(世界感) 분석」, 『한국사회학』제 40집 3호, 한국사회학회, 2006, 12~13쪽. 김홍중은 그간 멜랑콜리가 심리학이나 정신분석학의 대상으로 분석되거나 부르주아 계급의 나약하고 몽롱한 감정의 사치로 인식되어온 관행을 비판하며 그것을 문화적 모더니티를 이해하는 가장 기본적인 정서적 코드로 보아야 할 필요가 있음을 강조한다. 이러한 주장에 따르면 멜랑콜리는 사회의 모든 부면에서 성취된 전례없는 혁신에 대한 자신감과 역사적 미래에 대한 낙관 위에 설립된 근대의 진보적 세계관에 저항하는 미적기획이다. 근대가 창출한 사회적 모더니티가 '정신 없는 전문가'와 '가슴 없는 향락자'들을 양산했다면 문화적 모더니스트들은 사적 공간에서 우울의 신에 이끌리는 '토성의 아이들'을 탄생시켰는데, 예술가들은 이 토성의 정조가 배태한 존재들이다.

색이 가능해질 수 있다고 보는 것이다. 슬픔을 극복의 대상으로 보는 자들에게 슬픔은 억눌러야 할 두려움이며 그러한 두려움으로 인해 취약한 자아의 경계를 더욱 확고히 하려는 노력이 폭력을 이끌어내기 때문이다.6)

'돌이킬 수 없는 훼손'에 대한 두려움과 매혹

이동하는 멜랑콜리를 억누르고 극복되어야 할 부정적 감정으로 취급하는 대신 주체의 취약성을 실컷 드러내고 인정하는 편을 택한다. 이들의 육체는 온갖 병리적 증상의 전시장이라 할만큼 "초라하고 곤비한 인상,"(「지붕 위의 산책」, 15쪽) 즉 우울감을 짙게 풍긴다. 몸이 인간 주체성 혹은 건강과 질병, 만족과 불만족, 결핍과 충만, 희망과 낙담에 대한 은유적 표상이라 할 때 경중한 키와 마른 몸, 빈약한 어깨와 긴 목, 불면으로 지친 눈동자, 까칠한 피부, 휘청대는 걸음, 무표정하고 멍한 얼굴, 어둡고 굳은 표정은 빈곤하고 공허한 자아를 암시하는 것이다. 무엇보다 멜랑콜리의 정체를 붙잡기 위한 그의 노력은 노년 세대를 등장시키고 그들의 내면을 서사의 무대로 설치하는 데서도 드러난다. 멜랑콜리가 종종 고독한 노인으로 표상되는 데서 짐작할 수 있듯이 노화는 고립되고 소외되는 것이며 인생에 대한 근원적인 질문에 매달리게 함으로써 내면 속의 허무와 상실감을 마주하게 만들기 때문이다.

일련의 단편들에서 멜랑콜리는 작중인물들을 사로잡고 일상을 훼손한다는 점에서 폭력이지만, 다른 한편으로 이동하 소설이 오래도록 찾

---

6) 임옥희, 『젠더의 조롱과 우울의 철학—주디스 버틀러 읽기』, 여이연, 2006, 26~27쪽.

아 헤매던 감정임을 암시한다. 「지붕 위의 산책」에서 성실한 가장이 처한 인생의 위기는 "하릴없는 사람의 무위한 산책"(26쪽)으로 드러나는데, 이는 자연 속에서 고적을 즐기며 내적인 몽상에 빠져드는, 기분전환으로서의 산책이 아닌 자기를 방임함으로써 현실 세계와 단절하는 방식이다. 남편의 쫓는 아내의 두려운 마음과 달리 긴장이 사라진 남편의 걸음새는 자유로운 느낌마저 안겨준다. 「빈 江」의 주인공이 만난 '빈 강'은 인공 위성이 찍은 "끝간데 없이 펼쳐진 모래벌판뿐"(61쪽)인 사진의 이미지와 겹쳐져 세계의 불모성을 암시하는 듯 보인다. 그러나 이는 기실 '빈곤해진 자아' 혹은 '황폐한 내면'을 투사한 내적 이미지이다. "이제는 두터운 모래층 아래에 깊이 매몰되어버린, 저 태고의 거대한 강줄기가 흡사 인체의 대동맥처럼 또렷이 드러나는 것이다. 한때는 양안에 울창한 원시림을 거느린 채 도도하면서도 유장한 흐름을 이루었을 그 강들……"(61쪽)이라는 서술은 주인공에게 찾아온 인생의 위기, 즉 공허와 무기력을 암시하는 것이다. 그런데 이는 "아주 오래 전서부터 이런 사태를—설사 막연하게나마—예감"(62쪽)한 것, 즉 '친숙하지만 낯선'(uncanny) 감정이다. 주인공이 침묵의 도시와 텅 빈 아파트 단지에서 듣는 길짐승의 울음소리는 기실 그의 내면 깊은 곳에서 울려 나오는 비명인 것이다. "가볍고 날씬한 경주용 사이클"을 찾아내고 "꽤나 멀리까지 나가볼 수 있으리라"(63쪽)라는 그의 예측 혹은 결심은 세계의 사라짐이 억압된 소망임을 암시한다.

토도로프의 정의에 따르면 '환상적인 것(the fantastic)'의 분류에 속할 「노크도 없이 문이 열리더니」는 대담한 구성으로 멜랑콜리가 불러일으키는 환각 혹은 몽상을 담아냄으로써 독자를 멈칫거리게 한다. 이 작품은 '한 낮의 악마'라는 별칭처럼 평온한 일상을 부서뜨리는 우울의 난폭한 힘을 그린다. 노교수의 일상을 온통 훼손해 버리는 낯선 방문객, 즉 학생은 "텅 빈 눈" "몹시 지쳐 있는 눈", "조금도 행복해보이지는 않"은 얼굴, "구정물처럼 탁한 어둠이 그 얼굴을 온통 뒤발질하고 있는 느낌" "박제된 짐승의 그것처럼 건조"한 낯짝, "거칠고 메마른 눈빛", 분별없이 토해내는 울음, "우울한 낯짝"이 말해주듯이 우울을 표상한다. 소설은 식후의 낮잠 같은 단조로운 평화를 추구하는 노교수와 그를 훼방 놓는 우울이라는 폭군의 갈등을 담아내는 듯 보인다. 그러나 기실이 무례한 방문객은 노교수의 내면 속에 거주하는 "흉포한 야성", 즉 "돌이킬 수 없는 훼손"에 대한 공격적인 욕망의 외적 현현이다.

언젠가 과천대공원에서 본 오랑우탄이 그것이다. 암수 두 마리의 그 유인원은 아프리카관의 한 철책 우리 안에 갇혀 있었다. 무엇 때문에 화가 났는지는 모르지만, 그 두 마리 중 유독 덩치가 큰 쪽이 몹시 거칠게 날뛰고 있었다. 이빨을 허옇게 드러내고 요란한 괴성을 내지르면서, 마치 프로레슬러처럼, 털복숭이의 그 우람한 몸뚱이를 차단벽에다 텅텅 부딪치곤 하였다. 그 흉포한 야성이 순식간에 구경꾼들을 불러모았다. 그러나 나교수는 슬그머니 그곳을 빠져나오고 말았다. 뭐라 말할 수 없는 공포감이 심장을 서늘하게 만들었던 것이다.

… 중략 …

어쩌면 이 맹랑한 인간(낯선 방문객을 가리킴—필자) 속에서도 그 흉포한 짐승이 한 마리 들어앉아 있는 건지도 모른다고, 나교수는 생각하였다. 무엇 때문인지는 알 수 없으나 어쨌든 잔뜩 화가 난 그 짐승이 지금 그의 잠속을 뛰쳐 나오려고 맹렬히 으르렁대고 있는 것처럼 느껴졌다. 그로 하여금 갑자기 된숨을 몰아쉬며 헐떡거리게 하고, 고통으로 사지를 꼬게 만들며, 속 깊은 울음을 토하게 하고, 또 끔찍스럽게 이빨을 갈아 붙이게 만드는 식으로 말이다.(202~3쪽)

위의 인용문은 쇠우리 속에 감금된 짐승의 야성에 대한 주체의 두려움만이 아니라 싱싱한 활력에 대한 매혹을 드러낸다. 프로이트는 '억압된 것의 귀환'이라는 말로 악몽이 주는 쾌락이 현실의 규범과 도덕률을 위반하는 데서 비롯된다고 설명한 바 있다. 이를테면 공포영화의 관객은 괴물의 비정상적인 외모와 힘을 두려워하지만 한편으로는 규범을 깨고 싶어 하는 자신의 은밀한 욕망을 대신 실현해주는 괴물의 파괴력에 열광한다.[7] 괴물은 나 자신과 내가 포함되어 있는 정상적인 사회를 위협하는 적으로서 두려운 존재인 동시에 현실에서 불가능한 위반의 욕망을 대리 실현해 주기에 매혹적인 존재인 것이다. 즉 괴물은 떼어낼 수 없는 나 자신의 일부이다. 따라서 돌연한 방문객 혹은 흉포한 야성의 오랑우탄은 노교수의 내면 속에 억압되어 있는 공격과 파괴의 욕구를 상징한다. 학생이 사라지자 "그를 이대로 놓치고 싶지 않다는 열망이 안에서 점점 강하게 차오름을 나교수는 느끼고 있었다"(208쪽)라는 노교수의 고백은 이를 증명한다.

이는 이동하의 인물들이 사회적 폭력 앞에 상처 입은 소심한 인물이 아니라 공격적인 욕망을 감추고 있음을 암시한다. 그것은 충동적 패덕성이 아니라 미학적 급진성의 증거이다. 우리들의 일상이 혐오스러운 것의 회피나 승화 위에 구축된 것이라면 이동하의 소설은 이러한 일상에 균열을 냄으로써 현실이 감추려 하던 것들을 불러들이고자 하는 것이다. 이는 이동하의 소설 세계의 핵심인 폭력에 대한 탐구가 단순히 강자 혹은 사회적 부조리에 대한 약자의 희생과 두려움이 아닌 우울의 미학이 내포한 급진적인 상상력으로 재논의되어야 함을 암시한다. 「그는 화가 났던가」역시 우울과 폭력을 연동시킴으로써 지루하고 답답한

---

7) 이순진, 「공포영화: 위반과 파괴의 쾌락」, 문재철 외, 『대중영화와 현대사회』, 소도, 2005, 69쪽.

세상이 배태하는 탈승화 혹은 폭력의 충동을 담아낸다. 밀폐된 고속버스를 공포극장으로 만든 운전기사의, "이제 막 잠에서 깨어난 듯 그저 맥빠지고 꾸적꾸적한 얼굴"은 우울이 감춘 파괴적 충동과 일상적 평화의 허위를 암시한다.

「내 안의 슬픔」[8]은 이러한 파괴적 충동이 기실 도저한 허무주의의 산물임을 암시한다. 퇴직교사인 주인공은 냉정하다 싶을 만큼 이성적인 인물이지만, 기실 슬픔의 물줄기를 찾아다니는 자이다. "먼 대학시절 얘기지만, 나는 술에 떡이 되게 취해 보고 싶었던 적이 종종 있었다"(40쪽)라는 고백은 성인과 문명인에게 부여된 금기, 즉 감정의 절제와 통제의 규칙을 위반하려는 내밀한 충동을 암시한다. '남호'는 주인공이 그토록 기다렸던 혹은 억눌러 두었던 또 다른 자아인 것이다. 그러나 그러한 무장해제 혹은 자기방기에 대한 두려움은 남호가 100킬로그램이 넘는 거대한 몸집, 즉 기괴하고도 혐오스러운 몸 이미지로 표상하는 데서 드러난다. 남호가 껄끄러운 존재인 까닭은, 삶은 폭력적인 기습으로 이루어진 것이며 인간은 그것에 아무런 대응도 할 수 없는 무력한 존재라는 고통스러운 진실을 환기시키기 때문이다. 그러한 진실은 기실 물리적 폭력 없이도 사람을 점차로 못 쓰게 만들만큼 위협적인 깨달음인 것이다. 귀공자라는 별명의 낙천적이고 낭만적인 성격의 잘생긴 젊은이를 걸핏하면 눈물을 터뜨리는 우울자로 만든 것은 인생에 숨은 기습적인 폭력들 탓이다.

그러나 남호의 불행의 이력, 즉 교통사고로 아들과 아내를 잃고, 그것도 모자라 강도를 맞아 재산을 잃고 머리를 크게 다쳤다는 식의 사건의 구체성과 실증성이 중요한 정보는 아닌지도 모른다. 그것은 다른 표

---

8) 이동하, 「내 안의 슬픔」, 『계간문예』9호, 도서출판 계간문, 2007.

상으로 얼마든지 대체가능한 것이기 때문이다. 불행의 세목보다 더 눈여겨 두어야 할 것은, "녀석은 흡사 팔 할쯤 술이 담긴 커다란 가죽자루 같았다"(50쪽)라는 서술이 암시하듯이 슬픔을 토해내고 싶은 화자의 욕망이다. 화자의 내면 속에 꽉 찬 슬픔은 남호의 비만한 몸, 즉 과잉의 기호로 현상한다. 화자는 이 두려우면서도 매혹적인 방문객을 만나 비로소 오랫동안 억눌러 두었던 울음을 떠뜨린다. "돌연 가슴이 뜨겁게 아리면서 금방 눈물이 벙벙하게 차올랐다"(540쪽)는 서술은 그 어떤 사랑보다도 강렬한 슬픔의 쾌락을 선사한다. 즉, 그는 이 슬픔을 붙잡으려 하고 있는 것이다.

집의 사회학과 문 밖의 남자들

이동하의 인물들에게 인생은 안전하고 따뜻한 집을 얻기 위한 도정이다. 한국 현대문학에서 집 혹은 가정성은 근대적 남성 주체가 자신의 아이덴티티를 찾기 위해 벗어나야 할 영역, 즉 남성성을 위협하는 순응의 공간으로 규정되어왔다. 그러나 이동하의 주인공들은 집 밖에서 자기정체성을 구해온 한국 문학의 남성인물들과 달리 집을 얻기 위해 현실에 순응해 왔다. 집에 대한 강한 애착은 남편의 외도 사실을 알고도 담담한 주부가 "서른 평 남짓한 그 공간에서 그녀의 귀중한 꿈들이 영글고 있었"(「낯선 바다」, 33쪽)다는 것을 깨닫는 순간 눈부시던 녹음에서 빛을 잃고 지친 느낌을 받는 데서도 드러난다. 사랑의 상실을 집의 상실로 예감하는 여성인물의 시선은 기실 남성인물의 것이다. 취중에 주인 집의 문패를 훔치고, 가족과 떨어져 외지 근무를 감내하면서까지 집을 얻기 소원해 왔기 때문이다. 그렇지만 번듯하고 재산 가치마저 높은 집의 주인이 되었음에도 이들은 우울에 휩싸인 채 따뜻한 집의 문 안으로 들어갈 수 없어 절망한다. 어느 시인은 집을 암늑대가 우리를 감싸는 행복의 둥지라고 한 바 있지만 이동하의 인물들에게 집은 마음의 정처나 영혼이 휴식하는 장소이기는 커녕 훼손된 자아 혹은 소외의 등가물이다.

집에 대한 강렬한 추구는 참혹하리만큼 가난했던 시절이 깊은 상처로 남아있는 데서 비롯된다. 집은 단순한 주거의 공간이 아니라, 아픈 기억을 위로받고자 하는 보상의 등가물인 것이다. 고통스러운 집의 기억은 육친의 상실체험과 중첩되어 있다. 이동하는 집단적 기억보다는 개인적 기억을 통해 역사의 트라우마를 이야기해왔다. 세기적 대 재난이라 할 전쟁과 전후의 비참은 지극히 개인사적이고도 일상적인 기억을 통해 표현되는데, 피난지의 열악한 환경 속에서 기아에 허덕이다 죽어간 육친의 기억이 그것이다. 때로 그 대상은 어머니였다가 아버지로 대체되면서 반복된다. 이러한 기억이 트라우마[9]인 까닭은 오랜 시간이 지났음에도 불구하고 이들이 이 상실을 애도하지 못하는 데서 증명된다. 노년기의 화자들은 이 기억의 출몰 때문에 고통스러운 울음을 토해내며 식욕부진과 불면에 시달린다.[10] "전후(戰後) 사회인, 저 50년대의 궁핍 속에서 생을 출발한 사람이었다. 그 어두운 시기를 지나온 사람이

---

9) 트라우마란 전쟁이나 재앙, 사고 등과 같이 극단적인 충격을 낳음으로써 정상적인 의식에 편입되지 못하고 이탈하여 무의식에 억압되어 있으면서 끊임없이 환각, 악몽, 플래시백 등의 형태로 돌발적으로 재귀하는 체험의 양상을 가리킨다. 전진성, 「트라우마, 내러티브, 정체성」, 『역사학보』 제 193집, 역사학회, 2007, 51쪽.

10) 프로이트에 따르면 자아의 성격이라고 부르는 것은 포기한 사랑 대상이 자아의 내부에 침점된 것이다. 사랑했지만 잃어버린 대상들이 동일시에 의해 자아 안에 해소되지 않은 슬픔의 침전물로 가라앉은 것이자 그것의 고고학적인 잔해이다. 다시 말해 멜랑콜리에서는 상실된 대상의 현존이 여전히 자아를 지배하고 있는 것이다.

라면 예외 없이 쓰라린 기억들을 한두 가지쯤 간직하고 있을 테지만 그의 경우엔 그것이 유독 깊은 상흔으로 남아 있는 듯싶었다. (중략) 누가 그보다 가난을 잘 안다고 하랴.”(「지붕 위의 산책」, 18쪽)”라는 서술에서 알 수 있듯이 이동하의 주인공들은 홀로코스트의 경험과 발전주의 담론이 만들어낸 근대적 주체들이다.

이들이 집을 얻기까지 지불한 노동의 피로와 덧없음은 비참한 죽음으로 형상화된다. 「성가신 죽음」의 화자는 집을 “비록 협소한 공간일망정 나를 가장 편안하게 담아둘 수 있는, 그나마 이 지상에서 내가 확보할 수 있었던 나의 동굴”(71쪽)이라고 여기지만, 그러한 믿음은 같은 동의 거주자 김씨의 죽음으로 훼손된다. 중년의 가장이자 “착실한 생활인”인 그는 집—아파트 탓에 존엄하게 죽을 권리를 박탈당한다. 아파트에서 누군가의 죽음은 “기분 나쁜 냄새나 곡하는 소리 또는 번거로움 따위를 주는 일”(74쪽), 즉 “어둡고 번거로운 죽음”(73쪽)으로 취급되기 때문이다. 산업 사회의 합리성과 편리성을 상징하는 아파트—근대적 집은 가장인 남자들이 젊음을 바쳐 획득하는 대상이지만 존엄한 가장의 권리를 허락하지 않는 것이다. 죽은 김씨의 시신이 “감추어야 할 부끄러움”(82쪽)인 양 실려 나가는 장면은, 이삿날 길 밖으로 꺼내 놓아진 세간의 초라한 이미지와 겹쳐짐으로써 남성—가장들이 사물로 전락한 현실을 환기시킨다.

남성—가장 희생자의식은 자기 집에 깔려 죽은 남자라는 극단적인 모티프로도 제시된다. 「누가 그를 기억하랴」라는, 희생자의 고독과 소외를 노골적으로 드러낸 제목처럼 성실한 가장의 비참한 최후는 스펙터클하게 재현된다. 먼 곳에서 직장생활을 하던 가장은 엘리베이터가 고장난 탓에 이십층에 있는 집을 무거운 가방과 커다란 수박을 든 채 걸어오른다. 그리고 수박이 깨지는 것에서 예고되듯이 안락한 집에 몸을 누이기도 전에 아파트가 붕괴됨으로써 죽는다. 그의 "시멘트 가루와 피로 짓이겨진 얼굴"(175쪽)은 집을 얻기 위한 가장들의 희생을 환기시키는 비극적 이미지이다. 「지붕 위의 산책」에서 남편의 자아찾기는 집의 위기로 이미지화된다. 지붕 위에 위태롭게 선 남편의 모습은 이동하의 세대가 감당한 생존의 무게와 가장의식의 엄숙함을 보여준다.

다른 한편으로 남성 가장에 대한 서술자의 연민은 집−아내(여성)에 대한 공포로 현상한다. 「남루한 꿈」의 퇴직자인 주인공은 집이 "의심할 여지없이 아내의 사랑과 헌신으로 가득 찬 것이었지만 또한 그녀의 완벽한 지배공간"(87쪽)이라고 의심한다. "간통처럼 오래 기억에 남아 있는 정사"가 암시하듯 그는 아내에 의해 조정되고 작동하는 욕망 기계로 그려진다. 남성들의 집은 여성들에 의해 위협받고 훼손되기도 한다. 「우렁 각시는 알까」에서 노총각 황보만석씨를 알콜중독자로 전락시키고 죽음으로 내몬 것은 아리따운 젊은 여성이다. 서민 아파트에서 홀어미와 그런대로 행복하게 살았을 황보만석씨에게 여성은 행운의 우렁 각시가 아니라 불행의 단초이다. 「너무 심심하고 허무한」에서 거지사내와 젊은 중의 참선을 훼방한 것도 여자이다. 이렇듯 이동하 소설에서 남성−가장의 피해의식은 여성에 대한 적대감을 낳는다. 「문 밖에서」의, 먼 지방에서 고단한 자취생활을 하면서 한 달에 한번씩 집으로 귀환하는 화자에게 집은 끝내 들어갈 수 없는 아내의 공간이다. 이러한 재현은 여성들에 대한 남성들의 질투를 암시한다. 일반적으로 우울증은 여성의 질환으로 알려져 있지만 이동하의 여성 인물들은 고통스러운 기억에 시달리는 남성들과 달리 미분화한 시간, 즉 유년의 낙원에 거주하고 있는 상처 없는 영혼들이다. 「남루한 꿈」에서 기괴한 악몽에

시달리는 남성 화자는 "나도 소싯적에는 신나는 꿈들만 꾸었다"(85쪽)
며 상처 없는 꿈을 꾸는 아내를 질투한다. 이렇듯 여성에 대한 질투는
한편으로는 어머니—여성의 상실에 따른 치명적인 고독에서 비롯되지
만, 남성의 주체성이 훼손된 데 대한 반응으로 근대화에 대한 비판을
담고 있다.

트라우마적 기억의 재현불가능성과 징후로서의 비명

80대의 노학자 노베르트 엘리아스는 『죽어가는 자의 고독』에서 "살
아 있는 사람들의 공동체로부터 나이든 사람, 죽어가는 사람이 분리되
는 것, 이것이 힘든 일이다"라는, 육성어린 통찰 혹은 고백을 들려준다.
그는 인간생활의 모든 원초적이고 동물적 측면들이 문명화 과정을 거
치는 가운데 공적인 사회 생활에서 제거됨에 따라 죽음 역시 사회생활
의 무대 뒤로 쫓겨 났으며, 죽어가는 자들은 유례없이 극심한 소외를
경험하게 되었음을 밝힌다. 엘리아스의 통찰이 빛을 발하는 부분은 결
국 인간은 죽을 것이고 문명의 기획은 실패할 것이라는 점이다. 이렇게
볼 때 죽어가는 자, 즉 노인은 부란(腐爛)의 냄새를 풍기는 시체 혹은 저
승사자처럼 근대적 인간의 오만함을 일깨우고 문명의 취약함을 폭로
하는 존재인 것이다. 노년 세대를 주인공으로 내세운 여러 단편들이 엘
리아스의 통찰을 연상시키는 까닭은 그들이 전후 한국의 모더니티의
기획을 무화할 만큼 불행한 기억에 고착되어 있기 때문이다. 마치 어떤
것으로도 회복이 불가능할 듯 황폐한 내면은 진보적 기획의 무상성을
의도적으로 폭로하려는 미적 전략인 양 보인다. 이들이 겪는 멜랑콜리

는 역사의 트라우마와 관련이 있다.

> "그녀는 자주 말했었다. 당신 마음 속에는 지독한 가난뱅이가 살
> 고 있는 거라고. 그자를 내쫓지 않는 한 당신은 설사 억만금을 쌓아
> 놓는다고 해도 결코 가난을 벗어날 수가 없노라고. 첫쑥의 향내에도
> 불구하고 쑥국 맛은 썼다. 아내의 말은 옳았다. 마음속에 숨어살고
> 있는 가난뱅이가 누구인가를 그는 알고 있었다. 다른 사람이 아니었
> 다. 그 어렵던 시절에 만성적인 굶주림과 지병 속에서 속절없이 죽
> 어간 아버지 바로 그분이었다.
> … 중략 …
> 어쩌면 그날 이후 자신의 삶은 늘 그 기억과의 싸움이었던 듯싶
> 었다. 무시로 잠자리를 어지럽히는 온갖 해괴한 꿈들과, 그리고 깨
> 어날 때마다 마음을 무겁게 찍어 누르는 저 쓰라린 감정도 결국은
> 거기에 뿌리를 두고 있는 것이라 믿어졌다."(「남루한 꿈」, 102쪽)

위의 인용문이 보여주듯이 이동하의 주인공은 고통스러운 트라우마
의 기억에 시달린다. 노년의 주인공은 하천 바닥에 기둥을 박고 그 위
허공에 세워진 수상가옥에 살던 시절을 쓰라리게 기억하고 있다. 고향
을 떠난 어린 주인공이 도시에서 깃든 집은 "구들장 저 아래로 생활오
수와 뒤섞인 빗물이 벙벙하게 흘러가"는 여전히 소리와 퀴퀴한 냄새로
주인공의 내면에 거주한다. 이러한 트라우마적 기억은 전후 한국인의
근대의 시간 경험을 함축한다. 인간이 기억의 공간에 저장하는 것, 소
멸하는 것, 그리고 다시 회상하는 것은 가다머에 따르면 "인간의 역사
적 구조"에 속하고, 그 자체가 인간의 역사 및 교양, 교육의 일부분을
이룬다.11) 이는 회상 기억이 있는 그대로의 과거의 저장이 아니라 치

---

11) 변학수, 「문학과 기억」, 『독일어문학』38, 한국독일어문학회, 2006.

환, 변형, 은폐, 망각의 과정을 거쳐 조정된 기억임을 암시한다. 한국의 현대사가 전쟁과 전후의 상처 입은 시간의 경험, 즉 역사적 트라우마 극복을 위해 국가 근대화 프로젝트라는 총동원체제를 구축했다는 점은 주지의 사실이다. 비참하고 불우한 과거는 발전의 내러티브가 형성되는 기원의 장면을 이루는 것이다.

즉, 한국의 근대화 프로젝트를 주도한 박정희 혁명 정부가 대중독재에 성공할 수 있었던 까닭은 전쟁이 남긴 가져온 상처, 즉 가족의 죽음이나 사별로 인한 가족해체와 지독한 굶주림의 기억을 끊임없이 환기함으로써 근대화에 대한 자발적 동참을 유도해냈기 때문이다. 이를 테면, 물질적으로 안락한 중산층 가정은 전쟁을 겪은 한국인들의 집단 소망의 이미지였다. 서양 물건과 잡지 그리고 서양식 가옥은 매혹의 주술이었다. 탁월한 웅변가이자 수사학에 능한 박정희는 조국을 가난에 시달리고 질병을 앓는 어머니에 비유해 남성의 콤플렉스를 자아냄으로써 근대화 기획에 대한 대중의 동의를 자연스럽게 얻어냈다. 「사모곡」은 그러한 평범한 개인들의 욕망, 즉 물질적 부를 통해 가난의 상처를, 비참한 역사적 경험을 보상받고자 하는 시도가 궁극적으로 실패로 돌아간 지점을 보여줌으로써 역사의 트라우마를 국가 발전의 내러티브로 동원해온 거대 담론을 거부한다. 왜냐하면 상실은 치유될 수 없는 고통으로 되돌아오기 때문이다. 노년의 화자는 설 명절을 앞둔 신도시의 대형 마트에서 "거의 언제나 질병의 고통과 만성적인 허기로 시달리"다 젊은 나이에 생을 마감한 어머니에게 "이 대형 마트를! 매대마다 쌓여 있는 물품들을! 흔치만치 나뒹굴고 있는 오만가지 외제품들과 그보다 훨씬 더 고가인 국산품들을!" 보여주고 싶다는 열망을 통증처럼 느낀다. 보상받지 못한 상처를 회복하려는 듯 주인공은 죽어가던 어머니의 자신을 향한 사랑을 떠올리지만, 트라우마 극복의 불가능성이 암시되는 것이다.

근대 국민국가의 주력 사업의 하나로 자리잡아온 전쟁 기념 사업은 국민들을 분열에서 통합으로 이끄는 이데올로기적 기능을 수행해왔다. 그것은 '고귀한 희생'을 미화하고 민족적 자긍심을 드높이려는 성향을 오래도록 노정해왔다.[12] 전쟁 기념은 전쟁이 남긴 충격과 고통의 반증인 셈이지만 자칫 특정 집단의 권력 정치로 도구화될 수 있다. 이동하의 소설은 트라우마에는 말할 수 없는 어떤 진실이 잠재되어 있으며, 그것은 오직 고통의 외침으로만 들려질 수 있을 뿐 통상적인 역사 내러티브에 의해 표상 불가능한 것임을 암시한다.[13] 이를 증명하듯 이동하는 등단 이후 육친의 상실이라는 트라우마적 원체험의 장면을 조금씩 변형을 가하고 강도를 높이며 반복 진술한다. 이는 기실 트라우마는 온전히 기억될 수 없음을 반증한다. 반복의 욕망은 미진함과 불확실성에서 비롯되기 때문이다.

> "지금도 눈만 감으면 동두렷이 떠오르고 있는 신새벽 철길 풍경…… 네 가닥 선로가 아스라하게 녹아든 저 끝 쪽에서 무언가 시커먼 것이 우릉우릉 먼 천둥 소리를 울리며 천천히 다가오고 있었다. 그뿐, 움직이는 것이라곤 아무것도 없었다. 다른 아무 소리도 들리지 않았다. 죽은 듯한 고요 속에서 칼날 같은 서릿발들만 세상을 온통

---

12) 전진성, 앞의 글, 217쪽.
13) 리오타르는 나치의 유대인 학살, 즉 홀로고스트' 등과 같은 전대미문의 참상을 정연한 역사 내러티브에 담는 것에 반대한다. 그것은 희생자들이 겪은 고통을 은폐하는데 지나지 않는다는 것이다. 포스트모더니스트인 그는 역사란 모든 차이를 부정하여 전체로 묶는 '거대서사'로 자기중심적이고 타자의 인정을 거부해온 서구 근대 문물의 산물인 것이다. 따라서 홀로고스트는 역사적 사실로서보다는 트라우마로 남아있는 것이 옳다고 본다. 전진성, 앞의 글, 224쪽.

뒤덮은 새벽빛에 젖어 차갑게 빛나고 있었다. 너무도 시린 풍경이어서 그는 가슴이 다 깡깡 얼어붙는 것만 같았다. 그 순간, 적막을 가르고, 시린 풍경을 산산조각내며, 시커먼 화통을 앞세운 기차가 귀밑을 쏜살같이 지나갔었다. 쇳내를 풍기며, 아니 피냄새를 그의 얼굴에 확 끼얹으며……. 그뿐이었다. 진실로!"(「남루한 꿈」, 101쪽)

　　노인은 차가운 겨울 신새벽 철길 위해서 발견된 아버지의 참혹한 죽음의 의미를 재현하고자 하지만 그것이 불가능하다는 것을 부지불식간에 토로한다. "아버지의 몸뚱아리는 몇 토막으로 찢겨진 채 퍼렇게 얼어 있는데도 자전거는 철길 아래 개골창에 꼬나박혀 있고", "그 자전거를 끌고 오는 것 외에 그가 달리 할 수 있는 일은 없었"(101쪽)던 것처럼, 아버지의 비참한 죽음은 재현불가능한 것으로 남는다. 화자는 마치 기억이 휘발되거나 왜곡되는 것을 경계하듯이 아버지가 죽은 날 신새벽 철길의 풍경을 재현하려 하지만, 끝내 문장을 완성하지 못한다. "그뿐이었다. 진실로!"라는 서술은 트라우마의 재현 불가능성을 입증한다. 이는 트라우마적 사건이 충격에 짓눌려 제대로 체험되지 못함을 암시한다. 그것은 오직 실존적 고통의 현존으로만 표상될 수 있는 것이다.

　　이러한 탓에 육친의 묘를 이장하기 위해 귀향한 남자의 이야기인 「젖은 옷을 말리다」는 아예 서사적 완결성을 지향하지 않는다. 작가는 끝내 사내를 괴롭히는 고통의 정체가 무엇이며 좌남우녀묘에 깃든 사연이 무엇인지 충분한 정보를 제시하지 않는다. 실험적인 충동으로 가득한 이 빼어난 작품은 독자를 무능력하게 만듦으로써 역설적으로 명료한 서사적 의미의 발생을, 즉 기억이 훼손 혹은 왜곡되는 것을 막는다. 즉 이야기의 표면에 발생한 공백 혹은 부재는 트라우마가 고정된 내러티브로 화하는 것을 거부하는 것이다. 그러나 그렇다고 트라우마적 기억이 완전히 망각되고 봉인될 수 있는 것은 아니다. "무슨 기억인가가 떠오를 듯도 싶었으나 굳이 캐보고 싶은 추억이 없었으므로 그는 금세 돌아섰다"(253쪽)는 서술에서 알 수 있듯이 사내는 고통스러운 기억이 떠오르는 것을 막으려하지만 끝내 여정의 끝에서 상처의 조각을 발굴해내고 만다. 이처럼 트라우마가 존재하지만 재현불가능하다는 것을 드러내는 것이 멜랑콜리의 정서이다. 「가을볕 속 잠자리떼」는 트라우마가 "혹심한 정서적 황폐감"(194쪽)이나 자살 충동 등 '훼손된 자아'로만 재현될 수 있음을 암시한다. 그것은 가을볕 속을 어지럽게 날아다니는 한 무리의 잠자리떼처럼 오로지 허공(공허) 속에만 머물고자 한다.

그러나 이동하의 소설은 과거에 대한 끊임없는 관심과 연민의 감정으로 트라우마의 상흔을 돌볼 수 있음을 보여준다. 「문 앞에서」는 상처의 기억을 간직한 주인공이 자신의 늙은 아버지의 트라우마와 마주함으로써 멜랑콜리의 나르시스트적인 자폐성을 벗어날 가능성을 암시한다. 초라한 행색으로 주인공의 집을 찾아든 아버지는 그간 이동하 소설에서 원망과 적의의 대상이 빈번하게 등장했던 존재이다. 그들은 아들들을 일찌감치 쓰디쓴 생존의 전장에 내몲으로써 부지런한 생활인이 되도록 해준 것밖에 없는, 무능력한 존재들이다. 가난의 기억을 뜨거운 화인처럼 안고 살아온 아들에게 아버지는 화해하지 못한 존재이다. 그는 어린 시절 "아버지에 대한 혐오감을 참을 수 없었다"(148쪽)고 토로한다. 따라서 아버지와의 화해는 과거 혹은 서글픈 소년기와의 화해가능성을 암시한다.

소설은 이러한 화해가 타자의 트라우마를 연민하고 돌보는 데서 가능하다고 말한다. 아들이 늙은 아버지의 몸을 씻기며 상처를 찾아내는 장면은 마치 고고학자의 발굴작업이 연상되리만큼 조심스러우며 모종의 설렘조차 풍긴다. 마치 지나간 시간의 흔적을 붙들고 그것의 의미를 해독하려는 듯 아버지의 몸에서 두 개의 총상 자국, 즉 역사의 상흔을 찾아내 가만히 쓸어보는 것이다. 이렇듯 아버지를 씻기는 행위는 시간을 어루만짐으로써 자기의 트라우마를 들여다보는 것이기도 하다. "그 얼굴(아버지를 가리킴—필자)은 좀더 늙고 조금 더 초췌해 보이기는 해도 영락없는 자신의 몰골이었다"(117쪽)는 서술이 암시하듯이 늙은 아버지는 주인공의 다른 자아인 것이다. 그렇지만 소설은 아버지와 아들이 따뜻한 집, 즉 상처와 훼손이 없는 세계로 들어갈 수 없음을 암시한다. 평온한 아파트의 어디선가 새어나온 "앙칼진 여자의 비명소리"(167쪽)처럼 트라우마는 쉬이 돌이킬 없는, '주체의 훼손'을 발생시키기 때문이다. 비명, 즉 고통의 신음소리는 우울자의 내면 속에 영원한 수수께끼로 남아있는 트라우마의 징후인 것이다.

결론

근대에서 이성은 여타의 감정을 지배하는 신적인 위상을 누려왔다. 계몽 이성과 도구적 합리성으로 설명되지 않는 감정들은 언제나 배제와 억압의 대상이었다.[14] 그러나 레이몬드 윌리엄즈에 의하면 '정서 구조'란 고정된 제도나 구성체, 혹은 형식적 개념이 아니라, 기존의 의미 체계로는 제대로 파악할 수 없는, 그럼에도 실제로 체험되고 활동에 관여하며 또한 물질적 성격을 부인할 수 없는, 개인적 사회적 경험이 담

---

14) 김홍중, 앞의 글, 3~4쪽.

겨진 것이다. 이는 감성의 구조란 하나의 문화적 가설로서 한 세대나 시대의 현재적 경험과 그 경험적 요소들의 연관관계를 이해해 보려는 시도에서 도출된 것15)임을 암시한다. 이동하의 소설은 공허와 우수 혹은 의혹과 분노 등 멜랑콜리의 감정이 문화적·역사적 객관성을 구비한 현실임을 암시한다. 그는 현대사의 격변의 시간을 영원히 애도할 수 없는 치명적 상실의 감각, 즉 멜랑콜리의 정서로 담아낸다. 여기에는 전쟁 체험 세대의 뼈아픈 근대체험과 시간에 대한 덧없는 인식이 담겨 있다. 일찌감치 요람에서 내던져져 동정 없는 세상을 생존기계처럼 살아온 이들의 시대 체험의 감각이 담겨 있는 것이다.

이동하는 규정할 수도 표상할 수도 명명할 수도 없는 트라우마를 상실의 이름으로 불러내어 실체화하고 현존하지 않는 그것을 존재의 영역으로 불러내기 위해 다양한 미적 전략을 선보여왔다. 그의 소설은 옛 장인의 솜씨를 떠올릴만큼 단아하고 기품 있다. 그러나 폭력 탐구의 일환으로 다큐멘타리 기법을 끌어오고(『냉혹한 혀』16)), 무의식의 상상력을 극대화해 현실의 경계를 뛰어넘는 등 재현의 불가능성에 도전하기 위한 다양한 실험을 멈추지 않아왔다. 그러나 일부 작품은 짐짓 통속적인 교훈담으로 전락할 위험을 안고 있다. 이를 테면, 노인들의 사랑과 성의 욕구가 좌절되는 과정을 담은 이야기들은 다소 안이하게 노인의 소외와 고립을 부각시킴으로써 젊은 세대 혹은 사회의 이기성을 질타하려 한다. 「문 앞에서」 역시 자칫 효의식이나 아버지 높이기 등 통속적인 교훈극으로 읽힐 소지도 많다. 역사의 희생자 의식과 덧없는 현존에 대한 절망적 인식은 멜랑콜리를 신파적 정서로 전락하게 만들기도 한

---

15) 레이몬드 윌리암스, 이일환 역, 「정서의 구조들」, 『이념과 문학』, 문학과지성사, 1982, 160~169쪽.
16) 이동하, 『냉혹한 혀』, 고려원, 1995.

다. 이는 트라우마적 기억으로 고통받는 구세대들일수록 통속적인 보상심리에 이끌릴 수 있음을 암시한다. 수잔 손탁은 "질병은 삶을 따라다니는 그늘, 삶이 건네준 성가신 선물이다."[17]라고 한 바 있는데, 그간 그의 문학이 보여주었듯이 멜랑콜리는 우리의 삶을 해부하고 성찰케 만드는, 침통한 지혜여야 할 것이다.

참고문헌

기본자료

이동하, 『냉혹한 혀』, 고려원, 1995.
이동하, 『문 앞에서』, 세계사, 1997,
이동하, 『우렁 각시는 알까』, 현대문학, 2007.
이동하, 「내 안의 슬픔」, 『계간문예』9호, 도서출판 계간문예, 2007.

참고논저

김길웅, 「이상과 우울, 그리고 현실−18세기 말과 19세기 초 독일 시민계층의 내면세계와 그 예술적 표현으로서의 멜랑콜리」, 『독일문학』제 79집, 한국독어독문학회, 2001.
김홍중, 「멜랑콜리와 모더니티−문화적 모더니티와 세계감(世界感) 분석」, 『한국사회학』제 40집 3호, 한국사회학회, 2006.
변학수, 「문학과 기억」, 『독일어문학』 제 38집, 한국독일어문학회, 2006.
이순진, 「공포영화: 위반과 파괴의 쾌락」, 문재철 외, 『대중영화와 현대사회』, 소도, 2005.
임옥희, 『젠더의 조롱과 우울의 철학−주디스 버틀러 읽기』, 여이연, 2006.

---

17) 수잔 손택, 이민아 역, 『해석에 반대한다』, 서울, 2002.

전진성, 「트라우마, 내러티브, 정체성」, 『역사학보』 제 193집, 역사학회, 2007.

노베르트 엘리아스, 김수정 역, 『죽어가는 자의 고독』, 문학동네, 1998.
레이몬드 윌리암스, 이일환 역, 「정서의 구조들」, 『이념과 문학』, 문학과지성사, 1982.
수잔 손택, 이민아 역, 『해석에 반대한다』, 서울, 2002.
지그문트 프로이트, 윤희기 역, 「슬픔과 우울증」, 『무의식에 관하여』. 열린책들, 1997.

찾아보기

| 김은하 金銀河

경희대 후마니타스 칼리지 교수. 문학평론가. 중앙대 문학박사. 『감정의 지도
그리기』(공저)를 쓰고, 강신재 소설 선집을 엮었으며, 주요 논문으로 「전후 국
가 근대화와 "아프레 걸(전후 여성)" 표상의 의미」, 「살아남은 자의 죄책과 애
도의 글쓰기」, 「애증 속의 공생, 우울증적 모녀관계」 등이 있다.

개발의 문화사와
남성 주체의 행로

초판 1쇄 인쇄일	2017년 8월 10일
초판 1쇄 발행일	2017년 8월 11일

엮은이	김은하
펴낸이	정진이
편집장	김효은
편집/디자인	우정민 문진희 박재원
마케팅	정찬용 정구형
영업관리	한선희 이선건 최인호 최소영
책임편집	우정민
인쇄처	국학인쇄사
펴낸곳	국학자료원 새미(주)
	등록일 2005 03 15 제25100—2005—000008호
	서울특별시 강동구 성안로 13 (성내동, 현영빌딩 2층)
	Tel 442—4623 Fax 6499—3082
	www.kookhak.co.kr
	kookhak2001@hanmail.net

ISBN	979-11-88499-02-1 *93800
가격	24,500원

* 저자와의 협의하에 인지는 생략합니다.
  잘못된 책은 구입하신 곳에서 교환하여 드립니다.
  국학자료원 · 새미 · 북치는마을 · LIE는 국학자료원 새미(주)의 브랜드입니다.
* 이 도서의 국립중앙도서관 출판예정도서목록(CIP)은 서지정보유통지원시스템 홈페이지(http://seoji.nl.go.kr)와 국가자료공동목
  록시스템(http://www.nl.go.kr/kolisnet)에서 이용하실 수 있습니다. (CIP제어번호 : CIP2017019786)